UM DIA DE CÉU NOTURNO – VOLUME I

UM DIA DE CÉU NOTURNO

VOLUME UM

SAMANTHA SHANNON

Tradução
Alexandre Boide

PLATAFORMA21

TÍTULO ORIGINAL *A Day of Fallen Night*
© 2023 Samantha Shannon-Jones
Publicado originalmente em inglês por Bloomsbury, Londres, sob o título *A Day of Fallen Night* (páginas 1-463).
© 2023 VR Editora S.A.

Plataforma21 é o selo jovem da VR Editora

DIREÇÃO EDITORIAL Marco Garcia
EDIÇÃO Thaíse Costa Macêdo
ASSISTÊNCIA EDITORIAL Andréia Fernandes
PREPARAÇÃO Marina Constantino
REVISÃO João Rodrigues
DIAGRAMAÇÃO Gabrielly Alice da Silva
ILUSTRAÇÕES E MAPAS © 2023 Emily Faccini
ARTE DE CAPA Ivan Belikov
DESIGN DE CAPA David Mann
ADAPTAÇÃO DE CAPA Pamella Destefi

Dados Internacionais de Catalogação na Publicação (CIP)
(Câmara Brasileira do Livro, SP, Brasil)

Shannon, Samantha
Um dia de céu noturno : volume 1 / Samantha Shannon ;
tradução Alexandre Boide. – Cotia, SP : Plataforma21, 2023.

Título original: A day of fallen night.
ISBN 978-65-88343-50-0

1. Ficção de fantasia inglesa I. Boide, Alexandre. II. Título.

23-147081   CDD-823

Índices para catálogo sistemático:
1. Ficção de fantasia: Literatura inglesa 823
Tábata Alves da Silva – Bibliotecária – CRB-8/9253-0

Todos os direitos desta edição reservados à
VR EDITORA S.A.
Via das Magnólias, 327 – Sala 01 | Jardim Colibri
CEP 06713-270 | Cotia | SP
Tel.| Fax: (+55 11) 4702-9148
plataforma21.com.br | plataforma21@vreditoras.com.br

Para minha mãe, Amanda

Sumário

Mapas	8
Prólogo	13
I O Ano do Crepúsculo (509 EC)	47
II Enquanto os deuses dormiam (510 EC)	257
III A Era de Fogo (511 EC)	489
Personagens da trama	647
Glossário	663
Linha do tempo	667

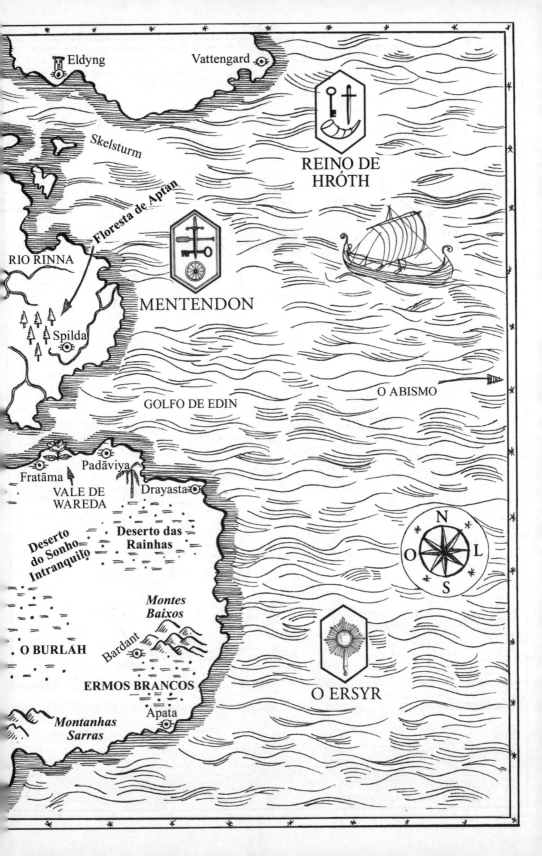

Prólogo

Unora

O nome dela era Dumai, uma palavra antiga usada para designar um sonho que termina cedo demais. Nasceu em meio aos últimos estertores dos Anos do Poente, quando todos os dias eram viscosos como mel na cidade de Antuma.

Em uma determinada primavera, uma jovem atravessou seus portões, levada até lá por um desejo proibido.

Afirmava nada lembrar sobre seu passado — apenas que seu nome era Unora. Ninguém teria como supor, a partir de suas roupas empoeiradas e suas mãos calejadas, que seu pai um dia havia sido dono de um poder capaz de fazer a corte inteira estremecer em seu rastro.

Ninguém poderia ter adivinhado o que ela foi fazer na capital.

****

Naqueles tempos, era difícil viver da agricultura nas terras áridas do interior de Seiiki. Depois que os deuses se recolheram, longas estiagens passaram a atingir a ilha. Longe de seus rios, que definhavam, a terra morria de sede.

Se o Governador de Afa fosse como os outros homens, teria lamentado assumir um posto em uma província reduzida a pó. Em vez disso, trabalhava todos os dias para canalizar água até os campos. Toda vez que ele retornava à corte, a Imperatriz Manai o considerava ainda mais engenhoso e esforçado. Ela lhe deu uma mansão na capital, onde ele instalou a filha, Unora, sob os cuidados de uma ama-seca.

Mas a Imperatriz Manai não andava bem havia algum tempo, e sua doença não cedia. Ela abdicou do trono antes do devido tempo e se isolou no Monte Ipyeda, deixando o trono para seu único filho.

Embora o Príncipe Jorodu ainda fosse bem novo, aprendera muito com a mãe. Como seu primeiro ato, convocou o Governador de Afa e o nomeou Senhor dos Rios de Seiiki, responsável, em seu nome, por supervisionar todos os demais. Durante um ano, ele foi o servidor mais confiável e querido do imperador-menino.

Portanto, não foi um choque para ninguém quando foi banido de forma repentina, acusado de ter despertado um deus para fazer sua província prosperar. Uma única família cercava o imperador, e não permitia que ninguém mais se aproximasse. Mas não por muito tempo.

****

Os serviçais encontraram Unora e a jogaram na rua sombria. Aos nove anos, ela se tornou uma órfã destituída. Sua ama-seca a levou às escondidas de volta para Afa, e por dez longos anos o mundo a esqueceu.

Unora voltou a trabalhar nos campos. Aprendeu a suportar o sol inclemente. Sem seu pai, a água deixou de fluir. Plantava milhete, cevada e trigo, semeando a terra árida. Vivia com a garganta seca e com uma dor constante nos ossos. Todas as noites, caminhava até o altar na colina, o altar do dragão Pajati, e batia palmas.

Um dia, Pajati acordaria. Um dia, ouviria as preces das pessoas e levaria a chuva à província.

Com o tempo, Unora foi se esquecendo de sua estada na capital. De como era ouvir um rio, ou tomar banho em uma lagoa fresca — mas nunca se esqueceu do pai. Nem de quem destruíra a vida de ambos.

Os Kuposa, ela pensava. *Os Kuposa foram nossa ruína.*

Em seu vigésimo aniversário, a morte chegou ao vilarejo onde vivia.

Naquele ano, a estiagem durou meses. Os agricultores depositaram todas as esperanças no poço local, mas alguma coisa contaminou a água. Enquanto sua ama-seca vomitava, Unora permanecia ao seu lado, contando histórias — sobre Pajati, o deus que todos desejavam que voltasse.

Os moradores do vilarejo levaram o corpo. Eles morreriam em seguida. No sexto dia, só restava Unora. Ela se deitou no que restou da plantação, sedenta demais para lutar pela vida, e ficou à espera do fim.

E então o céu se abriu. A chuva tocou um solo que por muito tempo havia sido um leito de morte — pingos que formaram uma chuva forte, tornando a terra escura e agradável.

Unora piscou para se livrar das gotas que caíam nos olhos. Ela se sentou, juntou a chuva nas mãos em concha e, enquanto bebia, derramou lágrimas de alegria.

O temporal passou da mesma forma súbita como havia começado. Unora cambaleou até a Floresta Rangente, encharcada de lama dos pés à cabeça. Durante dias, bebeu a água das folhas e das poças, encontrando pouquíssima coisa que pudesse comer. Embora suas pernas estivessem trêmulas e um urso velho a rondasse, ela continuou seguindo as estrelas.

Por fim, chegou ao lugar certo. Atrás do que restou de uma queda-d'água, dormia o dragão branco Pajati — o guardião de Afa, que concedia desejos a quem estivesse disposto a pagar o preço. Unora procurou o sino que o acordaria, sentindo-se zonza de fome e sede.

Deixaria seu destino nas mãos dos deuses.

O sono deles era profundo naqueles anos. A maioria se recolhera para cavernas submarinas, longe do alcance dos humanos, mas alguns ainda dormiam em terra firme. Seiiki lamentava sua ausência, mas perturbar seu descanso era o mais grave dos crimes. Apenas a família imperial tinha esse direito.

Unora notou que não estava com medo, pois não tinha mais nada a perder.

O sino era maior do que ela — o sino de bronze manchado de verde que acordaria o guardião; que não deveria ser tocado, sob pena de morte. Unora se aproximou. Se fizesse aquilo, poderia ser executada. Se não o fizesse, não lhe restaria nada além da doença e da fome.

Eu mereço viver.

Esse pensamento ressoou como um trovão. Ela conhecia seu valor desde o dia em que nascera. O exílio a reduzira ao pó, mas ela não ficaria ali. Nem por mais um dia.

Ela tocou o sino. Depois de séculos de silêncio, o som rasgou a noite.

Pajati respondeu ao chamado.

Sob o olhar de Unora, o deus emergiu da caverna, em toda sua extensão. Era branco por inteiro, dos dentes perolados ao tom reluzente das escamas. Ela dobrou os joelhos e tocou a testa no chão.

— A estrela ainda não chegou. — A voz dele corria como o vento. — Por que me despertou, filha da terra?

Unora não encontrou palavras. Ninguém seria capaz disso. Quando Pajati ofereceu sua cauda, ela a agarrou com as mãos trêmulas. As escamas dele eram como gelo.

Não estava em posição de pedir dádivas dos deuses. Esse privilégio cabia a imperatrizes e reis.

— Ó grandioso, sou uma mulher de sua província. Venho de um vilarejo assolado pela seca. — Ela criou coragem. — Eu lhe imploro por chuva, rei das águas. Por favor, nos mande mais.

— Não posso conceder esse desejo. Não é a hora.

Unora não ousou perguntar quando a hora chegaria. Já fazia tempo demais.

— Então peço por uma forma de entrar na radiante corte de Antuma, para que possa implorar ao imperador que salve meu pai do exílio — disse. — Me ajude a obter clemência para o Filho do Arco-Íris.

Pajati mostrou os dentes. Ele tinha o brilho da lua, com escamas da cor de leite e lágrimas da noite.

— Existe um preço a pagar.

Não era um preço qualquer, em um lugar onde a água e o sal eram tão precisos e raros. Unora fechou os olhos. Pensou em seu pai, nos mortos do vilarejo, em sua solidão — e, apesar de estar com os lábios ressecados e as têmporas latejando de sede, uma lágrima desceu pelo seu rosto.

A Donzela da Neve chorou pelo grande Kwiriki, e ele compreendeu que os humanos tinham a divindade dentro deles, sua ama-seca lhe contara. *Só quando ela derramou seu choro, ele conseguiu entender que ela também tinha o mar dentro de si.*

O alerta de sua infância ressurgiu dentro dela, instando-a a aceitar a morte que seguia em seu encalço. Mas o deus de sua província já havia se manifestado:

— Uma volta do sol é quanto vai durar, e nada mais.

Ele lhe deu sua lágrima em troca, deixando-a cair sobre a mão dela como uma moeda. Ela levou aquele brilho prateado aos lábios.

Foi como morder a lâmina de uma foice. Aquela gota aplacou uma década de sede, satisfazendo-a por completo. Pajati apanhou a lágrima dela com a ponta da língua e, antes que desse a transação por encerrada, Unora caiu desmaiada no chão.

No dia seguinte, uma mensageira a encontrou no mesmo lugar. Uma mensageira da corte radiante.

****

As mulheres do palácio em nada se pareciam com ela. Seus cabelos alcançavam quase o chão, as caudas de suas túnicas se arrastavam atrás delas. Unora se encolhia sob os olhares das outras. Seus cabelos estavam cortados na altura dos ombros; suas mãos, calejadas por uma década de trabalho pesado. Os cochichos a seguiram até o Pavilhão da Lua, onde a Imperatriz de Seiiki aguardava em um cômodo amplo e escuro.

— Sonhei que havia uma borboleta adormecida ao lado dessas quedas-d'água — ela comentou. — De onde você vem?

— Não me lembro, Majestade.

— Sabe ao menos seu nome?

— Sim. — Seu nome era a única coisa que lhe restara no mundo, e ela pretendia mantê-lo. — Eu me chamo Unora.

— Olhe para mim.

Unora obedeceu, e viu uma mulher pálida mais ou menos de sua idade, com olhos que a fizeram pensar em um corvo, curiosos e escondidos sob uma coroa de búzios e conchas. Dois brasões adornavam a túnica que usava sobre as demais partes do traje. Um era o peixe dourado da casa imperial, a família a que se incorporou através do casamento.

O outro era o sino prateado do Clã Kuposa.

— Você está bem magra — a Imperatriz de Seiiki observou. — Não tem nenhuma lembrança de seu passado?

— Não.

— Então deve ser o espírito de uma borboleta. Uma serviçal do grande Kwiriki. Dizem que o espírito dele perde força se elas não ficam perto da água. Sua casa precisa ser aqui, no Palácio de Antuma.

— Majestade, minha presença lhe traria vergonha. Não tenho nada além das roupas do corpo.

— Belas roupas, posso providenciar. Comida e bebida, posso providenciar. O que não tenho como prover é a perspicácia e o talento de uma cortesã — a imperatriz falou, com um sorriso irônico. — Isso deve ser aprendido com o tempo, mas as instruções para tanto também sou capaz de providenciar. Em troca, talvez você possa trazer sorte para minha família.

Unora fez uma mesura, aliviada. Essa imperatriz Kuposa não fazia ideia de quem ela era. Se queria conseguir acesso ao imperador, teria que garantir que ninguém soubesse.

****

Unora não teve pressa, embora o tempo fosse uma dádiva raríssima em Afa. Os cortesãos gastavam o de que dispunham com poesia e caçadas, banquetes e músicas, e casos amorosos. Essas eram artes desconhecidas para ela.

Mas agora Unora podia comer e beber quanto quisesse e fosse capaz. Enquanto se curava do castigo imposto pela pobreza, lamentava pelos que haviam sido deixados na secura; enquanto os nobres se esbaldavam com banhos privativos, se serviam da água de poços profundos e passeavam de barco no Rio Tikara.

Sua intenção era melhorar as coisas. Quando se reunisse com seu pai, eles encontrariam um jeito de fazer isso.

Todos acreditavam que Unora era um espírito. Mesmo quando as damas da corte comiam todas juntas na varanda e era impossível não falar sobre a beleza do Monte Ipyeda, apenas uma delas — uma poeta gentilíssima, que esperava um bebê — falava diretamente com Unora. As outras apenas observavam, à espera de evidências de seus poderes.

A solidão doía mais nas noites do verão. Sentadas no corredor, as damas da corte penteavam os cabelos umas das outras e conversavam em voz baixa, com a pele aquecida pelo clima quente. A Imperatriz Sipwo muitas vezes acenava para Unora, mas ela sempre mantinha distância.

Não podia recorrer a uma Kuposa em busca de auxílio. Apenas o Imperador Jorodu podia ajudá-la.

O fim do verão chegou e passou. Enquanto o outono tingia as folhas de vermelho e dourado, Unora esperava pelo imperador, que quase nunca saía de seus aposentos no Palácio Interior. Precisava falar com ele, mas só uma vez pôde vê-lo de relance, quando foi visitar sua consorte — um fragmento do colarinho contra os cabelos pretos, a postura altiva dos ombros.

Unora se manteve paciente.

A Imperatriz Sipwo se cansou de sua presença. Unora não era capaz de costurar com as nuvens, nem de moldar um belo príncipe com a espuma do mar. Pajati não lhe concedera nenhum poder palpável. Ela foi mandada para o outro lado do Palácio Interior, para um quarto apertado com goteira. Embora uma serviçal mantivesse seu braseiro sempre abastecido, era impossível não sentir frio.

Em Afa, as pessoas dançavam para se aquecer no inverno, mesmo quando o corpo protestava contra o esforço. Era chegada a hora de recomeçar. No dia seguinte, ela se levantou antes do amanhecer e foi até a varanda coberta que cercava o Palácio Interior. A face norte voltava-se para o Monte Ipyeda.

Encarando-o, Unora dançou.

A Grã-Imperatriz se recolhera àquela montanha. Unora também ansiava por alguma forma de escapar. Caso não conseguisse chegar ao imperador, teria que encontrar outra forma de salvar seu pai — mas nem sequer imaginava por onde começar. Por ora, sua fuga seria aquela, sua dança do inverno.

Uma vez chegada a mudança, não havia mais como detê-la. Certa noite, um bilhete foi passado sob sua porta, com duas folhas brancas de uma árvore da estação, ambas inacreditavelmente perfeitas.

Insone, eu vagava antes da alvorada
sem esperança e infeliz, até que vi
uma donzela a girar sob o luar, dançando.

Com encanto, sonhei e caminhei pela noite
à espera do raiar do dia, na esperança
de poder vê-la a dançar, se deleitando.

Alguém a havia visto. Deveria ser motivo de vergonha, mas ela se sentia muito solitária, e sentia muito frio. Pediu ao mensageiro que voltasse trazendo uma pedra para tinta, um pincel e um conta-gotas.

Não podiam desperdiçar água para diluir tinta nas províncias. Usá-la dessa forma ainda a fazia se sentir culpada, mas seu pai a ensinara a escrever, rabiscando os caracteres na areia. Ela imitou a estrutura e o ritmo do primeiro poema, e notou que isso lhe veio sem esforço.

Inquieta, eu danço antes da alvorada,
por sentir o frio na pele. Mas nunca vi
ninguém nas sombras, versejando.

Com apreensão, temo cada manhã
a me perguntar quem vê, mas preciso
sair para dançar sob a neve, me alegrando.

Quando terminou, passou o poema por baixo da porta, e o mensageiro o levou embora.

De início, não houve resposta. Unora resolveu não pensar a respeito, mas a vontade, uma vez despertada, era difícil de suprimir — a vontade de ser vista. Um segundo poema recompensou sua paciência, na manhã anterior ao Dia do Insone. Unora o levou aos lábios.

A neve caía sobre a cidade. Mais poemas chegaram, muitas vezes acompanhados de presentes: belos pincéis, um pente de ouro adornado com uma concha, madeira perfumada para seu braseiro. Quando duas damas da corte passaram por seu novo aposento, sorrindo por causa de seu aparente infortúnio, Unora retribuiu o sorriso sem amargura, pois sabia que o piso daquele quarto era revestido de amor.

Quando ele foi vê-la, convidou-o a entrar. Pela forma como estava vestido, podia ser qualquer um. Ela o conduziu pelo quarto até o local onde o luar repousava sobre o piso. As mãos finas dele, intocadas pelo trabalho pesado, desamarraram sua faixa. Quando ele sentiu o frio perene na sua pele, tentou aquecer os dedos dela com o hálito quente. Ela sorriu, e ele retribuiu o gesto.

Foi a primeira de muitas vezes. Durante semanas, ele a procurava à noite, traçando versos em sua pele. Ela lhe demonstrou como prever o tempo. Ele lia para ela histórias e relatos de viagem, com uma lamparina a óleo bruxuleando entre os dois. Ela o ensinou a costurar e tecer, cantando músicas de trabalho de seu vilarejo. Viviam nas sombras e à luz do fogo, sem nunca se verem por completo.

Ele manteve o nome em segredo. Ela o chamava de seu Príncipe Dançante, e ele, de sua Donzela da Neve. Murmurou para ela que devia ser tudo um sonho, pois só em sonhos tamanha alegria poderia existir.

Ele estava certo. Na história, o Príncipe Dançante desapareceu depois de um ano, deixando a Donzela da Neve sozinha.

Na manhã anterior ao início do inverno, a serviçal colocou uma refeição diante de Unora. Ela levou a sopa quente aos lábios, ficando tensa antes que o líquido os tocasse. O vapor trazia o aroma da asa-negra, uma folha que crescia em sua província. Ela já havia provado antes, por escolha própria.

A folha impedia uma criança de criar raízes, ou então esvaziava um ventre cheio.

Unora levou a mão à barriga. Nos últimos tempos, andava exausta e dolorida, e vomitara em sua vasilha de câmara. Alguém havia pressuposto a verdade antes mesmo que ela se desse conta.

Havia apenas um homem cujos filhos poderiam representar uma

ameaça ao atual estado das coisas. Quando ela compreendeu tudo, ele estava fora da corte. Era muito tarde para pedir clemência por seu pai. Era muito tarde para o que quer que fosse. A ela restava apenas proteger a criança — o bebê que, naquele momento doce e amargo em igual medida, decidiu que manteria.

Descartou a sopa discretamente no jardim e sorriu para a serviçal que voltou para buscar a tigela.

****

Naquela noite, Unora de Afa deixou a corte. Saiu caminhando na direção da montanha sagrada, sem levar nada além de um pente de ouro e seu segredo. Se alguém a visse, diria que era um fantasma d'água, lamentando por algo perdido.

Sabran

E la recebeu o nome Glorian para fortalecer sua dinastia em Ascalun, a Coroa do Oeste. Esse era o agnome da cidade — até o Século do Descontentamento, quando Inys sofreu com uma sucessão de três rainhas fracas.

Primeiro veio Sabran V. Rainha desde o dia em que foi arrancada de dentro da mãe, adorava o fato de sua existência impedir que o Inominado viesse à tona. Aos olhos dela, a única forma justa de passar a vida era recompensando a si mesma pelo serviço que prestava.

Sabran era indiferente às Virtudes da Cavalaria. Não havia temperança em sua ambição, nem generosidade em sua avareza, nem justiça em seu senso de tolerância. Ela dobrou os impostos, sangrou o erário e, em questão de uma década, o rainhado era só uma sombra do que um dia havia sido. Os que ousavam questioná-la eram desmembrados com cavalos, e as cabeças eram empaladas nos portões do castelo. Seus súditos a chamavam de Rainha Felina, pois ela fazia com seus inimigos o mesmo que os gatos com os camundongos.

Não houve revoltas. Apenas sussurros e medo. Afinal, os inysianos sabiam que sua linhagem era a grande corrente que prendia o Inominado. Apenas as Berethnet eram capazes de manter o wyrm sob controle.

Mas, apenas com o mau exemplo a inspirá-lo, o povo perdeu todo o orgulho da capital. Os cães vadios, os ratos e os suínos corriam soltos pelas ruas. A sujeira represava e retardava a correnteza do rio, que nessa época ganhou um apelido jocoso.

Em seu quadragésimo ano, a rainha se lembrou de cumprir seu dever para com o reino. Se casou com um nobre de Yscalin, cujo coração deixou de bater não muito tempo depois da cerimônia. Seus conselheiros rezavam para que morresse ao dar à luz, mas ela saiu triunfante da sala de parto, deixando uma menina gorducha chorando em seu encalço — um novo elo na corrente, que manteria a fera presa por mais uma geração.

A rainha transformou em passatempo o ato de desdenhar da criança, vendo na filha uma cópia malfeita de si mesma, e Jillian, por sua vez, foi se tornando rude e amargurada, e por fim cruel. Tudo o que recebia da mãe, devolvia na mesma moeda, e as duas se bicavam como um par de corvos. Sabran a casou com um beberrão inútil, e em pouco tempo Jillian também teve uma menina.

Marian era uma alma frágil, temerosa de elevar a voz acima de um sussurro. Sua família a ignorava, e ela agradecia ao Santo por isso. Vivia discretamente, e foi assim, sem alarde, que se casou e engravidou.

Naquela casa em decadência, uma terceira princesa nasceu.

Sabran era seu nome, para agradar à tirana. Não emitiu nenhum som, mas uma ruga surgiu em sua pequena testa, e seu lábio inferior se projetou para a frente.

— Pelo Santo, a coitadinha — a parteira comentou. — Veja como está séria.

Marian estava exausta demais para se importar com isso.

Não muito tempo depois do nascimento, a Rainha Felina se dignou a fazer uma visita, acompanhada da princesa herdeira. Marian se encolheu diante das duas.

— Foi batizada com meu nome, é? — A rainha de cabelos brancos deu risada. — Que honra para mim, ratinha. Mas vejamos se sua criança se sai melhor que você, antes de fazermos comparações.

Marian Berethnet desejou que a terra se abrisse e a engolisse, como tantas outras vezes em sua vida.

****

Assim como todas as outras mulheres de sua casa, Lady Sabran se tornou alta e imponente. Era um fato conhecido que toda rainha Berethnet dava à luz uma única menina, que saía à sua imagem. Sempre os mesmos cabelos escuros. Os mesmos olhos, verdes como as maçãs do Sul. Sempre a mesma pele clara e os mesmos lábios vermelhos. Antes que a velhice as transformasse, muitas vezes era difícil diferenciar uma da outra.

Mas a jovem Sabran não havia herdado o medo da mãe, o rancor da avó, nem a crueldade da tirana. Ela se portava com determinação e dignidade, sem jamais aceitar uma provocação.

Procurava se manter sozinha o máximo possível, ou com suas damas, em quem confiava mais do que ninguém. Seus tutores a instruíram sobre a história da Virtandade e, quando ela dominou essas lições, a ensinaram a pintar, cantar e dançar. Mas isso foi feito em segredo, pois a rainha detestava ver as outras Berethnet felizes — e vê-las aprender a governar.

Por dez anos, a corte inteira manteve os olhos voltados para a mais jovem das quatro.

Suas damas foram as primeiras a alimentar a esperança de que ela pudesse ser sua salvadora. Viam a ruga de preocupação que nunca deixava de franzir a testa. A acompanhavam até os portões do palácio, onde ela observava as cabeças apodrecidas, com os dentes cerrados de nojo. Estavam lá quando a Rainha Felina tentou destruir seu espírito, no dia em que, pela primeira vez, ela acordou com sangue nos lençóis.

— Ouvi dizer que está pronta para fazer seu próprio pacotinho de olhos verdes — disse a velha rainha. — Não tenha medo, criança... Não vou deixar sua beleza apodrecer no pé. — O rosto dela, com pó cobrindo as rugas, era como a nata que se acumula sobre o leite. — Você sonha em ser rainha, cordeirinha?

Lady Sabran estava no centro da sala do trono, diante dos olhos de duas dezenas de cortesãos.

— Não ouso fazer isso, Majestade — ela respondeu, com um tom de voz baixo, mas bem claro. — Afinal, eu só seria rainha se a senhora não estivesse mais no trono. Ou, queira o Santo que não... se a senhora morresse.

Um burburinho se espalhou pela corte.

Era traição imaginar a morte da soberana, e ainda mais falar a respeito. A rainha sabia disso. E também que não podia matar a bisneta, pois isso significaria o fim da linhagem e de seu poder. Antes que pudesse responder, a garota se retirou, acompanhada de suas damas.

A essa altura, a Rainha Felina já estava no trono fazia mais de um século. Por tempo demais, foi impossível imaginar um mundo livre dela, mas, a partir daquele dia, a esperança renasceu. A partir daquele dia, a criadagem passou a se referir a Lady Sabran — sempre aos cochichos — como a Pequena Rainha.

A tirana morreu aos cento e seis anos, em seu leito da mais fina seda ersyria, com todos os dedos adornados por ouro da Lássia. Jillian III foi quem então se sentou no trono de mármore, mas poucos se alegraram de fato com isso. Sabiam que Jillian iria querer tudo o que a mãe lhe negou.

Menos de um ano depois da coroação, um homem entrou no salão onde a Rainha Jillian jantava. Ele fora torturado até a loucura pela falecida rainha, e esfaqueou a filha dela no coração, pensando se tratar de sua algoz. Ela foi enterrada junto da tirana no Santuário das Rainhas.

Marian III usava a coroa como se fosse uma serpente. Se recusava a receber pessoas que buscavam a assistência de sua soberana. Temia até mesmo seus conselheiros. Sabran pressionava a mãe para mostrar mais pulso firme, porém Marian tinha medo demais de Inys para exercer controle sobre seu rainhado. Mais uma vez, houve rumores — e não só de descontentamento, mas de rebelião.

Mas um derramamento de sangue foi impedido por outro, pois uma guerra estourou em Hróth.

****

O Norte nevado sempre fora um lugar estranho para os inysianos. Em certas ocasiões os hrótios faziam tratados comerciais, ao passo que em outras saqueadores desembarcavam de seus navios para queimar e pilhar cidades em Inys.

Daquela vez, em meio a cascatas de gelo e florestas profundas, os clãs haviam pegado em armas e marchavam para a carnificina.

Tudo começou com Verthing Sanguinário, que cobiçava Askrdal, o maior entre os doze domínios. Depois que sua caudilha recusou uma proposta de aliança, ele a matou e tomou o território para seu clã. Os que amavam Skiri Passolargo juraram vingança, e em pouco tempo a escaramuça se espalhou por toda parte em Hróth.

Em meados do inverno do mesmo ano, enquanto sangue continuava a tingir a neve de vermelho, a violência explodiu mais ao sul, nas pacíficas terras de Mentendon. Uma inundação devastadora atingiu seu litoral, submergindo povoados inteiros, e Heryon Vattenvarg, o Rei do Mar, o mais implacável dos saqueadores hrótios, aproveitou a ocasião para atacar. Com Hróth ainda em guerra, ele saíra para buscar pastagens mais verdejantes, e encontrou uma em agonia. Dessa vez, sua intenção não era saquear, e sim se assentar.

Em Inys, Sabran Berethnet viu o Conselho das Virtudes dividido sobre o que fazer. À cabeceira da mesa, sua mãe se mantinha abatida e silenciosa, encolhida sob a coroa.

— Eu concordo que não devemos interferir na guerra no Norte — Sabran lhe disse em uma conversa privativa. — Mas podemos ajudar os mentendônios a expulsar esse Vattenvarg em troca da conversão deles. Yscalin pode ceder armas para eles. Imagine a satisfação do Santo: um terceiro reino sob sua jura.

— Não. Nós não devemos provocar o Rei do Mar — Marian respondeu. — Seus guerreiros do sal matam sem piedade, mesmo em meio ao sofrimento dos mentendônios com essa inundação terrível. Jamais ouvi falar de tamanha crueldade.

— Se não ajudarmos os mentendônios agora, eles vão ser destruídos por Vattenvarg. Não se trata de um saqueador qualquer, minha mãe — argumentou Sabran, perdendo a paciência. — Vattenvarg pretende usurpar o trono da Rainha de Mentendon. Encorajado o bastante por essa vitória, ele pode mirar Inys em seguida. Você não entende?

— Já chega, Sabran. — Marian comprimiu as têmporas com os dedos. — Por favor, filha, me deixe. Não consigo nem pensar.

Sabran obedeceu, mas se sentindo tolhida. Aos dezesseis anos, ainda não tinha nenhuma voz ativa.

Quando o verão chegou, Heryon Vattenvarg já dominava a maior parte de Mentendon, governando a partir de uma nova capital, Brygstad, um território tomado em nome do Clã Vatten. Enfraquecidos pela inundação, a fome e o frio, os mentendônios desistiram de lutar e se prostraram. Pela primeira vez na história, um saqueador se apossava de um reino.

Dois anos depois da conquista de Mentendon, a guerra em Hróth chegou ao fim. Os caudilhos juraram fidelidade a um jovem guerreiro de Bringard, que conquistou sua lealdade com uma mente afiada e uma tremenda força de combate. Foi ele quem matou Verthing Sanguinário, vingando Skiri Passolargo, e, de modo inédito, unificou os clãs. Em pouco tempo chegou a Inys a notícia de que Bardholt Hraustr — filho bastardo de um artesão de ossos — seria o primeiro Rei de Hróth.

E içaria velas para ir ao encontro da rainha inysiana.

— Que belo desdobramento — Sabran comentou, irritada, ao ler a carta. — Agora dois de nossos vizinhos próximos são governados por carniceiros pagãos. Se tivéssemos ajudado os mentendônios, seria um só.

— Pelo amor do Santo. Estamos condenados. — Marian entrelaçava as mãos. — O que ele quer de nós?

Sabran imaginava. Assim como os lobos que rondavam as florestas, os hrótios sentiam o cheiro de sangue, e Inys era um rainhado ferido.

— O Rei Bardholt lutou durante muito tempo por sua coroa. Estou certa de que não deseja mais hostilidades — falou, ainda que só para acalmar a mãe. — Se esse não for o caso, Yscalin está conosco. — Ela se levantou. — Tenho fé no Santo. Que venha o bastardo.

****

Bardholt, o Ousado — um dos muitos nomes pelo qual era conhecido em Hróth — veio para Inys em um navio preto chamado *Leme da Manhã*. A Rainha Marian enviou seu consorte para recebê-lo. Durante todo o dia, ficou andando de um lado para o outro na sala do trono, sacudindo as tranças. Usava um vestido de duas camadas, verde-escuro sobre marfim, que a fazia desaparecer sob os trajes. Sabran, absolutamente imóvel, contrastava com a mãe.

Quando o Rei de Hróth apareceu, seguido por seus atendentes, a corte inteira ficou paralisada ao seu redor.

Os nortenhos usavam peles pesadas de animais e botas de couro de bode. O rei estava trajado como os demais. Sabran era alta, mas, mesmo se ficasse na ponta dos pés, nem assim sua cabeça alcançaria o queixo do homem, cujos cabelos louros e grossos chegavam até a cintura. Os braços eram musculosos, e os ombros pareciam largos e robustos como o baú de um dote. Ela imaginou que ele tivesse vinte e poucos anos, mas também poderia ter sua idade, tendo sido envelhecido pelo campo de batalha.

A guerra estava estampada naquele rosto bronzeado e de estrutura óssea robusta. Uma cicatriz descia da têmpora esquerda até o canto da boca, e outra marcava a bochecha direita.

— Marian Rainha. — Ele levou o punho gigantesco ao coração. — Sou Bardholt Hraustr, Rei de Hróth.

A voz dele era grave e um tanto rouca. Provocou calafrios em Sabran, assim como a coroa que usava na cabeça. Mesmo à distância, era possível notar que era feita de lascas de ossos.

— Bardholt Rei — respondeu Marian. — Seja bem-vindo a Inys. — Ela limpou a garganta. — Nós o parabenizamos por sua vitória no Nurthernold. Nos alegramos em saber que a guerra terminou.

— Não tanto quanto eu.

Marian remexeu seus anéis.

— Esta é minha filha — anunciou. — Lady Sabran.

Sabran endireitou a postura. O Rei Bardholt lançou um breve olhar a princípio, mas depois se voltou para ela de novo, fixando os olhos em seu rosto.

— Milady — ele falou.

Sem deixar de encará-lo, Sabran fez uma mesura até as mangas claras de seu vestido roçarem o chão.

— Milorde, este rainhado lhe oferece seu apreço — ela declarou. — Fogo para sua lareira, e alegria para seu salão.

Ela falou tudo isso em um hrótio impecável. Ele ergueu as sobrancelhas.

— Você sabe minha língua.

— Um pouco. E você sabe a minha.

— Um pouco. Minha falecida avó era inysiana, de Cruckby. Aprendi porque considerava útil.

Sabran inclinou a cabeça. *Não seria nada útil se esse rei não tivesse nenhum interesse em Inys.*

O Rei Bardholt voltou a se concentrar na mãe dela, mas, ao longo da troca de cortesias, sua atenção sempre retornava para Sabran. Sob as mangas do vestido, ela sentiu seus pulsos e seus dedos se aquecerem.

— Fique tranquila — ele falou. — A violência ocorrida na minha terra não vai mais se espalhar, agora que Sanguinário está morto. Hróth está sob meu comando, e Mentendon também vai estar, quando Heryon Vattenvarg jurar lealdade a mim, como é obrigado a fazer, como um hrótio. — Ele abriu um sorriso, mostrando todos os dentes. Sabran considerou que deveria ser algo raro ter uma dentição completa depois de uma guerra. — Eu só desejo a amizade de Inys.

— E nós aceitamos sua amizade — Marian declarou, com um alívio tão evidente que Sabran quase conseguia farejá-la. — Que nossos reinos vivam em perfeita paz, agora e para sempre. — Como o perigo parecia ter acabado, ela se mostrou mais firme. — Nosso castelão reservou a casa da guarita para seus atendentes. Estou certa de que deve querer voltar para Hróth muito em breve, mas, se quiser ficar para celebrar o Festim da Confraternidade, daqui a uma semana, seria uma honra para nós.

— A honra é toda minha, Majestade. Minha irmã e os caudilhos podem cuidar de tudo durante minha ausência.

Ele fez uma mesura e se retirou da sala do trono.

— Pelo Santo. Não era para ele ter aceitado o convite. — Marian ficou pálida. — Foi só uma cortesia.

— Suas cortesias são vazias, então, minha mãe? — Sabran falou, com frieza. — O Santo não aprovaria isso.

— Não, quanto antes ele partir, melhor. Ele vai ver os tesouros de nossos santuários e passar a querê-los para si. — Quando a rainha se levantou, uma de suas damas ofereceu-lhe o braço. — Proteja-se bem nos dias que estão por vir, minha filha. Eu não suportaria ver você ser levada como refém.

— Eu bem que gostaria de vê-los tentar fazer isso — Sabran respondeu, antes de se retirar.

****

Naquela noite, quando as damas terminaram a longa tarefa de lavar seus cabelos, Sabran se sentou junto ao fogo e se pôs a pensar no que o Rei de Hróth dissera. Aquelas palavras deixaram entrever a verdade.

Já houve derramamento de sangue suficiente por ora.

— Florell, você sabe de todos os segredos. — Ela ergueu os olhos para sua amiga mais próxima. — O Rei Bardholt é comprometido?

— Não que eu saiba. — Florell penteava seus cabelos. — Sem dúvida já teve amantes, considerando sua aparência. Eles não seguem a Cavaleira da Confraternidade por lá.

— Não — Sabran respondeu. — Não mesmo. — Um toco de lenha caiu da pilha dentro da lareira. — Ele é um homem de fé?

— Ouvi dizer que os hróticos veneram o espírito do gelo, e deuses sem rosto que habitam as florestas.

— Mas você não ouviu nada sobre a fé *dele*.

Florell diminuiu o ritmo da escova ao se deparar com um nó persistente.

— Não — respondeu, pensativa. — Nem uma palavra.

Sabran refletiu a respeito. Quando uma ideia se formou em sua mente, ela falou:

— Preciso ter uma audiência privativa com ele.

No canto da sala, Liuma abaixou seu bordado.

— Sabran, ele já tirou muitas vidas — comentou em yscalino. — Halgalant não é lugar para ele. Por que você iria querer ter uma conversa com ele?

— Para fazer uma proposta.

Apenas o crepitar do fogo quebrava a imobilidade absoluta no recinto. Quando Liuma se deu conta do que se tratava, respirou fundo de susto.

— Por quê? — Florell perguntou, depois de um instante de silêncio. — Por que ele?

— Isso deixaria mais um reino sob a proteção do escudo sagrado. Dois, se Heryon Vattenvarg jurar lealdade a ele — Sabran respondeu, baixinho. — O Rei do Mar teria que ceder, se Bardholt se aliasse a nós.

Florell afundou na cadeira.

— Pelo Santo — falou. — Teria mesmo. Você tem razão, Sabran.

— Sua mãe jamais concordaria — murmurou Liuma. — Você teria coragem de tramar pelas costas dela?

— É por Inys. Minha mãe tem medo até da própria sombra — Sabran falou, em um tom bem sério. — É preciso pensar no que vai acontecer mais à frente. Um dos dois, Bardholt ou Heryon, vai querer se apossar deste rainhado, como uma demonstração de força para o outro.

— Bardholt disse que não nos atacaria — lembrou Florell. — Ouvi dizer que os hrótios levam a sério suas promessas.

— Bardholt Hraustr não foi entalhado no mesmo gelo que seus ancestrais. Mas eu posso garantir que ele deixe de representar alguma ameaça. — Sabran se virou para elas. — Faz mais de um século que a Rainha Felina espalhou a podridão por Inys. Essa podridão está disseminada demais, e não somos capazes de vencer uma guerra contra os pagãos no momento. Eu vou estabelecer a paz. Vou salvar a Casa de Berethnet e reerguê-la para que se torne mais forte do que nunca, como líder de quatro reinos comprometidos com o Santo e com a Donzela. Vamos governar o Mar Cinéreo.

Florell e Liuma trocaram olhares cheios de significado. Por fim, Florell se ajoelhou diante de Sabran e beijou sua mão.

— Nós vamos fazer isso acontecer — falou, com determinação. — Milady. Minha rainha.

****

Pouco antes do amanhecer, Sabran saiu de seus aposentos vestida para cavalgar, deixando Florell e Liuma para trás, a fim de acobertar sua ausência. Esgueirou-se para as cercanias do castelo, em meio às flores selvagens e os carvalhos. Nunca em seus dezoito anos havia ido tão longe sem seus guardas.

Parecia loucura. Assim como sua ideia também poderia ser — uma ideia perigosa e impulsiva, que se enrolou dentro dela como uma víbora, prestes a cravar suas presas em um rei. Se conseguisse convencê-lo, ela mudaria o mundo.

Santo, me conceda forças. Abra os ouvidos dele.

O sol havia quase nascido quando Sabran avistou o lago e o pagão que se banhava em sua beirada. Quando a viu, o rei afastou os cabelos dos olhos e foi andando em sua direção, desnudo até a cintura. Músculos salientes se moviam cobertos por muitas cicatrizes.

Quando ele chegou à beira da água, Sabran quase perdeu a coragem. Ele manteve apenas a distância necessária para ela não ser obrigada a olhar para cima quando falasse.

— Lady Sabran, perdão por meus trajes — ele falou. — Sempre vou nadar ao raiar da aurora, para fazer o sangue circular.

— Eu é que peço perdão, por convidá-lo para vir aqui dessa maneira, sem o cerimonial necessário — Sabran respondeu.

— A ousadia é uma qualidade admirável em uma guerreira.

— Eu não sou uma guerreira.

— Mas vejo que veio armada. — Ele apontou com o queixo para a lâmina em sua cintura. — Não há por que ter medo de mim.

— Ouvi dizer que algumas pessoas chamam você de Mão de Urso. Seria uma tolice encarar um urso sem uma arma.

Durante um momento carregado de tensão, ele apenas a encarou, imóvel como uma fera prestes a atacar. Então uma risadinha grave ressoou em sua garganta.

— Muito bem — disse, cruzando os braços enormes. — Diga o que quer me falar.

Gotas-d'água reluziam no peito dele. E ouvir aquela voz aguçou os sentidos dela, que então sentiu o cheiro doce de palha de colchão e grama, sentiu o contorno de sua pulseira, no local onde seu braço aquecia o metal.

— Tenho uma proposta — ela anunciou. — E que preciso manter em segredo. — Sabran deu um passo na direção dele. — Me disseram que as videntes das neves ainda não declararam uma nova religião para o Reino de Hróth.

— Não mesmo.

— Eu gostaria de saber por quê.

Ele a encarou com firmeza. Assim tão de perto, ela notou que os olhos dele eram castanho-claros, mais dourados do que propriamente verdes.

— Meu irmão foi morto durante a guerra — ele falou.

Sabran não lamentou a perda da avó, e duvidava que ficaria muito tempo de luto quando seus pais se fossem. Mas era capaz de imaginar que a perda de um ente querido doesse como uma flecha encravada na carne. A vida continuaria e se transformaria ao redor de uma ferida que permaneceria lá, sempre dolorosa.

— Quando o encontrei, os corvos estavam devorando seus olhos — o Rei Bardholt contou. — Verthing Sanguinário o decapitou e o descartou como um manto velho de pele. Meu jovem sobrinho só escapou do mesmo destino ao decepar a própria mão. — Ele cerrou os dentes. — Meu irmão era uma criança. Um inocente. Nenhum deus ou espírito digno de ser louvado teria permitido sua morte.

O único som que se ouvia era o farfalhar das árvores próximas. Caso tivesse sido criada como uma pagã, ela poderia achar que alguém em meio aos carvalhos ouvira aquelas palavras venenosas.

Preciso atacar agora, e com ímpeto, ou então nunca mais.

— Em Inys, nós não nos submetemos mais a essas coisas. Honramos a memória de um homem, meu ancestral, e vivemos de acordo com suas Seis Virtudes — ela contou. — Como você, o Santo era um guerreiro em um território de pequenos reinos em guerra. E, como você, ele os unificou sob uma única coroa.

— E como ele fez isso, esse seu Santo?

— Ele derrotou um wyrm feroz, e assim conquistou o coração da Princesa Cleolind da Lássia. Ela renegou seus antigos deuses para ficar ao lado dele. — O vento arrancou várias mechas de cabelo do diadema em sua cabeça. — Inys e Yscalin estão unidos em louvor a ele. Junte-se a nós. Faça um juramento em nome de Hróth às Virtudes da Cavalaria. Com duas monarquias ancestrais ao seu lado, o Rei do Mar não vai ter escolha a não ser jurar lealdade a você.

— Heryon vai fazer isso de qualquer forma — ele se limitou a dizer.

— Ganhar a lealdade dele pela força exigiria uma nova guerra. Muito mais gente morreria. Inclusive crianças.

— Agora você está fazendo um apelo ao meu coração.

— Mais do que você imagina. — Sabran levantou as sobrancelhas.

— Você não pode me ter, a menos que se converta.

Isso o fez sorrir. Era bem malicioso, aquele sorriso, mas ainda assim capaz de transmitir afeto.

— O que faz você pensar que eu gostaria de tê-la, Lady Sabran? — Seu nome soou sinistro na garganta dele. — Como sabe que já não tenho uma consorte no meu próprio reino?

— Eu vi como me olhou na sala do trono. — Ele não negou nada.

— E a frequência com que isso aconteceu.

O Rei Bardholt continuou sem responder. Sabran manteve a compostura, pois não era como a mãe.

— Acho que você é um homem acostumado a ter o que quer — ela prosseguiu. — Mas dessa vez não precisa tomar à força, derramando sangue. Estou oferecendo tudo a você. Seja meu consorte.

— Sua religião começou com uma história de amor. E eu sou quem nessa narrativa, o pagão ou o grande guerreiro?

Sabran se limitou a olhá-lo. Ela se imaginou como um anzol na água, se mantendo imóvel para atrair o peixe que a circundava.

— Ouvi dizer que as rainhas Berethnet só podem ter um bebê. Em todos os casos, segundo as lendas — ele disse, por fim. — Vou precisar de um herdeiro para Hróth, para consolidar a Casa de Hraustr.

— Você tem uma irmã, que tem um filho — respondeu Sabran. — Com o apoio da Virtandade, sua nova casa vai ser inatingível. — Ela ergueu a cabeça. — Sei que vai precisar convencer as videntes das neves a aceitar o Santo. Entendo que as Seis Virtudes são desconhecidas para vocês. Mas seu reino está sofrendo, Bardholt, o Ousado. O meu também. Se case comigo, para curar todas as feridas.

Ele demorou um pouco para se mover, estendendo a mão para pegá-la pela cintura. O coração dela bateu mais forte quando ele sacou a pequena lâmina da bainha de Sabran.

Bardholt poderia esfaqueá-la ali mesmo, e Inys estaria à sua mercê.

— Vou consultar as videntes das neves — ele respondeu. — Se escolhermos seguir seu caminho, vou fazer o juramento de sangue com a sua lâmina.

Ele voltou para o castelo levando a faca. Enquanto o observava se afastar, Sabran sabia que a vitória já era sua.

****

Logo após o solstício de verão, a Issýn, maior autoridade entre as videntes das neves de Hróth, saiu de sua caverna para compartilhar uma visão. Sonhara com uma cota de malha que cobria o mundo inteiro e com uma espada de prata polida, passada de um cavaleiro inysiano morto havia muito tempo para o novo Rei de Hróth.

Na nova capital, Eldyng, o rei Bardholt declarou que Hróth, como

Cleolind da Lássia, abandonaria seus antigos costumes e seguiria a luz eterna de Ascalun, a Espada da Verdade.

Em Inys, Sabran Berethnet recebeu uma carta, marcada com o sangue de um rei, com apenas uma palavra: *sim*.

Nas semanas seguintes ao anúncio do noivado, Heryon Vattenvarg se pronunciou, declarando lealdade ao Rei de Hróth, que o nomeou Intendente de Mentendon. Heryon se converteu, assim como seus súditos. Dentro de um ano, o Rei de Hróth se casou com a Princesa de Inys, e por todos os reinos que haviam se comprometido com o Santo houve festejos e músicas.

Inys, Hróth, Yscalin e Mentendon — a Cota de Malha indestrutível da Virtandade.

A Rainha Marian abdicou do trono não muito depois. Mais do que cansada da corte, se retirou para a costa com seu companheiro. No dia que Sabran VI foi coroada diante de seus súditos, o rei nortenho estava ao seu lado, sorrindo de orelha a orelha.

A herdeira não chegou de imediato. Bardholt passava a maioria dos verões em Inys para escapar do sol da meia-noite, enquanto Sabran atravessava o mar na primavera, mas sempre havia deveres a afastá-los. Seus territórios ainda não estavam consolidados o bastante para serem abandonados nos meses mais sombrios e difíceis.

Em sua ilha, Sabran governava sozinha. Haveria tempo para uma herdeira, e a rainha queria aproveitar cada segundo que teria sozinha com sua corte, além de seu consorte, cuja paixão por ela se fortalecia cada vez mais.

Em um determinado ano, poucos meses de Bardholt deixar Inys, Liuma afa Dáura sentiu que não estava mais conseguindo amarrar direito o vestido da rainha.

No ano seguinte, quando as aspérulas floriram, Sabran teve uma filha, que gritou alto o bastante para derrubar a Grande Távola. A criadagem abriu as cortinas pela primeira vez em um mês. Enquanto Florell secava o suor de sua testa e Liuma embalava a bebê, Sabran se sentiu como se estivesse respirando aliviada pela primeira vez na vida. Tudo havia sido concluído, sem exceção.

Havia feito o mundo renascer.

Quando recebeu a boa-nova, o Rei Bardholt deixou Eldyng e embarcou em um navio com um punhado de atendentes, disfarçado de marujo. Cinco dias depois, chegou ao Castelo de Ascalun, com um medo que não sentiu nem mesmo durante a guerra, mas que se acalmou quando encontrou Sabran à sua espera, sã e salva. Ele a tomou nos braços e agradeceu ao Santo.

— Onde está ela? — perguntou, com a voz embargada.

Sabran sorriu ao ver a empolgação dele, dando um beijo no rosto do marido. Liuma trouxe a criança.

— Glorian — Sabran contou. — O nome dela é Glorian.

Bardholt olhou para a filha deles, encantado, enquanto Sabran era vestida para o restante do dia. Quando apareceu na varanda real do Castelo de Ascalun, com o consorte ao seu lado e a menina de cabelos escuros nos braços, cem mil pessoas estavam lá para recebê-los, gritando em coro.

Glorian.

Esbar

Uma princesa para o Oeste. Outra perdida no Leste. No Sul, uma terceira menina veio ao mundo, entre o nascimento de uma e outra.

Seu destino não era usar uma coroa. Seu nascimento não fechava as feridas de um rainhado, nem lhe valia o direito a um trono. Ocorreu no meio da Bacia Lássia, longe dos olhos do mundo — porque essa menina, assim como o local onde nasceu — era um segredo.

Suas muitas irmãs aguardavam que sua cabeça aparecesse, e algumas diziam palavras de incentivo no cômodo que iluminavam com suas chamas. No meio delas, Esbar du Apaya uq-Nāra arfava, nos últimos esforços do trabalho de parto.

No dia anterior, sentira a primeira pontada enquanto tomava banho no rio, duas semanas antes do previsto. Agora o sol estava prestes a nascer, e ela estava acocorada sobre os tijolos de parto, desejando a Imsurin uma morte bem lenta por tê-la colocado naquela situação, apesar de ter sido ideia dela se deitar com ele.

— Está quase, Esbar — Denag lhe disse do local onde estava, no chão. — Vamos, minha irmã... só mais uma vez.

Esbar estendeu as mãos para as duas mulheres que a ladeavam. À direita, sua mãe de nascimento rezava em voz alta, com um tom suave e tranquilizador. Do outro lado, Tunuva Melim mantinha os dois braços em torno de seus ombros.

— Coragem, meu amor — murmurou Tunuva. — Estamos aqui com você.

Esbar deu um beijo trêmulo na testa dela. Havia dito aquelas mesmas palavras um ano antes, quando Tunuva era quem estava em trabalho de parto.

Quando seus olhares se encontraram, Tunuva sorriu, ainda que com os lábios trêmulos. Esbar tentou responder, mas outra contração violenta tirou suas palavras. *Que seja agora*, pensou, em meio à névoa da dor. *Que termine logo*. Reunindo o que restava de sua coragem, ela fixou o olhar na estátua de Gedali e desejou ter a mesma fortaleza da divindade.

Ela se ajeitou sobre os tijolos como se pretendesse cavalgar o mundo. Sua garganta doía de tanto gritar. Suas entranhas estavam reviradas. Com um escorregão, a criança deslizou para fora, para os braços de Denag, e Esbar sentiu o corpo amolecer, como se tivesse expelido também os ossos.

Denag virou a criança para limpar o narizinho minúsculo. Houve um silêncio — uma inspiração funda compartilhada, uma prece não enunciada — antes que um gritinho fino ecoasse pelo recinto.

— A Mãe está conosco — a Prioresa declarou, celebrando. — Esbar lhe deu uma guerreira!

Apaya soltou a respiração como se a estivesse prendendo havia horas.

— Muito bem, Esbar.

Esbar só conseguiu rir de alívio. Tunuva a segurava, para que não caísse dos tijolos.

— Você conseguiu — disse ela, rindo também. — Ez, você conseguiu. Graças à Mãe.

Estremecendo, Esbar colou a testa à dela. Suor escorria pelo rosto das duas.

Uma conversa baixinha começou a se espalhar pelo local. Esbar se deitou no canapé, e Denag pôs a recém-nascida em seu peito — ainda viscosa, mas macia como uma pétala. Ela se remexeu, abrindo os olhinhos sujos.

— Olá, menina valente. — Esbar acariciou a testa dela. — Você estava com pressa para ver o mundo, não?

As dores pós-parto começariam em breve. Por ora, o que havia eram preces, e sorrisos, e desejos auspiciosos, e mais amor do que seu coração era capaz de conter. Esbar levou a criança ao seio. Só o que queria naquele momento era ficar ali descansando, e sentir como era portar apenas uma vida dentro de si de novo.

Apaya trouxe uma bacia de água fervida e uma compressa fria.

— Cuide de Tunuva — Esbar disse baixinho para ela, enquanto as irmãs circulavam ao seu redor. — Me prometa que vai fazer isso, Apaya.

— Pelo tempo que for necessário. — Apaya desembainhou uma faca.

— Agora descanse, Esbar. Recupere as forças.

Esbar obedeceu de bom grado. Sua mãe de nascimento cortou o cordão e, por fim, a criança passou do ventre para o mundo.

****

Depois que a placenta desceu, Apaya levou Esbar para seu solário, ainda com a criança junto ao coração. Elas ficaram assim até Imsurin aparecer.

— Eu avisei que formaríamos um ótimo par — Esbar lembrou a ele. — Está disposto a perder o sono por um tempo?

— Mais do que disposto. — Ele se inclinou para dar um beijo casto em sua testa. — Você honrou a Mãe por nós dois, Esbar. Jamais vou ser capaz de recompensá-la por dar esse presente a ela.

— Com certeza vou conseguir pensar em alguma coisa. Por enquanto, basta mantê-la feliz e segura enquanto eu durmo.

E dormir foi o que ela fez. Assim que Imsurin pegou a filha de nascimento dos dois em seus braços, Esbar mergulhou em um sono feliz, e Apaya estava lá para cuidar de tudo.

Era quase meio-dia quando a Prioresa apareceu, acompanhada de Tunuva e Denag. Quando entraram, Esbar acordou, sentindo a luz quente do sol sobre si. Apaya a ajudou a se sentar com a criança.

— Amada filha — a Prioresa falou, levando a mão à cabeça de Esbar. — Hoje você fez uma oferenda à Mãe. Deu a ela uma guerreira, para nos proteger contra o Inominado. Como descendente de Siyāti du Verda uq-Nāra, pode abençoá-la com dois nomes, como se faz no norte do Ersyr: um para ela usar, e um para guiá-la.

A criança moveu o rosto contra seu peito, procurando de novo pelo leite. Esbar a beijou na cabeça.

— Prioresa, eu nomeio essa criança Siyu du Tunuva uq-Nāra, e a confio, agora e sempre, aos cuidados da Mãe.

Tunuva ficou imóvel. A Prioresa assentiu.

— Siyu du Tunuva uq-Nāra — falou, ungindo a cabeça da criança com a seiva da árvore. — O Priorado lhe dá as boas-vindas, irmãzinha.

PARTE I
O Ano do Crepúsculo

509 EC

O mundo existe
como um brilho de orvalho sobre as flores.

— Izumi Shikibu

I

Leste

Primeiro, o despertar no escuro. Foram necessários anos para aprender a acordar sem o cantar do galo, mas agora ela era um instrumento dos deuses. Mais do que qualquer sinal de luz, era sua força de vontade que a despertava.

Segundo, a imersão na piscina natural de gelo. Fortalecida, voltou ao quarto e vestiu seis camadas de roupas, todas feitas para resistir ao frio. Ela amarrou os cabelos e passou cera em cada uma das mechas, para que não entrassem em seus olhos quando o vento batesse. Isso poderia ser fatal na montanha.

Quando sentiu o frio do gelo pela primeira vez, passou horas tremendo em seu quarto, com o nariz escorrendo e o rosto vermelho. Isso foi quando era uma criança, frágil demais para as provações de devoção.

Agora Dumai era capaz de suportar aquilo, assim como suportava a altitude do templo. O mal da montanha nunca a acometeu, pois ela nasceu naqueles salões das alturas, que ficavam acima de onde a maioria das aves se aninhava. Kanifa certa vez brincara que, caso ela algum dia descesse para a cidade, iria tombar, zonza e ofegante, como acontecia com os visitantes que se aventuravam lá em cima.

O mal do nível do chão, sua mãe concordara. *É melhor ficar aqui em cima, minha pipazinha, onde é seu lugar.*

Terceiro, anotar os sonhos de que se lembrava. Quarto, uma refeição para lhe dar forças. Quinto, calçar as botas na varanda e de lá seguir para o pátio, ainda sob o manto da noite, onde sua mãe a aguardava para conduzir a procissão.

A seguir, acender a madeira-quedada, a deliciosa casca de troncos que ficaram submersos no fundo do mar. Soltava uma fumaça límpida como uma neblina quando queimada, e uma fragrância como a do mundo depois de uma tempestade.

Na semipenumbra, totalmente desperta, atravessar a ponte sobre o vão entre o pico do meio e o terceiro. Depois a longa subida pelas encostas, entoando cânticos na língua antiga.

A chegada ao altar no cume, e então, ao primeiro raiar da aurora, o ritual em si. Tocar os sinos diante de Kwiriki, dançar ao redor da estátua de ferro — clamando pelo retorno dos deuses, como antes fizera a Donzela da Neve. Sal e cânticos e louvores. Vozes erguidas em uníssono, o canto de boas-vindas adornando gargantas e línguas.

Era assim que seu dia começava.

****

A neve brilhava sob um céu límpido. Dumai de Ipyeda estreitou os olhos contra a luminosidade enquanto descia para a fonte termal, dando um longo gole em seu cantil. Os demais cantantes-aos-deuses tinham ficado bem para trás.

Ela jogou água no corpo antes de entrar na água fumegante. Com os olhos fechados, afundou até o pescoço, desfrutando o calor e o silêncio.

Mesmo para ela, era uma subida difícil. A maioria dos visitantes não conseguia chegar ao cume do Monte Ipyeda, e tinha que pagar o preço pelo privilégio de tentar. Às vezes as pessoas ficavam zonzas, com as vistas escuras, e eram obrigadas a admitir a derrota; às vezes era o coração que não aguentava. Poucos eram capazes de respirar aquele ar rarefeito por muito tempo.

Dumai era. Não havia respirado outro ar desde a noite em que nasceu.

— Mai.

Ela olhou por cima do ombro. Seu amigo mais próximo se aproximava, trazendo suas roupas.

— Kan — ela falou. Naquele dia, ele não precisava subir. — Veio se juntar a mim?

— Não. Chegou uma mensagem do vilarejo — avisou Kanifa. — Teremos visitas ao anoitecer.

Uma notícia bem estranha. No início do outono, havia um período que era propício para os visitantes, mas, em uma altura tão avançada da estação, quando a neve já preenchia a passagem inferior e o vento soprava com força suficiente para matar, o Alto Templo de Kwiriki não esperava receber hóspedes.

— Quantos são?

— Uma visitante e suas quatro atendentes. — Kanifa pôs as roupas ao lado da fonte. — Ela é do Clã Kuposa.

Eis um nome para acabar com a exaustão: o do clã mais influente de Seiiki. Dumai saiu da água.

— Não se esqueça, nada de tratamento especial — avisou, enquanto se secava com um tecido. — Nesta montanha, os Kuposa estão na mesma altura que os demais.

— Uma coisa importante a se levar em conta — ele falou, sem se alterar —, se o mundo fosse outro. Eles têm poder suficiente para fechar templos.

— E por que fariam isso?

— Vamos tratar de não dar motivo.

— Você está ficando tão temeroso em relação à corte quanto a minha mãe. — Dumai pegou a primeira camada de roupas. — Muito bem. Vamos nos preparar.

Kanifa esperou até que ela se vestisse. Dumai amarrou as peles de animais sobre as mangas e as pernas das calças, colocou seu casaco preto pesado, amarrou o capuz sob o queixo, embalou bem os pés e os cobriu com as botas de pele de cervo, afixando os cravos para o gelo às solas. Por último vieram as luvas, feitas sob medida. Na mão direita, apenas o indicador e o polegar ainda estavam inteiros — os demais tinham sido encurtados com aço quente. Ela jogou a peliça sobre os ombros e foi atrás de Kanifa.

Eles caminharam pela plataforma do céu. O rosto de Kanifa estava levemente franzido. Aos trinta, era apenas três anos mais velho que Dumai, porém as rugas profundas em torno dos olhos o faziam parecer mais velho.

A plataforma rangia sob seus pés. Mais adiante estava Antuma, capital de Seiiki, construída na bifurcação do Rio Tikara. Não era a primeira capital, e provavelmente não seria a última. O sol batia em seus telhados e se refletia nas árvores congeladas entre a cidade e a montanha.

A Casa de Noziken já havia governado a partir da cidade portuária de Ginura. Apenas quando os deuses se recolheram para o Longo Sono — duzentos e sessenta anos antes — a corte se estabeleceu no interior, na Bacia de Rayonti, que agora abrigava o Palácio de Antuma, um complexo imponente construído na extremidade leste da Avenida da Aurora. Se Antuma fosse um leque, a avenida seria a haste central, uma linha reta que ia do palácio ao portão principal da cidade.

Muitas vezes, Dumai olhava adiante e imaginava como Antuma devia ser quando os dragões circulavam pelo mundo. Desejava ter vivido essa época, tê-los visto quando zelavam por Seiiki.

— Lá vêm eles. — Kanifa dirigiu o olhar para a encosta. — Ainda não congelaram.

Dumai se voltou para a mesma direção. Bem mais abaixo de onde estavam, distinguiu o contorno das figuras, pontinhos cinzentos em meio ao branco ofuscante.

— Vou preparar o Salão Interno — ela falou. — Você avisa o refeitório?

— Aviso.

— E conte para minha mãe também. Você sabe que ela detesta surpresas.

— Sim, Donzela Oficiante — ele disse, em um tom solene. Dumai sorriu e o empurrou de leve na direção do templo.

O amigo sabia que ela só tinha dois sonhos na vida. O primeiro era ver um dragão; o segundo, suceder a mãe como Donzela Oficiante.

Uma vez lá dentro, ela se separou de Kanifa. Ele partiu para o refeitório, e ela foi para o Salão Interno, onde montou cinco ambientes com divisórias para a visitante e seus serviçais, cada qual com seu próprio aquecedor a lenha e uma cama. Quando terminou, a fome devorava seu estômago.

Foi buscar comida no refeitório: gemas cozidas no vapor e batidas em um creme amarelo, despejadas sobre fatias de frango sem pele e cogumelos regados com um óleo escuro e salgado. Enquanto comia em um dos terraços, viu os pesareiros que haviam feito ninho nos penhascos acima do templo. Em breve os filhotes sairiam dos ovos e preencheriam o céu com seu canto.

Depois de esvaziar sua tigela, Dumai se juntou aos demais na oração do meio-dia. Em seguida, foi cortar lenha, enquanto Kanifa raspava o gelo dos beirais e coletava neve para ser bebida depois que derretesse.

Era fim de tarde quando a comitiva chegou. Eles haviam sobrevivido aos traiçoeiros degraus que levavam do primeiro para o segundo pico. Primeiro apareceram os guardas armados, contratados para espantar os ursos e bandidos que rondavam as florestas no sopé da montanha.

Vieram trazidos por um guia que morava em um vilarejo sem nome nas encostas inferiores, a última parada antes do templo.

A visitante chegou a seguir, vestindo tantas camadas que a cabeça dela parecia pequena demais para o corpo. Os atendentes se juntaram ao redor da mulher, abaixando a cabeça em meio ao vento uivante.

Na varanda, Dumai trocou olhares com Kanifa, que espiou por cima do ombro. Recepcionar os visitantes era uma das funções da Donzela Oficiante, mas não havia sinal de Unora.

— Eu vou recebê-los — Dumai disse, por fim.

A neve caía espessa e ligeira, tão pesada que ela mal conseguia enxergar por entre os flocos que se acumulavam em seus cílios. Seu capuz mantinha boa parte dos cabelos no lugar, mas algumas mechas voavam soltas e atingiam seus lábios.

Quando pôs os pés nos degraus, foi agarrada pelo pulso. Ela se virou esperando que fosse Kanifa, mas encontrou a mãe ao seu lado, usando seu adereço de cabeça de borboletas douradas.

— Já estou aqui, Dumai — ela falou. — Está tudo pronto?

— Sim, mãe.

— Sabia que podia contar com você. — Unora pôs a mão em seu ombro. — Descanse. Você teve um dia cansativo hoje.

Ela se retirou, ciente de que era melhor nem tentar ficar. Sua mãe assumia outra conduta quando recebia cortesãos, em especial os Kuposa, tornando-se tensa e distante de uma forma que nunca ocorria em outros momentos.

Dumai nunca entendeu ao certo o motivo. Embora o Clã Kuposa tivesse uma influência gigantesca na corte, seus membros sempre demonstraram apoio ao Alto Templo de Kwiriki. Financiaram reformas fundamentais, enviaram belíssimos presentes e até pagaram um artista de renome para pintar o Salão Interno. Mesmo assim, era melhor ter cuidado ao lidar com uma família com tanto poder.

A caminho da cama, ela abriu uma porta. Nos alojamentos mais altos do templo, Osipa de Antuma estava examinando um pergaminho através de um cristal, com os pés apoiados em um tijolo quente.

— Osipa, quer que eu lhe traga alguma coisa? — Dumai ofereceu. Osipa espremeu os olhos em sua direção.

— Dumai. — A voz dela saiu fraca. — É muita consideração de sua parte, mas não. — Ela ergueu as sobrancelhas grisalhas, ainda feitas no antigo estilo da corte. — Vi que abriram rachaduras nas suas mãos de novo. Não usou o bálsamo que eu lhe dei para o fim do verão?

— Preciso que elas fiquem resistentes para escalar — Dumai a lembrou. Osipa sacudiu a cabeça e tossiu sobre a manga da roupa. — Está se sentindo mal?

— Um resfriado. — Osipa limpou o nariz. — Tenho inveja de você, criança. Consegue lidar com o frio tão bem quanto a montanha.

— Vou buscar um pouco de gengibre. Isso vai ajudar.

— A esta altura, já sei que nada é capaz de me ajudar. — Ela voltou a se debruçar sobre o pergaminho. — Que seus sonhos sejam vívidos, Dumai.

— E os seus também.

Osipa sempre detestara os meses de escuridão. Dama da corte leal à Grã-Imperatriz, foi a única a acompanhar sua senhora ao Monte Ipyeda. Décadas depois, ainda não havia se adaptado.

A noite envolveu o templo na penumbra. Dumai foi para seu quarto, onde encontrou uma refeição em uma bandeja à sua espera, e as janelas trancadas para barrar o vento. Depois de lixar os calos, ela se despiu e enfiou as pernas embaixo da coberta sob a mesa, onde havia uma lata com carvões em brasa.

Ouvindo o vento gemer, ela comeu e se aqueceu como um passarinho que ainda não saiu do ninho. E só depois de limpar cada um dos pratos, abriu sua caixa de preces, de onde tirou um pedaço de papel, seu pincel e um pote de tinta sépia. Escreveu seu desejo — sempre o mesmo — e depositou o papel na tigela de sonhos. A tira se enrugou enquanto flutuava, com a água absorvendo suas palavras e as transportando para o reino dos deuses.

O cansaço a engolfou como o mar que ela nunca tinha visto. Dumai aproximou os carvões de sua cama, apagou as lamparinas e deitou a cabeça no travesseiro, adormecendo logo em seguida.

****

Primeiro, o despertar no escuro. Boca seca, dedos duros. Deslizando para fora das cobertas, encontraram um chão macio demais, frio demais.

Dumai nadou para fora do mar do sono. Estremecendo, sentindo o nariz gelado, tentou entender por que seu rosto estava molhado, por que havia neve sob seus dedos. Ali perto, os ruídos sofriam para ser ouvidos por sobre o barulho do vento. Um guinchar, um sacudir — e então um estalo assustador que a fez se levantar imediatamente.

Uma das janelas estava escancarada. Se continuasse batendo daquele jeito, acordaria o templo inteiro.

Suas pernas estavam pesadas. Ela tateou até a janela e estendeu os braços, segurando a veneziana.

Algo a fez parar. Ela olhou bem para a escuridão da noite ruidosa, para a lanterna acesa no alto da escadaria, protegida do vento. Sob sua luz, distinguiu uma silhueta. Kanifa sempre dissera que Dumai tinha olhos mais afiados que os de uma ave de rapina.

Um bandido. Ou um fantasma insone. Alguma coisa que não deveria estar ali. Ela se lembrou das histórias de dentes afiados como flechas, com a carne apodrecendo sobre os ossos, e de repente se sentiu uma criança temerosa de novo.

Mas também era uma cantante-aos-deuses, ordenada diante do grande Kwiriki. A determinação a impediu de se acovardar.

O piso rangeu conforme ela saía com uma lamparina do quarto, descia a escada e passava pelas portas do Salão Interno à meia-luz. Tinha aprendido como circular por aqueles corredores, o conhecia tão bem na escuridão quanto durante o dia. Na varanda, calçou o primeiro par de botas que encontrou.

A figura continuava sob a lanterna, tão encurvada para se proteger do vento que parecia não ter cabeça. Dumai foi caminhando em sua direção, empunhando uma de suas foices de escalar o gelo. Nunca as tinha usado como arma, mas tentaria se fosse necessário. Quando o vulto se virou, um rosto se tornou visível.

Não era um bandido. O homem usava o traje enlameado de um peregrino do sal. Olhou para Dumai com os olhos marejados e, em seguida, tossiu um pequeno jato de sangue e caiu desmaiado na neve.

2

Oeste

A primeira vez que viu o próprio sangue, Glorian tinha doze anos. Foi Julain quem notara a mancha, mais do que visível em sua bata cor de marfim. As histórias sobre o sangue dos Berethnet eram tão espetaculares que Glorian quase esperava que fosse como ouro derretido, pois era seu sangue que mantinha um grande wyrm acorrentado na escuridão. Em vez disso, era de uma cor sem graça de ferrugem.

Bem menos interessante do que eu pensava, tinha sido seu comentário, e esse *menos* guardava mais de um significado. Julain se retirou para ir buscar um paninho e contar para a rainha.

A segunda vez que viu o próprio sangue, Glorian tinha quinze anos e meio, quando a ponta de um osso perfurou sua pele entre o ombro e o cotovelo.

Dessa vez, Julain Crest não conseguiu manter a compostura.

— Vão buscar a Cirurgiã Real — ela gritou para os guardas. Dois deles saíram correndo. — Depressa, depressa!

Glorian ficou olhando para o osso. Era um pedacinho pequeno que despontou para fora, não muito mais extenso que um dente — e mesmo assim por algum motivo era uma coisa impudica, uma espécie de nudez que precisava ser coberta.

Na noite anterior, ao lado de um fogo baixo, Helisent contara uma história do norte. Ali as pessoas acreditavam que os bugalhos, que cresciam como maçãs nos carvalhos e eram usados para fazer tinta, podiam conter prenúncios do futuro. Se uma abelha se alojasse lá dentro, o ano seguinte seria feliz. Se fosse um inseto, preso em uma galha por ele mesmo criada, o ano seria de estagnação ou marcado por tribulações. O que quer que estivesse lá dentro, reservava algum tipo de destino.

Conversa de pagãos, Adela resmungara. Essas histórias vinham dos tempos anteriores ao Santo, mas Glorian as considerava simpáticas e inofensivas. Ao nascer do sol, ela e suas damas tinham saído para cavalgar em busca de bugalhos caídos, mas sua montaria acabou se assustando e a derrubando.

Uma onda de dor a trouxe de volta para o presente. Ela devia ter desmaiado, pois de repente havia um monte de gente ao seu redor, e a Cirurgiã Real estava olhando para a lasca de osso, e a égua, Óvarr, soltou um relincho apavorado. Um criado tentava acalmá-la, em vão.

— Lady Glorian, está me ouvindo? — a Cirurgiã Real perguntou. Ela assentiu, se sentindo zonza. — Me diga, está sentindo suas pernas?

— Sim, Doutora Forthard. — Glorian soltou um suspiro. — Mas eu... estou sentindo um dos braços mais que o outro.

Rostos sérios a cercavam. Ela foi amarrada a uma tábua de madeira e erguida por quatro guardas.

Mãos firmes mantinham sua cabeça alinhada com a coluna enquanto a transportavam pela floresta real, passando pelo lago, na direção do Castelo de Drouthwick. Acima do portão sul, o estandarte dos Berethnet proclamava que a Rainha Sabran estava presente na residência. Uma pontada de dor atingiu Glorian como um machado em um escudo.

Quando tentou olhar para o ferimento, descobriu que sua cabeça ainda estava imobilizada.

Assim que entraram na semipenumbra da fortaleza, uma voz familiar chamou seu nome, e Lady Florell Glade apareceu ao seu lado, com os cachos louros caindo da rede com que estavam presos.

— Glorian — exclamou, cheia de preocupação. — Pelo Santo, Doutora Forthard, o que aconteceu?

— Sua Alteza caiu da montaria, milady — informou Sir Bramel Stathworth.

— A herdeira de Inys — Florell falou, exaltada, enquanto acompanhava a maca que a conduzia. — O seu dever é protegê-la, Sir Bramel.

— A palafrém estava tranquila a manhã toda. Me perdoe, mas não teríamos como impedir isso de forma nenhuma.

— Por favor, não encoste na princesa, Lady Florell — pediu a Doutora Forthard. — Não podemos nos arriscar a sujar o ferimento.

Florell já tinha visto a essa altura. Ficou olhando para o local onde o osso despontava, com o rosto todo pálido.

— Adorável criança — falou, em um tom comovido —, não precisa ter medo. O Santo está com você.

As pedras do piso abafaram o som da retirada dela. Glorian fechou os olhos de novo, e por um momento tudo foi sombras, com o balançar da tábua a embalando como um berço.

Quando acordou de novo, estava em sua cama, com a manga esquerda da roupa cortada, mostrando a situação de seu braço — pele branca, sangue vermelho, aquela ponta de osso. A Doutora Forthard lavava as mãos em uma bacia de água quente, acompanhada de duas pessoas desconhecidas: uma vestindo a opalanda marrom de um aprendiz de santário; a outra, um tabardo vermelho, sobre uma túnica branca.

Quiropraxistas. Seu pai pagava um pequeno exército deles para estalar seu pescoço e recolocá-lo no lugar. Aquele estava com as mãos escondidas sob as mangas, como se quisesse evitar que a imaginação conjurasse a dor que infligiria.

— Lady Glorian. — O aprendiz veio até ela. — Beba isso. Vai aliviar a dor.

Ele levou um odre a seus lábios, e Glorian bebeu o quanto conseguiu. O vinho deixou um gosto forte de sálvia em sua boca.

— Doutora Forthard, o que vocês vão precisar fazer? — ela quis saber.

— Precisamos alinhar as duas partes do osso, Alteza, para ele cicatrizar e voltar a ser um só — a Doutora Forthard respondeu. — Este é Mestrie Kell Bourn, integrante da Companhia dos Ossos — ela anunciou.

— Alteza — disse Bourn, com um tom de voz baixo e tranquilo. — Por favor, tente se mover o mínimo possível.

Sir Bramel rezava baixinho. Glorian ficou tensa quando os estranhos se posicionaram junto à cama. O aprendiz de santário se colocou aos seus pés, enquanto Bourn avaliava seu braço.

— Eu quero erva-cessadora — pediu Glorian. — Doutora Forthard, por favor, eu quero dormir.

— Não — disse com firmeza Dama Erda Lindley. — Nada de suas plantas e poções, Forthard. A Rainha Sabran proibiu.

A Doutora Forthard ignorou a cavaleira.

— Alteza, até mesmo uma colherinha de erva-cessadora pode matar quem a ingerir — explicou. — É um veneno suave, mas ainda assim um veneno. — A Cirurgiã Real se virou de volta para a cama. — E Vossa Alteza é a grande corrente que prende o Inominado.

Glorian não se sentia uma corrente, grande ou pequena. Se sentia como uma menina com o braço quebrado.

— Por favor, então seja rápida, já que não pode ser suave — ela se forçou a dizer.

Sem dizer mais palavras, a Doutora Forthard segurou Glorian pelos ombros. O aprendiz de santário se apoiou sobre os tornozelos dela, para mantê-los colados à cama. Bourne respirou fundo, como se fosse disparar um tiro com arco, antes de segurar o braço da garota com mãos marrons e firmes como estribos. A última coisa que Glorian ouviu foi seu próprio grito.

****

Quando acordou, seu corpo todo ardia, em uma onda de calor tão forte que até fechava sua garganta. Perto do ombro, seu braço estava envolto em gesso e fixado ao corpo com uma correia de couro.

Glorian não estava acostumada a sentir dor. Os dedais a protegiam quando bordava, e as braçadeiras, quando empunhava o arco. Os raros momentos de desconforto eram provenientes de dores de cabeça, de joelhos esfolados, ou de suas regras. Só o que ela podia fazer naquele momento era se refugiar no sono.

— Glorian.

Os olhos dela se abriram.

— Florell?

Florell Glade servia à Rainha Sabran desde a infância, e agora era a Dama Primeira da Câmara Principal, alta e linda como um girassol. Ouvir a voz dela era um bálsamo tão poderoso que Glorian quase chorou.

— Calma, calma. Está tudo bem. — Florell deu um beijo em sua testa e sorriu, mas seus olhos azuis não estavam reluzentes como de costume. — A Doutora Forthard suturou a ferida. O Santo é bom.

Glorian desejou que ele pudesse ter sido bom o bastante para impedir sua montaria de derrubá-la, mas sabia que aquele tipo de coisa não se dizia em voz alta. Em vez disso, perguntou:

— Posso beber alguma coisa?

Florell trouxe um copo de cerveja.

— Fiquei com medo de que você ficasse febril — falou. — Não

muito antes de você nascer, meu pai deslocou a tampa do joelho. Ele nunca mais acordou depois que tentaram pôr tudo de volta no lugar.

— Eu sinto muito.

— Obrigada, querida. A Rainha Sabran teve a generosidade de pagar pelo sepultamento dele.

— Ela veio me ver?

— Sua Majestade me pediu para cuidar de você. Ela está reunida com o conselho.

Glorian cerrou os dentes e engoliu em seco, e seus olhos se encheram de lágrimas outra vez. Esperava que sua mãe pudesse se ausentar do Conselho das Virtudes, pelo menos dessa vez.

— Ela sabe que você não está em perigo — Florell falou, com um tom suave, ao ver a expressão no rosto dela. — É uma questão urgente.

Glorian não conseguiu fazer nada além de assentir em resposta. Sempre havia um assunto mais urgente e importante do que ela.

Florell a fez se deitar de novo e acariciou seus cabelos úmidos. A Rainha Sabran havia feito esse mesmo gesto alguma vezes, quando Glorian ainda tinha dentes de leite. Essas lembranças, apesar de vívidas, pareciam distantes — eram como moedas jogadas em um poço profundo demais para ser possível pescá-las com as mãos.

Glorian analisou seu braço, engessado do ombro até pouco abaixo do cotovelo. Sob a proteção, sua pele coçava.

— Por quanto tempo preciso usar isto?

— Até seu braço cicatrizar. Leve o tempo que for — Florell respondeu, em um tom gentil. — A Doutora Forthard purgou bem a ferida, e o ar aqui no norte é mais saudável. Você já está se curando.

— Eu não vou poder cavalgar.

— Não. — Ao ouvir Glorian suspirar, Florell segurou seu queixo. — Precisamos ser sempre muito cuidadosos com você, Glorian. De todas as pessoas do rainhado, você é a mais preciosa.

Glorian se inquietou. Florell alisou seus cabelos mais uma vez e foi atiçar o fogo.

— Lady Florell, onde está Julain? — Glorian perguntou.

— Com a mãe dela.

— Não deixaram que ela ficasse comigo?

— Acho que permitiriam. — Florell a encarou. — Ela está se culpando pelo acidente, Glorian.

— Que bobagem. Foi a palafrém, não Julain.

— Lady Julain leva seu dever muito a sério. Um dia, vai ser para você o que sou para Sua Majestade. Não só sua amiga, mas praticamente uma irmã, sua protetora. Sempre vai temer por você, assim como temi por sua mãe quando ela confrontou a Rainha Felina.

Glorian virou o rosto no travesseiro.

— Mande buscarem Julain pela manhã. — Voltou-se de novo para Florell. — Você pode pegar meu fantóchio, o que meu pai mandou no meu aniversário?

— Claro.

Florell o tirou do baú no canto do quarto e o colocou na mão da garota. Glorian o abraçou com força — uma miniatura de guerreira, entalhada em osso. Ela pressionou o fantóchio contra o peito e dormiu.

****

No dia seguinte, a Doutora Forthard apareceu com um prato de frutas picadas e fez questão que ela bebesse um tônico de sabor pungente.

— Para resfriar e fortalecer o corpo, Alteza — disse a médica. — Vinagre de maçã, alho, alho-poró, e ainda outras coisas boas.

Glorian desconfiava que talvez fossem seus visitantes que precisassem de fortificantes. No fim da tarde, depois das orações, Florell apareceu com um pente e um jarro de água de lavanda.

— Eu pedi a presença de Julain — Glorian falou, enquanto Florell desfazia os nós de seus cabelos. — Ela não vai vir me ver?

— Ela deve vir, se você ordenar, Glorian.

Depois de pensar por um instante, Glorian falou:

— Eu ordeno.

Florell abriu um leve sorriso ao ouvir isso. Ela se retirou quando enfim terminou de pentear Glorian, que se sentou na cama com uma careta de dor. Pelo menos agora estava com cheiro de lavanda, além de vinagre e alho.

Depois de um tempo, a porta se abriu.

— Lady Julain Crest — veio o anúncio, e sua amiga entrou, usando um vestido rubro com corpete verde. Os cabelos estavam presos em uma única trança.

A porta se fechou atrás dela, deixando as duas a sós. Julain olhou para Glorian, para seu braço imobilizado.

— Por que não veio antes? — Glorian questionou, um pouco magoada. Julain juntou as mãos na frente do corpo e abaixou a cabeça.

— Jules, Óvarr me derrubou da cela de repente. O que você poderia ter feito?

— Não sei — Julain falou, com a voz embargada. — E fiquei assustada por não saber. — Quando ela voltou a erguer o olhar, Glorian constatou, com surpresa, que o rosto dela estava cheio de lágrimas. — Você poderia ter morrido. Eu achei que isso fosse acontecer. E se ficar em perigo de novo, e eu não puder salvá-la?

— Não preciso que ninguém me salve. Só o que eu peço é que você não me abandone.

Julain fungou.

— Eu juro. — Ela secou o rosto outra vez e, em seguida, alinhou os ombros. — Eu juro, Glorian.

— Muito bem.

Houve uma pausa antes que as duas soltassem risadinhas de alívio, e Julain acariciou o rosto dela.

— Converse comigo um pouco, antes que eu durma de novo. — Glorian deu um tapinha na cama. — Estou fedendo a alho, então esse pode ser seu castigo por se culpar pelo meu braço, e não a uma montaria idiota.

Julain usou o banquinho para subir na cama, enquanto Glorian afastava uma almofada para abrir espaço.

— Puxa, você está mesmo cheirando a alho. — Julain torceu o nariz. — E... alho-poró, acho.

— E lavanda — Glorian fez questão de afirmar. Julain abanou o rosto com a mão. — Ah, você tem razão. Não posso mais beber essa coisa antes da minha aclamação, a não ser que queira derrubar minha mãe do trono com meu hálito.

Isso fez o sorriso desaparecer do rosto de Julain.

— Sua Majestade veio ver você?

Glorian desviou o olhar.

— Não.

Julain se aninhou junto a ela. Era uma sensação de conforto e familiaridade que não precisava de palavras. Glorian segurou a mão que a amiga ofereceu, tentando ignorar o vazio, a dor incômoda da inveja. Se Julain tivesse sofrido uma queda grave, os pais dela passariam a noite toda ao lado da cama, só para fazê-la se sentir melhor.

Glorian queria isso de sua mãe. E também temia a vinda dela, pois sabia exatamente o que Sabran diria: estava na hora de as brincadeiras de infância chegarem ao fim.

Era chegado o momento de Glorian aprender o que significava ser a futura Rainha de Inys.

3
Sul

— Siyu, desça já daí!

A laranjeira suspirava em meio à brisa. Seu tronco retorcido era sempre quente ao toque, como se houvesse raios de sol presos em sua seiva. Todas as folhas eram lustrosas e perfumadas, e mesmo em pleno outono os frutos continuavam aparecendo.

Nem uma única vez, durante todo o período em que esteva lá, talvez desde o princípio dos tempos, alguém ousou profanar um de seus galhos. Agora havia uma jovenzinha agachada entre eles, descalça e fora do alcance de qualquer um.

— Tuva, é maravilhoso — gritou, com um tom de divertimento na voz. — Juro para você que dá para ver até Yikala!

Tunuva se limitou a observar, decepcionada. Siyu sempre fora cabeça-dura, mas isso não poderia ser relevado como uma tolice juvenil. Era um sacrilégio. A Prioresa ficaria indignada quando descobrisse.

— O que foi, Tunuva? — Imsurin se colou ao seu lado, seguindo seu olhar. — Que a Mãe nos livre — ele falou, baixinho, antes de olhar de novo para a mulher. — Onde está Esbar?

Ela mal o ouviu, pois Siyu estava subindo ainda mais. Com um último movimento com a sola do pé, se aventurava nos galhos mais altos, e Tunuva avançou, soltando um grunhido esganiçado.

— Você não pode... — começou Imsurin.

— E como você acha que eu faria isso? — Tunuva esbravejou. — Não faço a menor ideia de como *ela* foi parar lá em cima. — Imsurin levantou as mãos, e Tunuva se voltou de novo para a árvore. — Siyu, por favor, já chega disso!

A única resposta que obteve foi uma gargalhada. Uma folha verde flutuou até o chão.

A essa altura, uma pequena multidão já havia se juntado no vale: irmãs, irmãos, três ichneumons. Os murmúrios cresciam às costas de Tunuva, como o zumbido de um ninho de vespas espigadas. Ela olhou para a laranjeira e rezou com todas as forças: *Que ela fique em segurança, que seja guiada até mim, e que não caia.*

Não havia como esconder o ocorrido. Um local mantido em segredo durante séculos não podia se dar ao luxo de manter segredos internos.

— Precisamos encontrar Esbar. Siyu escuta o que ela fala — Imsurin falou, com um tom resoluto. — E o que você fala também — ele se apressou em acrescentar ao se dar conta do que dissera. Tunuva franziu os lábios. — Você precisa fazê-la descer antes que...

— Agora ela não vai ouvir ninguém. Precisamos esperar que desça. — Tunuva ajeitou o xale nos ombros e cruzou os braços. — E agora já é tarde demais. Todo mundo já viu.

Quando Siyu reapareceu, o céu já adquirira uma cor de damasco, e Tunuva estava ao mesmo tempo com uma postura rígida e trêmula, como uma corda de harpa que havia acabado de ser tocada.

— Siyu du Tunuva uq-Nāra, desça daí agora mesmo — gritou. — A Prioresa vai ficar sabendo disso.

Era uma atitude covarde, evocar a autoridade da Prioresa. Esbar jamais se mostraria tão fraca. Mesmo assim, sua raiva deve ter surtido algum efeito, pois quando Siyu olhou para baixo o sorriso desapareceu de seu rosto.

— Estou indo — ela falou.

Tunuva achava que ela desceria da mesma forma como subiu, fosse lá qual fosse. Em vez disso, Siyu ficou de pé e se equilibrou. Era leve e pequena, e o galho era bem forte, mas Tunuva assistiu a tudo com pavor, pensando que pudesse se quebrar sob os pés da garota.

Nunca tivera medo da árvore antes daquele dia. A laranjeira era uma guardiã, uma provedora e uma amiga: nunca uma inimiga, nunca uma ameaça. Pelo menos não até Siyu começar a correr pelo galho e saltar pelos ares.

De imediato, Tunuva e Imsurin saíram correndo, como se tivessem alguma esperança de pegá-la. Siyu desabou com um grito, agitando os braços, e desapareceu nas águas convolutas do Minara. Tunuva se lançou para a barranca.

— Siyu!

Sentia um aperto no peito tão grande que mal conseguia respirar. Ela arrancou o xale e teria mergulhado, caso Siyu não tivesse voltado à tona, com os cabelos pretos colados no rosto, com uma risada de puro deleite. Movimentando os braços fortes, ela nadava contra a corrente, batendo as pernas.

— Siyu, não se arrisque a sofrer a fúria de Abaso — Imsurin avisou, com seu tom de voz forte e tenso, estendendo-lhe a mão. — Saia, por favor.

— Você sempre disse que eu nado muito bem, Imin — foi a resposta dela, repleta de felicidade. — A água está revigorante. Venha sentir!

Tunuva olhou para Imsurin. Já o conhecia havia décadas, e nunca tinha visto o medo naquele rosto magro e ossudo. Mas naquele momento o queixo dele tremia. Quando ela baixou os olhos, viu que suas próprias mãos também estavam trêmulas.

Está tudo bem. Ela está bem.

Siyu se agarrou a umas das raízes, que usou para sair do rio. Tunuva soltou um suspiro, sentindo a tensão deixar seu corpo imediatamente. Agarrou Siyu nos braços e beijou seus cabelos molhados.

— Sua menina tola e imprudente. — Tunuva a agarrou pela nuca. — Onde você estava com a cabeça, Siyu?

— Vai me dizer que ninguém nunca fez isso? — Siyu rebateu, ofegante de excitação. — Centenas de anos com uma árvore dessas e ninguém nunca subiu? Eu sou a primeira?

— E vamos torcer para que seja a última.

Tunuva envolveu Siyu com o xale que pegou de volta do chão. Os outonos eram amenos na Bacia Lássia, mas o Rio Minara descia das montanhas a noroeste, bem distantes do calor natural que aquecia a terra ao redor da árvore.

Quando as duas se levantaram, Siyu a cutucou, abrindo um sorriso. Apenas Tunuva via as faíscas no olhar de sua irmã. Ela passou um braço em torno de Siyu e a conduziu pela grama fria do vale, para os milhares de degraus que as levariam ao Priorado.

****

Mais de quinhentos anos haviam se passado desde sua fundação — desde que Cleolind Onjenyu, Princesa da Lássia, derrotara o Inominado.

A laranjeira fora decisiva na batalha. Quando Cleolind comeu seu fruto, se transformou em uma brasa viva, um veículo da chama sagrada, o que lhe deu forças para derrotar a fera. A árvore a salvara do fogo do wyrm lhe concedendo uma chama própria.

Um dia, ele voltaria. Cleolind tinha certeza.

O Priorado era seu legado. Uma casa de mulheres criadas como guerreiras que juraram defender o mundo contra as crias do Monte Temível. Atentas ao menor farfalhar de suas asas.

As primeiras irmãs descobriram um conjunto de cavernas nas encostas vermelhas e escarpadas ao redor do Vale de Sangue. Nas décadas que se seguiram, foram escavando cada vez mais fundo, e suas descendentes continuaram o trabalho, até criarem uma fortaleza escondida na rocha.

Foi só no século anterior que a beleza passou a dar vida ao lugar. Revestimentos de xisto e manto de pérola rodeavam as colunas, e os tetos possuíam espelhos ou pinturas em estilos de todas as partes do Sul. Os primeiros buracos escavados para pendurar lamparinas foram transformados em arcos elegantes, adornados com folhas de ouro para intensificar a luz das velas. O ar fresco chegava às cavernas por cima, fluindo pelas portas com treliças entalhadas, perfumado pelo aroma das flores que os homens cultivavam. Um vento forte podia trazer também o aroma de laranja.

Ainda havia muito a fazer. Quando Esbar fosse Prioresa, pretendia encomendar a construção de uma piscina que permitiria ver o céu, com água aquecida a lenha levada por uma tubulação, e usar um arranjo engenhoso de espelhos para levar a luz do dia às cavernas mais profundas. Esbar ficou cheia de planos quando o manto vermelho caiu sobre seus ombros.

Todos os dias, Tunuva agradecia à Mãe pelo lar que tinham. Era um lugar protegidos dos olhares mesquinhos do mundo. Ali não existiam monarcas para forçá-los a se ajoelharem, nem moedas para dividir as pessoas entre ricas ou pobres, nem cobrança sobre a água que usavam ou tributos descontados do que colhiam da terra. Cleolind renunciara à sua coroa para construir um lugar onde nada disso seria necessário.

Siyu foi a primeira a falar.

— A Prioresa vai me castigar?

— Imagino que sim.

Tunuva manteve um tom de voz neutro. Siyu estrilou.

— Não aconteceu nada de ruim — argumentou, ofendida. — Eu sempre quis subir na árvore. Não entendo por que todo mundo precisa ser tão...

— Não é meu papel te ensinar a distinção entre o certo e o errado, Siyu uq-Nāra. Você já deveria saber a diferença muito bem a esta altura. — Tunuva lançou para ela um olhar de soslaio. — Como alcançou os galhos?

— Joguei uma corda. Precisei de um mês para aprontar uma do tamanho certo. — Siyu abriu um sorriso malicioso. — Por quê, Tuva? Você queria tentar?

— Você já abusou do direito de ser tola hoje, Siyu. Não estou no clima para brincadeiras — Tunuva respondeu. — Onde está essa corda?

— Deixei lá no galho.

— Então alguém vai ter que ir pegar, e a árvore vai ser profanada uma segunda vez.

Depois de uma pausa, Siyu respondeu:

— Sim, minha irmã.

Ela teve o bom senso de manter a boca fechada pelo restante da longa caminhada.

Aos dez anos de idade, Siyu havia sido retirada do local onde os bebês e as crianças pequenas dormiam. Agora tinha dezessete, e vivia no patamar logo abaixo ao das iniciadas. Embora já tivesse idade para se juntar a elas, a Prioresa ainda não a declarara digna da chama.

Tunuva abriu a porta do cômodo da direita. As lamparinas estavam todas acesas, e havia ervas no travesseiro. Os homens faziam um esforço especial para dar um ar de frescor aos ambientes mais profundos, onde a luz do sol nunca chegava.

Ela conjurou uma pequena chama e deixou que escapasse de sua palma. Siyu apertou o xale contra o corpo enquanto via o fogo brilhar acima delas, refletido em seus olhos escuros e grandes. A chama baixou para o aquecedor e se espalhou pelos gravetos, começando a queimar a madeira sem soltar fumaça.

Siyu removeu a opa e se ajoelhou no tapete junto ao fogo, esfregando os braços. Apenas quando comesse o fruto saberia como era se sentir aquecida por completo. Tunuva esperava que esse dia chegasse logo. Mas, àquela altura, parecia mais distante do que nunca.

— Onde está Lalhar? — ela perguntou para Siyu logo em seguida.

— Pensei que ela latiria se me visse subir. Yeleni a deixou dormir no quarto dela.

— Sua ichneumon é sua responsabilidade. — Tunuva tirou uma das cobertas da cama. — Yeleni também participou do seu plano, então.

Siyu soltou um risinho de deboche.

— Não. — Ela passou os dedos pelas pontas dos cabelos. — Eu sabia que ela não ia me deixar fazer aquilo.

— Pelo menos uma de vocês tem juízo.

— Você está muito brava, Tuva? — Quando Tunuva pôs a manta pesada sobre os ombros de Siyu, a menina observou bem seu rosto. — Eu assustei você. Pensou que eu fosse cair?

— Você achou que não fosse? — Tunuva se empertigou. — A arrogância não é uma postura condizente com uma futura matadora.

Siyu olhou para o aquecedor. Uma mecha de cabelos pretos grudara em seu rosto.

— Você podia falar com a Prioresa — disse. — Ela pode acabar pegando mais leve comigo se...

— Não vou diminuir o que você fez, Siyu. Você não é mais criança. — Tunuva pegou seu xale úmido. — Me permita lhe dar um conselho, como a pessoa cujo nome você carrega. Reflita sobre o que fez e, quando for convocada pela Prioresa, aceite sua punição com dignidade.

Siyu cerrou o maxilar. Tunuva se virou para sair.

— Tuva — Siyu disse, de repente. — Me desculpe por ter assustado você. Vou me desculpar com Imin também.

Tunuva olhou para ela por cima do ombro, sentindo sua contrariedade arrefecer.

— Eu vou... pedir para ele te trazer um copo de leitelho — falou, sentindo uma pontada de frustração consigo mesma e saindo para o corredor.

Já fazia meio século que ela servia à Mãe. A essa altura, deveria ser como aço temperado, mais forte e mais dura a cada ano — mas, quando o assunto era Siyu, ela se dobrava como capim ao vento. Tunuva pegou a escada para o lado aberto do Priorado, onde as tochas oscilavam sob a brisa.

Quando se deu conta, estava no corredor mais alto, batendo na porta mais alta. Uma voz rouca a mandou entrar, e então ela se viu diante da mulher que presidia o Priorado.

Saghul Yedanya fora eleita Prioresa quando tinha apenas trinta anos. As mechas de cabelos pretos tornaram-se brancas já há muito tempo e, apesar de antes estar entre as mulheres mais altas e robustas do Priorado, naquele momento sua cadeira de madeira polida parecia grande demais para ela.

Mesmo assim, se sentava com uma postura altiva, com as mãos entrelaçadas sobre a barriga. O rosto, de pele quase toda marrom, tinha pontos mais pálidos, que também apareciam na ponta dos dedos e formavam uma lua crescente tombada no pescoço. Rugas profundas marcavam sua testa. Tunuva invejava aquela sabedoria tão evidente — cada ano podia ser lido na pele, dispostos como os anéis que indicavam o crescimento de uma árvore.

Esbar estava sentada diante dela, se servindo de um jarro cuja borda era banhada em ouro. Ao ver Tunuva, franziu o cenho.

— Quem está aqui a esta hora? — Saghul perguntou, com sua voz grave e seu jeito lento de falar. — É você, Tunuva Melim?

— Sim — respondeu Tunuva. Era evidente que não sabiam o que tinha acontecido. — Prioresa, estou vindo do vale. Uma de nossas jovens irmãs... subiu na árvore.

Saghul inclinou a cabeça.

— Quem? — Esbar perguntou, em um tom de voz ameaçadoramente baixo. — Tuva, quem foi que fez isso?

Tunuva se preparou para o pior.

— Siyu.

Esbar ficou de pé num ímpeto, com uma expressão turbulenta no rosto. Tunuva avançou para detê-la, ou pelo menos tentar, mas Saghul se manifestou primeiro:

— Esbar, não se esqueça de sua posição. — Esbar se deteve. — Se quiser atuar como minha munguna, deve acalmar e confortar suas irmãs. Essa visão deve tê-las perturbado.

Esbar respirou fundo, jogando areia nas chamas que se acenderam dentro dela.

— Sim, Prioresa — se limitou a dizer. — Claro.

Ela tocou no braço de Tunuva antes de se retirar. Tunuva sabia que, ainda assim, Siyu não escaparia daquela fúria.

— Vinho — pediu Saghul. Tunuva ocupou o assento vazio e terminou de servi-la. — Me conte o que aconteceu.

Tunuva obedeceu. Era melhor que ela mesma contasse tudo. Saghul não encostou no vinho enquanto ouvia, com o olhar voltado para a parede oposta. As pupilas dela eram acinzentadas, em vez de pretas, uma doença que nublava a visão.

— Ela mexeu com o fruto? — a Prioresa perguntou, por fim. — Comeu algo que não lhe foi dado?

— Não.

Houve um silêncio momentâneo. Em algum lugar mais acima, uma coruja baia chirriava.

— Siyu é valente e aventureira. Isso é uma dificuldade em um mundo pequeno como o nosso — Tunuva falou. Saghul concordou com um grunhido. — Sei que ela deve ser reprimida pela profanação, mas ainda é muito jovem.

— Ela está arrependida?

Tunuva pensou um pouco antes de responder.

— Acredito que vá se arrepender. Quando refletir melhor a respeito.

— Se não está arrependida agora, então isso nunca vai acontecer. Nós incutimos um enorme respeito pela árvore em nossas crianças, Tunuva. É algo que elas aprendem antes mesmo de aprenderem a escrever, ler ou lutar — observou Saghul. — Existem criancinhas de dois anos entre nós que já sabem que não podem subir nos galhos.

Tunuva ficou sem resposta. Saghul estendeu os dedos na direção do copo de vinho, encontrando sua base.

— Minha preocupação é que isso seja apenas o começo — ela murmurou. — A decadência está no coração do Priorado.

— Decadência?

— Já faz mais de cinco séculos que a Mãe baniu o Inominável aqui mesmo, neste vale, e não há sinais de que ele vá voltar — lembrou Saghul. — Era inevitável que algumas de nós começassem a questionar a necessidade da existência do Priorado.

Tunuva bebeu um pequeno gole de vinho, que não ajudou em nada a aliviar a secura em sua boca.

— O que Siyu fez, por mais profano que seja, é só um sinal dessa degeneração. Ela não respeita mais a árvore que protegeu Cleolind Onjenyu, pois não teme a fera que a atacou — Saghul falou, com tristeza. — O Inominável, para ela, não passa de uma fábula. Até mesmo você, Tunuva, que é tão leal a nossa casa, já deve ter se perguntando por que continuamos aqui.

Tunuva baixou os olhos.

— Quando saí pela primeira vez — ela confessou —, atravessei o Deserto Escarlate, com o sol batendo na pele, e me dei conta de como o mundo deve ser amplo e glorioso; das maravilhas que deve conter. Naquele momento, eu me questionei por que decidimos nos esconder em um espaço tão restrito.

Tunuva se lembrava disso com vividez. Sua primeira jornada para além do Vale de Sangue, com Esbar ao seu lado. Saghul as mandou coletar um musgo raríssimo que crescia no Monte Enunsa — uma tarefa que as levou para longe de casa, mas sem passar por nenhum outro assentamento humano.

Quando era criança, Tunuva sempre considerou Esbar intimidadora, com sua língua afiada e sua confiança inabalável. Já Esbar via Tunuva como alguém decorosa e séria demais. Mesmo assim, as duas sempre souberam que fariam sua primeira incursão para fora do Priorado juntas, em razão da proximidade de idade.

No ano anterior à jornada, tudo isso mudou, quando Tunuva foi escolhida para duelar com Gashan Janudin. Esbar e Gashan tinham sido rivais desde pequenas, ambas determinadas a assumir o posto de Prioresa algum dia. A rivalidade entre as duas era tão intensa, assim como a certeza de que ninguém era páreo para elas, que Gashan não fez a menor questão de esconder seu desdém diante de Tunuva.

Até esse momento, Tunuva nunca demonstrara toda sua habilidade com a lança, por não ver necessidade de se exibir para as irmãs — mas então se cansou de Gashan e Esbar, que se comportavam como dois sóis ofuscando as estrelas ao seu redor. Concentrou todos os anos de dedicação aos estudos em sua arma e, antes mesmo que Gashan pudesse se dar conta do perigo, Tunuva já a havia desarmado.

Naquela noite, Esbar a encontrou em uma varanda, se alongando para manter o corpo ágil e flexível. *Você finalmente conseguiu atrair minha atenção*, Esbar dissera, se sentando mesmo sem ser convidada. Chegara trazendo vinho, e serviu dois copos. *Quando foi que a garota calada e conformista desenvolveu tamanho talento com a lança?*

O que você chama de conformismo, eu chamo de obediência à Mãe. Tunuva já se juntara a ela nos degraus. *E me acharia menos calada se tivesse mostrado algum interesse em conversar comigo.*

Esbar compreendeu seu ponto de vista. Elas passaram aquela noite se conhecendo, e desenvolveram uma proximidade inesperada. Quando se despediram, o sol já havia nascido.

Depois disso, passaram a prestar bem mais atenção uma à outra. Esbar a acompanhava com o olhar pelos corredores, inventava pretextos para passar em seu quarto, parava para conversar quando as duas se cruzavam. E, quando ambas cumpriram vinte anos, chegou o momento de darem os primeiros passos do lado de fora.

Por um momento, Tunuva se perdeu entre as lembranças do passado. A beleza cruel do deserto. A pequeneza de sua existência diante daquela imensidão. O brilho da areia, que parecia rubi moído. Elas deixaram os ichneumons perto de uma poça d'água e seguiram o restante da jornada a pé. Ela nunca tinha visto céu de um azul tão deslumbrante, sem a obstrução das árvores e das elevações que havia no vale. Estavam sem as irmãs, sozinhas em um mar de areia, mas mesmo assim poderiam ser encontradas facilmente.

Ela e Esbar se entreolharam, maravilhadas. Mais tarde, se deram conta do que ambas sentiram: uma sensação de que não só o mundo havia mudado, mas de que elas também passaram a ser outras. Deve ter sido esse sentimento que levou Esbar a beijá-la. Sem fôlego de tanto rir, elas se abraçaram sobre o calor macio da duna, sob o céu de um azul quase insuportável, com a areia deslizando como seda em seus corpos, com a respiração soltando faíscas.

Trinta anos haviam-se passado, e Tunuva ainda estremecia ao se lembrar. De um momento para o outro, começou a prestar mais atenção ao roçar da opa contra os seios, e ao leve formigamento que sentia no ventre.

— Por que você voltou? — Saghul perguntou, trazendo-a de volta para o momento presente. — Por que não ficou naquele espaço amplo e glorioso para sempre, Tunuva?

Esbar fizera essa mesma pergunta naquele dia, quando estavam deitadas à sombra de uma rocha. As duas pareciam sarapintadas de sangue, com o corpo coberto pelos grãos vermelhos e reluzentes.

— Porque aquilo me fez entender meu dever — respondeu. — Foi conhecer o mundo com meus próprios olhos, fazer parte dele, que me levou a reconhecer a importância de protegê-lo. Se o Inominado acabar por voltar, nós podemos ser as únicas capazes de fazer isso. Portanto, eu não vou me esquecer. Vou ficar.

Saghul sorriu. Um sorriso afetuoso e sincero que enrugou o canto dos olhos dela e acentuou sua beleza.

— Sei que a senhora considera Siyu imatura demais para comer o fruto — Tunuva falou. — Sei que existe um grande risco em iniciá-la antes da hora certa. E também sei que esse... lapso de julgamento, essa violação absurda, não ajudou em nada a convencê-la quanto à maturidade dela, Saghul.

— Hum.

— Mas Siyu talvez precise se apaixonar pelo mundo lá fora, assim como eu. Permita a ela que viaje até a corte dourada da Lássia e proteja a Princesa Jenyedi. Que prove das maravilhas do mundo, para que consiga entender a importância do Priorado. Que nunca pense neste lugar como uma prisão.

Um silêncio se estabeleceu entre as duas. Saghul deu um longo gole de seu copo.

— O vinho do sol é uma das maravilhas do mundo antigo — comentou.

Tunuva se pôs a esperar. Sempre havia um significado por trás das histórias da Prioresa da Laranjeira.

— Não é fácil trazê-lo para cá de Kumenga — continuou Saghul. — Eu preferiria não correr esse risco, mas, quando meu suprimento termina, o vinho invade meus sonhos, e acordo com seu gosto na boca. Para mim, nada além do fruto sagrado pode ser mais doce. E mesmo assim... eu só bebo até a metade.

Ela pôs o copo entre as duas. O som da cerâmica contra a madeira ressoou pelo recinto.

— Algumas pessoas demonstram moderação ao desfrutar os prazeres mundanos — falou. — Você e eu somos assim, Tunuva. Quando a peguei com Esbar pela primeira vez, temi que fossem acabar se perdendo em sua paixão uma pela outra. Vocês provaram que eu estava errada. Souberam quanto beber do vinho. Souberam deixar um pouco ainda no copo. — Dessa vez, quando ela sorriu, não foi um sorriso afetuoso. — Mas existem pessoas, Tunuva, que se entregam à doçura do vinho até se afogarem nele.

Com o dedo de juntas grossas, ela tombou o copo. O vinho do sol se derramou na mesa e pingou como mel diluído em água no chão.

4
Leste

O estranho estava dormindo fazia dois dias. Quando Dumai o tirou do meio da nevasca, estava com bolhas nos dedos, e o frio provocara ferimentos em seu nariz e bochechas.

Unora se pôs a trabalhar sem demora. Depois de tantos anos na montanha, sabia como salvar as partes do corpo que ainda não haviam morrido. Ela trocou as roupas do estranho e, aos poucos, foi aquecendo a pele congelada dele.

A tosse era por causa do mal da montanha. No verão, ele teria sido levado de volta lá para baixo, mas, até que a neve cessasse, precisaria aguentar firme. Assim como a hóspede Kuposa, em quem Dumai batera os olhos apenas duas vezes, e à distância. Incapaz de tentar uma subida ao cume, ela se mantinha fechada no Salão Interno.

Dumai desejou ter podido saudá-la, mas a mãe lhe ensinara a nunca abordar visitantes da corte. *O palácio é uma rede intricada, que apanha até os mais ínfimos peixes. É melhor ficar longe desse emaranhado*, Unora alertara. *Mantenha a mente pura e pense alto, e um dia poderá assumir o meu lugar.*

Isso fazia sentido. A corte era feita de fofocas e trapaças, de acordo com todo mundo que já passara por lá.

Depois de cumprir suas obrigações, decidiu ir ver Unora, que estava com o viajante doente desde a chegada dele. Dumai a substituíra na condução da procissão. Na varanda, tirou as botas e as trocou por chinelos antes de entrar no quarto onde estava o estranho.

Kanifa estava saindo, carregando um caldeirão.

— Como está nosso hóspede? — Dumai quis saber.

— Ele se mexe de vez em quando. Acho que vai acordar em breve.

— Então por que você está tão preocupado?

A ruga entre as sobrancelhas dele estava mais profunda do que de costume. Ele olhou para mais adiante no corredor.

— É nossa visitante da corte — falou, em um tom baixo. — Ao que parece, anda fazendo perguntas sobre a Grã-Imperatriz. Quer saber o que ela acha da vida no templo. Se em algum momento pretende voltar.

— Ela já governou Seiiki. Os visitantes sempre demonstram curiosidade a seu respeito.

— Essa é uma Kuposa, uma mulher de ambição. Pode estar tentando ganhar a simpatia da Grã-Imperatriz, ou querer envolvê-la em alguma intriga — disse Kanifa. — Vou ficar de olho nela.

— Sim, com certeza você vai ficar mais do que contente em ficar de olho em uma mulher bonita.

Kanifa levantou uma das sobrancelhas grossas, com um leve sorriso nos lábios.

— Vá falar com sua mãe, Dumai de Ipyeda. — Ele seguiu adiante pelo corredor. — Ela vai limpar da sua mente esses pensamentos mundanos.

Dumai escondeu o sorriso por detrás dos cabelos quando entrou no quarto. Ela o provocava, mas na verdade Kanifa nunca expressara interesse por ninguém. Seu único amor era a montanha.

O viajante estava deitado em uma esteira, coberto até o pescoço, com os pés encostados em um aquecedor de cama. Devia ter uns sessenta anos, com cabelos grossos já grisalhos emoldurando um rosto de pele marrom e aspecto solene.

Unora estava por perto, vigiando uma chaleira. Enquanto houvesse hóspedes no templo, ela era obrigada a usar o véu cinza de Donzela Oficiante, mesmo quando não estava conduzindo um ritual.

A Donzela Oficiante representava e atuava como substituta da Suprema Oficiante. Enquanto esta era sempre membro da família real, a primeira em geral não era nobre de nascença. Seu véu simbolizava a divisa entre os reinos mundano e celestial.

— Aí está você. — Unora deu um tapinha no chão. — Venha cá.

Dumai se ajoelhou ao lado dela.

— Já descobriu quem ele é?

— Um peregrino do sal, pelo que se lembra. — Sua mãe apontou para um prato cheio de conchas de rara beleza. — Ficou acordado por tempo suficiente para me perguntar onde estava.

Para um peregrino do sal, o homem parecia curiosamente em bom estado. Eles eram andarilhos que cuidavam dos antigos altares, banhan-do-se apenas no mar e vestindo o que encontrassem nas praias.

— E a visitante? — Dumai quis saber. — Já descobriu o que ela veio fazer aqui nesta época do ano?

— Sim. — Unora tirou a chaleira fumegante do gancho sobre o fogo. — Como você sabe, não posso revelar segredos, mas ela está com medo de que uma escolha que fez possa provocar um escândalo na corte. Precisava de um tempo para espairecer.

— Talvez eu possa falar com ela, oferecer algum consolo. Acho que temos mais ou menos a mesma idade.

— É muita gentileza sua, mas ela veio se aconselhar comigo. — Unora virou a água fervente em um copo. — Não se preocupe, minha pipa. Sua vida está nesta montanha, que precisa de sua devoção total.

— Sim, mãe.

Dumai olhou para o peregrino do sal. Um calafrio subiu por sua espinha. Ele não só estava acordado, mas seu olhar severo e confuso estava cravado em seu rosto. O homem parecia ter visto um fantasma d'água.

Unora também notou, enrijecendo.

— Honorável desconhecido. — Ela se colocou entre os dois, com o copo nas mãos. — Seja bem-vindo. Você está no Alto Templo de Kwiriki. Eu sou a Donzela Oficiante. — O homem não abriu a boca. — O mal da montanha... pode nublar a visão. Consegue me ver?

Dumai estava começando a ficar apreensiva. Por fim, o homem falou:

— Estou com sede.

A voz dele saiu rouca e áspera. Unora levou o copo até sua boca.

— Você deve experimentar confusão por um tempo — ela avisou, enquanto ele bebia. — E seu estômago pode parecer menor do que de costume.

— Obrigado. — Ele secou a boca. — Sonhei que os deuses me convocavam para esta montanha, mas, ao que parece, eu estava fraco demais para responder ao chamado.

— É o desejo da montanha, e não sua fraqueza, que o impede de subir mais.

— Você é muito gentil. — Enquanto Unora recolhia o copo, ele olhou de novo para Dumai. — Quem é essa?

— Uma de nossas cantantes-aos-deuses.

Dumai esperou que ela fosse mais específica na apresentação. Unora se limitou a servir mais da infusão de gengibre.

— Peço desculpas — o peregrino do sal disse a Dumai. — Achei você parecida com alguém que eu conhecia. — Ele esfregou os olhos.

— Tem razão, Donzela Oficiante. Deve ser o mal da montanha.

Ouviu-se um rangido no corredor.

— Ah, aqui está Kanifa — Unora falou, em um tom animado. — Ele trouxe bandagens para você. — Ela se voltou para Dumai. — Pode ajudar Tirotu a cortar mais gelo?

Dumai se levantou lentamente, cruzando com Kanifa ao sair, esbarrando nele e o obrigando a olhar para ela.

****

— Com o que você sonhou?

Dumai manteve os olhos fechados. Estava ajoelhada em uma esteira, com as mãos sobre as coxas.

— Sonhei que estava voando de novo — contou. — Sobre as nuvens. Esperando a noite cair.

— Esperando o sol se pôr e a lua aparecer?

— Não. Já era noite, mas sem luar. — Dumai reformulou a frase: — Estava esperando as estrelas descerem do céu. De alguma forma, eu sabia que elas viriam até mim.

— E vieram?

— Não. Elas nunca vêm.

A Grã-Imperatriz assentiu com a cabeça. Estava acomodada no banquinho de ajoelhar que costumava usar nos meses mais frios.

Em outros tempos, havia sido a sempre sagaz e amada Imperatriz Manai — até que uma doença desconhecida e deixou frágil e confusa, deixando os médicos perplexos. Quando não havia mais maneira de disfarçar o declínio, ela não teve escolha a não ser abdicar do trono em nome do filho e se recolher ao Monte Ipyeda, para assumir o posto, na época vago, de Suprema Oficiante de Seiiki.

Na montanha, a doença desaparecera de modo misterioso, mas seu ordenamento a proibia de voltar à corte. Foi ela quem recebeu a desamparada e solitária Unora quando ela chegou ao templo, grávida de Dumai, em busca de refúgio.

Desde a abdicação, o garoto deixado no trono havia se tornado um homem. O Imperador Jorodu nunca visitara o templo, embora de tempos em tempos escrevesse para a mãe.

A Grã-Imperatriz olhava para a madeira-quedada no braseiro. Fios brancos marcavam seus cabelos grisalhos e curtos, como se ela os tivesse penteado com neve. Dumai desejava que seus cabelos também ficassem assim.

— Você imagina o que aconteceria se as estrelas *não* caíssem? — a Grã-Imperatriz questionou.

Dumai pressionou as mãos e fez força para se lembrar. No espaço amorfo entre o sono e a vigília, sonhara que seu suor era prateado.

— Alguma coisa terrível — falou. — Lá embaixo, havia uma água preta, e dentro dela estava a danação.

A Grã-Imperatriz franziu os lábios, contorcendo o rosto.

— Eu pensei bastante nesses sonhos — ela revelou. — Kwiriki está convocando você, Dumai.

— Estou sendo convocada a ser a Donzela Oficiante? — Dumai perguntou. — A senhora sabe que esse é meu único desejo.

— Eu sei, sim. — A Grã-Imperatriz pôs a mão na cabeça da garota. — Obrigada por compartilhar comigo seu sonho. Continuarei refletindo a respeito de tudo, na esperança de conseguir decifrar a mensagem.

— Eu queria saber se… poderia pedir sua orientação em outra questão. Tem a ver com a minha mãe.

— O que tem ela?

Dumai se sentiu em conflito consigo mesma. Não era papel de uma filha questionar a mãe.

— É uma questãozinha de nada, mas hoje, um pouco mais cedo, ela preferiu não revelar a um estranho que eu era sua filha — disse, por fim. — Me apresentou apenas como uma cantante-aos-deuses. Sei que é incomum que uma Donzela Oficiante tenha filhos, mas… isso não é vergonha nenhuma.

— Você está falando do homem que chegou no meio da noite.

— Sim.

A Grã-Imperatriz pareceu pensativa.

— Unora pôs você neste mundo. O amor de nossos pais pode assumir formas estranhas, Dumai — ela falou. — Veja como a fêmea do pesareiro bica o próprio peito, alimentando os filhotes com gotas do próprio sangue.

Dumai já tinha visto. E era por isso que gostava tanto dos pesareiros.

— Como minha representante, Unora deve guiar e confortar os hóspedes. Você ainda não está pronta para esse papel, mas, se eles soubessem quem é sua mãe, provavelmente veriam você como uma forma de conseguir acesso a ela — explicou a Grã-Imperatriz. — Unora quer manter você longe do nível do chão… até ter passado tempo suficiente na montanha para conseguir resistir aos apelos lá de baixo.

— Estou na montanha há quase tanto tempo quanto minha mãe. Nunca pus o pé fora daqui. Como posso ser tentada por uma coisa que nunca vi?

— Exatamente.

Dumai tentou digerir aquela resposta. Como as pedras em um tabuleiro, as peças foram se movendo em sua mente, formando uma linha clara, sem interrupções geradas pela dúvida.

— Obrigada, Grã-Imperatriz — ela falou, se levantando. — Sua sabedoria sempre abre meus olhos.

— Hum. Durma bem, Dumai.

Dumai deslizou a porta e a fechou atrás de si. As visitas àqueles aposentos sempre tranquilizavam sua mente.

A Grã-Imperatriz estava certa, claro. Unora vivera fora da montanha antes do nascimento de Dumai; conhecia as distrações e as dificuldades lá de baixo. Fazia todo sentido que quisesse afastar Dumai de tudo isso, para protegê-la.

Dumai se virou para sair do corredor. Quando viu a mulher na se-mipenumbra, levou um susto.

— Perdão. — Uma voz suave soou. — Assustei você?

A hóspede estava imóvel como as paredes, usando a túnica escura oferecida pelo templo a todos que se abrigavam por lá. O aspecto sóbrio das roupas atraiu atenção para o rosto dela, pálido e delicado envolto pelos cabelos pretos, presos no estilo mais simples adotado na corte.

— Cara dama — disse Dumai, recobrando a compostura. — Sinto muito, mas os hóspedes não têm permissão para circular por este andar.

— Eu peço desculpas. — Os olhos dela eram grandes, de um castanho reluzente que lembrava a cor do cobre. — Estava procurando o refeitório, mas devo ter errado o caminho. Que descuido da minha parte.

— De forma nenhuma. Nem sempre é fácil se orientar dentro do templo.

A mulher a encarava com um nítido interesse. Dumai baixou um pouco o queixo, para que seus cabelos escondessem parte de seu rosto. As pessoas do nível do chão tinham esse estranho hábito de ficar encarando os outros.

— Imagino que você seja uma cantante-aos-deuses — a mulher falou. — Deve ser uma vida muito gratificante.

— Para mim é mesmo, cara dama.

— Eu gostaria de ver o cume com meus próprios olhos, mas, ao que parece, a neve me deixou presa aqui.

— Espero que isso não seja um grande desapontamento, e que encontre paz vivendo entre nós.

— Obrigada. Já faz um bom tempo que não tenho paz. — A mulher abriu um sorriso radiante. — Posso saber seu nome?

Dumai nunca tinha visto um rosto como o dela, com uma simetria perfeita entre os dois lados. Kanifa falou que era assim que se diferenciava o espírito de uma borboleta de uma mulher comum.

Estava prestes a dizer a verdade quando se deteve. Talvez tivesse sido a maneira como o peregrino do sal olhara para ela, mas uma sensação súbita e incômoda de perigo e invadiu.

— Unora — falou, confiante. — E o seu, cara dama?

— Nikeya.

— Por favor, venha comigo. Eu também estava indo ao refeitório.

— Obrigada, Unora. — Nikeya lançou um olhar para as portas. — Você está sendo gentil demais com esta humilde hóspede.

Elas desceram a escada e atravessaram o corredor, com as velhas tábuas rangendo sob seus chinelos. Nikeya observava os arredores com nítida curiosidade. Dumai esperava encontrar uma pessoa reservada, em razão dos problemas na corte, mas o que estava vendo era a imagem da despreocupação.

— Ouvi dizer que os ordenados deste templo nunca comem nada do mar — Nikeya comentou. — É verdade?

— Sim. Acreditamos que o mar pertence aos dragões, e que não devemos comer o que é deles.

— Nem mesmo o sal? — Ela deu uma risadinha. — Como alguém poderia viver sem o sal?

— Os mercadores lacustres nos mandam de Ginura. O deles vem das minas de sal do continente.

— E quanto a pérolas e conchas?

— As conchas podem ser encontradas na areia — Dumai explicou. — E os visitantes costumam deixar pérolas no cume para o grande Kwiriki.

— Então você acredita que o imperador e todos em sua corte, inclusive eu, somos ladrões, já que nós, *sim*, comemos coisas saídas do mar?

Dumai baixou os olhos. Já estava começando a se sentir enredada em intrigas.

— Não foi isso o que quis dizer, cara dama — respondeu. — Cada um serve aos deuses da maneira que achar melhor.

Nikeya riu de novo, com leveza e um tanto misteriosa.

— Muito bem. Você seria uma ótima cortesã. — O sorriso dela se desfez. — E estava com a Grã-Imperatriz agora mesmo. É uma de suas atendentes?

— Não. — Dumai tomou cuidado para que sua expressão não revelasse nada. — Sua Majestade só tem uma atendente, que veio com ela da corte.

— Tajorin pa Osipa.

— Sim. Conhece Dama Osipa?

— Só de nome, assim como já ouvi falar de muita gente. Inclusive de você, Unora.

Elas logo chegaram ao refeitório. Àquela hora da noite, estava cheio de moradores do templo, soando cansados depois de um longo dia de trabalho e preces. Nikeya se virou para Dumai.

— Foi um prazer, Unora — falou. — Em tão pouco tempo, você me ensinou muita coisa.

Dumai abaixou a cabeça.

— Eu lhe desejo uma ótima estadia, cara dama.

— Obrigada.

Com mais um sorriso encantador, Nikeya foi se juntar a uma de suas atendentes, que já havia terminado de comer.

Do outro lado do refeitório, Kanifa servia tigelas de trigo-sarraceno, com as mangas da túnica dobradas até os cotovelos, expondo os braços magros e marrons. Dumai olhou para ele, que seguiu seu olhar até as duas mulheres. Ele fez um leve aceno.

Nikeya não poderia chegar nem perto da Grã-Imperatriz. Kanifa poderia ter razão em suspeitar. E se certificaria de que ela voltaria para o Salão Interno.

Dumai decidiu ir ver como estava o peregrino do sal. No quarto dele, encontrou as janelas escancaradas, deixando entrar a neve grossa. Ela correu até a janela e olhou para o cenário noturno.

Uma trilha de passos se afastava do templo.

— Volte aqui — gritou. — É perigoso demais!

Apenas o vento respondeu, fazendo suas bochechas arderem. Pouco a pouco, Dumai foi conseguindo discernir um vulto, um ponto escuro na neve. Assim que se deu conta do que era, saiu correndo.

Ela atravessou o templo às pressas, descendo escadas e cruzando corredores. Tirotu estava apagando as lanternas.

— Deixe acesas — Dumai falou, ao passar correndo. — Vou precisar de luz.

Tirotu interrompeu o que estava fazendo e foi atrás dela.

Na varanda, Dumai jogou uma peliça sobre os ombros. Suas botas afundavam na neve do lado de fora. Ela foi se afastando do templo, usando a mão descoberta para proteger os olhos.

Não desafie a montanha, Dumai.

Um vendaval apitava em seus ouvidos, fazendo-os doer. Ela ainda estava ao alcance das lanternas, que ainda pintavam a neve com luz, e conhecia bem o terreno. Avançar mais seria um risco, mas também poderia salvar uma vida.

Quando chegou ao vulto caído, se ajoelhou e afastou a neve de sua cabeça, esperando encontrar o peregrino do sal. Em vez disso, se deparou com um rosto que não via fazia dias.

— Mãe — falou. Unora estava gelada e pálida, com os cílios congelados e a respiração fraca. — Mãe, não. Por que ir atrás dele? — Ela se voltou para o templo e gritou: — Me ajudem aqui!

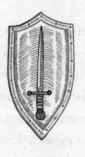

5
Oeste

O mar golpeava a costa de Inys como um punho, fazendo espuma branca sair voando pelos ares nos lugares onde atingia as rochas antiquíssimas. Sob um céu límpido e azul, as gaivotas preenchiam o ar com seus gritos, velas listradas inflavam e estalavam ao vento e Wulfert Glenn via a luz do sol refletir fugidia por entre as ondas.

Mais adiante, Inys o aguardava.

O gurupé apontava para o estuário que receberia o *Passolargo*. Wulf observou os penhascos que o cercavam. Espalhando-se em ambas as direções até onde os olhos podiam alcançar, eram afiados e pretos como espadas de ferro, com o líquen manchando a superfície como ferrugem — protetores altivos do rainhado.

Uma jubarte se aproximou do navio. A maioria da tripulação estava mais do que acostumada a ver baleias, mas Wulf ainda abriu um sorriso ao ver sua nadadeira se elevando, como se lhes desse boas-vindas. Ele apoiou as mãos lateral da embarcação e ficou à espera. Havia alcatrão de pinho acumulado sob suas unhas, e o cheiro de suor não abandonava sua camisa, mas qualquer huscarlo poderia tolerar esse tipo de desconforto.

UM DIA DE CÉU NOTURNO — VOLUME I

Em pouco tempo, pela primeira vez em três anos, ele estaria em casa. Ouviu o som de botas se aproximando no convés. Regny, cheirando a lã molhada, como todos os demais no navio, veio ficar ao seu lado.

— Enfim em casa — ela comentou. — Está preparado?

— Estou. — Wulf olhou para ela. — Você, não.

— Você sabe que considero Inys um tédio. Sem querer ofender.

— Não me ofende.

Ela deu um tapinha em suas costas e continuou andando, com sua trança sacudindo de um lado para o outro sob o tecido intricado feito à mão que cobria seus cabelos na altura da nuca.

O *Passolargo* passou por uma torre de fogo. Quando o navio se aproximou dos penhascos, a luz do sol estava mais luminosa que ofuscante.

— Wulfert.

Uma voz reverberante lhe chamou a atenção. Estava tão imerso na paisagem que não ouviu o rei se aproximar.

— Majestade. — Ele levou o punho ao peito. — Ouvi dizer que estamos quase em Werstuth.

Bardholt se aproximou da amurada com um sorriso no rosto e apoiou as mãos enormes na madeira. Wulf era alto e forte, mas o Rei de Hróth era como uma montanha, e parecia ainda maior por causa da peliça branca que usava.

— Uma ótima viagem. O Santo é bom. — Os cabelos dourados dele estavam oleosos e caíam pesados sobre os ombros. — Eu não jurei sob seu escudo que estaria aqui para a aclamação de minha filha?

— Sim, senhor meu rei.

— Sinto muita falta de Glorian. Minha rainha me deu uma filha perfeita. — Ele falava um hrótio com forte sotaque rural. — Nas celebrações, você vai ser meu copeiro, Wulfert.

Apenas os membros mais confiáveis e respeitados de uma casa recebiam esse privilégio. Wulf respirou fundo.

— Majestade, é uma honra grande demais para este humilde atendente — falou.

— A honra é um machado de dois gumes. Se alguém tentar me envenenar, é você que vai ascender a Halgalant.

Wulf abriu um sorriso ao ouvir isso. O Rei Bardholt deu um tapa em suas costas com um vigor que quase o lançou ao mar.

— Você precisa visitar sua família, já que estamos aqui — comentou. — Seus parentes ainda estão em Langarth?

— Estão, sim, meu rei.

— Ótimo. Fique para a aclamação, depois vá passar um dia ou dois com eles. Regny pode servir meu vinho em sua ausência... Pelo amor do Santo, ela é capaz de beber mais do que qualquer um de nós.

— Isso é verdade.

— Também é verdade que você vem tendo encontros secretos com ela?

Wulf se virou lentamente para o rei, silenciado pelo nervosismo. Bardholt levantou as sobrancelhas grossas.

— Existem pessoas que me mantêm informado das pequenas intrigas existentes dentro de minha casa. Até nos galinheiros — avisou. — Você foi delatado, Wulf.

Santo, quando ele me matar, me conceda a clemência de uma morte rápida e indolor.

— Nunca soube que o senhor era adepto às fofocas, meu rei — Wulf falou, quando recuperou a voz.

Era uma resposta arriscada, mas a aposta valeu a pena. Bardholt sabia apreciar os audaciosos.

— Até mesmo um rei pode se cansar de tratar só de política — ele respondeu, levantando o canto da boca. — Eu também já fui jovem, Wulf, e compreendo, mas isso foi antes de conhecer o Santo. Meus huscarlos devem dar o exemplo, para garantir que todos os hrótios respeitem as Seis Virtudes. Quando levar alguém para a cama de novo, trate antes

UM DIA DE CÉU NOTURNO — VOLUME I

de providenciar um anel do nó do amor. E você sabe que não pode colocar um no dedo dela.

Wulf lançou um olhar na direção de Regny. Ela estava apoiada no mastro, com os cabelos ao vento, compartilhando um chifre de vinho com Eydag.

Regny era a herdeira da falecida Skiri Passolargo, a Compassiva, que recebeu Bardholt e sua família quando foram forçados a fugir de seu vilarejo, e cujo assassinato dera início à Guerra dos Doze Escudos. Quando Regny se casasse, seria com um caudilho como ela.

— Isso é certo como o sol da meia-noite — Wulf respondeu, baixinho. — Dou minha palavra que não vai voltar a acontecer, Majestade.

— Você é um bom homem. — Bardholt lhe deu um último tapa nas costas. — Conversaremos de novo em breve. Encontre um santuário, alivie sua consciência com a Cavaleira da Confraternidade, e então vamos festejar e cantar juntos.

Ele se afastou na direção de Regny, que permanecia com uma expressão neutra. Por ser a Caudilha de Askrdal, ela receberia uma reprimenda mais severa, porém Bardholt sem dúvida a perdoaria.

Wulf voltou o olhar mais uma vez para o mar, mas sua sensação de tranquilidade desaparecera. Soltando um suspiro, cravou os dedos na amurada e contemplou a primeira visão da cidade construída sobre os penhascos.

****

Glorian não esperava ser formalmente apresentada ao mundo com o braço engessado, mas pelo menos isso a desobrigaria de dançar com todos os jovens nobres do Oeste. Ela deixou o braço quebrado para fora da água, se sentindo como uma boneca.

Seu aposento de banho era sua parte predileta do castelo. Tinha vista para a floresta real das Quedas, a única província de Inys com montanhas de verdade. As janelas estavam abertas, deixando entrar os raios dourados de sol e uma brisa, e a água fumegava na banheira de madeira, revestida e coberta com linho branco. Tinha sido um presente do Rei Bardholt, feita de pinheiro-das-neves, para que Glorian pudesse fingir que estava mergulhada nas piscinas termais de Hróth.

— Não aguento mais essa coisa maldita. — Ela esfregou o gesso. — Quando essa coceira vai passar?

— Da próxima vez, tente não cair da sela — Julain retrucou.

— É esse o tipo de conselho que pretende me dar quando eu for rainha?

— Eu pretendo avisá-la quando você cometer tolices.

Do lado de fora, uma carriça piava. O linho protegia Glorian, e um fogo baixo mantinha o frio sob controle. Julain massageava seu couro cabeludo. Adela cuidava de suas unhas. Helisent limpava seu rosto com óleo de rosas. Quando ela fosse Rainha de Inys, aquelas seriam suas Damas da Câmara Principal.

Julain Crest, a mais velha entre elas, fora sua companheira de brincadeiras quando as duas eram pequenas. Descendentes sagradas da Cavaleira da Justiça, as mulheres da família Crest sempre tiveram enorme influência como cortesãs. A Rainha Sabran era uma das poucas soberanas que não tinham uma Crest como Dama Primeira.

Helisent Beck era a herdeira do Conde Viúvo de Goldenbirch. Os Beck ostentavam a linhagem de Edrig de Arondine, melhor amigo e mentor do Santo. Aos dezesseis anos, ela era tão alta como Glorian.

A mais nova de todas, com quinze anos, era Adeliza afa Dáura, filha da Mestra dos Trajes. Era da pequena nobreza yscalina e sua mãe era a filha mais velha de um cavaleiro com título hereditário.

— Precisamos testar seu conhecimento — Julain disse para Glorian. — Quem é a Decretadora de Carmentum?

— Os líderes carmêntios escondem o verdadeiro nome quando

concorrem a eleições, para proteger suas famílias e garantir que suas campanhas se baseiem apenas em suas políticas — Glorian falou, ganhando um gesto de aprovação de Julain. — Mas a atual é chamada de Numun. Ela vai trazer uma de suas conselheiras, Arpa Nerafriss, que muitas vezes atua como sua representante.

— Nunca vou entender por que a Rainha Sabran convidou duas *republicanas* — Adela comentou, irritada.

— Exatamente porque os carmêntios são perigosos. — Julain despejou água de um jarro, enxaguando a espuma. Tinha mãos tão cuidadosas que Glorian nunca precisava nem fechar os olhos. — Um país que destrói o leme da monarquia fica à deriva e se choca com os demais, levando a desordem a toda parte.

— Pois é — comentou Helisent. — Sua Majestade deve achar melhor ficar sempre atenta às loucuras dos carmêntios.

— Bem, eu acho que elas vão arruinar a aclamação. — Adela aparou outra unha. — Deveríamos nos recusar a recebê-las até que os carmêntios mandassem um *tributo* para a Casa de Berethnet, que os protege do Inominável. — Mais um pedaço da borda branca da unha se foi. — Eles deveriam agradecer por não serem esmagados por nós, assim como o Rei Bardholt fez com os pagãos nortenhos.

— O Cavaleiro da Coragem emprestou a lança dele para você hoje, Adela — Glorian falou, com um tom divertido. — Acho que você deveria partir para a guerra contra Carmentum. — Ela recolheu a mão. — E assim, expurgando os seus sentimentos exaltados, você me pouparia um dedo.

— É verdade — disse uma voz diferente. — Seja cautelosa, Adeliza. Minha filha já está machucada.

Julain deixou o pente cair na água com um arquejo. Ela desceu os degraus para se colocar ao lado de Helisent e Adela, e as três fizeram mesuras, com a cabeça baixa.

— Majestade — disseram em coro.

A Rainha de Inys estava parada diante da porta, trajando um vestido preto elegante, cortado para exibir uma primeira camada de mangas brancas.

— Bom dia, miladies — ela falou, em um tom mais gentil. — Nos deixem a sós, por favor.

— Majestade — elas repetiram. Adela estava toda vermelha. Enquanto saíam, Julain adiantou-se para a maçaneta e, ao fechar a porta, lançou para Glorian um olhar que dizia *coragem*.

Glorian afundou até o pescoço, desejando poder submergir o braço também. Havia algo de ridículo na maneira como pendia para fora da banheira, uma prova de seu fracasso em se manter sobre a sela.

— Glorian — disse sua mãe. — Sinto muito interromper seu banho. Vou passar o resto do dia reunida com o conselho, cuidando dos arranjos finais para sua aclamação. Agora é o único momento que temos para conversar.

— Sim, minha mãe.

— A Doutora Forthard vem me mantendo a par da sua condição. Pelo que sei, não está sentindo muita dor.

— Só um pouco — Glorian respondeu. — Principalmente à noite.

— Vai passar. A Doutora Forthard me disse que você só vai precisar usar o gesso por um ou dois meses.

A Rainha Sabran olhou pela janela. A luz do sol fez os olhos dela assumirem um tom intenso de esmeralda. Glorian se afundou ainda mais na água, se escondendo atrás das cortinas pretas de cabelos.

Havia ciladas em cada conversa com a mãe. E, todas as vezes, ela se enredava sozinha nas armadilhas. Seu primeiro erro havia sido confessar a dor. Sua mãe não gostava de admissões de fraqueza.

— Vou estar bem amanhã — Glorian se apressou em acrescentar. — Posso dançar com um braço só, minha mãe, se a senhora quiser.

— E o que as pessoas diriam sobre a Rainha de Inys se ela forçasse a filha a dançar com um braço quebrado?

Esse foi seu segundo erro.

— Que ela é cruel e insensível — Glorian disse, sentindo o rosto esquentar. — Como a Rainha Felina.

— Exatamente. — Sua mãe, por fim, se dignou a olhar para ela.

— Vou ser bem sincera. O que vai acontecer amanhã não será apenas a sua apresentação como princesa elegível ao trono, mas também uma demonstração de força e unidade. Pela primeira vez, nosso país vai receber uma delegação de uma, assim chamada, república.

— Carmentum.

— Sim. Os carmêntios precisam ver que a monarquia absoluta continua sendo a única forma verdadeira e correta de governar um país. Não podemos permitir que Inys, como Carmentum, seja jogado como se não valesse nada nas mãos do povo, que vai destruir o país com suas opiniões conflitantes. Só existe uma única governante: a vontade do Santo, que se expressa através de nós.

— Sim, minha mãe — Glorian concordou, intimidada. — Não vou decepcionar a senhora. — Ela ficou hesitante, mas mesmo assim perguntou: — Por que convidou os carmêntios para vir aqui?

— Arpa Nerafriss me mandou uma carta perguntando a mim se estaria disposta a abrir negociações comerciais. Os carmêntios estão sedentos por nosso apoio. Querem que os países mais antigos e poderosos reconheçam seu governo. — A Rainha Sabran ergueu o queixo. — Inys é um território pequeno. Precisamos nos manter abertos ao mundo. Através de Yscalin, Mentendon e Hróth, fazemos comércio com o Ersyr, com a Lássia, e até com os países a Leste do Abismo, que têm modos de vida desconhecidos para nós.

O Abismo. O grande mar escuro, tão amplo e repleto de monstros que são poucos os que o atravessaram e voltaram para contar a história. O Rei Bardholt já navegara por lá, mas não chegou muito longe. Até ele era cauteloso em relação a essa parte do mundo.

— De qualquer forma — a Rainha Sabran continuou, trazendo

Glorian de volta para o lugar onde estavam —, os carmêntios não têm nenhum poder contra a Cota de Malha da Virtandade. Sua aclamação vai ser uma ocasião propícia para mostrar isso a eles.

Glorian sentiu uma pontada de admiração nesse momento. Era graças à mãe que Inys se mantinha imune à onda de sentimento republicano surgida em Carmentum. Antes do casamento de seus pais, havia apenas dois países comprometidos com o Santo. Agora eram quatro.

— Preciso lhe avisar, Glorian, que você também vai conhecer pretendentes a consorte no baile — a Rainha Sabran falou. — Vamos receber representantes de famílias nobres de toda a Virtandade. Precisamos manter firmes os nossos elos.

Um calafrio percorreu o corpo de Glorian, como se uma víbora tivesse entrado por sua garganta e se enrolado em sua barriga.

— Eu não quero... — Quando a Rainha Sabran a encarou, Glorian encolheu os joelhos para junto do peito. — Preciso me casar tão cedo?

— Claro que não. Quinze anos não é idade para se casar — sua mãe a lembrou. — Mas podemos fazer um bom arranjo prévio. Você precisa ser graciosa e cortês com todos os pretendentes, mesmo que dançar esteja fora de questão. Deve se comportar como uma descendente do Santo.

— Sim, minha mãe. Prometo que vou fazer jus a ele. — Glorian deu uma espiada nela. — E à senhora.

Por um breve instante, sua mãe quase suavizou a conduta. Entreabriu os lábios, desfez as rugas da testa e fez menção de levantar a mão, como se fosse tocar o rosto de Glorian.

Então cerrou os dedos mais uma vez, assumindo, de novo, a postura de uma estátua, de uma rainha.

— Vejo você amanhã — falou. — E, Glorian... precisamos conversar o quanto antes sobre suas cavalgadas.

Ela saiu sem olhar para trás. Glorian apoiou a testa nos joelhos e desejou estar bem longe, no Leste.

6
Sul

O incensário tinha a forma de um pássaro. A fumaça saía pela abertura do peito e pelas asas dobradas. Sentindo seu aroma, Tunuva fechou os olhos enquanto Esbar lhe dava prazer.

Uma luz vermelha atravessava a treliça, formando um padrão sobre a pele delas. Tunuva estava apoiada sobre os cotovelos. Em meio a um torpor, olhou para Esbar, desfrutando a visão dela, com o sol batendo naquela cascata de cabelos pretos. Isso deixou Tunuva ainda mais retesada, e seu corpo ficou tenso como a corda de um arco.

Como seu sangue começara a vir com menos frequência, seu fogo andava apagado. O caminho para o clímax era mais longo e íngreme. Esbar sabia disso. Era típico da idade, e Esbar era meio ano mais velha — o corpo dela estava mudando também. Seu sangramento se tornara mais intenso ultimamente, encharcando rapidamente os paninhos.

Mas, em noites como aquela, quando estavam as duas entregues ao desejo, Esbar se superava ao fazer tudo com uma determinação incansável. Tunuva jogou a cabeça para trás ao sentir o prazer se acender entre suas pernas, atiçado por uma língua que era como fogo e por mãos que sabiam exatamente onde e como tocar.

Tunuva agarrou o lençol, com a respiração acelerada. Quando viu o clímax se aproximar no horizonte, Esbar montou sobre ela, e em um único movimento fluido seus corações se alinharam.

— Ainda não — murmurou. — Fique aqui comigo, minha amante.

Tunuva a envolveu com todos os membros, sorrindo enquanto se beijavam. Esbar era veloz em muitas coisas, mas naquilo sempre fazia as coisas sem pressa.

Elas rolaram para o lado mais frio da cama, e então foi a vez de Esbar se reclinar e Tunuva tomar a iniciativa. Esbar estendeu os braços para enlaçá-la pela cintura, cravando os dedos em sua pele. Tunuva ficou imóvel, olhando-a.

Esbar franziu o cenho.

— O que foi?

Tunuva roçou os lábios no dela, depois colou a testa das duas.

— Você — falou, projetando os quadris para a frente, sentindo o toque firme de Esbar. — É sempre você.

Foi descendo devagar, fazendo carícias. Esbar ficou observando, com a respiração cada vez mais acelerada. Na parede, suas sombras eram indistintas, a luz das velas as fundia em uma só.

Depois de saciadas, o suor cobria o corpo das duas. Tunuva estava deitada ao lado de Esbar, com a cabeça apoiada no peito dela para poder ouvir a batida firme de seu coração.

— Por mais contente que esteja — disse Esbar —, não posso deixar de me indagar sobre o que provocou tamanha onda de desejo.Tunuva deu um beijo na ponta escura de um dos seios.

— Saghul me perguntou se eu já questionei nosso propósito algum dia — ela falou, baixinho. — Falei que sim, e contei quando.

— Ah, *aquele* dia. — Esbar se virou para encará-la, colocando uma das coxas sobre sua cintura. — Não foi muito tempo depois disso que descobri como era sentir sua falta pela primeira vez — disse, em um tom carinhoso.

UM DIA DE CÉU NOTURNO – VOLUME I

Tunuva se aproximou um pouco mais e a beijou na testa. Mesmo depois de tanto tempo, não gostava de reviver aquela breve separação.

Tinha sido dois meses depois do Deserto Escarlate. Lembrava-se daqueles dias como um sonho febril, como se tivesse passado o tempo todo delirando. Acordava de manhã sentindo um vazio doloroso no corpo, e só o que conseguia fazer era rezar e treinar até que pudesse se jogar nos braços de Esbar. O desejo crescera como uma loucura em seu âmago, impulsionado por um amor que a preenchia como oxigênio — como se fosse o destino, inscrito em sua alma quando era apenas uma semente.

O dia em que a Priorisa as surpreendeu, elas estavam rindo, agarradas no depósito de especiarias, entre sacas de pétalas de rosas, noz-moscada e cravos.

Aos vinte anos, Esbar já era a mais audaciosa entre as irmãs, fazendo sua voz ser ouvida mesmo entre as mais velhas. Tunuva nunca desrespeitara uma regra. Ficara perplexa quando Saghul as enviou para locais opostos do Priorado sem mais explicações.

A concepção era um aspecto. Em uma sociedade fechada, as linhagens precisavam ser monitoradas de perto, mas Saghul jamais impedira uniões que não colocariam nenhuma criança em perigo. Por fim, quando Tunuva pensou que fosse enlouquecer, Saghul as convocou para o solário que ocupava.

É uma questão que envolve meramente a carne, perguntou, *ou também o coração?*

Tunuva hesitara em responder, temendo que qualquer coisa que dissesse pudesse afastá-la de Esbar. *Eu não posso falar por Tuva*, Esbar por fim dissera, *mas, Priorisa, uma coisa exclui a outra?*

Saghul fora eleita por um motivo. A partir de um breve vislumbre, fora capaz de ver que não se tratava de uma atração passageira, que se desfaria com o tempo. Eram dois corações se encontrando em uma encruzilhada, decidindo seguir juntos seus caminhos.

Vocês são minhas filhas. Confio em seu juízo... mas quero deixar uma coisa bem clara, ela alertara. *Vocês não podem permitir que nenhum amor seja maior que aquele que sentem pela Mãe. Nada pode estar acima de seu chamado. Se o dever as afastar, como eu mesma fiz nos últimos dias, vocês precisam suportar a separação. Aconteça o que acontecer, precisam se manter firmes. Fiquem juntas, se quiserem, mas sem esquecer que são casadas com a árvore.*

— Ela não ficou tão irritada à toa — Tunuva comentou quando os lábios delas se afastaram. — Com todos aqueles cravos.

— Aquilo foi obra sua, se eu bem me lembro — Esbar se defendeu, dando um tapinha em seu quadril. — As quietinhas são as piores.

— Nem tão quietinha — Tunuva respondeu, com malícia.

Deram risadinhas. Trinta anos depois, sempre que sentiam o cheiro de cravos, ainda trocavam olhares.

Esbar a beijou mais uma vez antes de sentar e ajeitar os cabelos, que caíam até a cintura em cachos grossos e pretos. Tunuva apoiou a cabeça no braço.

— Me diga uma coisa, quanto tempo depois de receber a ordem você desobedeceu a Saghul? — perguntou.

— Estou ofendida com a acusação. Como munguna, fiz exatamente o que a Prioresa mandou. Acalmei e reconfortei nossas irmãs. — Esbar pegou o jarro de vinho. — E depois fui atrás de Siyu e falei o que achava da estupidez imprudente cometida por ela.

Tunuva sacudiu a cabeça e sorriu.

— Pode sacudir a cabeça e sorrir o quanto quiser, Tunuva Melim. Saghul pode não gostar, mas quem gerou Siyu fui eu. Passei um dia e uma noite em trabalho de parto para colocá-la no mundo e posso falar o que bem entender quando ela me faz passar vergonha. Ou faz você passar vergonha. — Esbar serviu dois copos de vinho de palha. — Afinal, é o seu nome que ela carrega.

— Saghul já se decidiu por uma punição?

— Confinamento de uma semana. E, por um mês depois disso, ela não vai poder pôr os pés na floresta.

Tunuva ficou em silêncio e aceitou o vinho.

— Você é tolerante demais com ela, Tuva — Esbar comentou, sem se deixar abalar. — Sabe muito bem que o que ela fez foi errado.

— Você também já foi jovem e tola um dia.

— Nós só espalhamos alguns cravos pelo chão. Jamais subiríamos na árvore.

Era verdade. Mesmo aos dezessete anos, Tunuva preferiria amputar o próprio pé a colocá-lo sobre os galhos sagrados.

Esbar colocou uma travessa de frutas entre elas e escolheu uma tâmara com mel. Tunuva pegou uma ameixa amanteigada.

— Hidat recolheu a corda. Ela passou o dia em oração, pedindo perdão à Mãe — contou Esbar. — Duvido que Siyu tenha sido tão devota.

— Siyu detesta ficar confinada. Vai ser uma punição difícil para ela.

Esbar emitiu um grunhido que poderia ser tanto de concordância como de desdém.

— Pedi para Saghul mandá-la conhecer o mundo. Deixá-la sentir um gostinho do que existe fora daqui. — Tunuva contou. — Acho que ela pode se sair bem como dama de honra da Princesa Jenyedi. Saghul não pareceu concordar. — Ela olhou para Esbar. — Sou tão tola assim?

— Não. — Esbar segurou sua mão. — Entendo seu ponto de vista, Tuva. E também compreendo os temores de Saghul. Não estou convencida de que Siyu se comportaria como se deve na corte. — Ela exalou com força.

— Imsurin pode ter sido uma má escolha. Eu sou aço, ele é pedra, e juntos nós criamos uma faísca. Não importa onde ela esteja, vai pôr fogo em tudo.

— Uma faísca pode se tornar uma chama reluzente, se tiver a chance.

— E quem iria se arriscar a abrigar uma faísca em sua própria casa?

Tunuva deu uma mordida em sua ameixa amanteigada. Esbar pegou outra tâmara.

Era um assunto que não tinha fim. Siyu estava presa em areia movediça — incapaz de amadurecer sem sair para o mundo, sem poder sair para o mundo enquanto não amadurecesse. O que quer que fizesse, refletiria em Esbar, que por isso preferia a cautela. Tunuva decidiu voltar a falar com Saghul.

O ar estava fresco como se fosse verão. Elas compartilharam um pão ázimo com figo macerado e queijo de cabra, escutando os sons familiares que chegavam ao aposento. Um pica-pau do tipo torcicolo-de-garganta--castanha piava ao levantar voo. Em outra parte do Priorado, um dos homens tocava uma melodia tranquila na harpa. Quando Esbar se fartara de comer, relaxou sobre as almofadas e girou seu vinho de palha na taça.

Era tão notável relaxada quanto em batalha. A luz das velas roçava o tom dourado escurecido de sua pele, expondo a musculatura forte de sua coxa. A não ser pelas linhas de expressão em torno dos olhos e as mechas de cabelo grisalhas, continuava quase idêntica a quando tinha vinte anos.

Quando Tunuva era jovem, jamais sonhara em viver um caso de amor tão passional. Pensava que sua vida seria dedicada acima de tudo à árvore, e a sua ichneumon, e à Mãe. Esbar aparecera do nada. A quarta corda de seu alaúde.

Não, ela não esperava por Esbar uq-Nāra. Nem pela quinta corda. A que viera depois. Esse pensamento fez seu olhar se voltar para baixo, para as marcas de onde o corpo de Esbar se expandira — como ondulações na areia que se espalhavam por sua barriga e seus flancos, escuras contra o marrom aveludado de sua pele.

— Quando foi que você pensou nele pela última vez?

Esbar estava olhando para ela. Tunuva deu um gole.

— Quando Siyu pulou lá de cima. — O vinho parecia não ter gosto. — Não pensei no nome dele nem imaginei seu rosto, mas... ele estava comigo naquele momento. E teria subido atrás dela.

— Eu sei. — Esbar pôs a mão em seu joelho. — Sei que você a ama. Mas sabe o que sou obrigada a dizer como munguna.

— Ela não é minha filha, nem sua. Pertence à mãe.

— Assim como todas nós — confirmou Esbar. Tunuva voltou o olhar para o teto, e Esbar soltou um suspiro profundo. — Pode ir reconfortá-la dessa vez, se isso vai lhe fazer bem, depois que for ter com a Mãe. Imin vai deixá-la vê-la. — Quando elas se beijaram, Tunuva sentiu gosto de tâmaras. — E depois volte aqui e me ame de novo antes de irmos dormir.

****

Havia poucos títulos no Priorado. Duas posições genéricas — postulantes e iniciadas —, mas poucos títulos, pois o Priorado não era uma corte, nem um exército. *Prioresa* era um deles; *munguna* era outro.

E havia um terceiro, o de guardiã da tumba. Em seu quadragésimo aniversário, foi esse que Tunuva recebeu e, com isso, a honra de proteger os restos mortais de Cleolind Onjenyu, a Mãe, que derrotara o Inominado e fundara o Priorado, e que antes disso era Princesa da Lássia.

Poucas são mais devotas que você, Tunuva. Você será uma ótima protetora, Saghul dissera. *Cuide bem dela.*

Tunuva não falhava em cumprir seu dever. Toda noite, enquanto o Priorado se aquietava, ela descia para a câmara mortuária para realizar os últimos rituais do dia. Como sempre, Ninuru se mantinha a seu lado, como uma sombra branca.

Ninuru havia sido a menor de sua ninhada. Agora tinha quase a mesma altura de Tunuva e era de uma fidelidade à toda prova, como os ichneumons sempre são com as pessoas que os alimentam com carne. Ficam vinculados a essa pessoa pelo resto da vida.

E também ao Priorado. Séculos antes, um bando deles viera à Bacia Lássia para servir à Mãe, e foram ensinados por suas damas de honra a falar. Farejaram a presença do Inominado na Lássia, o identificaram como o inimigo e desde então têm sido bons aliados. Lembravam mangustos da mesma forma que um leão lembra um gato doméstico.

Parada à porta, Tunuva pôs sua lamparina ao lado do baú e usou uma de suas três chaves para destrancá-lo. Lá dentro havia um manto. Cinco séculos depois de Cleolind tê-lo usado, a cor permanecia vívida, um roxo profundo como o do figo. Tunuva o desdobrou com cuidado e o colocou sobre os ombros. Durante anos, temera que o tecido daquela relíquia da Mãe fosse se desfazer entre seus dedos.

A segunda chave abria a porta para a câmara mortuária. Ela caminhou até a extremidade do local, usando sua própria chama para acender cento e vinte lamparinas, uma para cada vida que o Inominado tirou quando veio a Yikala. Quando o recinto estava iluminado, ela se virou para o esquife de pedra e acendeu a última lamparina, carregada por uma escultura de Washtu, a alta divindade do fogo.

Tunuva despejou de um jarro um precioso vinho, feito com a resina da árvore. Apenas as detentoras de títulos tinham permissão para prová-lo. Ela se ajoelhou diante do esquife, bebeu metade do vinho e observou um minuto de silêncio em homenagem aos cento e vinte.

Depois de recitar cada nome, entoou uma longa oração em selinyiano, sentindo sua garganta ser aquecida pelo som da devoção. Era o idioma da cidade perdida, a Antiga Selinun, de onde viera a profeta Suttu e, a partir de sua linhagem, a Casa de Onjenyu.

Terminando o vinho de um só gole, ela ficou de pé. Nos últimos dias, o chão duro andava castigando seus joelhos — levaria uma esteira da próxima vez. Ela levou a mão ao ventre.

— Mãe, fique tranquila. Somos suas filhas — Tunuva disse, baixinho. — Nós não esquecemos. Continuamos aqui.

****

Do lado de fora da câmara mortuária, ela guardou o manto de volta no baú, deixando as lamparinas acesas para a noite. Ao nascer do sol, voltaria para reabastecê-las e fazer a prece matinal.

Sentia o frio da terceira chave sob sua opa. Era de bronze, e tinha a cabeça no formato de uma flor de laranjeira, com as pétalas laqueadas em branco. Em dez anos, Tunuva nunca a usara. *Só o que você precisa fazer é carregá-la consigo e protegê-la*, Saghul dissera. *Quanto ao que a chave abre, não lhe cabe saber.*

No alto da escada, Tunuva se virou para sua ichneumon.

— Encontrou?

Ninuru se enfiou em uma reentrância na parede. Tunuva ouviu um leve roçar antes que ela voltasse com uma bolsinha de tecido na boca.

— Obrigada. — Tunuva a pegou, depois acariciou o focinho da ichneumon. — Vamos partir em breve?

— Sim. — Aqueles olhos pretos e reluzentes se fixaram nos dela. — Siyu caiu em desgraça. Você não deveria dar presentes a ela.

— Ah, não, você também não. — Tunuva bateu de leve no nariz rosado dela. — Esbar já me repreendeu o bastante.

— Esbar é perspicaz.

— Talvez você prefira viajar com a perspicaz Esbar amanhã, então. — Tunuva a acariciou sob o queixo. — Há?

— Não — a ichneumon respondeu. — Você muitas vezes faz bobagem. Mas me alimentou.

Ela lambeu o rosto de Tunuva antes de se afastar, roçando a cauda no chão atrás de si. Tunuva sorriu e partiu na direção oposta.

Encontrou Imsurin sentado em seu banco, bordando o colarinho de uma túnica cor de marfim. Quando ela se aproximou, ele ergueu os olhos do trabalho, levantando as sobrancelhas. Tinham se tornado cinzentas ao longo do ano anterior.

— Quero vê-la — Tunuva anunciou. Ele franziu os lábios em uma linha reta. — Por favor, Imin.

— Você não deveria ir reconfortá-la desta vez. Esbar concordaria comigo.

— É o meu nome que Siyu carrega. — Ela parou diante do banco dele. — Que tenha um pouco de consolo esta noite. Depois disso, vou dar a ela bastante tempo para pensar no que fez.

— E se a Prioresa ficar sabendo?

— A responsabilidade é minha.

Imsurin apertou a ponte do nariz largo e sardento. Sua visão vinha se deteriorando havia anos, o que lhe provocava dores de cabeça.

— Vá em frente — falou. — Mas seja breve, pelo bem de nós dois.

Antes de passar, Tunuva apertou a mão dele, que sacudiu a cabeça e retomou seu bordado.

Siyu estava deitada em cima das cobertas, com a cabeça apoiada sobre um dos braços e os cabelos escondendo o rosto. Tunuva se sentou ao lado dela e prendeu algumas mechas atrás das orelhas. Ela dormia assim desde que era criança. Se mexendo de leve, abriu os olhos e piscou algumas vezes ao ver Tunuva.

— Ah, Tuva. — Ela se sentou e a abraçou de imediato. — Tuva, Imin disse que eu preciso ficar aqui uma semana inteira. E que não vou poder sair para o vale por um mês. É verdade?

— Sim — Tunuva confirmou, sentindo que a garota estava em prantos. — Calma, raio de sol, calma. Imin vai mantê-la ocupada com os homens. Você nem vai sentir o tempo passar.

— Mas eu *não posso* ficar aqui — Siyu falou, agitadíssima. — Por favor. Pode pedir para a Prioresa me perdoar?

— Ela vai, com o tempo. — Tunuva se afastou e franziu a testa ao ver o rosto contorcido da menina. A pele dela era um pouco mais escura, e os cabelos eram bem pretos; caso contrário, seria uma imagem exata de Esbar. — Siyu, você tem que entender que essa punição é mais branda do que poderia ter sido. Os homens fazem um bom trabalho, e um muito importante. Vai ser tão ruim ajudá-los por algumas semanas?

Siyu a encarou. Uma faísca passou por aqueles olhos de cílios grossos.

— Não — ela falou. — É que odeio ficar trancada aqui dentro. E estou com vergonha. — Ela aproximou um joelho ralado do peito. — Acho que Esbar não quis vir me ver. Disse que eu desgracei vocês duas.

— Esbar ama você do fundo da alma, assim como todas nós.

— Ela ama mais a Mãe.

— Como todas nós devemos... Mas, Siyu, eu estava presente quando você nasceu. Você deu muito orgulho para Esbar durante todos esses anos. Erros fazem parte da vida. Não se defina só por isso.

Engolindo em seco, Siyu assentiu. Tunuva enfiou a mão dentro da saia e sacou a bolsinha.

— Para você. Para pelo menos sentir o cheiro da floresta.

Siyu desatou o nó. Quando viu as pétalas azuis e delicadas lá dentro, pegou a flor e a segurou junto ao rosto, às lágrimas outra vez. Ela sempre adorou trapoerabas-azuis.

— Obrigada. — Ela se jogou sobre Tunuva. — Você é sempre muito boa comigo, Tuva. Mesmo quando faço bobagem.

Tunuva a beijou no topo da cabeça. E se lembrou de que Esbar jamais poderia ser tão carinhosa com Siyu. Ela e Imsurin não tinham essa liberdade.

— Eu gostaria de uma coisa em troca — Tunuva avisou. — Quero que você me conte uma história.

— Que história?

— A mais importante de todas. — Tunuva acariciou os cabelos de siyu. — Vamos lá. Aquela que Imin contava para você.

Com um leve sorriso, Siyu se ajeitou na cama, para que Tunuva pudesse se recostar nas almofadas.

— Você faz o fogo? — Siyu quis saber.

— Claro.

Siyu limpou o rosto outra vez e se aninhou junto dela.

— Existe um Ventre de Fogo alojado sob o mundo — começou. — Séculos atrás, a chama derretida dentro dele se comprimiu, tomando uma forma sólida. E uma terrível.

Estalando os dedos e girando o pulso, Tunuva conjurou uma chama reluzente e a jogou no aquecedor, acendendo a madeira seca em dois tempos. Siyu estremeceu, sentindo os dedos dos pés se contraíram.

— A lava era seu leite; a pedra, sua carne, e o ferro, seus dentes. — Os olhos dela se viraram para a luz crepitante. — Ele inflou até seu hálito pegar fogo. Essa criatura era o Inominado, e em seu coração para sempre em chamas queimava um desejo eterno. O desejo do caos.

Tunuva se lembrou de quando Balag lhe contava essa história. De como se deleitava com as vozes apavorantes que ele usava, com as sombras que os homens projetavam nas paredes com os dedos.

— Mesmo sendo maior e mais profundo do que qualquer mar, o Ventre de Fogo não bastava para o Inominado — Siyu falou, com a voz ganhando mais ímpeto. — Ele estava sedento pelo mundo aqui de cima. Nadou pelo magma e foi quebrando cada manto da terra, e sua forma assustadora emergiu do Monte Temível. De suas encostas, o fogo escorreu como um rio, consumindo a cidade de Gulthaga, e a fumaça fez escurecer o céu da manhã. Relâmpagos vermelhos espocavam sem parar e, quando o sol desapareceu, o Inominável alçou voo.

No aquecedor, a chama cresceu.

— Ele procurou pelos climas mais quentes do sul — Siyu contou. — E assim sua temida sombra pousou sobre Yikala, de onde a Casa de Onjenyu governava o grande território da Lássia. O Inominável se instalou junto ao Lago Jakpa, e do seu hálito e do vento de suas asas veio uma peste que envenenou tudo o que havia por perto. As pessoas adoeceram. Seu sangue fervia, esquentando tanto que elas gritavam e se debatiam conforme morriam no meio da rua. O Inominado contemplou a humanidade e detestou o que viu. Resolver transformar seu mundo, este mundo, em um segundo Ventre de Fogo.

— Como o que está abaixo, o que está acima — Tunuva falou.

Siyu assentiu.

— Selinu Onjenyu governava a Lássia nessa época — falou. — Ele viu Yikala mergulhar no caos. A água apodrecer e fervilhar. Primeiro, mandou vários guerreiros para matar a fera, mas o Inominado lhes derreteu a carne e empilhou os ossos às margens do lago. Em seguida, os fazendeiros juntaram seus rebanhos de ovelhas, cabras e bois. E, quando não restaram mais animais, Selinu não teve escolha. Desceu de seu palácio e ordenou que, todos os dias, as pessoas deveriam participar de sorteios, e uma delas seria sacrificada.

Cento e vinte nomes.

— Selinu fez um juramento solene — Siyu explicou. — Não poderia arriscar a própria vida, mas o nome de seus filhos estaria entre os sorteados. No dia cento e vinte e um, o nome da filha dele, a Princesa Cleolind, foi retirado do pote. Cleolind vinha passando os dias atormentada. Tinha visto gente sofrer, até crianças sendo levadas para a morte, e jurou enfrentar a fera, pois era uma guerreira habilidosa. Selinu a tinha proibido de fazer isso. Mas, quando Cleolind foi escolhida, seu pai não teve escolha a não ser mandá-la para sua ruína. Por causa disso, ficou para sempre conhecido como Selinu, o Detentor do Juramento. No dia em que Cleolind iria morrer, um homem do Oeste chegou a Yikala, em busca de glória e de uma coroa. Carregava com ele uma espada de raro esplendor, uma arma chamada Ascalun, que afirmava ser encantada. Dizia ser capaz de matar sozinho a criatura, mas a bondade não era o que o motivava. Em troca de sua lâmina, o cavaleiro de Inysca estabeleceu duas condições. Primeiro, queria ver o povo da Lássia convertido a sua nova religião das Seis Virtudes. E, em segundo lugar, quando voltasse a seu país, levaria Cleolind como sua noiva.

Siyu fez uma pausa para limpar a garganta. Tunuva lhe passou um cálice de leite de nozes, que ela bebeu.

— E então? — Tunuva questionou. — O que fez Cleolind?

Siyu apoiou a cabeça em Tunuva ao se ajeitar de novo na cama.

— Ela disse para o pai dela banir o cavaleiro de suas terras — Siyu contou. — Por maior que fosse o desespero em que a cidade estivesse imersa, Cleolind se recusava a ver seu povo de joelhos diante de um rei estrangeiro. Mas, quando ela foi encarar a morte, o cavaleiro a seguiu. E, quando Cleolind foi amarrada a uma pedra, o Inominado apareceu das águas podres para recolher seu tributo, e o cavaleiro o encarou. Mas Galian Berethnet, como se chamava, era um covarde e um tolo. Os vapores e o fogo o derrubaram. Cleolind pegou a espada dele. Das margens pungentes do Lago Jakpa, nas entranhas da Bacia Lássia, ela lutou contra a Fera da Montanha, seguindo-o até sua morada. Quando chegou lá, Cleolind ficou perplexa, porque no vale crescia uma árvore frutífera maior do que qualquer uma que já tivesse visto.

Essa imagem estava retratada em diversas paredes no Piorado. A árvore, suas laranjas douradas, a fera vermelha se enrolando em seu tronco.

— Eles lutaram por um dia e uma noite — continuou Siyu. — Por fim, o Inominável conseguiu incendiar o corpo de Cleolind. Ela se jogou embaixo da árvore e, embora a fera se sentisse impelida a se aproximar, seu fogo não conseguia queimar nada que estivesse sob a sombra dos galhos. Quando Cleolind parecia prestes a morrer, a laranjeira lhe concedeu seu fruto. Com suas últimas forças, ela comeu e, ao seu redor, o mundo ganhou vida. Ela conseguia ouvir a terra, sentir seu calor correr nas veias e, de repente, o fogo também estava sob seu comando. Dessa vez, quando enfrentou a fera, conseguiu cravar a espada entre suas escamas e, finalmente, o Inominado foi vencido.

Tunuva soltou a respiração. Não importava quantas vezes ouvisse a história, sempre se comovia.

— Cleolind devolveu a espada para Galian, o Impostor, para que ele nunca mais precisasse voltar para buscá-la, antes de bani-lo da Lássia — Siyu relatou, já com um tom de voz mais contido. — Ela abdicou do trono que herdaria e, junto com suas leais damas de honra, se isolou do mundo para proteger a laranjeira, para se colocar à espera do Inominado, porque um dia ele vai voltar. E nós, que somos abençoadas com a chama, somos suas filhas. E ficamos aqui.

— Por quanto tempo? — Tunuva quis saber.

— Para sempre.

A respiração dela se tornou mais profunda. Tunuva fechou os olhos e, contra a própria vontade, se lembrou de outra pessoa pegando no sono ao seu lado, muito tempo antes. Esse pensamento a manteve imóvel até Imsurin aparecer e a conduzir para fora.

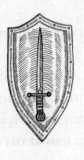

7
Oeste

Era o dia de sua aclamação. Glorian Hraustr Berethnet olhava com expectativa para o dossel da cama, esperando que a maturidade recaísse sobre ela a partir de Halgalant.

Tinha rezado para obter a sensação de que estava pronta para a vida. Desejava que o Santo lhe soprasse algo no ouvido, reconhecendo-a como sua descendente. Torcia para que finalmente ansiasse pelo compromisso de se casar com um completo desconhecido, e que em sua barriga crescesse a próxima herdeira de Inys.

Em suma, havia rezado, desejado e torcido para se sentir menos como uma impostora. Em vez disso, estava sem energias depois de outra noite cheia de dores, continuava desinteressada em conhecer consortes e o único inchaço que sentia na barriga era o provocado por uma porção generosa de torta de amora.

Julain acordou com o cantar do galo e saiu para se vestir. Glorian enfiou a cara nos travesseiros. Desfrutaria mais um pouco de paz antes que fosse raspada e amarrada como um ganso — ou pelo menos era o que pensava, mas Helisent logo se jogou na cama ao seu lado.

— Chegou a hora de ser apresentada ao mundo. — Deu um abraço em Glorian, fazendo-a sorrir. — Como está se sentindo?

— Dolorida.

— Sobre a aclamação. Você pode acabar comprometida.

— Eu poderia já estar comprometida desde o dia em que nasci. — Glorian a encarou. — Você se sentiu diferente?

Helisent parou para pensar a respeito. Havia um pequeno rubi em seu diadema, brilhando bem no meio da testa.

— Não — admitiu. — Todo ano, eu esperava que de repente fosse ser como Florell ou a Rainha Sabran, como se pudesse dizer qualquer coisa com a convicção de estar certa, e não morrendo de medo de que alguém encontre algum defeito nas minhas palavras. Como se eu estivesse... pronta, ou no caminho certo. Mas isso nunca aconteceu.

Glorian suspirou.

— Eu estava torcendo para que você não dissesse isso.

— Desculpe.

Com uma batida na porta, Florell apareceu, adornada com âmbar.

— Um bom dia para vocês, jovens damas — falou, animada. Julain e Adela entraram em seguida. — Ah, Glorian. Sua aclamação! Eu me lembro de quando era tão pequenina que eu receava perdê-la no meio das minhas vestes. Agora veja só você... tão alta e linda. — Ela deu um tapinha no rosto de Glorian. — Venha, vamos vesti-la. Temos um dia cheio pela frente.

****

A cerca de cinco quilômetros do Castelo de Drouthwick, um galo cantava no sonolento povoado de Worhurst. Em troca do silêncio a respeito de sua chegada, Bardholt abrira seus cofres e barris diante dos perplexos habitantes locais.

Wulf acordou sentindo as cobertas ásperas na pele e o odor característico de um palheiro. Thrit dormia ao seu lado, com a cabeça apoiada no braço musculoso, e Eydag roncava nas proximidades. Tomando o cuidado de não os acordar, Wulf se sentou e pegou suas botas. Enquanto seus passos se afastavam, Thrit se mexeu, com as pálpebras em movimento acelerado.

Do lado de fora do celeiro, Wulf afivelou o cinto sobre as roupas de lã e caminhou até um bosque de carvalhos e bétulas amarelas, pisando nas folhas caídas. A luz passava pelos galhos com a cor de cerveja aguada, atingindo o riacho que eles haviam atravessado a caminho de Worhurst. Perto dali, os sinos faziam um alegre chamado para o Festim de Fim de Outono.

Ele se ajoelhou ao lado do riacho para raspar a barba que havia crescido na travessia. Do outro lado, uma pastora de suínos assobiou ao passar com seus cães, deixando que os animais fuçassem em busca de bolotas e nozes de faia. Wulf escanhoou o rosto e examinou seu reflexo na água.

Naquele dia, seria o copeiro do maior rei que o mundo já tinha visto. Era uma oportunidade imperdível. Desde os catorze anos, ele era um huscarlo. Se conseguisse se manter no caminho virtuoso, poderia realizar o sonho de se tornar cavaleiro.

Para isso, teria que entorpecer seu coração, para não se afeiçoar a ninguém mais. Tinha sido uma tolice retribuir aquele primeiro beijo, em vez de esmagar o botão antes que pudesse desabrochar.

— O que ele disse para você?

Wulf olhou por cima do ombro. Regny estava ao lado de um salgueiro de galhos baixos, já vestida e com a armadura no lugar.

— O suficiente. — Wulf usou a camisa para se secar. — Ele foi muito duro com você?

Regny encolheu um dos ombros.

— Eu até posso ser caudilha, mas não tenho idade para governar minha província. Uma tolice juvenil pode ser perdoada e esquecida. Bardholt entende isso melhor que ninguém.

— Alguma ideia de quem pode ter contado para ele?

— Uma curandeira me forneceu certas ervas. Acho que também deu com a língua nos dentes.

— Eu deveria ter ido em seu lugar. Peço perdão.

— Você não foi o primeiro nem o último a se esquecer da necessidade dessas coisas. — O olhar frio dela o acompanhou enquanto se aproximava. Estava usando o colarinho prateado de uma caudilha, com as pontas decoradas com a árvore de Askrdal. — Me deixe adivinhar. Você prometeu se abster do vício pelo resto dos seus dias porque levou um tapa na mão do seu rei.

— Ele não dá tapas na mão. Só nas costas.

— Pois é, acho que amassou minha armadura.

— E minha posição ao lado dele é bem menos garantida do que a sua. Preciso tomar cuidado, Regny.

— Você sabe muito bem que caiu nas graças de Bardholt — Regny retrucou —, mas eu respeito sua vontade. — A luz do sol fez se destacarem as notas arruivadas nas tranças castanhas dela. — Não feche seu coração assim tão prontamente, Wulfert Glenn. Eu sei de alguém da casa real que se afeiçoou a você.

Wulf ergueu uma sobrancelha.

— Quem?

— Eu diria que você vai descobrir, mas prefiro me divertir contando todos os sinais que está deixando passar. — Ela enlaçou a cintura dele com o braço. — Venha. Bardholt precisa que sejamos os olhos dele no Velho Salão.

****

O Castelo de Drouthwick era quase tão grande quanto a fortaleza real de Ascalun. Seu Salão Principal se estendia infinitamente. Várias lareiras estavam acesas, aquecendo seu interior. Não que o aquecimento fosse muito necessário, pois um número imenso de pessoas já ocupava o local para o Festim de Fim de Outono.

Glorian jamais esperaria tantos convidados, ou tanta comida. Torta de flor de sabugueiro, bem douradinha, servida com um creme derretido ou manteiga de groselha; pão assado no ferro quente e pudim de cinorródio; peras vermelhas banhadas ao vinho com mel. E quantas carnes: ganso recheado com maçãs, frango assado no espeto, linguiças fritas com pinhões.

Seu vestido vermelho era cortado no estilo yscalino, com a cintura marcada e mangas largas, modificadas para esconder seu gesso. Florell pegara seis mechas de seus cabelos e as prendera em uma trança da virtude, deixando o restante solto e caído sobre as costas. Com tudo isso e mais sua grinalda dourada, ela estava morrendo de calor.

Ela comeu três pedaços de torta. Os aplausos ressoaram quando o harpista tocou os primeiros acordes de "Uma Caça Real", uma balada sobre Glorian II, conhecida historicamente como Glorian, a Temida dos Cervos. Foi em homenagem a essa famosa rainha — cujo casamento com Isalarico, o Benevolente, trouxe Yscalin para os braços do Santo — que Glorian foi batizada.

Bandeiras brancas adornavam as paredes, mostrando a Espada da Verdade — Ascalun, a lâmina encantada que o Santo usou para derrotar o Inominado — e rodeando os carmêntios por toda parte.

Os representantes da república se sentaram junto com o Conselho das Virtudes. A principal da delegação era Numun, a Decretadora — uma mulher alta, de ombros estreitos, com um pescoço comprido e descoberto, sem o adorno de nenhuma joia. O vestido sem mangas que usava era pregueado até a cintura antes de cair até o chão.

O rosto dela expressava tranquilidade sob os cabelos pretos que se tornavam grisalhos, muito bem trançados e presos no alto da cabeça. O único sinal inequívoco de autoridade era um diadema de folhas douradas. Ela trouxera um utensílio pontudo do Sul, que usava para espetar cada pedaço de comida.

Ao lado dela estava sua conselheira, uma mulher grandalhona e observadora, que usava o mesmo tom forte de roxo, com um xale branco sobre os ombros enormes. As duas tinham olhos escuros e a pele marrom, mas Arpa Nerafriss era um pouco mais clara que Numun. Glorian ainda não tinha entendido como haviam ascendido a seus cargos, nem o que esses cargos representavam. Tudo parecia muito complicado.

— O que é aquilo em cima da cabeça delas? — Helisent perguntou em meio ao vozerio, se referindo a uma arcada feita de lavanda.

— O Portão de Ungulus — Glorian explicou. — O fim do mundo. Foi Liuma quem me disse.

— O mundo tem fim? — Julain perguntou, franzindo o rosto vermelho. — E com um portão?

— Bem, precisa terminar em algum lugar, não é?

Helisent inclinou a cabeça.

— Precisa?

— Ouvi dizer que Numun tem dois companheiros — Julain comentou, tapando a boca com a mão. Helisent soltou um risinho de divertimento, enquanto Glorian terminava a terceira (ou talvez quarta) taça de vinho. — Pois é, isso deve ter causado um escândalo em Halgalant. Um casamento a três. Ah, que maravilha, crispeles!

Glorian olhou para a mesa com um sorriso.

— Você aí — Helisent gritou. — Passe essa bandeja para a princesa!

— Sua Alteza — as pessoas berraram, erguendo as taças. — Lady Glorian!

— A nossa magnífica princesa — Florell disse, aos risos, do local onde estava sentada, junto à rainha. — Felicidade para sua casa.

A Rainha Sabran havia abaixado o manto, exibindo a pele clara dos ombros. Ela ergueu sua taça e agraciou Glorian com um raro sorriso.

— Amada filha. Princesa de Inys e Hróth — falou, com uma voz límpida. O falatório silenciou enquanto ela se pronunciava. — Que o Santo a abençoe e guarde neste seu décimo quinto ano.

Os aplausos ressoaram pelo salão. *Então ela me ama mesmo*, Glorian pensou, sentindo ainda mais o calor do vinho em sua barriga. *Está orgulhosa de mim.*

A bandeja chegou, cheia de doces de massa fina como um pergaminho, fritos em manteiga e cobertos de mel. Ela comeu vários em sequência, lambendo os dedos.

Ao erguer os olhos, pegou a mãe a encarando, com as sobrancelhas levantadas. Glorian pegou o crispel seguinte com mais cautela, mordiscando.

Satisfeita, a Rainha Sabran retomou sua conversa com Robert Eller, o Lorde Chanceler de Inys, sentado à sua esquerda. Enquanto falava, ele observava todo o salão com seus olhos azuis sempre atentos. Era o Duque da Generosidade e, como tal, pagara a maior parte das despesas do festim, inclusive mandando trazer vinho com especiarias de Yscalin, onde as uvas podiam adoçar sob um sol bem mais forte.

Ao contemplar sua mãe, tão contida e forte, Glorian ficou contente por não saber se portar como ela. Nascera para ser uma sombra, e não precisava fazer nada além de segui-la.

Do nada, uma dor se espalhou por seu braço.

— Seu estúpido — Julain ralhou, de repente parecendo sóbria. — Você tem barris em vez de pés?

Glorian estava vendo estrelas, com dificuldade para entender o que acontecera. Um dos criados — um menino, um pajem — tentara encher sua taça, mas em vez disso esbarrou em seu braço quebrado.

— Alteza. — Ele tremia de medo. — Me desculpe. Eu machuquei a senhora?

— Não é nada. — Glorian mal conseguia falar. — Com licença.

De repente, tudo aquilo lhe pareceu demais: o calor e o barulho, a dor. Quando ficou de pé, os que estavam por perto fizeram o mesmo. Ela tranquilizou a preocupação deles com um gesto. Com sorte, pensariam que ela só precisava usar a latrina mais próxima, o que era verdade. Se seu instinto estivesse certo, estava prestes a passar terrivelmente mal.

O Castelo de Drouthwick era cheio de passagens e transições estranhas. Uma delas era a longa galeria dos músicos, com vista para o Salão Principal. Glorian correu escada acima, passou pela tapeçaria que separava o local do ambiente seguinte e se chocou contra algo grande e sólido. Seu braço gritou de dor. Ela cambaleou, precisando se apoiar na parede com sua mão boa para não cair.

Seu primeiro pensamento desconexo foi que a galeria devia ter sido emparedada. Mas então a tapeçaria foi puxada de lado, e um rosto compungido apareceu, escondido pelas sombras.

— Por Halgalant, quem é você? — Glorian perguntou.

A dor e a vergonha tornavam sua voz mais aguda. Não esperava encontrar ninguém ali. O homem — um jovem, não muito mais velho que ela — a olhava com uma expressão de choque.

— Milady. — Recobrando a compostura, ele abaixou a cabeça. — Peço perdão. Está ferida?

O sotaque dele era um pouco indistinto. Ela era capaz de jurar que havia detectado um tempero do Norte naquela voz.

— Ferida? — Glorian esbravejou. — Estou é irritada, com sua presença. O que está fazendo aqui, rondando na escuridão.

Ele parecia sem palavras. Glorian sabia que estava sendo grosseira, mas precisava se livrar dele antes que desmaiasse em sua frente. Seu osso doía tanto que fazia sua visão oscilar.

Um segundo rosto apareceu atrás do jovem. Uma mulher mais ou menos da mesma idade, com os cabelos castanhos trançados, expondo a testa clara. Quando Glorian se deu conta do que devia ter interrompido, ficou toda vermelha.

— A não ser que sejam casados, não deveriam estar em um encontro às escondidas. — Ela se empertigou de novo até sua altura considerável, sentindo o braço latejar. — Saiam daqui, ou a Rainha Sabran vai ficar sabendo.

— Nós não estávamos... — começou a mulher, mas o rapaz a interrompeu.

— Sim, milady. Perdão.

Ele conduziu a amiga para longe, e os dois se foram. Glorian esperou até que os passos se tornassem inaudíveis antes de se dobrar e tingir o chão com vômito e vinho de amora-silvestre.

Por algum motivo, pensou, desolada, no momento em que seus guardas a alcançaram, *desconfio que minha mãe teria lidado melhor com essa situação.*

****

Meia hora depois, ela estava à mesa elevada no Velho Salão. Trezentos dos convidados mais importantes, inclusive a delegação de Carmentum, tinham sido convidados para aquele local mais reservado.

Os guardas mandaram chamar Kell Bourn, da Companhia dos Ossos, que amarrou seu braço junto ao peito. Agora Glorian se sentia mais firme, embora seu corpo todo doesse. Mastigou algumas folhas de gatária para refrescar o hálito, e um manto foi usado para esconder a tira de couro dos carmêntios.

Seu quarto pretendente estava ao seu lado. O primeiro era tímido demais para fazer qualquer coisa além de murmurar o próprio nome; o segundo havia se mostrado esquisito ("Milady, seus olhos são verdes como duas rãs de pele lisa") e o terceiro, herdeiro de terras de cultivo de oliveiras em Yscalin, não conseguiu nem olhar para ela.

Aquele era Magnaust Vatten, filho mais velho do Intendente de Mentendon. Tinha os olhos cinzentos como aço, e um rosto branco que era a imagem do desdém. Enquanto os inysianos se adornavam com os vermelhos e dourados do outono, ele usava pele de foca e couro preto estampado, fazendo questão de parecer austero. Lançava olhares desconfiados para todo o salão, o filho daquele homem que já fora chamado de Rei do Mar.

Glorian, filha do verdadeiro rei, não ficou nem um pouco impressionada. Magnaust fizera pouca coisa além de reclamar enquanto devorava um prato de cisne assado, lançando mais de uma palavra atravessada para ela.

Pelo menos havia sido poupada das danças. Ela jamais acertava o ritmo, embora adorasse o espetáculo. Cinquenta pessoas executavam o zehanto, uma ciranda yscalina.

— E, obviamente — seu suposto pretendente continuou —, os mentendônios não podem falar abertamente mal de nós, aqueles covardes, mas sem dúvida usam as línguas afiadas de cobra quando estão a sós.

— Um horror — Glorian comentou, distraída.

— Nós levamos riqueza às cidades deles. E os defendemos dos bandos de invasores. Mostramos o caminho para Halgalant, mas eles nos olham como se quisessem que afundássemos todos no mar.

Os dois conversavam no idioma que era chamado de alto hrótio, como a língua era falada em Eldyng, em vez de o dialeto surgido em Mentendon. Glorian se perguntou se ele ao menos sabia falar mentendônio. Querendo muito estar em qualquer outo lugar, ela voltou a acompanhar o zehanto.

Florell rodopiava com a graça costumeira, girando as saias de seu vestido rubro. Estava de mãos dadas com Arpa Nerafriss, que parecia ter simpatizado muito com ela, enquanto Helisent dançava com Sylda Yelarigas, a futura Condessa de Vazuva, que os visitava de Yscalin.

— Saqueadores, é como nos chamam. Lobos dos mares — resmungou Magnaust Vatten. — Quando eu governar, vou descobrir quem são esses ingratos e queimá-los vivos. Eles vão gostar disso. O Inominado surgiu da montanha horrenda deles, afinal de contas.

— Ah, isso é verdade — Glorian falou, ainda mais distraída, pois a dança terminara, e os aplausos rugiam. À sua direita, seu pretendente deu uma tossida seca. — Está tudo bem, milorde?

Ele estava ficando roxo. Glorian não sabia se batia em suas costas, mas então ele enfiou a mão na boca e desalojou o osso, que jogou no prato, enojado.

— Sua Majestade — a Decretadora chamou, com sua voz retumbante, eliminando toda possibilidade de conversa —, entre nós está um grupo dos melhores músicos de Carmentum. — A um gesto dela, eles deram um passo à frente e fizeram uma mesura. — Eles teriam o maior prazer em tocar a thinsana, uma dança de Gulthaga, para a aclamação de sua filha.

— Seria uma honra se quiserem se juntar a nós em sinal de amizade — Arpa falou, ao lado dela. — E, caso a thinsana seja desconhecida por vocês, seria uma satisfação para mim ensinar-lhes os passos.

Glorian pensou a respeito. Podia ser um convite sincero, ou uma oportunidade de ouro para fazer a Rainha de Inys passar vergonha. Se a dança fosse difícil, sua mãe poderia dar um mau passo em público. Isso poderia até ser percebido como um insulto: querer ensinar uma monarca diante de sua corte.

Seria também difícil recusar sem parecer antipática ou desinteressada. Tudo isso deixou Glorian apreensiva.

— É uma oferta muito generosa, Decretadora — a Rainha Sabran respondeu —, e lamento ter que recusar no momento. Já ouvi falar do esplendor da thinsana. — Ela apoiou as mãos nos braços do assento. — Lamentavelmente, já reservei a próxima dança para meu companheiro.

Por um momento, Glorian pensou ter ouvido errado, ou que sua mãe tivesse bebido mais vinho do que a firmeza em sua voz dava a entender — até que o som límpido de um chifre ressoou, os músicos inysianos entoaram as boas-vindas e uma procissão chegou, ostentando o brasão da Casa de Hraustr. A Rainha Sabran se levantou quando o Rei de Hróth apareceu na porta, parecendo um gigante das histórias antigas.

— Meu pai — Glorian murmurou, incrédula.

A felicidade cresceu em seu peito enquanto os cochichos e falatórios se espalhavam pelo salão e todos se levantavam para fazer mesuras. A delegação de carmêntios trocou olhares indecifráveis antes de fazer o mesmo.

— Meu rei — a Rainha Sabran falou, em um tom vívido e afetuoso. Ela desceu da mesa e estendeu-lhe a mão. O Rei Bardholt se apoiou sobre um dos joelhos diante da esposa.

— Minha rainha — falou, com seu inysiano carregado de sotaque. — Acredito que eu tenha reservado essa dança.

— Creio que sim.

O Rei Bardholt beijou os dedos da mulher. Glorian sorriu quando ele se virou e abriu para ela um sorriso tão largo que seus olhos cor de avelã se enrugaram. Ele aparecera. Mesmo na metade escura do ano, ele viera.

Caminhando até a mesa elevada, ele estendeu a mão para ela. Quando Glorian retribuiu o gesto, ele fez uma mesura profunda, como se ela também fosse a Rainha de Inys.

— Minha filha — falou, levando a mão em punho ao peito. — Foi para isto, para sua aclamação, que cruzei o mar.

O salão irrompeu em aplausos e gritos. Glorian o envolveu com seu braço bom, sentindo seu coração se elevar até o teto, se esquecendo da dor e do garoto Vatten ao seu lado.

8
Sul

Ninuru atravessava os feixes de luz do sol, com os músculos despontando por baixo da pelagem. Na sela, Tunuva se inclinou para se esquivar de um galho. Hidat Janudin vinha não muito atrás.

Mais adiante, um cervo de cauda branca e galhadas longas pisoteava a vegetação rasteira. Seus cascos tinham sido feitos para aquela superfície molhada, mas um ichneumon era capaz de alcançar qualquer criatura.

Seria impossível mapear a Bacia Lássia, ou pelo menos era isso o que se dizia no Sul. Nem mesmo os poetas mais talentosos tinham sido capazes de capturar a vastidão da floresta, pois nenhum havia visto suas profundezas: as árvores intermináveis, de alturas inimagináveis, as camadas erguidas ao longo de milhares de séculos.

Nada crescia sozinho. Não havia espaço vazio. O musgo envolvia as raízes; os troncos eram cobertos de cipós. A memória do que havia sido antes estava em tudo.

Ninguém nunca mapeara a Bacia Lássia, mas Tunuva sabia se locomover por lá.

Ninuru saltou um galho caído e aterrissou grunhindo na frente de sua presa. Mais acima, Esbar apareceu sobre uma raiz arqueada, montada em Jeda, que soltou um rugido apavorante. Assustado e bufando, o cervo saiu em disparada de novo, com os flancos cobertos de suor.

— A clareira — gritou Esbar. Tunuva já estava em perseguição à caça.

Os ichneumons surgiram em uma clareira coberta de musgo. A luz do sol brilhava por entre brechas nas copas das árvores. Não muito adiante, as árvores se juntavam como amantes. Tunuva sacou o arco das costas e colocou uma flecha na corda. Embora sua magia estivesse queimando em fogo brando, sua visão continuava afiada como sempre. A flecha zuniu através da clareira, e a presa cambaleou enquanto ela diminuía o ritmo, deixando Hidat seguir na frente.

Jeda passou pelas duas. Tunuva conteve o grito — Esbar já estava muito à frente. Hidat diminuiu o ritmo, e as duas observaram Esbar fazer Jeda acelerar o ritmo. Com um breve reluzir de aço e uma bufada, o animal caiu sobre a grama. Jeda prendeu seu pescoço entre os dentes.

Tunuva disparou na direção delas, chegando ao cervo de galhadas longas no momento em que a presa tombou, vendo o musgo absorver seu sangue. Jeda o soltou e grunhiu. Sua pelagem era preta e reluzente, e ela ostentava os olhos cor de âmbar da maioria dos ichneumons, com as pupilas deitadas na horizontal.

— Uma boa caçada. — Esbar se levantou e limpou a lâmina. — Por sorte nos trouxe até aqui... os homens disseram que estamos com pouco musgo. Não é de se surpreender, já que estou sangrando por três.

— Vou recolher um pouco. — Hidat desceu da sela. As contas nas pontas de suas tranças batiam umas nas outras. — Está com dor, Dartun?

— Não — seu ichneumon cor de areia respondeu. O cervo o tinha acertado no flanco. — Esse tipo de animal de rebanho não é páreo para ichneumons.

Jeda e Ninuru rosnaram em concordância. Tunuva sorriu e acariciou Ninuru, enquanto Hidat arrancava um tufo de musgo e punha sobre a ferida de Dartun, fazendo-o raspar as patas no chão, satisfeito.

— Hidat, você está bem? — Tunuva perguntou.

— Tudo certo. Dartun absorveu a maior parte do golpe.

— Não estou falando da caçada. — Tunuva pôs a mão no ombro dela. Tinha sido mentora de Hidat por vários anos, e sabia que havia algo errado. — Você tirou a corda da árvore.

Hidat se virou para ela. Mesmo quando mais jovem, sempre fora uma mulher centrada, que não se deixava abalar com facilidade. Agora seus olhos escuros expressavam uma dúvida sincera.

— Você é uma das mais sábias que há entre nós, Tuva — ela disse. — É tolice da minha parte temer que a árvore nunca mais vai me presentear com um fruto?

—Siyu só se torna duas vezes mais tola por plantar essa ideia na sua cabeça — Esbar resmungou, embainhando a faca de caça. — Você fez o certo, Hidat. Siyu vai se redimir com você, eu lhe garanto.

— Calma. Isso já é passado. — Hidat fez uma carícia para confortar Dartun. — Venha, filhote. Hora de beber alguma coisa.

Deixando Ninuru tomando conta da caça, elas caminharam juntas até as árvores se tornarem mais raras de novo, dando lugar ao Rio Minara. Naquela parte da Bacia Lássia, tinha quase duas léguas de largura.

A luz do sol brilhava sobre as águas rápidas e douradas. Enquanto Hidat levava seu ichneumon para bebê-la, Esbar tirou o casaco de montaria e limpou o sangue das mangas.

— Você está com aquele olhar no rosto — ela falou para Tunuva. — Foi por causa do que disse sobre Siyu?

Tunuva se sentou sobre uma árvore caída e tirou as botas.

— Não. Eu só esperava que você fosse deixar Hidat matar a presa — respondeu, mergulhando os pés na água rasa. — Ela poderia ter recuperado a confiança, se lembrando das habilidades que tem.

Esbar a olhou por um tempo antes de comentar:

— Que gentileza da sua parte. — Ela estendeu o casaco sobre uma pedra e foi se juntar a Tunuva. — Perdão. Você sabe como eu me perco na emoção da caçada.

— É por isso que você é munguna. — Tunuva deu um tapinha no joelho dela. — Não há nada a perdoar.

Esbar entrelaçou os dedos das duas. Tunuva acariciou as manchas de sol no dorso da mão dela. As mãos das duas tinham mudado com o tempo: as juntas estavam mais grossas; as veias, mais aparentes.

— Tuva — chamou Hidat. — Eu quase ia me esquecendo... a Prioresa quer falar com você. — Ela estava com água até os joelhos.

— Pode voltar para lá agora, se quiser. Nós damos conta da caça, não é mesmo, Ez?

— Acho que sim. — Esbar olhou para Tunuva e baixou o tom de voz: — Se for sobre Siyu...

— Eu conto para você.

Tunuva a beijou e se levantou. Esbar inclinou o rosto na direção do sol.

A sombra da floresta voltou a envolver Tunuva. Com as botas nas mãos, ela retraçou seus passos até a clareira, quase sem fazer barulho com os pés descalços. Para algumas pessoas, a árvore concedia tanto a chama sagrada como o silêncio de uma sombra.

Ela montou em Ninuru e partiu de volta para o Priorado, passando pelas égides escondidas. A cada vez que cruzava com uma, a maga que a posicionara sentia sua aproximação.

A entrada ficava entre as raízes grossas e largas de uma figueira, e era impossível encontrá-la por acaso. Ela adentrou o túnel e foi andando até a terra se tornar mais vermelha e dar lugar a ladrilhos lisos. Quando chegaram a seu solário, Ninuru se retirou para cochilar no balcão enquanto Tunuva trocava de roupa.

Saghul fazia as refeições em seu próprio solário, a Câmara Nupcial. Quando Tunuva entrou, ela estava diante de um prato fumegante de arroz, cabra defumada e camarões de água doce cozidos com folhas e manteiga de amendoim.

O Choro de Galian rugia logo além da varanda. A queda-d'água se derramava sobre o Vale de Sangue, formando um tributário do Baixo Minara, que corria para sudoeste até o mar.

— Prioresa, posso entrar? — Tunuva falou.

— Tunuva Melim. — Saghul fez um gesto para que ela se sentasse. — Fique à vontade. Coma. Você deve estar faminta. — Tunuva lavou as mãos na bacia antes de se servir. — Sua caçada foi bem-sucedida?

— Um cervo de galhadas longas. Deve dar uma boa carne. — Tunuva usou a manteiga para fazer uma bolota de arroz. — Hidat falou que a senhora queria me ver.

— É verdade. Pretendo dormir logo depois de terminar de comer, então vou ser breve. — Saghul engoliu a comida. — Pensei em sua proposta de mandar Siyu uq-Nāra para conhecer o mundo.

— Pensei que a decisão sobre esse assunto já tivesse sido tomada, Prioresa.

— Eu apenas expressei um pensamento motivado pelo vinho do sol. — Saghul bebeu um pouco. — Siyu irá para a corte de Nzene. E se tornará uma iniciada. — Ela espetou um camarão com a ponta da faca. — Gashan pode instruí-la e aconselhá-la.

Tunuva não conseguia acreditar no que ouvia.

— Prioresa, obrigada — falou, mais do que aliviada. — Siyu vai deixá-la orgulhosa.

— Sabe por que escolhi Esbar como minha sucessora?

— Porque ela inspira respeito no Priorado. Porque é decidida, inspiradora, visionária. Porque é uma grande maga.

Saghul soltou um grunhido.

— Por tudo isso, claro. — Mastigou o camarão. — Mas, acima de tudo, por causa de sua influência sobre ela. Sua orientação tranquilizadora. Seu bom senso. Quando eu estiver morta, os seus conselhos são os únicos que ela vai de fato aceitar.

— Saghul, ela ama esta família. Vai ouvir a todo mundo.

— Esbar matou o cervo hoje ou deixou Hidat, que está com a mente atribulada, dar o golpe final.

Tunuva baixou os olhos.

— A primeira opção.

— Uma Prioresa precisa fazer mais do que ouvir. Deve não só olhar, mas também ver — Saghul falou. — Se todas nós somos chamas, Esbar é a chama na ponta de uma flecha. Desde que atingisse seu alvo, ela não se incomodaria em deixar o mundo inteiro incendiado por onde passasse. Esse caráter inabalável é tanto sua maior força como sua grande fraqueza. — Ela soltou a faca. — Você viu do que Hidat precisava, mesmo sem ela ter dito nada. E fez o mesmo por Siyu, como sempre. Você é a chama que aquece, Tunuva Melim. A chama que cauteriza uma ferida.

Tunuva comeu a bolota de arroz que tinha acabado de fazer. Todas as conversas privativas que tinha com Saghul a faziam se sentir de um jeito estranho — inquieta e reconfortada ao mesmo tempo.

— É uma honra ouvir isso, Prioresa — ela falou. — Devo visitar Siyu, para contar sobre o novo posto?

— Sim. Eu não posso deixá-la ir de imediato. Não posso incentivar outras profanações… Mas, assim que ela cumprir seu castigo, devemos promover o noviciado. — Saghul ergueu as sobrancelhas. — Sua siden está baixa, guardiã da tumba. Vá até o vale esta noite para se saciar.

****

Ao pôr do sol, ela desceu os mil degraus até o chão do vale. Era uma noite fria. Alguns homens conversavam e riam, compartilhando um jarro de vinho à beira do rio. Ao verem Tunuva, se dispersaram.

As irmãs comiam sozinhas — a não ser, claro, da primeira vez, quando ela o fizera diante da família. Tunuva usara o manto branco de uma iniciada nesse dia. A cada passo que dava na direção da árvore, temia que não fosse digna, que a laranjeira não fosse lhe conceder um fruto.

Décadas depois, ainda era apenas isso, uma iniciada — pronta para lutar, mas nunca convocada. Não havia outras posições, pois não surgira nenhum alvo para ser morto.

Ela deixou cair seu manto e se ajoelhou entre duas raízes. As laranjas reluziam como velas nos galhos. Uma caiu em meio a uma chuva de pétalas, diretamente em suas mãos estendidas. A luz brilhava sob a casca, a partir do coração que havia em seu cerne.

Siyáti uq-Nāra acreditava que o fruto inteiro deveria ser consumido, para garantir que nada da magia se perdesse. Prioresas posteriores reviram essa regra mais tarde, já que uma mordida parecia suficiente. De sua parte, Tunuva costumava arrancar a casca primeiro e separá-la para ser enterrada.

A laranja se rompeu sob seus dentes. A siden se espalhou como luz do sol líquida — a magia das profundezas da terra, enriquecendo-a de novo com seu poder. Ela se permitiu incendiar.

Por um tempo, ela se tornou uma espécie improvável de vela, com um pavio que se renovava à medida que queimava. Já era noite quando a magia se acomodou em seu corpo. Ela ficou imóvel, ciente de cada bater de asas e farfalhar de folhas da relva, do aroma pesado das flores, tão rico que era quase possível sentir seu sabor. As estrelas reluziam como pontas de flechas acesas, e o mundo todo vibrava em sua pele.

Olhando para baixo, viu o brilho na ponta de seus dedos. Aquela luz dourada arrefeceria; assim como a tranquilidade absoluta. Sua pele se tornaria sensível e febril pela manhã. Ela ficaria faminta: por comida, por toques.

Antes que tudo isso acontecesse, ela se levantou e encostou a testa quente na árvore, expressando sua gratidão.

****

Nos aposentos das iniciadas, Imsurin cantava para uma das meninas dormir com sua voz profunda e relaxante. Tunuva ficou à espera na porta até que ele notasse sua presença.

— Imin — ela disse, baixinho. — A Prioresa me deu permissão para visitar Siyu.

Ele cobriu a criança com um cobertor.

— Por quê?

— Para contar que ela vai se tornar noviça.

Ele torceu os lábios. Ela percebeu que Imsurin estava contente, mas ele recebia todas as boas notícias com certa cautela.

— Já passou da hora — comentou. — Mas preferiria que isso não tivesse sido necessário para convencer a Prioresa. — Ele apagou a lamparina mais próxima. — Siyu não anda se sentindo bem. Vai ficar contente de ver você.

— Qual é o problema com ela?

— Uma vespa espigada, acho. Se ela não melhorar, vou consultar Denag.

Tunuva assentiu. Era raro que as iniciadas ficassem doentes, mas por enquanto Siyu ainda era uma postulante.

A ferroada de uma vespa espigada provocava exaustão profunda. Por isso, Tunuva esperava encontrar Siyu dormindo. Em vez disso, ela estava de joelhos junto ao aquecedor, vomitando em uma vasilha.

Tunuva fechou a porta e se ajoelhou ao lado dela, afastando os cabelos compridos do rosto da garota enquanto ela tremia. Depois de esvaziar o estômago, Siyu se sentou para recobrar o fôlego, e Tunuva lhe serviu um copo d'água, afastando uma mariposa da jarra. Siyu bebeu com vontade.

— O que foi raio de sol? — Tunuva sentiu a testa dela. Estava fria.

— São as dores do sangramento de novo?

— Não. — Siyu limpou a boca. — Eu não sangro já faz... algum tempo.

Tunuva franziu a testa. Quando Siyu a encarou e engoliu a água, todo o sentimento afetuoso que a preenchia pareceu se esvair de repente.

— Siyu — ela falou, com a voz fraca. — Há quanto tempo?

Siyu olhou para a porta e levou a mão à barriga.

— Perdi dois ciclos — falou. — Prometa que não vai contar para a Prioresa. Jure em nome da mãe, Tuva.

Tunuva não conseguia nem falar, muito menos fazer um juramento.

— Siyu — por fim, conseguiu dizer —, você conhece, e *muito bem*, as regras para a concepção de crianças. E é jovem demais, e não fez seu noviciado. Onde estava com a cabeça? — Ao ver a respiração de Siyu começar a se acelerar, ela se recompôs. — Nós podemos resolver isso, mas eu preciso saber. Quem foi?

Siyu a encarou com medo nos olhos.

— Não é ninguém do Priorado — murmurou. — É alguém de fora.

9
Leste

O aço se encravou na rocha ancestral. Dumai deu um puxão em sua foice de gelo, se certificando de que estava bem presa no lugar. Dobrou a perna direita, sentindo os músculos queimarem de exaustão, e cravou a ponta afiada da bota na neve. Não muito abaixo de onde estava, ouvia Kanifa fazendo os mesmos sons.

Já estavam no meio do segundo pico do Monte Ipyeda. A única forma de chegar ao cume era escalando, e apenas os que cuidavam do Sino Rainha tentavam fazer isso.

Kanifa era quem fazia isso havia anos. Ao contrário de Dumai, tinha nascido no chão plano. Os pais dele o levaram para o templo quando tinha treze anos, na esperança de salvá-lo dos incêndios florestais que consumiam a província onde viviam, e a Grã-Imperatriz o acolheu, considerando o momento oportuno. O guardião do sino estava ficando velho, e precisava de um sucessor.

Durante anos, Dumai havia observado Kanifa, para aprender o caminho. Era fascinante vê-lo ali no pico do meio, que para ela parecia arranhar o céu. Por fim, ele percebeu que estava sendo observado. *Quero subir lá no alto*, ela dissera. *Minha mãe me chama de pipa. Garanto que sou bem forte.*

Dumai tinha só doze anos, mas Kanifa não duvidou.

Em segredo, forjou para ela um par de foices de gelo. Ela teve que aprender a como manter um firme controle sobre as ferramentas com seus dedos curtos; a como segurá-la de um jeito que permitisse direcionar a lâmina usando os pulsos, se fosse preciso. E então ele começou a compartilhar os conhecimentos que tinha.

No dia em que Unora os surpreendeu, ela ficou abalada demais para conseguir argumentar.

Mãe, Dumai dissera, *antes de me proibir de continuar, veja o que estamos fazendo. Dê só uma olhada.*

Unora cedeu. Foi só quando viu de fato o que estava acontecendo, observando a maneira como escalavam — amarrados um ao outro por um pedaço de corda trançada —, que permitiu que Dumai continuasse.

Vejo que está determinada, mas tome cuidado, Dumai. Você pode se machucar.

Kanifa também corria esse risco, só que agora não mais. Agora eu posso pegá-lo se ele cair.

Dumai em nenhum momento sentiu o mesmo medo que a mãe demonstrara naquele dia. Nada de mãos suadas. Nem de asas batendo no estômago. A descida podia ser difícil, mas ela sempre contava com o fato de ter uma corda amarrada à cintura.

Ainda assim é arriscado, Kanifa a alertara daquela primeira vez, enquanto dava um nó apertado e complexo. *Pode ser que um não consiga impedir a queda do outro, ou que um acabe puxando o outro para baixo.*

Que seja. Se cairmos, caímos juntos.

Ela firmou a bota no gelo, ajustou a pegada na foice e olhou para leste. De lá, podia ver toda a extensão da Bacia de Rayonti, com o palácio parecendo um borrão à distância.

Parando um pouco para recobrar o fôlego, ela se perguntou se o peregrino do sal teria conseguido sobreviver até a cidade. Os moradores do vilarejo mandaram um comunicado dizendo que ele passara por lá, ficando apenas o tempo suficiente para se alimentar e aquecer os membros, apressado como se houvesse um fantasma em seu encalço.

Mas não era um fantasma. Era apenas Unora. Dumai precisava entender por que sua mãe — uma pessoa tão cautelosa e prudente — decidira segui-lo no meio da noite protegida apenas por um capuz.

Quando o sol se ergueu, eles chegaram ao topo, onde o Sino Rainha pendia da estrutura sólida de uma torre aberta. A maioria dos sinos de preces era forjada em bronze nas fundições dos Kuposa, em Muysima, mas aquele, de dimensões gigantescas, era uma rara maravilha de ferro fundido. O pesado pêndulo de madeira estava imóvel logo ao lado, à espera de ser acionado.

Até onde se sabia, não havia nenhum sino maior ou mais antigo, embora não houvesse nenhum indício de quem o fabricara. Em seu topo havia gravações de estrelas. Os moradores do templo sempre cuidaram bem dele — lavando-o e lubrificando as partes móveis, raspando a ferrugem e o secando à mão depois das tempestades mais fortes. Apenas uma inscrição em seu corpo fornecia alguma pista de seu propósito:

PARA CONTROLAR O FOGO QUE ASCENDE
ATÉ QUE CAIA A NOITE

Era proibido tocar o sino, a não ser em circunstâncias conhecidas apenas pela Suprema Oficiante. A pena pela transgressão era a morte — uma raridade em Seiiki, onde a maioria dos crimes era punida com o exílio.

Dumai se sentou na torre para descansar. Kanifa lhe ofereceu seu cantil antes de beber.

— Pensei que você poderia não querer subir hoje, considerando o estado de Unora — ele comentou.

— Osipa está com ela. — Dumai observou a cidade distante, enquanto mechas dos cabelos escapavam do capuz. — As tarefas ainda precisam ser cumpridas.

— Foi uma loucura o peregrino do sal ir embora no meio da noite.

— E foi uma loucura ela ter ido atrás dele — Dumai falou, contrariada. — Imagine se eu tivesse feito isso, Kan. Minha mãe ficaria furiosa, e com razão. Como ela pôde ignorar as regras, depois de todos esses anos vivendo aqui? — Ela estendeu a mão direita enluvada. — Depois disso?

Os cantos da boca dele se elevaram. Kanifa se cortara fazendo a barba, o que deixou uma pequena marca no local.

— Ela vai se explicar. — Isso foi tudo o que conseguiu dizer.

— Espero que sim.

Eles desembalaram as ferramentas e montaram um pequeno fogão, derretendo neve em uma panela. Depois que se aqueceram, se hidrataram e terminaram o caldo que haviam trazido, se puseram a trabalhar.

Dumai limpou o interior do sino, entrando por seu bocal cavernoso. Sempre sentira que aquele ferro escuro tinha uma espécie de vida — como se o sino estivesse desperto, tentando de alguma forma cantar para ela. Kanifa lubrificou o badalo e apertou a dobradiça. Subiram por uma corda até as vigas, onde procuraram por sinais de desgaste, preencheram com argamassa uma rachadura e verificaram se o madeiramento estava firme.

Quando se deram por satisfeitos, se sentaram na beirada do pico, vendo o sol projetar sua luz dourada sobre Antuma — uma cidade de outro mundo, do qual só era possível ter um vislumbre a partir do seu, como uma chuva que respinga de um telhado.

****

Unora ainda dormia quando Dumai apareceu para pôr brasas acesas ao lado dela. Pela primeira vez em vários dias, estava sem véu, então Dumai pôde ver as bochechas marrons e sardentas e o queixo fino da mãe, as manchas escuras sob os olhos e o hematoma na têmpora que parecia uma ameixa amassada.

Havia pouquíssima coisa no quarto. Unora não trouxera quase nada consigo do vilarejo de pescadores onde vivia — nada além de Dumai, protegida em seu ventre. O restante da família morrera, segundo ela, em uma violenta tempestade.

Nós tiramos tudo o que tínhamos do mar, que veio retomar o que era seu.

Um leve som escapou da garganta dela.

— Mãe. — Dumai cobriu uma das mãos dela com a sua. — Consegue me ouvir.

Unora piscou algumas vezes.

— Dumai.

— Por que estava lá na neve? — Dumai perguntou, acariciando os cabelos curtos da mãe. — Você poderia ter morrido congelada.

— Eu sei. — Unora suspirou. — Osipa me contou que você me trouxe para dentro. Obrigada. — Ela pressionou de leve o hematoma, verificando a gravidade do inchaço. — Devo ter caído.

— Mas por que saiu no meio da escuridão, sem nada para aquecê-la?

— Foi bobagem minha. — Ela parecia cansada. — Entrei em pânico, Dumai. Me lembrei da nevasca que congelou seus dedos, e de quantas pessoas morreram na montanha naquela noite. Não queria perder mais ninguém.

— Existem regras de sobrevivência — Dumai retrucou, mais áspera. — Você me ensinou isso.

— Eu sei. — Unora respirou fundo. — Dumai, o que você acharia se mudássemos para outro templo?

Dumai franziu a testa.

— O quê?

— Há templos lindos nas Montanhas do Sul. Ou podemos seguir a oeste, para o litoral — Unora falou, em um tom quase febril. — Você não gostaria disso, minha pipa? De nadar no mar, conhecer mais do mundo?

— Nosso lar já basta. — Dumai estava incomodada com a conversa. — Mamãe, você está cansada e ferida. Não pode estar falando sério.

Ela se calou quando Kanifa deslizou a porta para abri-la, com a testa coberta de suor.

— A dama Kuposa se foi.

Unora o encarou, empalidecendo.

— Ela também? — perguntou, se sentando na cama com os braços trêmulos. — Quando ela partiu?

— Tirotu foi despertá-la ao amanhecer e encontrou as pegadas. Eu vim assim que...

— Pois trate de detê-la — Unora rugiu, sobressaltando Dumai. — Siga no rastro deles.

Enquanto Kanifa e Dumai trocaram olhares perplexos, Unora falou com os dentes cerrados:

— Kanifa, você consegue alcançá-la. É mais rápido e mais forte que qualquer um. Não importa o quanto ela protestar, traga essa mulher de volta. Não deixe que chegue a Antuma.

Sem muita escolha a não ser obedecer, Kanifa se retirou. Dumai fez menção de ir também, mas a mãe a segurou pelo braço com toda a força.

— Kanifa vai cuidar disso sozinho — disse, falando mais baixo. — Fique aqui comigo, Dumai.

****

Ao anoitecer, Kanifa ainda não tinha voltado, mas Dumai sabia que ele devia ter se abrigado no vilarejo na montanha. Ele jamais seria tolo o bastante de realizar a subida depois de escurecer.

Enquanto aguardava, ela cuidou da mãe, levando suas refeições e aplicando gelo em seu tornozelo. Unora se movimentou muito pouco, e falou menos ainda. A cada vez que o vento sacudia as janelas, ou que o templo emitia um de seus plácidos estalos, os olhos dela se abriam, e sua cabeça se voltava para o corredor.

Depois de um tempo, ela pegou no sono, mantendo a testa franzida mesmo enquanto dormia. Quando Tirotu apareceu com vinho quente, Dumai murmurou:

— Pode mandar um recado para o vilarejo amanhã, perguntando se Kanifa já chegou?

— Claro. Com certeza ele está bem, Dumai. Não se preocupe.

— Vou tentar.

Tirotu fechou a porta, e Dumai se deitou perto da mãe, se perguntando por que Unora iria querer que uma hóspede fosse trazida de volta ao templo à força, e como pretendia mantê-la por lá.

****

O dia seguinte irrompeu como gelo — frio e límpido. Enquanto caminhava para a plataforma do céu, Dumai percebeu que a neve não estava tão profunda, e que as estacas congeladas nos beirais estavam derretendo, o que era estranho na metade mais escura do ano.

Ela observou as encostas por um bom tempo. Ao avistar a pequena figura na neve, o aperto em seu peito finalmente diminuiu. Kanifa estava a caminho.

Mas estava só.

Quando Dumai desceu as escadas, Unora já estava acordada.

— Dumai, eu gostaria de tomar um banho hoje — falou, fazendo uma careta ao tentar apoiar o peso do corpo sobre o tornozelo. — Eles já voltaram?

Ela ficaria preocupada se soubesse.

— Ainda não. — Dumai envolveu a mãe com o braço. — Se apoie em mim, mamãe.

Elas saíram a duras penas. Na beirada da fonte termal, Unora deteve o passo, franzindo a testa. Dumai a ajudou a tirar a túnica e entrar na água.

— Obrigada — Unora murmurou. — Me desculpe se... estou agindo de forma estranha. Estou com a mente carregada de problemas.

— As nuvens também ficam carregadas. Mas então chove. — Dumai a beijou na cabeça. — Me chame quando quiser sair.

Enquanto Unora se afundava na água quente, Dumai voltou para a plataforma do céu, cruzando os braços na frente do corpo para se proteger do vento. Mais abaixo, o vulto que viu sumira. Kanifa estava nos degraus que levavam ao primeiro pico.

Um grito agudo interrompeu o silêncio. Dumai se virou na direção de onde vinha. A fonte fumegava, liberando uma quantidade excessiva de vapor, como um caldeirão fervilhando furiosamente.

A água borbulhava e sibilava. Enquanto Dumai corria, Unora se arrastou para fora, molhada e vermelha, grunhindo de dor. Dumai a afastou dos respingos e do vapor que escaldava o rosto dela.

— Mãe — falou, ofegante. Ela tirou o casaco e nele envolveu Unora. — Calma, calma. Estou aqui.

Unora tremia, em estado de choque. Dumai observou a pele queimada da mãe, de um vermelho bem vivo da cintura para baixo.

— A fonte já... ferveu antes — Unora falou, com a respiração acelerada. — Séculos atrás. Depois nunca mais.

Ambas ficaram olhando para a água borbulhante.

— Precisamos resfriar essas queimaduras — Dumai falou, mais para si mesma do que para a mãe. — Para a piscina de gelo. Depressa.

Unora obedeceu, caminhando com as pernas bambas, ciente de que precisavam agir rápido. Enquanto cambaleavam pela neve, Dumai só conseguia pensar, em meio à agitação de sua mente, que nada mais parecia certo em seu mundo desde que Lady Nikeya subira a montanha.

Ela ajudou a mãe a se sentar ao lado da piscina natural.

— Está fria demais — Unora conseguiu dizer. — Precisamos aquecer um pouco a água.

Dumai correu para buscar uma panela e lenha. Escavou um buraco junto à piscina e acendeu os gravetos com as mãos firmes, apesar do medo. Enquanto as chamas crepitavam, ela encheu a panela com a água da fonte e, quando estava quente o bastante para se tornar tolerável, a levou até Unora.

— Aguente firme — falou.

Dumai despejou um pouco da água sobre a pele avermelhada. Unora estremeceu toda, enrijecendo o pescoço.

— Dumai?

Ela se virou. Kanifa estava parado na neve, observando as duas — Unora, atordoada e em choque, e Dumai a banhando. O rosto dele estava vermelho por causa da escalada, e mechas de cabelos grudavam em sua pele. Dumai nunca tinha visto alguém chegar lá no alto tão rápido.

Ele devia ter vindo correndo.

— O que aconteceu? — perguntou, ajoelhando-se ao lado delas. — Unora…

— A fonte termal, ela… — Dumai parou quando viu o rosto dele. — O que foi?

Kanifa engoliu em seco.

— Precisamos nos preparar — falou, olhando de uma para a outra. Unora o encarava sem piscar, com os lábios trêmulos. — O Imperador Jorodu está vindo para cá. Está a caminho agora mesmo.

10

Oeste

Glorian passava cada instante que podia com o pai, se deliciando com a atenção dele, que sempre arrumava um tempo para ela pelas manhãs, quando faziam juntos o desjejum na varanda dos aposentos do consorte. No jantar, Glorian tinha um lugar de honra ao lado dele. Estava tão contente que chegava a temer que fosse explodir de felicidade.

Conforme os dias se passaram, os convidados para sua aclamação retornavam para os respectivos países e províncias. Os carmêntios foram os últimos a ir embora. Em seu último dia na corte, a Rainha Sabran os convidou para comer mais uma vez com a família real e o Conselho das Virtudes.

O Velho Salão estava na semipenumbra em plena luz do dia, protegido contra o sol. Glorian comia uma torta de carne com especiarias enquanto o pai narrava algumas de suas mais recentes aventuras. Como a maioria dos hrótios, era um excelente contador de histórias. Ela desejava com todas as forças ter uma vida como aquela — com os mergulhos em águas geladas no inverno, os testes de força, as caçadas noturnas sob a luz das estrelas.

Ele ainda atacava a comida como um urso faminto. Enquanto conversavam, ele mordia pernis de porco salgados e coxas de ganso encharcadas de gordura e mel, se certificando de manter o prato dela sempre cheio também. Havia ensinado à filha, desde que ela era pequena, que um guerreiro precisava se alimentar bem.

— Me conte sobre seus pretendentes — ele falou, em seu inysiano de sotaque carregado. — Magnaust Vatten causou uma boa impressão?

Glorian lhe lançou um olhar enviesado.

— Qual deles era esse?

Seu pai soltou uma gargalhada reverberante.

— Galanteios nada inspirados, então. — Deu um bom gole em seu cálice. — O filho mais velho de Heryon Vattenvarg. Me disseram que é culto e devoto, com belos olhos cinzentos. — Glorian bufou, e ele se inclinou para mais perto. — Ah. Estou vendo que preciso afiar melhor meu machado. — Ela abriu um sorriso. — Me diga, qual foi a ofensa que ele cometeu?

— Se eu tivesse colocado uma estátua em meu lugar, duvido que ele teria percebido — Glorian respondeu. Isso o fez franzir a testa. — E ele não parece ter o menor apreço por Mentendon, o país que vai governar.

Bardholt soltou um grunhido.

— Isso é comum entre os Vatten. Têm talento para saquear cidades, não para governá-las. — Ele esvaziou a taça. — Ficaram orgulhosos demais em Brygstad. Ele deveria ter tratado você com mais respeito.

Magnaust já voltara para junto do pai. Glorian se perguntou se havia ao menos pensado nela. E torceu para que não.

— Vamos — Bardholt falou, a cutucando. Ela sorriu. — Vamos beber à sua saúde, filha. — Ele chamou seu copeiro, e o jovem se apresentou para encher a taça. — Glorian, esse é Wulfert Glenn. Achei que estava na hora de ele fazer uma visita à sua terra natal.

— Milady — disse o copeiro, fazendo uma mesura impecável. — É uma honra.

Glorian reconheceu aquela voz. O homem com quem esbarrara na galeria. Como todos os atendentes que protegiam seu pai, usava uma cota de malha por baixo de uma sobrecota de couro, botas até o joelho e uma sax com cabo de osso no cinto.

Sob uma luz melhor, deu uma boa olhada nele. Os cabelos eram cacheados e tão escuros que chegavam a ser quase pretos. Eram um tanto curtos para um huscarlo, chegando apenas até a nuca. Os olhos eram grandes e escuros em igual medida, e a pele tinha um tom amendoado.

Não era tão alto quanto seu pai — ninguém era —, mas era maior que Glorian, o que não era pouca coisa. Ela e sua mãe eram mais altas que quase todos na corte.

— Mestre Glenn — ela falou, perguntando por que aquele rosto lhe despertou tanto interesse. — Um bom dia. De que parte de Inys você vem?

Tarde demais, ela se lembrou de que não devia fazer perguntas. Uma rainha se comunicava apenas com afirmações. Por outro lado, ela ainda não era rainha.

— Dos Lagos, milady — ele respondeu. — Sou o filho mais novo dos Barões Glenn de Langarth.

— E já foi consagrado cavaleiro?

— Não, Alteza.

Um filho mais novo sem títulos. Uma escolha peculiar de copeiro.

— Ele vai ser. Tenho confiança nisso — disse o Rei Bardholt, com um sorriso orgulhoso. — Wulf tem a grandeza em seu futuro.

Uma estranha sensação de familiaridade se instalou. Wulfert Glenn a encarou, franzindo de leve a testa.

— Não sei se você se lembra. — O Rei Bardholt deu uma risada sincera. — Vocês brincavam juntos quando crianças. Sempre que eu visitava Inys, os dois ficavam correndo um atrás do outro pelos jardins e pomares, se molhando nas fontes, e todo tipo de travessuras que irritavam as cuidadoras.

O copeiro era treinado para se conter, mas seu olhar disse a Glorian que ele se lembrava, sim, e agora ela também. De repente, ela o viu um pouco mais baixo, com espinhas no rosto e a voz engrossando.

— É claro, Alteza — ele falou.

Glorian forçou sua memória e encontrou impressões, como as deixadas por um perfume em um tecido, por um selo sobre a cera derretida: o labirinto de arbustos em flor, o sabor das ameixas, a névoa úmida do verão.

A Rainha Sabran enfim envolveu o consorte na conversa com o Conselho das Virtudes. Parecendo confuso, Wulfert Glenn se manteve próximo de Glorian, que lhe abriu um sorriso tranquilizador.

— Então — falou, em um tom em que só ele poderia ouvir —, quem era a mulher misteriosa lá na galeria?

Ele lançou um olhar cauteloso para o pai dela, mas o rei já estava imerso em uma discussão enérgica. Mantendo a voz baixa, disse:

— De verdade, milady, não era um encontro às escondidas.

— Tudo bem. Eu só estou curiosa.

— Ela é a comandante da minha falangeta. Regny de Askrdal, sobrinha de Skiri, a Compassiva.

— Skiri Passolargo — Glorian comentou, intrigada. — O assassinato dela deu início à Guerra dos Doze Escudos.

— Pois é. — Se mostrando mais confiante, ele encheu o cálice dela. — Um dos irmãos dela foi o único sobrevivente do clã. Morreu alguns anos atrás, então Regny, sua filha, já é a Caudilha de Askrdal.

— Ela deve ser formidável, com todo esse histórico.

Os cantos da boca dele se ergueram em um sorriso.

— É mesmo. — Ele limpou o jarro com um pano. — O Rei Bardholt nos mandou vigiar o festim, para saber quando deveria fazer sua entrada.

— Entendo. — Glorian ficou hesitante. — Você se lembra mesmo de mim, Mestre Glenn, ou só está sendo cortês?

Ele cravou os olhos nos dela.

— Sim — respondeu. — Eu me lembro.

— Eu, não, a princípio. Você está muito diferente. — Glorian usou a mão boa para apanhar o cálice, agora pesado com o hidromel doce e escuro. — Posso perguntar quantos anos tem agora?

— Dezoito, mais ou menos, creio.

— Com certeza você sabe quantos.

— Na verdade, não. É uma longa história, Alteza.

— Eu gostaria de ouvi-la. Amanhã, talvez?

— Certamente Vossa Alteza tem muito mais a fazer do que conversar com um humilde atendente.

— Sua Alteza tem pouquíssimo a fazer a não ser ver as árvores crescendo, desde que o braço dela se partiu ao meio.

— Ah. Desejo uma recuperação rápida. Eu quebrei a perna quando menino.

— Não quando apostávamos nossas nada memoráveis corridas pelos arredores do Castelo de Glowan, acredito eu.

— Não. Fui tolo a ponto de sair para andar no gelo sem as travas nas botas. Um erro que nunca cometi de novo. — Ele retribuiu o sorriso dela.

— Por mais gentil que seja seu convite, estou de partida para os Lagos amanhã. Não vejo minha família desde a última vez que estive aqui.

— Claro. Tenha uma boa viagem, Mestre Glenn.

Ele se afastou com uma mesura. Glorian terminou seu creme doce e apoiou a cabeça sobre os dedos.

A temperança não era uma virtude cultivada por seu pai, que bebia duas vezes mais do que comia. Quando o último prato chegou, o rosto dele estava vermelho como carne de carneiro crua.

— Me diga, Numun de Carmentum — ele falou, com sua voz retumbante. — Como devo me referir a uma pessoa de sua... posição?

As vozes diminuíram por todo o Velho Salão.

— Decretadora já basta, Majestade — Numun respondeu. Naquele dia, estava usando uma túnica elegante cor de creme, presa com um broche na altura do ombro. — Minha principal função é transformar em decretos a vontade dos carmêntios.

— E o que o povo sabe de política, sobre decidir quem maneja o leme e como manejá-lo? — Bardholt questionou. — Meu avô era um marujo, Decretadora. Ele não deixaria para qualquer um a escolha dos capitães de seus navios, porque as pessoas em geral não sabiam nada do mar.

— Nós que ocupamos cargos de autoridade confiamos naqueles que nos elegem, porque temos a certeza de que entendem o mundo em que vivem — explicou Numun. — Carmentum tem várias casas de conhecimento, dedicadas a estudos e debates rigorosos, inspiradas pelas existentes em Kumenga e Bardant.

— Tudo isso sem a mão do Santo para dar orientação.

— Os carmêntios são livres para seguir qualquer religião, mas não são os santos e deuses que nos governam.

Glorian deu uma olhada na mãe, que ficou em silêncio durante toda a conversa. Enquanto bebia de seu cálice de vinho, Glorian se lembrou de uma das primeiras lições de temperança que recebeu. *Uma rainha deve aprender a observar. Como um falconídeo, aguarda o momento de dar o bote. E também sabe quando não precisa atacar — quando sua sombra, sua presença, é mais que suficiente.*

— Os monarcas também não — disse o Rei Bardholt, com um sorriso ameaçador. — Mas aqui estão vocês, pedindo a abertura de relações comerciais na corte de uma rainha.

— Respeitamos outros modos de vida, e também o povo da Virtandade — respondeu a Decretadora, sem perder a calma —, mas não vemos o sangue como superior ou inferior. O que importa é o comprometimento e o talento, e imagino que esta seja uma crença da qual o senhor, mais do que ninguém, também compartilha, Rei Bardholt.

Um calafrio percorreu os bancos do salão.

— Eu — ele respondeu, impassível. — Mais do que ninguém.

Se ele falasse com Glorian com esse tom de voz, ela simplesmente navegaria para oeste e nunca mais voltaria, mas a Decretadora decidiu dar mais um cutucão no urso.

— O senhor foi criado para ser um entalhador de ossos, não um rei. Com certeza há de concordar que o sangue é irrelevante.

Ninguém ousou dizer nada. O Rei Bardholt segurava seu cálice com tanta força que Glorian temeu que fosse estourar em sua mão.

Uma voz límpida rompeu o silêncio.

— Vamos ter que concordar em discordar a esse respeito, Decretadora.

As cabeças se viraram todas ao mesmo tempo. A Rainha Sabran baixou a taça com um leve clangor, que soou como uma trovoada.

— Veja bem, aqui na Virtandade, sabemos que a Casa de Berethnet é a cota de malha que nos protege contra o Inominado. O Rei Bardholt reconheceu essa verdade há muito tempo. — Ela pôs a mão sobre a do marido. — É o meu sangue, o sangue do Santo, que mantém acorrentada a Fera da Montanha. Como sulina, você é capaz de entender as atrocidades que *ele* seria capaz de provocar se esse sangue desaparecesse do mundo.

Glorian olhou para as mãos entrelaçadas dos pais. Os dedos da rainha estavam pálidos, de tanta força que empregava.

Ela ficou à espera de que a armadilha fosse montada, e então a acionou. Sem escolha a não ser ceder, sob o preço de despertar a fúria de todos no recinto, Numun abaixou a cabeça e se concentrou em seu prato.

Não muito tempo depois, a refeição estava encerrada.

****

Com o braço quebrado, Glorian estava entediada até não poder mais. Só o que queria era estar ao ar livre, caçando e treinando o manejo da espada com o pai durante o curto tempo que ele passaria em Inys.

UM DIA DE CÉU NOTURNO — VOLUME I

No dia em que os carmêntios foram embora, ela estava jogando carta com suas damas quando um mensageiro apareceu.

— Alteza — ele falou, com uma mesura. — A Rainha Sabran gostaria que se juntasse a ela no jantar de hoje à noite.

— Obrigada — respondeu Glorian, voltando a afundar em seu setial. — O que será que minha mãe quer?

— Talvez conversar sobre os pretendentes — especulou Julain.

Glorian mordeu a bochecha. Helisent reparou em sua expressão.

— Que tal eu ir buscar uns crispeles? — sugeriu. — A cozinha preparou um lote fresquinho hoje.

Ela saiu antes que Glorian pudesse responder. Pela primeira vez, sua barriga não demonstrava muita disposição para crispeles.

— Jules, você se lembra de um rapaz chamado Wulfert Glenn? — ela perguntou.

— Wulf? — Julain repetiu, distraída. — Sim, claro. Vocês brincavam juntos quando crianças, todos nós. — Ela fez uma pausa. — Espere. Era ele, na mesa elevada... o copeiro galante?

— Sim. Eu tinha me esquecido dele. — Glorian a encarou. — Um huscarlo é um companheiro de brincadeiras bastante peculiar para uma princesa.

— Vocês dois eram bem próximos. Lembro até que eu ficava um pouco enciumada — Julain admitiu. — Quando Wulf vinha para a corte, ninguém mais tinha a sua atenção, Glorian. Você passava horas com ele.

Era estranho ter se esquecido disso. Glorian olhou para suas cartas, perdida nas lembranças suaves e ensolaradas dos tempos em que podia correr à vontade.

****

O Santuário Real do Castelo de Drouthwick era pequeno, como tantos outros no norte de Inys, onde as antigas tradições eram mais enraizadas antes que o Santo fundasse Ascalun. Lá dentro, Glorian se mostrava inquieta ao lado da mãe enquanto uma santária lia uma história do Santo e da Donzela.

"E disse o cavaleiro:

"Que venham os infelizes, os pobres e os exauridos, venham contemplar as maravilhas que ergui. Ouçam a canção da vitória que trago das areias rubras e secas. Eu nasci entre vocês. Vivi entre vocês. Estava entre vocês quando a terra rugiu, quando a fumaça eclipsou o sol. Então até as areias da Lássia cavalguei, e lá derrotei a Fera da Montanha. E lá conquistei o coração de Cleolind."

Sua mente se voltou outra vez para Wulfert Glenn. Agora que estava na escuridão do santuário, achava que conseguia reconstituir o fio de uma lembrança. Um fio dourado que brilhava entre as sombras.

"Contemplem minha temida espada, Ascalun, forjada da noite que me nomeou. Contemplem uma escama do aço mais rubro, arrancada do peito do grande demônio.

"E as pessoas escutaram e, acreditando nele, concederam-lhe seu amor e lealdade."

A Rainha Sabran juntou as mãos. Estava de olhos fechados, movendo os lábios enquanto acompanhava a leitura.

"Quando chegou o momento, a Rainha Cleolind lhe deu uma filha, Sabran, que governaria o mundo com retidão por um longo tempo. Mas seu nascimento representou o fim para Cleolind e, abençoado com sua única filha, o Santo declarou a seu angustiado povo:

"Eu lhes digo que, para honrá-la, minha linhagem há de ser uma linhagem de rainhas; meu país, um rainhado de imenso poder; pois ela era minha força, onde se plantava meu coração, e sua memória viverá até o fim do próprio tempo. Eu lhes digo, nossa casa há de ser um rio sem fim, uma corrente tão longa quanto a eternidade. E lhes digo que ela há de manter o wyrm sob controle para todo o sempre."

Glorian olhou para as veias azuladas de sua mão, correndo sob sua pele.

— Nós conclamamos ao Santo, em seu assento em Halgalant, que abençoe suas descendentes. — A santária fechou o livro. — Que ele abençoe nossa boa Rainha Sabran. Que abençoe sua mãe, Marian, a Lady dos Inysianos. E que abençoe nossa princesa, Glorian, de cujo ventre sairá o próximo fruto da vinha. — Glorian se remexeu no assento. — Elas são o rio, a corrente, a promessa.

— O rio, a corrente, a promessa — ecoou a congregação. — Que ele abençoe o Rainhado de Inys.

— Pois vão, e vivam em virtude — a santária concluiu.

A Rainha Sabran fez o sinal da espada. Foi a primeira a sair, acompanhada de suas damas.

Ao anoitecer, Glorian se juntou de novo a ela no solar real, a Câmara da Solidão. Era um dos poucos aposentos do castelo com janelas de vidro — de um tipo grosso e de coloração verde, chamado de vidro da floresta. Sua mãe estava sentada junto ao fogo, com o Grande Selo de Inys na mesa à sua frente.

— Glorian — ela falou.

— Boa noite, minha mãe.

Ao lado dela estava Lorde Robart Eller, o Duque da Generosidade, com a aparência impecável de sempre.

— Princesa — ele falou para saudá-la. — Fico feliz em vê-la. Peço perdão, mas tinha um assunto de certa importância para tratar com Sua Majestade. Nossa conversa se estendeu por mais tempo do que esperávamos.

— Tudo bem, Lorde Robart. O broche de ouro que me mandou de presente para minha aclamação é esplêndido — respondeu Glorian, se lembrando de manter as boas maneiras. — Nunca vi nada do tipo antes.

— Acredite ou não, foi encontrado enterrado em um campo, provavelmente deixado lá por saqueadores hrótios — contou Lorde Robart, instigando sua curiosidade. — Ao que parece são tesouros originários de Fellsgerd. Imaginei que o broche seria um ótimo presente para a Princesa de Hróth, então pedi a um ourives que o restaurasse a sua antiga glória. Fico contente que tenha gostado.

— Obrigada.

— Aqui está, Robart. — A Rainha Sabran entregou a ele o documento. — Nos vemos amanhã.

— Majestade.

Ele fez uma mesura para as duas e se retirou, deixando Glorian sozinha com a mãe, que já voltara a escrever.

— Sente-se um pouco comigo, Glorian, por favor.

Glorian se acomodou na cadeira do outro lado da mesa.

— Seu pai me contou que você não ficou nada impressionada com seus pretendentes — a Rainha Sabran falou. — É isso mesmo?

— Eu não… gostei especialmente de nenhum deles.

— Ouvi dizer que Magnaust Vatten foi particularmente desagradável. — Ela não ergueu os olhos da carta. — Mas você há de concordar que ninguém pode ser julgado com base em um encontro tão breve.

Ficaram orgulhosos demais em Brygstad. Glorian ergueu o queixo. *Ele deveria ter tratado você com mais respeito.*

— Pude fazer uma avaliação bem clara dele, minha mãe — declarou. — E ele me pareceu uma pessoa egoísta e maldosa.

— Seu pai me pareceu um brutamontes cruel na primeira vez que veio a Inys, usando uma coroa de ossos arrebentados.

A Rainha Sabran derramou a cera derretida sobre a carta e pressionou o selo contra o lacre. Em seguida a aproximou do fogo para ajudar a secá-la.

— Como os Vatten são hrótios, são súditos de seu pai — continuou, batucando com os dedos na mesa. — Oficialmente, são apenas intendentes, que governam Mentendon em nome dele.

— Sim.

— Mas você deve ter alguma curiosidade em saber por que Heryon Vattenvarg jurou lealdade a seu pai, para começo de conversa. Afinal de contas, o homem tinha tomado um reino para si. Poderia ter desafiado aquele que é seu rei por direito.

— Porque ele não seria capaz de se rebelar contra a Cota de Malha da Virtandade — Glorian argumentou. — Ninguém seria.

— Não mesmo. Mas, para garantir uma paz duradoura entre Hróth e Mentendon, foi acordado que Einlek Óthling, seu primo, se casaria com Brenna Vatten, a única filha mulher de Heryon.

O fogo abafava o recinto.

— Seu pai não veio apenas para sua aclamação. Ele também trouxe a triste notícia de que Brenna faleceu — a Rainha Sabran informou. — Ela se casaria com Einlek na próxima primavera.

— Que ela seja recebida por ele em Halgalant.

— Com toda sua misericórdia. — A Rainha Sabran fez o sinal da espada. — Heryon tem mais dois filhos: Magnaust, o primogênito, e Haynrick, que tem apenas dois anos. Como Einlek precisa de um herdeiro, não pode se casar com Magnaust, que seria incapaz de lhe prover um.

Glorian chegou sozinha à triste conclusão:

— A senhora quer que eu me case com Magnaust.

— Eu preferiria casá-la com um yscalino. Já faz tempo que não demonstramos o apreço que sentimos por nossos mais antigos aliados. Mas Heryon Vattenvarg é um homem orgulhoso, e isso só tem piorado com a idade. Com os carmêntios em campanha contra a monarquia, não podemos nos arriscar a sofrer com tensões internas entre os fiéis. Seu casamento agradaria Heryon e manteria a força da Cota de Malha da Virtandade intacta.

Houve um longo silêncio. Glorian pensou em Magnaust Vatten: naquela expressão de desdém, com uma voz carregada de desprezo.

— Por que dar a impressão de que eu teria escolha? — ela se viu perguntando. — Por que não me comunicar de uma vez que seria ele?

— Glorian, você não é mais criança. Não aceitarei birra sobre esse assunto — a Rainha Sabran rebateu, com frieza. — Magnaust um dia vai ser o Intendente de Mentendon. Você não vai precisar passar muito tempo com ele, se a desagrada tanto assim. Só o que precisa dele é uma filha.

— Talvez eu não *queira* uma filha. Ou um companheiro idiota — Glorian esbravejou. — Talvez eu nunca tenha desejado isso.

Um silêncio terrível se seguiu. Glorian achou que fosse desmaiar. Seu maior segredo, que mantivera durante anos, havia sido escancarado, exposto como o osso de seu braço.

— Me diga uma coisa, minha filha — a Rainha Sabran falou. — Você ouviu o que a santária disse hoje?

Glorian estremeceu. Acabara de cometer uma blasfêmia imperdoável.

— Sim — murmurou em resposta.

Suas costelas a comprimiam como os laços de um espartilho. E se seus guardas tivessem ouvido, e espalhassem por aí que ela desprezava sua vocação?

— Nós temos um dever irrevogável, que é o de dar continuidade à linhagem do Santo, e assim proteger o mundo do Inominável. É a única questão sobre a qual uma Berethnet não tem escolha — a Rainha Sabran a lembrou. — Um pequeno sacrifício, em troca de todos os privilégios garantidos por nossa coroa.

Milhares de respostas surgiram na mente de Glorian. Ela abafou uma por uma.

— Quando vou precisar me casar?

— Assim que for legalmente possível, quando completar dezessete anos.

Glorian ficou olhando para a mãe, sentindo as lágrimas surgirem.

— Nossas ancestrais mais recentes quase arruinaram este país — a Rainha Sabran falou, baixinho. — Eu e você não podemos dar nem ao menos um passo em falso, Glorian. Todos os olhares estão voltados para nós, à espera de uma prova de que somos todas iguais, de que os carmêntios têm razão, que nós duas não somos o escudo sagrado. Portanto, não podemos fraquejar. Não podemos falhar. Cumprimos nosso dever com o Santo sem reclamações. — Ela fez uma pausa. — Um dia, vai se sentar diante da sua filha e dizer que ela precisa se casar em nome do reino, e vai se lembrar desta conversa.

— Não, eu nunca vou ser como a senhora — Glorian retrucou, com a voz embargada. — E estou cansada de fingir que sou!

A Rainha Sabran não fez nenhuma tentativa de detê-la quando ela escancarou a porta e passou pisando duro por seus guardas. No final do corredor, quase trombou com toda força com seu pai.

— Glorian. — Ele a segurou pelos ombros e se agachou para olhá-la bem nos olhos. — Glorian, o que foi?

Só de ver aquela expressão no rosto dele — tão preocupada, tão carinhosa —, ela caiu em um choro de desânimo. Antes que ele pudesse dizer mais alguma coisa, Glorian se desvencilhou de seus braços e fugiu, sufocada em soluços.

11

Sul

Esbar estava bebendo vinho de palma, como sempre costumava fazer antes de dormir, quando Tunuva chegou a seu quarto.

Jeda despertou. Esbar a acariciou no focinho, sorrindo para Tunuva.

— Você parece radiante — ela comentou. — Se esta aqui não tivesse tido um pesadelo, eu diria que...

— Eu preciso que fique calma.

Esbar congelou no mesmo momento.

— O que foi que ela fez agora?

— Esbar.

— Prometo que vou tentar ficar calma.

Isso teria que bastar. Tunuva se sentou ao lado dela.

— Lembra-se de quando Siyu e Yeleni se perderam? — ela começou. — Yeleni e sua ichneumon caíram no Minara. Siyu e Lalhar foram atrás delas, e a corrente as arrastou rio abaixo...

— Foi quase um ano atrás. Por que falar disso agora?

— Por conta do que elas não nos contaram na época. — Tunuva começou a cochichar: — Estavam feridas e exaustas, então montaram acampamento e Siyu saiu para caçar. Voltou ao rio para pegar um peixe, sem se dar conta de que tinha sido levada bem mais para leste. E ela foi *vista*.

Esbar se sentou na cama. Uma expressão de raiva começou a se esboçar em seu rosto, se alojando entre os olhos.

— Era um garoto, mais ou menos da idade dela, tentando consertar uma jangada improvisada — Tunuva contou. — Siyu sabia que precisava matá-lo no ato, mas teve clemência; e a curiosidade falou mais alto também. Ela o ajudou, e os dois ficaram amigos. Anyso é o nome dele. É de Carmentum.

— Carmentum. — Esbar a encarou. — Mas o que ele estava fazendo na Bacia Lássia?

— A família dele veio a Dimabu cuidar de um parente idoso. Anyso quer ser um explorador. Estava seguindo o curso do rio, pretendia mapear a Bacia. — Tunuva jogou o xale sobre os ombros. — Siyu vem se encontrando em segredo com ele desde então. Esbar... ela está esperando uma criança.

Esbar recebeu a notícia em silêncio absoluto. Tunuva ficou esperando que ela respondesse.

— Há quanto tempo? — perguntou, por fim.

— Não teve os últimos dois sangramentos.

— E achou que fosse conseguir esconder isso?

Tunuva desviou o olhar por um momento.

— Ez, Siyu subiu na árvore porque queria fazer isso pelo menos uma vez antes de ir embora — falou, com a voz embargada. A gravidez foi acidental, mas, quando ela descobriu, decidiu fugir com Anyso. Eles pretendiam ir embora hoje, para Hróth. Foi por isso que o confinamento a deixou tão aflita.

Esbar era boa em esconder seus sentimentos, mas a dor em seu rosto era evidente.

— Ela pretende abandonar o Priorado... sua família, seu dever... por um forasteiro?

— Para protegê-lo. Ela quis pedir ajuda, mas sabia que Denag contaria para a Prioresa.

— Assim como agora eu preciso fazer.

— Não. — Tunuva segurou a mão dela. — Ez, Saghul por fim concordou em mandá-la para Nzene. Ela vai voltar atrás se tomar conhecimento do que aconteceu. Não sabemos como Siyu poderia vir a ser punida.

— Porque ninguém nunca pôs em risco nosso segredo dessa forma antes — retrucou Esbar. — Seu amor por ela faz de você cega, Tuva. Sempre fez. Isso é mais que um erro, mais que uma profanação. Siyu se deixou ver e conhecer por um forasteiro. Pôs em perigo nossa existência, nosso modo de vida, a *árvore*. Há cinco séculos este lugar vem servindo de refúgio, e agora...

— Saghul a tratou como uma criança, coisa que ela não é mais. Ela deve ter se sentido presa aqui...

— Já chega. — Esbar se desvencilhou dela e foi até a varanda. — Não quero mais ouvir seus pretextos para as bobagens dela.

— Ela jura que nunca contou nada sobre o Priorado.

— Mesmo se isso for verdade, o forasteiro deve ter percebido que ela não vive como uma selvagem no meio da mata. Usa roupas decentes, anda com belas armas e uma *ichneumon*. Se ele tiver comentado a respeito disso com qualquer um em Dimabu, as pessoas vão ficar desconfiadas e vir procurar por nós. E, se nos encontrarem, vão querer tomar para si o poder da árvore. Nossas chances contra o Inominado estarão liquidadas.

— Ez, por favor. Precisa haver outra maneira.

— Qual?

— Siyu deve ter direito a decidir sobre o assunto — Tunuva disse, baixinho. — Me deixe oferecer isso a ela.

Esbar a encarou. Denag sempre tinha em mãos um suprimento da erva do deserto que provocava abortos.

— Assim não haveria prova dos encontros dela com o forasteiro.

Tunuva se manteve em silêncio. Por um bom tempo, Esbar fez o mesmo, olhando para o nada.

— Se for para esconder isso da Prioresa, eu tenho uma condição — ela avisou.

— Diga qual é.

— O forasteiro precisa morrer. Só assim o Priorado vai permanecer seguro.

Tunuva se lembrou da expressão de Siyu ao falar sobre Anyso. Do sorriso carinhoso e cheio de alegria em seu rosto.

— Isso vai partir o coração dela — Tunuva respondeu, com um nó na garganta. — E ela vai saber que fomos nós.

— Vou dizer que fui eu, e que agi por conta própria. No fim, ela vai entender que era o que precisava ser feito. — Esbar passou a mão pelo rosto de Tunuva. — Eu sei que você ama Siyu. Entendo que quer protegê-la da dor e do sofrimento. Mas nada pode estar acima da nossa vocação.

Vocês não podem permitir que nenhum amor seja maior que aquele que sentem pela Mãe.

— Vou falar com Siyu — Tunuva falou.

— Se ela recusar a oferta, vou ter que falar Saghul. Sinto muito, Tuva, mas você vai ter que me perdoar por isso.

— Eu já perdoei.

****

Siyu não estava no quarto. Tunuva saiu pelo Priorado à procura, em direção ao alojamento dos homens, com a mente carregada de preocupação. Ela precisaria pegar e preparar as ervas sem que Denag percebesse, e ela mantinha um controle estrito de cada semente e cada folha de seus suprimentos.

Imsurin cochilava em um canapé, com um livro sobre o peito. Tunuva o sacudiu de leve.

— Imin — chamou. Ele soltou um grunhido. — Imin, onde está Siyu?

Ele esfregou os olhos com os dedos.

— Ela pode ter ido tomar um banho — falou, com uma voz sonolenta. — Eu lhe dei permissão para usar a fonte enquanto estivesse doente.

— Obrigada.

A fonte termal ficava na caverna mais profunda. Uma raiz bem grossa entrava pelo teto e uma das paredes, formando teias de rachaduras por onde passava. Tunuva acendeu sua chama, cujo brilho fez reluzir as gotículas de umidade e o vapor, mas não havia sinal de pegadas. Na verdade, não havia nenhum vestígio da passagem de Siyu por ali.

Quando Tunuva se virou para sair, a água borbulhou. Ela olhou para trás, sentindo uma inquietação crescente. Diante de seus olhos, toda a superfície começou a se agitar e fervilhar, com o vapor se tornando cada vez mais espesso.

Ela se retirou da caverna. Quando chegou ao topo da escada, sentia um aperto no peito, e estava com os punhos cerrados. Quando viu o brilho de olhos escuros na escuridão, deteve o passo.

— Nin. — Ela se ajoelhou diante de sua ichneumon. — Querida, você viu Lalhar?

— Ela não está aqui. Farna não está aqui — Ninuru respondeu. — Foram embora com Siyu e Yeleni.

Tunuva ficou tensa, sentindo sua chama se esvair.

— Ninuru, para onde elas foram? — perguntou.

Sua ichneumon a encarou.

— Para leste.

12

Leste

Antes que o imperador chegasse ao Alto Templo de Kwiriki, seus moradores arejaram as melhores cobertas, limparam todas as paredes e pisos, cavaram um caminho em meio à neve e prepararam o Salão Interior. Ninguém sabia quanto tempo ele pretendia ficar, ou por que havia aparecido sem aviso.

— Dumai. Kanifa. — A Grã-Imperatriz se juntou a eles na plataforma do céu. — Tudo pronto?

— Sim, Grã-Imperatriz — Kanifa respondeu. — Sua Majestade deve estar na escada.

A Grã-Imperatriz se apoiava em seu cajado, com uma expressão difícil de decifrar. Ela quase nunca via o filho depois que abdicou do trono em nome dele, quando era apenas um menino.

A fonte termal já se acalmara, mas o derretimento da neve em seu entorno servia como um alerta, assim como a água turva. Uma das jovens cantantes-aos-deuses estava cozinhando ovos na fonte, cantarolando uma canção de trabalho.

— Faz séculos desde a última vez que a água ferveu. Existem registros — comentou a Grã-Imperatriz ao seguir o olhar de Dumai. — Cuide de sua mãe. Ela sofreu queimaduras profundas. Não saia do lado dela hoje.

— Sim, Grã-Imperatriz.

— Kanifa, certifique-se de que a comitiva imperial seja bem alimentada e instalada. Sua Majestade e eu temos muito o que conversar. — O hálito dela se condensava logo ao sair da boca. — Vamos ver o que trouxe meu filho até a montanha.

****

Unora estava deitada no quarto, com os pés e as panturrilhas vermelhíssimos, e a pele vertendo pus. Bebera um cantil de vinho para aliviar a dor, o que a deixara grogue. Dumai aproveitou a oportunidade para aplicar sálvia nas queimaduras.

— Dumai.

Dedos finos e calejados roçaram seu pulso. Unora a encarou com olhos entorpecidos.

— Eu fiz… uma tolice — murmurou. — Antes de você nascer.

— Mãe, não fale nada — Dumai pediu, sem dar atenção. — Fique paradinha.

Unora logo pegou no sono de novo. Dumai trocou as ataduras das pernas queimadas.

O travesseiro fizera os cabelos dela se embaraçarem. Dumai encontrou a caixa onde a mãe mantinha seus pertences, à procura de um pente. Remexeu entre óleos e ervas e palitos de dente, além do papel para o sangramento mensal.

O primeiro pente que encontrou chamou sua atenção. Era de ouro puro, adornado com uma vieira de verdade e raríssimas pérolas laranja. Aquilo não servia para desembaraçar os cabelos, e sim para adorná-los. Um presente de uma visitante rica, talvez, mas Unora nunca guardava essas coisas, preferia deixá-las no cume. Era estranho que tivesse ficado com aquilo. Dumai o devolveu ao canto da caixa.

O Imperador de Seiiki chegou ao nascer do sol junto de uma pequena escolta. Da janela, em meio à semipenumbra, Dumai não conseguiu vê-lo direito. Não era alto nem baixo, nem gordo nem magro. A Grã-Imperatriz o cumprimentou, e eles entraram no templo.

Dumai dormiu ao lado da mãe outra vez. Quando despertou, estava tudo escuro, a não ser pela bandeja com brasas quase apagadas e uma lamparina no vão da porta. As tábuas do piso cediam ao peso de um outro corpo.

— Unora.

Por entre as mechas de seus próprios cabelos, Dumai viu a mãe acordar, com o rosto banhado de suor.

— Ele está aqui — murmurou uma voz. — Jorodu encontrou você.

Sobre o templo, um pesareiro emitia seu estranho canto, como uma criança tomando fôlego para chorar. *Hic-hic-hic.*

— Manai, ele sabe? — Unora sussurrou.

Estava tremendo tanto que Dumai sentia o movimento através das cobertas.

— Sim — a Grã-Imperatriz respondeu. — Ele sabe.

Hic-hic-hic.

— O peregrino do sal. — Unora se sentou na cama, estremecendo. — Ainda dá tempo. Kanifa pode descer a montanha com ela. Eles podem pegar os caminhos do sal até a costa...

— Unora, há guardas posicionados. Estão nas escadas, no desfiladeiro. Jorodu sabia que você poderia tentar fugir.

Dumai continuou fingindo que dormia, mas seu corpo todo estava rígido; seus braços, arrepiados.

— Eu vou falar com ele — Unora disse, baixinho. — Minhas pernas...

— Eu posso ajudar, na medida em que as minhas permitirem.

Houve um farfalhar e um estalo. Dumai esperou, depois saiu atrás de sua mãe e da Grã-Imperatriz.

Devia ser tarde da noite. A cada vez que a lamparina contornava uma parede, ela esperava a luz desaparecer para seguir em frente. A cada vez que Unora parava para tomar fôlego, Dumai detinha o passo também, com o coração batendo tão alto como um sino.

Por fim, a Grã-Imperatriz conduziu Unora pela neve, até a entrada principal do Salão Interior, ladeada por dois guardas. Dumai se esgueirou contra uma porta para não ser vista por eles.

Kanifa pode descer a montanha com ela. Eles podem pegar os caminhos do sal até a costa...

Sua mãe queria que ela fugisse. Era só nisso que conseguia pensar, sentindo a boca seca e os olhos nublados pela névoa do medo. Talvez ela e Kanifa pudessem descer pela montanha usando as encostas do lado oriental para escapar...

Em circunstâncias normais, sua mãe jamais consideraria que ela corresse tamanho risco. E para onde poderiam ir depois de lá, os dois filhos da montanha sagrada?

A curiosidade atraiu seu olhar de volta para o Salão Interior. Se fosse para fugir da vida que tanto amava, ela precisava saber por quê.

Havia uma forma secreta de ver e ouvir o que acontecia naquele ambiente. Kanifa descobrira sem querer quando tinha vinte anos. Por acaso, derrubara uma prateleira, e do teto desceu uma escada que conduzia para um espaço entre o forro e o telhado. Provavelmente, os antigos moradores do templo usavam o local para espiar os visitantes, para se manterem informados sobre tudo o que acontecia na corte.

Dumai baixou a escada e subiu. Sem fazer ruído, abriu o pequeno painel que dava acesso ao Salão Interior. Havia tão pouca luz que ela só conseguia distinguir dois vultos.

— ... compartilhávamos tudo. Pela primeira vez, eu soube o que era ser compreendido. Visto.

O Imperador de Seiiki falava em um tom de voz tranquilo e comedido. Dumai se aproximou um pouco mais da abertura pela qual espiava.

— Por muito tempo, eu me perguntei de onde você viera. Sipwo sempre pensou que fosse um espírito — ele continuou. — Mas, vendo você agora, já no entardecer da vida, acho que entendi tudo. Você é a filha perdida dele... Saguresi, meu primeiro Senhor dos Rios. Foi por isso que veio à corte, para procurá-lo?

— Queria que ele me ensinasse como irrigar os campos. Se soubesse quem você era, teria perguntado para onde ele havia sido mandado. — Unora fez uma pausa. — Ele ainda está vivo?

— Não. Morreu no exílio.

O silêncio no recinto parecia vívido e incômodo.

— Então eu lhe peço um outro favor, Jorodu — disse Unora. — Vá embora daqui. Que nosso inverno seja apenas uma lembrança feliz. Um sonho.

Dumai franziu a testa. Sua mãe não poderia chamar o imperador apenas pelo nome.

— Sim. Um sonho — ele concordou, em um tom quase resignado. — Me disseram que o nome dela é Dumai.

Ao ouvir seu nome, ela sentiu um aperto na garganta.

— Dumai — ele repetiu. — Um termo poético para um sonho fugaz, um sonho que termina cedo demais. É um nome apropriado para uma mulher da casa imperial. É evidente que queria que ela tivesse algo de seus ascendentes... mas, por vinte e sete anos, a escondeu de mim.

— Claro que sim.

— Você poderia ter ficado. Vocês duas.

— Que vida eu teria na corte? — Unora perguntou, amargurada. (*Você nunca esteve na corte*, Dumai pensou, em desespero. *Você veio do mar para a montanha, como me contou. Me trazendo o tempo todo no ventre.*) — Que lugar haveria para a filha de um exilado e sua menina?

— O lugar mais elevado. — A voz dele soava carregada de dor. — Eu teria feito de você minha imperatriz principal.

— Eles jamais permitiriam. De qualquer forma, eu parti para o bem de Dumai. Nós nunca estaríamos seguras.

— Você foi ameaçada?

Dumai estava começando a se sentir zonza. Aquelas palavras pintavam um quadro que não podia estar certo, não podiam ser verdadeiras.

É um nome apropriado para uma mulher da casa imperial...

— O homem que veio aqui, disfarçado de peregrino do sal, se chama Epabo — explicou o Imperador Jorodu. — É uma das poucas pessoas em quem confio. Não estava à sua procura, apesar de ter passado muitos anos fazendo isso, a meu pedido. Desta vez, estava no encalço de uma colaboradora do Senhor dos Rios.

— A jovem Nikeya?

— Sim. Acreditamos que o Clã Kuposa esteja tentando espionar minha mãe — ele contou. — A Dama Nikeya voltou à corte não muito tempo depois de Epabo. Ela viu você, Unora?

— Não o meu rosto. Eu estava com o véu.

— É possível que tenha visto Dumai?

Unora ficou em silêncio.

— É perigoso demais para ela ficar aqui — o imperador falou. — Só existe um lugar para...

— Dumai. — Uma voz suave ressoou atrás dela.

Dumai teve um sobressalto, com o coração disparado.

— Grã-Imperatriz — murmurou, olhando para o rosto franzido que a encarava na penumbra. — Como foi...

— Criança, eu tenho mais anos neste templo do que você de vida. Conheço cada segredo que existe aqui, e ainda não estou tão velha a ponto de não conseguir subir uma escada — respondeu, em um tom gentil. A mão dela cobria uma lamparina, impedindo que a luz escapasse. — Sua Majestade pretendia conversar com você amanhã... mas acho que este momento é tão adequado quanto qualquer outro. Não concorda?

Dumai engoliu em seco.

A Grã-Imperatriz a guiou para as portas internas como uma mulher que rumava para a própria morte. Dumai a seguiu até a luminosidade magnífica do Salão Interior, dominado por uma estátua colossal do grande Kwiriki. A Donzela da Neve montava em suas costas, descalça e serena. Os revestimentos em dourado e os espelhos com gravuras refletiam a luz das lamparinas a óleo.

Unora se levantou. Quando seus olhares se cruzaram, Dumai notou que nunca tinha visto sua mãe com tanto medo. Nem mesmo na noite da nevasca, aquela em que quase perderam a vida.

— Majestade — a Grã-Imperatriz falou, com um suspiro de derrota. — Trouxe alguém para vê-lo.

Quando Unora fechou os olhos, lágrimas caíram. Atrás dela, havia uma figura diante de um biombo dourado.

— Aproxime-se. — Dessa vez, a voz soou cautelosa. — Por favor. Venha até a luz.

Dumai demorou um bocado para lembrar como mover as pernas. Forçou os pés a darem um passo à frente, dobrou os joelhos e baixou a testa ao chão, assim como fazia nas preces.

— Fique de pé.

Mantendo os olhos baixos, ela obedeceu. Um instante depois, um dedo puxou seu queixo para cima. Dumai levantou o olhar e, quando viu o rosto diante do seu, sentiu seu corpo gelar dos pés à cabeça.

Era como olhar dentro dos próprios olhos. Para suas próprias feições, refletidas em um espelho opaco.

— Minha filha — o Imperador de Seiiki falou, com uma voz carregada. — Quanto tempo eu esperei para conhecê-la.

13
Sul

— Siyu fugiu.
Assim que Esbar abriu os braços, Tunuva correu para ela.

— Tuva, calma. Está tudo bem. — Esbar segurou o rosto dela entre as mãos com firmeza. — Quem sabe?

— Só eu e Nin.

— Ótimo. Vou informar Saghul, já que agora não tenho escolha. E, se ela concordar, eu e você vamos trazer Siyu de volta. Nós não vamos perdê-la. — A voz dela soou firme e calma. — Confia em mim?

Tunuva se deixou abraçar, tentando conter o tremor.

— Sim — murmurou. — Sim, eu confio em você.

Esbar a beijou e saiu.

Tunuva afundou na cama. As ichneumons escolheram cada uma um lado para se aninharem junto dela, compartilhando seu calor, que era a forma como faziam para reconfortar seus filhotes.

Tuva, eles não voltaram.

O presente desapareceu de sua mente, invadida pelas lembranças do pior dia de sua vida, o dia em que os perdeu, poderosas demais para serem contidas: o mel e o sangue, o corpo, a floresta. Ninuru deitada na chuva com ela, se recusando a ir embora até que Tunuva se levantasse. Esbar tentando consolá-la enquanto chorava sob o céu da noite, com a barriga crescendo com a semente que iria florir na forma de Siyu.

Não foi culpa sua. Não havia nada que você pudesse fazer...

— Tuva.

Ela teve um sobressalto, e viu Esbar descarregando os tecidos que mantinha em seu baú.

— Expliquei a situação para Saghul. Vamos partir agora mesmo, pelo Ersyr — informou. — Se elas tiverem indo mais longe, vamos precisar de cavalos.

— Cavalos são lentos — Ninuru comentou. — E estúpidos.

— Estúpidos — reforçou Jeda.

— Eu sei, queridas, mas os ignorantes que vivem no Oeste iriam ficar espantados se vissem vocês. Não existem ichneumons a norte do Desfiladeiro de Harmur. Na verdade, nem magas. — Esbar tirou a opa e jogou em um canto do quarto. — Siyu falou para qual porto pretendia ir?

— Sadyrr — respondeu Tunuva, com dificuldade para falar a palavra nortenha. — Você sabe o caminho?

— Claro que não. — Esbar vestiu uma túnica. — Mas conheço alguém que sabe.

Tunuva foi até seu solário, remexeu em suas roupas e pegou tudo de que precisava para se disfarçar como uma mercadora de sal. Não havia tempo para se agarrar ao passado. A cada instante, Siyu se afastava cada vez mais.

Ela vestiu ceroulas e culotes, uma túnica branca com cinto e encontrou um casaco adequado à viagem, forrado com pele de ovelha para as noites no deserto. Até mesmo as magas sofriam com as temperaturas no inverno. Tunuva enfiou as bocas das calças dentro das botas de montaria e colocou uma capara ersyria, para proteger o rosto da areia. Juntou suas roupas e seu musgo, gravetos novos para os dentes, cobertas, cantis de sela e sua arma favorita, uma espada dobrável que ela mesma projetara.

Com Ninuru ao seu lado, seguiu rumo à passagem que levava à saída por entre as raízes da figueira. Esbar estava lá, com Jeda já selada.

— Trouxe comida suficiente para todas — avisou. — E também a nossa guia.

Uma mulher de ombros largos saiu das sombras, conduzindo um ichneumon cinzento. Seus cabelos grisalhos estavam presos no estilo da corte ersyria.

— Apaya — Tunuva falou, surpresa.

— Tuva.

Apaya du Eadaz uq-Nāra deu um beijo de leve em seu rosto. Era parecida com Esbar, com o nariz curvado e olhos penetrantes, que delineava com tintura preta. Embora tivesse mais de setenta anos, continuava alta e forte.

— Que bom ver você — ela falou. — Que a Mãe a abençoe.

— E a você também. Pensei que estivesse em Jrhanyam.

— Vim para comer o fruto e fazer meu relatório periódico para a Prioresa. E fiquei sabendo que duas de nossas irmãs fugiram.

— Nós vamos encontrá-las. — Esbar subiu na sela. — Não vou permitir que Siyu envergonhe ainda mais a linhagem de Siyāti.

— Ótimo. — Apaya cruzou seus braços de veias salientes. — Vou guiar vocês até o Desfiladeiro de Harmur. Com sorte, vamos alcançar nossas irmãs antes que cheguem a Mentendon. Caso contrário, ficarão por sua própria conta. Eu não vou pôr os pés no território da Virtandade.

E ninguém poderia condená-la por isso. Tunuva se segurou na sela e montou.

— Primeiro, vamos para Yikala. — Apaya montou em seu ichneumon. — Esse trajeto vocês duas conhecem.

14
Leste

— Quanto daquilo tudo era mentira?
A voz saía da boca dela, mas agora pertencia a uma desconhecida — Noziken pa Dumai, Princesa de Seiiki, a primogênita do Imperador Jorodu, descendente da Donzela da Neve.

Estava fechada com sua mãe e com a Grã-Imperatriz nos seus aposentos, onde as lamparinas tremulavam, projetando sombras compridas.

— Vou fazer uma pergunta mais simples — Dumai disse para Unora, que não respondera. — De onde você é de verdade?

Unora parecia exausta.

— Da Província de Afa — disse. — Minha mãe morreu quando eu tinha um ano de idade, de uma doença causada pela sede. Sua morte inspirou meu pai a mudar as coisas. Ele me deixou com parentes, foi andando até a capital, passou na prova para se tornar um acadêmico e começou a trabalhar na corte. Quatro anos depois, seu pedido para ser Governador de Afa foi atendido.

— Um homem sem nenhuma distinção chegou a um posto tão elevado?

— Os nobres não queriam ser mandados para as províncias secas — a

Grã-Imperatriz explicou. — Você devia ver como eles choramingavam, horrorizados, quando eu os enviava para lugares como Afa. — Ela deu um gole em seu vinho. — Geralmente, eu nunca nomearia um homem de família comum, mas Saguresi era dedicado e inteligente, e achei que seria um desperdício conceder a nobres que viviam amedrontados a responsabilidade que ele queria assumir. Eu lhe dei uma chance, e ele voltou para lá sem demora, dessa vez com o poder de um governador.

Unora assentiu com a cabeça.

— Meu pai conhecia e entendia aquela terra. Sabia o que e quando plantar, e tinha ideias para esquemas de irrigação — explicou. — A governadora anterior era preguiçosa e corrupta, queria cumprir logo o mandato em Afa e voltar correndo para a corte. Tomava toda nossa colheita, e só devolvia o quanto queria. Mas meu pai se importava. Ele cuidava de nós.

Ela fez uma pausa, baixando os olhos.

— Quando eu tinha oito anos, o Imperador Jorodu, que tinha acabado de assumir o trono, nomeou meu pai Senhor dos Rios de Seiiki — continuou. Dumai piscou algumas vezes, confusa. — Ele se mudou comigo para sua nova mansão em Antuma. Era o homem mais gentil do mundo, mas sua promoção causou indignação entre os clãs.

A Grã-Imperatriz soltou um risinho de deboche.

— Para dizer o mínimo. A posição mais importante abaixo da família imperial estava sendo ocupada por um antigo agricultor. Nem eu teria ousado ir tão longe — ela admitiu. — Durante séculos, o Senhor dos Rios sempre havia sido do Clã Kuposa, mas meu filho pôs o talento acima das relações de sangue. Os Kuposa não gostaram disso.

Dumai se voltou para ela.

— Mas todos devem apoiar o imperador em suas escolhas.

— Falaremos disso. Por ora, basta saber que eles se livraram de seu avô. Afirmaram que ninguém na posição dele seria capaz de levar água para Afa, e o acusaram de acordar um dragão para fazer isso. — Ela soltou um suspiro. — Meu filho era jovem demais para ser capaz de questionar as evidências que eles apresentaram. Para salvar Saguresi da execução, concordou em bani-lo para Muysima.

— Eu fui jogada na rua naquela noite — Unora contou. — Uma de nossas serventes me encontrou e me levou de volta para Afa. — O rosto dela parecia feito de cerâmica, imóvel, como se tivesse saído de um molde. — A vida no interior pode ser... bem difícil. Sem meu pai, tudo voltou a ser como era antes.

Dumai sempre tivera comida e água em abundância. Foi doloroso pensar em sua mãe vivendo daquele jeito.

— Em um determinado ano, uma doença matou todo mundo em meu vilarejo, menos eu — Unora contou. — Fui andando até a morada do dragão Pajati e pedi por uma forma de sair daquela situação. Na manhã seguinte, uma mensageira imperial apareceu. Quando foi prestar suas homenagens a Pajati, me encontrou desmaiada lá.

— Você acordou Pajati?

Unora permanecia pálida e imóvel como uma folha de papel.

— Não. Eu só rezei.

Dumai assentiu, tranquilizada. Sua mãe jamais seria tão imprudente, nem mesmo quando era menina.

— As borboletas são mensageiras de Kwiriki, símbolos do poder de transmutação dos deuses — Unora contou. — Kanifa pode ter mencionado para você que, em algumas províncias, as pessoas acreditam que elas podem assumir a forma de mulheres. A mensageira achou que eu fosse o espírito de uma borboleta, por isso me levou para a corte.

— E assim você conheceu o imperador. O meu pai — Dumai complementou. — Ele já era casado com a imperatriz?

— Sim, eu era atendente dela. — A voz de sua mãe soava monótona e inerte. — Não fazia ideia de quem ele era. Quando descobri, sabia que seria perigoso demais permanecer... porque eu estava grávida, e meu bebê seria herdeiro do trono de Seiiki. Fui embora imediatamente, para poupar você desse destino. Trouxe você para cá.

— Você não salvou seu pai — Dumai murmurou. — Partiu antes de conseguir fazer isso. Para me salvar.

— Sim. — Unora a encarou. — Pensei que jamais poderia amar alguém como amava meu pai. Mas assim que fiquei sabendo da sua existência... — Dumai cerrou os dentes para impedir que o queixo começasse a tremer. — Você nasceu aqui neste quarto e, desde então, tentei lhe dar uma vida feliz. Mas precisava manter você escondida das pessoas da corte. E agora você entende por quê.

Porque Dumai era parecidíssima com o imperador. Suas feições eram mais suaves, e ela era quase uma cabeça mais alta, mas era como se dois artistas talentosos tivessem pintado a mesma pessoa — dos olhos um tanto afastados aos queixos redondos. Eles tinham uma pinta no mesmo lugar, no lado esquerdo do rosto. Era assombroso.

— Eu deveria ter me arriscado a sair para o mar. Deveria ter levado você para Sepul — Unora falou, amargurada. — Mas queria ficar perto de seu pai, como a grande tola que eu era. Foi o amor que me trouxe a esta montanha. E agora...

Ela levou a manga da roupa à boca.

— Agora descanse — a Grã-Imperatriz falou. — Eu preciso conversar a sós com minha neta, de qualquer forma.

Unora se retirou. Dumai se voltou com gestos lentos para a Grã--Imperatriz, a mulher que a guiou por tantos anos, e que também era sua avó paterna. Pela primeira vez, Dumai olhou bem para o rosto dela, procurando ver o seu. A semelhança não era tão aparente.

— Quando a senhora soube?

— Unora me contou quando sentiu as primeiras dores do parto. — A Grã-Imperatriz olhou pela janela, franzindo os lábios. — E, durante todos esses anos, eu a ajudei a esconder você do meu filho.

— Por quê?

— Pelo mesmo motivo que a levou a fugir, Dumai. Por medo de que você ficasse em perigo.

Do lado de fora, o amanhecer se espalhava como corante vermelho na água.

— Mais de dois séculos atrás, houve uma rebelião contra nossa casa — a Grã-Imperatriz contou. — Enquanto os deuses dormiam, um jovem se aproveitou de sua ausência e se intitulou o Rei dos Campos. A revolta que ele liderou durou vários meses, até que sua forjadora de espadas o traiu e o matou. O nome da traidora era Sasofima, uma pessoa sem grande importância, a não ser por seu talento extraordinário para a forja. A Casa de Noziken a recompensou por sua lealdade concedendo a ela um nome de clã: Kuposa. Isso foi um grande erro.

Dumai ficou em silêncio, escutando.

— Sasofima foi encarregada de fabricar os sinos usados em Seiiki, usando como modelo o Sino Rainha, para acordar os deuses caso surgisse outra ameaça como o Rei dos Campos. Desde então, seus descendentes foram ficando cada vez mais ricos e ambiciosos. A maioria dos imperadores dos últimos duzentos anos não passava de marionetes controladas pelos regentes do Clã Kuposa.

Essa revelação caiu sobre Dumai como uma nevasca, causando-lhe um frio que não sentia havia anos.

— Minha prima foi a imperatriz antes de mim. Eles a moldaram desde o nascimento para ser fraca e carente de iniciativa — a Grã-Imperatriz contou. — Só quando ela morreu ao dar à luz, e o bebê também não resistiu, fui convocada a assumir o Trono do Arco-Íris. Isso era um problema para os Kuposa. Até então, não me davam a mínima atenção, então eu não tinha nenhum sentimento de lealdade por eles. Além de ser mais velha e capaz de resistir à influência deles, eu tinha um filho que pertencia ao Clã Mithara, seus rivais. Eu sabia como exercer minha vontade...

até que convenientemente adoeci, o que me forçou a abdicar. Consegui me recuperar, mas havia aberto mão do trono para me tornar Suprema Oficiante. Não teria como voltar. Eles me removeram do trono quando meu filho era só um menino. Jorodu fez o que pôde para dar poder aos rivais dos Kuposa, mas, como a história da sua mãe demonstra, sempre encontravam uma maneira de enfraquecê-los. Ele era jovem demais para esse jogo. Foi tudo muito bem deliberado. Ele foi forçado a confiar nos Kuposa. Eles são pacientes, Dumai. Pacientes e cuidadosos. Nunca se rebaixam ao ponto de matar seus rivais, mas usam de todos os outros meios possíveis para manter o poder deles, muitas vezes eclipsando o nosso. Meu filho aprendeu isso com o tempo, quando se viu casado com Kuposa pa Sipwo. Vinte anos atrás, a Imperatriz Sipwo deu à luz o tão aguardado Príncipe da Coroa. Sete anos atrás, teve gêmeos, um menino e uma menina. Dois anos atrás, os dois príncipes morreram em um surto de varíola de craca. Isso tornou sua única filha sobrevivente a herdeira de Seiiki.

Dumai enfim se manifestou:

— Quem é ela?

— Sua irmã, Noziken pa Suzumai.

Uma irmã mais nova. Dois irmãos que morreram antes que pudesse conhecê-los.

— Suzumai é meiga, obediente e mansa. Outra marionete a ser manipulada no torno — a Grã-Imperatriz explicou, irritada. — Seu pai sabe há anos que os Kuposa vão dar um jeito de fazê-lo desaparecer quando Suzumai atingir a maioridade. Ele quase perdeu as esperanças.

Ao mesmo tempo que o sol se erguia, a terrível verdade se revelou para Dumai.

— Mas então ele me encontrou — falou, sentindo a garganta seca como cinzas.

— Então ele a encontrou. Veja bem, Dumai, você não tem nenhuma relação com os Kuposa. Isso lhe dá poder.

Dumai a encarou.

— A mulher que veio ao templo era uma espiã — a Grã-Imperatriz contou. — Imagino que vocês se conheceram.

— Sim. Ela deve ter visto o rosto do imperador no meu, assim como o peregrino do sal.

— Para sua sorte, o agente de seu pai chegou ao Palácio de Antuma antes dela. — Ela segurou e ergueu o queixo de Dumai, como o imperador fizera antes. — Eles sabem o que você representa, assim como Sua Majestade.

— Me diga o que ele quer.

— Você foi sempre muito inteligente, Dumai. Já entendeu por que seu pai se arriscou a vir para cá. Se não assumir o Trono do Arco-Íris, nossa casa perderá sua autoridade, e o povo de Seiiki será privado para sempre do caminho dos deuses. Isso eu não posso permitir.

— Mas tudo o que sempre quis foi só me tornar a Donzela Oficiante.

— Eu sei. E queria poupar você dessa batalha. Eu tentei, Dumai, por muito tempo, porque também detestava tudo isso. Mas, quando os deuses voltarem, precisam encontrar nossa casa firme e forte, e constatar que cuidamos de Seiiki na sua ausência. Sob a influência dos Kuposa, estamos frágeis. Precisamos resistir.

A conclusão foi rápida e esmagadora como um deslizamento de neve.

— Eu não tenho escolha — Dumai murmurou. — Preciso abdicar de tudo o que conheço.

— Sim.

— Eu não estou pronta. — Até respirar estava difícil. — Não sei nada da corte, nem de política...

— É aí que entra nosso plano — a Grã-Imperatriz falou, com um brilho nos olhos. — O plano que elaborei com seu pai, que você tornou possível.

— Qual é o plano?

— Quando você assumir o trono, seu pai continuará a exercer a autoridade, sob o pretexto de ajudá-la, governando de um lugar longe do alcance deles, em uma corte secreta, se pronunciando através de você, que não estará sozinha. — Sua avó segurou suas mãos. — É assim que você servirá aos deuses, minha neta. É esse o chamado do grande Kwiriki para você.

Dumai estremeceu sob as roupas de um fantasma, entorpecida como se tivesse se banhado na piscina de gelo.

— Kanifa. — Ela sentiu seu estômago se contrair. — Ele sabia?

— Não, criança. Nunca soube.

Pelo menos isso. Ela ficou de pé, com os joelhos trêmulos, e fez uma mesura.

Se virou e saiu para a iluminação baixa da casa que amou durante toda a vida. Saiu para o lado de fora, para a luz do sol, e caminhou com dificuldade pela neve até vê-lo na plataforma do céu, para onde sempre costumava ir, à sua espera. Antes que Kanifa tivesse tempo de franzir o cenho, ela se jogou nos braços dele e chorou.

15
Oeste

Langarth ficava ao sul do Castelo de Drouthwick — longe demais para chegar a cavalo, considerando o pouco tempo de que Wulf dispunha. Em vez disso, ele partiu com um punhado de quinquilharias de prata e pegou um barco que descia o rio.

O sol flutuava como uma gema de ovo em um leite desnatado. Enquanto passava a mão na água gelada, ele pensava em Glorian Berethnet.

O Prodígio do Santo era real. A princesa era mesmo a imagem e semelhança da mãe, com olhos verdes e cabelos pretos compridos, embora os dela tivessem uma franja, repartida ao meio. Glorian também era mais curvilínea e generosa nos lugares em que a rainha era mais esguia. Mesmo assim, a semelhança entre as duas era assombrosa — ambas pálidas como uma vela, e exatamente da mesma altura.

O rei fora bem ardiloso ao não lembrar Wulf que os dois já se conheciam. Como ele poderia ter se esquecido daqueles longos verões no Castelo de Glowan?

Obviamente, assim que pôs os olhos nela, as memórias começaram a voltar. Ele ficou se lembrando, enquanto o barco passava sob uma ponte fortificada, de quando ela o jogou na fonte, aos risos. De quando corriam pelos labirintos de arbustos floridos partindo cada um de uma ponta, apostando corrida até o centro. Eles eram da mesma altura nessa época.

Os picos rochosos e severos das Quedas aos poucos foram dando lugar às colinas mais verdejantes dos Lagos. Um vento forte ondulava o rio. Já era fim de tarde quando o barco entrou no Lago Santificado, onde os dois afluentes mais ao norte do Lithsom se juntavam antes de seguirem para o mar.

Na margem leste ficava o antigo porto de Marcott. As vozes se erguiam, as flautas soavam e um vendedor gritava seu pregão do ponto mais alto do mercado, mas sua voz era quase abafada pelo bater das carriolas cheias de trutas e pardelhas, além de lampreias compridas e escorregadias. Wulf protegeu os olhos do reflexo do sol na superfície do lago, tão profundo e azul que parecia quase preto, embora o nível da água estivesse mais baixo do que já fora no passado.

O sol já estava avermelhado no céu quando ele encontrou uma hospedaria. O local estava abarrotado, mas pelo menos a palha não tinha piolhos. Ele se levantou com o canto do galo para alugar um cavalo que o levaria à cidade.

Um caminho para procissões fúnebres percorria os picos enevoados da província, ligando os povoados aos santuários, para que os mortos pudessem ser levados aos locais de sepultamento. Por volta do meio-dia, a longa trilha de grama pisoteada o levou até as águas do Witherling. Para além desse lago, um paredão de floresta ancestral se estendia de leste a oeste, de uma margem à outra, atravessando toda a extensão de Inys.

O bosque Haith.

A visão daquele lugar provocava calafrios na maioria dos nortenhos, pois diziam que uma bruxa vivia por lá desde os tempos anteriores ao Santo. Wulf sentiu um calafrio ainda maior. Afinal, para ele, o bosque Haith era mais do que uma velha lenda.

Sua montaria foi seguindo pela estrada, a caminho da propriedade mais adiante, cercada por um fosso, com telhado de cerâmica, e paredes de pedra, e chaminés altas de tijolos. Ele desceu da sela no portão e conduziu o cavalo até os estábulos, onde o cavalariço mentendônio escovava um garanhão.

— Prazer em ver, Rik — Wulf falou.

Riksard se virou, e sua testa franzida voltou ao normal depois de um instante.

— Mestre Wulf?

— Pois é. Como vai?

— Muito bem. — Riksard enxugou a testa com o punho e sorriu. Como muitos mentendônios, tinha cabelo ruivo. — Eu mal reconheci você. Seja bem-vindo de volta. Sua visita era esperada?

— Não. Tem alguém em casa?

— Acho que a senhora está no roseiral.

O roseiral ficava mais perto da frente da propriedade. Wulf encontrou a irmã mais velha na cadeira de balanço, enrolada em um manto, encolhida como uma bolota em sua casca. Ele se inclinou sobre o portão.

— Ratinha — chamou.

Mara tirou os olhos do livro.

— Wulf — exclamou, admirada, fechando o volume. — É você mesmo?

— A não ser que um irmão gêmeo meu tenha saído da mata.

Rindo, Mara foi até ele, e Wulf a tomou nos braços. Ela o envolveu pelo pescoço, mergulhando-o no perfume da lavanda macerada que levava nos bolsos.

— Não acredito — ela falou, com o rosto enterrado em seu manto. — Por que não escreveu avisando que vinha?

— Não deu tempo — Wulf falou, apoiando o queixo no ombro da irmã. O abraço o transportou para o tempo em que ela, ao anoitecer, o

sentava ao seu lado e lhe contava histórias, fazendo-o se sentir aconche-
gado e seguro, sentindo seu calor humano. — E não posso ficar mais
que uma ou duas noites.

— Ah, mais que isso, com certeza.

— Quem me dera. Está todo mundo por aqui?

— Papai e Roland estão resolvendo uma disputa em Strenley, mas
devem voltar antes do jantar. O pai está ocupado até não poder mais
com os impostos. — Mara se afastou para olhar seu rosto, e os olhos
cor de avelã dela brilharam. — Ah, Wulf, veja só você. Nunca imaginei
que fosse ficar alto como Roland.

— Tenho certeza de que tinha a mesma altura da última vez que
você me viu.

— Você era um menino da última vez que vi você.

Mara estava idêntica a como ele se lembrava, mas com os cabelos
quase nas cinturas e com algumas mechas caídas sobre as bochechas
arredondadas. Mal podia acreditar que já fazia três anos.

— Desculpe interromper sua leitura — Wulf falou. — Você parecia
bem confortável.

— Eu perdoo você. — Mara deixou o livro de lado e o pegou pelo
braço. — Venha. O pai vai ficar felicíssimo.

Langarth estava lá fazia séculos. Um antigo priorado, tinha sessenta
cômodos, todos construídos ao redor de um pátio onde reinava uma
abrunheira. Quando a semipenumbra o envolveu, Wulf sentiu os cheiros
familiares invadirem seu peito: carvalho e ervas secas, a filipêndula que
os criados usavam para perfumar os corredores.

— Como você está? — ele perguntou para a irmã, dando um tapinha
na mão pálida e carregada de anéis que envolvia seu cotovelo. — Desde
sua última carta.

—Mais ou menos na mesma. Ajudando nosso pai com a propriedade,
fazendo visitas de cortesia pela província, ajudando no abrigo de tempos

em tempos. A filha do meio de um nobre não tem muito o que fazer, a não ser conseguir um casamento vantajoso, o que, como você sabe, nunca me interessou.

— Você deveria procurar uma ocupação que a agrade. Roland não tem nem metade das nossas liberdades.

— Está sugerindo que eu também me torne uma brava guerreira do Norte? — ela perguntou, em tom de brincadeira. — A não ser que eu possa derrotar os inimigos do rei com cálculos ou textos, acho que não seria muito útil para ele.

— Vá para a corte. A rainha deve ter espaço para abrigar uma dama com uma boa educação em sua casa — Wulf falou. — Se não tiver, a Chancelaria Real ou o Chanceler do Tesouro a acolheriam. Você não deveria esconder seus talentos, Mara.

— A corte, não. É um lugar onde existem jeitos demais de se cair em desgraça. Mas pensei em oferecer meus serviços a Lady Marian — Mara acrescentou. — Você sabe que a Rainha Sabran lhe concedeu terras nos Lagos. — Ele assentiu com a cabeça. — Fui visitá-la no verão. Ela não é nem um pouco como eu esperava.

— O que você esperava?

— Uma mulher tola e histérica, pelo que eu tinha ouvido falar. De fato, ela me pareceu gentil demais para ser uma rainha de pulso firme, mas, como pessoa, gostei muito do que vi. Ela foi graciosa e atenciosa, e demonstrou um senso de humor um tanto ácido. Seu companheiro morreu, assim como a maioria de suas damas. Fiquei me perguntando se ela não acharia útil ter uma secretária. O Castelo de Befrith não é distante de Langarth.

— Você conversou com o pai?

— Ainda não. Vou perguntar para ele depois que você voltar para Hróth. — Mara apertou seu braço. — Hoje, só quero ouvir falar de você.

Lorde Edrick, o Barão Glenn de Langarth, estava debruçado sobre um pergaminho no mais espaçoso de seus dois escritórios. Estava sentado diante de uma janela saliente de vidro da floresta, adornada com o brasão de seu título: um amieiro altivo em um vale profundo, cercado de vegetação rasteira.

— Pai. — Mara se abaixou para beijá-lo na cabeça. — Temos um visitante.

— Visitante? — O tom de voz dele pareceu preocupado. — Pelo Santo, devo ter me esquecido. Prometi que passaria em Bowen Hoath.

— Esse hóspede não vai se importar com isso.

Wulf respirou fundo para se acalmar. Com a testa franzida, Lorde Edrick se virou na cadeira.

Ele parecia mais velho. Claro que sim. Os cabelos estavam brancos, aparados na altura dos ombros, e mais rugas marcavam sua pele oliva. De resto, se mantinha magro e saudável.

— Wulfert? — Ele se levantou, arregalando os olhos cinzentos. — Mas esse não pode ser meu filho.

Wulf fez uma mesura com um sorriso largo no rosto.

— Pai.

Lorde Edrick foi até ele. A afeição quase transbordou de Wulf quando seu pai o apertou junto ao peito.

— Pelo Santo. O Rei Bardholt nos mandou de volta um homem adulto. — Lorde Edrick o segurou pelos ombros para observá-lo. — Ah, Roland vai ficar furioso. Você se lembra do orgulho que ele tinha de ser o mais alto dos irmãos.

— Pois é, eu lembro que ele ameaçou me martelar no chão como uma estaca de barraca — Wulf comentou, com um tom ácido.

— Ao que parece, você até que botaria medo nele. Agora me diga: quanto tempo pode ficar?

— Apenas alguns dias. Me perdoe, pai. Sua Majestade vai partir para Hróth antes do fim da semana.

— Então vamos aproveitar ao máximo, antes que você desapareça de novo e só volte quando surgirem seus primeiros cabelos brancos. — Lorde Edrick enlaçou Wulf com um dos braços e Mara com o outro, aproximando os dois. — Agora eu preciso muito visitar um dos arrendatários... Mas podemos caminhar juntos, nós três, não? Você precisa encher os pulmões de um bom ar inysiano, Wulfert.

****

O arrendatário era um antigo cavaleiro que vivia perto de um brejo de tetrazes, a seis quilômetros e meio de Langarth. Wulf observou a paisagem do outono nos Lagos, uma província onde as folhas amarelavam e conferiam a tudo um tom acobreado.

Enquanto caminhavam, ele descreveu o esplendor de Hróth. O gelo esmeraldino que brilhava em seus recantos mais distantes. As cortinas de nuvens que enfeitavam o céu. Os verões sem noite, e as quedas-d'água que congelavam como linho drapejado, ficando dessa maneira a maior parte do ano.

— Parece até um mundo de sonhos. — Mara se desviou de uma poça. — Agora entendo por que você quase nunca vem a Inys.

— Inys tem sua própria forma de beleza — Wulf respondeu. — Não é tão estranha, nem tão arrebatadora, talvez mas mais rica. De uma suavidade muito salutar. — Ele inspirou o aroma de grama molhada. — Sinto falta do outono. E da primavera também. Dos cheiros, das cores. É cansativo só sentir cheiro de neve.

— E neve tem cheiro?

— Nós temos até uma palavra para isso. *Skethra*, um aroma que purifica o ar.

— E você continua se dando bem com os outros huscarlos? — Lorde Edrick quis saber. — Eles tratam você bem?

Wulf fez uma pausa antes de responder.

— Sim, pai.

Era em parte verdade. Havia um huscarlo em particular que o desprezava, mas falar sobre isso só causaria preocupação em sua família.

— Você está com um sotaque hrótio agora, sabia? — comentou Mara, com as bochechas rosadas de frio. — Deu para perceber que estava se formando da última vez que você veio. Agora está cristalizado como gelo.

Wulf deu uma risadinha e sacudiu a cabeça.

— A maioria dos hrótios sabe que sou de fora assim que abro a boca.

— Ora, aqui você não é nenhum forasteiro. Já pisava nesta neve desde os nove anos de idade.

— Temos muito orgulho de você, Wulf — Lorde Edrick lhe disse. — Seja aqui, seja em Hróth.

— Obrigado, pai.

Lorde Edrick não passou muito tempo conversando com seu arrendatário. Ainda era fim de tarde quando voltaram à propriedade, tremendo de frio e cobertos de lama. A essa altura, a governanta já havia arrumado o antigo quarto de Wulf. Ele passou os dedos na marca entalhada no batente, deixada por um antigo ocupante de Langarth — um pequeno círculo, com linhas despontando da parte de cima.

Por anos, ele, Mara e Roland ficaram curiosos sobre o que poderia ser aquilo. Acharam outros entalhes perto das lareiras, das janelas, das portas. Embora claramente fossem pagãos, Lorde Edrick nunca mandou removê-los. *São parte de Langarth tanto quanto nós*, dissera na época, *e apagar o passado não nos torna santos, crianças.*

Wulf só queria se deitar para se lembrar de como era dormir perto de sua família, mas acabou cochilando e tendo o mesmo sonho de sua infância, que o levava para as profundezas da floresta. Estava procurando alguém, mas não sabia quem era. E, por mais que procurasse ou gritasse, ninguém nunca respondia. Ele corria sem parar, chorando de medo, até as árvores se abrirem em uma clareira, onde o chão cheirava a sangue. Era possível ouvir abelhas zunindo nas proximidades — sempre lá, mas nunca vistas.

— Wulf?

Ele acordou sobressaltado, ainda ouvindo o zumbido. Mara estava sentada na beirada da cama.

— O jantar está pronto. — Sua irmã pôs a mão em seu ombro. — Estava sonhando?

— Não. — Ele esfregou os olhos. — Papai e Roland já estão de volta?

— Logo. — Ela se trocara e vestira um vestido de lã cor de oliva, que acentuava o verde de seus olhos. — Qual é o problema?

Desde quando eram pequenos, ela sempre percebia.

— Nada — ele respondeu. — Já vou descer.

Os dois foram para o Salão Principal. Wulf sempre adorou a beleza contida daquele cômodo. Ele e Mara se sentaram à mesa, lotada pela comida que lhe deixara saudade desde a última visita: pudim salgado com linguiça, um ensopado de cordeiro, abrunhos colhidos no quintal, bolos simples e torta de maçã servida com o queijo branco do Santuário de Rathdun. As criadas estavam servindo o vinho de bagas de sabugueiro quando dois homens passaram pelas arcadas da porta.

Lorde Mansell Shore era o único sulino da família, nascido perto da costa dos Charcos. Era rechonchudo como uma chaleira, com um olho escuro e outro cinzento. Um bigode em forma de ferradura crescia em seu rosto marrom, já grisalho, embora a maior parte de seus cachos cada vez mais escassos ainda mantivesse a coloração preta.

Ao ver Wulf, ele deteve o passo.

— Filho?

Com um sorriso, Wulf respondeu:

— Papai.

Lorde Mansell soltou uma gargalhada e abriu os braços. Wulf foi se aninhar entre eles, sorrindo tanto que suas bochechas até arderam. Junto à porta, Roland estava tirando as luvas.

— O caçula está de volta — falou, dando um tapa nas costas de Wulf. — Que bom ver você, Wulf.

— Eu digo o mesmo, Rollo.

Roland agora parecia ter incorporado seu papel de herdeiro do baronato. Tinha os ombros e o peito largos, e era bonito sem fazer esforço. Os cabelos acastanhados que compartilhava com Mara eram uma herança da mãe, Lady Rosa Glenn. Ela e seu companheiro tinham sido assassinados por ladrões quando Roland tinha quatro anos e Mara, apenas dois — um ato de violência que abalou o rainhado na época.

Lorde Edrick adotou os sobrinhos, que cresceram o considerando um pai. Ele era casado com Lorde Mansell, e com Wulf formaram uma família de cinco membros, todos reunidos em Langarth.

— Que surpresa mais bem-vinda. — Lorde Mansell tirou o manto. — O que traz você de volta para casa, Wulf?

— A aclamação de Lady Glorian.

— Ah, sim, claro.

— Ouvimos dizer que alguns republicanos estragaram o festim — Roland comentou com Wulf. — O que você achou dos pagãos de Carmentum?

— Belas roupas, joias, uma comitiva enorme. São como monarcas, só que eleitas, na minha opinião.

— Mas é o povo quem decide. É uma diferença e tanto — Lorde Edrick comentou. Enquanto todos se sentavam, olhou com carinho para seu companheiro. — Algum avanço na resolução da disputa, meu amor?

— Quem me dera. Isso vai se arrastar por séculos, se continuar assim. — Revirando os olhos, Lorde Mansell afundou na cadeira e chamou uma criada, que encheu sua taça. — Sir Armund Crottle. Nunca vi ninguém tão obcecado por algo como ele por aquele lugar esquecido pelo Santo.

UM DIA DE CÉU NOTURNO – VOLUME I

— Não é uma maravilha esse ser o seu futuro? — Mara perguntou para Roland, que se limitou a levantar uma sobrancelha e pegar um prato.

— Todos nós precisamos servir ao Santo — Lorde Edrick disse para ela. — Seu irmão vai ser um grande barão algum dia. — Ele abriu um sorriso de seu lugar na ponta da mesa. — Vejam só isso. Todos nós, juntos de novo.

— Realmente. O vale inteiro. — Roland levantou a taça. — Ao nosso Wulf.

Eles beberam. Quando as velas já estavam perto do fim, Wulf se ajeitou em sua cadeira e ficou ouvindo Lorde Mansell contar sobre a disputa, se dando conta da dolorosa saudade que sentia daquelas pessoas, daquelas vozes.

— Ouvimos algumas histórias estranhas dos Alagadiços. — Lorde Mansell terminou o bocado de ervilha amanteigada que estava comendo. — Vocês sabem que existe uma fonte termal por lá, as Águas de Ferndale. De acordo com nosso caro amigo Sir Armund, a água ferveu. Cinco pessoas estavam se banhando quando aconteceu.

— Que horror — Mara comentou. — E sobreviveram?

— Só uma pessoa. As outras morreram.

— Uma coisa parecida aconteceu em Hróth — lembrou Wulf. — Nas fontes de lama perto do Monte Dómuth. Elas borbulham todo ano, mas, antes de partirmos, Bardholt ouviu dizer que começaram a fervilhar como caldeirões, de uma hora para outra.

— Pelo amor do Santo. Espero que não houvesse ninguém por lá.

Wulf sacudiu a cabeça.

— Todo mundo sabe que é melhor manter distância. Aquela lama queima terrivelmente.

— Nosso irmãozinho. Sempre a um passo da morte, e admite isso com a maior tranquilidade — observou Roland. — O que pode ter causado essa alteração na fonte aqui de Inys?

Lorde Mansell soltou um grunhido.

— Um terremoto ou erupção em algum lugar do mundo, talvez. — Ele esvaziou a taça. — A não ser que seja uma praga rogada por um mentendônio ressentido, claro.

— Pare com isso, Papai — Mara disse, baixinho. — Rik pode ouvir.

— Ah, pelo Santo, que ouça. Os Vatten levaram a salvação para lá, e eles só sabem reclamar. — Lorde Mansell serviu mais vinho para todos. — Mas não vamos falar de política. Wulf, nos conte sobre suas aventuras no Norte.

— Pois é, quero ouvir sobre a lendária Regny de Askrdal — Roland falou. — É verdade que ela cravou uma flecha no olho de um homem que duvidou de sua habilidade com o arco?

— Não. — Wulf deu um gole no vinho. — Mas deu um bom pontapé nas partes dele, para provar que sabia acertar alvos minúsculos.

****

Mais tarde, no meio da noite, ele estava deitado, sem sono, de ouvidos abertos.

Quando era mais novo, às vezes escutava estalos na escuridão de Langarth. Acontecia todo verão. Roland dissera que também ouvia, e que sabia o que fazia aquele barulho.

A Dama do Bosque, batendo nas janelas, tentando chegar às crianças da casa.

Ninguém sabia quem era ela, a não ser que já habitava a ilha quando o lugar ainda era conhecido como Inysca. O bosque Haith era sua morada ancestral. Ela enxergava através dos olhos de aves e animais, procurando por aqueles que negligenciavam suas orações, pois assim renunciavam à proteção de Halgalant. Ela enchia a boca deles de lama e os arrastava para as profundezas da mata.

Tique-tique. Tique-tique.

Foi só quando Wulf começou a molhar a cama que Lorde Edrick

o sentou no colo e explicou que havia besouros-marca-morte nas vigas do telhado, que eram chamados assim porque passavam o verão inteiro batendo a carapaça na madeira, ficando em silêncio nos horários de vigília. E ainda estavam fazendo isso no outono.

Wulf se virou, cobrindo a orelha com a mão fechada. Tinha sete anos de idade, e a bruxa estava rondando por perto, para arrastá-lo até seu fim. A névoa na janela era seu hálito embolorado. Só o que ele conseguia ouvir eram as unhas dela, engrossadas pelo sangue seco e o barro da floresta.

Tique-tique. Tique-tique.

Wulf abriu os olhos, sentindo os pelos de seu braço se arrepiarem. Ele não era mais criança, e não ficaria lá deitado, transpirando e aguardando. Podia se levantar e encarar seu velho medo.

A vela ao lado de sua cama havia se desfeito em uma mortalha de cera. Com um lençol sobre os ombros, ele acendeu outra e a levou para o corredor, até uma janela com vista para o bosque Haith.

À luz da lua cheia, ele as contemplou — distorcidas e silenciosas, tão antigas quanto a própria ilha. Milhares e milhares de árvores, com os troncos escavados pela ação do tempo: aveleiras e álamos, amieiros e nespereiras, olmos e sorveiras e teixos, bétulas e faias e salgueiros, abrunheiros e evônimos e carvalhos — mas nada de espinheiros, pelo menos não nos últimos séculos. O Santo ordenou que fossem destruídos para pôr um fim aos antigos costumes dos inyscanos, que idolatravam os espinheiros como deuses, e de uma forma violenta e repleta de vícios.

Wulf segurou com força a vela. O brilho da chama alcançava seu rosto, de modo a refleti-lo no vidro, e suas feições se sobrepunham às árvores, dando a elas seus olhos. Ele olhava para o bosque Haith, que o olhava de volta. Cego e ao mesmo tempo capaz de ver tudo. Sem alma, mas eterno e vivo.

E ele era capaz de jurar que ouviu a bruxa chamá-lo: *Volte para mim, Filho do Bosque. Venha para casa.*

16

Leste

O Monte Ipyeda estava silencioso como a lua. Dumai estava sentada em um dos telhados do templo, observando as estrelas.

Kanifa ficara ao seu lado durante centenas de noites em claro como aquela. Mais de uma vez, ela havia cochilado e acordado com a peliça dele sobre o corpo, e com ele ao seu lado, quente e firme.

Ele chegara à montanha quando Dumai tinha dez anos. Eram dezessete anos de amizade, se vendo quase todos os dias. Ela nem sequer tinha coragem de pensar no que aconteceria quando se separassem.

Seria solitário demais. Ela entrou pela janela e deixou que seus pés a conduzissem para onde quisessem, até que se viu diante de uma porta bem conhecida. Quando a deslizou para o lado, Unora ergueu os olhos vermelhos.

— Dumai. — Ela secou as lágrimas dos olhos. — Você deveria estar dormindo.

— Queria fazer essa última noite durar mais.

Unora a observou enquanto ela se ajoelhava no chão.

— Algum dia você vai me perdoar?

— Não existe nada a ser perdoado. Fiquei magoada por você ter mentido, mas tudo o que fez foi para me proteger. Até me chamando de sua pipa, você me ensinou a nunca olhar lá para baixo.

— E foi justo esse conselho que acabou deixando você indefesa. — Unora sacudiu a cabeça. — Eu deveria ter lhe ensinado sobre a corte. Agora ele está mandando você enfrentar os lobos sem ter afiado suas garras.

— Você também não tinha garras afiadas. Era uma mulher, não um lobo.

Unora abriu um leve sorriso.

— No seu primeiro ano de vida, eu quase não dormi, sabe — contou. — Estava sempre com medo, nesses primeiros dias. De que você morresse congelada aqui. De que não estivesse mamando o suficiente. Deixava o seu berço bem ao meu lado, para ouvir sua respiração. Você era o esteio do meu mundo, e tudo nesse mundo ameaçava levá-la para longe de mim.

Dumai estendeu os braços para segurar as mãos dela. Estavam sempre geladas, como se sua mãe fosse parte da montanha.

— Uma noite, a Grã-Imperatriz me disse que tomaria conta de você, para que eu pudesse descansar. Chorei de medo a noite toda — Unora falou, com um tom de voz suave. — Pela manhã, sua avó a trouxe de volta a meus braços, e você sorriu para mim. Depois disso, passei a dormir mais tranquila. Aprendi a deixar você correr e brincar. Mas, no fim, deixei que o mundo viesse buscá-la. — Fechou os olhos. — Eu lamento muito, Dumai.

— O Monte Ipyeda me ensinou a sobreviver. Adorei a vida que tive aqui. E foi você que me deu essa vida, mãe — Dumai falou, determinada. — Mas, se eu preciso ir, por que não vem comigo?

Unora segurou seu rosto.

— Eles encontrariam uma forma de me usar contra você e seu pai. Preciso ficar aqui com sua avó, para implorar ao grande Kwiriki que proteja minha filha. — Ela aproximou a testa das duas. — Por favor, minha pipa, cuidado. Voe de volta para mim, por favor.

****

Ela acordou antes do amanhecer, sentindo uma mão em seus cabelos. Sua mãe estava ao seu lado, já vestida.

— Está na hora.

Unora falou em um tom grave e áspero. Tinha manchas escuras sob os olhos. Dumai ficou olhando para o teto antes de se levantar.

Vestiu uma roupa quente e simples, como sempre fazia. Sob o brilho de uma lanterna, seguiu a mãe pelos degraus até onde o palanquim de neve a aguardava, com um boi da montanha a puxá-lo e seis moradores do vilarejo para levantá-lo quando necessário. Um segundo palanquim estava logo à frente, trancado e pronto para partir.

— Minha neta — a Grã-Imperatriz falou, com uma expressão bem séria. — Você será levada para a casa da sobrinha de meu falecido consorte, a Dama Taporo. É uma pessoa de confiança. Quando estiver pronta, a notícia de uma procissão real se espalhará pela cidade, e você será levada até o palácio.

O palácio que brilhara à distância durante toda sua vida. Dumai se perguntou qual seria seu verdadeiro tamanho.

— O Senhor dos Rios, Kuposa pa Fotaja, está em viagem no momento. Ele é o regente de seu pai — continuou a Grã-Imperatriz. — Como líder do Clã Kuposa, será seu principal adversário, um homem cuja astúcia só é igualada pela ambição. Muito cuidado com ele.

Se sentindo como um soldado recebendo ordens, Dumai se forçou a assentir.

— Você tem aliados. Não tanto quanto *eles*, mas não está sozinha — a Grã-Imperatriz informou, assentindo para o outro palanquim. — Osipa estará entre suas atendentes pessoais.

— Ela vai correr perigo por isso.

— Minha velha amiga nunca gostou desta montanha. Por maior que seja o risco, ela me garantiu que prefere morrer com os dois pés no chão firme. Uma outra pessoa também ofereceu seus serviços — acrescentou.

— Sua Majestade aceitou que Kanifa se juntasse à guarda imperial. Ele vai chegar à corte na primavera, para que os Kuposa não saibam que é alguém de seu templo.

Dumai olhou de um para o outro.

— Não — falou. — Ele não pode fazer isso. A espiã dos Kuposa o viu aqui.

— Acha que ela se lembraria do rosto dele? — a Grã-Imperatriz questionou, com as sobrancelhas erguidas. — Talvez sim, ou talvez não. Seja como for, ele protegerá você com discrição.

— Kanifa, posso falar a sós com você? — Dumai perguntou.

Depois de um longo momento, sua avó assentiu com a cabeça. Dumai se afastou alguns passos dos demais, com Kanifa a seguindo.

Ele havia se afastado da montanha apenas uma vez, para visitar o Caminho de Ossos de Isunka — um altar construído dentro do crânio de um dragão com chifres. Ladrilhos foram colocados sobre suas costelas, que atraíam uma névoa constante. Era uma maravilha de Seiiki, uma relíquia dos deuses.

Dumai ficara esperando por seu retorno, esperando vê-lo feliz. Em vez disso, o encontrara com dor nos pés e aflito, perturbado com o que tinha visto no nível do chão. Estava tão aferrado à montanha quanto a montanha à terra.

Quando se viram longe dos ouvidos alheios, ela o encarou.

— Kan, você não foi talhado para a corte — argumentou.

— E você foi? — ele questionou, com os braços cruzados. — Osipa é conhecida por lá. Eu, não. Como guarda, posso ter acesso a qualquer parte. Vão me treinar a manejar a lança, para proteger você.

— Um cantante-aos-deuses não deveria lutar.

— Uma cantante-aos-deuses também não deveria governar. — Ele enfiou a mão em seu casaco forrado. — Lembre-se da nossa promessa, Mai.

Ele colocou algo em sua mão. Um pedaço da corda dos dois: a que os mantinha sempre unidos nas escaladas.

— Juntos, então. — Dumai soltou um suspiro de derrota. — Vamos torcer por uma queda suave.

Kanifa a puxou para mais perto.

— Vejo você em breve — falou. — Princesa Dumai.

— Você não vai fazer uma mesura para mim quando me encontrar de novo, né?

— Vou ser obrigado. Mas não ligo.

Unora estava à espera ao lado do palanquim de neve. Deu um abraço forte em Dumai.

— Quando morava na corte, dançava todas as manhãs, mesmo na neve — ela murmurou, em seu ouvido. — Foi assim que seu pai me viu pela primeira vez. — Dumai encostou o rosto no ombro dela. — Todas as manhãs, quando saudar o nascer do sol, vou voltar os olhos para o Palácio de Antuma.

— E eu vou olhar para o Monte Ipyeda. Todos os dias, até poder voltar a ver você.

Elas se abraçaram. Dumai sentiu que sua mãe tremia, e a segurou com mais força. Seu peito doía.

Quando Unora recuou, Kanifa estava lá para ampará-la. Assim como a Grã-Imperatriz. Dumai se permitiu um último olhar para o terceiro pico, para o brilho distante no cume, um memorial dourado de seus sonhos, e entrou na escuridão do palanquim.

Assim que seus pés deixaram a neve, a Dumai do Ipyeda deixou de existir.

UM DIA DE CÉU NOTURNO – VOLUME I

****

Durante a jornada montanha abaixo, Noziken pa Dumai cochilou e acordou sobressaltada. Sonhou com um dragão branco, com uma mulher presa em seu próprio esqueleto, com o chão seco se abrindo. Depois do que poderiam ter sido horas ou dias, a porta se abriu, e ela foi colocada no chão.

No nível do chão.

Pela primeira vez na vida, não havia neve sob seus pés. Em vez disso, havia uma trilha, que levava a uma casa de telhado verde, ladeada por árvores da estação com as folhas avermelhadas de outono.

O Monte Ipyeda se elevava à distância como um deus.

Ela nunca tinha visto a montanha onde viveu a vida toda. Não em todo seu esplendor. E então pôde contemplá-la, com uma reverência inexprimível — os três picos brancos, as garras de um dragão.

— Princesa? — disse uma voz cheia de curiosidade. Dumai baixou o olhar e viu uma mulher de cabelos grisalhos, redonda como uma pera, que a encarava com ar de descrença. — Ah, Manai tinha razão. Você é a cara de Sua Majestade.

Dumai teve que se segurar para não demonstrar irritação.

— A senhora é a Dama Taporo?

— Sim. Peço perdão pela minha surpresa, Princesa Dumai. — A mulher fez uma mesura. — Sou Mithara pa Taporo, sua... ora, vejamos... Prima de segundo grau, creio eu, pelo lado de seu avô. Seja bem-vinda à minha casa. — Ela voltou a ficar de pé e abriu um sorriso. — É você mesmo, Osipa?

— Taporo. — Osipa foi mancando até Dumai, se apoiando na bengala, e deu uma boa olhada na mulher. — Vejo que você também se tornou uma velha.

Lady Taporo deu risada.

— Sem dúvida estou mais velha. Seja bem-vinda de volta a Antuma, minha amiga — falou, em um tom afetuoso. — Pelo pouco que sei das montanhas, vocês devem se sentir indispostas por um tempo. Mas vão se acostumar com o nível do chão, e eu vou prepará-las para a vida na corte.

— Eu me lembro bem o bastante — Osipa resmungou. — Como é que costumavam dizer mesmo? *A corte é um lugar onde as sortes florescem como a primavera, e decaem como as folhas no outono.*

— E infelizmente só se tornou mais traiçoeira desde a sua partida — contou a Dama Taporo. — Por favor, entrem e se aqueçam. Precisamos manter vocês longe das vistas. Não podemos alertar o Senhor dos Rios sobre sua chegada.

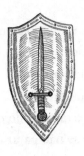

17
Oeste

Vista sob a luz do amanhecer, a província dos Lagos era a mais bela entre as seis de Inys. As águas do Witherling estavam calmas como ferro embainhado, a não ser pelas garças em sua parte rasa, procurando algum peixe matinal.

Aquele era o norte. Mais ao sul, a noite ainda era cerrada no bosque Haith. Um pica-pau batucava uma das árvores, o que o tornava mais corajoso que a maioria dos humanos. Poucos ousariam bater naquela porta em particular.

— Wulf.

Mara caminhava em sua direção.

— Não precisava ter se levantado — Wulf falou, comovido. — Já nos despedimos.

— Alguém precisava acompanhar sua partida — ela falou. — Você parece cansado. Teve pesadelos? — Ele encolheu os ombros e voltou a preparar o cavalo, alisando algumas rugas na manta da sela. — Wulf, já faz anos que digo que é só uma história boba. Nunca existiu bruxa nenhuma.

— Em Hróth, dizem que as histórias mais antigas são as que têm as raízes mais profundas.

— E essa está enraizada no simples medo do escuro. Não existe maldição nenhuma sobre a floresta. Nem sobre você. — Enquanto ele posicionava a sela, ela se apoiou no pilar. — E por que a cara fechada?

— Estou sempre de cara fechada.

— Sim, só que desta vez está mais do que o normal. Você vai ficar grisalho antes dos vinte anos se não parar de se preocupar tanto.

Wulf sentiu algo se abrir dentro dele, por mais que tivesse se esforçado para que isso não acontecesse. Mara sempre lhe dera conselhos sensatos.

— Eu desrespeitei a Cavaleira da Confraternidade — ele contou. — Com Regny. No verão.

— O Rei Bardholt ficou sabendo — Mara deduziu. Wulf confirmou com a cabeça. — Uma mulher da posição dela precisa de um casamento à altura.

— Não quero me casar com ela. E nem ela comigo. Foi só para matar a curiosidade. Uma bobagem. — Wulf tirou as luvas para fechar as fivelas. — Bardholt me perdoou dessa vez, mas sinto que não sou forte o suficiente para estar nesse caminho. Não sou digno disso.

— Wulf, você precisa parar com esse questionamento eterno sobre ser *digno*. Nós nunca precisamos fazer nada para o pai ou papai sentirem orgulho de nós.

— Você sabe que a minha situação é diferente.

— Não. Você é filho deles tanto quanto eu — Mara falou, com um tom baixo e firme. — Você escolheu um caminho difícil, e existe um motivo para haver seis virtudes. Se não fosse difícil seguir todas ao mesmo tempo, seríamos todos santos a esta altura, não?

Ela bateu com o dedo no broche no manto dele, moldado na forma de um feixe de trigo. O pai deles obtivera a permissão real para que Wulf usasse a prata, assim como o restante da família.

— Seu padroeiro é o Cavaleiro da Generosidade — ela o lembrou. — Seja mais generoso consigo mesmo. Se seu principal vício é procurar conforto onde só existe a frieza, o Santo vai perdoá-lo. Assim como o rei.

— Espero que sim. Pode falar bem de mim se chegar a Halgalant primeiro?

— Eu tenho meus próprios pecados a explicar. — Mara deu um beijo em seu rosto. — Não demore tanto para vir nos visitar de novo. E, quando voltar com suas esporas e seu cintilho reluzente, nem pense que vou chamar você de Sir Wulfert.

Com um sorriso, ele montou.

— Sir Wulf para mim já basta.

Mara deu risada e se despediu com um aceno. À medida que ele cavalgava, ela foi desaparecendo na névoa, assim como o bosque sombrio mais ao sul.

****

A luz do sol se esgueirava pelas janelas da Câmara da Solidão. Sentada perto do fogo, Adela levava uma colherada de pera cozida à boca.

— Como está se sentindo? — Glorian perguntou.

Sua palidez formava um nítido contraste com os cabelos ruivos, e seu rosto estava inchado.

— Agradecida — ela falou, com um ceceio. — O Santo estendeu sua mão divina para fazer meu dente parar de doer.

Helisent soprou seu ensopado.

— Mestrie Bourn estendeu suas tenazes, na verdade.

Com aparente dificuldade, Adela engoliu tanto a pera como a resposta que pretendia dar.

— Tenho novidades — Julain falou, prendendo os cabelos. — Ao que parece, em breve vou estar comprometida.

Glorian parou de comer.

— Com quem?

— Lorde Osbert Combe.

— Isso faria de você a Duquesa da Cortesia por união matrimonial, depois que a mãe dele morrer — Helisent comentou. — Você teria que trocar de padroeira?

— Não — Glorian respondeu por ela. — Julain é descendente da Dama Lorain Crest. A Cavaleira da Justiça sempre vai ser sua padroeira. — A conversa sobre casamento lhe causava indigestão. — Quando vai conhecê-lo, Jules?

— Ele chega à corte amanhã. — Julain passou a ponta da trança escura entre as mãos. — Sei que não tenho nenhuma obrigação de me casar, mas estou sentindo um frio na barriga desde que mamãe me contou.

— Pode ficar tranquila. É impossível não amar você. — Glorian espetou uma fatia de toucinho com uma força excessiva. — E tenho certeza de que sua mãe não forçaria um casamento com alguém que você *detestasse*.

Ela fingiu não ver o olhar de preocupação de suas damas. Felizmente, Sir Bramel escolheu justamente esse momento para interrompê-las.

— Alteza — falou —, o Rei Bardholt a convidou para se juntar a ele no pomar. Posso acompanhá-la até lá?

— Pode, sim — ela falou, ficando de pé.

O céu estava tão azul que fez seus olhos lacrimejarem. Os guardas a conduziram até o muro baixo do pomar de macieiras, onde seu pai estava à espera, ao lado de um enorme cavalo de batalha yscalino.

— Filha — ele falou, em hrótio —, vamos cavalgar. A manhã está muito agradável.

Glorian hesitou, levando a mão ao gesso.

— Mestrie Bourn falou que preciso usar isso por pelo menos mais três semanas. E minha mãe disse...

— Eu sei o que sua mãe disse, e foi por isso que mandei os cavalariços trazerem uma dessas. — Ele bateu na sela, e ela viu a garupa. — Venha. Vamos cavalgar do jeito que fazíamos quando você era criança.

Glorian sorriu. Tomando cuidado com seu braço, seu pai a colocou na garupa antes de montar no cavalo de batalha.

— Você está segura comigo — ele falou, e esporeou a montaria.

O terreno do castelo se estendia indefinidamente, do lago Blair até a floresta real, onde seus pais costumavam caçar entre os carvalhos e os pinheiros-das-neves desfolhados pelo vento. Agarrada à cintura dele, Glorian imaginou seu pai atravessando o território de Hróth, brandindo seu machado de batalha.

Seis huscarlos os acompanhavam à distância. Regny de Askrdal estava entre eles, toda altiva em seu garanhão baio.

O cavalo de batalha galopava sobre as folhas caídas, assustando um bando de gansos. Depois de um tempo, o Rei Bardholt diminuiu o ritmo para um meio-galope, e seus atendentes ficaram para trás. Ele seguiu cavalgando até as árvores se abrirem, e Glorian contemplou os rochedos de tirar o fôlego da Colina de Sorway. Seu pai a havia conduzido por toda a floresta real, até as encostas da maior montanha de Inys.

Uma queda-d'água se derramava sobre uma piscina natural profunda, límpida e verde como vidro da floresta. Protegendo os olhos com a mão, Gloria viu outras cascatas: saltos de uma corrente que descia de algum lugar das montanhas.

— As Piscinas Rodopiantes — seu pai anunciou. — Um segredo bem guardado desta província. São poucos os que ousam atravessar a floresta real. — Ele desceu da sela e pegou Glorian no colo para colocá-la no chão. — Seu braço está sarando?

— Sim. Foi só um acidente — Glorian falou. — Eu gostaria de poder continuar cavalgando, pai.

Bardholt amarrou o cavalo de batalha a uma árvore.

— Vou falar com Sua Majestade. — Pôs as mãos nas costas da filha. — Venha se sentar comigo.

Encontraram duas pedras apropriadas para isso. Bardholt tirou as botas de montaria e as bandagens dos pés e se sentou com as pernas dentro d'água. Glorian amarrou as saias antes de fazer o mesmo.

— Sua mãe me mostrou este lugar no verão anterior ao seu nascimento. Um verão longo e quente. — Bardholt espremeu os olhos para o alto da montanha com um sorriso. — Nós nos refrescamos aqui todos os dias durante semanas.

— Minha mãe nadava aqui, em uma piscina natural? — Glorian perguntou, se divertindo com a ideia. — Ela ficava... só de bata?

Por alguma razão, isso o fez sorrir ainda mais.

— Claro, dróterning. Ela ficava de bata, com certeza. — A expressão dele ficou mais séria. — Depois que você saiu da Câmara da Solidão naquela noite, eu conversei com ela.

Glorian se encolheu toda.

— Ela contou sobre nosso desentendimento. Sobre o que falei.

— Contou, sim — confirmou Bardholt. — Mas quero ouvir da sua própria boca, Glorian.

Pela primeira vez em mais de um ano, Glorian pôde ver o rosto dele de perto, e à luz do dia. Havia dobras na pele sob os olhos, as rugas na testa tornaram-se mais profundas, e fios prateados pontilhavam a barba e os cabelos dourados. Ela detestava esses sinais de envelhecimento.

— Eu disse que não queria me casar. — Ela teve que se esforçar para pronunciar aquelas palavras. — Nem engravidar.

— E falou por raiva ou estava sendo sincera?

— As duas coisas.

Ela se preparou para uma reprimenda, que não veio. Em vez disso, seu pai apoiou os cotovelos nas coxas e entrelaçou as mãos enormes. Seu anel de ouro do nó do amor reluzia no indicador da mão esquerda.

— Em algum lugar dessas montanhas fica a nascente do Rio Lithsom, o mais longo de Inys — ele falou. — Começa como um fio d'água, flui

UM DIA DE CÉU NOTURNO – VOLUME I

por este vale e abre caminho até o Mar Cinéreo. Um curso infindável, que ajuda a manter esta terra viva. Em muitos séculos, nunca secou.

A água que confortava as pessoas, que vertia do Santo. Sua videira eterna. Glorian tinha ouvido a santária dizer aquilo inúmeras vezes.

— Sim, pai — ela murmurou.

— Não. Eu quero a verdade — o Rei Bardholt falou, com um olhar implacável. — Me diga do que tem medo. — Ela desviou os olhos. — Todo guerreiro deve conhecer o medo. Sem ele, a coragem é só uma bravata sem sentido. Um tipo de loucura com outro nome.

O broche dele era um escudo dourado. Assim como o dela, mas o dele era redondo, e o seu acabava em uma ponta estreita.

— Eu não sou uma guerreira — Glorian falou, com um nó na garganta. — Eu quero ser, pai. Quero ser como você. — A expressão dele se amenizou. — Mas uma guerreira é dona do próprio corpo. E o meu pertence a Inys.

Ao ouvir isso, ele voltou a cerrar os dentes. Por um terrível instante, seu bem-humorado pai, um homem cheio de vida, pareceu exausto.

— Essa é a parte mais difícil. Saber que seu corpo é a encarnação de um reino — ele falou. — Que a vigilância do reino depende dos seus olhos; a força, do seu estômago; a guarda, do seu coração; e o futuro, da sua carne. Até eu considero isso um fardo, e nunca precisei carregar um herdeiro dentro de mim. Sua mãe e sua tia fizeram isso e, apesar de todas as minhas vitórias em Hróth, nessas batalhas eu não tive como ajudá-las.

Somente o som da queda-d'água quebrava o silêncio. Glorian desejou poder afastar aqueles pensamentos sombrios dele.

— Glorian — ele disse, por fim —, você considera sua mãe uma guerreira?

— Não — Glorian respondeu, confusa com a pergunta. — Ela não luta.

— Ah, luta, sim. Todos os dias, ela luta para manter Inys firme e forte — ele retrucou. — No campo de batalha, precisei fazer escolhas difíceis, de vida ou morte. Sua mãe faz a mesma coisa. A única diferença é que os campos de batalha dela são as câmaras do conselho; as armas, as cartas e os tratados; e sua armadura, a própria Virtandade. — Ele olhou para o alto da montanha. — Às vezes, existe mais de um caminho. Mais de uma forma de um rio fluir; mais de uma forma de salvar o dia. Às vezes, só existe uma.

A implicação era clara. Mesmo assim, como ele estava disposto a conversar, Glorian criou coragem.

— Podem existir outras, pai — disse. — Mas não para mim. A Casa de Berethnet é a corrente que prende o Inominado... mas você poderia ter fundado uma república, como os carmêntios.

— Até poderia — ele admitiu. — Às vezes até gostaria de concordar com eles. Mas um monarca tem conselheiros, Glorian. Com quem o povo pode contar para guiá-lo e moderar seu impulso.

— As pessoas podem contar umas com as outras — Glorian sugeriu. — E com os livros e os estudiosos. Como a Decretadora falou para você.

— E se as pessoas fizerem a escolha errada mesmo assim? E se os livros estiverem cheios de erros, ou os estudiosos forem desonestos, ou o povo decidir não dar ouvidos à verdade? Quem se responsabiliza pelo país? — ele questionou. — Em uma república, ninguém. Não há alguém que pode ser considerado responsável. Mas um monarca assume essa responsabilidade. E um monarca da Virtandade tem contas a prestar com o Santo.

Glorian baixou os olhos. Apesar de haver alguma verdade naquelas palavras, ela não conseguia digeri-las.

— Eu escolhi ser um rei — seu pai continuou. — Você não escolheu nascer na linhagem sagrada. — Ele acariciou seus cabelos. — O dever é uma coisa difícil, Glorian. Você ainda só tem quinze anos, mas nenhuma grande batalha é fácil. E a sua batalha é a mais importante de todas.

— Minha mãe acha que vou perder. Pensa que sou fraca, como a minha avó.

— Isso não é verdade. Sei que sua mãe pode ser rígida, mas você é a pessoa mais preciosa do mundo para ela.

— Um colar é uma coisa preciosa — Glorian falou, com a voz fraca e embargada. — Mas ninguém ama um colar. Só o exibe para os outros e o mantém em segurança.

— Quando você tiver sua filha, vai entender o quanto sua mãe a ama. — Uma brisa fria soprou no vale, e ele a envolveu com uma parte do manto. Glorian se aconchegou. — Magnaust Vatten vai tratar você com o maior respeito. Ele é um súdito meu — falou, com a boca colada aos cabelos da filha. — Se ele fizer mais alguma desfeita, pego meu machado, venho até Inys e arrebento aquela cabeça dura.

Isso a fez rir.

— Acho que agora você não pode fazer mais isso, papai — comentou. Ele fez uma careta. — Um rei deve trabalhar para manter a paz.

Ele lhe deu um beijo na testa.

— E como pode existir paz se minha filha está infeliz?

Glorian limpou as lágrimas repentinas com a manga da roupa.

— Não é só medo de não nos gostarmos que sinto — explicou. — Estou com medo de me perder. — Glorian fungou. — Eu devo parecer uma boba.

— Então nós dois somos bobos — ele afirmou solenemente —, porque eu senti esse mesmo medo antes de me casar com a sua mãe. O medo de que, ao unir a minha carne à dela, eu teria que sacrificar um... um lugar secreto dentro de mim.

— E precisou?

— Em parte — ele confessou. — Mas, como eu a amava, eu a deixei entrar, e descobri que era bom ter companhia nesse lugar. — Ele limpou as lágrimas dela com o polegar. — Talvez isso aconteça com Magnaust

Vatten. Talvez não. Se ele for um tolo, você jamais vai deixá-lo entrar no seu lugar secreto. E, se ele não for um tolo, isso não vai ser tão difícil assim.

Glorian engoliu em seco, sentindo um nó na garganta.

— Vou me casar com Magnaust Vatten — falou, apesar da infelicidade que a dominava. — Desde que possa despachá-lo de volta para Mentendon assim que tivermos uma herdeira.

Ela percebeu que não fazia a menor ideia do compromisso que estava assumindo. Ainda não sabia como os bebês eram feitos.

— Eu mesmo mando o navio para buscá-lo — o Rei Bardholt concordou. — Mas, antes disso, tenho um presente para você. Pela sua aclamação, e para as batalhas que vêm pela frente.

Ele estendeu o braço para trás e passou um embrulho para ela. Glorian desamarrou os barbantes, revelando uma linda espada. Quando a empunhou à luz do sol, a lâmina brilhou. E ainda mais belo era o cabo de osso, com pedras preciosas entalhadas, da mesma cor verde de seus olhos.

— Esmeraldas do gelo — ela murmurou.

As pedras brilhavam como as luzes do céu. A esmeralda do gelo era extraída da extremidade mais ao norte do mundo conhecido.

— O aço foi temperado no Mar Estrondoso — seu pai contou. — O marfim é do meu trono. — Ele lhe entregou a bainha. — Agora vai ter sempre uma parte de Hróth com você, para mantê-la em segurança.

— Foi você que entalhou o cabo?

— Sim. — Ele se inclinou um pouco em sua direção, para olhá-la nos olhos. — Você é a Princesa de Hróth, Glorian Hraustr Berethnet. Seu primo vai governar com a *sua* bênção. Você pode nunca reinar no Norte, mas sempre vai ser Glorian Óthling, a primogênita do primeiro rei. Nunca se esqueça disso.

Glorian observou aquele rosto de feições fortes, e se deu conta de que poderia passar meses sem vê-lo. Ele não apaziguara seu medo

— ninguém seria capaz de fazer isso —, mas pelo menos a armara para a batalha, tanto a interna como a externa. Ela pôs a espada de lado e o abraçou pelo pescoço.

— Volte logo — falou, com a voz abafada.

Ele a envolveu em um abraço apertado.

— Quando o sol da meia-noite tingir o gelo, vou seguir na rota das baleias de novo — disse. — Enquanto isso, filha, eu lhe dou meu coração. Deixo metade dele aqui em seu poder.

****

Mais tarde, ela aguardava na frente da guarita enquanto a comitiva dele se preparava para partir para Werstuth. A espada conferia um peso agradável à lateral de seu corpo.

— Lady Glorian.

Um atendente conhecido estava conduzindo um garanhão para fora do pátio. Usava um manto verde sobre a cota de malha, com o brasão da Casa de Hraustr.

— Mestre Glenn — Glorian respondeu. Ele a saudou levando o punho ao peito. — Vejo que conseguiu voltar a tempo. Sua família está bem?

— Muito bem. — Os cachos escuros dele estavam em desalinho. — Foi bom voltar a vê-los.

— Infelizmente não lembro se você tem irmãos.

— Tenho, sim. Mara é a filha do meio e Roland, o mais velho. Ele é o herdeiro de Langarth.

— Que inveja de você. — Glorian viu um estandarte de Hróth se erguer entre os cavalos. — Sempre imaginei como seria bom ter irmãos. — Ela fez um sinal para que seus guardas a seguissem. — Me deixe acompanhá-lo até a saída.

— Certamente a princesa é ocupada demais para acompanhar um humilde atendente.

— A princesa ainda está com o braço quebrado e, por isso, suas mãos estão atadas: não tenho nada a fazer.

— Nesse caso, eu adoraria a companhia — ele falou. Com os guardas de Glorian logo atrás, eles caminharam na direção dos cavalos e atendentes, com Mestre Glenn conduzindo seu garanhão. — Você disse que gostaria de ter irmãos. Ouvi dizer que uma Berethnet nunca teve mais que uma filha.

— De acordo com os registros, não mesmo. É sempre um único bebê. Sempre uma princesa. Sempre idêntica às outras.

— O que aconteceria se uma Berethnet tivesse um príncipe, ou mais filhos?

— Nada, acho. A criança, ou as crianças, ainda teriam o sangue sagrado do Santo.

— Mas nunca aconteceu.

— Até hoje não. Meu ancestral sempre afirmou que sua linhagem seria de rainhas. — Ela o encarou com um visível interesse. — Você foi a primeira pessoa a me fazer uma pergunta assim. Talvez devesse ser um santário, Mestre Glenn. Tem pensamentos bastante profundos.

— É muita gentileza sua, mas proteger seu pai sempre foi minha vocação. — Ele a olhou. — Há uma batalha a caminho, Alteza?

— Como?

— Vejo que acrescentou uma espada à indumentária desde a última vez que nos falamos.

— É um presente do meu pai — ela explicou, com orgulho, levando a mão ao cabo.

— Muito bonita. Vejo que o entalhe em osso é obra dele. — Ele ergueu as sobrancelhas grossas. — E sabe como usá-la?

— Claro — Glorian respondeu, exasperada.

— Eu não quis ofender, milady. É que me parece que os governantes não têm muita necessidade de empunhar armas.

— Você diz isso mesmo servindo ao meu pai? — Ela também ergueu uma sobrancelha. — Eu sou a filha de Bardholt Hraustr, que conquistou seu trono a ferro e sangue. E garanto a você, Mestre Glenn, que as lâminas não são um mistério para mim.

— Sua Majestade nunca mais precisou empunhar uma arma desde a coroação, a não ser por esporte. Esta é uma época de paz.

— Pois considero melhor estar preparada para qualquer eventualidade. Pode haver uma ocasião em que os meus guardas não estejam por perto, e então o que eu faria?

— Para começo de conversa, eu liberaria os guardas, Alteza. Mas entendo o que está dizendo.

Glorian sorriu. Antes que se desse conta do que estava falando, ela disse:

— Talvez possamos nos enfrentar quando você voltar. Para que veja como uma princesa armada se sai contra um atendente a serviço do rei.

— Seria uma honra para mim.

A direção do vento mudou, e Glorian sentiu o cheiro de couro e fumaça que o rapaz exalava.

— O que vai fazer quando voltar a Hróth? — ela perguntou. — Para onde vai depois com meu pai?

— Uma passagem pelo Marco Tumular, creio eu, e depois voltamos a Bithandun para passar o longo inverno em um lugar confortável — ele falou. — Costuma visitar Hróth com frequência, Alteza?

— Não vou desde os doze anos. Sinto falta de lá.

— Mas é a legítima herdeira do país. A única filha do rei — ele disse. — Perdoe minha ignorância, mas nunca entendi por que seu primo é o óthling. Uma rainha não pode governar dois reinos?

Glorian prendeu o cabelo atrás da orelha. Ele não fazia ideia que aquela era uma questão delicada.

— Minha mãe diz que não — ela respondeu. — Eu poderia ser a

rainha reinante em um país e a rainha consorte em outro, assim como ela. Mas Sua Majestade acredita que devo escolher Inys e abdicar de Hróth, apesar do meu direito legítimo.

Ela se apaixonara pela neve eterna desde o momento em que pusera os pés lá. Sua mãe sabia muito bem disso.

— Eu lamento muito — Mestre Glenn falou. — Por não poder visitar o país mais vezes.

— Obrigada. — Quando chegaram à comitiva, um chifre de bétula ressoou. — Desejo a você uma boa viagem — Glorian falou, se virando para ele, que fez uma mesura. — Cuide da segurança do meu pai, está bem?

— Vou tentar, Alteza. — Ele limpou a garganta. — Perdão. Nunca aprendi as boas maneiras da corte. Mas, como fomos amigos na infância, seria muito inapropriado se eu pedisse para me chamar de Wulf?

— Seria — Glorian respondeu, em um tom bem-humorado, fazendo-o engolir em seco. — Mas acho que a Cavaleira da Cortesia permitiria, desde que você me chamasse de Glorian. — Ele relaxou. — Adeus, então, Wulf.

— Adeus, Alte... — Ele parou e tentou de novo: — Glorian.

Glorian o viu cavalgar até alcançar seu pai, e viu a comitiva se afastar ruidosamente. Quando voltou para o pátio, ela deteve o passo, oscilando sobre os próprios pés. Ela se sentiu pesada demais e leve demais ao mesmo tempo.

Então, de repente, estava no chão, com um gosto metálico invadindo sua boca.

18
Sul

Um camundongo saltitava pela areia, acompanhando os ichneumons, que ziguezagueavam por entre as rochas e os pináculos desgastados. Quando Ninuru diminuiu a velocidade, Tunuva viu o camundongo sumir das vistas por cima de uma duna, contorcendo a cauda.

Estavam em uma planície ao sul dos Espigões, que os ersyrios chamavam de Bosque de Pedra. O calor emanava da areia, fazendo as montanhas ondularem à distância. Tunuva esvaziou as últimas gotas de seu cantil.

Ela era capaz de segurar uma panela de água fervente por mais tempo que a maioria das pessoas, e de tomar banhos escaldantes — mas o excesso de calor poderia ser um problema nos dias ardentes que se seguiam depois de comer o fruto.

Elas encontraram os rastros das ichneumons das fugitivas assim que saíram do Priorado, seguindo o caminho de águas escuras do Rio Minara. Ao longo da jornada, Ninuru e Jeda afirmaram que conseguiam sentir o cheiro de ambas as ichneumons, apesar de haver só uma trilha de pegadas na floresta. Tunuva tinha suas desconfianças, mas só o que podia fazer era confiar no faro delas.

— Por que Yeleni iria com elas? — Esbar questionou, irritada. — Está apaixonada por esse rapazinho também?

Tunuva sacudiu a cabeça.

— Você sabe como ela idolatra Siyu. Nunca foi a companhia ideal para ela.

— Não mesmo — Apaya concordou. — Siyu precisava de uma garota mais velha como parceira de caça. Falei isso para Saghul quando ela tinha sete anos de idade.

Ela deteve seu ichneumon cinzento diante de um afloramento, onde o chão desaparecia em um cânion profundo. As águas escuras brilhavam lá embaixo.

— O Último Poço. Bem menor do que já foi um dia. — Ela parecia inabalada pelo calor, embora sua tintura preta tivesse borrado, marcando seu rosto. — O Deserto do Sonho Intranquilo começa aqui.

Ninuru arfava.

— Daqui a pouco, querida — Tunuva lhe disse. A pelagem dela estava coberta de suor. — Só mais um pouquinho.

Tudo que havia pela frente era a névoa no horizonte. Não existiam mais nem sinais de trilhas. Isso seria de se esperar, agora que estavam fora da Bacia Lássia e entrando no deserto, onde as areias estavam sempre em movimento.

As águas subterrâneas afloravam à superfície e se acumulavam, formando um lago. Uma manada de cervos vermelhos bebia em suas margens. Ao sentir o cheiro dos ichneumons, eles se dispersaram em fuga, levantando uma nuvem de poeira. Com os sentidos excitados, Jeda saiu em perseguição antes de Esbar ter acabado de descer da sela, derrubando-a na areia.

— Eu alimentei você, sua ingrata. Com as minhas próprias mãos — gritou para Jeda. Tunuva caiu na risada, sem conseguir se segurar.

— Pelo amor da Mãe, como é que ela não está cansada...? — Esbar desenrolou o tecido que envolvia sua cabeça e o usou para enxugar o rosto. — Por outro lado, eu também não recusaria uma carne fresca.

Tunuva desmontou.

— Eu queria juntar todos os rebanhos do mundo em um navio e jogá-los no mar — falou, zonza de calor. — Só para garantir que nunca mais ia precisar comer carne de carneiro seca de novo.

— Eu apoio essa ideia.

— Se é que me permitem trazer algum bom senso para essa conversa — Apaya comentou, irritada —, fiquem atentas aos peixes mordedores. Eles vêm quando os cervos agitam a água. — Ela se afastou das outras duas. — Vou ver se tem alguma tribo dos Nuram por perto.

Lançando um olhar atravessado para sua mãe de nascimento, Esbar se despiu.

— Você ouviu o que ela falou. — Respirou fundo e entrou no lago até cobrir a cintura. — Ainda está com a febre?

Tunuva soltou os cabelos.

— Mais do que nunca.

— Então entre. Está fresquinho.

Havia juncos no fundo, o que dava ao lago aquela coloração escura. Quando se sentiu envolvida pela água, Tunuva soltou um suspiro de alívio e se deitou de costas. Esbar veio boiar ao seu lado.

— Não vamos conseguir pegá-la antes do Desfiladeiro de Harmur — Tunuva falou. — Vamos ter que entrar em Mentendon.

Siyu com uma corda em torno do pescoço. Siyu ajoelhada e debruçada sobre um bloco, com as mãos amarradas atrás das costas.

— Tuva. — Esbar segurou sua mão. — Siyu ainda não tem magia. Ninguém vai confundi-la com uma bruxa.

— Vamos torcer por isso.

Elas bateram a areia dos trajes, lavaram e deixaram secando ao sol. Esbar envolveu a parte inferior do corpo com paninhos, colocando musgo entre as camadas, enquanto Tunuva acendia uma fogueira. Os homens tinham cozinhado uma grande quantidade de raiz-mole para sua jornada, envolvendo tudo com folhas de bananeira para que durasse por vários dias. Elas abriram uma trouxa cada uma e comeram.

Jeda voltou logo em seguida, constrangida, e largou uma pata ensanguentada ao lado de Esbar. Depois de encherem a barriga, Esbar foi cochilar na sombra, enquanto as ichneumons matavam a sede. Depois do almoço, apenas Tunuva estava acordada, tentando afastar os pensamentos mais sombrios de sua mente.

Siyu havia sido tola e egoísta. Mas, ao observar o sono agitado de Esbar, Tunuva sentiu a mesma ternura de sempre e se perguntou se Siyu também experimentava aquela mesma sensação doce e dolorosa quando olhava para Anyso. Era uma coisa de perder a cabeça, ser jovem e estar apaixonada pela primeira vez.

Ela e Esbar tiveram sorte. Mais do que muita gente nos diversos países além do Priorado. Tentar amar nesses lugares devia ser como tentar plantar uma semente em meio a espinhos — os espinhos das hierarquias, do casamento, da necessidade de gerar herdeiros. Quantos grandes amores não teriam sido sufocados antes que pudessem crescer, ou definhado ao primeiro sinal de dificuldade?

Sim, ela e Esbar tiveram sorte. Siyu, não.

O sol já estava se pondo quando Apaya voltou.

— Nem sinal das tribos — falou para Tunuva. — Uma pena.

Tunuva assentiu.

— Jeda conseguiu uma caça — ela ofereceu. Apaya se sentou ao seu lado e pegou um pedaço de carne de veado do espeto. — Como está a Rainha das Rainhas?

— Contente e rica. Ela gosta de se cercar de gente... excêntrica.

— Isso inclui você?

Quando Apaya a encarou, Tunuva conteve um sorriso.

— Inclui, sim — Apaya admitiu. — A corte está sempre em polvorosa. No ano passado, Daraniya ofereceu mecenato para três irmãs idênticas que tinham estudado mecânica em Bardant. Grandes inventoras, ao que parece. No anterior, contratou um alquimista de Rumelabar, que a diverte com suas promessas grandiosas de que um dia vai transformar toda a areia dos desertos do território dela em ouro.

— Ela é religiosa?

— Só para manter as aparências. Um de seus netos tem interesse pelas Seis Virtudes e está apaixonado por uma princesa de Yscalin — Apaya falou, desgostosa.

Yscalin tinha uma rica história compartilhada com o Sul, mas a adoção das Seis Virtudes no reinado de Isalarico IV provocou uma rixa ferrenha. Desde então, Yscalin vinha tentando com frequência converter os países vizinhos, através de matrimônios ou ameaças de uso da força, a depender de quem estava no poder.

— E ela ainda recebe seguidores daquela vidente misteriosa que chamam de Raucāta — continuou Apaya. — Entre eles estão três de seus pregadores itinerantes, assim como um de seus irmãos.

Tunuva ficou intrigada. Os escritos de Raucāta, que previram a destruição de Gulthaga pelo fogo, circulavam no Ersyr havia séculos. Mas só nos últimos tempos passaram a ter seguidores dedicados, embora a maioria dos ersyrios ainda adotassem a ancestral Fé de Dwyn.

— Pois é, a corte é um lugar agitado. Barulhento. — Apaya abriu seu cantil de sela. — Mesmo assim, Daraniya é uma boa rainha, e tenho orgulho de protegê-la. Muitas de nossas irmãs foram obrigadas a cuidar de gente estúpida.

— Esperava que Siyu pudesse proteger alguém.

— Aí está seu equívoco. — Apaya a olhou bem nos olhos. — Eu sempre gostei de você, Tuva. Esbar fica mais forte ao seu lado… mas, quando se trata de Siyu uq-Nāra, o que governa sua conduta é uma mágoa antiga.

Tunuva a encarou também.

— Para mim não é antiga.

— Eu sei. — Apaya voltou seu olhar para Esbar. — Sei o que é carregar uma criança dentro de si. Sentir uma vida crescendo. Se isso tivesse acontecido com Esbar, teria sido um golpe duríssimo contra mim.

Isso. Até mesmo Apaya, que havia sofrido três abortos espontâneos antes de Esbar, que era sempre tão direta e reta, não conseguia chamar as coisas pelo nome quando o assunto era aquele.

— No Ersyr, eles emparedam os traidores e os deixam morrer de sede. Em Inys, são desmembrados com cavalos — ela contou. — Você sabe que Siyu não vai sofrer nenhum desses castigos, Tunuva.

A pena capital era proibida no Priorado. Nenhuma Prioresa nem sequer pensaria em executar uma de suas filhas.

— Estamos prestes a entrar no Deserto do Sonho Intranquilo — Apaya comentou. — Você sabe o porquê desse nome?

Todo mundo sabia. Os homens transmitiam muitas das histórias do antigo Sul.

— O Rei Melancólico — Tunuva falou. — Era loucamente apaixonado pela Rainha Borboleta. Quando ela morreu, ele ficou tão devastado que ninguém foi capaz de ajudá-lo.

Tuva, por favor. Fale comigo. Me deixe entrar.

— O reino desmoronou. Os conselheiros estavam desesperados. Então, um dia, uma estrela barbada passou, e o rei foi vê-la. Pela primeira vez em anos, por fim conseguiu ver beleza em alguma coisa, e chorou.

A sensação do sol no rosto, e do vinho na língua. Respirando sem querer morrer.

— Então ele olhou para baixo, e lá estava a Rainha Borboleta, do lado de fora do palácio, o chamando para se juntar a ela — Tunuva disse, baixinho. — E, apesar de saber que ela estava morta, ele a seguiu para além dos limites da cidade até o deserto, em sua agonia de poder abraçar seu amor pela última vez. Não estava levando água. Estava sem sapatos. E o tempo todo dizia a si mesmo: *Estou só sonhando. É só um sonho.*

— E ele estava sonhando?

— Não. Seus olhos foram enganados pelo deserto. Ele morreu lá, e a areia se apossou de seus ossos. Se tivesse olhado com mais atenção, teria visto a verdade. O amor o deixou cego.

— É a história mais antiga do Ersyr, e a mais sábia de todo o mundo — Apaya comentou, se deitando para dormir. — Pense a respeito, Tunuva.

****

Durante dias, elas se mantiveram próximas dos Espigões, até chegarem ao Desfiladeiro de Harmur. Cercado por penhascos, o caminho se estendia entre a Serra Fumegante e o Golfo de Edin, formando um corredor para Mentendon. Duas enormes torres de vigia guardavam a passagem, com um par de enormes portas de bronze entre elas. Da última vez que as portas foram fechadas, havia sido para impedir que os Vatten adentrassem no Ersyr.

As montanhas da Serra Fumegante tinham um caráter bem mais sinistro do que suas primas sulinas. Como uma cicatriz rasgando a terra, separava Mentendon de Yscalin, formando um paredão de vários quilômetros de altura. Sua beleza era assustadora, atrativa e ameaçadora na mesma medida.

— Daqui eu não passo. — Apaya jogou uma bolsinha para Esbar. — Para o pedágio. Moedas ersyrias para a ida, e mentendônias para a volta.

Tunuva pegou uma moeda. Em um dos lados, estava a roda do Clã Vatten e, do outro, um retrato tosco de um homem — Bardholt Hraustr, o Rei de Hróth, brandindo uma espada. A mesma espada que a Mãe usara para derrotar o Inominado, uma imagem usurpada para espalhar a mentira que contavam na Virtandade.

— Sigam pela estrada do sal para o norte, beirando a Serra Fumegante. Assim vão chegar a Sadyrr — Apaya falou. — Tomem cuidado, porque Daraniya recebeu notícias de pequenos terremotos e fumarolas. — Tunuva pensou na fonte termal. — Esbar, não demore a me escrever. Me mantenha informada sobre Siyu.

Esbar guardou a bolsinha.

— Claro.

Tunuva se voltou para sua ichneumon, tirando as bolsas da sela e pendurando nos ombros, na frente do peito.

— Você não deveria ir — Ninuru lhe disse. — Há um cheiro novo no vento.

— É de cavalo? — Tunuva acariciou as orelhas dela. — Acho que vou estar coberta desse cheiro dos pés à cabeça quando voltar.

— Não. Tem o cheiro da árvore — Ninuru falou. — Das profundezas.

— Não tenho tempo para muitas despedidas. Uma rainha está sem sua protetora — Apaya falou, bem seca. — Jeda, Ninuru, sigam o cheiro da rosa-dos-reis para encontrarem água. Esperem suas irmãs aqui.

Ninuru esfregou o focinho em Tunuva e se afastou. Jeda lambeu Esbar e foi atrás dela.

— Está pronta? — Esbar perguntou.

Tunuva sacudiu a cabeça e começou a travessia do Desfiladeiro de Harmur.

Elas caminharam pela areia até a torre de vigia, onde um soldado ersyrio cobrou o pedágio. Por mais um punhado de moedas, deixou que cada uma escolhesse um cavalo para seguir viagem.

Fazia anos que Tunuva não ia a algum lugar a cavalo. Foi preciso um tempo para se adaptar ao tipo de sela, à lentidão. Elas iam acompanhadas por viajantes de todos os tipos: mercadores, exploradores, o povo do espelho que pregava a Fé de Dwyn. Outros iam na direção sul, talvez em busca de climas mais quentes.

UM DIA DE CÉU NOTURNO — VOLUME I

Ao anoitecer, chegaram a um ponto de parada, onde os penhascos a leste se abriam para uma praia. Um acampamento fora montado em suas areias brancas. Além das barracas, o Golfo de Edin brilhava sob a luz avermelhada do crepúsculo, apinhado de minúsculos barcos de pesca e cúteres com velas reluzentes. Enquanto Esbar providenciava o jantar, Tunuva abordou um vendedor de água mentendônio.

— Você fala ersyrio? — perguntou. O comerciante fez que sim com a cabeça. — Estou procurando por duas jovens, de uns dezessete anos, e um homem um pouco mais velho. As mulheres devem estar usando mantos verdes.

— Eles fugiram de casa? — o vendedor perguntou, demonstrando empatia. — Muitos jovens fogem de casa e decidem atravessar o Desfiladeiro de Harmur, querendo conhecer outras partes do mundo. Eles voltam.

— Você os viu?

— Talvez. Não sou bom em guardar rostos, mas ontem fiz negócio com uma garota de manto verde com um pequeno fecho de ouro, em forma de flor. Ela estava com uma espada de caça ersyria. Me lembro de ter pensado que era um pouco jovem demais para uma lâmina como aquela. Mas era só uma mulher. Não estava acompanhada de homem nenhum.

Tunuva lhe entregou os cantis de sela, pagando um preço abusivo pela água. Esbar a encontrou na praia com pão e tigelas de ensopado de lentilha.

— Uma das garotas esteve aqui ontem — Tunuva contou. — Um manto verde com um fecho de ouro, e uma espada. Precisamos seguir viagem.

Esbar lhe passou o pão.

— As duas se separaram, então?

— É o que parece.

Depois de comer, elas se afastaram do acampamento para o silêncio da escuridão. Por mais de um quilômetro, cacos de utensílios de barro descartados pelos viajantes se espalhavam pelo caminho.

Ao amanhecer, elas chegaram às portas do outro lado do Desfiladeiro de Harmur, que eram menores, feitas de madeira.

— Bem-vindas à Virtandade — disse um guarda, com um ersyrio de sotaque bem forte quando elas se aproximaram. Ele usava o brasão dos Vatten. — Que o Santo guie seu caminho.

— O seu também — Tunuva respondeu, também em ersyrio.

Esbar se limitou a erguer o queixo. Depois que passaram, elas contemplaram Mentendon.

Em toda sua vida, Tunuva só estivera assim tão ao norte uma vez. Uma grama rala e amarelada ladeava o caminho de terra que se estendia diante das portas. A oeste, a Serra Fumegante seguia até bem mais além.

— A Virtandade. — Esbar estreitou os olhos. — Agora somos pagás fora da lei, Tuva.

— Então vamos embora daqui assim que possível. — Tunuva segurou as rédeas com mais força. — Não tenho o menor interesse em ficar em um lugar onde as pessoas idolatram o Impostor.

— Digo mesmo. Mas não temos escolha. — Esbar soltou um suspiro. — Para a estrada do sal, então. Se eu ouvir uma pessoa que seja insultar a Mãe, não respondo pelos meus atos.

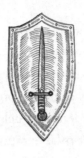

19
Oeste

A estrada do sal atravessava a Serra Fumegante. Elas cavalgavam até o limite durante a noite, e o ar ia ficando mais gelado à medida que avançavam pelo norte. Durante o dia, dormiam à sombra das rochas ou de bosques de carvalhos, longe das vistas.

Sem suas ichneumons para farejar os rastros, precisavam se valer apenas do bom senso. A estrada do sal era o caminho mais curto para Sadyrr, para onde Siyu provavelmente teria ido. No quarto dia, pararam para comprar provisões e fazer uma refeição quente em Svartal, de cujas minas os mentendônios extraíam um tipo raro de sal preto.

Mentendon um dia fora um mosaico de culturas e crenças, até mesmo quando a antiga religião local era bastante disseminada. Antes da Inundação Invernal, todas as fés do mundo tinham seguidores por lá. As Seis Virtudes estavam presentes havia pelo menos um século, em especial mais a oeste, onde a influência yscalina era maior — mas agora sua supremacia era ditada pela lei. Qualquer outra forma de culto era punida com severidade.

No passado, o bar de vinho de Svartal devia receber fruticultistas, louva-montanhas, o povo do espelho. Agora só havia um santário bêbado. Esbar o encarou por cima de sua taça de vinho de maçã.

— Pare de ficar olhando — Tunuva murmurou.

— Por quê? — Esbar respondeu, com um sussurro. — Por que preciso ter medo desse cavaleiro morto?

— Você por acaso quer parar em uma pira?

— Eu poderia recorrer às égides de proteção. Poderia ser divertido — Esbar especulou — ver o desespero dele ao ver o que meu corpo não queima. — Tunuva foi pagar pelas compras. — O que foi?

Elas acamparam no sopé das montanhas. Por uma fenda entre as rochas, Tunuva viu um comboio de carroças seguindo para o norte ao nascer do sol, carregadas de madeira. Três cavaleiros usando couro e cota de malha, com os cabelos penteados com óleo ao estilo hrótio, rugiam ordens para os mentendônios.

— Devem ser guerreiros do sal — Tunuva comentou. — Será que estão levando essa madeira para Hróth?

Esbar soltou um grunhido.

— Pinheiro-de-ferro. Ouvi dizer que já cortaram todos os que existiam a esta altura. — Ela se virou, dobrando o manto sob a cabeça. — Descanse um pouco, Tuva.

Tunuva se deitou ao lado dela.

— E se Siyu não quiser voltar?

— Ela vai voltar, querendo ou não.

— O Priorado não é uma prisão. — Tunuva a encarou. — Ou é?

— Se fosse, eu e você não estaríamos aqui — Esbar respondeu, em um tom carregado de exaustão. — Nós somos o segredo da Mãe. Isso significa que devemos proteger nossas irmãs, inclusive de si próprias.

— E se Siyu não quiser mais ser um segredo?

— É bem provável que ninguém possa fazer ou ser exatamente o que quer da vida. — Esbar bufou. — Se ela fosse mais velha, eu até poderia escutar. Ela não sabe nem o que está escolhendo.

Enquanto Esbar falava, o chão tremeu. Ela se sentou na mesma hora, totalmente desperta. Tunuva lançou um olhar para as montanhas.

— Talvez seja melhor seguir adiante — falou. As pedras estavam mais quentes. — Você aguenta?

Apesar de parecer exausta, Esbar assentiu. Elas subiram de novo nas selas.

Passaram a cavalgar quase sem fazer paradas. Choveu pela primeira vez: uma chuva forte e gelada. Tunuva inclinou a cabeça para cima e desfrutou a sensação em sua pele.

Por fim, ao final de um entardecer reluzente, viram formas imensas se erguendo de uma planície ao leste da estrada — os sedimentos de um domo desmoronado, e uma fileira de pilares, todos consumidos como velas; uma arcada em ruínas, alta e severa, ou a face de um deus cujo nome foi esquecido. Tunuva parou sua montaria para contemplar a Cidade Soterrada.

Gulthaga. Outrora, um caldeirão reluzente de conhecimento e comércio, uma cidade de segredos, maravilhas e horrores, que poderia um dia ter dado origem a um império cruel e sedento. Agora se resumia a pilhas de pedra, esperando para serem reduzidas a pó, e depois a meras lembranças.

Simultaneamente, Tunuva e Esbar olharam para cima em silêncio. No alto ficavam as encostas do Monte Temível. Mais de três mil metros de rocha, sob uma camada de vidro preto formado em sua única erupção registrada — o dia em que a montanha pariu o Inominável.

Se por um lado os antigos yscalino idolatravam todas as montanhas, o mentendônios tinham muito medo daquela, que era vista como a morada de um deus terreno, o Artesão do Mundo, inimigo do Artesão dos Céus. Eles levavam oferendas às suas encostas para apaziguá-lo, sacrificavam pessoas em suas fontes fervilhantes — embora Tunuva desconfiasse que essa parte fosse uma mentira espalhada pelos Vatten para justificar a conversão forçada dos mentendônios.

Em cinquenta anos, nunca tinha visto nada que a perturbasse tanto quanto o Monte Temível. Todas as irmãs iam até lá contemplá-lo depois de iniciadas, para lembrar o que a Mãe havia derrotado e entender a magnitude de sua coragem. Ela enfrentara sozinha a cria maligna daquela montanha.

As provas de sua violência estavam espalhadas pelas ruínas — ossos aos milhares, deixados onde o calor os calcinou séculos antes. Era comum ver plantações se espalhando pelos solos ricos ao redor das montanhas de fogo, com videiras que produziam vinhos finos, mas ninguém ousava plantar ali. Afinal, a ruína dos gulthaganos foi justamente a arrogância. Sua cidade gloriosa era uma espécie de provocação à montanha, e o Monte Temível respondeu destruindo seu esplendor.

Tunuva olhou para além daqueles vestígios trágicos do passado, na direção da silhueta de um pilar partido. Com Esbar logo atrás, esporeou o cavalo para fora da estrada do sal, rumo ao terreno inclinado que dava acesso ao esqueleto de Gulthaga. À medida que se aproximava, a silhueta foi revelando a presença uma garota, vestida com um manto verde, olhando para a montanha.

— Yeleni Janudin — esbravejou Esbar. — Acabou a brincadeira. Desça já daí.

— Esbar. Tuva. — Yeleni desceu da coluna, com o rosto banhado em lágrimas. — Vocês vieram. Estava torcendo para que fossem vocês.

— Siyu está por perto? — Tunuva gritou.

— Não.

— Sua menina tola. — Esbar já tinha descido do cavalo. — Sorte sua que ainda não sou a Prioresa. Se dependesse de mim...

— Me perdoe, irmã, por favor — Yeleni falou, aos prantos. — Siyu me disse que eu poderia ir com eles até Hróth. Eu queria ver as luzes do céu pelo menos uma vez! Ela me falou para seguir cavalgando até Sadyrr, mas então vi o Monte Temível. — Ela cobriu os olhos com uma das mãos. — Eu jamais poderia ter abandonado a Mãe. Nem mesmo para ver as luzes. Por favor, irmãs, me levem para casa.

— Você pode não ter mais uma — Esbar resmungou.

A garota ficou apavorada.

— Calma, criança — Tunuva falou com a maior tranquilidade de que era capaz. — Onde está Siyu?

Yeleni limpou o rosto.

— Eles não vieram para cá. Ela e Anyso me falaram para vir na frente, para despistar vocês. Eles esperariam alguns dias e então viajariam para Kumenga.

— Então não estão indo para Sadyrr. — Era uma conclusão difícil de engolir. — Esbar, nós perdemos o...

O chão foi sacudindo com tanta força que Yeleni perdeu o equilíbrio.

A poeira começou a sibilar ao redor delas. O Monte Temível soltou um rugido longo e hostil, um som que abalava até os ossos, e fumaça começou a tomar conta de suas encostas. Um bando de pássaros saiu voando às pressas das ruínas. Tunuva segurou as rédeas de seu cavalo, dominando com força o animal, que bufava nervosamente.

Um silêncio mortal se instalou. Tunuva conseguia ouvir apenas uma respiração, que não era a dela. E também uma pulsação — era capaz de jurar que conseguia sentir a quentura da lava quente em suas veias.

Era capaz de jurar que seu sangue estava fervendo.

Aconteceu mais depressa do que ela considerava possível: o estremecimento, a rocha rachando, a fornalha que fervia sob a pele de Edin. Em seus sonhos, nunca levava apenas um instante para o mundo se partir, como acontecera cinco séculos antes. Sempre demorava horas.

Mas, no intervalo de uma inspiração, a imobilidade virou turbilhão. O silêncio virou ruído. O chão vibrou sob seus pés e, por fim, a lava explodiu para fora da montanha — uma erupção de uma força tão destrutiva, tão catastrófica, que Tunuva duvidou dos próprios olhos. Vapores fétidos acompanhavam as emanações; relâmpagos espocavam no céu. As poucas nuvens acumuladas no alto se abriram, como se um deus as tivesse deslocado repentinamente para lados opostos do céu.

Os cavalos relincharam e empinaram. Enquanto lutava para conter sua montaria, Tunuva sentiu o cheiro de enxofre. O odor acendeu a magia dentro dela. O fogo apareceu em sua mão contra sua vontade, uma chama vermelha que nunca tinha visto na vida. Antes que pudesse se recobrar do susto, já havia carbonizado as rédeas, e o cavalo disparou, guinchando e revirando os olhos.

Esbar perdera sua montaria também, mas não parecia se importar com isso. Estava voltada para o Monte Temível, o caos refletido nos olhos, contemplando o fogo. Essa visão rompeu o transe de Tunuva.

— Ez — ela chamou. — Precisamos sair daqui. Esbar!

— É como nós. — Esbar não saía do lugar. — Está sentindo, Tuva?

Tunuva estava sentindo.

Era siden. A mesma magia que acendia a árvore, que a reconfortava e fortalecia. Não havia nada que pudesse ser comparável à siden, mas era isso o que estava sentindo naquele momento saindo do Monte Temível, o berço do mal. Teve que reprimir um impulso apavorante de sair andando na direção da erupção — de mergulhar naquele mar de fogo, sorvê-lo como se fosse vinho. Estava se sentindo forte a ponto de ser capaz de qualquer coisa.

Mas não havia tempo para pensar nisso. Pedras quentes e brasas brilhavam no céu, pequenas como moedas à distância, e despencavam sobre as encostas. À medida que saíam rolando, outras caíam logo em seguida. As próprias encostas estavam se movendo, se deslocando.

Um outro rugido sacudiu o Monte Temível. Os escombros desciam ruidosamente pelas encostas; pequenas lascas eram arremessadas sobre as ruínas. Yeleni deu um grito quando uma delas atingiu seu rosto de raspão. Com um tremendo esforço, Tunuva abafou aquele estranho fogo, pegou Yeleni pelo braço e a empurrou para dentro do que restava de uma casa. Logo em seguida, houve uma explosão imensa. O ar se inflamou, e, enquanto era jogada para trás, na direção de uma coluna partida, o fogo se acendeu de novo em suas palmas.

Foi um impacto capaz de matá-la. Se não fossem o que eram, sabia que já estariam mortas. Ondas de vento quente ressecaram seus olhos. Em algum lugar à distância, seu cavalo desabou.

— Tuva!

Ela olhou para além de onde estava Esbar, para o rio de chamas que fluía da montanha como ferro derretido na forja. Bolas reluzentes de fogo despencavam pelas encostas.

— Yeleni, depressa! — conseguiu gritar.

A menina correu em sua direção. Tunuva segurou a mão dela, e as três dispararam pela planície.

As cinzas e as pedras caíam de toda parte, ferindo-as. Acima delas, o dia se transformara na mais escura das noites.

As magas eram rápidas, porém não como o fluxo de fogo derretido. Dessa vez, não consumiria Gulthaga. Em vez disso, escorria pelo outro lado da montanha, na direção do caminho para o Desfiladeiro de Harmur. Tunuva correu como nunca, puxando Yeleni atrás de si, envolvendo a si mesma e à garota em uma égide. Nos ares, uma coluna preta se elevava para o céu em meio aos relâmpagos — fumaça e mais fumaça, do tamanho de uma cidade, já com vários quilômetros de altura, tão espessa que parecia sólida, ainda que macia como uma almofada.

Mais cedo ou mais tarde, aquela pluma de cinzas entraria em colapso.

— Tuva — Esbar berrou, com a voz rouca. — As ichneumons!

Quando Tunuva as viu, uma gargalhada de alívio escapou de sua garganta. Ninuru corria em sua direção, como um raio no escuro, seguida logo atrás por Jeda. Sem questionar sua boa sorte, Tunuva jogou Yeleni na sela e saltou na frente da garota. Esbar mergulhou sobre Jeda.

O Monte Temível estava furioso. Enquanto as pegadas das ichneumons marcavam o chão da planície, enormes massas de pedras flamejantes caíam ao redor delas. O chão tremeu e se abriu. Yeleni se agarrou a Tunuva com todas as forças.

Pegando impulso com as patas traseiras, Ninuru voou sobre a rachadura fumegante. Tunuva se virou na sela e viu uma bola de fogo arremessada na direção de Jeda.

— Ez, atrás de você!

Esbar levantou a mão espalmada. A siden brilhou e desviou o fogo, deixando uma trilha de brasas acesas em seu rastro.

— Nin, depressa — Tunuva falou para sua ichneumon. — Depressa...

Ninuru latiu. Cada salto e passada que dava era mais longo que os anteriores. Tunuva olhou para cima, para o fogo que fluía, agora bem perto, se aproximando de uma escarpa de rocha bem acima delas. Fechou os olhos, que ardiam, e se agarrou a Ninuru, se entregando aos braços da Mãe.

A lava escorreu pela escarpa. No momento exato, Jeda e Ninuru conseguiram saltar para fora de seu caminho. O fogo derretido escorreu pela parede rochosa e borbulhou pela planície como um rio enraivecido, fumegando e tingido de manchas pretas. O calor atingiu Tunuva. Seu corpo amoleceu por completo quando a tensão em seus músculos se desfez.

Ainda demorou algum tempo para as ichneumons pararem de correr. A essa altura, estavam de volta ao ponto mais alto da estrada do sal, em meio a um ar carregado e fedendo a fumaça. A única luz que se via era a de suas próprias chamas.

— Ninuru, pare. — Tunuva mal conseguia falar. — Espere.

Ela obedeceu, e Tunuva desceu.

— Tuva, nós precisamos ir — Esbar falou, com o rosto iluminado por seu fogo.

Coberta por uma fina camada de cinzas, Tunuva olhou na direção do Monte Temível. Um fluxo reluzente escorria por suas encostas. A fumaça preta havia se alargado e subido tanto que não era mais possível ver onde ela terminava e onde começava o céu. Os relâmpagos iluminavam as entranhas convolutas da coluna.

Mais uma vez, houve um silêncio, carregado de algo inexplicável.

Um leve tremor se insinuou sob suas botas, subiu por sua espinha e se espalhou por seu sangue.

Então houve um barulho terrível, como ela nunca escutara antes, e esperava nunca mais voltar a ouvir. Não era o estouro de uma erupção, ou o rugido sinistro que serviu como seu arauto. Aquele som era o do atrito da terra contra a terra, o retinir do metal, o bramido do fogo ao consumir uma casa — um clamor de uma raiva destrutiva que ecoou por todo o território mentendônio.

Diante dos olhos de Tunuva Melim, cinco vultos escuros emergiram da montanha e desapareceram noite adentro. Cinco formas escuras com dez asas, cercadas pelo que pareciam ser mariposas negras emitindo um mesmo grito, tão antigo quanto o próprio mundo.

****

No Castelo de Drouthwick, Glorian Berethnet despertou de um estranho sonho. Ao seu lado, Lady Florell Glade esfriava sua testa, que estivera gelada até demais poucos momentos antes.

— Glorian?

Com Florell acariciando seus cabelos, ela abriu os olhos.

— Ele despertou — Glorian murmurou.

Mais tarde, porém, não se lembraria de ter dito nada.

20
Norte

A luz do pôr do sol tornava a neve uma espécie de mel espesso. Sozinho com seu arco na escuridão que chegava, Wulf se mantinha entre os pinheiros, mirando em um alce na clareira. O Rei Bardholt pretendia dar um banquete para celebrar seu retorno a Bithandun. Uma carne de caça fresca o agradaria.

O alce farejou o ar. Wulf expirou bem devagar.

Então sentiu uma coisa que nunca deveria tê-lo acometido. Não naquela floresta nortenha à beira de um lago congelado, com o mundo envolto em cinza e branco. Um calor, que parecia subir da própria neve. Satisfação e dor, medo e um reconhecimento profundo — tudo isso se misturou em seu coração.

Seus joelhos se dobraram. A flecha foi se alojar em um pinheiro. Enquanto o alce fugia, Wulf largou o arco para levar a mão ao peito, como se aquilo fosse capaz de aliviar a queimação. Ele caiu como um saco de pedras.

21
Leste

Seu traje para a corte era duas vezes mais pesado do que parecia, e todas as seis peças eram tingidas com um tom pálido das cores do arco-íris, intercaladas por finas camadas de tecido branco.

As serviçais tinham passado pó de pérolas em suas bochechas e testa. Nada mais. O mundo precisava conhecer seu rosto. Como seus cabelos ainda estavam curtos demais para penteados elaborados, elas apararam e pentearam os fios para deixá-los bem macios. A coroa no alto da cabeça exigia um esforço extra de seu pescoço — uma delicada composição de conchas e pérolas.

Sua charrete era aberta para o mundo, com búzios pendurados no teto. A Dama Taporo explicara que era importante que a população soubesse de sua existência antes de sua chegada ao Palácio de Antuma. Não teriam como fazê-la desaparecer se todos soubessem que estava lá.

A Dama Taporo cuidou dela desde sua chegada. Durante dias, ela passou tão mal que nem tentou se levantar, e ficou ouvindo as orientações da prima do conforto da cama. Ainda sofria com uma tosse seca, e seu crânio parecia pequeno demais para abrigar seu conteúdo.

Precisaria esconder o mal-estar provocado por estar no nível do chão quando estivesse na corte. Nem por um instante poderia demonstrar fraqueza.

Vários guardas acompanharam sua entrada na cidade. E agora seguiam ao longo da Avenida da Aurora, onde cinquenta mil pessoas haviam se reunido para ver a até então desconhecida Princesa de Seiiki.

O rufar de tambores marcou sua aproximação. Rostos fascinados disputavam espaço para avistá-la. Pela primeira vez em vários dias, estava contente por não ver mais o Monte Ipyeda, embora sua presença ainda fosse sentida como um vento gelado às suas costas. Ela não poderia olhar para lá. Apenas para a frente.

Mas como não pensar em sua mãe, que vivera ali quando criança? Unora dormira em uma daquelas mansões, brincara sob os salgueiros que derramavam seus galhos sobre a charrete.

Os telhados de Antuma eram pintados de todas as cores imagináveis: vista do alto, a cidade era um grande arco-íris. Quanto ao palácio, era muito maior do que Dumai tinha imaginado. Quando chegasse, conheceria sua irmã, a Princesa Suzumai, cujo direito de herança ela mais tarde usurparia.

Agindo de forma cautelosa, o Imperador Jorodu pretendia confirmar Dumai como sua única herdeira dentro de três anos. Nesse intervalo, ela precisaria se provar digna do trono, para que os Kuposa não pudessem levantar objeções. Ela se submeteria a um rígido regime de estudos sobre a política e as leis.

Você vai ter que aprender a ser imperatriz, a Dama Taporo lhe dissera, *em um tempo curtíssimo. Não vai ser fácil.*

A charrete seguia em frente, os tambores ressoavam, e, por fim, o povo de Antuma ficou para trás, impedido de continuar seguindo atrás dela. Dumai fechou os olhos, suando frio.

Grande Kwiriki, por favor, não permita que eu caia em desgraça.

O muro de argila do palácio se aproximava. Assim como seu portão ocidental. Mais adiante, os telhados se inclinavam na direção do chão, e tons prateados reluziam de suas cumeeiras. Dumai manteve os olhos fechados enquanto a charrete passava por cima do fosso.

Enfim, o veículo parou. Cortesãos e autoridades aguardavam no pátio principal, com os cabelos penteados na forma de conchas do mar, e sempre havia serviçais por perto. Em um movimento simultâneo, todos se curvaram.

Seu pai estava em trajes parecidos com o seu. A coroa dele era como uma torre de corais e búzios, e em sua frente dois dragões dourados margeavam uma pérola dançante do tamanho de um punho. Dumai se ajoelhou diante dos primeiros degraus, na esteira estendida por lá.

— Filha — seu pai falou, em alto e bom som. — Seja bem-vinda ao Palácio de Antuma. Seu novo lar.

— Obrigada, Majestade.

Ele se aproximou e a ajudou a se levantar. Dumai o olhou, se sentindo tão cansada que achou que fosse afundar no chão.

— Pode se apoiar em mim. — Ele a segurou pelo braço. — Levante o rosto. Deixe que vejam você.

A gentileza dele era reconfortante. Ela fez o que ele pediu e se deixou conduzir escadaria acima até a maior construção que já tinha visto na vida, com cumeeiras ornamentadas e um telhado revestido de bambu.

O interior era uma semipenumbra enfumaçada. Dragões de madeira se enrolavam em pilares de pedra, que tinham de largura o que Dumai tinha de altura. As paredes continham cenas de histórias e lendas pintadas em cores sombrias — algumas conhecidas, outras sobre as quais ela precisaria se informar. Folhas de ouro e prata reluziam nas lâminas e nas ondas e nas escamas. Lá estava a Donzela da Neve, com Kwiriki enrolado em seu peito, se mantendo em um tamanho reduzido enquanto se curvava.

A água escorria pelas fontes decorativas e fluía pelas canaletas do piso.

A luz do sol se refletia em sua superfície, fazendo os pilares ondularem, se infiltrando por uma claraboia.

Logo abaixo dela, ficava o Trono do Arco-Íris.

Dumai conhecia aquela história de cor. Quando os dragões apareceram pela primeira vez em Seiiki, a população ficou com medo daquelas criaturas gigantescas e as expulsou — mas uma mulher foi capaz de ver sua beleza, e lamentou sua partida. Ela costumava ir até os penhascos de Uramyesi para cantar sua tristeza para o mar. A lenda se referia a ela como Donzela da Neve, pois saía mesmo em meio ao mais rigoroso inverno.

Um dia, ela encontrou um pássaro ferido e o levou até sua modesta casa, sem saber que era Kwiriki, o mais proeminente e grandioso dos dragões. Ela curou sua asa quebrada. Quando ele voltou a ter forças para se transformar de novo em dragão, deu a ela um de seus chifres, como forma de agradecimento. A mulher provara que os humanos podiam ser sábios e gentis. A amizade entre os dois deu início a um respeito mútuo entre dragões e seiikineses.

O Trono do Arco-Íris era uma prova disso — um presente à primeira Rainha de Seiiki. Subia em espiral quase até o teto, se curvando para formar um assento confortável em forma de concha. Todas as cores dançavam naquele pilar de osso de dragão, e a névoa pairava ao seu redor. Dumai o contemplou em silêncio.

Aquele era o trono que precisava conquistar.

Duas pessoas estavam à sua esquerda. Uma delas era uma mulher, mais ou menos da mesma idade de Unora.

— Filha — disse o Imperador Jorodu —, eu lhe apresento Sua Majestade, Sipwo, a Imperatriz de Seiiki.

Dumai cravou os olhos nos de Kuposa pa Sipwo. Seu penteado reproduzia a forma espinhosa de uma concha-aranha. Suas atendentes deviam ter levado metade do dia para fazê-lo, e não devia ter doído pouco.

— Princesa Dumai. — A voz dela não deixava transparecer nada. — Para mim é um prazer ser sua madrasta.

— E, para mim, uma honra conhecê-la, Majestade.

A Imperatriz Sipwo continuou a observá-la.

— E minha filha mais nova — o Imperador Jorodu continuou —, Noziken pa Suzumai, Princesa de Seiiki. — Ele abriu um sorriso para a criança. — Suzu, finalmente... essa é sua irmã, Dumai. Ela veio lá do Monte Ipyeda.

Suzumai se afastou da mãe. Era pálida como Sipwo, e pequena para a idade que tinha, quase escondida entre os cabelos pretos e compridos. Os olhos voltados para baixo deram uma espiada tímida em Dumai. As cicatrizes quase cobriam o olho esquerdo por completo, sequelas da varíola de cracas que matara seus irmãos.

— Bem-vinda, irmã mais velha. — Ela estendeu uma caixa. — É para você.

Dumai tirou as mãos de dentro das mangas para pegá-la. Continha uma presilha de cabelo, entalhada na forma do peixe dourado da Casa de Noziken.

— Que linda. — Fechou a caixa e sorriu. — Estou muito feliz em conhecer você, minha irmãzinha.

Suzumai retribuiu o sorriso. Os dois dentes da frente tinham caído, e os novos ainda não haviam começado a crescer.

— Nunca tive uma irmã antes.

A Imperatriz Sipwo cerrou os dentes e chamou Suzumai de volta para seus braços. Ela fez um aceno de cabeça para uma serviçal, que tocou duas longas notas em uma concha.

Os cortesãos entraram em fila no salão e fizeram mesuras para a família imperial. Dumai ficou à procura do sino de prata, e os encontrou nos trajes do primeiro homem que viu, e no seguinte. Havia outros brasões, mas em número bem menor.

— Diante das senhoras e dos senhores está uma princesa da linhagem do arco-íris — o Imperador Jorodu informou. — Noziken pa Dumai, minha filha mais velha.

Uma brisa de sussurros atravessou o salão.

— Desde criança, minha filha foi uma cantante-aos-deuses no Alto Templo de Kwiriki. Agora veio viver ao meu lado. — Mais murmúrios. — Apesar de não ter sido criada na corte, é mais próxima dos deuses do que qualquer um de nós, pois os louvava todos os dias no Monte Ipyeda.

Ele parou de falar quando duas outras pessoas entraram, atravessando as duas colunas de cortesãos.

Como o imperador, o homem tinha altura e constituição mediana, mas caminhava de modo tão confiante que parecia exigir bem mais espaço do que seu corpo ocupava — uma lua emitindo um brilho que ia muito além de si. Dumai nunca tinha visto alguém parecer tão animado. Sua barba cinza estava trançada na forma de um rabo de peixe, e suas roupas de viagem eram suntuosas, bordadas com fios de prata. Ela supôs que devesse estar na casa dos setenta anos, mas ainda cheio de energia.

— Senhor dos Rios — o Imperador Jorodu falou, mantendo um tom de voz frio. — Não esperávamos sua presença até um estágio bem mais avançado da estação.

— Vim assim que fiquei sabendo, Majestade. Uma nova pérola para sua corte — exclamou o homem barbado. — Mal consegui acreditar. Seria essa a misteriosa Princesa Dumai?

— Como pode ver.

Sem tirar os olhos de Dumai, o recém-chegado abriu um sorriso largo e fez uma mesura.

— Alteza, seja bem-vinda — falou. — Bem-vinda a Antuma. Sou o Senhor dos Rios de Seiiki, tio-avô de sua irmã, a Princesa Suzumai. Como você é parecida com seu pai.

E assim o duelo começou.

— Milorde — disse Dumai. — O regente de meu pai. — Ele inclinou a cabeça. — Espero que seu tempo fora tenha sido proveitoso, apesar de interrompido.

— Foi, sim, Princesa, obrigado por perguntar. Não existe local mais lindo e relaxante do que o templo de Fidumi — ele comentou. — Ou, pelo menos, eu nunca vi. Minha filha me garante que o Monte Ipyeda é o lugar mais impressionante que já visitou.

Dumai enfim reparou na mulher ao lado dele. Era ela. A visitante dos Kuposa. Nikeya.

A Dama Nikeya, do Clã Kuposa.

Era *filha* dele.

— É inevitável perguntar por que deixar um lugar tão sagrado — o Senhor dos Rios continuou. Dumai voltou a encará-lo. — Talvez uma vida de culto não fosse de seu feitio, no fim das contas?

— Servi ao grande Kwiriki por muito tempo — Dumai falou — e ainda continuo a servi-lo. Sonhei que ele me convocava para o palácio, e no dia seguinte Sua Majestade apareceu. — Ela ampliou o sorriso. — É compreensível, claro, que um homem com sua experiência mundana fiquei inquieto em um templo. A devoção religiosa é um compromisso difícil de manter.

— Assim como a devoção ao povo. Imagino se não se sente despreparada para sua posição, Princesa — o Senhor dos Rios argumentou —, tendo passado tão pouco tempo no nível do chão. Sou considerado por alguns um poeta de talento. Venho aprimorando essa arte desde menino. Que desperdício seria desperdiçar minha habilidade a essa altura da vida, e em vez disso me tornar um músico medíocre.

Falar com aquele homem já se assemelhava a enfrentar um vendaval.

— Um alaúde precisa ter várias cordas para tocar uma canção — Dumai falou, sem se alterar. — Para mim, nunca é tarde para aprender.

— Só podemos torcer para que os meandros de nosso palácio

mereçam a mesma atenção dos ritos sagrados. Quanto a isso, nos conte como foi parar na montanha, aliás! Como pôde algo tão precioso, uma primogênita, passar despercebida a todos nós? — o Senhor dos Rios questionou, se dirigindo a todo o salão. — Quem foi que escondeu seu esplendor, Princesa?

— Minha mãe é a Donzela Oficiante do Alto Templo de Kwiriki.

— Ah, sim. Minha filha teve o prazer de conhecê-la. Permita-me lhe apresentar a Dama Nikeya.

A espiã fez uma mesura.

— Unora — falou, com um tom caloroso quando se endireitou. — Que bom vê-la de novo.

O Senhor dos Rios soltou uma gargalhada.

— Filha, do que está falando? — perguntou, demonstrando surpresa e divertimento. — Essa é a Princesa Dumai.

A Dama Nikeya abriu a boca, fingindo estar perplexa. Dumai teve que se esforçar para não cerrar os dentes.

— Pai. Me perdoe — a Dama Nikeya falou, com um tom recatado. — É que... quando conheci a Princesa Dumai no Monte Ipyeda, fiquei com a impressão de que ela me disse que se chamava Unora. Talvez tenha ouvido mal.

Dumai olhou para o pai, que não havia aberto a boca durante toda a conversa.

— Que estranho — o Senhor dos Rios comentou. — De fato, você deve ter ouvido mal. Afinal, não existe motivo para uma princesa tentar esconder seu verdadeiro nome. Ou existe?

— Minha filha fez uma longa jornada — o Imperador Jorodu interferiu — e está cansada demais para ser interrogada dessa forma, Senhor dos Rios. Haverá oportunidades de sobra para conversar com ela no futuro.

— Claro, Majestade. Perdoe este seu serviçal pelo excesso de entusiasmo. — Com um sorriso impecável, o Senhor dos Rios fez uma mesura profunda. — Por favor, Princesa, descanse. E, mais uma vez, seja bem-vinda ao Palácio de Antuma.

Sem esperar ser dispensado, ele se retirou. A Dama Nikeya abriu um sorrisinho para Dumai, que a encarou com toda a antipatia que era capaz de transmitir só com o olhar, antes de seguir atrás do pai.

****

Doze atendentes foram designadas para Dumai, incluindo Osipa. Felizmente, a Dama Nikeya não estava entre elas, mas, pelo que Taporo lhe dissera, pelo menos meia dúzia se reportava ao Senhor dos Rios. Vestidas com o mesmo azul-escuro do telhado, elas seguiram Dumai até o Pavilhão da Chuva — uma seção do Palácio Interior, de acesso restrito, onde vivia a família imperial.

— Pelas lágrimas de Kwiriki, por que está tão frio aqui? — Osipa perguntou para a mulher mais próxima, que era alta e estava com uma expressão azeda no rosto. — Quer que a princesa morra congelada enquanto dorme?

— É outono — a mulher retrucou, em um tom gélido como o vento. — O outono é frio.

— E as espadas são afiadas, mas tomamos as devidas providências para não nos cortarmos com elas — Osipa respondeu, ríspida. — Na montanha mais alta da província não estava tão frio quanto aqui. Pare de fazer cara feia e se mostre útil, caso tenha alguma ideia do que isso significa. Traga mais dois braseiros para cá.

Assentindo com a cabeça, a mulher fez um gesto para outras três das atendentes, que se retiraram.

A construção incluía uma alcova e uma sala íntima, localizadas em um único corredor. Dumai o percorreu. As janelas estavam escancaradas, deixando apenas uma divisória fina de bambu oscilar em meio à brisa. Quando ela estendeu a mão, uma das mulheres se adiantou.

— Me permita, Princesa Dumai.

A divisória foi enrolada e amarrada.

— Os Jardins Flutuantes — disse a atendente ao seu lado, que não parecia ter mais de quinze anos. — Não são lindos?

No lado norte, havia águas verdes e calmas, que se espalhavam até onde as vistas alcançavam, refletindo cada nuvem do céu como um espelho. Ilhas baixas despontavam na superfície, interligadas por pontes, cada uma contendo um objeto de beleza: uma lanterna de pedra, uma estátua, um pavilhão ornamentado. Dumai olhou para oeste, e lá estava o Monte Ipyeda. Assim como desejara, ela poderia vê-lo.

— Dizem que foi o próprio grande Kwiriki que fez esses jardins — uma das damas comentou. — Antigamente era um lago profundo, mas ele bebeu tanta água que trinta ilhas apareceram.

— O Príncipe da Coroa nadava todos os dias — contou a menina mais nova, de bochechas rosadas. — Ele era muito inteligente. Nós sentimos muito pela sua perda, Princesa. Por nunca ter conhecido seus irmãos.

— Obrigada. — Dumai deu um passo atrás. — Eu gostaria de ficar a sós com a Dama Osipa. Por favor, fiquem à vontade para fazerem o que quiserem hoje.

A mulher fria e desdenhosa respondeu:

— O Pavilhão da Chuva é nossa casa, Princesa. Estamos aqui para...

— Você está com os ouvidos sujos? — Osipa esbravejou. As atendentes mais jovens tiveram um sobressalto. — A Princesa Dumai lhes deu uma ordem. Não lhe cabe questionar nada. Vá buscar lenha para os braseiros, leve as cobertas para arejar, fique sem fazer nada. O que quer que seja, que seja longe daqui.

— E quando devemos voltar? — a mulher perguntou, em um tom gélido.

— Quando forem chamadas. — Assim que elas saíram, Osipa falou:

— Vamos para a antecâmara, Dumai.

UM DIA DE CÉU NOTURNO – VOLUME I

Uma vez lá dentro, Dumai olhou ao redor. Osipa usou um gancho preso na ponta de um cabo curto para baixar as divisórias.

— Não vamos poder conversar muito por aqui — Osipa avisou. — Elas vão estar sempre por perto. — Virou-se para Dumai. — O presente da sua irmã. Onde está?

Dumai entregou a caixa. Osipa olhou para a presilha, apertando o fecho com força.

— Vou jogar em um poço — murmurou. — Providenciarei uma réplica idêntica.

— Por quê?

— Porque não confio em ninguém daqui. — Osipa vestiu uma de suas túnicas. — O Senhor dos Rios provavelmente vai usar Suzumai contra você. Endureça seu coração. Ela é a maior ameaça ao seu trono.

— O trono dela. Que eu vou tomar.

— Você não ouviu sua prima? — Osipa retrucou, impaciente. — É assim que os Kuposa agem. Se o trono acabar com uma criança, passa a ser deles. — O olhar dela era implacável. — Este palácio agora é um campo de batalha. O Imperador Jorodu e o Senhor dos Rios são os generais. Você e Suzumai são as armas.

— Eu não sou a arma de homem nenhum — Dumai respondeu, incomodada.

— Então trate de se esforçar mais. Seja sua própria general.

Ela se sentou pesadamente nas esteiras. Dumai a ajudou.

— Tem uma coisa que nunca perguntei à Dama Taporo — Dumai comentou, se ajoelhando ao lado dela. — Quem vai governar depois de mim, se não pode ser Suzumai?

Osipa olhou para as divisórias, que eram finas o bastante para ver o outro lado.

— O ideal é que você tenha um bebê — falou. — Escolha um consorte que seja o mais distante possível dos Kuposa.

— E se eu não fizer isso, ou não conseguir?

— Nesse caso, encontraremos um Noziken de posição menos elevada para pôr no trono.

— Quem? — Dumai questionou, aflita. — Quantos ainda restam com o sangue do arco-íris?

— Pouquíssimos. Você ainda tem primos distantes — Osipa acrescentou —, mas imagino que nenhum deles tenha estômago para isso, ou já teriam vindo em apoio a seu pai. Mesmo assim, são uma opção... caso não haja outra melhor.

Dumai jamais havia considerado a hipótese de engravidar.

— Quero ir para casa.

Osipa bufou de desgosto.

— E desistir da luta? — questionou. — De jeito nenhum. Foi o próprio Kwiriki quem entronou sua linhagem, Noziken pa Dumai. Quer deixar de servi-lo agora?

Um bom tempo se passou. Do lado de fora, os pássaros cantavam nos Jardins Flutuantes.

— Não — Dumai respondeu. — Nem agora, nem nunca.

22

Sul

— Cinco, é o que estão me dizendo?
As sombras oscilavam, projetadas na parede. Na semipenumbra, Tunuva e Esbar estavam diante da Prioresa.

— Sim — respondeu Tunuva. — E vários outros menores. Todos alados.

— A Mãe nunca escreveu sobre isso — Saghul murmurou. — Nós esperávamos que o Inominado voltasse, não que outras feras emergissem. — Ela respirou fundo. — Acham que ele estava entre eles?

— Não temos como saber — disse Esbar. — Estava escuro demais.

Tunuva ainda estava coberta de cinzas. Não seria fácil se livrar do cheiro de fumaça e terra destroçada.

— Prioresa, quando o Monte Temível entrou em erupção, Esbar e eu fizemos um terceiro tipo de fogo, um fogo vermelho — contou, deixando surgir a chama em sua mão outra vez. — Sinta o calor.

— Nós sentimos a siden — Esbar complementou. — Mais do que jamais sentimos emanando da árvore. Estava... no ar, no chão, descontrolada. Como se o Ventre de Fogo estivesse sangrando.

Saghul se agarrou aos braços da cadeira.

— A Mãe disse que o fogo dele era vermelho como as escamas — falou. — Vamos tentar entender melhor, mas, por enquanto, Tunuva, apague isso. Não vamos mexer com um poder que não compreendemos.

Trocando olhares com Esbar, Tunuva obedeceu.

— A Mãe mencionou ter visto nossa magia nele? — Esbar insistiu.

— Vou vasculhar os registros. — Saghul se agarrou com ainda mais força à cadeira. — A batalha que esperamos por cinco séculos pode estar na iminência de acontecer. Esbar, vá contar às iniciadas o que aconteceu. Dobre a carga de treinamento. Os homens devem fabricar o máximo possível de flechas.

— Eles vão começar a cortar a madeira amanhã mesmo.

— Ótimo. Tunuva, enquanto Esbar me ajuda com isso, gostaria que você supervisionasse a avaliação da extensão do problema. Precisamos de informações sobre o paradeiro dessas criaturas, quantas são... e o que pretendem fazer.

— Para comunicar a Daraniya e Kediko, já que protegemos seus territórios? — perguntou Tunuva.

— Kediko sempre foi difícil. Ele precisa ser abordado com cautela — Saghul falou. — Vou mandar avisar Gashan, mas ela pode estar ocupada demais para dar importância à minha carta, considerando como tem estado *mundana*. — Esbar sacudiu a cabeça. — Faça uma visita a Nzene antes de voltar, Tunuva, para reforçar a mensagem. Você tem a paciência necessária para convencer tanto Gashan como Kediko.

— Fico honrada com sua confiança e vou fazer o que puder. — Tunuva fez uma pausa. — Siyu e Anyso...

— Foram interceptados nos limites ocidentais da Bacia. — Saghul pegou sua taça. — Siyu decidiu ter a criança. Como eu já havia informado Gashan que a enviaria, vou cumprir minha palavra. — Tunuva soltou um suspiro de alívio. — Mas, antes, ela vai passar a gestação toda aqui, sem a companhia das irmãs, para ter tempo de compreender o perigo que causou a elas. Yeleni vai ficar confinada no quarto até segunda ordem.

Tunuva assentiu. Era um castigo duro, mas poderia ter sido bem pior.

— E... Anyso?

Saghul tomou um gole do vinho.

— Veremos, Tunuva Melim — falou. — Veremos.

23
Leste

Dumai permitiu que suas novas atendentes a vestissem com uma túnica de dormir e penteassem seus cabelos. Elas a colocaram em sua cama no formato de uma caixa, onde ficou deitada, insone, ouvindo-as roncar e se mexer.

No Monte Ipyeda, ela confiava em todo mundo. Ali, só podia confiar em Osipa, pelo menos até a chegada de Kanifa. Osipa precisaria dormir com as demais damas da corte, mas Dumai ordenara que sua cama fosse feita na antecâmara, de onde tossia durante o sono.

Dumai também tossia. O mal do nível do chão se recusava a abandoná-las.

No meio da noite, Dumai de repente sentiu o gosto de aço na boca, como se tivesse mordido a língua. Ela se dirigiu até o recipiente da câmara e vomitou, suando frio. *Tem alguma coisa errada.* Sabia disso da mesma forma como conhecia os caminhos que as veias de seus pulsos percorriam. *O mundo mudou...*

Os tremores ainda a abalavam quando Osipa apareceu.

— Dumai. — Uma mão ossuda tocou suas costas. — Há um mensageiro aí fora. Sua Majestade a chamou para ir ao Pátio Leste.

Dumai limpou a boca.

Osipa acendeu uma lamparina a óleo. Na penumbra, Dumai amarrou sua túnica, se sentindo fraca e estranha, e cobriu-se com uma manta. Suas atendentes ainda dormiam no corredor. Pisando leve, ela caminhou até o exterior, onde as mariposas revoavam ao redor de sua lamparina, e seguiu o mensageiro.

O Imperador Jorodu a esperava sob a luz das estrelas. Dumai ficou surpresa ao encontrá-lo com apenas um atendente, que carregava uma lanterna.

— Você é o peregrino do sal — Dumai disse, baixinho.

— Sim. — O atendente fez uma mesura. — Epabo de Ginura. Que bom vê-la no lugar em que deve estar, Princesa Dumai.

— Epabo é meu auxiliar mais leal. Ele vai aonde não posso ir — disse o Imperador Jorodu. — Dumai, perdão por incomodá-la. Você deve estar muito cansada… mas até os Kuposa dormem.

— Eu não consegui. — Dumai puxou a manta para mais perto do corpo. — O senhor queria me ver, pai?

— Não só vê-la. Mostrá-la também.

****

Havia uma saída discreta do palácio. Duas charretes puxadas por bois esperavam mais adiante. Fechada na que lhe coube, Dumai não conseguia ver para onde estava indo. Quando desembarcou, as nuvens tinham ido embora, e a lua cheia brilhava como o sol sobre a neve fresca.

— As Colinas de Nirai — seu pai falou. — Um lugar proibido para todos, menos para a família imperial e seus convidados.

Os morros formavam uma barreira na extremidade da Bacia de Rayonti. Escondiam um bosque de gotas-de-sol, com folhas que permaneciam douradas durante todas as estações. As árvores, por sua vez, cercavam um lago de águas calmas e imóveis como pedra escura, com as margens banhadas por um brilho de aspecto lácteo. Segundo Unora, esse era um sinal de que um dragão dormia nas profundezas.

— Dumai — o Imperador Jorodu falou, caminhando na direção do lago —, eu não consegui pregar o olho no templo, tamanho era o meu remorso. — Os cantos da boca dele se curvaram para baixo, acompanhando o bigode comprido. — Eu amava sua mãe. Teria deixado você em paz na montanha, se não fosse a minha única arma nesta luta. Se nossa família perder o poder, Seiiki não terá mais afinidade com os deuses.

— Eu entendo, pai.

— Entende mesmo?

— Claro — respondeu Dumai. — A Donzela da Neve conquistou a confiança e o respeito deles. Não podemos perder isso.

Eles andavam pelo terreno inclinado atrás de Epabo, que carregava a lanterna na direção do lago.

— A nossa família era de ginetes de dragões. Nos séculos seguintes aos tempos da Donzela da Neve, governávamos o céu, o mar e a terra — contou o Imperador Jorodu. — Mas então os dragões foram se tornando cada vez mais distantes e melancólicos. Um a um, preferiram cair no Longo Sono... e nós perdemos a habilidade de montar. Mas eles ainda podem voar, se quiserem. Simplesmente decidiram preservar suas forças.

— Por que as forças deles se esmaeceram?

— Se uma cantante-aos-deuses não sabe a resposta dessa pergunta, então ninguém no mundo sabe.

Uma velha plataforma entrava lago adentro, até uma pequena ilha no meio.

— Os deuses são benevolentes, mas não são deste mundo — o Imperador Jorodu comentou, enquanto faziam a travessia. — Preferem não se envolver com política e com os conflitos da humanidade. Mesmo quando estão despertos, não poderiam nos ajudar a contra-atacar uma ameaça como os Kuposa. É por isso que preciso de você.

— E por que me trouxe a este lago?

— Primeiro eu trouxe o mais velho dos seus irmãos. No Império dos

Doze Lagos, a Dragoa Imperial, quando ainda estava desperta, escolhia o herdeiro mais digno da Casa de Lakseng. Aqui, o primogênito costuma suceder o pai ou a mãe, mas acho que os lacustres estavam certos. Afinal, somos feitos de água, e não existe ninguém melhor que um deus para avaliar a água.

Dumai deteve o passo quando viu o que havia na ilha. Um enorme sino de bronze fundido.

— Pai, é proibido — ela falou.

— Não para nós. Na verdade, existe uma forma de acordar todos eles, caso Seiiki se encontre em um momento de grande necessidade. Você viveu sob sua sombra a vida toda.

— O Sino Rainha.

— Sim. Se o Sino Rainha for tocado, há pessoas em Seiiki instruídas a badalar todos os demais — Seu pai apoiou a mão no bronze. — Faz séculos que um dragão não nasce em Seiiki. A última a sair do ovo, Furtia Tempestuosa, escolheu este lago para se recolher.

— Você a acordou quando trouxe o Príncipe da Coroa aqui?

— Sim. Queria saber o que ela achava dele.

— O que ela disse?

— Que a luz dele estava se apagando. Imagino que conseguiu sentir a doença que o mataria. Agora eu gostaria de ver o que Furtia Tempestuosa tem a me dizer sobre a filha que encontrei na montanha.

Fez um aceno de cabeça para Epabo, que soou o sino. O chamado foi límpido e grave, ressoando noite adentro.

O lago começou a borbulhar. Dumai observava tudo certa de que estava em um sonho.

Primeiro apareceu o brilho pálido da coroa, se espalhando pela água; em seguida, os chifres gigantescos, os olhos arregalados e o focinho. Um rio caudaloso de escamas pretas começou a fluir, e então veio a crina, que era como uma nuvem carregada. Dumai caiu de joelhos. Ouvia sua própria pulsação ecoar nos ouvidos, e sua respiração irregular que parecia quase um riso. Seu pai se ajoelhou ao seu lado.

— Filho do Arco-Íris — falou Furtia Tempestuosa, com sua voz fria e estrondosa. — Quanto tempo faz?

Dumai tentou recobrar o fôlego. Lágrimas escorriam pelo rosto. A dragoa soava como o sino.

— Dezoito estações, grande Furtia. — O Imperador Jorodu gesticulava com as duas mãos enquanto falava, pois os dragões em terra ouviam como os humanos dentro da água. — Espero que seu sono tenha sido pacífico.

— Está me acordando agora para manter o fogo sob controle?

O Imperador Jorodu hesitou.

— Não vi nenhum sinal de fogo esta noite — ele respondeu. — Existe algum que desconheço?

— Está emergindo das profundezas inquietas, sob o manto partido. — Furtia Tempestuosa o encarou. — Por que veio?

— Busco sabedoria, se quiser me conceder. Desde a última vez que nos falamos, meus filhos foram levados desta vida breve. Pensei que me havia restado apenas uma filha menina. Estava enganado.

Filha da terra, está me ouvindo?

Dumai ergueu os olhos lentamente. Dessa vez, a voz estava em sua cabeça, que de repente começou a doer. Furtia olhou para ela. Embora o brilho de sua coroa estivesse diminuindo, os olhos continuavam luminosos.

Sim...

— Grandiosa, descobri que tenho outra filha, minha primogênita — contou o Imperador Jorodu. — Essa é Noziken pa Dumai, Princesa de Seiiki, e desejo saber se ela é digna do Trono do Arco-Íris.

Dumai estremeceu por completo quando a dragoa abaixou seu cabeça gigantesca.

— A luz dessa eu consigo ver claramente — concluiu Furtia Tempestuosa. — Essa é detentora de uma estrela desperta.

PARTE II
Enquanto os deuses dormiam

510 EC

Nem a Terra então estava suspensa no ar que a envolvia, em equilíbrio pelo próprio peso.

— Ovídio, *Metamorfoses*

24
Norte

Na semipenumbra do salão, o fogo sibilava e as risadas ressoavam. As mesas estavam repletas: cordeiro defumado, cabrito assado e peixes; ameixas regadas com xarope de pinheiro, tetraz-das-pradarias recheado com frutas secas, pão preto preparado no vapor do chão. O Rei Bardholt estava sentado à mesa elevada com o Caudilho de Solnótt.

Nos bancos, Wulf estava esmagado entre Vell e Sauma, escutando um grupo de veteranos grisalhos do Marco Tumular. Eles trabalhavam em alguns dos ofícios mais interessantes que o Norte tinha a oferecer. Um deles era mercador de peles que caçava com os Hüran, outro vasculhava turfeiras atrás de ferro (mas havia encontrado duas vezes cadáveres preservados) e um terceiro fizera uma pequena fortuna vendendo a bile de baleias-francas, que aparentemente poderia ser transformada em tempero.

Wulf não conseguia se lembrar de uma noite em que tivesse ouvido histórias melhores. Estava se sentindo quente e com o corpo pesado, como sempre acontecia no limiar da bebedeira. Vell, que já havia atravessado o limiar fazia tempo, se apoiava nele. Do outro lado da mesa, Thrit chorava de rir com uma piada contada por Eydag.

Quando criança, Wulf sonhava com os salões de Hróth. O rugir do fogo depois de uma aventura na neve; as histórias e os banquetes, as canções alegres. Com seus amigos ao redor, comida na barriga e o bosque Haith bem longe, poderia apaziguar a saudade de sua família em Inys.

Sua família em Hróth era sua falangeta. Uma divisão das tropas de Bardholt (que tinha muitas delas) constituída por sete: Regny, Eydag, Karlsten, Vell, Sauma, Thrit e Wulf.

— Que bom que estão todos rindo.

Wulf olhou para sua esquerda, para Sauma, que observava o salão por sob a franja de cachos estreitos. Era a melhor arqueira entre eles, a filha do meio de um caudilho.

— Por quê? — ele perguntou.

Ela deu um gole de um cálice de água fervida. As sardas de sol marcavam sua pele marrom.

— Poderiam estar gritando com Bardholt, exigindo respostas sobre o Monte Temível — falou. — Afinal, ele converteu Hróth por causa de uma rainha com um caráter divino que pode se revelar falso.

Desde a erupção, a atmosfera andava carregada, mas Bardholt estava fazendo de tudo para dissipar a tensão.

— Não é falso — Wulf retrucou. — Eu pelo menos não vi o Inominado ainda.

— Ainda — repetiu Sauma.

Eydag se engasgou com o vinho, e os dois se voltaram para ela.

— Mata-bruxas? — ela zombou. O velho ao lado dela não parecia achar a menor graça. — Só pode estar de brincadeira. Que tipo de nome pagão é...

— Eu matei uma bruxa.

— Essa deve ser das boas. — Eydag baixou o copo e sorriu, mostrando o dente da frente lascado, marca de uma briga de bebedeira com Regny. — Então diga. Que tipo de bruxa era?

— Bruxa é bruxa. Uma criatura maligna, que só pensa em voltar aos antigos costumes. Algumas são videntes das neves que se recusam a seguir o Santo. Elas viraram os espíritos do gelo, vítimas dos próprios desejos — o barba-branca falou, sem se deixar abalar pela zombaria. — Encontrei essa no Bosque de Ferro, perto de Nárekengap. Vi quando ela se transformou em um corvo e comeu o coração do próprio companheiro. Entrei no bosque enquanto ela dormia e cravei o meu machado no dela. Foi desse jeito que encontrou seu fim.

Do outro lado da mesa, Thrit estava todo vermelho, com os cabelos grudados no suor da testa.

— Você fez isso sozinho? — perguntou ao homem, em um falso tom de admiração. — Chegou de mansinho e matou uma mulher enquanto ela dormia?

— É isso que eu faço, agora que estou velho demais para capturar baleias. Sou o primeiro caçador de bruxas do Norte.

— Quanta valentia. — Thrit levantou o chifre em que bebia. — E que conveniente, já que só temos sua palavra como prova.

— Nem todo mundo precisa que bardos cantem sobre seus feitos, rapazinho.

— Você seria bem útil no Oeste. Há um monte de bruxas em Inys — Karlsten observou, com os olhos vermelhos e injetados. — Conte para os nossos novos amigos, Wulfert. A Bruxa de Inysca não era a sua mãe?

Wulf sentiu que Sauma ficou tensa.

— Karl — Thrit alertou, falando mais baixo. — Eu calaria a boca se fosse você, porra.

— Não. Conte para eles! — Karlsten deu um murro na mesa, fazendo os copos balançarem. — Conte que o barão encontrou você na beira do bosque Haith, com um lobo do seu lado e...

— Vai se foder, Karl.

Um breve silêncio se estabeleceu quando os nortenhos se voltaram para Wulf, que estava encarando Karlsten. Em algum lugar em meio à névoa da bebedeira, uma consciência bem clara do que estava fazendo parecia cintilar naqueles olhos azuis minúsculos.

— Preciso mijar — Wulf falou, mal conseguindo manter a compostura.

— Wulf — chamou Eydag, mas ele já estava de pé, abrindo caminho por entre os bancos lotados. Continuou andando até não ver mais paredes adiante e sentir o ar frio e pungente.

Embora fosse quase meia-noite, o sol ainda relutava em beijar o horizonte. Uma luz implacável tingia de dourado a neve, que terminava em um campo de poças de lama fumegante, espalhadas diante do sombrio Monte Dómuth. Wulf saiu caminhando pelo sonolento povoado de Solnótt, passando por uma pequena loja de lã e uma metalurgista que suava em sua forja. Seu coração acompanhava as batidas retinidas do martelo. Ele se afastou das antigas calçadas de madeira para a terra amarela e rachada do descampado e se aproximou o máximo que teve coragem das poças de lama, sentindo os olhos arderem.

Não havia segredos em uma falangeta, mas ele deveria ter mantido a boca fechada na noite em que Eydag insistiu que todos compartilhassem suas histórias, para que criassem laços. Até então, considerava Karlsten um bom amigo. Eles se conheceram em Fellsgerd ainda meninos e sobreviveram juntos ao brutal período de treinamento, unidos como dois irmãos. Então Wulf contou seu passado.

Karlsten desprezava até mesmo o menor resquício dos antigos costumes. Verthing Sanguinário oferecera os avós dele em sacrifício para os espíritos do gelo, em troca de uma vitória. Para ele, Wulf agora era parte desse mesmo tipo de heresia e carnificina.

Sou Wulfert Glenn. Filho de Lorde Edrick Glenn e Lorde Mansell Shore. Irmão de Roland e Mara. Ele repetia mentalmente as palavras para si mesmo. *Sou um homem da Virtandade. Tenho meu lugar em Halgalant.*

Quando sentiu seu coração se acalmar, Wulf limpou as lágrimas e retirou a carta da túnica. Tinha deixado a leitura para uma noite como aquela, quando precisava lembrar que era amado.

Wulf, creio que esteja bem em seu mundo dos sonhos. Imagino você sentado na neve, tirando um tempinho a sós para ler esta carta. Não vou me alongar muito, mas antes me permita um pouco de poesia.

Às vezes, pela manhã, saio para caminhar e vejo as teias das aranhas ondularem entre os beirais e as cercas. Elas trabalham tanto para construir essas lindas pérgulas, mas permanecem vulneráveis. Nossa casa está assim no momento.

O pai está seriamente preocupado com a colheita. Tivemos climas amenos por um bom tempo, mesmo os invernos nunca eram tão rigorosos — mas por toda a primavera o sol foi fraco, como se estivesse usando um capuz. Invejo você no sol da meia-noite, embora sem dúvida deva ter atravessado uma primavera bem mais severa que a nossa. Rogo para que o calor do verão limpe o tempo, se é que teremos verão.

Wulf olhou para o sol. A poeira se erguia diante dele, reduzindo a luminosidade. Pelo menos era mais fina que a névoa escura e cinzenta que pairou no ar durante o inverno e a primavera.

Até lá, me sinto grata ao pai por sempre ter sido prudente — nossos celeiros, pelo menos, estão cheios. Se o Santo quiser, ninguém na província passará fome no inverno.

Para mencionar coisas mais agradáveis, enfim descobri um propósito na vida. Pouco depois de sua partida, comecei a trabalhar para Lady Marian, que foi extremamente receptiva quando me ofereci para ser sua secretária. Ela me paga um bom salário e me provê um teto em Befrith. É a alma da bondade, sempre atenta ao conforto de quem a serve, e de vez em quando é até mesmo uma pessoa alegre. Meus aposentos são dignos de uma duquesa!

Com um leve sorriso, ele virou a folha para ler o verso. Imaginou Mara em um quarto sombreado no castelo, escrevendo diante da janela, com as cotovias cantando do lado de fora.

Ela já começou a me tratar como uma confidente. Só o Santo sabe como se sente solitária em seus últimos anos de vida. No momento, está aflita pela família que nunca vê — a Rainha Sabran se recusa a recebê-la na corte. Marian sabe que sua presença traria mais problemas do que benefícios, mas em um momento como este, em que estamos todos abalados pelo que aconteceu no Monte Temível, ela deseja estar junto da filha e da neta.

Não houve nenhuma rebelião, graças ao Santo. Nem todo mundo acredita que o Monte Temível entrou em erupção, pois a Rainha Sabran nunca confirmou os boatos. Os arautos nada disseram. Há apenas rumores — que considero potencialmente muito mais perigosos. Como estão as coisas em Hróth?

O pai, papai e Rollo mandam abraços. Que o Santo o guarde, Wulfert Glenn. Escreva para mim o quanto antes.

Ele enrolou a carta e a guardou. Mais do que nunca, sentia saudades dela. De sua família. Não era de admirar que a Rainha de Inys também temesse pela dela.

Wulf estava bem mais informado que a maioria. Estava servindo o vinho na noite em que o Rei Bardholt recebeu o enviado do Clã Vatten, que lhe falou sobre o grito apavorante que ressoou na noite da erupção. Obra de imaginações excitadas pelo medo, talvez, ou som do rompimento da terra — mas esse grito deu origem a conversas veladas sobre o Inominável.

O céu permanecia em silêncio, ainda que desolado. No nível do chão, ocorreram estranhos acontecimentos. Desaparecimento de ovinos e bovinos. Ruídos vindos das alturas e profundezas. Bardholt queimava todos os informes, com uma expressão que nada revelava. Se as pessoas acreditassem que alguma coisa emergira do Monte Temível, seria uma ameaça a sua consorte e sua religião, os pilares de seu jovem reino.

Wulf sentiu o cheiro forte que vinha da poça de lama. O sol da meia-noite o envolvia como uma mariposa presa em âmbar. Por mais que ele vigiasse e esperasse, o céu só voltaria a escurecer no outono.

Menos de um ano antes, aquelas poças de lama ferveram e fumegaram como caldeirões no dia da explosão no Monte Temível. No dia em que ele desmaiara na neve. Thrit o encontrou caído, oscilando entre gelado e queimando de febre, enquanto os animais berravam na floresta e os pássaros voavam em bando para o norte e o oeste.

— Que lugar mais estranho para mijar.

Wulf ergueu os olhos. Thrit estava ao lado da poça de lama, de braços cruzados.

— Não me entenda mal. Todo mundo gostaria de fazer isso, mas não parece uma boa ideia — falou, bem sério.

— Eu nem tentei.

— Ótimo. — Ele olhou para o sol da meia-noite. — Nunca gostei desta época do ano.

— Por que não?

— Sempre detestei não poder ver claramente as estrelas. — Thrit veio se sentar ao lado de Wulf, mas mantendo uma certa distância. — No país dos meus avós, as pessoas acreditam que as estrelas são os olhos dos deuses.

A conversa estava enveredando para a heresia.

— Que tipo de deuses veneram?

— São chamados de dragões — Thrit explicou. — Muita gente no Leste acredita que eles governam o céu e as águas, mas estão dormindo há séculos, por causa de algum acontecimento trágico. — Seu olhar ficou melancólico. — Gostaria de conhecer esse lugar algum dia. Saber mais a respeito dos meus ancestrais.

Wulf compreendia esse desejo.

— Você iria para lá então, se pudesse ir aonde quisesse? — perguntou.

— Eu pagaria uma fortuna para conhecer o Império dos Doze Lagos. Um dia, quando for rico e tolo o bastante para arriscar meu pescoço no Flagelo dos Navios, vou fazer isso. Para onde você iria? — Thrit perguntou. — Que é para bem longe de Karlsten eu já sei. — Wulf mordeu a bochecha. — Não se deixe abalar por causa dele, Wulf. Nós sabemos muito bem quem você é. Ele é que é mesquinho e age por medo.

— Não faz diferença. — Wulf olhava para o sol escondido pelo véu de poeira. — As pessoas têm medo de mim desde que eu era criança.

— Mas pode ficar de cara feia o quanto quiser que eu não vou me juntar a elas.

Wulf o encarou. Em geral, Thrit estava sempre à procura de algo para debochar, mas nessa vez o que viu nos olhos dele foi sinceridade.

— Espero que não estejam pensando em nadar aí.

A nova voz provocou um sobressalto nos dois. Era Regny quem chegara, com uma peliça sobre a túnica e a cota de malha.

— Não tem necessidade — Thrit respondeu, com um sorriso relaxado. — O vapor é que faz bem para a pele. Não estamos radiantes?

— Lindos. — Regny se acomodou entre eles, apoiando o queixo em um dos joelhos. — Eu ouvi o que Karlsten falou — ela disse para Wulf. — Amanhã de manhã ele vai segurar um carvão em brasa.

Wulf sacudiu a cabeça.

— Isso não vai mudar o que ele falou.

UM DIA DE CÉU NOTURNO – VOLUME I

— Ele jurou que protegeria seus segredos. Uma língua solta não pode passar impune. — Ela se virou para Thrit. — Imagino que tenham vindo aqui para ficar longe dele.

— Karlsten faz meu sangue ferver. Assim como a poça de lama, se cairmos aí dentro, mas nesse caso pelo menos a companhia seria melhor — Thrit respondeu, jogando uma pedra naquela gosma quente e cinzenta. — E acho que não aguentaria ouvir mais uma história do Mata-bruxas.

— Se está entediado do banquete, tenho uma coisa que pode ser do seu interesse.

— Um caudilho com belas feições, se sentindo solitário?

— Essa descrição também serviria para mim.

— Ah, é mesmo. Um caudilho com belas feições, se sentindo solitário e que não seja uma mulher?

— Se eu conhecesse um desses, não iria compartilhar com você.

— Regny sacou um odre da sobrecota e bebeu, passando-o para Thrit quando se deu por satisfeita. — Um mensageiro apareceu hoje de manhã trazendo notícias sobre uma doença que está se espalhando em Ófandauth. Sua Majestade ordenou que fôssemos na frente para avaliar se é seguro que ele faça uma visita. Se houver *mesmo* uma doença, ele quer que cuidemos da segurança da Issýn.

Em outros tempos, a Issýn fora a mais respeitada entre as vidente das neves. Ajudara Hróth a adotar as Seis Virtudes, se tornando mais tarde uma santária. Bardholt ainda visitava seu vilarejo de tempos em tempos.

— Todos precisamos ir? — Wulf perguntou.

— Vamos levar Sauma, mas Karlsten fica aqui — informou Regny.

— Preciso de uma folga dele por alguns dias. — Ela sacou a lâmina e a faca de amolar. — Não há de ser nada. Só desatino solar.

Quando Wulf se virou para encará-la, ela desviou o olhar. Ele sabia quando Regny duvidava do que dizia.

****

Eles dormiram no chão do salão de banquetes, junto com a maioria dos membros da casa real. Todas as rachaduras e frestas haviam sido tapadas para bloquear a luz do sol.

De manhã cedo, Wulf acordou sendo sacudido por Sauma. Assentindo com a cabeça, ele esfregou os olhos e procurou por suas botas de pele.

O céu parecia uma carapaça recém-removida e esticada. Do lado de fora do salão, a falangeta aguardava ao redor de uma fogueira. Vell tinha os olhos vermelhos e o rosto pálido. Wulf ignorou que Karlsten o encarava com ferocidade, mas ficou contente quando Regny apareceu.

— Que tal matar a ressaca? — murmurou para Vell, passando um odre que o outro rapaz aceitou com um grunhido.

Regny vinha trazendo uma pinça, que usou para pegar uma brasa do fogo e segurá-la diante deles.

Segundo diziam, o Santo havia segurado firme sua espada no duelo com o Inominado mesmo quando o hálito de fogo da criatura deixou Ascalun incandescente. Bardholt gostava de cada detalhe dessa história — um exemplo de coragem e fortaleza. Uma espada incandescente destruiria a mão, mas os pecadores de Hróth sempre podiam se redimir de seus pegados segurando um carvão em brasa por um tempo.

— Karlsten de Vargoy — Regny falou —, você jurou a sua falangeta que protegeria os segredos de todos. Ontem, você quebrou essa promessa. Traiu a virtude da confraternidade, que mantinha os laços do Santo com seu Séquito Sagrado. — O brilho da brasa refletia em sua pupila quando estendeu o carvão para ele. — Peça clemência à Cavaleira da Confraternidade. Mostre que está disposto a sofrer por seus vícios.

Karlsten bufou de desprezo. Tirou a luva esquerda e olhou bem para Wulf antes de virar lentamente a palma da mão para cima. Regny abriu a pinça, soltando o carvão.

Eydag fez uma careta e olhou para o outro lado. Karlsten mostrou os dentes. O pescoço se enrijeceu de dor e os olhos ficaram cheios de lágrimas, mas ele não emitiu nenhum som. Wulf se obrigou a assistir; Karlsten o encarou de volta com uma expressão de ódio. Ele segurou o carvão por mais tempo que o razoável antes de jogá-lo para o lado, com o rosto encharcado de suor.

— Meu sofrimento não faz nem sombra ao do Santo — falou, entre dentes. — Vou me esforçar todos os dias para tornar a minha alma digna de Halgalant.

— E eu vou garantir isso, como sua caudilha. Agora vá se tratar, e pense duas vezes antes de dar com a língua nos dentes de novo — Regny falou, com uma expressão fria como a neve. — Da próxima vez, o carvão vai para a sua boca.

****

Mais tarde naquele dia, enquanto cavalgavam para o norte, a neve começou a cair de um céu carregado. Os hrótios viajavam com cavalos pequenos e robustos, capazes de se equilibrarem nas pedras e no gelo do Marco Tumular — o domínio mais ao norte e ao leste de Hróth, onde a neve eterna era tão espessa e dura que o chão continuava preto por causa de cinzas caídas muito tempo antes.

Em suas poucas propriedades rurais e vilarejos, as pessoas obtinham um sustento modesto pescando no gelo e caçando nas florestas escuras, além de fazer comércio com os Hüran. No inverno, quase não havia luz do dia.

Fora ali que a Issýn decidira se recolher quando as videntes das neves foram privadas da posição formal que ocupavam na sociedade. Algumas se tornaram santárias ou curandeiras, enquanto outras se decidiram pelo exílio. A Virtandade não tinha a menor misericórdia por mulheres que conversavam com espíritos.

Mas a Issýn ajudara a convencer os hrótios a aceitar as Seis Virtudes. Era por isso que Bardholt sempre a visitava, para garantir que estava bem e receber conselhos. Uma sombra de sua juventude pagã ainda se mantinha dentro dele, enterrada viva sob o amor pelo Santo.

Era um terreno desolado e rochoso, marcado por caldeirões profundos de gelo nos arredores do principal acidente geográfico, uma montanha de cume plano chamada Undir. Para além dela, havia uma planície congelada chamada Nárekengap, onde terminavam todos os mapas do Norte. Muitos exploradores haviam tentado atravessá-la, assim como algumas videntes das neves de outros tempos, em busca de um vale lendário onde o gelo teria derretido.

No meio da planície infindável, uma torre de gelo se erguia dos rochedos, fumegando para o céu, o único ponto de referência em meio ao branco sem fim. Quantos mortos jaziam aos seus pés, ninguém sabia.

Wulf mastigava fatias de carne de cordeiro salgada e falava o mínimo possível. Seus pensamentos se voltavam a todo momento para a história da bruxa do Bosque de Ferro — a que se transformara em corvo.

Em Langarth, ninguém mencionava a Bruxa de Inysca perto de Lorde Edrick. A última pessoa a ousar fazer isso tinha sido Roland, aos catorze anos, quando seu excesso de confiança sempre o metia em problemas: *Pai, ouvi a cozinheira falar que Wulf deve ser cria da bruxa, porque foi achado no bosque. Isso é verdade?*

Seus pais sempre foram complacentes com os filhos, mas Roland vinha abusando da paciência deles fazia meses. *Wulf é seu irmão. Ele não tem nada a ver com a bruxa*, Lorde Edrick dissera, bem sério. *Trate de nunca mais abrir a boca para falar dela. Nem para ele, nem para ninguém. Estamos entendidos, Roland Glenn?*

Roland obedeceu, mas Wulf já sabia de muita coisa a essa altura. A primeira cozinheira que tiveram em casa vivia cochichando sobre a Dama do Bosque antes de ser demitida por Lorde Edrick, e Roland sempre passava as histórias adiante. Uma delas dizia que ela conseguia se transformar em pássaro.

Perto do meio-dia, Regny os conduziu até uma garganta onde um rio corria sobre fragmentos de basalto. Os cavalos galopavam tão perto de sua margem que Wulf podia sentir o gosto da água. Quando contornaram uma curva, ele viu a cascata que se assemelhava a uma faca branca.

— Já estamos perto — Sauma comentou.

— Tem um santário ali? — Thrit protegeu os olhos com as mãos para ver melhor. — Pelo Santo, era só o que faltava. Uma prece não solicitada.

Wulf seguiu a linha de visão de Thrit. Um vulto estava descendo o morro do outro lado do rio, com o hábito verde coberto de neve, acenando com um dos braços.

— Parem. — Quando o homem chegou mais perto, a duras penas, Wulf ouviu uma voz fraca e alquebrada: — Por favor, amigos. Não sigam adiante. Voltem!

Regny cavalgou pelo rio para abordá-lo.

— Santário — ela falou, com um tom imperativo. — Sou Regny de Askrdal, ossos dos ossos de Skiri Passolargo. Estamos aqui por ordem do rei.

— Não sigam adiante — o santário insistiu, com os olhos arregalados. — Volte, jovem caudilha, eu lhe imploro. Diga a Sua Majestade para desistir de sua viagem para o norte. Ele deve se afastar o máximo possível do Marco Tumular.

— Acalme-se — Thrit falou, com a testa franzida. — Qual é o problema, amigo?

— Uma maldição. Uma maldição em Ófandauth. Eu teria mandado uma mensagem para o rei, mas não sei mais quem está contaminado ou não. Estou aqui no cânion há uma semana, para alertar quem se aproxima. Prefiro morrer de fome a... — Ele fez o sinal da espada, estremecendo. — Alma nenhuma há de entrar em Halgalant dessa forma.

— As pessoas vão até você em busca de orientação, homem-do-santo — Regny esbravejou. — E você fica escondido aqui?

— Sou um santário, não um guerreiro ou um médico.

Wulf se aproximou de Regny.

— Santário, onde está a Issýn, a antiga vidente das neves? — perguntou.

— Trancada em casa. Assim como todo mundo que tem algum juízo.

Regny voltou o olhar para a trilha.

— Precisamos ver o vilarejo com nossos próprios olhos — ela explicou —, para que eu possa descrever a doença para o Rei Bardholt.

— Se você insiste, então imploro que não toque em ninguém. Tudo começa com uma vermelhidão nos dedos.

Sauma estreitou os olhos.

— E como termina?

O santário sacudiu a cabeça e despencou sobre uma rocha, com as mãos no rosto. Regny passou por ele sem olhar para trás.

— Não estou gostando disso — Sauma falou quando a alcançou. — Nós deveríamos voltar.

— E dizer o que para o rei? — Regny questionou, sem se alterar. — Que viemos aqui para nos informar sobre a doença e mesmo assim não fazemos ideia do que seja? Como isso iria ajudá-lo, Sauma?

Wulf entendia o que aquele tom de voz estridente queria dizer. Ela estava nervosa.

— Regny — ele interferiu —, você é a Caudilha de Askrdal. Deixe que nós vamos.

Regny estacou seu cavalo.

— Quando eu governar Askrdal, também devo mandar os outros enfrentarem o perigo no meu lugar?

— Bem, é assim que este mundo hierarquizado funciona — Thrit argumentou, ponderado. — Os de baixo plantam, os de cima colhem. Você pode questionar o sentido disso, ou a moralidade, mas...

— Eu não sou covarde, Thrit de Isborg. — Ela deu uma boa encarada em cada um. — Quem quiser pode ficar.

Ela esporeou o cavalo prateado e o fez seguir pela trilha.

— Quem ficar para trás vai sofrer na mão dela. Carvão em brasa, partes sensíveis... — Thrit avisou. — Não?

Wulf assentiu cautelosamente e saiu atrás de sua líder.

O vilarejo do fim do mundo era circular, formado por seis anéis com pequenas habitações de pedra bruta ao redor de um santuário feito com todo o capricho que faltava às demais construções. Locais como aqueles eram desoladores. Em meio às planícies pretas e a neve eterna, era difícil viver da terra, forçando os que ali moravam a sobreviver apenas de leite, manteiga e carne.

Isso só tornava mais estranho o fato de não haver nenhum rebanho por perto. Enquanto descia da sela, Wulf sentiu um leve odor de podridão. Tudo parecia abandonado. Os cavalos ficaram inquietos, bufando e relinchando.

Regny os conduziu na direção do telhado em degraus do santuário. Era bem treinada demais para dar sinais de inquietação, mas Wulf notou a tensão em seus ombros, a rigidez de suas costas. Todas as janelas estavam fechadas. Não havia sinal de fumaça saindo das aberturas do telhado.

As portas do santuário estavam trancadas com uma corrente. Thrit desembainhou sua lâmina e usou o cabo para bater.

— Tem alguém aí?

Só o vento respondeu.

Com gestos lentos, mas determinados, Regny sacou os dois machados que tinha.

— Espere. — Wulf segurou um deles pelo cabo. — O lugar foi fechado por fora.

— Se não formos olhar, outra pessoa vai ter que fazer isso. E, qualquer que seja essa doença, precisamos evitar que a Issýn a contraia.

— Ela olhou para o machado, que ele soltou. — Percorra o sul do vilarejo com Sauma. Encontre a Issýn. Thrit, você fica comigo.

Eles se separaram.

Sauma encaixou uma flecha no arco, enquanto Wulf mantinha uma das mãos na espada enquanto avançavam pela neve.

— Os animais podem estar pastando aqui perto — murmurou Sauma, esquadrinhando as casas com seus olhos escuros. — Perto de uma fumarola, talvez. Poderia crescer capim por lá.

— Não estou vendo nenhum fogo aceso também.

Toda vez que batiam em uma porta, não havia nem resposta nem movimentação do outro lado. Eles pararam ao mesmo tempo quando uma dobradiça rangeu em algum lugar no vilarejo. Trocando olhares, os dois se mantiveram à espera, com os ouvidos atentos.

Logo em seguida, se puseram em movimento de novo, enfim alcançando o braço do rio que marcava a extremidade sul do vilarejo. Wulf se aproximou da beirada e olhou para a cascata lá de cima.

A garganta estava deserta. Onde antes estava o santário, só restava um longo rastro de sangue.

— Sauma — ele falou.

Ela se aproximou. Ao ver a cena, respirou fundo.

— Lobos — disse, soltando com força o ar, que se condensou em vapor ao sair de sua boca. — Ou um urso. Cada vez mais, eles vêm saindo do mar congelado durante o inverno. — Apertou o arco com mais força. — Seja atacado por um urso feroz ou por uma doença, estou disposta a acreditar que Ófandauth é um lugar amaldiçoado.

— Quero ver o que aconteceu. Me dê cobertura.

Sauma ficou olhando para ele.

— Precisamos encontrar a Issýn.

— Pois é. — Wulf olhou para ela. — E depois ainda precisamos tirá-la daqui viva. E sem nenhuma parte do corpo faltando.

UM DIA DE CÉU NOTURNO — VOLUME I

Antes que Sauma pudesse responder — não que fosse tentar, de qualquer forma —, ele foi buscar o cavalo. Conduzindo-o pelas rédeas, voltou para a trilha, com os cravos das botas se encravando no gelo e na rocha, e se viu mais uma vez diante da cascata branca.

Depois de amarrar a montaria, olhou para cima à procura de Sauma, com o arco em punho. Ela fez um aceno de cabeça. Wulf sacou a espada e respirou fundo antes de atravessar a queda-d'água.

A luz do dia iluminava a caverna, menor do que a maior parte das que tinha visto em Hróth. Estava cheia de pedaços pontudos de rocha, paredões que eram como dentes quebrados. Wulf saiu do rio, firmou bem os pés no chão e examinou os arredores. Seu manto pingava, um ruído que era abafado pelo rugido de dentro da caverna.

O nervosismo se desenrolava como um estandarte em suas entranhas. Ele ficou com os ouvidos atentos, para detectar o som de qualquer forma de vida, antes de dar mais um passo, sentindo que o retinir dos cravos da bota na rocha era alto demais. Um odor forte e denso incomodava sua garganta, provocando um aperto em seu peito.

O santário não estava por perto. Quando Wulf se aventurou mais para o fundo da caverna, o frio deu lugar a um calor seco, e ele procurou por vestígios de sangue. Por duas vezes, quase torceu o tornozelo. Ao contornar um canto, se viu em uma caverna menor. Presas reluzentes de basalto se projetavam do chão e do teto, dando a impressão súbita de que ele estava entrando em uma boca assustadora.

A princípio, pensou que fossem pedras — só que pedras raramente teriam um formato tão parecido. Estavam todas apinhadas, escuras e esburacadas. Como se estivesse em um sonho, caminhou entre elas, sentindo o suor escorrer pelo rosto e pela nuca. O mais próximo chegava até seu peito. Seguindo um estranho instinto, arrancou uma das luvas e pôs a mão sobre a superfície.

A pedra era áspera a ponto de arranhar a pele, e estava quente como se tivesse saído do fogo. Com os dedos trêmulos, ele se sentiu invadido por um turbilhão de sensações: afinidade, desejo, medo e, acima de tudo, uma determinação jamais imaginada. Fosse lá o que estivesse tocando, não deveria existir. Aquilo era *errado*.

E, um instante depois, rachou.

Wulf deu um salto para trás. Pequenas fissuras de um vermelho-vivo apareceram na rocha, e nuvens de vapor começaram a sair por elas.

Ele vasculhou mentalmente o lugar. Aquela caverna devia se conectar de alguma forma com o Monte Dómuth: era uma espécie de extensão da montanha de fogo. Enquanto via as pedras racharem, sentiu o cheiro de enxofre e podridão — e algo mais, algo que embrulhou seu estômago.

— Wulf!

A voz o tirou de seu transe. Ele se afastou da pedra fumegante e saiu tremendo para a luz do dia. A corrente de água gelada que caía o fez voltar a si.

Sauma estava lá, ao lado do cavalo, com Regny e Thrit e uma mulher magra com roupas de pele, de cabelos e compleição pálidos como uma névoa.

— Wulf — Thrit o chamou. — O que você encontrou?

Ele tentou responder. De alguma forma, precisava explicar o que tinha visto e cheirado e sentido naquela escuridão.

— Venham comigo — Regny ordenou. — A Issýn se agarrou à cintura dela na montaria. — Vamos voltar para Solnótt.

De algum lugar do alto, veio um grito terrível, que assustou os cavalos. Todo encharcado, Wulf subiu na sela, e os cinco avançaram como uma inundação pela garganta entre as rochas, se afastando de Ófandauth com a maior rapidez possível.

25
Sul

Nzene era uma cidade cercada de montanhas. Caminhando por suas ruas de mármore, era quase possível se sentir envolvido por um par de mãos gigantescas, com as avermelhadas Espadas dos Deuses se erguendo como dedos no alto, projetando sua sombra sobre os sete distritos quando o sol baixava.

Tunuva estava em um terraço coberto com vista para a Morada de Abaso, um dos diversos jardins de prazeres da cidade. O Rio Lase corria por baixo do local, alimentando os poços e banhos públicos. Comerciantes vendiam gelo frutado, incenso e flores, enquanto as pessoas se refrescavam na famosa fonte de Abaso, a alta divindade da água, rival e amante de Washtu.

Ela esperava encontrar preocupação no rosto das pessoas. Os lássios conheciam a ameaça do Monte Temível como poucos — mas os habitantes de Nzene pareciam despreocupados, saboreando o verão. Isso devia ter alguma relação com a postura de seu governante, Kediko Onjenyu. A Prioresa lhe escrevera para alertar sobre o perigo, mas ele talvez tenha achado por bem não tomar nenhuma medida.

Gashan Janudin era sua protetora havia vinte anos. Tunuva queria falar com ela primeiro.

Prendeu uma mecha de cabelos atrás da orelha. Vários governantes sulinos do passado presentearam o Priorado com casas elegantes, que Saghul chamava de *laranjeries*. Esbar gostava mais daquela — adorava a agitação da capital da Lássia, a correria da vida cotidiana —, enquanto Tunuva preferia uma propriedade mais isolada em Rumelabar, com suas paisagens desérticas, sua enorme biblioteca e seus pacíficos bosques de limoeiros.

Espremendo os olhos, ela se voltou para o sol. Uma névoa seca pairava no céu, tornando seus raios opacos, como vinha acontecendo havia meses — a cada dia menos densa, mas sem se dissipar por completo. A Lássia tinha uma temporada de céu encoberto todos os anos, quando os ventos orientais sopravam para lá a poeira do Burlah, mas nunca por tanto tempo. E nunca tão espessa.

— Minha senhora.

Tirando os olhos do céu, Tunuva viu uma moça. Vestia uma túnica preta sem mangas por causa do verão e saia bege com um cinto à cintura e bordada no padrão selinyiano. Essas vestimentas, assim como o ouro em seus cabelos trançados, a assinalavam como alguém do palácio.

— Que você possa descansar à sombra de uma árvore florida — falou, em uma saudação bastante comum para o meio-dia. — O Alto Governante está pronto para recebê-la.

Embora o sol estivesse mais ameno por causa da poeira, o chão estava quente como um pão recém-saído do forno. Se sentindo grata pelas solas grossas de suas sandálias, Tunuva caminhou pelas ruas familiares repletas de treliças, onde vinhas e flores cor-de-rosa se enrolavam, oferecendo espaços sombreados. Embora continuasse de ouvidos atentos quando passava por comerciantes e cartógrafos, não ouviu comentário algum sobre o Monte Temível.

Em pouco tempo, estava nos degraus largos diante do Palácio do Grande Onjenyu. Ladeada por pomares e bosques de cedro, a construção ficava no alto de um promontório avermelhado, com duas torres de vento idênticas se destacando como seus pontos mais altos. Havia terraços escavados por todo o morro, cada um transformado em um jardim sagrado para as altas divindades da Lássia, presentes nos altares na forma de grandes estátuas. Pelas paredes se espalhavam as reluzentes sopros-de-sol, com um perfume doce como pêssego.

Tunuva foi conduzida ao alto do promontório, que abrigava o magnífico Palácio Superior. A mensageira a acompanhou até um pátio interno descoberto, onde havia duas palmeiras inclinadas sobre uma fonte.

— Tunuva.

Ao ouvir aquela voz, Tunuva se virou com um sorriso, que se desfez quando Gashan Janudin, com a cabeça raspada, usando um manto justo que deixava exposto um dos ombros elegantes, se aproximou.

Aqueles doze anos a haviam transformado. Os braços, antes musculosos, estavam roliços e reluzentes, carregados de pulseiras de ouro que combinavam com o colar. O dourado também delineava seus olhos, se destacando contra a pele negra, refletindo a luz do sol que entrava pela abertura no teto.

— Que bom ver você — ela falou. — Já faz tanto tempo.

— Irmã — Tunuva respondeu, ao se recuperar do choque.

Aos trinta anos, Gashan era a maior guerreira do Priorado. Se Saghul não a tivesse enviado para proteger o chefe da Casa de Onjenyu — o que era uma imensa honra —, a munguna seria ela, mas Esbar acabou escolhida, e Gashan acabou aceitando o posto que recebera.

Quatro anos depois, Esbar lhe fez uma visita e voltou furiosa. Relatou que, em vez de manter distância da política, Gashan se entregara aos confortos e às oportunidades que a corte proporcionava, subindo tanto na hierarquia palaciana que Kediko a indicou para o Conselho Real. Tunuva nunca visto Saghul tão irritada quanto no dia em que recebeu aquela informação.

Tantos anos de instrução jogados fora. Não somos serventes, nem bajuladoras profissionais. Kediko está nos insultando, e com a colaboração dela.

Em privado, Tunuva se perguntou se as duas não teriam se precipitado em seu julgamento. Gashan estava tentando se adequar a uma vida longe de casa, mantendo a cabeça fora d'água — mas, agora que via as vestimentas de sua irmã, entendeu que ela bebera vinho do sol em demasia.

O vermelho poderia ser a cor da moda por ali, mas, em sua família, era restrito à Prioresa.

— Estava esperando por Siyu uq-Nāra. — Gashan falava em um lássio truncado, no dialeto libir. — Ela está com você?

Tunuva a observou bem. *Ela não me chamou de irmã.*

— Siyu deseja estudar um pouco mais antes de assumir seu posto, mas certamente vai ser de grande valia para a Princesa Jenyedi — Tunuva respondeu, em sua língua materna, o selinyiano. — A Prioresa deseja mandá-la para cá em meados do inverno.

— É melhor mesmo que ela só venha quando estiver pronta. — Gashan a conduziu por uma arcada. — Sua Majestade está à sua espera. Ele é um homem ocupado, Tunuva. Espero que isso não tome muito de seu tempo.

Gashan fora enviada para proteger o Alto Governante, mas parecia mais preocupada em preservar o tempo dele.

— Vou tentar ser concisa — Tunuva respondeu. Enquanto as duas caminhavam lado a lado, resolveu insistir mais um pouco, falando em lássio dessa vez: — Espero que esteja se saindo bem, irmã. Já faz muito tempo que você não volta para se reportar ao Priorado.

— Eu escrevo para a Prioresa a cada estação, mas meus deveres me impedem de me afastar demais da corte.

Tunuva se preparou para uma conversa desagradável. Ela não gostava de confrontos.

— Fico me perguntando por que você aceitaria uma posição no Conselho Real — comentou, cautelosa. — Seu dever principal é para com a Mãe.

— Eu a sirvo defendendo seus familiares. E isso inclui proteger os interesses financeiros deles — Gashan respondeu, em um tom brusco. — Temos sorte que a poeira só chegou depois da colheita, mas a próxima com certeza vai ser fraca. Alimentar uma cidade toma boa parte do meu tempo.

Tunuva desistiu de conversar e se limitou a olhar adiante, desejando que Hidat tivesse vindo em seu lugar.

Siyu tentara fugir do Priorado. Agora Gashan virava as costas para seus costumes. A erupção deveria unir todas elas. Em vez disso, as relações entre a família de Tunuva estavam se esgarçando, e ela não fazia ideia de como fortalecê-las.

Gashan a conduzia em meio a lajotas de cerâmica em tons de branco e preto. As portas ficavam abertas, trazendo os perfumes de cada jardim sagrado: limão, damasco, aipo vermelho. Tunuva esperou que a irmã lhe perguntasse do Priorado.

— Me diga — falou, percebendo que Gashan não se manifestaria —, Kediko está pronto para defender Nzene?

— De que, exatamente?

— O Monte Temível entrou em erupção, Gashan — Tunuva respondeu, sentindo mais inquieta. — Esbar e eu vimos alguma coisa emergir naquela noite. Pensei que a Prioresa tivesse lhe dado a notícia.

— Sim, ela escreveu no inverno. Nada aconteceu desde então. — Gashan continuou andando. — Sua Majestade não quer semear o medo entre as pessoas.

— Ele está fazendo os preparativos em caráter privado?

— Não. Acredita que o Inominado não passa de uma história para assustar criancinhas. E às vezes cheguei a pensar o mesmo.

— Uma história? — Tunuva sacudiu a cabeça. — Irmã, isso é sacrilégio.

— Fazer questionamentos sensatos é sacrilégio? — Gashan rebateu, em um tom ácido. — Talvez em um mundo confinado.

— Isso é loucura. Se o Inominado nunca tivesse vindo para a Lássia, então como o Priorado existiria?

Gashan encolheu um dos ombros.

— Siyāti afirmava que Cleolind era a Princesa da Coroa da Lássia; outros dizem que ela não era a favorita de Selinu para sucedê-lo. Se *não* estava destinada a ser herdeira, não faz sentido que tenha encontrado outro lugar para governar?

Tunuva tentou manter a compostura. Gashan falava como se aquela fosse a única conclusão possível.

— Suas palavras são um grave insulto à Mãe — disse, baixinho. — E também desonram os lássios que morreram quando a fera atacou Yikala. Que você possa imaginar que é uma mentira…

— Eu não disse isso. Só estou argumentando que histórias podem ser floreadas. Quanto ao que viu em Mentendon: estava escuro, e imagino que houvesse muita fumaça. — Gashan cumprimentou outra cortesã com um aceno de cabeça. — Esbar sempre teve uma imaginação muito viva.

Esbar teria retrucado na mesma moeda. Tunuva só conseguiu sentir uma tristeza que apertava sua garganta. Quando chegaram ao andar mais alto do palácio, duas guardas abriram caminho.

— Sua Majestade tem muitas preocupações, irmã — Gashan disse a Tunuva. — Confio em você para não tornar esse fardo ainda mais pesado.

Pelo tom de voz de Gashan, era como se Tunuva tivesse ido implorar favores ao homem. Estava começando a entender por que a longa viagem de volta ao Priorado não havia sido suficiente para acalmar Esbar.

— Só estou aqui para proteger o Alto Governante — Tunuva argumentou. — Você e eu estamos do mesmo lado, Gashan.

— Claro. — Ela abriu um breve sorriso. — Adeus, então, Tunuva.

Ela se afastou. Tunuva passou pela dupla de mulheres de armadura, voltando para a luz encoberta do sol.

Geralmente, seria mais quente lá em cima. Em vez disso, o terraço estava agradavelmente fresco, distante do chão escaldante lá debaixo. Tunuva admirou a cidade de cima antes de encontrar o Alto Governante da Lássia.

Kediko Onjenyu já se aproximava da casa dos cinquenta anos. Sentando-se embaixo de uma cobertura, usava um manto de tecido de cortiça e estava quase terminando de comer uma codorna assada. Duas serventes o abanavam, uma terceira ficava de prontidão com um espanador de moscas e uma última segurava uma tigela com sal defumado no carvalho.

— Alto Governante — disse Tunuva. — A Prioresa manda lembranças.

Ele a olhou brevemente. As pálpebras caídas o fariam parecer entediado, caso as sobrancelhas arqueadas não lhe conferissem um ar de constante surpresa. Seu rosto, portanto, era motivo de apreensão, pois nunca se sabia ao certo se estava satisfeito ou decepcionado.

— Uma irmã do Priorado — ele comentou, em selinyiano. — Minha tesoureira me avisou sobre sua vinda. — A pele dele tinha o tom do bronze envelhecido. — Não me lembro de tê-la visto antes.

— Sou Tunuva Melim. Eu o visitei quando ainda era príncipe — Tunuva falou, suprimindo sua resposta mais instintiva e imediata: *Ela não é sua.* — Para entregar um presente e fortalecer nossa amizade com sua falecida mãe.

— E desta vez também trouxe um presente para fortalecer nossa amizade?

— Na forma de uma mensagem. Venho em nome de nossa munguna, Esbar uq-Nāra.

— Eu sei quem é Esbar. — (Bem *até demais* foi a implicação por trás da declaração.) — Ela está muito ocupada para vir pessoalmente?

— Esbar tem muitas responsabilidades no Priorado.

— Eu tenho muitas responsabilidades aqui, mas mesmo assim reservei um tempo para recebê-la. — Depois de um longo silêncio, Kediko apontou com a cabeça para o canapé do outro lado da mesa. — Junte-se a mim. Venha compartilhar das benesses de Nzene.

— É muita generosidade sua.

Tunuva se sentou no canapé. Uma outra servente pôs uma colher de xarope de tâmara em um copo, depois o encheu até a boca com cerveja de um dourado-escuro. Enquanto observava o que havia na mesa, seu olhar se voltou para uma pilha de laranjas — as da espécie pequena e amarga que crescia nos bosques de Yscalin.

Kediko a observava. Assumindo uma expressão mais neutra, ela deixou de lado as laranjas e pegou uma ameixa seca, deixando intocada também uma romã. Aquela era uma fruta da realeza, sagrada para a Casa de Onjenyu. Embora aquelas laranjas azedas fossem um insulto, Tunuva não deixaria de respeitar os costumes.

— Faz quase dois anos que não sou agraciado com uma visita de uma irmã do Priorado. — Kediko arrancou uma coxa da codorna. — Veio me dar uma reprimenda ou uma lição?

— Nem uma coisa, nem outra. — Tunuva o olhou bem nos olhos. — O senhor deve saber que o Monte Temível entrou em erupção alguns meses atrás.

— Não. Eu não fazia nem ideia. — Ele virou a coxa na mão. — Meus mensageiros devem ter se esquecido de me informar. Sem você, eu permaneceria no escuro.

— Não foi isso o que quis dizer — Tunuva falou, sem se alterar.

Kediko soltou um grunhido e deu mais uma mordida na codorna. — Nossa Prioresa escreveu para Gashan no outono, para avisar que algo havia emergido da montanha.

— Gashan tem muitas obrigações como membro de meu Conselho Real, principalmente com a ameaça a nossa colheita.

Tunuva girou o copo de cerveja gelada, misturando o xarope de tâmara, que amenizava a acidez da bebida.

— Gashan é uma irmã do Priorado — falou. — Sua principal obrigação é para com a Prioresa.

— Se vocês insistem em mandar suas... guerreiras para minha corte, eu não vou deixá-las à toa pelos corredores. Já tenho minhas guarda-costas. — Kediko apontou com a cabeça para as mulheres de armadura na entrada. — Gashan não era necessária para essa função, então decidi lhe dar outra.

— Com todo o respeito ao senhor — Tunuva respondeu, com um tom gélido —, não lhe cabia fazer isso.

— Então cabia a quem, se ela está na minha casa? — Kediko fez um gesto para uma servente, que retirou a codorna da mesa. — Um de meus embaixadores estava no oeste de Mentendon na noite em que o Monte Temível se abriu. O que se viu foi a erupção e a fumaça, nada mais.

A maioria das magas tinham uma visão mais apurada, mas Tunuva achava que ele não ia gostar de ouvir isso.

— Ainda não temos certeza do que saiu de lá de dentro. Só o que sabemos é que tinham asas.

Ela esperava ver no rosto dele um sinal de que estava se dando conta da situação. Em vez disso, Kediko a encarou com uma expressão indecifrável e se recostou no assento.

— Por que está aqui?

— Esbar quer se certificar de que o senhor está preparado para defender a Lássia.

— Entendi. O que está me dizendo então é que preciso de uma desconhecida, alguém sem nenhuma experiência em governar nada, para me lembrar de proteger meu país. — O sorriso voltou ao rosto dele. — Eu deveria me sentir insultado, e com razão. Em vez disso, vou agradecê-la por sua preocupação e lhe garantir que a Lássia está preparada para o que quer que seja.

— A Prioresa pode mandar mais irmãs, se precisar de auxílio.

— É uma oferta muito caridosa, mas manter uma de suas irmãs já me custou uma fortuna em roupa e alimentos antes de se tornar minha tesoureira. Pelo que sei, o Priorado deseja mandar outra de suas guerreiras para cá, para vigiar minha filha.

— Por ora, talvez seja melhor nos atermos à questão da defesa da Lássia. Não vi nenhuma estrutura desse tipo em Nzene.

— E eu não vi nenhuma evidência da presença de wyrms. Por que eles se esconderiam por tanto tempo? — questionou. — Não vou deixar meu povo apavorado cercando as cidades de maquinário de guerra apenas com base em fumaça e rumores. Em vez disso, vou esperar a história amadurecer e ver o que acontece. Pois bem, o que mais você quer?

— Sou obrigada a insistir, senhor. Eu *vi* uma revoada — Tunuva falou, com firmeza. — Se não houver um esforço para reforçar suas...

— Eu tenho um exército numeroso e bem treinado — ele a interrompeu. — Além disso, até onde sei, foram *vocês* que fizeram um juramento de defender o Sul. Por que tanta preocupação com nossas defesas se temos o Priorado?

— Senhor, vamos lutar até a última mulher pela Lássia, mas o Priorado não vai bastar para...

— O que mais?

Tunuva observou aquela expressão impassível e se deu conta de que estava falando com as paredes. Por mais que afirmasse e reafirmasse o que tinha visto, Kediko não acreditaria nela.

— Por respeito a nossa antiquíssima aliança, peço sua permissão para vasculhar as Espadas dos Deuses — falou.

Kediko lavou as mãos em uma bacia com água.

— Para quem ainda segue a fé das montanhas, as Espadas dos Deuses são um solo sagrado. Já faz séculos que ninguém põe os pés lá.

— Nossas patrulheiras estão investigando relatos de desaparecimentos nas regiões montanhosas e nas proximidades de fontes termais. O Priorado pode se certificar de que não há nenhum perigo à espreita na sua cidade.

Uma quinta servente se aproximou para pôr um prato com um favo de mel puro, banhado em sua própria doçura diante de Kediko. Ele segurou o espeto que o mantinha no lugar.

— Você já parou para pensar que o Priorado é uma instituição ultrapassada?

Ela precisava responder, mas ele se pôs a comer o favo, mel escorrendo por seus dedos, e ela se sentiu na clareira, era capaz até de ver o sangue verter.

— Séculos atrás, foi estabelecido em comum acordo que o Priorado da Laranjeira jamais se submeteria ao governo da Lássia. Em troca, vocês nos ofereceram proteção contra o Inominado — continuou Kediko. — Eu dispenso essa proteção. Na verdade, estou começando a enxergar o Priorado de uma forma bem distinta à dos meus ancestrais. Estou começando a vislumbrar uma seita perigosa, que se recusa a reconhecer o domínio da lei, ou a pagar as taxas e os impostos que sustentam o Domínio da Lássia. Não só isso, mas também enviam assassinas para dentro do meu palácio... pessoas treinadas para matar que não me veem como seu governante.

Ele cravou de novo os dentes no favo de mel. Tunuva sentia cada mastigada, cada engolida.

— Cleolind pode ter engravidado quando estava na Bacia. Nada impede que vocês tenham uma usurpadora em suas fileiras — ele prosseguiu. — Sua Prioresa pode inclusive querer conspirar para me tirar do trono. Para todos os propósitos, o Priorado é um exército separatista posicionado na entrada da minha casa. Considero isso um motivo de preocupação.

— Em séculos de existência, nunca fizemos nada contra vocês. — Tunuva por fim conseguiu despertar sua língua. — A linhagem da Mãe é tão preciosa para nós quanto sua memória. Queremos garantir a segurança de sua família, e também da Lássia.

— Certamente. — Ele lavou o mel da mão. — Vasculhe as montanhas. Depois volte para a Bacia Lássia e diga a Saghul Yedanya que minha filha dispensa a companhia de uma dama de honra armada.

Tunuva absorveu aos poucos o impacto daquele golpe.

— Alto Governante — falou, com a voz embargada —, Siyu uq--Nāra é uma iniciada muito dedicada, que está se preparando para esse posto há anos. Isso representa uma grande honra dentro do Priorado. E a princesa precisa...

— E tenho dito. Mande lembranças a sua Prioresa — Kediko concluiu. — Adeus, Tunuva.

Ele deu mais uma mordida no favo.

Tunuva se deixou conduzir de volta pelas escadas, com os sentidos entorpecidos pela negativa que recebeu. Tinha ido até lá para fortalecer um relacionamento, que acabou ruindo em suas mãos. Esbar deveria ter conduzido aquela visita, no fim das contas.

Ela deteve o passo quando ouviu uma voz conhecida. Gashan estava no jardim, conversando com um fruticultista. Sentindo o gosto amargo da derrota, Tunuva foi andando em sua direção, ignorando os protestos das guardas.

— Você não está ajudando em nada aqui.

Gashan se virou em sua direção. Ao ver as guardas, fez um gesto para que parassem e dispensou o fruticultista.

— É bom lembrar que você está em uma corte, irmã — ela falou, baixinho, guiando-a para a sombra de uma árvore. — Tente não se comportar como Esbar, caso contrário não será mais bem-vinda.

— Ao que parece, nenhuma de nós é bem-vinda. Ele quer romper o acordo, Gashan. Ao permitir que ele deixasse de acreditar no Inominado, e deixá-lo pensar que estamos conspirando contra o trono dele...

— Eu não fiz nada disso.

— Pois é. Você não fez nada mesmo — Tunuva retrucou, frustrada. Gashan comprimiu os lábios. — Não importa o quanto suas crenças tenham mudado, o fato é que eu vi criaturas aladas emergindo do Monte Temível. Kediko está em perigo. Você precisa fazê-lo acreditar, Gashan, ou a Lássia vai pagar o preço.

— Isso é uma ameaça?

— Como pode me perguntar uma coisa dessas? — Tunuva acendeu sua chama. — Você carrega isto consigo também. A laranjeira não significa mais nada para você?

Gashan olhou para o fogo e, por um instante, algo em sua expressão pareceu ceder.

— Significava. No passado — falou, baixinho, em selinyiano. — Mas não vou mais ser prisioneira da árvore, Tuva. E, pelo que ouvi dizer, Siyu também não.

— Foi você que o aconselhou a não a receber, então? — Gashan não respondeu, e Tunuva acrescentou em voz baixa: — Quando voltar à Bacia Lássia, vou comunicar à Prioresa que você decidiu abdicar de seus deveres. Adeus, irmã.

26
Leste

Por mais que esperasse encontrar coisas hostis no nível do chão, não imaginava que o verão estaria entre elas. Na montanha, o verão significava vento e neblina, mas não a ausência do frio. O frio era reconfortante. Era sinônimo de seu lar.

Ali, o verão era quente. Um calor intenso e infindável. Quando se despia das sedas à noite, era como se estivesse descascando uma fruta. Ela grudava em tudo o que tocava, como uma mariposa em uma teia de aranha.

A maioria dos cortesãos precisava do arauto do sol para acordar todas as manhãs — principalmente agora, com tanta névoa no céu —, mas Dumai ainda era seu próprio galo. No Dia do Pescado Dourado, acordou com as cobertas úmidas e os cabelos encharcados. Já estavam compridos demais para o seu gosto, mas Osipa mandou que ela o deixasse crescer, para que suas damas da corte pudessem fazer penteados mais imponentes.

Virou-se de lado, nua e trêmula. Uma figura indistinta atormentara seus sonhos, assim como a dragoa no lago.

Tomando o cuidado de não incomodar Osipa, ela se vestiu e saiu na ponta dos pés da antecâmara, indo em direção aos Jardins Flutuantes. Deslizando a porta para o lado, subiu sem dificuldades no gradil, assustando um musaranho-de-água, e foi andando até a ilha mais próxima, tentando não pensar no que seus tutores diriam se vissem a estudiosa princesa naquele momento, descalça na lama.

A lua ainda estava de pé no céu cinzento, quase clareando. Ela atravessou as pontes até a sétima ilha, onde um velho salgueiro despejava seus galhos sobre as malvas-rosas.

Kanifa a esperava debaixo da árvore. Depois de uma temporada na corte, já parecia bem maior que ela. Os dois eram igualmente fortes na montanha, moldados pelas escaladas diárias, mas, enquanto ele ganhara massa muscular desde a descida, treinando com lança e espada, Dumai ia perdendo mais da sua a cada dia.

— Já está pronta para o ritual? — ele perguntou.

— Acho que vou desmaiar por causa do calor. Não era você que dizia que eu era feita de neve?

— Mas ainda não vi você derreter. Apesar de que o calor é bem mais difícil de suportar do que eu esperava.

— Meus eminentes tutores concordaram, o que é uma coisa rara, que se trata de um indício de erupção em uma montanha de fogo.

A curiosidade se acendeu nos olhos dele.

— Onde?

— É nisso que discordam. — Dumai explicou. — Um acredita que é uma montanha no extremo norte, enquanto o outro está certo de que é do outro lado do Abismo. Acho que eles gostam de ficar discutindo.

Houvera um tremor de terra depois de seu encontro com Furtia Tempestuosa, que abalou a costa leste de Seiiki, causando um vagalhão que afetou a Baía do Pôr do Sol.

— Hoje vou ficar de olho no Senhor dos Rios — Kanifa falou. — Me disseram que tenho talento com o arco.

— Com olhos como os seus, claro que sim. Mas preste atenção nos serviçais. Ele jamais me atacaria abertamente.

Não, Kuposa pa Fotaja era uma lâmina envolvida em diversas camadas de tecidos finos. Dumai nunca conhecera um homem que demonstrasse tamanho charme e cortesia. Convidara-a para se juntar a ele em caminhadas pelos jardins, em festas e corridas de cavalos, em concursos de tiro com arco e apresentações musicais. Osipa precisava se esforçar para tentar inventar diferentes negativas. No dia seguinte, ele sempre mandava para Dumai um belo presente e um poema lamentando a ausência de sua companhia.

Ela não podia farejar por este vento, por mais atraente que fosse sua fragrância. Para o plano funcionar, era preciso limitar as oportunidades que ele teria para minar sua posição.

— É a filha dele que me preocupa — admitiu Kanifa. — Ela está de volta à corte.

— Sabe para onde ela foi dessa vez?

— Não. Pelo que ouvi, às vezes vai ver como estão as coisas nas propriedades dele. Imagino que também esteja atrás de informações.

— Não há informações que ela possa obter sobre mim. — Dumai pôs a mão no peito dele. — Saber que está por perto torna tudo isso bem mais fácil de suportar.

— Não existe lugar no mundo que gostaria de estar a não ser aqui — ele respondeu. — Com você.

As aves aquáticas piavam em meio aos juncos. Os dois se viraram para contemplar o Monte Ipyeda. Enquanto a aurora dourava o horizonte, Dumai olhou para o terceiro pico com a certeza de que, de lá, sua mãe olhava de volta.

****

Ela estava acordada na cama quando o arauto do sol chegou com seu sino, para despertar todas para o dia da cerimônia. Começou pelas damas de companhia, e logo chegou até Dumai. Elas pentearam seus cabelos com óleo e enfeitaram seus cílios com orvalho, tagarelando enquanto trabalhavam.

— Eu a vi atravessando o bosque de pinheiros hoje de manhã — Juri contou para as outras. Era a mais jovem entre as damas da corte, sempre alegre, muitas vezes ruborizada. — Ela tem uma silhueta tão elegante.

— Estava visitando a Dama Imwo.

Um risinho de deboche.

— Imwo é séria demais para ela.

— Ah, Puryeda, todo mundo fica sério quando vira viúva. Você não se lembra de como ela era antes?

Dumai fingia não escutar. Osipa lhe explicara que se inteirar de cada fofoca que circulava pela corte poderia ser a chave para seu sucesso.

Kuposa pa Yapara, a mais alta e mais orgulhosa entre as damas da corte, se mantinha em silêncio o tempo todo. Mais de uma vez, já tinha puxado o pente com força desnecessária, fazendo Dumai cerrar os dentes.

Osipa percebeu.

— Dama Yapara — falou —, vá buscar o manto da princesa. Eu termino o penteado.

A Dama Yapara obedeceu sem protestar. Finalmente aprendera a não discutir com Osipa, que assumiu o trabalho, arrumando as últimas mechas com seus dedos rígidos, de juntas grossas.

O Imperador Jorodu aguardava Dumai na sala íntima da residência privativa imperial, o Pavilhão da Água, com vista para um jardim murado e inundado, que refletia a trama de azuis e vermelhos no céu.

— Dumai — ele disse, com um sorriso que enrugou os olhos cansados. — Venha comigo, por favor. Podem nos deixar a sós — acrescentou para os guardas.

Eles se retiraram, levando consigo suas lanças. Dumai se ajoelhou diante da mesa e retirou o manto. Ainda tentava comer como fazia na montanha, mas era difícil no palácio, onde o sal marinho temperava até as aves e as verduras.

— Fico contente em vê-la — disse o imperador. Um gatinho preto subiu em seu colo, e o imperador o acariciou com a unha entre as orelhas, fazendo-o miar. — Imagino que esteja confortável, e sendo bem tratada.

— Sim, pai. Obrigada.

— De verdade?

Dumai pegou um par de palitinhos para comer. Nunca os tinha usado no templo.

— A Imperatriz Sipwo ignora a minha presença — admitiu —, e nem todas as damas da corte estão dispostas a fazer amizade comigo. — Ela escolheu uma fatia de faisão grelhado. — Suzu é sempre muito meiga e gentil.

— E isso torna o que você veio fazer aqui ainda mais difícil.

— Sim.

Ele serviu para ela um copo de água de cevada.

— Este jardim não é só um retiro agradável. É a antiga chocadeira — contou. — Os primeiros dragões vieram do céu, mas passaram tanto tempo no mar que começaram a botar ovos, como peixes. Uma coisa rara e maravilhosa. Eles os deixavam aqui, aos cuidados dos humanos, e nós os criávamos desde que nasciam, acompanhando seu crescimento.

— Onde eles estão agora?

— Quando os deuses se retiraram do nosso mundo, levaram consigo seus ovos. Àquela altura, fazia muito tempo desde que o último eclodira. — Deu um gole na própria bebida. — Pedi a seus tutores para marcarem um exame. Eles me disseram que você respondeu a todas as perguntas com precisão e clareza. Seu sucesso é uma prova de sua dedicação, Dumai, e agradeço por isso. Sei que mal teve tempo para descansar desde que chegou.

Era verdade. Durante toda sua estadia no palácio, ela não dormira mais do que algumas poucas horas por noite. Havia muito a aprender: sobre terras e impostos e propriedades, a distribuição das atribuições na hierarquia; quais deuses haviam ido dormir em qual das doze províncias.

Mesmo assim, guardar tudo isso na cabeça fora fácil. Ela tinha uma boa memória, e sua mãe e a Grã-Imperatriz já tinham ensinado a ela muita coisa. Pensando bem, Dumai deveria ter desconfiado de que havia alguma coisa estranha — nenhuma cantante-aos-deuses precisaria escrever e falar lacustre e sepulino. As duas deviam temer que algum dia Dumai seria descoberta.

Mas em nenhuma das lições ela aprendera alguma coisa sobre a população de Seiiki, sobre como era a vida das pessoas comuns. Isso a incomodava. Sua mãe tinha sido uma delas.

O que ela *conseguiu* entender foi o nível de astúcia empregado pelos Kuposa para se consolidar no poder. Eles tomaram todas as posições relevantes na corte. Ela também sentia que haviam contribuído para a ausência de outros Noziken, que viviam isolados em propriedades remotas, separados uns dos outros, sob a justificativa de que seria para sua própria proteção. Osipa estava certa. Não restavam muitos deles.

— Fico feliz em agradá-lo — Dumai disse ao pai.

— É mesmo? — ele perguntou. — Feliz?

Dumai deu um gole em sua água.

— Sim — falou. — Depois que estive diante da grande Furtia, me convenci de que este é meu caminho. — Ela baixou o copo. — Sonhei por muito tempo que os deuses viriam me chamar.

— Então você é mesmo uma sonhadora, como seu nome dá a entender. — Ele sorriu. — Me diga uma coisa, Dumai. Você teve uma infância feliz?

— A mais feliz de todas.

— Quem você achava que fosse seu pai?

— Um trançador de redes de pesca do vilarejo litorâneo de Apampi. Minha mãe me falou que ele tinha morrido em uma tempestade.

— Ela devia estar com muito medo. — O olhar dele se voltou para o jardim. — Tenho muitos arrependimentos, Dumai. Um deles é ter desperdiçado tantos anos sem conhecer minha filha. Outro é ter perdido sua mãe.

Ele parecia sempre muito cansado. Seus olhos eram marcados por manchas escuras e, sem tantas camadas de roupa, seu corpo ficava bem mais franzino.

— Pai, por que os Kuposa agem assim? — Dumai perguntou, para mudar de assunto. Falar sobre sua mãe parecia doloroso demais para ele, mesmo agora. — Por que não usar sua riqueza e poder para assumir o trono, em vez de nos controlar através de regências e relações de parentesco?

— Bem que eu gostaria de saber. Só posso supor que têm medo de nos usurpar de modo aberto, porque contamos com a amizade dos deuses.

Ela balançou a cabeça lentamente.

— No passado, o Dia do Pescado Dourado era celebrado à beira-mar — ele contou. — Mas então foi considerado perigoso demais para a família imperial de Seiiki se afastar tanto da Bacia de Rayonti. Por mais que tenha tentado, nunca consegui revogar essa antiga regra.

Duas rugas marcavam as laterais da boca dele, que era larga e delicada, assim como a dela.

— Quando íamos até o mar, os dragões emergiam das profundezas para nos saudar, relembrando o dia em que vieram pela primeira vez à nossa ilha — continuou. — Sem eles, o Dia do Pescado Dourado é sempre um lembrete de nossa perda. Nossa vulnerabilidade.

— O senhor não está mais sozinho nesta luta, pai. Vamos nos fortalecer — disse Dumai. — Juntos.

O Imperador Jorodu apertou sua mão. Dumai notou o quanto era parecida com a recente aparência da dela: unhas lixadas, sem calos. Só a ausência da ponta de três dedos denunciava o passado de Dumai.

— Como isso aconteceu? — seu pai quis saber.

— Foi um acidente. — Dumai se reclinou. — Kanifa está preocupado com a filha do Senhor dos Rios.

— A Dama Nikeya. De fato, é afiada como uma farpa, e muito engenhosa. Há quem a chame de Dama das Faces — o imperador falou, bem sério. — Mas Epabo tem a perspicácia que vem com a idade. É capaz de dar conta dela.

Dumai torceu para que ele estivesse certo.

— O Senhor dos Rios costuma ser o anfitrião do Dia do Pescado Dourado, quando anuncio as novas nomeações. E há também o Banquete Noturno — explicou o Imperador Jorodu. — Este ano, você vai comparecer.

— Isso é aconselhável?

— Desta vez, acho que sim. Não é fácil se desvencilhar dos convites dele, como você sem dúvida já sabe — seu pai comentou, e Dumai fez uma careta. — Teremos um concurso de poesia, entre outras festividades. Vamos transformar esse evento na sua festa, filha.

****

Só havia um lago de água salgada em Seiiki. Em séculos passados, nem esse existia, e então a única forma de coletar sal era extraindo-o do mar. Para boa parte da ilha, ainda era assim.

Quando era vivo, Kwiriki queria um lugar para descansar quando viajava de costa a costa. Em um dia de verão, desceu para o Lago Jasiro e mergulhou, usando seu poder divino para transformá-lo em um golfo.

Para chegar até lá, a corte atravessava um desfiladeiro rochoso entre as Colinas de Nirai. Dumai se abanava dentro de sua charrete.

A Imperatriz Sipwo ia à frente, junto com Suzumai. Dumai sorriu quando a irmã acenou para ela. Suzumai queria sua companhia — queria estar sempre ao seu lado —, mas a imperatriz não permitia. Nunca havia sido cruel com Dumai, mas era evidente que não desejava nenhum tipo de proximidade.

O Senhor dos Rios também tinha o privilégio de viajar em uma charrete, ao contrário da maioria da corte. Era a mais grandiosa que Dumai já vira. Ela evitou o olhar dele com uma determinação inflexível.

A jornada chegou ao fim bem após o meio-dia. Quando a comitiva apareceu, o sol já começava a baixar — ainda um tanto mais difuso que o habitual, de um amarelo fraco, com sua forma ofuscante.

Dumai absorveu a visão do Lago Jasiro, que se estendia à distância, cercado de montanhas de um lado e de areia branca do outro.

Havia dezenas de milhares de pessoas reunidas ao seu redor. Aquelas eram as pessoas que Kwiriki deixara sob a proteção da Donzela da Neve — gente como a jovem Unora, que trabalhava nos campos para manter Seiiki alimentada, pagando os impostos que sustentavam o luxo da capital. Na ausência dos deuses, a população se voltava para a Casa de Noziken em busca de orientação. Dumai precisava ser digna disso. Não era o caminho que pretendia seguir, mas lá estava ela, o percorrendo.

E agora havia visto uma dragoa. A frustração de um desejo de longa data pelo menos permitiu a realização de outro.

Quando a comitiva estacou, Epabo estava a postos para ajudá-la a descer da charrete. Com um olhar na direção dos guardas, viu Kanifa, armado com seu arco e uma lança de três pontas.

O Imperador Jorodu e a Imperatriz Sipwo entraram no lago para se lavar. Dumai segurou a irmã pela mão, e elas foram até a parte mais rasa. Suzumai se mantinha próxima o bastante para roçar seu quadril, com uma coroa de pérolas brancas sobre os longos cabelos.

— Dumai, estou com sono — falou. — E com fome.

— Eu sei, Suzu. Precisamos ser muito fortes agora e aguentar o desconforto, em homenagem aos deuses.

— Mas eu sempre durmo um pouco à tarde. — Suzumai esfregou o olho marcado pelas cicatrizes. — Quando for imperatriz, vou marcar tudo para a manhã. E sempre com um monte de coisa de comer.

Dumai se obrigou a continuar sorrindo.

Suas damas da corte começaram a jogar água sobre as duas. Dumai fechou os olhos, saboreando o gosto, o ardor. Quando voltou a abri-los, se viu diante de um rosto que conhecia bem.

— Princesa — a Dama Nikeya falou, baixinho.

A amargura não era um sentimento que fazia parte da vida de Dumai. Nada lhe causava isso no Monte Ipyeda, mas, frente a frente com aquela mulher, foi isso o que experimentou, o que fez seu estômago se revirar.

— O que está fazendo aqui? — ela perguntou, com um tom de voz ameaçador de tão tranquilo. — Você não é uma dama da corte.

Nikeya se ajoelhou para encher uma concha. Quando se levantou, despejou a água aquecida pelo sol sobre Dumai, fazendo-a estremecer. A água entrou por seu colarinho, descendo até o umbigo.

— Às vezes ajudo minha prima, a imperatriz — Nikeya falou. — Meu amado pai achou que você gostaria de ter alguém mais experiente por perto, já que essa é sua primeira cerimônia na água.

Era um comentário absurdo a se fazer para uma cantante-aos-deuses. Dumai teria dito isso a ela, caso Yapara não tivesse escolhido bem aquele momento para derramar uma bacia inteira sobre sua cabeça. Quando tirou os cabelos encharcados dos olhos, Nikeya já tinha se afastado, com um sorriso malicioso nos lábios.

— Alteza — Yapara falou com sua expressão apática de sempre —, talvez seja melhor voltar para a margem.

Dumai percebeu que Suzumai já estava lá com os pais. Ela voltou para a areia, se sentindo mais irritada do que purificada.

Era uma tremenda audácia de Nikeya mostrar a cara ali. Se não fosse por ela, Epabo nunca teria subido a montanha, e não teria informado o imperador sobre Dumai. Sua antiga vida ainda estaria intacta.

A cerimônia começou com a queima do sal em fornalhas na beirada do lago, comandada por cantantes-aos-deuses do Templo Branco de Ginura. Dumai observou tudo com uma pontada forte de saudade de casa.

Quando os dragões viram os humanos pela primeira vez nas praias de Seiiki, trouxeram de presente um peixe dourado, como sinal de boa vontade. Os ilhéus temerosos os expulsaram, mas, a cada ano, em comemoração ao pescado dourado, os clãs da nobreza enviavam uma escultura em tamanho real de um peixe para ser mergulhada no Lago Jasiro. Cada um tinha um nome e um desejo entalhado nas escamas. Mais tarde, as pessoas que moravam nos arredores começaram a fazer oferendas de madeira ou papel.

O Imperador Jorodu foi o primeiro a se posicionar sobre a ponte que levava ao meio do lago. Seus atendentes o seguiram até o abrigo contra a chuva ao final do percurso, deixaram os balaios carregados de peixes em um local ao seu alcance e se recuaram com mesuras. Uma a uma, ele foi fazendo as oferendas, que incluíam uma carpa imperial de ouro.

A Imperatriz Sipwo fez o mesmo com vários peixes de prata do Clã Kuposa. Suzumai se mantinha por perto sob o abrigo. Com ajuda de uma de suas amas-secas, ela lançou uma brema para as profundezas.

Dumai foi por último. Ela seria responsável pelas oferendas dos governadores das províncias. Passou por seu pai, sua madrasta e sua irmã ainda com os cabelos escorrendo.

A caminhada até o abrigo durou uma eternidade. Suas damas da corte a seguiam com os balaios. Quando se afastaram, ela pegou a primeira escultura, um peixe-gato da Província de Ginura, que caiu na água com um baque pesado. Ela observou a oferenda afundar para a escuridão.

A superfície do lago se agitou. Com um suspiro de susto, Dumai levantou a mão para se proteger quando o Lago Jasiro explodiu em espuma branca, e a cabeça de uma dragoa se elevou diante dela, reluzente.

Os clamores se elevaram ao redor do lago. As pessoas gritavam de admiração, caindo de joelhos. Várias pipas foram soltas. Mais uma vez totalmente encharcada, Dumai ficou olhando para a deusa dentro da água.

Furtia Tempestuosa parecia bem maior que da outra vez. Se elevava bem acima do abrigo, deixando água escorrer por sua garganta protegida por escamas e sua crina cinza e lustrosa. Seu primeiro rugido reverberou entre as árvores e provocou ondas e uma chuva sobre as pedras.

Os que ainda estavam de pé se prostraram. Para eles, era a primeira aparição de um dragão em trezentos anos, um acontecimento que seus ancestrais teriam considerado impossível.

Furtia olhou para Dumai. *Filha da terra*. Aquelas mesmas notas metálicas voltaram a ressoar em sua mente. *Venha comigo.*

Dumai piscou algumas vezes, paralisada. Ao ver que ela não faz nada, Furtia chegou mais perto e bufou, para que Dumai pudesse sentir o cheiro de salmoura em seu hálito.

Então entendeu o que a dragoa queria.

Com cem mil olhos voltados em sua direção, ela estendeu o braço com os dedos trêmulos. Tocava uma dragoa viva, escorregadia como um peixe, real e vivíssima. Havia uma familiaridade naquele toque, assim como uma força, e Furtia o retribuiu com o focinho.

Venha.

Ela emitiu um som que soou como uma trovoada distante, e Dumai deu mais um passo à frente. Fechando os olhos, sentiu uma atração, uma proximidade, um *desejo*.

As escamas pretas eram lisas demais; era impossível se segurar nelas sem escorregar. Sentindo-se destemida, Dumai enfiou as mãos na cascata de crinas. Seus dedos se fecharam sobre uma massa pesada e oleosa, que cheirava a aço e algas marinhas.

Embora a estadia na corte tivesse drenado suas forças, ela ainda era capaz de sustentar o próprio peso. Foi subindo até conseguir passar a perna por cima da dragoa. Seu pai a observava, e ela viu nele a mudança de feições, a expressão de esperança. Teve um breve e estonteante vislumbre do azul das alturas e dos rostos perplexos mais abaixo antes que a dragoa decolasse para o céu.

O vento uivava, abafando todos os demais sons. Dumai se agarrou a Furtia, sentindo o rosto queimar pela força do atrito com o ar, e ria enquanto o céu a recebia como uma velha amiga. Ela não tinha nada a temer ali.

Furtia Tempestuosa se elevou na direção do sol, e Noziken pa Dumai estava voando, como sempre sonhara.

****

A noite cobriu de preto as últimas pinceladas do crepúsculo. Furtia atravessava as nuvens, conferindo a elas o tom prateado da luz que preenchia sua coroa.

Dumai respirava fundo, sentindo a pureza do ar. Sua túnica se colava a sua pele, mas ela se deleitava com o frio, apesar de seu nariz escorrer.

Demorou um bom tempo para que algo interrompesse a escuridão. Lava derretida, sendo vertida pela terra, explodindo em nuvens espessas de vapor. Aquela era sua primeira visão do mar — porém, mal foi capaz de distingui-lo, e muito menos de saborear o momento. Ficou olhando para a cascata de fogo até seus olhos arderem.

Muito antes da chegada de Kwiriki, Seiiki era uma terra inquieta, que tremia e soltava vapores. Quando os dragões se instalaram por lá, tudo se acalmou, e agora só havia o vapor que saía pelas fontes termais — mas, enquanto os deuses dormiam, aquela montanha despertara.

Furtia direcionou seu corpo imenso para uma caverna, onde o ar era abafado e seco. Quente demais. Dumai saltou, dobrando os joelhos ao atingir o chão. Ela se virou para a dragoa.

— Diga o que quer de mim, grandiosa.

Enquanto falava, ela sentiu suas entranhas se contraírem, provocando um mal-estar. Havia algo muito errado com aquele lugar.

Trouxe você aqui para mostrar o caos...

Dumai se concentrou. Tentou conversar usando a mente, apesar de isso lhe dar dor de cabeça. *Que lugar é este?*

Um túnel que vem das profundezas. Furtia se embrenhou ainda mais na escuridão, e Dumai a seguiu, mantendo uma das mãos colada às escamas dela. *Ali.*

Na caverna mais adiante, a rocha derretida fluía com um sibilado. Dumai precisou de algum tempo para discernir as nove rochas cercadas pela lava — quase da altura dela, e cheia de rachaduras brilhantes.

— O que é isso?

A terrível sensação de que algo errado acontecia se intensificou, e Dumai sentiu as pernas bambas. Embora estivesse quente demais na caverna de lava, ela tremia de frio por baixo da túnica ensopada.

Existe um equilíbrio no mundo, que foi desfeito. O fogo de baixo está ficando quente demais, depressa demais. A estrela não voltou para resfriá-lo. Furtia pôs a língua para fora. *Eu senti que há mais do outro lado do mar...*

— Onde? — Dumai perguntou. — Onde exatamente, do outro lado do mar?

O mais próximo está ao norte desta ilha.

Havia muita coisa ao norte de Seiiki, mas a primeira extensão de terra naquela direção era o Rainhado de Sepul.

Furtia se aproximou de uma pedra e soprou uma nuvem de vapor. *Essas vão se abrir em breve. Eu derrotei a criatura que as gerou. Estava sozinha e perdida. Tivemos sorte.* Luz e fumaça saíam pelas rachaduras.

Outras foram espalhadas. Muitas mais. Ela voltou seu olhar para Dumai. *Viaje comigo pelo mar, para sabermos quantas se abrirão...*

Dumai olhou para as pedras.

— O que vai sair daí de dentro?

Caos e destruição.

O interior das rochas ainda brilhava, fumegante. Dumai voltou a se ajoelhar diante de Furtia.

— Grandiosa, não sei se posso partir — falou. A dragoa observava o gesticular de suas mãos. — A casa imperial está sofrendo a ameaça interna do ambicioso Clã Kuposa. Se abandonar meu pai, ele pode perder o trono que o grande Kwiriki legou a nossa família.

Tronos e linhagens não importam. Suas disputas não importam. Se o fogo subir, tudo queimará. Furtia se curvou um pouco mais, soltando seu hálito gelado sobre Dumai. *Sua ancestral nos fez uma promessa. Um voto solene entre o dragão do mar e a filha da terra, forjado no olho de uma tempestade: que protegerão uns aos outros, sempre.* Os dentes brancos reluziram. *Você pretende quebrá-la?*

Dumai olhou para ela, com o coração disparado dentro do peito. Ela era uma princesa, mas também uma cantante-aos-deuses — e lá estava uma deusa, respondendo a seu canto, finalmente.

— Jamais — respondeu. — Seu desejo para mim é uma ordem.

27
Norte

O Rei Bardholt estava reunido com a Issýn havia horas. Na escuridão fabricada do salão, Wulf tentava em vão pegar no sono. Ao seu lado, Thrit também estava acordado, com os braços dobrados atrás da cabeça, com os músculos das mandíbulas contraídos.

Não havia marcos temporais a portas fechadas, mas Wulf calculou que devia ser meia-noite quando a Issýn apareceu, com as mãos escondidas sob as mangas e o rosto oculto pela sombra do capuz. A maioria das antigas videntes das neves escureceu os cabelos depois da conversão, mas os dela continuavam brancos e reluzentes.

— Eles ficaram lá por um bom tempo — Thrit comentou, baixinho. — Sobre o que acha que conversaram?

Wulf ficou olhando para o respiro de fumaça no teto, que também estava tapado.

— Quando o Inominado bateu asas para a Lássia, levou consigo uma peste. Uma peste tão horrenda que até o Santo se recusava a falar sobre o que viu.

— Sua Majestade deve querer manter isso em segredo. — Thrit se virou de lado, para que ficassem de frente um para o outro. — Pelo Santo, precisamos fazer alguma coisa. E se a doença se espalhar?

Eles estavam bem perto. Sob a luz fraca da vela mais próxima, Wulf observou Thrit — a concavidade no local onde as clavículas chegavam ao pescoço, a barba por fazer que delineava o queixo e o lábio superior. Wulf sentiu uma vontade repentina de passar o polegar por aqueles traços, sentir sua aspereza ou maciez.

— Thrit, se eu contar uma coisa, promete não falar para ninguém? — perguntou.

— Claro. Por acaso eu sou como Karlsten?

— Eu encontrei uma coisa atrás daquela cachoeira.

— O quê? — Thrit quis saber, se apoiando pelo cotovelo. Wulf sacudiu a cabeça. — Wulf, você pode me con...

Ele fez uma careta quando Sauma lhe deu um pontapé.

— Pelas costelas do Santo — ela resmungou. — Parem de *cochichar*.

Thrit lançou um olhar envergonhado para Wulf. Quando Sauma deitou de novo a cabeça no chão, eles fizeram o mesmo. Wulf passou o resto da noite acordado, pensando no fogo daquela rocha.

****

Pela manhã, eles partiram de Solnótt para dar início à longa jornada de volta à capital. A Issýn se mantinha próxima do Rei Bardholt, em um belo cavalo branco que ganhara de presente do caudilho. Ela usava as roupas verdes de uma santária, com luvas de pele de felino que iam até os cotovelos.

— O povo de Solnótt vem conosco? — Wulf perguntou para Regny. Ela o encarou.

— Não existe nenhuma evidência de que a doença se espalhou para além de Ófandauth. Sua Majestade ordenou ao Caudilho de Solnótt que incendiasse o vilarejo até não restar mais nada.

— Metade dos moradores já tinha ido embora de lá quando chegamos. Se algum deles estivesse com a doença...

— Wulf, se eu fosse você, não abriria mais a boca para falar de Ófandauth — ela avisou.

Regny saiu cavalgando na frente. Depois de um olhar aflito para o norte, Wulf esporeou a montaria e partiu em seguida.

Durante dias, a comitiva real seguiu a estrada cor de âmbar que os levou para longe do Marco Tumular até o Rio Dreyri. Em algum ponto mais atrás, a fumaça subia para o céu.

Acamparam sob as estrelas, o que fez Wulf se lembrar de seu treinamento nas florestas de Fellsgerd. Quando não estava de vigia, ele se sentava com sua falangeta ao redor do fogo para bebedeiras, cantorias e diversões, que acompanhavam o Rei de Hróth aonde quer que ele fosse. À noite, em sua barraca apertada, ele sentia o calor suave do corpo de Thrit ao seu lado. Nunca tinha prestado tanta atenção ao amigo, e não fazia ideia do motivo para estar fazendo isso agora.

Depois de uma longa cavalgada sob o vento e uma nevasca leve, a comitiva chegou ao porto de água doce, onde três barcos de pesca mentendônios os aguardavam, todos com velas listradas em turquesa e branco. Embora os hrótios se orgulhassem de seus estaleiros, o Rei Bardholt aceitara quando os Vatten lhe mandaram vinte embarcações roubadas, sobreviventes da Inundação Invernal.

Naquela noite, Wulf foi até a cabine. Eydag estava de guarda junto com Karlsten, cujos cabelos dourados estavam presos em uma trança atrás da orelha esquerda.

— Preciso ver o rei — Wulf anunciou. Eydag assentiu e entrou, deixando Wulf a sós com Karlsten.

O vento inflou a vela com um uivo.

— Está com dor? — Wulf perguntou, depois de um momento de silêncio.

— Não preciso da sua piedade, Wulf. — Karlsten manteve a mão fechada. — Imagino que você já esteja acostumado com o cheiro de queimado.

— Por quê? — Wulf questionou, dividido entre a irritação e o divertimento. — Acha mesmo que eu fui criado ao pé de um caldeirão, com o fedor de poções horrendas esquentando as minhas narinas? — Karlsten abriu um sorriso de desdém. — Lamento decepcioná-lo, Karl, mas o primeiro cheiro que conheci foi o das ervas aromáticas. E não sinto o menor prazer com a sua dor, apesar de você parecer ter a maior satisfação em ver a minha.

Karlsten cruzou os braços fortes.

— Nada disso.

— Dizem que um homem fala a verdade quando está ébrio. Então me fale agora. Você acredita que a bruxa da lenda foi quem me deixou na beira do bosque Haith. Para quê?

— Eu nunca falei que conheço os costumes das bruxas.

— Porque elas não existem. O bosque Haith é só um lugar de... árvores e memórias. Não de bruxas.

— Estou vendo uma agora mesmo.

Wulf seguiu o olhar dele até a cobertura erguida para abrigar Issýn. Ela ainda estava de luvas, sentada sozinha e encurvada, e tinha manchas escuras sob os olhos.

— Ora, veja lá o que fala, Karl. — Wulf soltou um suspiro. — Ela se converteu antes mesmo de você nascer. Está imaginando vícios onde não existem.

— O Santo fundou um novo país em Inys porque o antigo estava corrompido demais para ser salvo. O mundo antigo está em toda parte, Wulf — Karlsten falou. — Espreitando nas sombras, esperando uma brecha nossa para poder se revelar.

Eydag reapareceu antes que Wulf pudesse pensar em uma resposta.

— Pode entrar — ela disse, mantendo a porta aberta. Sua cabeça raspada já revelava a sombra dos cabelos que começavam a crescer. — O vento hoje está uivando mais do que você sabe o quê, não?

UM DIA DE CÉU NOTURNO – VOLUME I

Wulf levantou uma sobrancelha.

— Quanto tempo do seu dia passa pensando em piadinhas sobre lobos?

— O tempo todo — Eydag respondeu, bem séria. — Mas garanto que as melhores ainda estão por vir.

Wulf abriu um sorriso.

— Bom, se você garante — ele respondeu.

Karlsten virou a cara. Wulf passou por ele, e Eydag fechou a porta.

Na cabine ridiculamente apertada, o Rei de Hróth estava escrevendo uma mensagem, com a testa franzida. Como não nasceu nobre, fora alfabetizado só depois de coroado, e ainda tinha sérias dificuldades para escrever. Se estava compondo aquela carta de próprio punho em vez de solicitar um escriba, devia ser sigilosa.

— Wulf. — Ele deixou o cálamo de lado de bom grado. — Eydag disse que você queria falar comigo.

— Majestade. — Wulf mediu bem as palavras. — Vi uma coisa quando estava em Ófandauth.

— Prossiga.

Bardholt escutou atentamente enquanto Wulf contava sobre o desaparecimento do santário, o sangue à beira do rio e o aglomerado de rochas fumegantes. Nada daquilo pareceu deixá-lo intrigado.

— Undir é uma velha montanha de fogo — ele concluiu, depois de ouvir Wulf. — Pode ter ficado inativa por muitos anos, mas sua presença causa perturbações nas áreas próximas, até mesmo nas poças de lama de Dómuth. É estranho, mas natural. Quanto ao sangue... lobos cinzentos, sem dúvida.

A escuridão deixava o rosto dele mais magro. Durante a maior parte da jornada, Wulf não tinha escutado sua risada nem uma vez, apesar de parecer estar bebendo mais do que nunca.

— Majestade, quando toquei a pedra com a mão nua, ela quebrou — Wulf revelou. — Isso me lembrou de...

Ele quase falou, mas perdeu a coragem. Pareceria loucura.

— O quê? — Bardholt perguntou, com um estranho tom baixo. — O que você acha que viu?

— Nada, Majestade. Foi só uma bobagem que me passou pela cabeça. Bardholt pegou o cálice ao seu lado e deu um longo gole.

— Não precisa mais se preocupar com Ófandauth — disse. — Foi uma febre, nada mais. O vilarejo foi incendiado.

— Meu rei, me perdoe, mas a maioria dos moradores já tinha fugido. Há quem diga que a doença se espalha pelo toque. Não seria melhor mandar mensageiros atrás deles, para impedir que cheguem mais longe?

— Ninguém fugiu. Os moradores se trancaram dentro de casa. A Issýn me garantiu isso. — Bardholt retomou o cálamo. — Obrigado por me contar o que viu. Peço que não fale sobre isso a mais ninguém. Um dia você vai ser cavaleiro, e um cavaleiro deve ser sempre discreto, como manda a cortesia.

Wulf sabia quando recebia uma ordem, mesmo quando vinha disfarçada de conselho religioso.

— Quando chegarmos a Eldyng, vou encarregá-lo de entregar esta mensagem em Inys — continuou Bardholt. — É da maior importância, e deve chegar à Rainha Sabran o quanto antes.

— Considere isso feito — Wulf respondeu.

Com a nítida impressão de que havia acabado de ser instado a deixar de lado uma virtude para salvar outra, ele se virou para sair, mas deteve o passo quando ouviu uma comoção do lado de fora.

Bardholt ergueu os olhos ao escutar um guincho abafado vindo do deque.

— Esses bêbados idiotas — ele murmurou. — Mande-os se dispersarem, Wulf, ou vou desafiar um por um para um duelo.

— Majestade.

Wulf abriu a porta, esperando se deparar com uma briga do lado de fora. A princípio, pensou que fosse isso que estivesse vendo. A luz das fogueiras acesas revelou uma aglomeração do outro lado do convés. Ao ver o brilho de cabelos brancos, Wulf ficou tenso, sentindo um frio na barriga.

A Issýn gritava como se estivesse sendo serrada ao meio. Quando ela se desvencilhou do grupo, Wulf teve um breve vislumbre de seus braços, revelados pelos fechos das mangas abertos. Da ponta dos dedos aos cotovelos, a pele estava manchada de escarlate, como se tivesse sido mergulhada em tinta vermelha.

Tudo começa com uma vermelhidão nos dedos.

A doença. Estava entre eles.

A Issýn soltou outro berro angustiante. Cada convulsão de seu corpo parecia uma imitação cruel de uma dança.

— Me ajudem — ela gemia. — Ah, deuses, me ajudem. Como queima, estou queimando...

— Ajudem — alguém gritou, mas ninguém sabia como.

A Issýn escorregou e se encolheu toda, batendo com o punho no convés. Com uma força inacreditável, ficou de joelhos e rasgou a opalanda ao meio. Eydag exclamou de susto. Com os olhos arregalados e a baba escorrendo pelo queixo, a Issýn se contorcia para se desvencilhar do tecido rústico, ficando só de bata — e ainda assim continuou, arranhando o linho e a pele sob ele, arrancando sangue do pescoço.

— Apaguem — pediu a todos, aos soluços, com a agonia estampada em cada ruga do rosto. — Pelos espíritos, apaguem!

— Apaguem o quê? — Vell gritou para ela.

— Está queimando, está queimando tudo... — Ela agarrou os cabelos. — Não estão vendo, vocês não estão *vendo* que estou pegando fogo?

Era um apelo que vinha do âmago do ser, ao mesmo tempo animal e extremamente humano. Cada grito provocava um calafrio terrível em Wulf, enquanto a Issýn arrancava mechas ensanguentadas da cabeça e destruía o próprio rosto com as unhas. Ela rastejava pelo convés, espumando pela boca.

Eydag e Karlsten sacaram as espadas e se mantiveram em guarda.

— Em nome do rei, não se aproxime — rugiu Karlsten. Estava escancarando os dentes, com os olhos arregalados. — Fique onde está!

— Majestade. Meu rei. Meu bom rei! — Ela sufocava em agonia. — Me ajude, me mate...

— Amarrem-na — alguém gritou.

Karlsten se pôs no caminho da Issýn.

— Não, Karl, não faça isso — Thrit gritou. — Não encoste nela!

A Issýn tentou se agarrar a Karlsten. Ele se esquivou, e ela fechou o punho e acertou Eydag, que se afastou com um grito.

— Em nome do Santo, que barulheira é essa? — berrou o Rei Bardholt, saindo de sua cabine. A Issýn bateu os olhos em seu salvador. E saiu em disparada na direção dele. Só o que restava entre os dois era Wulf. Antes de pensar no que estava fazendo, ele a segurou pelo pulso e cravou a espada em sua barriga.

O mundo todo ficou imóvel. O rosto dela estava a um sopro do seu, e ele conseguia sentir o cheiro de suor e da podridão de enxofre que vinha da boca dela. Em seguida, viu uma expressão de choque, um instante de puro terror e então, por fim, um sorriso. Ela passou o polegar em seu rosto, em um gesto quase carinhoso, antes de desabar no convés.

O silêncio se impôs como um manto pesado de neve sobre a embarcação. Agachada junto ao mastro, Eydag apalpava cuidadosamente o queixo. Vell se ajoelhou ao lado dela para examinar seu rosto com a mão enluvada.

— Para trás, Vell — rugiu o rei. Vell se encolheu. — Eydag, ela encostou em você?

Ela fez que sim com a cabeça, temerosa.

— Karlsten?

— Não — Karlsten respondeu, entre dentes. — A Issýn nunca tirava as luvas. Ela sabia que estava com a doença quando subiu a bordo.

Wulf ficou olhando para a lâmina de sua espada, manchada de sangue. Sua mão vazia — a direita — tremia. Tirou os olhos delas, para olhar para a mulher que matara.

— Capitão — disse o Rei Bardholt —, mande os outros barcos pararem. — As narinas dele se dilatavam a cada respiração. — Quem foi tocado pela Issýn vai ficar aqui, fechado na cabine, até chegarmos a Eldyng. Você também, Vell. Nós não sabemos como isso se espalha. — Ele olhou para o corpo da velha amiga, com o arrependimento estampado no rosto amargurado. — Os demais, joguem o corpo no rio. Usem os remos. Não encostem um dedo nela.

28
Oeste

O fim do verão sempre tinha sido uma época de sentimentos complexos para Glorian. Por um lado, havia o Festim da Coragem, que ela adorava — cinco dias de duelos, caçadas a javalis e lutas corpo a corpo —, e os dias eram mais lindos do que nunca, em especial no Castelo de Glowan. As flores selvagens se balançavam sob a brisa, e o ar tinha o cheiro das madressilvas que cresciam ao redor das janelas.

Por outro lado, o fim do verão era quando seu pai ia embora. E, naquele ano, ele nem sequer havia aparecido.

Ela estava sentada junto à fonte de mármore com Julain, sentindo uma dor na altura da nuca. Desde a primavera, costumava sonhar com frequência sobre uma figura distante, em meio a névoas e sombras, que nunca se movia nem dizia nada. Esses sonhos sempre a deixavam com frio, como se tivesse dormido em uma cama feita de neve.

Entre as noites mal dormidas, os dias eram preguiçosos. O calor era difícil de explicar, já que o sol brilhava tão fraco. Coberto com um manto escuro, aparecia em um tom de vermelho encardido em alguns dias, com as bordas afiadas como uma navalha.

Seu aniversário de dezesseis anos foi uma celebração modesta. Nada de embaixadores de outros países, nada de bailes nem de republicanos, e muito menos desejo de se casar ou de ter uma filha.

Porém, passado mais um ano, a questão de seu casamento continuava incômoda. Havia momentos em que queria estar pronta para o que viria, e desejava ser como um cisne ou um lobo, com o instinto de estabelecer uma parceria para a vida toda. A Cavaleira da Confraternidade decretou que todas as almas deveriam se unir em matrimônio. Muita gente encontrava felicidade assim, mas para ela era impossível ignorar sua inquietação.

Como as coisas seriam mais fáceis se ela quisesse o mesmo que os outros.

Glorian olhou para suas damas: Helisent trabalhando em seu poema épico à sombra de uma nogueira, e Adela encostada no tronco, comendo as últimas cerejas da estação. Helisent às vezes escrevia versos anônimos para as garotas da corte, colocando-os em um bolso ou embaixo de uma porta, mas nunca levou a coisa além disso. Adela não se interessava por ninguém.

Julain, por sua vez, sempre quisera uma companhia, e tinha direito de escolha nesse quesito. Seu irmão mais velho era o herdeiro de seu ducado, e já tinha um filho, o que a deixava livre para fazer o que quisesse.

— O que aflige você? — ela perguntou a Glorian.

— Nada. — Julain a encarou, e ela soltou um suspiro. — Pode ser uma questão mais adequada para a santária.

— Por quê? Cometeu algum grande pecado?

— Muitos, sem dúvida.

Elas pararam de falar quando Sylda Yelarigas se aproximou, com um vestido de seda branca, em um contraste agudo com a pele acobreada e os cabelos pretos, que caíam ondulados sobre os ombros.

— Lady Glorian, bom dia — falou, em yscalino. — Eu gostaria de saber se posso falar com Lady Helisent.

— Claro que sim — Glorian respondeu, no mesmo idioma. — Se ela assim desejar.

Helisent se levantou e enfiou o pergaminho no cintilho. Foi andando até a yscalina, que a pegou pelo braço.

— Como está Lorde Osbert? — Glorian perguntou a Julain, enquanto observava as duas se afastando.

— Escreve com frequência, e muita expressividade.

— Você se casaria com ele?

— Ainda é cedo. Mamãe diz que não devo me casar antes dos vinte.

— Acrescentando com um tom gentil, Julian disse: — Glorian, a maioria das pessoas não se casa aos dezessete. Você sabe que não tem problema nenhum se ainda não quiser.

E se eu não quiser nunca?

Glorian não precisou responder, pois dois dos Duques Espirituais vinham em sua direção: Lorde Robart Eller e o enorme Lorde Damud Stillwater, Duque da Coragem e Mestre da Tesouraria. Ao ver Glorian, os dois abaixaram a cabeça em sinal de respeito e seguiram adiante.

— Eles parecem preocupados — Glorian comentou, mexendo em seu colar.

— Houve uma reunião do Conselho das Virtudes. Mamãe me contou sobre uma estiagem. Alguns córregos e rios secaram, como o Lennow e o Brath. Há relatos de que as pessoas estão conseguindo atravessar o Limber em alguns trechos sem molhar os calçados, e que barcos ficaram encalhados. Se juntarmos isso com a expectativa de uma colheita fraca, o próximo ano pode ser mais difícil do que de costume.

Glorian franziu a testa. Ela não sabia que Inys, com seu regime de chuvas frequentes, poderia algum dia sofrer com a estiagem.

Alguma coisa mudara desde a erupção do Monte Temível. A sombra sinistra sobre o sol era um mau agouro. Da última vez que a montanha cuspira fogo, trouxera ao mundo também o Inominado.

— Sua Alteza. — Um mensageiro havia aparecido. — A Rainha Sabran requisita sua presença.

Sentindo seu mau pressentimento se acentuar, Glorian limpou o suor do rosto e ajeitou os cabelos. Sua mãe tinha o péssimo hábito de só convocá-la quando não estava impecavelmente alinhada.

A Rainha Sabran estava em sua sala íntima, onde Liuma amarrava seu vestido. A Mestra dos Trajes sorriu quando Glorian entrou. Liuma sempre fora mais severa que Florell, mas com o passar dos anos se tornou um pouco mais simpática.

— Glorian — disse a Rainha Sabran. — Espero que seu dia com os tutores tenha sido produtivo.

— Sim, minha mãe. Me dediquei aos estudos religiosos e aprendi mais construções frasais complexas em yscalino.

— Ótimo. Sua pronúncia precisa de refinamento — sua mãe respondeu. — Janasta ruz zunga, fáuarasta ruz herza.

Quem conhece muitas línguas governa muitos corações. Glorian criou coragem.

— Atha meisto áuda — falou, se certificando de articular cada palavra com precisão —, sa háuzas tu andugi gala háurasta.

— Uma frase perfeita. — Liuma balançou a cabeça em sinal de aprovação. — Muito bem, alteza.

— Sim. Venha — disse a Rainha Sabran. — Tenho notícias para você.

Glorian se acomodou à mesa diante da mãe, e Liuma colocou dois cálices belíssimos diante delas, feitos de vidro vermelho e envolvidos com uma armação de ferro.

— Que lindos — Glorian comentou, admirada.

— Presente dos carmêntios. Foram minuciosamente limpos.

Glorian demorou um tempinho para entender o motivo da afirmação. A ideia de veneno nem sequer passara por sua cabeça.

Liuma serviu para duas um vinho escuro de cereja antes de se retirar.

SAMANTHA SHANNON

Glorian se sentou com as costas bem retas, para espelhar melhor a aparência da Rainha Sabran. Mesmo após dezesseis anos, ainda era uma sensação estranha a de ver suas próprias feições ao olhar para a mãe. *Lábios vermelhos como rosas, como o sangue sagrado na neve vertido*, segundo o poema. *Cabelos pretos como um corvo, olhos verdes como a folhagem do verão mais florido.*

— Em primeiro lugar, tenho uma notícia que imagino que vá ser de seu agrado — a Rainha Sabran afirmou. — Decidimos anular seu compromisso com Lorde Magnaust Vatten. Em vez disso, ele vai se casar com Idrega Vetalda, Princesa de Yscalin.

Glorian tomou o cuidado de não sorrir, apesar do alívio luminoso que tomou conta dela.

— Como queira, minha mãe — falou. — Desejo toda a felicidade aos dois.

Arqueando as sobrancelhas, a Rainha Sabran levou o cálice aos lábios. O vinho os deixou ainda mais vermelhos.

— A erupção do Monte Temível ameaça a estabilidade da Virtandade — ela continuou. — Não podemos mais esperar que você faça dezessete anos para fortalecer nossos laços com os Vatten. Felizmente, Idrega já tem idade e está disposta. Ela se casará com Lorde Magnaust no Festim do Alto Inverno.

— Em uma época tão sombria?

— É aconselhável dar alegria às pessoas quando o mundo só oferece melancolia e escassez. Como a Cavaleira da Confraternidade nos lembra, é nas épocas mais sombrias que o companheirismo é mais necessário. O que o Festim do Alto Inverno representa?

— Um novo ano.

— Sim. É uma boa época para uma nova aliança.

Glorian tinha uma vaga lembrança de Idrega, sempre meiga e cortês. Uma escolha estranha para o desdenhoso Magnaust.

— Seu pai e eu compareceremos à cerimônia, que acontecerá em Vattengard — continuou a Rainha Sabran. — Os recém-casados seguirão de lá para Mentendon.

Antes que Glorian percebesse, sua esperança já havia saltado de sua boca.

— Minha mãe, faz tanto tempo que não visito Hróth. Posso ir também?

— Não — sua mãe respondeu, sem sequer piscar. Ao ver a desolação de Glorian, ela se recostou, abaixando um pouco os ombros. — A herdeira e a soberana não podem se ausentar de Inys ao mesmo tempo, Glorian. Você precisa ficar.

Glorian sentiu a luz se apagar dentro de si com a mesma velocidade com que se acendera. Para se distrair, deu um gole no vinho.

— Mas isso não livra você de seu dever de se casar — lembrou a Rainha Sabran. — A Princesa Idrega nos prestou um grande serviço. Nossos amigos yscalinos precisarão ser recompensados.

E Glorian era a recompensa.

— Sim, minha mãe. — Isso foi tudo o que ela disse.

A Rainha Sabran olhou dela para a janela, para os campos que se estendiam além do castelo.

— Pedi ao seu pai para nos casarmos aqui — contou. — Às margens do Lago Lyfrith.

— É mesmo?

Glorian não conseguia imaginar sua mãe assim, saltitando à beira d'água e propondo casamento a um pagão desconhecido. Devia fazer anos que Glorian a ouvira ao menos rir.

— Sim. — O olhar dela era distante, mas suave, e seus lábios se curvaram de leve. — Tive medo naquele dia. Medo de me arriscar tanto com um estranho, um homem que eu sabia ter sangue nas mãos. Mas fiz isso para salvar Inys da podridão que quase consumiu o país. A podridão da decadência, da inveja, da indecisão. Não podemos nunca regredir, Glorian. — Deu um pequeno gole no cálice. — Passarei esta tarde ouvindo solicitações. Imagino que estará ocupada com seus estudos.

— Minha mãe, tenho dezesseis anos agora — Glorian falou. — Se vou ficar sozinha em Inys, preciso saber mais a respeito de como governar. Posso me juntar à senhora?

— Que outras aulas você tem hoje?

— Música. — Glorian pigarreou. — Eu vou... refinar o meu canto.

Ambas sabiam que a voz dela tinha a limpidez da água dos pântanos.

— Entendo. — Quando a Rainha Sabran voltou a falar, foi com um tom mais leve que o habitual. — Talvez possamos dispensá-la do canto por um dia.

****

O Castelo de Glowan era uma residência de verão. A sala do trono, com estrutura de madeira, não tinha a mesma magnificência intimidadora de sua equivalente em Ascalun, mas era de uma beleza muito digna — com paredes pintadas de branco e pisos adornados com gramíneas. As portas estavam abertas para permitir a entrada da brisa.

Setenta solicitantes se aglomeravam à espera de falar com a Rainha Sabran. O trono era de nogueira polida, posicionado sobre uma plataforma vermelha diante de um estandarte que ostentava a Espada da Verdade.

Pela primeira vez, Glorian se posicionou ao lado da mãe, em um faldistório. Como de costume, alinhou os ombros e deixou as mãos sobre o colo, de acordo com o ensinado por sua tutora de boas maneiras.

Os inysianos recorriam à rainha quando não encontravam soluções nas instâncias de suas respectivas províncias. A maioria de suas queixas era tediosa, complicada, ou as duas coisas — pequenas heresias cometidas por vizinhos, disputas sobre direitos de sepultamento e divisas entre

UM DIA DE CÉU NOTURNO – VOLUME I

propriedades, um ou outro apelo de clemência —, e o calor dificultava a concentração. Mesmo assim, Glorian tentou. Quando usasse a coroa, seria seu dever ouvir as pessoas e tentar resolver seus problemas.

— Lorde Mansell — a Rainha Sabran falou quando um homem na casa dos cinquenta anos se aproximou. — Seja bem-vindo. Como está seu companheiro?

O homem fez uma mesura.

— Majestade. Alteza — acrescentou para Glorian. — Lorde Edrick está muito bem.

— E seus filhos?

Uma rainha precisava ser sempre cortês, apesar do tempo escasso.

— Roland continua a aprender as funções do baronato com Edrick — Lorde Mansell relatou. — Mara começou a trabalhar para a senhora sua mãe no Castelo de Befrith. Ela afirma que Lady Marian lhe dispensa um tratamento extremamente generoso.

Era a primeira vez que Glorian ouvia falar de sua avó em muito tempo.

— Fico satisfeita em saber — respondeu Sabran. — E seu filho mais novo, Wulfert, é um dos atendentes de meu consorte.

— Exatamente. — Lorde Mansell sorriu, e seus olhos brilharam. — É um orgulho para Wulf servir ao Rei Bardholt, e para nós também. — Ele soltou um suspiro. — Majestade, eu peço perdão. É uma questão comezinha, mas vem se arrastando há muito tempo. Eu agradeceria se pudesse contar com sua intervenção.

— Ajudarei no que puder.

Lorde Mansell começou a contar uma história sobre uma estrada negligenciada e uma disputa de seis anos sobre quem tinha a incumbência legal de fazer sua manutenção. Embora Glorian tentasse escutar, concentrar a mente era como querer pregar nata de leite a uma parede. Quando conseguiu voltar a prestar atenção, Lorde Mansell já havia se retirado.

— Lorde Ordan Beck — a cerimonialista anunciou. — Conde Viúvo de Goldenbirch.

O Conde Viúvo se aproximou com um pé engessado e uma muleta, usando o preto sobre o campo dourado que aparecia em seu brasão heráldico. Era alto, como a filha, e seus cabelos grisalhos caíam sobre a testa larga.

— Majestade, Alteza. É uma honra para os Prados recebê-las — falou, com seu sotaque nortenho carregado — e, como sempre, foi uma honra para mim cuidar da província em seu nome.

— Faz anos que não vem me solicitar nada, milorde. Como vejo que sofreu um ferimento, deve ser uma questão da maior urgência — a Rainha Sabran observou. — Por favor, compartilhe seu fardo.

— Minha rainha, de fato trago uma história urgente e estranha. Aqui comigo tenho Lady Annes Haster, companheira de Sir Landon Croft. Se possível, gostaria que ela fizesse o relato com suas próprias palavras.

— Como queira.

Uma mulher pálida se aproximou.

— Majestade, me perdoe. Não sei nem por onde começar.

A Rainha Sabran inclinou a cabeça. A mulher remexia os dedos grossos.

— Nossa propriedade é vizinha do bosque Haith. Durante toda a primavera e o verão, nossos rebanhos estão desaparecendo. Os cordeiros são roubados assim que nascem, e outros animais são levados durante à noite.

Glorian ficou bem atenta dessa vez.

— Como o Conde Viúvo fraturou o tornozelo — continuou Lady Annes —, ele solicitou a meu companheiro que liderasse uma caçada pelo bosque Haith, para tentar matar a criatura responsável.

Ela hesitou, e seus ombros começaram a tremer.

— Não se aflija por minha causa, Lady Annes. Pode levar o tempo que for preciso — disse a Rainha Sabran.

UM DIA DE CÉU NOTURNO — VOLUME I

— Obrigada, Majestade. Eu peço perdão. — Ela limpou as lágrimas do rosto. — Depois de se embrenhar no Haith, Sir Landon encontrou o que imaginou ser uma toca de lobos. Lá dentro, em meio a ossos e sangue, eles descobriram onze pedras, mais ou menos desta altura. — Ela levantou a mão até a quarta costela. — Ele contou que estavam quentes como se tivessem sido cozidas, e que soltaram um cheiro de ensopado queimado. Três das rochas já tinham se aberto, e o interior delas estava cheio de... favos pretos.

— Favos — repetiu a Rainha Sabran.

— Imagino que ela esteja usando uma figura de linguagem, Majestade — explicou Lorde Ordan. — Provavelmente se tratava de alguma pedra porosa.

Glorian lançou um olhar de canto de olho para a mãe.

— Sir Landon decidiu ir embora e voltar com machados para abrir as outras pedras. Ele jantou em casa e saiu ao amanhecer — Lady Annes contou. — E nunca mais apareceu.

A Rainha Sabran estreitou os olhos.

— Majestade. — Lorde Ordan assumiu a palavra. — A parte sul do bosque Haith é minha responsabilidade, até as margens do Wickerwath. É proibido se afastar da trilha equestre sem a aprovação e orientação de meus guardas florestais. Sir Landon e sua comitiva não seguiram esses trâmites. Como desrespeitaram a lei florestal real, preciso de sua permissão para conduzir uma busca, mesmo que nos leve aos confins do bosque.

— Eu concedo a permissão, e o instruo a levar o caso à Duquesa de Justiça. Conduziremos uma investigação completa.

— Obrigada, Majestade — murmurou Lady Annes.

— Mandarei notícias assim que possível — disse Lorde Ordan. — Tenha um bom dia, minha rainha. Minha princesa.

Eles se retiraram, e outro solicitante se aproximou do trono, um homem magro com cabelos castanhos cortados curtos.

— Majestade. — Ele tinha feições marcantes e olhos azuis afiados.
— Peço bênçãos à senhora e a sua filha.

A Rainha Sabran olhou para a cerimonialista, que parecia perdida.
O solicitante sacou uma lâmina: uma faca cega com cabo de madeira.

— Minha mãe — Glorian gritou, mas não era na direção da rainha
que ele estava indo.

Era na direção *dela*.

Glorian sentiu algo colidir contra seu corpo, derrubando-a do faldistório. Quando olhou para trás, viu a mãe dar um empurrão forte no
peito do homem usando as duas mãos. Ele desferiu um golpe com a
faca, errando por pouco o rosto pálido da rainha. Enquanto a Guarda
Real o retirava, ela se jogou sobre Glorian e a abraçou, usando o próprio
corpo para protegê-la.

O homem esfaqueou o jovem guarda que o segurava, cravando a
lâmina em seu pescoço, acima da cota de malha. Então voltou a se
aproximar de Glorian e sua mãe, com a lâmina manchada de sangue.

— Mentirosas — ele sibilou, com a mão trêmula. — Vocês não o
mantêm preso coisa nenhuma. Vocês nunca...

Um projétil de ferro escuro se encravou em seu peito. O sangue jorrou
sobre as plantas no piso. Glorian deu um berro quando o homem foi
ao chão, revelando a presença de Sir Bramel Stathworth, que abaixou
lentamente sua balestra.

Glorian ficou olhando para o moribundo, sentindo as lágrimas descerem pelo rosto. A Rainha Sabran a agarrou pela nuca, segurando-a
com tanta força que Glorian sentiu que ela estava tremendo.

29
Sul

O outono enfim chegou. Assim que as cinzas se dispersassem e desobstruíssem o sol, o calor começaria a diminuir — ou pelo menos era o que Tunuva esperava. O calor úmido da floresta se intensificara ainda mais nos meses em que ela esteve fora.

Hidat ia na frente. Tunuva a seguiu até a figueira, e elas caminharam até o fim do túnel, onde Denag aguardava para recebê-las. A curandeira já passava dos oitenta anos, e tinha os cabelos branquinhos como nuvens.

— Bem-vindas de volta ao lar. — Ela beijou as duas no rosto. — Tunuva, a Prioresa quer vê-la.

— Claro. — Tunuva alongou o ombro enrijecido. — Vou tomar um banho primeiro, se for possível.

— Só não use a fonte. Ela ainda ferve de tempos em tempos.

Tunuva trocou olhares exaustos com Hidat. Ela adoraria ficar mergulhada na água quente.

— Como está Siyu?

— Ela e a criança estão com boa saúde. Creio que o trabalho de parto vá começar nos próximos dias.

SAMANTHA SHANNON

A Prioresa decretara que ninguém deveria falar com Siyu até o parto. Apenas Denag, que supervisionava as gestações havia décadas, era uma exceção à regra. Siyu também podia ter a companhia de Lalhar, já que a ichneumon definharia sem ela.

Siyu sempre adorou conversar, e treinar, e dançar com as irmãs, e estava privada da companhia e do conforto delas no momento em que mais precisava.

— Tenho certeza de que Saghul vai deixar você vê-la pelo menos uma vez, discretamente — Hidat comentou quando elas se afastaram. — Vai pedir para ficar com ela quando chegar a hora?

— Ela pode não querer ninguém por perto — Tunuva falou, tentando não se lembrar da última vez que a vira. O olhar frio e distante. O queixo erguido em desafio.

— Pela minha experiência com partos, acho que ela vai querer, sim, Tuva — Hidat respondeu.

Elas passaram pela cozinha, onde os homens assavam pão de cebola, e entraram pela porta que dava acesso aos mil degraus para contemplar a laranjeira. Tunuva acariciou Ninuru entre as orelhas, finalmente se sentindo em casa.

No vale, Tunuva e Hidat entraram em uma lagoa sob as raízes mais baixas, onde limparam a areia vermelha e o suor do corpo e removeram a lama das panturrilhas. Os homens levaram escovões, que elas usaram para lavar os ichneumons.

Ninuru voltou a ser filhote assim que sentiu o cheiro da água. Tunuva ria enquanto esfregava os ichneumons. Hidat os levou para secar ao sol, enquanto Tunuva voltava para os degraus, sentindo as mãos e os membros rígidos por conta da longa viagem. Depois de meses de buscas, havia muita coisa a ser relatada a Saghul.

Quando chegou ao solário, se sentiu tentada a se deitar para descansar. Alguém se encarregara de lhe preparar uma recepção: vinho e um pedaço de bolo de tâmaras sobre a mesa, incenso no queimador, cobertas e roupas limpas.

Encontrou Esbar na galeria aberta que levava à Câmara Nupcial. Sua opa expunha as costas até a lombar, e os cabelos grossos e reluzentes tinham sido cortados na altura dos ombros.

— Olá, amada — Tunuva murmurou.

Esbar se virou. Tunuva reparou nas manchas escuras sob os olhos dela, subindo na direção das pálpebras.

— Olá, amada — ela respondeu, com um sorriso.

Tunuva a puxou para um longo abraço. Esbar envolveu seu pescoço com os dois braços, encostando o rosto quente em seu ombro, relaxando quando soltou o ar. Aliviada demais para pensar em algo a dizer, Tunuva se limitou a segurá-la pela cintura, e Esbar a empurrou até a parede para beijá-la.

— Estava começando a achar que você não fosse voltar nunca mais. — Esbar encostou o nariz no dela. — Pelo amor da Mãe, Tuva, você passou muito tempo fora.

— Saghul me pediu para ir bem longe. — Tunuva entrelaçou os dedos na altura da nuca dela. — Estava me esperando?

— Denag me contou que você estava de volta. Queria um tempinho — Esbar falou. — Saghul queria vê-la assim que pudesse. — As feições dela se endureceram. — Temos uma hóspede.

— O Priorado não recebe hóspedes.

— Talvez exista uma primeira vez para tudo. Uma mulher chegou alguns dias atrás, dizendo ser de... Inysca.

Tunuva ficou em silêncio por um instante.

— Inys.

— Foi o que ela falou. Mas é melhor deixar que ela mesma explique, caso contrário você vai ouvir a mesma coisa duas vezes.

Tunuva a seguiu pela Câmara Nupcial. Saghul e sua hóspede estavam comendo na varanda, refrescadas pelo sopro da cachoeira. Quando Tunuva e Esbar se aproximaram, a recém-chegada ficou de pé.

Era alta como Tunuva, e usava um vestido sem mangas que chegava até o chão, feito com um brocado azul e bege, ajustado com um cinto de couro na cintura. A vestimenta não dava indicações sobre sua ocupação ou relações familiares, embora aquele tecido ersyrio parecesse bem caro. Seu rosto era de uma palidez rara entre os sulinos, com um nariz arrebitado, olhos cor de âmbar e cabelos dourados que iam até além da cintura fina.

Tunuva deteve o passo. Quando seus olhares se encontraram, sentiu um leve magnetismo a puxar na direção daquela mulher. Ao mesmo tempo, uma náusea inexplicável a invadiu, como se tivesse comido creme de leite até ficar enjoada.

Era uma reação estranha para se ter diante de uma completa desconhecida. Tunuva recuperou a compostura.

— É você, Esbar? — Saghul perguntou por cima do ruído da queda-d'água.

— Sim. Estou com Tuva.

— Tunuva Melim. — Ela ergueu a taça em saudação. — Seja bem-vinda de volta ao lar.

— Obrigada, Prioresa. — Tunuva já havia recuperado a voz. — Vejo que tem uma visitante.

— Sim. Esta é Canthe.

Canthe. Um nome sem origem nem associações óbvias. Ela abriu um breve sorriso para Tunuva.

— Prazer em conhecer, Tunuva — disse. — A Prioresa falou muito a seu respeito.

A voz dela era grave e suave.

— Sente-se — Saghul disse para Tunuva. — Temos um relato intrigante à sua espera.

Tunuva se sentou diante de Canthe, que havia voltado a se acomodar à mesa. Era difícil estimar a idade dela. O tempo não havia deixado suas marcas — nenhuma ruga ou flacidez na pele, nem fios brancos nos cabelos —, mas a postura era a de uma mulher com domínio total sobre o próprio corpo.

— A Prioresa contou que você é a guardiã da tumba — Canthe comentou. — A guardiã de Cleolind.

Tinha um domínio preciso do idioma lássio, com um sotaque sutil, que não revelava sua origem. Seu jeito de falar pareceu antiquado a Tunuva, como os fruticultistas e as pessoas mais velhas às vezes se expressavam.

— Sim — respondeu Tunuva. — Você já ouviu falar da Mãe?

— Claro.

— Canthe também é maga — Saghul explicou, mastigando um pedaço de peixe. — Ao que parece, havia duas outras árvores de siden: um espinheiro no Oeste, uma amoreira no Leste. O espinheiro ficava em uma ilha inysiana. As duas, infelizmente, estão mortas.

Tunuva voltou seu olhar para ela.

— Mortas?

— Sim — Canthe disse, baixinho. — Protegi o espinheiro por muito tempo, mas era sua única cuidadora. No fim, falhei em meu dever.

— Fique à vontade para fazer perguntas, Tunuva. — Saghul limpou a boca com um guardanapo de linho. — Canthe sabe que não costumamos receber pessoas de fora. Está disposta a saciar nossa curiosidade de bom grado.

Tunuva voltou a encarar a recém-chegada, que assentiu com a cabeça.

— Gostaria de saber como o espinheiro morreu — disse Tunuva.

— O fogo não atinge a laranjeira, que também não pode ser arrancada pelas raízes, que chegam até o ventre do mundo.

Canthe baixou os olhos.

— Houve um tempo em que o espinheiro era sagrado para meu povo, os inyscanos — falou. — Então começaram a temê-lo, e a mim também, por ser sua guardiã. Eles me expulsaram e, quando voltei, a árvore estava morta. Não sei como.

— Inyscanos — Tunuva repetiu. — Inys não tem mais esse nome há séculos.

— Não mesmo. — Ao ver a expressão de Tunuva, Canthe explicou: — Pelo que sei, não envelheci um único dia desde que comi pela primeira vez do fruto do espinheiro. Ao que parece, a árvore me concedeu uma longa vida.

Estranhamente, Esbar estava calada, observando a hóspede com uma expressão indecifrável.

— Se foi criada em Inys, então idolatra Galian, o Impostor? — Tunuva questionou.

— Não. Meu lar é a ilha de Nurtha, onde o antigo costume, o culto à natureza, permanece. Galian tentou destruí-lo, mas fracassou. Eu estou entre os poucos que amaldiçoam seu nome.

— Ah, não são poucos, de forma nenhuma. Nós fazemos o mesmo por aqui — disse Saghul, bem-humorada.

— Como encontrou o Priorado? — Tunuva quis saber.

— Quando o Monte Temível soltou seu fogo, senti outra fonte de siden. Estive em busca de uma árvore viva por anos, sem sucesso — Canthe revelou. — Fui guiada pela sensação até aqui, até a laranjeira. Imagine minha alegria quando descobri toda uma sociedade, uma família, dedicada à sua proteção.

— Canthe deseja se juntar a nossas fileiras, para nos ajudar a proteger a árvore — Saghul falou. — No momento, aceitar alguém de fora seria uma violação à lei de nossas ancestrais, mas certas leis podem ser repensadas e questionadas. Eu gostaria de ouvir sua opinião, Tunuva.

Saghul sempre fora uma pessoa direta. Canthe pigarreou, enrugando de leve a testa. Um anel de ouro brilhava em seu indicador esquerdo, representando duas mãos, unidas no bisel sobre a primeira junta do dedo.

— Talvez você possa nos dar licença por um momento, Canthe — Tunuva falou com um tom gentil.

Canthe a encarou.

— Claro — ela disse. — Obrigada. Espero o quanto quiserem, Prioresa.

Ela voltou para dentro.

— Vocês duas e Denag são o mais próximo que tenho de um Conselho Real. Me ajudem a decidir essa questão de Canthe — Saghul falou. — Tunuva, como você estava fora, vou direto ao ponto. Devemos silenciar essa mulher ou aceitá-la como uma irmã?

— Antes de dar minha opinião, gostaria de perguntar o que foi decidido quanto a Anyso — Tunuva disse.

— Por enquanto, nada.

Ele ainda estava sozinho e, portanto, trancado no andar das postulantes. Tunuva imaginava seu sofrimento.

— Ainda está vivo?

— Pelo menos por ora, já que Denag pediu que eu não criasse mais motivos de tensão para Siyu.

— Saghul, ele já está há tempo demais conosco. A família deve estar desesperada.

— Sem dúvida, mas também já não estão à sua procura. Mandei duas de suas irmãs a Dimabu para garantir isso. Os pais dele desistiram. Graças aos rumores de perigos que plantamos, foram aconselhados a não virem atrás dele na Bacia. Voltaram a Carmentum algumas semanas atrás.

Só o que sabiam era que a floresta havia levado seu filho. Tunuva insistiu:

— Não podemos aceitar Canthe sem aceitar Anyso.

— Uma é uma maga, enquanto o outro não traz nada além de riscos para nossas fileiras. A diferença é gritante, Tunuva.

— Tuva — disse Esbar —, o garoto está apaixonado e não foi criado de acordo com nosso conceito de família. Não ficaria contente aqui. — Ela cerrou os dentes. — Siyu jamais poderia ter se deixado ver.

— Decidirei o destino dele quando chegar o momento, mas a discussão aqui é sobre Canthe — disse Saghul.

— Muito bem. Eu voto para silenciá-la — Esbar declarou, de pronto. — Siyāti proibiu a entrada de forasteiros no Priorado, e por um bom motivo. Devemos bani-la, e aprender com o desastre causado por Anyso.

— Siyāti não sabia da existência de outras magas. Poderia ter aberto uma exceção nesse caso.

Enquanto Saghul falava, Tunuva a olhou bem. No branco de seus olhos, havia um discreto amarelado.

— Siyāti está morta — disse Esbar —, então não temos como perguntar. — Saghul estalou a língua em desaprovação. — Se Canthe está viva há tanto tempo quanto afirma, seu conhecimento sobre a siden pode ser maior que o nosso. Ela pode usar isso contra nós.

— Não sem o fruto. Eu não a tornaria uma iniciada até merecer nossa confiança.

— Eu confio em meus instintos, Saghul. E não gosto da maneira como me sinto em sua presença.

Apesar do calor, os braços dela estavam arrepiados. Tunuva quase nunca a vira tão perturbada.

— Talvez seja a marca de uma longa vida, se pudermos acreditar nisso — Saghul argumentou.

Esbar soltou um risinho de deboche.

— A ideia de uma forasteira em nossas fileiras também me preocupa — Tunuva falou —, mas o conhecimento que você mencionou pode ser útil para nós. Além disso, ela pode não estar segura em Inys. Para onde mais poderia ir?

Esbar bufou de irritação.

— Tuva, isso não é problema nosso. Estamos aqui para defender a árvore.

— Depois do que vi, acho que seria tolice afastar da árvore uma guerreira em potencial. Talvez meu relato deva ter algum peso em seu veredito, Prioresa.

— Primeiro, quero saber como foi a conversa com Kediko — Saghul avisou. — Você foi a Nzene?

— Sim.

Tunuva relatou o encontro. Quando ouviram o que Gashan estava vestindo, Esbar e Saghul bufaram de desgosto.

— Essa vaidade tola — murmurou Saghul. — Sabia que havia um motivo para não a escolher como munguna.

— Sim. Eu era uma opção melhor — Esbar se gabou.

— Mas tão arrogante quanto — Saghul alfinetou.

— Ora, vamos. Gashan e eu fizemos por merecer esse pequeno toque de arrogância, não?

— Nenhuma Prioresa jamais foi agraciada com candidatas tão presunçosas a sucessoras — Saghul se queixou. Estendeu a mão para pegar a taça, franzindo os lábios. — Enfim, que seja. Se ela e Kediko não querem Siyu, então não a terão.

— A Princesa Jenyedi precisa de uma protetora — Tunuva disse, baixinho. — Ela é herdeira da terra da Mãe.

— Nós só podemos oferecer nossa proteção — Saghul a lembrou. — Kediko não seria o primeiro a recusá-la, mas todos os que fizeram isso antes se arrependeram. — Ela entrelaçou os dedos sobre a mesa. — Você acredita mesmo que Gashan renunciou à Mãe, Tunuva?

— Não totalmente, mas está perdendo a fé.

— Então pode representar uma ameaça para nós. Kediko claramente está começando a encarar nossa sociedade como inimiga.

— Gashan ainda é nossa irmã, por mais perdida que esteja.

— Eu concordo com Tuva. Além disso, Kediko não é dado a guerras — Esbar acrescentou. — No fundo, ele teme nossa magia. Que Gashan conte os metais dele em seu manto vermelho, se desejar. Enquanto isso, talvez seja bom mandar outra irmã para a Lássia, como mensageira ou servente do palácio... uma das meninas mais novas, alguém que Gashan não conheça, para monitorar a situação.

— Muito bem. Sem dúvida, ela vai irritar Kediko mais cedo ou mais tarde, e voltar chorando para nós — murmurou Saghul. — Agora o seu relato, Tunuva.

— Hidat e eu fomos primeiro para Jrhanyam — Tunuva contou. — Houve diversos desaparecimentos em todas as partes do Ersyr, a maioria de animais de rebanho, mas de pessoas também, principalmente em regiões mais próximas das montanhas de fogo ou das fontes termais, como o Vale de Yaud. Visitamos diversos lugares. Agārin, Efsi, as Grandes Quedas de Dwyn. Em todos encontramos... pedras, rochas abrigadas em cavernas. Eram grandes e escuras, todas tocadas pela siden. Não ousamos nos aproximar. Sentimos que nossa magia as perturbava.

— Que coisa estranha, Tunuva Melim, ter medo de uma pilha de pedras. Seja franca. Qual é sua suspeita?

— De que algo reside ali dentro.

Esbar arqueou uma sobrancelha.

— Você acha que essas rochas podem estar... chocando?

Tunuva fez que sim com a cabeça.

— Gostaria de voltar ao lote mais próximo acompanhada de mais irmãs — falou. — Essas pedras tinham o cheiro do Monte Temível. Caso se abram, vamos precisar de muitas lâminas.

Saghul mordeu o lábio, pensativa.

— Por enquanto, Canthe pode ficar — disse. — Tunuva, me escreva um informe com o que viu em cada região, e depois retome seus afazeres enquanto eu decido quem pode ser designada para essa questão. Você está proibida de visitar Siyu — a Prioresa acrescentou. — Esse tempo deve ser usado por ela para reflexão. Espero ter sido bem clara.

— Sim, Prioresa, mas posso estar junto dela durante o parto?

— Pode, sim.

Saghul começou a tossir logo em seguida — uma tosse seca e áspera, que comprimia seu peito.

— Saghul. — Esbar se levantou. — Vamos sair do sol. — Ela lançou um olhar para Tunuva. — Nós nos vemos mais tarde.

— Sim, Tunuva Melim. Descanse — Saghul falou, entre uma tossida e outra. — E não envelheça. É muito cansativo.

Esbar a conduziu para dentro. Tunuva ficou perto da cachoeira por mais um tempo, com as mãos na balaustrada, contemplando a laranjeira.

****

Em seu solário, ela limpou os dentes com um graveto e usou um unguento de água de rosas para hidratar a pele depois de atravessar o deserto. Os meses na estrada a tornavam mais grata do que nunca pelos pequenos confortos do lar.

Ninuru estava aninhada junto à lareira. Tunuva se ajoelhou ao seu lado, e estava escovando os últimos grãos de areia de sua pelagem quando seus olhos começaram a arder de sono. Os joelhos estavam esfolados depois de tanto tempo de sela; e a musculatura das nádegas, dolorida. Ela se deitou entre as sedas amarelas da cama.

Você não é mais tão jovem quanto antes, Tunuva Melim, pensou antes de pegar no sono.

De início, seus sonhos estavam turvados demais para serem compreendidos, nublados por uma tempestade preta de asas. Por fim, se fixaram em uma visão muito bem-vinda: Esbar, sorrindo ao seu lado. Tunuva sorriu de volta.

E então Esbar pôs as duas mãos em torno de sua garganta e a esganou.

★★★★

Ela acordou sob o brilho fraco das lamparinas a óleo. Uma mão conhecida pousou em seu braço.

— Tuva, está acordada?

— Esbar. — Esfregou os olhos. — Já é de manhã?

— Não, a noite está só começando. Pensei que você pudesse querer jantar. — Esbar acariciou seus cabelos. — Tudo bem com você?

Havia uma bandeja na cama, com cortes frios de carne, arroz com açafrão e pão ázimo. Tunuva soltou um suspiro, levando a mão à garganta. Nunca tivera um sonho como aquele.

— Sim. — Ela se sentou, sorrindo. — Estava mais exausta do que imaginava.

— Está com alguma dor?

— Nada que vá me matar. — Tunuva massageou o ponto de tensão em seu ombro. — Seria até melhor ter que lutar em breve. Se ficar deitada por muito tempo, posso travar e nunca mais conseguir me levantar.

Esbar deu risada.

— Você daria uma bela escultura.

Tunuva deixou que ela assumisse a massagem, com um suspiro de consentimento. Quase cochilou de novo enquanto Esbar desfazia o nó e depois passava as mãos espalmadas pelo restante das suas costas.

— Sabe onde Canthe está ficando? — Tunuva perguntou.

— No quarto extra perto da cozinha. Não estou gostando nada disso.

— Você vai ter que se acostumar, se Saghul aceitá-la. — Tunuva fez uma careta quando Esbar encontrou mais um ponto sensível. — É estranho pensar que existem outras magas. Será que a Mãe sabia?

— Eu me perguntei a mesma coisa. — Esbar suavizou um pouco o toque. — Talvez tenha sido por isso que ela nos deixou. Para encontrar as outras árvores.

Quando ela terminou, Tunuva já conseguia girar o braço com um pouco mais de facilidade. Esbar se esparramou ao seu lado.

— E Siyu? — Tunuva quis saber. — Como está a cabeça dela?

— Imin me contou que ela reza e canta para a barriga. — Esbar sacudiu a cabeça. — Siyu foi tola e descuidada, mas sinto pena dela. Minha gestação teria sido muito difícil sem a companhia das nossas irmãs. Vamos esperar que ela aprenda alguma coisa com isso, e que seja o bastante para acalmar Saghul.

— Saghul não está bem, não é?

— Denag acha que não. — Esbar tirou os brincos. — Ela é uma mulher idosa, Tuva. Chegou a uma idade que a maioria de nós não alcança.

Antes que Tunuva pudesse responder, sentiu um aperto na garganta. Tentou engolir em seco, apesar do caroço que sentia ali.

— Tuva. — Esbar ficou imóvel. — O que foi?

— Estou sentindo uma grande mudança na nossa vida. Siyu, Gashan, Saghul... nossa família está se desfazendo.

— Não. Não diga isso, meu amor. — Esbar levou a mão ao seu rosto. — Me escute bem. Esta família vai estar sempre aqui. Eu vou estar sempre aqui. Amei você por trinta anos, e minha chama vai iluminar a árvore junto com a sua. Estou sempre com você, Tuva Melim.

Tunuva levou aquela promessa ao coração.

— Siyu vai ficar bem — Esbar falou. — Quando a criança cresceu um pouco, Saghul permitiu a ela que provasse do fruto, para que a árvore conheça tanto ela como o bebê. Ela tem um bom coração, Tuva. — Esbar deu um beijo em sua testa. — Você está em casa. Agora durma.

Esbar estava certa. Ficaria tudo bem. Com certeza nada seria capaz de destruir sua família.

Tunuva se virou e deitou a cabeça no ombro de Esbar, que se inclinou sobre ela para apagar a lamparina. As duas dormiram juntas na escuridão do Priorado — de corpos e corações unidos.

30

Leste

O Pavilhão do Pico Nevado, situado nos arredores de Antuma, era grandioso como o palácio. Como tantas outras coisas na capital, pertencia ao Senhor dos Rios. Era lá que se realizava anualmente o Banquete Noturno.

O evento ocorreu ao ar livre, à margem de um riacho que atravessava a propriedade. Sob um abrigo contra a chuva com vista para a água, Dumai estava sentada junto com o restante da família imperial.

Enquanto comia, olhou para a lua. Furtia avisou que voltaria quando estivesse cheia. A dragoa queria levá-la para o norte, para procurar por mais pedras sinistras como aquelas que viram no Monte Izaripwi.

O fogo de baixo está ficando quente demais, depressa demais. A estrela não voltou para resfriá-lo. Dumai havia pensado naquelas palavras por um tempão, e ainda não entendia. *Eu senti que há mais do outro lado do mar.*

O que eram aquelas pedras, e por que incomodavam tanto Furtia? Ela não tinha uma resposta clara para essas perguntas. De acordo com os relatos anteriores ao Longo Sono, os dragões nunca foram fáceis de entender. Eram criaturas divinas, e os humanos muitas vezes não compreendiam o que diziam.

UM DIA DE CÉU NOTURNO – VOLUME I

Dumai contara ao pai tudo o que viu. Ele a incentivara a ir com Furtia. Enquanto isso, prosseguiria com os planos de estabelecer sua corte secreta e vasculhar seus arquivos pessoais em busca de qualquer coisa que pudesse fortalecer os vínculos dela com a dragoa.

Obviamente, antes que Dumai pudesse ir voando para qualquer lugar, precisaria comparecer ao Banquete Noturno.

— Meu tio se superou este ano — comentou a Imperatriz Sipwo. — Está tudo encantador.

Dumai era obrigada a concordar. Os cortesãos riam e conversavam sob os salgueiros de galhos espessos que ladeavam o curso d'água, todos adornados com folhas douradas. Alguns dos convidados disputavam um jogo de conchas pintadas, e barquinhos circulavam pelo riacho, cada um levando uma pequena lamparina.

— De fato — concordou o Imperador Jorodu. — Mas o outono já é uma estação belíssima. O Senhor dos Rios só precisava realçar isso.

A Imperatriz Sipwo olhou para o peixe no prato diante dela.

— É uma estação deliciosa — comentou. — Mas você sempre preferiu o inverno.

— Já faz algum tempo que não. — Ele abriu um leve sorriso. — Não. O outono me agrada muito esta noite.

A estação da mudança, quando os destinos se definiam, para o bem ou para o mal. Naquele dia, a corte trocaria sua folhagem.

O Senhor dos Rios não havia economizado em nada. Os melhores músicos e dançarinos foram trazidos de toda parte de Seiiki, assim como os grandes clãs. A cada hora que se passava, a diversão se tornava mais ruidosa.

Dumai deveria estar se sentindo menos tensa do que de costume. O ar não estava tão abafado pela primeira vez em meses, e em breve ela se livraria da corte, mas as pedras fumegantes ainda perturbavam seus pensamentos.

339

Outras foram espalhadas. Muitas mais. Tudo queimará...

— Soube que a senhora morava aqui com seus irmãos, Imperatriz Sipwo — Dumai comentou, para se distrair. — Deve ter sido maravilhoso crescer em um lugar tão lindo.

— Foi mesmo. Meu tio criou todos nós — a Imperatriz Sipwo contou. — Na primavera, minha irmã e eu nos sentávamos à beira deste riacho e esperávamos as flores azuis descerem do bosque paradisíaco onde ficam as nascentes. Achávamos que o número de flores representava o número de anos até os deuses despertarem.

— Agora eu tenho uma irmã também — Suzumai falou, se aninhando em Dumai. — Ela despertou Furtia.

— Não, Suzu. Ninguém tem esse poder. — Dumai a tocou de leve no queixo. — Agora coma.

Kanifa estava entretido em uma conversa com seu capitão. Enquanto Dumai observava o cenário, sabia que estava sendo observada também. Desde sua chegada à corte, era vista com curiosidade, mas agora o estranhamento que causava atingira um novo patamar. Ela era a primeira pessoa a montar um dragão em séculos.

Passos se aproximando em sua direção interromperam seus pensamentos. O Senhor dos Rios viera ao abrigo contra a chuva.

— Majestades. Altezas. — Ele fez uma mesura. — Espero que estejam aproveitando a noite.

Dumai notou as vestes finas dele, embelezadas com sinos prateados. Como sempre, a barba terminava em uma ponta proeminente de rabo de peixe.

— Sim, Senhor dos Rios. Está tudo perfeito — respondeu o Imperador Jorodu. Seus olhos estavam vermelhos, e ele segurava com força uma taça de prata. — Não sei ao certo nem se eu mesmo teria como proporcionar tamanho luxo.

— É uma festa esplêndida, tio. — A Imperatriz Sipwo abriu um sorriso, para amenizar a alfinetada dada pelo marido. — Sua hospitalidade não tem rivais à altura.

— Ah, a noite está só começando. Pensei em trazer o próximo prato para vocês — o Senhor dos Rios acrescentou, fazendo um gesto para uma servente. — O grande prêmio de uma caçada. Lamento muito por sua ausência, Princesa Dumai.

Dumai torceu para que seu sorriso desse a entender que ela também lamentava. Se havia uma coisa que nunca pretendeu fazer na vida, foi estar a menos de cem léguas de Kuposa pa Fotaja quando ele tivesse um arco e uma aljava na mão.

Princesa, como a perda de sua companhia me dói, ele lamentaria quando a visse sangrando até a morte. *Preciso imortalizar este momento com um poema.*

— A forma como se dedica a sua educação é notável — ele falou, com um tom afetuoso —, assim como seu amor tão puro por minha sobrinha-neta. Muito me conforta saber que, quando Suzumai for imperatriz, poderá contar com a lealdade da irmã mais velha. Uma irmã que estudou tanto para assessorá-la.

— Dumai é a melhor irmã do mundo — Suzumai falou, com seu sorriso desdentado.

— É mesmo, Suzumai. Vê o quanto ela estuda para um dia se tornar uma conselheira impecável? — o Senhor dos Rios falou, todo empolgado. — Ora, quando você for imperatriz, não vai precisar mover uma palha.

Dumai não conseguia mais olhar para ele. Então abraçou sua irmãzinha e deu um beijo em seus cabelos macios.

Ele já entendera o que aconteceria com Suzumai por causa dela, e dificultaria cada passo seu. Enquanto ela tentava plantar raízes na corte, o Senhor dos Rios espalhava ervas daninhas ao seu redor, para sufocá-la antes que pudesse fincar raízes no solo.

A serviçal colocou uma panela de ferro sobre a mesa.

— Foi você que caçou, Sipwo? — o Imperador Jorodu perguntou, olhando para a carne de javali selvagem no ensopado com cogumelos. — Você sempre foi mestra em mirar no coração.

Dumai perdeu as contas de quantas taças de vinho ele havia bebido. A Imperatriz Sipwo terminou seu salmão.

— Não — respondeu. — Ultimamente, ando tendo dificuldades com o coração.

O Imperador Jorodu olhou para sua consorte, com uma expressão vacilante no rosto.

— Enquanto desfrutam da iguaria — o Senhor dos Rios falou, logo após se manter educadamente em silêncio por um tempo —, gostaria de saber se a Princesa Dumai poderia se juntar a nós à beira d'água. Um concurso está prestes a começar, e todos estão curiosos para saber se a princesa tem a mesma habilidade na poesia que demonstra em todas as outras artes.

Dumai se levantou.

— Como sempre, é muita gentileza sua, Senhor dos Rios. Seria um prazer me juntar a vocês.

— Que maravilha.

Ela desceu os degraus atrás dele.

— Fico contente por podermos conversarmos a sós, Princesa Dumai — o Senhor dos Rios comentou, enquanto caminhavam junto até a beira do córrego. — Imagino que esteja confortável na corte.

— Estou bem instalada, sim, obrigada.

— Sem dúvida, com uma deusa a seu dispor. Foi como cantante-aos--deuses que aprendeu a arte de domar dragões?

Ao ouvir isso, Dumai deteve o passo.

— Meu senhor, não há como domar uma deusa — ela disse, baixinho. — Eu pertenço à Casa de Noziken. Minha ancestral salvou o grande Kwiriki. Os dois estão unidos por sal e sangue, por leite e salmoura. Foi essa afinidade, e apenas isso, que trouxe a grande Furtia até mim.

UM DIA DE CÉU NOTURNO – VOLUME I

Aquelas palavras vieram das profundezas de seu ser. O Senhor dos Rios a olhou de cima a baixo, com os olhos faiscando de interesse.

— É claro — ele falou, com um breve sorriso. — Vamos torcer para que ela permaneça ao seu lado, Princesa Dumai. Os dragões, afinal, são do mar. E o mar não deve lealdade a ninguém.

Ele continuou andando. Dumai o seguiu, desejando conseguir ter a palavra final pelo menos uma vez.

Suas damas da corte estavam à beira do riacho. Dumai se ajoelhou entre elas, e lhe foi levada uma mesa contendo uma pedra para tinta, um bastão de nanquim, um pincel fino, uma tigela de água e papel em branco.

— As regras são simples — explicou o Senhor dos Rios. — Esses barquinhos foram usados para transportar alimentos durante toda a noite. Agora levarão poemas. — Apontou para as embarcações. — Do outro lado da ponte, alguém foi escolhido para escrever para cada um de vocês. O desafio é descobrir sua identidade. Vocês receberão três poemas, e mandarão duas réplicas. Depois de reunirem as pistas, podem tentar encontrar quem estava enfrentando.

Dumai assentiu.

— E o senhor vai jogar?

— Infelizmente, como fui eu quem concebeu e organizou o jogo, só posso assistir. — Ele fez uma mesura. — Muito boa sorte, Princesa.

Quando ele se afastou, uma serva trouxe uma tigela de leite cozido.

— Não é uma festa maravilhosa? — Juri suspirou, toda contente, pegando uma fatia do doce. — Que pena que a Dama Osipa estava tão cansada.

Yapara soltou um risinho de deboche, demonstrando que não concordava. Dumai, por sua vez, teria preferido que Osipa estivesse disposta a acompanhá-la.

O falatório geral se intensificou quando os barquinhos subiram o curso do rio, cada um trazendo um pergaminho. Dumai ficou só observando até ver seu nome escrito em um deles.

— Aquele — falou para Juri, que o tirou da água, encharcando as mangas da roupa. Recolhendo o pergaminho de sua proa, Dumai leu o poema.

A quem devo contar isto que tanto me deleita?
Um segredo inaudito pode brilhar mais que a prata —
e se revelado obscurecerá, mas ainda assim o coração palpita.

Com um sorriso relutante, Dumai moeu um pedaço do bastão de nanquim e mergulhou o pincel. Fazia um bom tempo que não versejava. Ela escreveu:

Um coração palpitante busca um ouvido discreto.
Diga-me, por que forjar a prata e não a deixar reluzir?
Nuvens trazidas pelo vento jamais obscurecem o luar.

Ela enrolou e selou o poema e o colocou no barquinho, que Juri mandou de volta junto com os demais. Serviçais deviam estar à espera para conduzi-los de volta para onde vieram.

Do outro lado do riacho, um jovem nobre embriagado pulou de cabeça na água, provocando gargalhadas. Kanifa foi a seu resgate, tirando-o bem a tempo de não ser atingido pela segunda procissão de barquinhos. Dumai abriu apressadamente o poema seguinte.

Como é versátil a prata — sino, lâmina ou luar.
Compartilhemos de seu brilho. Ouvi falar que o guarda
à beira d'água pode congelá-la, pois é da montanha que vem.

Ela leu de novo aquelas palavras. *O guarda à beira d'água.*

Kanifa. Com o coração disparado, ela se debruçou sobre o riacho, procurando na semipenumbra. Só podia ser ela.

A Dama Nikeya.

Ela se lembrou de Kanifa.

O Clã Kuposa poderia não ter como agir contra uma princesa sem levantar suspeitas, mas eles sem dúvida eram capazes de fazer mal a um guarda. Dumai voltou a pegar seu pincel, alisou o papel e tentou manter a mão firme enquanto escrevia.

Ouvi falar de uma dama de muitas faces.
Teria muitos corações também, a ponto de me deixar
convencê-la a abrir mão dessa sua cota de prata reluzente?

Seu bom senso lhe dizia para não enviar aquilo. Seria uma demonstração de medo. Ela mesma deveria vestir outra máscara — fingir que não fazia ideia do que aquilo significava —, mas Nikeya era astuta demais para se deixar enganar.

Antes que perdesse a coragem, Dumai entregou o poema para Juri. Ela não tirava os olhos de Kanifa, que franziu a testa, intrigado. Quando o barquinho voltou, ela quase derrubou Juri na água, tamanha sua pressa para abrir a resposta.

O coração leva tempo para tomar suas decisões.
Lembre-se de que o conhecimento brilha mais que prata;
pode ser preciso ainda mais para silenciar meus cochichos.

— O tempo acabou — o Senhor dos Rios avisou por fim. — Se acreditam que identificaram quem os enfrentou, vão falar com a pessoa! Caso seu instinto se confirme, vocês receberão um prêmio.

Quase tropeçando na bainha da túnica, Dumai se levantou de

imediato e foi andando até a ponte, passando pelos convidados que se divertiam indo atrás de seus oponentes.

— Enquanto isso — o Senhor dos Rios anunciou, em meio à escuridão —, veremos uma apresentação do notável Cavalheiro Kordia e de minha amada filha, a Dama Nikeya.

Dumai deteve o passo. Uma cabeça se ergueu em meio aos convidados, e um vulto se aproximou de um dos braseiros mais próximos.

A Dama Nikeya vestia branco sobre cinza, remetendo à neve sobre a rocha. Pérolas enfeitavam seus cabelos. Quando um jovem de barba se aproximou, usando diferentes tons de azul, os dois se cumprimentaram com uma mesura.

Uma flauta de bambu foi o primeiro som a quebrar o silêncio, acompanhada de uma percussão discreta. Dumai reconheceu a abertura de "Neve e Mar" — uma composição antiquíssima, que celebrava o romance entre a Donzela da Neve e seu consorte, o Príncipe Dançante, a quem Kwiriki dera vida. O filho dos dois nasceu com o mar correndo nas veias, salgando sua linhagem sanguínea para sempre.

A dança começava lenta, mas ia desenvolvendo uma cadência mais acelerada. Desde o início, Nikeya conferiu uma vividez à coreografia — com a maneira como inclinava a cabeça, com seus movimentos de mão habilidosos. Realmente, uma dama de muitas faces.

Por mais cativante que fosse, Dumai também via a arrogância daquela performance. Nikeya ousava interpretar a primeira ginete de dragões, a primeira Rainha de Seiiki. Assim que esse pensamento passou por sua cabeça, Nikeya lançou um olhar em sua direção.

Foi quando Dumai teve certeza de que ela não era um espírito. Ela só sorria de canto.

Dumai fechou os olhos. Estava duelando através de recados indiretos e cochichos, e com uma mulher que parecia ser a encarnação das duas coisas. Como poderia deixar seu pai sozinho na corte?

Você precisa, pensou. *É um chamado dos deuses.*

Por fim, os músicos pararam de tocar, e Nikeya e o Cavalheiro Kordia se ajoelharam e fizeram uma mesura para o imperador, que se levantou e se virou para os presentes. Era a hora das nomeações.

Osipa contara para Dumai a respeito. Durante meses, pequenos funcionários rondaram o Palácio de Antuma, implorando aos mais graduados que falassem bem a seu respeito para o imperador — ou para a imperatriz, que alguns consideravam mais poderosa. A maioria acabaria decepcionada. O Clã Kuposa controlava as principais posições com mão de ferro.

— Obrigado — disse o Imperador Jorodu. O vinho afetara sua voz, fazendo as palavras se embaralharem. — Senhor dos Rios, sua filha tem muitos talentos. Imagino que esteja orgulhoso.

— Excepcionalmente, Majestade — o Senhor dos Rios respondeu, com os olhos refletindo a luz do fogo. — Nikeya é a pérola do meu mundo.

— Assim como minhas filhas são as pérolas do meu. E a primeira de minhas nomeações da noite, a mais importante, é a de minha filha mais velha, a Princesa Dumai.

Um vozerio abafado se espalhou pela noite. Dumai ficou observando o pai, com o coração na boca.

— Já ficou evidente o quanto a Princesa Dumai é notável — ele falou. — Foi a primeira a voar com um deus desde que o Longo Sono teve início. Agora que temos uma ginete de dragão, podemos renovar nossos laços com o mundo sem a necessidade de viagens perigosas. Quando a lua ficar cheia, ela irá ao Rainhado de Sepul com Furtia Tempestuosa, para forjar uma nova aliança com a Casa de Kozol.

Mais murmúrios intrigados. Dumai soltou o ar. Ele anunciou sua partida, e nada mais. Era a história que tinham concordado em narrar à corte.

E então ele disse as palavras que mudaram tudo:

— Quando voltar, ela será a Princesa da Coroa de Seiiki.

Dessa vez, Dumai sentiu um frio na espinha enquanto o observava. Todos os demais presentes se voltaram para ele.

Pai, o que está fazendo?

— Tenho a sorte de ter encontrado essa filha perfeita, elogiada pelos tutores, amada pelos deuses. Não poderia haver sucessora melhor — afirmou o Imperador Jorodu. — A Princesa Suzumai, como a filha mais nova, será sua leal assessora em tudo. Quando eu abdicar em seu favor, sei que o reinado da Imperatriz Dumai trará uma nova era de prosperidade e paz.

O Senhor dos Rios exibia um sorriso fixo, e a Imperatriz Sipwo ficou ainda mais pálida. Suzumai se virou para a mãe, confusa. Com todos os olhares voltados para si, Dumai de repente se sentiu como se estivesse nua, uma sensação das mais desagradáveis.

— Agora, as nomeações restantes — o Imperador Jorodu anunciou, com um levíssimo toque de satisfação na voz.

31
Sul

O Salão de Guerra era a maior entre as câmaras do Priorado, e seu teto era um triunfo da arte ersyria de trabalhos com espelhos. Um dos lados era aberto — uma queda abrupta para a floresta, guardada por nove colunas adornadas com entalhes minuciosos, retratando as vidas e os feitos das nove damas de honra de Cleolind.

Acima de cada uma havia uma mísula, com o busto esculpido de uma dama de honra. Entre as que geraram vidas, todas as mulheres de sua linhagem tiveram seus nomes entalhados em selinyiano. Tunuva leu os de baixo enquanto se aquecia. Cinco séculos de linhagens de irmãs.

Depois de sua iniciação, ela também gravou seu nome na segunda coluna, sob o de várias outras mulheres Melim, todas elas ligadas por uma ancestral em comum, Narha. Segundo diziam, só ela era capaz de consolar a Mãe quando sonhava com o Inominado.

Tunuva desejou que Narha pudesse confortá-la também — que sua ancestral pudesse descer daquela coluna e afastar seus pesadelos. No mais recente, Esbar a esfaqueava no coração, e ela acordou banhada em suor, pensando que fosse sangue.

Não contou nada daquilo para Esbar.

SAMANTHA SHANNON

Do outro lado do salão, ela observava sem pressa a estante. Então apontou com o queixo para uma espada ersyria, e a armeira a tirou da bainha de prata, esfregou a lâmina com um pano banhado em óleo e lhe entregou em seguida. Quando Esbar empunhou a espada para examiná-la, Tunuva se lembrou do toque frio da faca de seu sonho.

Ela afastou esses pensamentos da cabeça.

— Está pronta, ou vai ficar se olhando no espelho do teto? — chamou.

— Por quê? — Esbar se encaminhou para o meio do salão. — Acha que eu gostaria dessa visão?

— Sem dúvida nenhuma.

Muitas outras irmãs haviam se reunido para assistir. Yeleni estava afastada em um canto, distante das outras. Havia acabado de sair do longo confinamento a que fora submetida por ajudar Siyu.

— Fico lisonjeada, minha amada — Esbar falou, fazendo-a voltar a se concentrar na questão mais premente do momento. Ela virou a espada, apoiando a parte cega da lâmina no antebraço marcado de cicatrizes. — Mas tome cuidado. — Começaram a rodear uma à outra. — Se me deixar confiante demais, acho que pode acabar se arrependendo.

— É verdade que a confiança é um perigo. — Tunuva girou a lança na mão. — Mas a arrogância eu posso usar a meu favor.

Com um sorriso nos lábios, Esbar avançou.

Desde crianças, elas treinaram até dominar todas as armas existentes no Sul, até mesmo algumas lâminas yscalinas. Eram treinadas para combater algo que não era humano, mas a Mãe derrotara o Inominado com uma espada inyscana, Ascalun. Nem mesmo os monstros eram imunes ao aço.

Esbar desferiu golpes laterais e frontais, flexionando os bíceps. Costumava atacar com vigor no início dos duelos, para cansar a oponente o mais depressa possível. Tunuva sabia muito bem como reagir a isso. Bloqueou as investidas com facilidade.

UM DIA DE CÉU NOTURNO — VOLUME I

— Está me deixando tomar a iniciativa, pelo que estou vendo. — Esbar afastou uma mecha de cabelos grisalhos. — Devo entender isso como um primeiro sinal de submissão?

— Ah, você sabe que eu gosto de um aquecimento antes da dança.

Não muito depois de seu primeiro beijo, elas se enfrentaram naquele salão. Esbar sempre lutava para vencer, e de fato conseguiu. Mandou a curandeira embora e cuidou pessoalmente de Tunuva.

Nada vem antes da Mãe, ela dissera na ocasião, com um tom gentil mas resoluto. *Se vamos fazer isso, não podemos deixar que interfira em nosso dever. Nós somos guerreiras, Tunuva.*

Daquele dia em diante, Tunuva passou a enfrentar Esbar com o mesmo empenho dedicado a qualquer outra irmã. Em trinta anos, jamais hesitou em fazer isso.

Esbar continuava a desferir golpes a torto e a direito pelo salão. Era uma adversária que equivalia a um exército, e a lâmina de sua espada capturava a luz do sol e a distribuía pelos espelhos. A ponta passou a um fio de cabelo de Tunuva, que projetou a lança no tempo exato para desviar o golpe.

Elas se afastaram uma da outra, mas logo Esbar atacou de novo. Tunuva girava a lança pela cintura e por cima do ombro, bloqueando cada golpe. Esbar era implacável, mas, com o tempo, Tunuva desenvolvera a paciência de resistir a seus ataques. Por mais intensas que fossem as tentativas de romper suas defesas, ela se mantinha firme.

Tunuva nunca gostara de caçar, mas achava a luta uma coisa fascinante. Sentir seu corpo se mexer e se contorcer, se surpreender com sua própria força, com a reação de sua mente e seus membros àquilo que seus olhos viam. E, claro, suas reações ao furacão que era Esbar.

A espada encurvada reluziu mais uma vez em sua direção. Enquanto a afastava com a lança, Tunuva se lembrou da primeira vez que viu Esbar lutar — contra Gashan, que era quase dois anos mais velha. Elas se enfrentaram em um duelo repleto de orgulho e rancor, sentimentos que transpareciam em seus golpes, seus gritos e seus dentes cerrados. Mas, quando Tunuva enfrentava Esbar, era sempre um ritual de cortejo.

Esbar enfim estava diminuindo o ritmo. Assim que viu o brilho de suor na pele dela, Tunuva atacou. Bufando de empolgação, Esbar cortou o ar em um movimento vertical, segurando o cabo da espada com as duas mãos, evitando por pouco que a lança a atingisse no rosto. Ela encontrou uma reserva de energia e por um tempo voltou à ofensiva, mas Tunuva se esquivou e a acertou no queixo com o cabo da lança. Esbar sorriu. A marca da pancada apareceria e desapareceria antes do amanhecer.

Tunuva girou a arma, arrancando suspiros de admiração das irmãs. Sempre preferira lutar com a elegante lança kumengana. Ajeitando a pegada, ela correu, plantou o cabo da arma no chão e a usou para projetar o peso do corpo na direção de Esbar, acertando um pontapé bem em seu peito. Assim que foi ao chão, Esbar logo se levantou.

Tunuva avançou sobre ela e desferiu um golpe na direção das panturrilhas. Esbar saltou para se esquivar e golpeou para baixo com todas as forças, prensando a lança contra o chão. Usando todas as suas forças, Tunuva conseguiu libertar a arma. No mesmo movimento, levou a lança até a cintura e a projetou de novo contra a adversária.

Esbar conseguiu resistir ao ataque outra vez. Foi quando Tunuva vislumbrou uma oportunidade e acertou Esbar na mão, obrigando-a a soltar a espada. Um instante depois, Esbar estava caída no chão, com Tunuva montada sobre ela, apontando a lâmina para seu pescoço. Esbar soltou uma gargalhada que fez seu peito vibrar.

— Às vezes eu me esqueço de como você é boa — comentou.

— Hum. — Tunuva a beijou. — E então eu a recordo disso.

Ela se levantou e estendeu a mão. Esbar aceitou, deixando que Tunuva a pusesse de pé. Em meio aos aplausos das irmãs, Esbar devolveu a espada à armeira, soltou os cabelos e olhou para a plateia.

— Canthe, que bom ver você aqui — falou, abrindo e fechando o punho. — Que tal um treino de combate?

Todas as cabeças se viraram. A recém-chegada estava ao lado de Yeleni, vestida com um traje cor de marfim que revelava seus braços.

— O convite é muita gentileza, Esbar, mas não sou uma guerreira. — Canthe inclinou a cabeça. — Prefiro nunca ter que lutar.

— Se quiser se tornar uma irmã, vai precisar. — Esbar aceitou uma bebida oferecida por um dos homens. — Acho que todas nós ficaríamos curiosas para ver as habilidades de uma maga inysiana.

— Acho que seria um combate bastante desigual. — Canthe olhou para a entrada arqueada. — Além disso, acho que sua atenção está prestes a ser solicitada.

Pés descalços corriam pelo corredor do lado de fora. Uma das jovens postulantes entrou correndo.

— Tunuva, Esbar — falou, ofegante. — É Siyu.

Os murmúrios se espalharam pelo salão. Tunuva olhou para Esbar, que respirou fundo pelo nariz, impassível.

— Pode ir — falou. — Fique com ela, Tuva. Eu vou assim que falar com Saghul.

Para Tunuva, não era preciso dizer mais nada. Jogou a lança para a armeira e saiu correndo atrás da garota.

****

Ela ouviu os ruídos antes mesmo de chegar à câmara de nascimento. Sons produzidos por um corpo aberto — um movimento que ia além do conhecimento, inimaginável. Instintos antiquíssimos e inexprimíveis. (*Segurar, esperar, empurrar.*) Então vieram os cheiros: suor e ervas. Algo parecido com argila. O odor da terra molhada tomando forma. Embora estivesse colocando um pé na frente do outro, cada passo parecia fazê-la recuar no tempo.

A câmara lembrava mais uma caverna do que o restante do Priorado, com uma semipenumbra destinada a acalmar a mente. A passagem de um útero para o outro — foi essa sua impressão naquele momento, na primeira hora enevoada em que o teve nos braços.

Depois que a névoa se dissipou, em seus sonhos, ela se lembrava daquele cômodo não como um útero, mas como uma tumba, ou um favo. Não havia mel em um útero. Nem abelhas. Ela o trouxe da escuridão para ter um fim como aquele.

Siyu estava debruçada sobre a barriga. Quando Tunuva entrou, ela ergueu a cabeça, com o rosto marcado de lágrimas.

— Tuva.

— Olá, raio de sol. — Tunuva se aproximou. — Senti sua falta.

— Eu também. — A voz dela estava trêmula. — Está doendo.

Nunca vai parar, foi o pensamento indesejado que surgiu na cabeça de Tunuva. *Nunca vai parar de doer. Pelo resto de seus dias, nunca mais vai saber o que é sentir paz.* Ela abraçou Siyu com a maior força possível, que afundou o rosto em seu ombro.

Cada detalhe da câmara de nascimento permanecia vivíssimo em sua memória. Pouca coisa mudara em quase duas décadas. Lá estavam as velas, os jarros com óleo, os lençóis limpos, as bacias com água quente e fria. Na lareira, a estátua de bronze de Gedali, a alta divindade das passagens e dos partos, dando à luz sua filha, Gedani, que segurava uma flor de romãzeira em cada mão.

Quando Tunuva entrou em trabalho de parto ali, sentiu o amor de suas irmãs a cobri-la como um manto. Todas se reuniram em seu apoio, para incentivá-la e rezar por ela. Sua mãe de nascimento estava morta a essa altura: Liru Melim, que dera a vida ao salvar a realeza ersyria em um ataque-surpresa.

Esbar também não saiu de perto de Tunuva — respirando com ela, a acalmando. Estava lá quando a bolsa estourou, em cada acesso violento de dor, durante a dilatação. Todas elas estavam, por toda a noite. Foi o parto mais difícil no Priorado em muitos anos.

Naquele momento, porém, não havia mais ninguém presente além de Denag, que desinfetava as mãos com vinho de figo.

— Denag, chegou a hora? — Tunuva perguntou.

— Sim. A abertura já é suficiente. — Denag enxaguou e secou as mãos. — Esbar está vindo?

— Eu não quero mais ninguém aqui — Siyu falou, em um tom seco. — Só Tuva.

Tunuva sacudiu a cabeça para Denag.

— Não precisa ter medo — ela murmurou para Siyu. — Denag já trouxe muitas crianças ao mundo. Inclusive você. — Tunuva prendeu uma mecha de cabelos suados atrás da orelha dela. — Está pronta?

Siyu lançou um olhar assustado para as pilhas de tijolos. Depois de um longo momento, assentiu com a cabeça.

Tunuva a conduziu até lá e a ajudou a se posicionar.

— Dobre os joelhos. Denag vai estar aqui para pegar a criança — falou. — E eu, para segurar você. Vai dar tudo certo, Siyu.

Denag se ajoelhou diante dos tijolos com sua trouxa de instrumentos, que manteve longe das vistas de Siyu. Eram um recurso caso algo desse errado, ou se Siyu precisasse de mais ajuda. Ela sacudiu o manto que usaria para pegar a criança, recitando uma prece bastante conhecida para Gedali.

Gestante primordial, deidade das passagens, sentinela da vida, fortalece esta aqui. Proteja-a, e proteja a quem está chegando. Tu, cujo sangue vertido do ventre fertilizou os campos, cuja bolsa d'água criou os rios, cujo leite nutre a terra...

— Quando estiver pronta, nós também estamos — Tunuva falou carinhosamente para Siyu. — Já pode começar a fazer força.

— Eu não sei como fazer isso.

— Respire comigo, bem devagar. Escute seu corpo, que está conduzindo tudo, que sabe o que fazer. — Tunuva levou uma das mãos à barriga dela. — É um pouco parecido com a dor dos sangramentos, não?

Só mais uma vez, Tuva. Faça força.

Siyu mal conseguia falar.

— Pior — conseguiu dizer. — Muito pior. — Em seguida, soltou um grunhido. — Tuva, não aguento mais, eu quero que isso acabe.

— Vai acabar. Aguente firme — Tunuva falou, com um tom tranquilizador. — Você vai sentir o que precisa fazer.

Siyu expirou e inspirou. Quando fez força, um grito emergiu de sua garganta, cortando o coração de Tunuva. *Eu estou aqui com você.* Esbar a abraçando pelos ombros, ficando tensa a cada vez que ela soluçava. *Todas nós estamos.*

— Isso mesmo, Siyu — Tunuva falou, segurando-a. — Muito bem. Está sendo muito corajosa. Agora faça um pouco mais de força. — Siyu sacudiu a cabeça, e as lágrimas escorreram pelo queixo. — Siyu, você consegue.

— Não consigo.

— Mas precisa — Denag falou. — A criança precisa sair. Você vai poder ver suas irmãs depois disso, Siyu.

Enquanto Tunuva a segurava, sob a luz fraca das velas, não estava apenas ali naquele momento. Estava ao lado de Esbar no dia em que Siyu nasceu, e voltou a sentir o amor surgir dentro de si. Estava chorando de alívio enquanto Denag trazia ao mundo seu bebê, que era um menino, uma criança linda para a Mãe.

O suor cobria sua testa. Siyu voltou a fazer força com um longo grunhido, e Tunuva era capaz de sentir cada tremor e soluço ecoar em seu próprio corpo. Um fantasma passava seus dedos miudinhos no rosto dela. Um fantasma se alimentava em seu seio. Um fantasma gritava nos recantos sombrios de sua memória.

UM DIA DE CÉU NOTURNO – VOLUME I

Ela fechou os olhos com força, empurrando aquela outra época de volta para as profundezas. Siyu precisava dela.

Uma hora se passou. Siyu se esforçava e arfava, porém, por mais que tentasse, a criança não saía.

— Está sendo como foi comigo? — Tunuva perguntou a Denag, que havia assumido uma expressão mais séria. — Uma criança que não virou?

— Não, mas eu acho que o rosto, ou a testa, vai sair primeiro. Apaya nasceu assim.

— Então vai ficar tudo bem. — Tunuva continuou olhando para ela. — Denag?

Denag pôs a mão sobre a barriga de Siyu, em um gesto tranquilizador.

— Preciso ver se a criança está virada para a coluna ou para a barriga — murmurou para Tunuva, que se inclinou adiante para ouvir. — Em geral, prefiro que seja para a coluna, mas, se eu estiver certa, isso torna as coisas... consideravelmente mais difíceis. De qualquer forma, vou fazer o meu melhor para posicionar a criança de um jeito melhor.

— Já chega — Siyu falou, ofegante. — Não consigo.

Ela desceu e foi quase se arrastando na direção da lareira.

— Siyu, está tudo bem — disse Tunuva, indo atrás dela.

— Estou cansada demais. — Siyu se apoiou contra a parede, banhada de suor. — Gedali, tenha piedade. Faça isso parar.

— Gedali está com você. Consegue ouvir suas preces. — Tunuva se ajoelhou ao seu lado. — Me diga o que está sentindo.

Nos olhos dela, viu a magnitude do medo que sentia. Siyu era uma guerreira, mas, apesar de todos os cortes e hematomas, nunca precisara suportar uma dor como aquela. Não fazia ideia de como lidar com uma situação assim.

— Siyu — Tunuva falou, limpando uma lágrima do rosto dela. — Denag precisa posicionar a criança. — Siyu fez que não com a cabeça.

— Eu estou bem aqui. Estou com você, Siyu. Não tente suportar toda essa dor sozinha.

— Eu preciso. — A voz dela estava embargada. — Agora eu entendo. O que eu fiz. A mãe está me castigando.

— Não, raio de sol.

Tunuva afastou as madeixas ensopadas do rosto dela e usou um pano para limpar o suor, quase incapaz de aplacar o próprio medo. Nunca se permitira pensar que elas poderiam perder Siyu, mas o parto sempre implicava esse risco, mesmo quando conduzido por mãos capazes como as de Denag.

— A mistura de alívio — Tunuva falou para a curandeira. — Por favor, Denag.

Denag remexeu em uma caixa.

— Siyu, tenho uma coisa aqui que vai fazer você se sentir menos ciente do que está acontecendo por um tempo. Não vai fazer mal nenhum, e você pode voltar a fazer força depois. Quer tomar?

— Quero — Siyu respondeu, com a voz áspera.

Quando era mais jovem, Denag descobrira que o leite de uma flor rara, quando misturado com certas ervas, era capaz de entorpecer os sentidos. Assim que Siyu o bebeu, a tensão se foi, e ela desabou sobre o colo de Tunuva, permitindo a Denag que inserisse a mão dentro dela. A curandeira contraiu o rosto, concentrada.

— Muito bem. O rosto está vindo primeiro, como imaginava, mas o corpo está virado para a barriga. Uma bênção — falou, soltando um suspiro. — Vamos, criança. Não é preciso desafiar o mundo com tanta audácia.

— Tuva — Denag pediu —, vire Siyu de lado.

Tunuva obedeceu. O que quer que Denag tivesse feito, funcionou. Siyu fez força mais duas vezes e, por fim, a criança saiu.

— Acabou — Tunuva disse a ela. Siyu soltou um suspiro de alívio. — Você se saiu muito bem.

Um choro fraco se elevou. Tunuva ajudou a conduzir Siyu até o canapé, onde Denag lhe trouxe a criança.

— Aqui está ela, Siyu. Uma nova guerreira — falou. — A Mãe está muito orgulhosa de você.

Siyu piscou algumas vezes enquanto observava a recém-nascida em seu peito com uma enorme curiosidade. Era difícil determinar quem estava mais atordoada.

— Obrigada, Tuva — ela murmurou. — Você também, Denag. Obrigada.

Tunuva sorriu, sentindo uma rigidez nos cantos da boca. *Aqui está ele, Tuva. Aqui está ele.*

O ar ficou parado em sua garganta.

— Denag, eu já volto — ela falou. — Cuide delas.

Denag respondeu, mas Tunuva ouvia apenas um rumor abafado, como se tivesse uma concha colada ao ouvido. Ela saiu cambaleando para o corredor, sentindo o cheiro de pão fresco e flores, em vez de nascimento. Sua cabeça pesava como uma bigorna.

— Tuva.

Ela ergueu os olhos. Esbar vinha caminhando em sua direção junto com Lalhar, seguida pelo resto da família, à espera de poder receber Siyu de volta em seu seio. A ichneumon farejou o ar.

— Tuva. — Esbar a abraçou. — Eu sinto muito.

— Por que você não veio? — Tunuva perguntou, se sentindo exausta.

— Saghul sofreu um desmaio. — Esbar recuou um passo. — Siyu está bem?

— Sim. — Cansada a ponto de mal conseguir raciocinar, Tunuva tocou o rosto dela, sujando-o com um pouco de sangue. — Vá ficar com ela, Ez.

Tunuva seguiu adiante, acariciando Lalhar ao passar. A ichneumon lambeu seu cotovelo.

Assim que sumiu das vistas, Tunuva saiu correndo, subindo aos tropeções vários lances de escada na direção de seu solário, que estava de portas abertas.

Em sua varanda, caiu de joelhos, soltando o grito que surgiu e se contorceu dentro dela durante todas aquelas horas na câmara de nascimento. Pela primeira vez em muitos anos, deixou que a dor se libertasse e a dominasse.

Mas não se afogaria na mágoa de novo. Em vez disso, se banhou nela. Bebeu como se fosse um vinho amargo, deixando apenas uma pequena parte de sua alma à tona para respirar. Conseguia vê-lo outra vez: a cabeça macia, as pálpebras, os dedinhos perfeitos envolvendo os seus, o primeiro sorriso. Aos prantos, levou as duas mãos ao rosto, perdida na agonia da lembrança.

Eu sinto muito.

— Tunuva?

Com os olhos banhados em lágrimas, ela se virou. Canthe, a visitante inesperada, veio se sentar ao seu lado.

— Canthe, você não pode subir aqui — falou, com a voz estrangulada.

— Me desculpe. Vi você passar correndo e... me pareceu errado deixá-la sozinha. — Canthe a observou com tristeza nos olhos. — Eu sinto muito, Tunuva. Deve ser uma sensação dolorosa demais. Perder um filho.

Tunuva a encarou.

— Como? — perguntou. — Como você pode saber?

— Eu simplesmente sei — Canthe respondeu, após alguma hesitação.

Tunuva tentou abrir a boca, mas foi em vão. Não havia nada a dizer. Canthe a envolveu com um dos braços, e Tunuva chorou amargurada no ombro dela, como se conhecesse aquela estranha por sua vida toda.

32

Leste

A escuridão chegou cedo ao Pavilhão da Chuva, fechado como estava para impedir a entrada do vento. No calor de sua antecâmara, Dumai escrevia para a mãe, medindo bem as palavras. Não tinha dúvida nenhuma de que o Senhor dos Rios lia sua correspondência.

Do outro lado das divisórias, as damas da corte se aglomeravam ao redor de um braseiro, lendo uma para outra trechos de *Recordações do Norte* — os escritos de um explorador sepulino que viajou para além do insondável Abismo. Até mesmo Yapara demonstrava interesse em ouvir aquelas histórias impregnadas de ursos das neves e gelo cantante.

Em breve a lua estaria cheia. Furtia estava a caminho e, quando chegasse, Dumai pretendia afastar de seus pensamentos tudo o que dissesse respeito à corte. Seu principal dever, tanto como cantante-aos-deuses quanto como princesa, era servir aos dragões. E auxiliaria pelo tempo que Furtia considerasse necessário.

Onde quer que estivessem aquelas pedras, ela sentia que era um perigo muito maior do que o representado pelos Kuposa.

O fogo de baixo está ficando quente demais, depressa demais...

Apertou a testa com os dedos, para aliviar a dor. Há vários dias, vinha sonhando com uma figura sem rosto, da qual não conseguia esquecer mesmo quando acordava. De alguma forma, devia estar relacionada a sua tarefa.

— Dumai.

Osipa se juntou a ela nas esteiras.

— As damas da corte ainda estão lá fora? — Dumai perguntou.

— A Dama Imwo está na varanda. Acho que ela é confiável, mas vamos manter o tom de voz bem baixo — Osipa falou. — Quanto ao restante, pedi para irem buscar um punhado de fruta-volúvel para mim.

— Fruta-volúvel? O que é isso?

— Um produto da minha imaginação. Elas vão ficar fora por um bom tempo.

Dumai sorriu.

— Estou preocupada com essa viagem — falou. — Sem dúvida meu pai vai ficar vulnerável.

— Você não tem escolha, foi um chamado de uma deusa. Mas pode ajudar sua família mesmo enquanto cuida de outras questões. Afinal, vai precisar conversar com a rainha sepulina para explicar o motivo da visita. Duvido que ela vá ignorar a presença de uma princesa estrangeira voando pelos céus em uma dragoa.

O Imperador Jorodu dissera a mesma coisa para Dumai. *Não fazemos visitas oficiais a Sepul há algum tempo, e a visão de uma dragoa desperta certamente provocará inquietação. Vá primeiro a Mozom Alph, para tranquilizar a Rainha Arkoro sobre suas intenções. Precisa avisá-la sobre o perigo que espreita seu país.*

— Faça amizade com ela, se conseguir — aconselhou Osipa. — Quanto mais aliados e apoiadores você tiver além destas paragens, menor a influência dos Kuposa, e maior a sua força.

— Vou tentar.

A Dama Imwo entrou da varanda. Era uma musicista silenciosa e gentil, do Clã Eraposi.

— Alteza — ela falou —, desculpe o incômodo, mas a filha do Senhor dos Rios está aqui e solicitou uma audiência.

Dumai trocou olhares com Osipa.

— Não aceite — Osipa alertou.

— Preciso ver o que ela quer.

— De jeito nenhum vou deixar você sozinha com aquela mulher, depois daqueles poemas.

— Por favor, Osipa.

Osipa contorceu os lábios antes de dizer:

— Vou avisar os guardas para se manterem por perto.

Ela se retirou, e Dumai retomou sua carta. Dessa vez, manteria a cabeça fria.

Por fim, uma divisória foi deslizada para o lado, e Dumai sentiu o cheiro de madeira-quedada e damasco. Era uma mistura curiosa de aromas — um precioso e outro corriqueiro, um do mar e outro frutado.

— Pois não, Dama Nikeya? — Dumai continuou escrevendo. — Se pretende fazer uma ameaça, seja breve. Hoje não tenho tempo a perder.

— Princesa, eu jamais a ameaçaria. É só poesia — respondeu Nikeya. — Posso me sentar?

— Não.

— Então devo ir direto ao ponto. Seu amigo da montanha. Realmente pensou que eu não fosse me lembrar de um belo rosto por causa de um uniforme novo?

Dumai enfim ergueu os olhos.

Nikeya estava mais próxima do que ela imaginava, com as mãos entrelaçadas diante do corpo. Usava um casaco de caça — de seda escarlate bordada com fios de prata, que revelava uma túnica escura por uma abertura bem cortada logo abaixo do ombro. Era uma escolha ousada de traje para a corte, onde o vermelho costumava ser uma escolha rara. O vento bagunçara seus cabelos e deixara seu rosto corado.

Em todos os encontros anteriores das duas, Nikeya se apresentara de forma impecável. Agora parecia ter algo de descontrole em sua aparência.

— Ele também chamou a atenção do Senhor dos Rios. É um ótimo arqueiro — falou, em um tom despretensioso. — Inclusive, meu pai está pensando em promovê-lo. Talvez para passar algum tempo na costa norte, defendendo Seiiki dos fora da lei... mas isso teria seus perigos. Ouvi dizer que os piratas são violentíssimos.

Dumai retomou a escrita.

— E a Dama Osipa. Um patrimônio da corte — Nikeya comentou, com um suspiro profundo. — Meu pai sempre admirou sua tenacidade. Seria uma pena se ela ficasse doente.

— Você disse que o coração leva tempo para tomar suas decisões — Dumai respondeu, com frieza. — Sendo assim, devo supor que o seu tem um desejo?

— Sua viagem para Sepul. — O sorriso dela se escancarou. (*Pelo grande Kwiriki*, pensou Dumai, *o rosto dessas cortesãs todas vai acabar rachando no meio de tanto sorrir.*) — Meu desejo é muito simples, Princesa Dumai. Me leve com você.

— Para poder me estrangular enquanto durmo?

— Garanto que minha intenção não é fazer nada de mal. E, mesmo que fosse, certamente a grande Furtia a defenderia — Nikeya argumentou. — Não, Alteza. Eu simplesmente quero conhecê-la melhor. Afinal, quando for a Imperatriz de Seiiki, não vai ter colaboradores mais próximos que o Clã Kuposa.

— Isso não é uma ideia tão reconfortante quanto você claramente imagina. Além disso, Furtia pode não querer levá-la.

— Eu posso tentar convencê-la.

Dumai se inclinou para longe da mesa, pensando no que fazer a seguir.

UM DIA DE CÉU NOTURNO – VOLUME I

— Uma dragoa pode voar acima das montanhas — falou. — Me diga, você teve dores de cabeça durante sua estadia no templo?

— Um pouco.

— No melhor dos casos, é isso o que o mal da montanha provoca. No pior, seus olhos começam a sangrar. — Dumai arqueou as sobrancelhas. — Cortesã, dançarina, espiã... não parece haver limites para suas diferentes faces. Mas ainda assim não sei se teria estômago para esse voo.

Se Nikeya ficou incomodada, não deu nenhuma demonstração disso.

— Fico lisonjeada, princesa, mas só tenho uma face mesmo, e não tenho culpa se me serve tão bem — falou, com um sorriso torto. Em seguida, fez uma mesura. — Agradeço pelo aviso quanto aos riscos. Vou me preparar para a viagem.

Ela se retirou. Dumai baixou os olhos e percebeu que havia um borrão de tinta em sua carta.

Osipa voltou antes que o cheiro de damasco se dissipasse.

— Osipa, preciso que vá pedir para Kanifa me encontrar no Pavilhão da Água. — Dumai falou. — E depois que arrume suas coisas.

— Vou viajar também?

— Sim, de volta ao Monte Ipyeda.

— Por quê?

— A Dama Nikeya ameaçou você e Kanifa.

Osipa soltou um risinho de deboche.

— É muita gentileza sua se preocupar, Dumai, mas eu não vou a lugar nenhum.

— Não posso deixar você aqui com...

— Já conheci milhares de cortesãs traiçoeiras como ela — Osipa respondeu, com um tom de desdém. — Está se esquecendo de que eu era a pessoa mais próxima de sua avó? Todos os rivais e bajuladores dela tentaram me seduzir, me coagir ou me banir, mas eu resisti a todas as

365

investidas. As ondas podem bater nas pedras, mas as rochas continuam lá. Lembre-se disso, Dumai. Lembre-se de quem você é. Simplesmente deixe as ameaças baterem em você e recuarem.

— Você pelo menos pode contar com a proteção de seu clã e sua reputação. Kanifa não tem ninguém.

— Ele tem você, e jamais vai sair do seu lado. Não sei se é apaixonado por você ou o amigo mais fiel do mundo, talvez as duas coisas, mas a vida dele está totalmente intricada a sua. Sempre esteve.

— Então só eu sou capaz de convencê-lo.

— Talvez. Boa sorte com ele — Osipa falou. — Comigo nem adianta, Dumai.

****

Os Jardins Flutuantes eram um local perigoso. Sem dúvida Nikeya os tinha visto quando se encontraram lá. Em vez disso, Dumai ficou à espera do amigo na antiga chocadeira, com o consentimento de seu pai.

— Dumai. — Kanifa se juntou a ela. — Osipa me falou para vir encontrar você aqui.

— Preciso que vá embora. — Dumai se virou para ele. — A Dama Nikeya se lembrou de você lá do templo. Ela quer ir comigo para Sepul e, se eu recusar, acho que o pai dela vai prejudicar você e Osipa.

Kanifa ficou pensativo por um tempo, com a testa franzida.

— Então me leve com você — ele respondeu. — Que sejam dois contra uma. Três, se contarmos a grande Furtia.

— Isso só iria mantê-lo seguro por algum tempo. — O tom de voz dela se amenizou. — Por favor, Kan. Volte para lá.

— Imagino que tenha feito o mesmo pedido para Osipa, e que ela recusou.

— Sim.

— Então não sei por que achou que eu aceitaria.

— Osipa é teimosa como um boi. Pensei que você fosse ter mais bom senso.

— Não tanto quanto seria de se pensar — Kanifa respondeu, com um leve sorriso. — Caso contrário, já teria deixado de amar você há muito tempo.

Dumai se limitou a encará-lo, sem saber o que dizer. Em nenhum momento, em suas duas décadas de convivência, ela imaginou que esse fosse o sentimento dele por ela.

— Kan. — Foi tudo que conseguiu falar.

— Tudo bem. — Havia uma tristeza de longa data naqueles olhos escuros, porém nenhuma amargura. — Já me conformei há anos, Mai.

— Eu sinto muito.

— Eu, não. Ser seu amigo já basta. Você tornou minha vida melhor de inúmeras formas, e eu jamais tentaria mudar isso. — Kanifa puxou a mão dela para seu peito. — Me diga uma coisa. Se a resposta for *sim*, e for sincera, prometo que volto para a montanha hoje mesmo. — Dumai ficou à espera. — Se eu estivesse no seu lugar, se eu fosse um príncipe perdido de Seiiki, aquele por quem os deuses aguardavam, você me deixaria desamparado na corte?

Ela tentou mentir para ele. De todo o coração.

— Não — Dumai respondeu, por fim. — Claro que não.

— Então me leve com você, para ajudarmos um ao outro. Sempre juntos. Você me prometeu, Dumai.

— Nós éramos crianças.

— Mesmo assim, foi uma promessa.

Ela abaixou a cabeça em sinal de derrota.

— Tudo bem. Se a grande Furtia concordar — respondeu, com um suspiro. — Pelo menos por ora você vai ficar a salvo, longe da corte. Podemos decidir o que fazer a seguir depois que voltarmos.

— Não precisa se preocupar com Osipa. Ela não se abala com nada.

— Eu sei. — Ela o encarou com um sorriso relutante. — Está preparado para montar em uma dragoa?

****

Naquela noite, a lua brilhava como não acontecia havia semanas. Seu pai a aguardava no Pátio Norte, junto com seus colaboradores mais eminentes, os membros do Conselho de Estado. Dumai levava o Selo Pessoal dele na bagagem, para mostrar que viajava com autorização do imperador. Ele a puxou de lado.

— Fico aguardando por seu retorno em segurança — ele falou, baixinho. — Até lá, espero que sua avó e eu já tenhamos encontrado um lugar seguro para a corte secreta, e pessoas leais para fazer parte dela.

— Torço para que sim. Muito cuidado, pai.

— Eu consegui sobreviver até aqui. Fico contente por Kanifa estar indo junto com você.

— A Dama Nikeya também.

— A Dama Nikeya. — Algumas rugas apareceram na testa dele. — Filha, você perdeu o juízo?

— Explico quando voltar. Ela me obrigou — Dumai respondeu, com um sussurro —, mas agora está em minoria, e isolada dos demais. Posso usar essa oportunidade para espioná-la.

O Imperador Jorodu estreitou os olhos.

— Talvez seja mesmo a hora de enfrentá-los em seu próprio jogo — ele respondeu, em um tom de voz tão baixo quanto o dela. — Confio no seu bom senso, mas não baixe a guarda em nenhum momento. Ela é a arma mais perigosa que eles têm. — Ele fez um sinal para Epabo. — Tenho um presente para você.

Epabo se aproximou com uma caixa, que continha um par de belíssimas luvas de montaria. Dumai as calçou, desenrolando-as até os cotovelos. Eram grossas, mas macias, e a direita havia sido ajustada para se adaptar a sua mão.

— Obrigada, pai — falou, comovida.

— O destino delas era serem suas — ele respondeu. — Não se esqueça de fazer uma parada em Mozom Alph. Furtia pode não entender o motivo, mas não podemos negligenciar a diplomacia. Com certeza você dará um jeito de explicar tudo. Vamos estender a mão para o mundo para não sermos engolidos por ele.

— Sim, pai.

Os dois se voltaram para o Senhor dos Rios, que estava compenetrado em sua conversa com Nikeya. Ela usava um traje mais apropriado para um passeio na neve, com uma calça com pregas e um casaco de caça elegante.

— Ela deve estar de brincadeira — Dumai murmurou quando Kanifa se aproximou, também vestido com as roupas mais pesadas que trouxera da montanha, inclusive botas de pele de cervo. — Ela vai morrer congelada assim.

— Os cortesãos às vezes podem ser bem ridículos.

— Eu não esperava essa resposta de você. Por acaso tem alguma roupa de pele para emprestar?

— Tenho. — Ele contorceu o rosto em um leve sorriso. — Mas não é melhor deixá-la sofrer só um pouquinho agora no começo?

— Acho uma ótima ideia.

Um som familiar chamou a atenção de ambos. Todas as cabeças se viraram quando Furtia Tempestuosa sobrevoou o palácio. Salpicada com faíscas brancas, era uma dragoa escura como a noite. Quando aterrissou, seus olhos acesos como a lua encontraram Dumai.

Está na hora.

Dumai olhou para o pai. Ele assentiu de leve, com uma expressão difícil de decifrar. Ela caminhou até a dragoa e pôs uma das mãos enluvadas em suas escamas.

— Grande Furtia — falou —, estou pronta para partir.

E, em pensamento, acrescentou: *Gostaria de levar outros dois viajantes comigo.*

Quem são esses filhos da terra?

Um é meu amigo e protetor, que daria a vida por mim.

Dumai gesticulou para Kanifa, que se aproximou e fez uma mesura profunda. *A outra não é minha amiga, mas preciso tentar desvendar seus segredos, para poder neutralizar a ameaça.*

Muito bem.

Nikeya se apresentou com um sorriso complacente, que desapareceu de seu rosto quando Furtia a encarou.

Meu pai me pediu para começarmos a jornada pela cidade de Mozom Alph, para podermos visitar sua rainha e pedir a permissão dela para procurar pelas pedras. Dumai acariciou as escamas pretas da dragoa, também ocultando seu sorriso. *Seria mais fácil viajar se eu pudesse usar uma sela. Tenho sua permissão, grandiosa?*

Furtia respondeu abaixando seu corpo poderoso até o chão.

A sela havia sido retirada de um depósito, coberta de poeira. Mas agora o couro laqueado havia sido tratado com óleo e restaurado a sua antiga glória, e os detalhes em aço e dourado reluziam. Foram necessários quinze guardas para fixá-la no lugar. Dumai subiu na sela e a considerou espaçosa; contava inclusive com apoios para os pés. Kanifa montou em seguida. Chegou a perder o equilíbrio, mas Furtia o apanhou com a cauda e o ergueu, colocando-o sentado atrás de Dumai.

— Use isso — Dumai falou, apontando para as alças de couro. — Você trouxe a corda?

— Sempre trago.

Ele os prendeu, como fazia na montanha, deixando-os atados um ao outro pela cintura.

Nikeya se aproximou. Se segurando na sela, fez força para subir, com os braços trêmulos. Furtia se sacudiu com um gesto repentino, fazendo-a cair de traseiro no chão, provocando suspiros de susto. O Senhor dos Rios continuava sorrindo, mas sua tensão era evidente.

— Tente de novo, Dama Nikeya — Dumai gritou lá do alto. — Com certeza a grande Furtia não vai se mexer desta vez.

Nikeya olhou para cima soltando faíscas. *Você venceu*, era o que seu olhar parecia dizer. Soltando uma risada, ela espanou a poeira do corpo.

— Espero que sim, Princesa — falou. — Que tal pedir para ela ter piedade de mim?

Risadinhas nervosas se seguiram ao pedido. Quando Nikeya voltou a tentar, Furtia permitiu que ela mantivesse a dignidade, e ela se acomodou quase na patilha da sela.

— Não há alças para uma terceira pessoa — comentou. — Acho que vou ter que me segurar em você, cantante-aos-deuses.

Kanifa cerrou os dentes. Com um sorriso, ela o envolveu pela cintura e se aninhou junto a ele.

Dumai se segurou no chifre. Olhou para o pai mais uma vez, e nesse momento viu como ele parecia pequeno e vulnerável entre os sinos. *Grande Kwiriki, por favor, que esta seja a escolha certa.*

Furtia ergueu a cabeça, e sua coroa parecia um espelho redondo, refletindo o luar. Os cortesãos abriram espaço entre exclamações admiradas. Quando a dragoa decolou, Dumai viu as lanternas da cidade se tornarem cada vez mais distantes, até desaparecerem de vez na escuridão.

33
Norte

Eydag estava acordada havia horas. Seus olhos cor de avelã marejados se fixaram em um lugar que só ela era capaz de ver. As mangas da roupa estavam dobradas até os cotovelos, exibindo as mãos largas — outrora brancas e de juntas rosadas, mas naquele momento completamente vermelhas. Estava ofegante. Wulf a observava de seu canto, à espera de uma mudança na situação.

Todos os dias, alguém abria a porta para jogar odres com água e pão de aveia. Nunca no mesmo horário. Nunca em um momento previsível.

Eles se mantinham cada um em um canto, como se tivessem traçado fronteiras invisíveis. Não havia como arejar o lugar, mas eles poderiam pelo menos não respirar um em cima do outro.

Eydag vinha comendo cada vez menos à medida que os dias passavam, assim como os outros dois que a Issýn tocara antes que Wulf a matasse. Por um tempo, ficaram bem, mesmo depois que a vermelhidão ultrapassou as articulações dos dedos.

Wulf engoliu, sentindo a boca seca. Olhou para o dorso das mãos, marcadas pelas cicatrizes dos treinamentos de combate. Não havia nenhuma vermelhidão. Pelo menos não depois que lavou o sangue.

Não existe maldição nenhuma sobre a floresta, Mara lhe dissera. *Nem sobre você.* Mas ele a matara e permanecia ileso, enquanto Eydag — a boa e gentil Eydag — definhava diante de seus olhos. Não costumava ir muito ao santuário, mas conhecia as palavras da Cavaleira da Justiça.

O mal reconhece o mal.

— Wulf, estou sentindo — Eydag falou, ofegante. — Preciso que você me mate. Por favor.

— Não posso.

— Por favor.

Sempre que ele ficava com saudade de Inys, era Eydag quem o envolvia em um abraço de estalar os ossos. Era a risada dela que mantinha todos bem-humorados mesmo nos dias mais frios e difíceis. Ao lado dela, os dois homens grunhiam. Vell sacudia a cabeça loucamente e esmurrava a porta.

— Começou — ele berrou. — Majestade!

— Vell, Wulf — ela chamou, com uma expressão de súplica estampada no rosto. — Não quero machucar ninguém.

Cerrando os dentes para fazer seu queixo parar de tremer, Wulf segurou a mão dela — em um contato pele com pele — e apertou com força seus dedos.

— O juramento que fizemos. Lembra? — falou, com a voz embargada. — Ninguém morre sozinho.

Os dedos quentes dela se entrelaçaram aos seus.

— Você se lembra da nossa primeira viagem de navio? — ela murmurou. — Eu ensinei a você como usar uma pedra do sol. — Ela enfiou a mão dentro da roupa e estendeu a pedra incolor para ele, presa por um cordão. — Pode ficar. E trate de usar, Wulf. No fim, você vai descobrir a verdade.

Wulf pegou a pedra e pôs o cordão em torno do pescoço.

— Eydag. — Ele não tinha palavras para expressar o quanto apreciava a bondade dela. — O Santo vai recebê-la de braços abertos.

— Obrigada — ela falou, por entre os lábios rachados. — Wulf, não se esqueça. Você é amado.

Você também, ele queria dizer, mas foi incapaz.

Vell os observava com uma expressão de sofrimento. Sempre fora o mais próximo de Eydag. E agora não podia fazer nada para confortá-la.

Do outro lado da cabine, os dois homens berraram, um após o outro. Revirando os olhos e espumando pela boca, começaram a esmurrar e arranhar o chão, da forma como a Issýn tinha feito. Um deles rasgou a própria camisa. Enquanto os observava, apavorada, Eydag convulsionou. Wulf apertou com mais força a mão dela.

Seu padroeiro era o Cavaleiro da Generosidade. Aos doze anos, jurou honrar sua virtude acima de todas as outras, para retribuir a generosidade que seu pai demonstrou ao acolhê-lo. Deixar uma amiga morrer em agonia não era um gesto generoso.

—Eydag. — Vell estava com os olhos cheios de lágrimas. — Que merda... — Ele bateu o ombro contra a porta. — Vão se foder, seus covardes sem alma. Deixem que ela veja a luz do dia. Que respire um ar puro, que seja atendida por um médico, caralho!

Um médico não poderia fazer nada por ela. O corpo de Eydag se contorcia, e uma espuma vermelha borbulhava sobre seus lábios. Quando ela soltou um grito medonho, Vell se deu por vencido. Ele sacou a sax e a cravou diretamente no coração.

— Eu sinto muito — falou, aos prantos. — Eydag, me perdoe.

Eydag tentou falar. Seus dedos se contorceram, e então ela partiu sem emitir nenhum som. Wulf ficou olhando para o corpo, para as lágrimas nos olhos, antes de desembainhar sua lâmina e jogá-la para os homens que queimavam por dentro.

Não muito tempo depois, a cabine ficou em silêncio.

****

Quando a luz do sol penetrou, Wulf mal se deu conta. Estava olhando fixamente para a mancha de sangue fazia tanto tempo que quase conseguiu se esquecer de Eydag, deitada ao seu lado. A mão dela, que ainda envolvia a dele, estava rígida, e o calor da pele havia se dissipado.

— Wulf.

Ele ergueu os olhos com um gesto lento, insensível ao vento que soprava para o lado de dentro. *Skethra*. Wulf respirou fundo. *O aroma que purifica o ar.*

Regny entrou na cabine, carregando o machado. Observou os corpos e o sangue com a mesma expressão fria que mostrava ao mundo o tempo todo. Mas, quando viu sua amiga de mais longa data, fraquejou.

— Eydag — falou, de modo quase inaudível. Em seguida, recobrando a compostura, fez o sinal da espada. — Escuta, ó Santo, a batida em tua porta, pois uma convidada chegou para a Grande Távola.

Em inysiano, a prece era uma súplica. Em hrótio, soava como uma ordem.

— Você está vivo — Regny comentou.

— Claro que está — Karlsten falou, enojado. — Ainda precisa de mais evidências de que ele é uma aberração?

— Quieto, Karl.

Karlsten olhou para Wulf com repulsa, então se abaixou e passou um braço em torno de Vell, que estava caído sobre o próprio vômito. Regny foi até Wulf, tirou o próprio manto e o envolveu com ele.

— Vamos — disse. — O rei está esperando. — Então notou que ele ainda estava agarrado a Eydag. — Wulf, ela se foi. Pode soltá-la.

— Você não deveria tocar em mim.

— Não seja ridículo. Você não está contaminado. — Ela o olhou bem nos olhos. — De pé.

Uma parte dele ainda sabia que era melhor obedecê-la. Ele soltou os dedos frios de Eydag — a mão de um espírito do gelo — e tentou não olhar para o rosto pálido e os olhos que ele mesmo havia fechado. Em seguida, se forçou a ficar de pé, apesar da rigidez nas pernas. Regny o conduziu para fora do recinto banhado em sangue.

Eles saíram para o ar frio, soltando vapor pela boca. O grasnado das gaivotas fez Wulf se encolher involuntariamente. Ele piscou várias vezes para se acostumar à luminosidade do sol e à névoa que se espalhava sob sua luz. Então pode ver a pequena enseada cercada de penhascos baixos e desgastados. Embarcações de vários lugares atravessavam suas águas, dos imponentes drácares e galés hrótios a pequenos barcos de pesca — e até mesmo um ornamentado cúter ersyrio, com velas amarelas elegantes e a proa curvada.

Como se estivesse sonhando, ele virou a cabeça. Espalhadas sob o céu leitoso, havia dezenas de milhares de casas de madeira, como uma horda de bêbados cambaleando para subir até um castro. As Montanhas de Ferro se elevavam mais atrás, e no topo estava Bithandun, o Salão Prateado, sede da Casa de Hraustr.

Durante todo aquele tempo — dias, semanas —, estavam ancorados a uma curta distância de Eldyng.

A luz do dia arranhava seus olhos como areia. Ele seguiu Regny até um bote a remo. Vell já estava encolhido nele, enrolado em um cobertor, bebendo água de um odre.

Regny e Karlsten os levaram até a praia, onde comerciantes e marujos se ocupavam de seus afazeres, alheios à ameaça que pairava sobre seu porto. À medida que o bote se aproximava da cidade, Wulf ouvia palavras em yscalino, mentendônio e inysiano se misturando aos dialetos hrótios. Uma mulher pescava nas águas rasas, com a calça dobrada até o joelho.

Karlsten parou de remar e desceu junto com Regny. Depois de amarrarem o bote, levaram Wulf e Vell até uma charrete puxada a cavalo. Vell não soltava o odre.

— Entrem — Regny ordenou, tomando as rédeas do cavalariço. — Vocês estão fracos demais para enfrentar a subida.

Wulf sabia que era porque eles estavam com uma aparência e um cheiro péssimo. Não podiam subir cavalgando para a fortaleza naquele estado.

Em silêncio, ele se sentou ao lado de Vell. Enquanto a charrete sacolejava por Eldyng, ele observou as pessoas que seguiam com a própria vida: carpinteiros, baleeiros, metalurgistas, trabalhadores de estaleiros e curtumes, comerciantes do povo Hüran que vendiam peles e cavalos. Pela primeira vez, reparou na forma como todas aquelas pessoas conviviam e trabalhavam juntas.

Uma criança mergulhou as mãos enlameadas em uma tina. Um homem de braços fortes lavou o suor do rosto, tirou uma camisa do mesmo recipiente e a estendeu para secar sobre um cavalete. A água escorreu pelo chão. Um cachorro bebeu, saiu andando pelas ruas na direção da barraca de carne e lambeu um pedaço de cordeiro. O açougueiro o enxotou, e o cão fugiu.

Alguém compraria aquela carne até o final do dia.

— Não vou nem perguntar se você está bem — Vell comentou.

Ele bebeu mais água do odre e o ofereceu para Wulf, que fez que não com a cabeça.

— O que você fez foi nobre — Wulf falou, com a voz rouca. — Honrou o Cavaleiro da Coragem.

— Não fiz aquilo só por Eydag. — Vell se virou para o mar. — Como o seu lugar em Halgalant foi perdido, você ia precisar de companhia em meio às chamas.

Geralmente, Wulf acharia graça daquele tipo de comentário. Mas, em vez disso, observou a população inocente da cidade, e suas entranhas se reviraram. Nenhuma daquelas pessoas sabia de seus pecados.

Por um assassinato, o preço a pagar era a morte.

— Vell, só eu vi você matar Eydag. Me deixe assumir a culpa — Wulf murmurou. — Já assassinei a Issýn na frente de todos.

— Não vou deixar você fazer isso. — Vell o encarou, com os olhos inchados. — Por que suas mãos não ficaram manchadas?

— Não sei.

— Você deve ter recebido a bênção do Santo.

Ao ouvir isso, Wulf deu uma risadinha. Karlsten lançou um olhar de desconfiança para ele da sela em que estava montado.

A charrete passou pelas enormes esculturas de vime do Séquito Sagrado, cada qual com uma tigela cheia de óleo de baleia aceso. Depois de passar pelo Cavaleiro da Coragem, eles seguiram pela trilha que levava morro acima. Sauma e Thrit os aguardavam do lado de fora do salão de banquetes.

— E Eydag? — Thrit murmurou.

Regny sacudiu a cabeça. Foi ela que conduziu Wulf e Vell para dentro.

Bithandun era a maior fortaleza de Hróth. Foi um desejo do Rei Bardholt erguê-la ali, diante do mar que levava a Inys. Seus antigos inimigos a construíram e a adornaram, como parte das duras sanções impostas por não ficarem ao seu lado na batalha. Havia quem dissesse que não sobrou uma única árvore de pé no lugar onde Verthing Sanguinário vivera — todas teriam sido derrubadas para construir a cidade para Bardholt.

O interior do salão era de um dourado escurecido, e o chão era coberto de plantas frescas por todas as partes. A madeira de macieira inysiana queimava em uma lareira cavernosa, liberando sua fumaça perfumada, e havia tapeçarias yscalinas penduradas na parede.

O Rei de Hróth estava sentado na extremidade norte do recinto. Seu trono era intimidador, feito com o crânio polido de uma trolval — a maior e mais rara entre as espécies de baleias dentadas, a engolidora de navios.

— Wulfert, Vell — ele falou. — Eydag está morta?

— Sim — Wulf respondeu, ainda rouco. — Os outros também.

— Ela era uma grande guerreira. Uma das melhores de minha casa — o Rei Bardholt disse, esfregando a testa. — E não posso nem a enterrar. — Ele segurou um dos braços do trono. — À meia-noite, o navio será queimado.

— Majestade, por favor — Vell falou, com a voz fraca. — Como ela vai chegar à Grande Távola?

— Eu sou um rei da Virtandade, além de um artesão de ossos. Vou fazer uma súplica ao Santo, para que a receba. — O Rei Bardholt olhou para Regny. — Providencie isso.

Ela saiu junto com Karlsten e Sauma.

— Vell, como você não parece estar infectado, vá procurar um curandeiro — o rei ordenou. — Thrit, fique com ele. Nenhum de vocês está autorizado a falar sobre o que viram.

O restante da falangeta se retirou do salão, deixando Wulf sozinho diante do trono. Ele mantinha a cabeça abaixada.

Seria fácil detestar aquele homem pelo que fizera. Ordenara que ficasse trancado no escuro e visse sua amiga morrer, sem mandar ninguém para tentar curá-los, e colocou Vell em perigo. Mas Wulf não conseguia culpá-lo por isso. Bardholt Hraustr sempre tomava as providências necessárias, por mais brutais que fossem.

— No caso de Vell, eu entendo — o rei disse, por fim. — Ele estava de luvas quando tocou Eydag. Foi colocado na cabine por precaução. Mas você, Wulf... Nem imagino como pode estar vivo.

— Bem que eu gostaria de saber, Majestade.

O crepitar do fogo era a única coisa a interromper o silêncio.

— Eu já sabia a respeito dos boatos quando trouxe você para minha casa — disse o Rei Bardholt. — Lorde Edrick me contou, por medo de que eu acabasse ouvindo falar isso de outra boca, mais cruel. Mas nunca acreditei. Não existe espaço para bobagem pagã na Virtandade. Mesmo assim, um outro rei poderia querer manter distância.

Wulf fechou os olhos.

— Mas eu não sou um rei qualquer. Sou um guerreiro em nome do Santo. Seja qual for essa doença, ele ergueu seu escudo para poupá-lo — concluiu o Rei Bardholt. — Não vou desonrar esse esforço. — Houve uma longa pausa. — Não pense que esqueci que a Issýn só o tocou porque você se colocou na minha frente. Eu estaria com Eydag agora se não fosse por sua coragem.

— Eu fiz um juramento.

— De fato. E manteve sua palavra. — Bardholt esfregou o queixo, um velho hábito seu. — Tentaram matar minha filha. Amanhã partimos para Inys, onde ficaremos até o matrimônio real.

— Sua Alteza está bem?

— Claro. Glorian não tem medo de nada.

Isso poderia ser verdade em outro momento. Afinal, antes não havia nada que ameaçasse sua segurança na corte.

— Você entende por que eu precisei mantê-lo no barco. Não posso levar essa peste para Inys — o Rei Bardholt explicou, apoiando o queixo sobre as juntas da mão. — Vá descansar, Wulf. Nós partimos ao amanhecer.

Wulf se pôs de pé, todo rígido, e fez uma mesura. Estava se sentindo como um velho, carregando o peso do luto.

Ele saiu para a frieza do mundo. Um mundo sem Eydag para torná-lo mais suportável. A tristeza drenava a força de seus ossos. Precisava caminhar até o santuário, rezar pela misericórdia da Cavaleira da Justiça. Precisava dormir. Eram necessidades triviais. Mesmo assim, seus pés continuavam pregados no chão.

Ele contemplou os telhados de Eldyng, a embarcação escura no porto, e ouviu os besouros-marca-morte.

Tique-tique. Tique-Tique.

— Wulf.

Uma voz gentil o trouxe de volta a si. Sentindo os olhos pesados, ele se virou para Thrit, que apertava seu ombro. Sem hesitação, deu um abraço forte em Wulf e falou:

— Está tudo bem.

O calor do corpo despertou algo dentro de Wulf. Ele estremeceu pesadamente antes de retribuir o abraço e chorar.

34
Sul

Encerrada a sentença, Saghul devolveu Siyu à liberdade e lhe concedeu o uso de um solário. A família se uniu para ajudá-la e animá-la. Entre as refeições, os homens levavam a recém-nascida para que Siyu pudesse dormir e se recuperar do parto. Seu crime fora perdoado, se não esquecido.

Justamente quando a paz voltou a seu lar, Tunuva precisava ir embora. Em pouco tempo, ela e Hidat viajariam para investigar o Vale de Yaud, um dos lugares em que tinham encontrado aquelas estranhas pedras. Dessa vez, levariam consigo uma força suficiente para aniquilar o que quer que aparecesse em seu caminho.

Antes da partida, Tunuva decidiu fazer uma visita a Siyu, se lembrando da exaustão e da dor que se seguira ao parto. Até mesmo se sentar era difícil, e seus tornozelos dobraram de tamanho de tão inchados. Então, quando espiou dentro do solário, permaneceu em silêncio absoluto, para o caso de Siyu estar dormindo.

Ela estava acordada, amamentando a criança no canapé. Estava coberta da cintura para baixo por um tecido forrado com musgo, para absorver o longo sangramento. Ao ver Tunuva, Siyu abriu um sorriso.

— Estava torcendo para você vir.

— Eu sei como amamentar pode ser uma coisa tediosa quando se fica sozinha. — Tunuva beijou sua testa, aliviada ao constatar que Siyu não estava com febre. — Como você está?

— Cansada. Não sei por quê, já que durmo tanto.

— Porque seu corpo passou meses formando uma futura guerreira. E agora trabalha noite e dia para nutrir a criança e para se curar. — Tunuva olhou bem para ela. Está com dor?

— Estou dolorida. — Siyu ajeitou a bebê no colo. — Tuva, não sei se estou fazendo isso direito. Hoje ela parece contente, mas ontem berrou tanto que achei que estava fazendo mal para ela.

— Não, não. Alguns recém-nascidos simplesmente não pegam o peito. Imin pode preparar um leite de cervo enriquecido para ajudar. Foi disso que você se alimentou depois do primeiro mês de vida — Tunuva contou. — Esbar tentou amamentar durante esse tempo, mas estava sendo tão cansativo e doloroso que acabou desistindo. Amamentar pode ser uma coisa bem difícil.

— Mas eu estava bem?

— Sim. Perfeitamente. — Tunuva se sentou ao lado dela. — Siyu, sei que a Prioresa está doente demais para ungir a criança, mas você já pensou em um nome?

— Lukiri du Siyu uq-Nāra.

Um antigo nome selinyiano, que significava *filha do pomar*. Tunuva não o ouvia fazia algum tempo.

— Que lindo — falou. — Combina com ela.

— Quando a Prioresa vai poder ungi-la?

— Em breve, espero.

Quando Lukiri parou de mamar, Siyu limpou a boca dela com um pano.

— Quer segurá-la? — ela ofereceu para Tunuva. — Denag me

explicou como ajudar a fazer subir o gás da barriga, mas eu nunca consigo.

Tunuva abriu a boca para falar. *Sim*, uma voz disse em sua cabeça. *Claro*.

— Mas não se sinta obrigada, Tuva — Siyu acrescentou, baixinho.

— Não. — Tunuva se obrigou a sorrir de novo. — Eu posso mostrar para você.

Siyu retribuiu o sorriso e lhe entregou a criança. Tunuva pegou Lukiri por debaixo dos braços, e a menininha dobrou as pernas, sonolenta e ébria de leite.

— Olá, pequeno raio de sol.

Lukiri piscou algumas vezes. Tunuva sentou a bebê sobre a perna e a virou para a frente, colocando uma das mãos sobre seu queixo.

— Ah — Siyu murmurou, enquanto Lukiri agitava as mãozinhas, com a testa franzida. — Eu estava colocando a cabeça dela no meu ombro.

— Isso funciona para alguns bebês. — Tunuva se certificou de que Lukiri estava firme em seu colo antes de começar a acariciar e dar tapinhas de leve nas costas dela. — Outros preferem assim.

— Tuva... Imin me pegou no colo logo depois que nasci. Ele me contou. Anyso não vai poder segurar Lukiri?

— Imin era um membro ungido do Priorado.

— Anyso também pode ser — Siyu falou, com uma expressão de súplica nos olhos. — Tuva, ele poderia ter uma vida feliz junto com os outros homens. É gentil e paciente. Vem de uma família de padeiros, então sabe fazer pães e bolos, e ajudou a criar as duas irmãs. Com certeza pode aprender a costurar e jardinar.

— E, além disso, ama você.

— Esbar ama você.

— Nossa situação é diferente. Anyso quer se casar e levar você para viver com a família dele. Não é possível que não entenda o perigo envolvido nisso.

Siyu ficou em silêncio por um tempo.

— Eu poderia explicar tudo isso, se pudesse falar com ele — falou, abalada. — É horrível que ele fique aqui como um prisioneiro, Tuva. Ele não fez nada de errado.

— Eu sei. — Tunuva lançou para ela um olhar de lamento. — É por isso que nós tentamos nos manter escondidas, raio de sol.

— Eu jamais deveria ter ido até o rio. Jamais deveria ter sido vista — Siyu falou, em um sussurro inquieto. — Tuva... se ele não pode ficar nem ir embora, então o que vai acontecer?

— Isso cabe à Prioresa decidir, quando estiver melhor.

Lukiri quebrou o silêncio com um arroto e vomitou um pouco de leite, com um sobressalto. Siyu deu uma risadinha.

— Pronto. — Tunuva virou Lukiri e usou um outro pano para limpar a boca e o queixo dela. — Quer que eu a leve para os homens?

— Sim, por favor. — Siyu deitou a cabeça na almofada. — Você fala com Imin sobre o leite?

— Vou falar.

Tunuva apoiou Lukiri no ombro. A movimentação despertou Lalhar, que franziu o nariz e subiu no canapé para se aninhar junto a Siyu. Tunuva saiu para deixar as duas dormirem.

Lukiri se espreguiçou em seu colo, cheirando a rosas e leite. Tunuva deu um beijo de leve em sua cabeça enquanto descia. Sentiu a pontada, como sempre acontecia, porém foi mais leve do que ela temia.

Ela sabia exatamente como Saghul iria querer se desvencilhar do empecilho que era Anyso. Siyu deveria tê-lo matado. Ele já soube mais do que deveria assim que pôs os olhos em uma garota que vivia no coração da Bacia Lássia. Se havia alguma outra solução, Tunuva não sabia qual era.

— Me explique como isso aconteceu, Alanu. Como se eu fosse uma das crianças.

Imsurin segurava um manto cinza, olhando feio para um dos meninos mais velhos.

— Irmão, o sabão de roupas estava acabando — Alanu começou a dizer, em um tom que parecia sincero —, então pensei em tentar...

— Perdoe a minha ignorância, Alanu. Cometi a tolice de pensar que *você* tinha a obrigação de manter nossos estoques sempre cheios. Então nós somos visitados e agraciados por uma divindade do sabão?

— Desculpe interromper — Tunuva falou. Os dois se viraram. — Esta criança vai precisar ser trocada em breve.

— Alanu pode fazer isso de bom grado — Imsurin se limitou a dizer. Alanu abaixou a cabeça em saudação a Tunuva e se retirou com um suspiro. — Ela está alimentada, Tuva?

— Até não poder mais. — Tunuva entregou a criança para ele. — Siyu decidiu que o nome dela vai ser Lukiri.

— Lukiri é um belo nome. — Imsurin virou a neta em sua direção com uma facilidade que deixava clara toda sua experiência. — Denag disse que Siyu está bem, física e mentalmente.

— Acho que sim. Talvez ela queira usar o leite de cervo de galhadas longas.

— Vou preparar um pouco, então — ele falou. Lukiri soltou um soluço. — Sabe se a Prioresa está melhor?

— Até onde sei, nada mudou. Esbar pode manter você informado da condição dela.

Imsurin assentiu, franzindo ainda mais a testa.

— Boa sorte em suas viagens, Tunuva — ele falou. — Que a Mãe olhe por você.

— E por você, Imin.

Tunuva voltou a subir as escadas. Na cozinha, os homens mais velhos preparavam a refeição do meio-dia, inundando os corredores com os cheiros de pão de leite e ensopado de carneiro.

— Olá, Tunuva.

Ela deteve o passo ao ouvir aquela voz vigorosa. Canthe estava na ponta do corredor.

Tunuva quase deu meia-volta. Canthe havia sido muito gentil quando a pegou chorando, abraçando-a sem perguntas ou julgamentos. Demonstrar tamanha vulnerabilidade a deixou se sentindo exposta e abalada.

— Canthe. Você está bem? — Tunuva falou, cautelosa. — Este andar é só para os homens e as crianças.

— Isso é bem típico de minha situação. Infelizmente, vivo me perdendo — Canthe admitiu. — São tantas salas e quartos.

— Ninguém mostrou o Priorado para você? — Tunuva perguntou, em um tom mais suave.

— Não.

Aquilo não podia continuar assim.

— Então eu vou — Tunuva disse. — Venha. Podemos pegar um pão quentinho para comer.

****

Elas passaram por quase todos os cômodos. Tunuva levou Canthe ao Salão de Guerra, ao arsenal — cujas paredes eram cobertas por centenas de armas reluzentes — e o refeitório, que estava em desordem total enquanto os homens tentavam alimentar as crianças. Olharam também a Câmara do Fogo, onde Hidat comandava o treinamento das iniciadas mais jovens, fazendo-as acender velas e lamparinas a óleo com sua magia.

— Acima de nós estão os solários — Tunuva falou enquanto elas atravessavam um corredor. — São reservados a irmãs que detêm algum título, no momento eu, Esbar e a Prioresa. As que estão grávidas e amamentando também podem usar esses quartos.

— Que ótimo. — Canthe sorriu, parecendo emocionada. — Siyu está usando um deles, então?

— Sim.

— Você parece gostar muito dela. — Tunuva assentiu de leve, e Canthe acrescentou: — Soube que Esbar é a mãe de nascimento dela, então deve ser como uma filha para você, em certo sentido.

— Uma irmã. Somos todas filhas da mesma Mãe.

— Claro.

Elas prosseguiram para o andar seguinte, onde uma fonte gotejava e miniaturas de árvores cresciam em vasos de pedra.

— É aqui que vivem as iniciadas — Tunuva explicou a Canthe. — Elas saem das fileiras mais baixas, a das postulantes, provando seu potencial para a Prioresa. Quando ela considera adequado, a postulante prova do fruto da árvore pela primeira vez, recebe o manto branco e se torna uma iniciada. Nós chamamos esse processo de noviciado.

— Quantos anos elas têm quando isso acontece?

— Geralmente por volta de dezesseis.

— Puxa. — Canthe deu risada. — Se a Prioresa me deixar ficar, eu vou ser uma retardatária mesmo.

Tunuva se perguntou qual seria exatamente a idade daquela mulher.

— Depois que se tornam detentoras da chama sagrada, as iniciadas são enviadas em missão, para garantir a estabilidade e a segurança do Sul — ela continuou. — Estamos comprometidas por juramento com as famílias que governam a Lássia e o Ersyr. São as únicas pessoas que sabem de nossa existência.

— Mas seu principal dever é garantir que o Inominado não volte nunca mais. Onde você acha que ele está no momento?

— Isso é um grande mistério. A mãe o derrotou e o baniu usando a espada Ascalun, mas, para onde, ninguém sabe. A maioria de nós acha que ele voltou para o Monte Temível.

— Que agora entrou em erupção. — Canthe olhou para ela. — Acha que ele voltou?

Tunuva se lembrou do revoar das asas, e do toque de siden no ar.

— Ainda tenho mais coisas para mostrar — ela falou.

Estava tudo em silêncio nos quartos à meia-luz que ficavam mais abaixo. Os homens ficavam com as crianças ao ar livre durante a maior parte do dia.

— Todas as crianças aprendem a ler e escrever em selinyiano — Tunuva explicou enquanto elas atravessavam a sala de brincadeiras. — Aos cinco anos, os caminhos se bifurcam, e as meninas se tornam postulantes. Começam a ser treinadas como guerreiras e guardiãs das cortes sulinas, e criam laços com um filhote de ichneumon. Os meninos ficam com os homens, que os ensinam a bordar, cozinhar, cuidar de animais e todas as demais tarefas de manutenção do Priorado. Eles também são preparados para nos prestar apoio nas batalhas.

— Como os escudeiros dos cavaleiros — Canthe falou, assentindo com a cabeça. — É possível seguir por outros caminhos?

— Em determinadas circunstâncias. — Tunuva pegou uma boneca de pano e guardou no baú de brinquedos. — Um dos meus irmãos foi criado entre as guerreiras, porém mais tarde se deu conta de que seu verdadeiro lugar era entre os homens.

Aos vinte e poucos anos, Balag precisava muitas vezes ficar acordado até bem tarde, estudando as artes que não aprendera quando criança. Sempre que acordava de um sono intranquilo, Tunuva sabia que seu amado guardião ainda estaria desperto, debruçado sobre livros e pergaminhos.

— E se alguém for como Gedali, nem homem nem mulher? — Canthe questionou. — Existe um caminho do meio?

— Seria mais fácil escolher um caminho ou outro. Ambos exigem muito conhecimento e estudo, e seria difícil percorrer qualquer um deles sem se dedicar por inteiro, mas pode ser que alguém já tenha tentado.

Elas percorreram o corredor, a caminho da escada. Canthe diminuiu o passo.

— O que tem para lá?

Tunuva também parou.

— A câmara mortuária — falou. — O local de descanso da Mãe.

— A Princesa Cleolind. Como foi que ela morreu?

— Esse é outro grande mistério. A Mãe partiu de forma súbita no meio da noite, sem dar nenhuma indicação do que estava indo fazer. Algum tempo depois, o corpo dela foi mandado para cá. — Tunuva fez uma pausa. — Você não deve nunca nem tentar entrar na câmara mortuária. É o lugar mais sagrado do Priorado. Só as detentoras de títulos têm essa permissão.

— Compreendo.

Canthe a seguiu, dando uma última olhada para a porta da câmara. Tunuva deslizou uma treliça.

— Mais adiante ficam os arquivos, onde guardamos a maioria de nossos registros e artefatos — explicou. — Mais abaixo fica a fonte termal. Mas boa parte do trabalho é feita fora daqui.

Ela conduziu Canthe de volta aos corredores mais altos, até os mil degraus. Quando viu a árvore, Canthe levou a mão ao peito, como se tentasse segurar o próprio coração.

— Nunca deixa de ser magnífica, não é mesmo?

Tunuva sorriu.

— Nunca.

Ao chegarem ao vale, passearam um pouco por lá, sentindo a grama fria sob os pés.

— Nós compramos suprimentos, se necessário, mas preferimos ser

UM DIA DE CÉU NOTURNO — VOLUME I

autossuficientes e não depender de ninguém — Tunuva contou. — Nós, as irmãs, forjamos as armas; os homens se encarregam das roupas e da comida. Plantam nos campos ao sul do Priorado: arroz, milhete, raiz--mole e assim por diante. Também temos um vinhedo e uma prensa de vinho. — Canthe parou para tirar as sandálias. — Algumas verduras e o amendoim são cultivados aqui no vale, mas a maioria das frutas são coletadas na floresta.

— Quanta fartura. Eu me lembro de como as plantas cresciam fortes na terra ao redor do meu espinheiro, que era quente e macia — Canthe falou, com um tom carinhoso. — Nurtha tinha mais vida do que qualquer outro lugar de Inysca.

— Nurtha é uma ilha à parte?

— Sim. Fica um pouco a leste de Inys.

Tunuva mostrou a ela onde viviam os rebanhos e as galinhas, e onde os ichneumons cuidavam dos filhotes. Na queijaria, Balag lhes serviu copos de leitelho, que as duas beberam enquanto visitavam as hortas, o depósito de gelo, o celeiro subterrâneo, a fornalha e a forja.

— Como conseguem manter tudo isso em segredo? — Canthe perguntou. — As pessoas já devem ter tentado mapear a Bacia.

Os olhos dela estavam cheios de curiosidade e tristeza. Afinal de contas, Canthe não tinha conseguido proteger sua árvore.

— Nossas ancestrais espalharam rumores sobre criaturas assustadoras que vivem na floresta — Tunuva explicou. — Também posicionamos égides em nossos campos cultivados, para termos tempo de nos preparar caso alguém apareça, mas a floresta é bem grande e densa, e poucas pessoas já chegaram até aqui.

— Entendi. — Ela estava com um bigode de creme em cima do lábio superior, que era mais grosso que o inferior. — Eu a atravessei para encontrar o Priorado, mas imagino que você conheça lugares lindíssimos. Teria tempo de me mostrar?

Tunuva olhou para o sol. Estava começando a descer, mas ela já estava com tudo preparado para a viagem.

— Muito bem. — Ela assobiou. — Nin!

Ninuru estava deitada à sombra da laranjeira. Ao ouvir Tunuva, ela se levantou e foi até elas.

— Esta aqui cheira a ferro — ela falou, cravando os olhos em Canthe.

— E a noite.

— Esta é Canthe. Ela quer conhecer a Bacia. — Tunuva a acariciou entre as orelhas. — Podemos dar uma volta?

— Sim.

Tunuva montou nas costas dela e estendeu a mão para Canthe.

— Posso mesmo? — a visitante falou, dando risada.

— Claro. Nin não morde.

Canthe segurou sua mão e subiu. Tunuva sentiu aquela estranha náusea de novo. Direcionou Ninuru para o leste, e sua ichneumon saiu galopando pela margem do rio, na direção do Vale de Sangue.

Ninuru estava animada, e correu com vontade. De tempos em tempos, Tunuva parava para mostrar a Canthe alguma das maravilhas da Bacia Lássia. Elas passaram por cavernas inundadas sob uma queda-d'água, espantaram nuvens de borboletas vermelhas de um arvoredo, nadaram em uma piscina natural de águas límpidas.

— Que pássaro é aquele? — Canthe perguntou quando Tunuva voltou a montar. — Nunca ouvi um canto assim.

— É um acha-mel — ela disse, baixinho.

— Parece que está querendo nos guiar — Canthe comentou, encantada.

— E quer mesmo. — Tunuva baixou os olhos. — Os acha-méis sabem onde vivem as abelhas. Quando cantam desse jeito, é porque querem ser seguidos. — O pássaro piou mais uma vez. — Os homens espantam as abelhas com fumaça e abrem a colmeia. Eles levam o mel, e os pássaros ficam com a cera e as abelhas menores.

UM DIA DE CÉU NOTURNO – VOLUME I

— Então não devemos ajudar esse?

— Eu não trouxe um machado. — Tunuva fez um trinado com a ponta da língua para o pássaro, que levantou voo e foi caçar em outro lugar. — Vamos, Nin... Precisamos mostrar melhor o rio para Canthe, que tal?

Ninuru as levou até onde o Alto Minara mergulhava ruidosamente em uma garganta profunda. Tunuva desceu e ajudou Canthe a fazer o mesmo.

Era uma de suas paisagens favoritas. As gotículas de água preenchiam o ar e, além da cachoeira, milhares de árvores se espalhavam pelo horizonte até onde as vistas podiam alcançar. Ela se sentou com Canthe em uma pedra à beira d'água, onde Ninuru aguardava algum peixe passar, com uma das patas erguidas.

— Precisamos voltar logo — Tunuva avisou. — Vou partir logo ao amanhecer.

— Para o Vale de Yaud? — Canthe perguntou. Tunuva confirmou com a cabeça. — Espero que não encontre nada que ofereça perigo. — Ela contemplou a floresta. — Talvez, quando você voltar, a Prioresa já tenha decidido meu destino.

— Pois é. — Tunuva engoliu o orgulho e falou: — Eu agradeço por ter sido tão gentil, depois que Siyu deu à luz.

— Não precisa agradecer.

A cachoeira rugia alto.

— Foi aqui. Na floresta. — Tunuva ouvia a própria voz como se estivesse distante. — Onde meu filho de nascimento morreu.

Mais tarde, ela se perguntaria por que revelou toda a verdade para uma total desconhecida. Naquele momento, porém, percebeu que estava com vontade de fazer isso desde aquela noite, desde o parto, e não questionou seu impulso.

— Tunuva, eu sinto muito. — Canthe dobrou o joelho para junto do peito. — Quanto tempo ele tinha?

— Ele tinha no mundo o mesmo tempo que passou no ventre — Tunuva murmurou. — Estava começando a dar os primeiros passos.

Balag segurando suas mãozinhas, guiando seus passinhos incertos. Ele voltava cambaleando para Tunuva e se jogava em seus braços, e ela o jogava para cima e o enchia de beijos, o que o fazia gargalhar. Ela adorava aquele som. Em seus sonhos, ainda era capaz de ouvi-lo.

— Eu não esperava que fosse amá-lo tanto. No Priorado, nós não nos apegamos tanto ao sangue de nosso sangue. Todos nós pertencemos à Mãe — ela explicou. — Mas, assim que nasceu, ele arrebatou meu coração.

Era como se Canthe não estivesse mais lá. Ela estava contando a história para si mesma outra vez.

— O pai de nascimento dele era muito bom em encontrar mel. Os pássaros pousavam em seus dedos. Foi por isso que o escolhi. Pela gentileza. Eu queria gerar uma criança que fosse assim também, mesmo que nascesse uma guerreira.

Canthe a observava.

— Você não estava com Esbar na época?

— Estava, sim. Gerar crianças é um presente para a Mãe, e nós duas tínhamos o desejo de ajudar a proteger o Priorado. Saghul me deu três opções. Eu me decidi por Meren. Nós éramos muito amigos.

Tunuva era capaz de vê-lo no solário, esperando por ela. Ele a fez rir, para deixá-la à vontade. Desde que era capaz de se lembrar, sempre sentira desejo por mulheres, mas Meren fez de tudo para que ela se sentisse confortável naquelas noites. Quando lhe contou que estava grávida, ele abriu um sorriso tão largo que parecia que seu rosto ia se abrir ao meio, com os olhos castanhos cheios de lágrimas.

— Vocês podem escolher alguém de fora?

— Raramente, quando alguém quer ter uma criança e não encontra um parceiro apropriado. A pessoa sai para o mundo, tem um envolvimento discreto com um homem e volta grávida. Mas esse não é o método que preferimos.

Tunuva fez uma longa pausa. Agora que pensara em Meren, a ferida voltara a se abrir.

— Um dia, Meren saiu para coletar mel de manhã levando nosso filho de nascimento — contou. — Como eles não voltavam, saí para procurá-los. Meren às vezes era bem distraído.

Cada palavra era como uma raiz que precisava ser arrancada das profundezas de onde escondia seu luto.

— O corpo dele estava em uma clareira. O cheiro de sangue, o mel... — Ela olhou para o horizonte, tentando não visualizar a cena. — Nosso filho de nascimento tinha desaparecido. Saí correndo às cegas pela floresta para encontrá-lo, mas, quando a noite caiu, trouxe consigo uma tempestade terrível, tão violenta que o Minara transbordou. Eu não conseguia nem fazer uma chama que não se apagasse. Pela primeira vez na vida, eu me perdi dentro da Bacia.

Ninuru a acariciou com o focinho. Ela estava de volta ao baixio inundado, sentindo uma pelagem molhada ao seu lado, com a água batendo nas duas.

Vá embora. Me deixe, Nin. Esperando e desejando a morte. Me deixe...

Eu vou morrer junto. Você me alimentou.

— Nin veio atrás de mim. Ela me salvou — Tunuva contou, acariciando a ichneumon. — Quando Esbar percebeu que tínhamos desaparecido, chamou todo mundo. Quando chegaram à clareira, os rastros já tinham sido apagados pela chuva, mas deve ter sido um gato-bravo. Não havia nenhum sinal da criança. — Ela fechou os olhos. — E, durante todos esses anos, eu só consigo pensar na dor que ele sentiu antes do fim. Me perguntar se ele me ouviu chamá-lo. Imaginar sua risada deliciosa dando lugar a choro e gritos, e depois mais nada.

Sua voz ficou embargada. Foi só quando sentiu o gosto salgado que percebeu que as lágrimas haviam escorrido por seu rosto...

— Com certeza ele sabia o quanto era amado por você — Canthe disse, baixinho. — Como ele se chamava?

Tunuva engoliu em seco. Fazia tempo que aquele nome não saía de sua boca.

— Só me conte se quiser, Tuva. — Dedos frios pousaram sobre seu pulso, fazendo um calafrio subir pelos seus braços. — Só se for ajudar.

Era um lugar estranho para tocar outra pessoa, o pulso. A pele que conhecia os padrões do coração.

— O nome... — Tunuva murmurou. O rosto dele surgiu em sua mente. — Eu o chamei de...

— Tuva?

Ela se virou e se deparou com o rosto conhecido de uma ichneumon preta. Esbar estava montada nela, com a mão no cabo da espada.

Canthe recolheu a mão.

— Esbar — disse Tunuva. — Nin e eu estávamos mostrando a floresta para Canthe.

Esbar soltou a espada, concentrando seu olhar na forasteira.

Jeda rosnou.

— Estou vendo. Eu queria falar com você. Já mostrou tudo o que desejava para nossa hóspede?

Tunuva franziu a testa ao ouvir aquilo. Pela primeira vez em trinta anos, não entendeu ao certo o que Esbar quis dizer.

— Sim — ela respondeu. — Vamos para casa.

****

Durante todo o caminho de volta para o Priorado, Tunuva não conseguiu dissipar a tensão dos ombros. Ficou olhando para Esbar, tentando atrair sua atenção, mas ela não se virou para trás em nenhum momento. Seus dentes estavam cerrados como tijolos em uma muralha.

Canthe se segurava em Tunuva, sem dizer nada. Os cabelos longos dela esvoaçavam sobre as duas.

Elas chegaram à entrada da velha figueira ao pôr do sol. Enquanto Esbar subia a escada, com Jeda em seu encalço, Canthe conteve Tunuva.

— Espero não ter causado nenhum tipo de problema — falou, parecendo aflita. — Me desculpe se for o caso, Tunuva.

— Está tudo bem — Tunuva respondeu, com uma confiança que não era exatamente a que sentia. — O dever me chama.

— Compreendo. Obrigada por ter me contado sua história. Se quiser conversar, sobre o seu filho ou qualquer outra coisa, eu estou aqui, pelo tempo que a Prioresa permitir. Sei que não sou uma irmã, mas podemos ser amigas, eu acho.

— Sim. Boa noite, Canthe.

— Boa noite.

Elas seguiram cada uma por seu caminho. Tunuva mandou Ninuru descer para o rio e seguiu para seu solário, onde Esbar estava à espera na cama que as duas compartilhavam com tanta frequência, com as mãos entrelaçadas entre os joelhos.

Tunuva ficou de pé junto à porta.

— Faz muito tempo que não temos nada a temer na Bacia — falou, com um tom indagador.

— Não é com a floresta que estou preocupada.

— Canthe. — Tunuva se sentou ao lado dela. — Ez, você acha mesmo que eu não sei me proteger, mesmo depois de todos esses anos?

— Tuva, nós não fazemos ideia de quem é essa mulher, nem do que ela é capaz de fazer. — O olhar de Esbar era implacável. — Até descobrirmos, nenhuma de nós deve ficar sozinha com ela. Por que correr esse risco?

— Porque tenho pena dela. Imagine, Esbar... perder a árvore.

Houve um breve silêncio entre as duas.

— Você acha que ela poderia entender melhor sua perda — Esbar disse, por fim. — Talvez até melhor do que eu.

Embora Esbar tenha tentado esconder, Tunuva viu que ela estava abalada.

— Ez, não, meu amor — Tunuva falou, segurando a mão de Esbar. — Não foi isso o que eu quis dizer. Só falei que Canthe sofreu uma tristeza terrível. Você sabe, e viu com seus próprios olhos quando Nin me trouxe de volta, que ficar sozinha com uma mágoa como essa é uma coisa perigosa. Por favor, vamos pelo menos dar uma chance a ela.

Esbar olhou bem para Tunuva, que quase podia ver o pavor que tomou conta dos olhos de Esbar naquela noite chuvosa.

— Se isso serve de consolo para você, Tuva... Só quero que você seja feliz — Esbar falou.

E se levantou.

— Durma aqui — pediu Tunuva, ficando de pé também. — Nós podemos ficar semanas sem nos vermos.

— Saghul precisa de mim. Não está mais conseguindo manter a comida no estômago, nem se movimentar sem ajuda — Esbar falou, bem seca. — Denag e eu vamos nos revezar para cuidar dela. Uma durante o dia, a outra à noite.

— Ez, você não tinha me contado isso — Tunuva disse, baixinho. Esbar balançou a cabeça. — Denag já descobriu qual é o problema?

— Ela acha que é um... um caroço maligno, em algum lugar na barriga. Pelo jeito, essas coisas podem se enraizar e continuar se espalhando por vários anos, e então a morte vem em questão de semanas depois do primeiro sintoma.

— Existe uma cura?

— Não.

UM DIA DE CÉU NOTURNO — VOLUME I

A tristeza tomou conta de Tunuva. Ela estava tão preocupada com Siyu que nem percebeu o fardo de Esbar, evidente pelas olheiras, pelos ombros caídos.

Quando Esbar se virou para sair, Tunuva segurou sua mão.

— Esbar, se alguma coisa acontecer enquanto eu estiver fora, saiba que você está pronta — disse. — Está pronta desde o dia em que Saghul a escolheu.

A expressão de Esbar se amenizou.

— Volte logo — ela falou, beijando Tunuva de leve nos lábios. — E inteira, de preferência.

Quando a porta se fechou, Tunuva desmoronou na cama, sentindo o peso de várias camadas de dissabores.

Como se sentisse sua aflição, Ninuru se aproximou e se deitou ao seu lado, onde geralmente ficaria Esbar. Tranquilizada pelo calor do corpo dela, Tunuva pegou no sono e outra vez sonhou com Esbar, que dessa vez a afogava em mel.

****

Tunuva despertou no meio da noite, esperando estar encharcada de suor, como era bem comum nos últimos anos. Em vez disso, sentiu sua pele seca. Ao seu lado, Ninuru ergueu a cabeça, com as orelhas em alerta.

Tunuva a tocou.

— Nin?

Ninuru farejou o ar.

— Tem o cheiro da montanha negra — comentou. — Do fogo escondido.

Tunuva também sentiu. Ela seguiu Ninuru até o balcão. Diante de seus olhos, uma parte das estrelas se apagou, então voltou a brilhar. Estava escuro demais, e somente uma maga seria capaz de ver a sombra que havia acabado de descer do céu.

399

Sem parar para pensar no que estava fazendo, ela saiu para o corredor, com Ninuru em seu encalço.

Havia um forte cheiro de vômito na Câmara Nupcial. Saghul dormia. Com a luz de sua chama, Tunuva encontrou Esbar em uma esteira no chão, com a cabeça apoiada em uma almofada.

— Esbar. — Tunuva a sacudiu, e ela se mexeu. — Desculpa, meu amor.

— Tuva?

— Tem alguma coisa no vale. Segundo Nin, tem o cheiro do Monte Temível.

Esbar se sentou e pegou a espada que estava debaixo da cama.

— Preciso ir buscar Denag — ela avisou. — Reúna um grupo, mas não muito grande.

Tunuva circulou pelo Priorado, escolhendo quem lhe transmitia mais discrição. Primeiro Hidat, depois Izi Tamuten, que cuidava dos ichneumons, e Imsurin, que encontrou alimentando Lukiri com um vaso com bico.

— Imin — Tunuva chamou, em voz baixa. — Venha comigo.

Ele entregou a bebê a um outro homem. Tunuva mandou Balag ficar de olho em Saghul.

Elas desciam para o vale, com suas chamas abrindo uma brecha na escuridão. Como não contava com uma luz própria, Imsurin ia no meio. Tunuva mantinha a mão no ombro dele para ajudá-lo a manter o equilíbrio.

— A árvore — murmurou Hidat.

Tunuva olhou na direção da laranjeira. Os frutos brilhavam no escuro, fazendo com que os galhos parecessem cobertos de brasas.

Quando chegaram lá embaixo, ela seguiu seus sentidos pelo gramado. Deixaram as chamas crescerem, para proporcionar mais luz. Quando viu a sombra na base da árvore, Tunuva deteve o passo.

— Hidat — ela falou. — É igual às pedras que vimos.

— Sim. — Hidat pôs uma flecha no arco. — Como veio parar aqui?

— Foi alguma coisa que trouxe isso para a árvore.

Ninuru bufou pelo nariz.

— Quase parece um tipo de basalto — Izi falou, se ajoelhando perto da pedra. — Que estranho.

Esbar sacou a espada.

— Vamos ver o que tem dentro.

— Cuidado, Esbar — Imsurin avisou. — Não estou gostando nada disso.

Tunuva ergueu a lança. Esbar circulou a pedra à procura de um ponto fraco. Como não encontrou nenhum, desferiu um golpe passando a lâmina sobre a própria cabeça, mas não produziu nada além de um clangor distinto e faíscas, expelidas em todas as direções. Tentou também perfurar e serrar, sem sucesso.

— Me deixe tentar — Tunuva falou.

Esbar deu um passo para o lado. Devagar, Tunuva levantou as mangas, estendeu a mão para a pedra quente e fez exatamente o que não teve coragem de fazer no Vale de Yaud.

Colocou a mão desprotegida sobre a rocha.

No topo, todos os frutos emitiram um brilho ainda mais resplandecente. Ao seu toque, a pedra trincou, a partir de uma abertura logo abaixo da palma de sua mão. Um vapor escaldante escapava pelas rachaduras, seguido da mesma luz e do mesmo odor que escaparam do Monte Temível.

— Tuva, para trás — Izi pediu, recuando.

Tunuva não conseguia. Era como se olhasse para um espelho partido, para a morte e para a vida, para tudo o que o entendia e o que era incapaz de compreender.

Esbar a puxou. Tunuva olhou para a mão, que estava cheia de pequenos furos avermelhados. Marcada como um favo de mel. Durante toda sua vida, calor nenhum a havia ferido.

As rachaduras se espalharam pela pedra, que tremeu e se sacudiu de um lado para o outro. Sua superfície ondulava, como se estivesse se soltando. Imsurin empunhou seu machado de mão.

Um lado da rocha inchou, e algo afiado a perfurou. Mesmo contando com os olhos de uma maga, Tunuva não conseguia entender o que estava vendo. Dois chifres que pareciam de ferro polido. Um casco fendido, depois outro, espatifando a concha grossa que os envolvia. Narinas expelindo fumaça preta, e duas brasas mais acima, no lugar dos olhos.

Sua mente buscava desesperadamente por uma explicação racional. Devia ser um boi selvagem, ou algum bicho do tipo. Mas, quando a parte da frente do corpo se libertou, fumegante e marcada de lava derretida, ela viu que as patas traseiras não existiam. Em vez disso, havia só uma cauda grossa e escamada.

— Em nome da Mãe, o que é isso? — murmurou Esbar.

Os cascos deixaram marcas profundas no chão. Quando a criatura abriu a boca, dentes de metal escuro reluziram sob a luz do fogo, e se ouviu um grito pavoroso.

— Eu não sei. — Hidat fez pontaria com o arco. — Mas quero que essa coisa morra.

35
Oeste

Quem é você?
A figura não tinha rosto, e estava em meio a uma névoa cinzenta. *Alguém que está sonhando,* foi a resposta, em uma voz que era pura água. Uma voz inexplicável, sem tom nem inflexão, nem qualquer outra característica. *Acredito que você também esteja.*
Este é o seu sonhou ou o meu?
Estavam em lados opostos de um curso d'água. Fora o som da correnteza, todo o resto era um silêncio mortal.
Estamos mesmo sonhando?
Sua voz ecoou no ar, idêntica à outra.
Eu me lembro de ter dormido. A figura tinha uma forma vagamente humana, e não se movia. *Que estranho. Em todos os sonhos que já tive, nunca cruzei o caminho de ninguém. Ou estou me sentindo mais só do que imaginava e agora estou imaginando uma companhia, ou você veio trazer uma mensagem dos deuses.*
Não existem deuses.
Claro que existem. Houve um silêncio carregado de expectativa. *Muito bem. Você está sonhando, eu também, e este é tanto o meu sonho quanto o seu. O que pode ter provocado este encontro?*

Não sei. Em que lugar do mundo você está?

Estou em uma ilha.

Estou em uma ilha também.

****

O sonho terminou, e Glorian acordou em sua cama, sobressaltada. Ao seu lado, Helisent se sentou.

— Foi um pesadelo?

Glorian demorou um tempo para responder. Sua língua parecia estar costurada à boca.

— Acho que sim.

Helisent pôs a mão em seu ombro.

— Você está gelada — murmurou. — Está quase amanhecendo. Vou preparar um banho.

— Obrigada.

Ela foi até a janela verificar se estava trancada. Depois que Helisent atiçou o fogo e saiu, Glorian se virou na cama, tentando se lembrar do sonho. Na boca, sentia o gosto de prata.

As damas a banharam, afastando o frio de sua pele. Em seguida, ela dispensou Helisent e Adela, deixando apenas Julain ficar para pentear e secar seus cabelos.

— Podemos ir até a floresta real hoje, já que você não tem aulas? — Julain perguntou. — Uma longa caminhada é sempre o melhor tônico no inverno.

— Parece que vai chover.

— Você adora a chuva.

— Estou com dor de cabeça. — Glorian segurou os próprios braços. — Vamos ficar aqui mesmo, jogando cartas.

— Não é bom ficar assim trancada, Glorian. Por que não saímos para procurar bugalhos de carvalho de novo?

UM DIA DE CÉU NOTURNO — VOLUME I

Glorian se perguntou quantas pessoas que a queriam morta não haveria em meio às árvores.

— Talvez quando estiver ensolarado — disse.

Julain suspirou.

— Como quiser.

Enquanto suas damas ventilavam a alcova, Glorian fez o desjejum na Câmara da Solidão, com os guardas a vigiando tão de perto que ela quase conseguia sentir o cheiro do aço nas bainhas de espada. Seu mundo, antes fechado e gentil como um botão de rosa, havia criado espinhos.

Sua mãe se aproximou dela, no início. Como sempre, disse muito pouco. A Rainha Sabran não se deixava levar pelo medo nem admitia fraquezas. Mas, por um tempo, manteve Glorian em sua companhia enquanto trabalhava.

Nas horas seguintes ao ataque, não houve quem ficasse entre elas. A Rainha Sabran conduziu Glorian aos aposentos reais, a deitou em sua própria cama e se manteve de vigília a noite toda, acariciando seus cabelos sempre que ela acordava. Glorian dormiu mal — porém nunca se sentira mais segura, reconfortada pela mãe, finalmente envolvida por seu amor.

Desde então, a Rainha Sabran não a tocara mais. Demonstrava mais frieza do que nunca, como se aquela noite de gentileza tivesse transformado seu coração em pedra.

Naquele dia, estava na Câmara do Conselho. Surgiram mais relatos de rebanhos desaparecidos. Havia alguma coisa de errado com o mundo, e Inys estava começando a sentir os efeitos. O Rei Bardholt não fizera sua habitual visita de verão, e tudo o que Glorian queria era vê-lo. De qualquer forma, estaria com ela em breve. Em geral, ele nunca saía de Hróth nos meses mais escuros, quando seu povo mais precisava dele. O motivo da viagem só podia ser o atentado contra sua vida.

O homem com a faca cega vinha da cidade mineradora de Crawham. Ela o viu morrer em meio às plantas que adornavam o piso. Na manhã seguinte, sua mãe ordenou que a corte fosse transferida para Castelo de Drouthwick, onde Glorian se escondia em seus aposentos com suas damas e seus medos. Se assustava ao menor ruído, esperando se deparar com aquele rosto pálido e amargurado a qualquer momento.

Ele queria matá-la porque achava que o Inominado estava livre, e que a linhagem dela não tinha legitimidade para governar Inys.

Tudo por causa do Monte Temível.

Ela olhou pela janela embaçada. O tempo estava carregado e sombrio como seu estado de espírito, como costumavam ser as manhãs nas Quedas.

A porta se entreabriu, o que a deixou toda tensa.

— Alteza, a comitiva do Rei Bardholt já passou por Worhurst — avisou a Dama Erda. — Devem chegar em pouco tempo.

— Obrigada.

A cavaleira se retirou, e Glorian ficou sozinha de novo. Aquela era a opção menos perigosa.

****

Era mais de meio-dia quando seu pai chegou a Drouthwick. Enquanto a procissão de cavaleiros passava sob sua janela, Glorian viu Wulf. Ele olhou para cima, e seus olhares se encontraram.

Mesmo o vendo apenas de relance, ela reparou nas manchas carregadas sob os olhos escuros dele. Wulf fez uma saudação, abaixando a cabeça, e seguiu em frente.

O Rei Bardholt gostava de tomar um banho assim que chegava à corte. Enquanto o aguardava, Glorian jogou cartas com suas damas, e deixou que a derrotassem pelo menos duas vezes. Quando seu pai a convocou, seu relógio de vela já tinha queimado até a metade.

UM DIA DE CÉU NOTURNO – VOLUME I

Ele a aguardava na Sala de Deliberações, onde eram armazenados os documentos e manuscritos. O Rei Bardholt detestava ler, mas gostava do silêncio e da frieza daquela parte do castelo.

Dois de seus atendentes ladeavam a porta. Um era sério e pálido, com uma cicatriz no rosto — Karlsten, era como se chamava —, enquanto o outro tinha cabelos pretos desarrumados, uma barba curta e pele oliva. Ele ofereceu um sorriso a Glorian.

— Bom dia — ela disse, em hrótio. — Acho que não nos conhecemos.

— Thrit de Isborg, Alteza. É uma honra. — Ele levou o punho ao coração. — Que haja alegria em sua casa.

— E fogo em sua lareira.

Do lado de dentro, seu pai estava sentado com os cotovelos apoiados nos joelhos, cofiando a barba, como sempre fazia quando estava pensativo. Ele se levantou quando ela entrou no recinto.

— Glorian.

— Papai — ela murmurou.

Vê-lo fazia bem para seus olhos. Mesmo sem a cota de malha e as peles, seu pai era uma massa sólida que lâmina nenhuma era capaz de trespassar. Assim que as portas se fecharam atrás dela, Glorian correu até ele, que a apanhou nos braços.

— Dróterning — ele falou, baixinho. — Você está bem? — Ela tentou responder, mas só conseguiu chorar. — Venha, minha guerreira. Está tudo bem. — Seu pai a sentou sobre o joelho, como se ainda fosse uma criança. — Chore o quanto quiser. Faz bem para o coração. Eu também chorei da primeira vez que tentaram me matar.

— É mesmo?

— E na segunda. E na terceira.

Glorian se aninhou no peito dele, com as lágrimas escorrendo pelo rosto. Seu pai cantava devagar com sua voz grave, abraçando-a com força. Sempre que lhe pedia para não ir embora de Inys sem ela, era assim que ele a acalmava, com uma velha canção de ninar, capaz de apagar o ardor até do próprio Santo.

— Papai — ela falou, enxugando os olhos —, por que você não veio no verão?

— Tinha algumas questões para resolver em Hróth. Mas agora estou aqui. — O Rei Bardholt olhou bem para ela. — O mineiro está morto. Não tem mais como fazer mal a você, Glorian.

— Mas devem existir outros como ele, que nos odeiam — Glorian balbuciou. — Eu sei lutar, você me ensinou bem, mas fiquei com muito medo, papai. Não conseguia nem me mexer.

— Isso já aconteceu comigo também. Essa reação de paralisia é um instinto que todas as criaturas vivas compartilham. Pense nos cervos, como ficam imóveis quando farejam uma ameaça. Não há vergonha nenhuma nisso, Glorian, mas é algo que você pode superar.

— E se alguém vier me atacar antes que eu aprenda a fazer isso?

— A Guarda Real vai proteger você de novo. Sir Bramel foi bem recompensado por sua coragem.

— Que bom. — Ela acomodou a cabeça logo abaixo do queixo do pai. — Foi na guerra, a primeira vez que aconteceu com você?

— Não, foi em Bringard — ele respondeu, baixinho. — Eu tinha catorze anos. Um dos moradores do vilarejo veio atacar minha tia. — Alisou os cabelos dela. — Eu era alto e forte, só que ele era mais. Espancou nós dois até nos deixar no chão. Minha mãe chegou de uma caçada bem nesse momento, e meteu uma flecha nele.

Seu pai nunca havia contado aquela história terrível.

— Foi por isso que fugimos para Askrdal — explicou. — Skiri Passolargo nos acolheu. Ela era uma mulher bondosa.

Glorian gostaria de ter conhecido melhor a família dele. Embora fosse uma atividade útil, houve uma época em que os hrótios temiam os artesãos de ossos, por achar que levavam a morte consigo para onde quer que fossem. A situação ficou ainda pior quando a irmã dele nasceu com uma mecha branca nos cabelos. Naqueles tempos cruéis, isso era visto como uma prova de maldição por parte dos espíritos do gelo.

—Minha mãe me salvou. Assim como a sua fez com você — Glorian contou. — Ela deu um empurrão no homem.

— Eu ouvi dizer. Não falei que ela era uma guerreira?

Glorian assentiu com a cabeça.

— No dia que aconteceu... minha mãe cuidou de mim com tanto carinho — comentou. — Mas agora me trata de um jeito ainda mais seco. Eu não converso nem sorrio com ela do mesmo jeito que com você, papai. — Seus olhos ficaram marejados de novo. — Ela tem vergonha de mim?

— Não. Jamais — ele disse, com um tom de voz baixo e resoluto. — Você nunca será motivo de vergonha para nós, Glorian.

— Então por que ela não me ama como você?

— Ela ama, sim, tanto quanto eu. Mas algumas pessoas são calorosas, e outras são mais frias. A Rainha Sabran é desse segundo tipo; e eu, do primeiro — explicou. — É isso o que torna nossa parceria tão forte.

Glorian olhou para as próprias mãos.

— Você já saiu do castelo depois do incidente? — o Rei Bardholt perguntou. Ela fez que não com a cabeça. — Não deixe o medo dominá-la. Se eu me escondesse toda vez que alguém me atacasse, ia acabar me emparedando e nunca mais saindo.

— Não vou me esconder. — Glorian tentou soar corajosa. — Podemos cavalgar juntos na floresta real?

— Claro.

— Por quanto tempo você vai ficar?

— Até o casamento do Lorde Magnaust com a Princesa Idrega. Sua mãe e eu vamos embarcar em Werstuth. — Ele a beijou na cabeça. — Preciso ir conversar com o Conselho das Virtudes. Vá ao santuário e reze para o Cavaleiro da Coragem. Que o seu padroeiro lhe transmita toda sua fortaleza.

— Sim, papai.

Quando ela se levantou, ele a segurou pela mão.

— Eu teria matado o homem pessoalmente, assim como fiz com Verthing Sanguinário — ele disse, baixinho. — Se tiver restado algum apoiador dele em Inys, vai morrer da mesma forma que aquele desgraçado. Juro para você, filha.

Glorian acreditou nele. Os nortenhos nunca deixavam de cumprir um juramento.

****

Do lado de fora, Helisent a esperava para conduzi-la de volta para junto de sua guarda.

— Helly — Glorian falou, quando as duas entraram em um corredor —, ainda se lembra de como encontrar o cômodo secreto? O que tem o buraco de espiar?

— Não acredito que quer usar isso.

— Quero saber por que meu pai não veio no verão. Ele disse que tinha assuntos urgentes para resolver em Hróth. Acho que devia ser alguma coisa importante.

— Por que não pergunta para o Mestre Glenn? — Helisent sugeriu, toda tensa. — Jules contou que vocês retomaram uma antiga proximidade.

— Se duas conversas servirem para isso — Glorian respondeu, achando graça naquilo. — E, Helly, por que essa possibilidade deixa você com cara de quem comeu e não gostou?

Helisent deteve o passo e franziu a testa.

— Glorian... você *sabe* o que dizem sobre Wulf, não é?

— O que tem ele?

Antes que ela pudesse responder, uma porta se abriu. Helisent escondeu Glorian atrás de uma cortina, e as duas prenderam a respiração enquanto o Rei Bardholt passava com dois atendentes, conversando em hrótio.

— Continue, Helly — Glorian falou, depois que eles se foram. — O que queria me contar sobre Wulf?

Helisent olhou pela janela.

— Foi meu pai que me contou essa história — ela falou. — Alguns anos atrás, um menino foi encontrado na extremidade norte do bosque Haith. Uma criança que, pelo que diziam, levava as marcas da bruxaria.

— Bruxaria. — Glorian tentou não rir. — Helly, você sabe que existem certas histórias que circulam pelo norte, e eu até gosto de algumas delas, mas...

— Essa conta sobre uma mulher da antiga Inysca, que vive nas profundezas do bosque Haith, à espreita para atormentar quem renuncia ao Santo — Helisent sussurrou. — Ela existe mesmo, Glorian. Tenho certeza.

— Quem?

— A Bruxa de Inysca. A Dama do Bosque. Aquela que deforma as árvores. — A voz dela ficou trêmula. — Wulf veio de lá. O Barão Glenn o acolheu naquela noite, e lhe deu um nome.

— Foi muita bondade da parte de Lorde Edrick. Ele tem um coração generoso. — Glorian cruzou os braços. — Para mim, tudo isso é bem simples. Wulf era um órfão que ganhou um lar amoroso. Essa história de bruxaria é bobagem.

— Pode pensar o que quiser — Helisent retrucou, também cruzando os braços. — Mas eu acredito que o bosque Haith é um lugar profano, abandonado pelo Santo. Meu pai é o guardião do lado sul há décadas, e já viu coisas demais que não me deixam confiar naquele lugar.

— Isso não significa que você não possa confiar em Wulf. Não é culpa dele ter sido abandonado lá.

— Eu não disse que era. Só estou pedindo para você tomar cuidado

SAMANTHA SHANNON

com ele — Helisent disse, baixinho. — Sei que gosta dele, mas, para certas pessoas, Wulfert Glenn remete aos antigos costumes. Não sabemos o que pode tê-lo visto por lá. E que ainda pode acompanhá-lo até hoje.

— Helly, nada nessa conversa está me ajudando a descobrir por que meu pai não veio para Inys no verão.

Helisent ficou pensativa por um tempo. Glorian podia ver as engrenagens da mente dela funcionando por trás dos olhos escuros.

— Solicite um período de reclusão no Santuário Real hoje à noite. Para... refletir sobre seu futuro papel como rainha ou coisa do tipo. Assim vai ganhar tempo. — Helisent fez uma pausa. — Glorian, algumas coisas que estão nas sombras acabam lá por um motivo. Tem certeza de que quer fazer isso?

— Se serei rainha, preciso aprender a descobrir a verdade por mim mesma. Preciso ser mais corajosa. Em todos os sentidos. — Glorian preparou seu plano. — Minha mãe se recolhe logo depois do anoitecer. Vou precisar estar no cômodo secreto a essa hora. — Ela contorceu o rosto. — Não vamos contar para Jules. Ela só vai ficar preocupada à toa.

Elas trocaram olhares.

— Nem para Adela — concordaram em uníssono.

****

Depois da refeição da noite, ela e Helisent se trocaram e foram para o Santuário Real. Sir Bramel e Dama Erda fecharam a porta atrás das duas, deixando Glorian se concentrar em sua suposta reflexão.

— Leve isto. — Helisent tirou uma bolsinha de fogo do manto. — Sabe usar?

— Claro. — Helisent levantou uma sobrancelha, e Glorian suspirou. — Eu sei que, como membro da realeza, deixo a desejar em certas habilidades práticas, mas você acha mesmo que uma princesa do Norte não sabe acender um fogo?

412

— Às vezes eu me esqueço de que você é herdeira de dois tronos. — Helisent lhe entregou um tenaz de ferro. — Para os pregos.

Elas estavam com mantos de cores diferentes, que trocaram entre si. Helisent vestiu o capuz e se ajoelhou em postura de oração, enquanto Glorian escapulia pela porta dos santários.

Helisent descobrira aquele segredo aos quinze anos. Como tinha um olhar afiado e se atentava a detalhes, seu pai lhe pedira para encontrar alguns pergaminhos de necropsias nos arquivos do palácio. Enquanto procurava, ela encontrou uma antiga planta de Drouthwick e reparou em duas janelas que nunca havia visto do lado de fora, adjacentes ao cômodo que servia como a alcova real. Vasculhando o castelo, encontrou um recesso empoeirado na parede, fechado com tijolos apenas de um dos lados.

Os pedreiros devem ter ficado com preguiça e não terminaram o serviço. Depois de constatar que ninguém estava usando o lugar para espiar a Rainha Sabran — não havia nenhum sinal de movimentação por ali além de fezes de camundongos —, Helisent queimou a antiga planta e contou para Glorian. Agora era um segredo das duas.

A entrada era por um corredor que ficava atrás de um portão enferrujado. Glorian se ajoelhou e, com auxílio do tenaz, arrancou alguns pregos e abriu uma passagem. Ela se esgueirou pela abertura.

Na escuridão, sacou o bastão de atrito e a pederneira. Quando acendeu a vela, colocou a grade de volta no lugar, sentindo uma excitação temerosa tomar conta de si. Em dezesseis anos, nunca havia fugido de seus guardas.

A escada era apertada. Helisent achava que a Rainha Felina devia usar a passagem para levar amantes para sua cama, mas a tirana nunca escondera praticar adultério. O mais provável era que aquilo fosse um espaço indesejado e sem uso, que foi bloqueado para tornar o castelo mais seguro. Glorian jamais ousara passar por ali antes.

Suas pantufas faziam pouquíssimo barulho. Ela envolveu a chama da vela com a mão em concha, fazendo sua sombra oscilar. Quando ouviu vozes, apagou o fogo e rastejou até ver uma luz fraca.

Uma rachadura na parede de tijolos permitia que ela espiasse a Câmara Principal. Sua mãe estava sentada na cama, usando uma bata esvoaçante cor de marfim.

— ... jamais ousariam afrontar os Vatten. Eles têm leite no sangue e plumas na barriga.

— Heryon agora está apaziguado, eu concordo — sua mãe falou. — Mas temos outras coisas a temer. — Ela observava seu consorte andar de um lado para o outro no quarto. — Você disse que essa doença veio de Ófandauth.

— Meus atendentes encontraram o lugar quase deserto. — O Rei Bardholt falava em um tom bem sombrio. — A Issýn pegou a doença, Sabran. Ela morreu.

— Pelo Santo. Ela era a pacificadora. Quem ficou sabendo?

— Só os que estavam nas embarcações em que viajamos para Eldyng.

— E que medidas você tomou para que a notícia não se espalhasse? — A Rainha Sabran se levantou. — Bardholt, nós já estamos em um terreno pantanoso. Primeiro uma república fortalecida, depois o Monte Temível...

— Já acabou. Todos os lugares contaminados viraram cinzas, assim como os restos mortais dos que se foram. Tenho batedores a postos para informar caso volte a acontecer. — Ele se apoiou na prateleira sobre a lareira. — Um dos meus atendentes sobreviveu. Mande Forthard examiná-lo.

— E você trouxe esse atendente para cá?

— Ele não está contaminado.

— Se surgir qualquer vestígio disso em Inys, as dúvidas sobre o Monte Temível vão se reacender. Glorian já virou alvo.

UM DIA DE CÉU NOTURNO — VOLUME I

— Sim, eu sei. Nós já conversamos. — Ele soltou um suspiro. — Ranna, você precisa tratá-la com mais gentileza, com mais carinho. É a mãe dela, a mulher em que ela se espelha. Ela mal tem certeza de que você a ama.

A Rainha Sabran ergueu o queixo.

— Está me dizendo que sou dura demais? — ela retrucou. — Pois eu digo que nossa filha é muito mole. — Glorian fez uma careta. — Uma espada não pode ser moldada sem fogo e marteladas. Você e eu fomos criados em uma fornalha, Bardholt. O que Glorian sabe sobre encarar dificuldades?

— Nós precisamos ser a fornalha, então? — o Rei Bardholt falou, com um tom carregado de tensão e raiva. — Os pais dela?

— Eu preciso ser o martelo, já que você se recusa, por mais irônico que isso seja. Ela tem dezesseis anos e está com medo de sair do castelo. E rejeitando seu principal dever. A Rainha Felina teria feito o mesmo, caso não tivesse o medo de perder o trono.

— Não compare nossa filha com aquela...

— Eu preciso, porque Inys sempre vai fazer isso. — Ela caminhou até ele. — Aos olhos da lei, Glorian deve ter uma filha quando fizer dezessete anos. Um ano depois, já vai ter idade para governar o rainhado sem necessidade de um regente. Se ela for chamada para cumprir qualquer um desses deveres agora, hoje mesmo, acha que ela teria força suficiente?

— Ranna, você não tem nem cinquenta anos. Pelo amor do Santo, deixe que ela tenha a infância que nenhum de nós dois tivemos.

— Para você é fácil falar. Se quisesse, poderia ter produzido quantos bastardos quisesse. — Ela levou a mão à cintura. — Glorian é minha única sucessora. Ela precisa ser forte, precisa ser perfeita, porque eu não vou ter outra filha. Só o Santo sabe o quanto nós tentamos.

Glorian piscou várias vezes, como se fazendo isso pudesse despertar em algum lugar. Era como se estivesse confusa depois de uma queda, ouvindo o estalo do osso, mas sem sentir dor nenhuma.

— Sabran — o Rei Bardholt falou, baixinho. — Eu jamais faria isso. Você é o esteio do meu coração.

A Rainha Sabran soltou um longo suspiro.

— Eu sei. Desculpe, Bard. — Ela se sentou de novo na cama. — Não posso mimar nem reconfortar Glorian. Ela é parecida demais com a minha mãe. Eu mantive Marian longe por todos esses anos... mas Glorian tem o sangue dela também.

Marian, a Menor, a mais fraca entre as três piores rainhas de Inys. Glorian sentiu vontade de desaparecer.

Nenhuma rainha Berethnet havia engravidado mais de uma vez, porém seus pais sempre mantiveram essa esperança, durante todos aqueles anos. Queriam ter mais do que apenas ela.

— Pare com isso. — Seu pai se sentou ao lado de sua mãe. — Glorian não é Marian. Como poderia, sendo nossa filha? — Ele pôs a mão na coxa dela. — Querida. As sombras estão sobre você?

— Não comece, Bardholt. Não é minha cabeça que me preocupa — ela falou, em um tom contido. — É o passado.

— Dane-se o passado — ele falou, com uma voz grave e áspera. — Nós somos o futuro, e juntos já mudamos o mundo. Não existe nada que não possamos fazer. Que não possamos conquistar.

A Rainha Sabran deu a mão para ele, olhando-o bem nos olhos.

— Esta noite eu prefiro que você fique com o que já conquistou — disse. — E que me deixe ficar com o que eu já conquistei.

Ela levou a mão dele aos lábios. O Rei Bardholt ficou imóvel, observando-a acariciar a junta de seus dedos, antes de se inclinar para beijá-la.

Glorian sabia que precisava ir embora. Era um momento que exigia privacidade. Precisava voltar para Helisent antes que os guardas se dessem conta do que estava acontecendo.

Mas algo a manteve parada onde estava. A curiosidade, talvez, sobre como as coisas funcionavam entre companheiros. *Você vai descobrir quando se casar*, Florell dissera quando ela perguntou. *Até lá não é necessário, queridinha.*

Por que descobrir só então, e não antes?

Como ela se prepararia?

Então ela viu seus pais se despirem — sem a menor suavidade, e sim como se tivessem dormido sob o sol e precisassem se refrescar. *Vá embora*, uma voz em sua cabeça ordenou, mas Glorian estava pregada no chão, com o rosto queimando, em choque. Só o que conseguia ver eram membros despidos, e o roçar de cabelos na pele enquanto seus pais se abraçavam na cama. Sem cortesia nem temperança. Ali havia algo diferente em ação.

Quando os dois começaram a ficar ofegantes, Glorian caiu em si. Desceu correndo os degraus e se esgueirou às pressas pela abertura, colocou a grade no lugar e recolocou os pregos, com a palma das mãos suando. Em desespero, juntou as ferramentas que pegou emprestadas, desejando poder apagar da mente o que tinha acabado de ver.

— Quem vem lá?

Sem pensar no que estava fazendo, ela se virou, e um huscarlo entrou do pátio, com uma tocha na mão.

— Glorian. — Wulf a encarou por baixo do capuz, com a sobrancelha franzida. — O que está fazendo aqui sozinha?

— Eu já falei que sei me cuidar — Glorian disse secamente. — Meu pai disse que, se ele se escondesse toda vez que alguém tentasse matá-lo, já teria se emparedado e morrido muito tempo atrás.

Wulf abriu um sorriso.

— Isso é verdade. — A expressão dele se amenizou. — Me deixe pelo menos acompanhar você até seus aposentos.

— Eu sei o caminho — ela falou, se afastando daquela presença massiva. — Eu estou bem, Wulf. Só me deixe em paz.

36
Sul

A criatura estava em um antigo depósito, onde poderia ser mantida longe das vistas. O sangue, escuro como alcatrão, escorrera sobre as ranhuras da mesa de pedra, formando como uma crosta preta ao secar. Tunuva observou cada detalhe.

Pela cabeça apenas, teria pensado que se tratava de um boi — a não ser pelos olhos incandescentes, que esfriaram depois da morte, e os chifres, que eram mais longos que um braço. Izi Tamuten havia serrado um para conduzir estudos, e concluiu que era um osso revestido de ferro. O mesmo metal reforçava dentes e cascos, e os dentes eram afiados como os chifres. O corpo inchado, inclusive as pernas traseiras, se estreitava até formar uma cauda de serpente.

Aquela criatura continha a mácula do Monta Temível.

Morrera em agonia. Embora tivesse saído de um ovo como uma criatura recém-nascida, o instinto de Tunuva lhe dizia que antes disso vivera outra vida, uma mais pacífica.

Ela encostou nos pelos arrepiados do pescoço da criatura, sem se abalar quando cortaram seus dedos. Aqueles pelos tinham se tornado vidro metalizado, cada cerda afiada como uma agulha, alguns emaranhados com gotas pretas. O fedor do cadáver era quase insuportável, como se uma fumarola tivesse se aberto dentro do recinto.

Hidat cravara uma flecha em seu olho e outra onde imaginava que ficava o coração. Ambos os projéteis se incendiaram. Berrando e se debatendo, a criatura se arremessara na direção delas e sibilara, exibindo uma língua fendida. Só quando Esbar decepou a cabeça ela enfim parou de se mover.

Izi encontrara o coração, no fim das contas, e o arrancou do corpo. Colocado no prato de uma balança, era preto com manchas vermelhas, como as rochas do Monte Temível.

Tunuva não aguentava mais ficar a sós com aquela coisa. Ela subiu para o topo do Priorado. As marcas na palma de sua mão permaneciam visíveis, e seus dedos estavam demorando mais do que o habitual para cicatrizarem.

Esbar trabalhava em seu solário, inserindo um bico de pena em um junco oco, ao lado de uma lamparina. Seu selo estava à mão, junto com uma pequena pilha de cartas. Eram informes para as irmãs espalhadas pelo Sul. Tunuva se sentou no braço da cadeira e a beijou na cabeça.

— Estou escrevendo para Apaya — contou Esbar. — A Rainha Daraniya precisa ser informada do que encontramos.

— O que você vai dizer que era?

Esbar sacudiu a cabeça.

— Agora sei por que o mundo todo o chama de Inominado — ela murmurou. — Que nome dar a uma coisa como aquela? — Os sussurros agitavam as chamas de velas sobre a mesa. — Quantas dessas pedras você e Hidat contaram mesmo, Tuva?

— Quase cinquenta só no Vale de Yaud. Pelo menos mais vinte em Efsi, e a mesma quantidade em Agārin.

— Pela Mãe. — Esbar mergulhou o junco na tinta vermelha. — Pelo menos você pode ficar por aqui, agora que sabemos o que há dentro das pedras. A grande pergunta é: eles estão só no Sul ou em outras partes também?

— Não foi tão difícil de matar.

— Uma vespa espigada também não é, mas se você chutar um ninho delas pode dar adeus ao mundo.

— Nós estamos preparadas — Tunuva falou, soando mais convicta do que se sentia de fato. — Podemos abri-las com um toque, como eu fiz. E exterminá-las antes que possam causar estrago.

Esbar apertou a ponte do nariz.

— Essas criaturas são seguidoras do Inominado? — ela questionou. — São movidas pelo ódio ou pela fome? — Bateu na carta com a parte seca do junco. — Me diga uma coisa, Tuva. Você ainda consegue evocar a chama vermelha, o fogo do Monte Temível?

— Saghul disse para não fazermos isso.

— Tente.

Tunuva abriu a mão. Longe dos vapores da montanha, aquilo exigia mais concentração.

Ela esvaziou a mente, da mesma forma como fazia ao alongar o corpo depois de uma batalha. De olhos fechados, imaginou que fazia contato com uma árvore, para onde a siden corria como seiva em seu sangue, à espera da ignição.

Pela primeira vez na vida, continuou mantendo o contato, coseu-se a si mesma, removendo as camadas de casca, passando pelo durame, indo além. Sentindo uma resistência, respirou fundo e continuou à procura, acessando um estoque secreto de sua siden — e lá estava: uma resina grossa e cheia de poder, nas profundezas de seu âmago. Com a força da mente, a fez descer por seus braços, vendo suas veias incharem, e a tomou na mão, onde a chama escarlate por fim rugiu, quase ardente demais para ser possível sustentá-la.

— Está bem mais difícil de manter — ela comentou. — Acho que vai se extinguir depressa.

UM DIA DE CÉU NOTURNO — VOLUME I

— Eu evoquei ontem. Isso drenou todas as minhas energias. — Esbar a observava, com a luz daquela chama estampada em cada linha de expressão de seu rosto. — Nós somos como o Monte Temível. Como o Inominado.

Tunuva abafou a chama.

— Sempre soubemos que nossa magia vinha da mesma fonte.

— Talvez agora seja o momento de indagarmos por quê — Esbar respondeu, com os pelos escuros do braço se arrepiando. — Por que o Ventre de Fogo dá origem à ruína e ao caos, ao mesmo tempo que ilumina nossa árvore, que só tem a oferecer vida e proteção?

— Não sei, mas eu conheço a Mãe. Foi ela que nos concedeu esse dom. Não seu inimigo. — Tunuva segurou o rosto de Esbar entre as mãos. — Esbar, você está muito sombria. Mantenha a fé, meu amor.

Esbar assentiu, entrelaçando os dedos dela.

— Perdão. Isso é um peso sobre mim, ver Saghul tão mal — ela explicou. — Não consigo fazê-la comer.

— Deixe que eu tome conta dela hoje à noite. Você precisa dormir.

Passos se aproximavam pelo corredor. Elas desviaram o olhar para a porta, por onde Hidat entrou.

— Está feito — ela informou, com uma voz tão cansada quanto sua expressão. — Esbar, pode contar à Prioresa?

Esbar coçou o olho.

— Contar o quê?

— Sem dúvida ela informou você sobre o garoto carmêntio.

Tunuva sentiu sua pulsação percorrer o corpo todo, até a ponta dos dedos.

— Anyso — falou. — O que tem ele?

— A Prioresa está de cama. — Esbar ficou de pé. — Ela falou com você?

— Ela foi me procurar no arsenal. Parecia fraca, mas... — Hidat começou a parecer aflita. — A Prioresa me disse que tomou uma decisão definitiva sobre o caso de Anyso de Carmentum: que ele precisava

421

morrer, para a proteção do Priorado. Segundo ela, não havia outra alternativa.

Tunuva a encarou, sentindo um aperto no peito.

— Quando foi isso? — Esbar perguntou, falando lentamente.

— Mais ou menos uma hora atrás.

— *Eu* estava com ela uma hora atrás, Hidat. Do amanhecer até o entardecer...

— Silêncio. Siyu vai ouvir. — Tunuva fechou a porta. — Pela Mãe, Hidat. Ele está mesmo morto?

— Tuva, eu garanto para você que a Prioresa me deu essa ordem. — Hidat falava com uma convicção absoluta. — Ela me pediu para obedecer imediatamente, sem contar para ninguém.

— Ou você está contando a verdade e a mentirosa sou eu, ou então é ao contrário — esbravejou Esbar. — Ou nós duas enlouquecemos de vez. Saghul ficou na cama até o anoitecer, quando Denag assumiu os cuidados. — Ela afundou de volta na cadeira. — Isso vai deixar Siyu arrasada.

Tunuva engoliu em seco.

— Hidat, como foi que você fez?

— Com veneno. Foi indolor. Ele continua na mesma cela — Hidat contou. — Eu juro pela Mãe que só fiz o que a Prioresa mandou. — Ela abaixou a cabeça. — Se fiz algum mal, irmãs, imploro seu perdão.

— Envolva o corpo dele com gelo. — Esbar deu o comando com uma voz inabalada. — Tranque a porta e me traga a chave.

Quando Hidat se retirou, o silêncio tomou conta do recinto.

— Saghul não consegue nem se sentar sem a minha ajuda — Esbar resmungou. — Como poderia ter ido até o arsenal?

Tunuva a segurou pelo cotovelo.

— Ez, nós duas sabemos o que Saghul decidiria — ela falou. — Talvez tenha usado suas últimas forças para ir dar essa ordem a Hidat, imaginando que eu ou você não conseguiríamos.

— Isso não explica como ela saiu do quarto sem que eu a visse. Estou cansada, mas sei que não dormi.

— Denag pode ter caído no sono, talvez depois que assumiu seu lugar — Tunuva falou, com um tom gentil. — Hidat não deu um horário exato, e o limiar entre o anoitecer e a noite fechada não é assim tão definível.

— Estou bem aborrecida. — Esbar massageou a testa. — Mas agora já está feito.

— Por quanto tempo vamos conseguir esconder de Siyu?

Esbar parecia ter perdido toda sua luz.

— Ele fugiu para a floresta, e não temos ideia de onde se meteu — disse, por fim. — Vamos contar depois que Saghul se for.

Um desaparecimento assim era plausível. Afinal, já tinha acontecido antes.

— Ela confia em nós. E nos ama — Tunuva disse, num sussurro. — Vamos enganá-la desse jeito?

— É para protegê-la. A verdade vai ficar restrita a nós duas, Hidat e Imsurin.

Tunuva respirou fundo, cruzou os braços sobre o coração e pressionou os ombros com os dedos. Imaginou o peso terrível daquele segredo, e o quanto seria doloroso. Se viu sendo obrigada a mentir para Siyu todos os dias, pelo resto da vida.

E então imaginou que a perdia de vez, um pensamento insuportável até mesmo por um único instante.

— Vou conversar com Denag — disse, por fim. — Você precisa descansar, Esbar.

Esbar soltou uma risada grave e sombria, um som que Tunuva nunca tinha ouvido sair da boca dela.

— Vou tentar.

Tunuva foi até a Câmara Nupcial, onde encontrou Saghul em um sono leve, com os olhos inquietos sob as pálpebras fechadas, e Denag dormindo em uma cadeira. Ela acordou a curandeira com um leve toque e a mandou para a cama. As duas poderiam conversar com mais calma ao amanhecer.

Sentou-se ao lado de Saghul, cujo ichneumon permanecia acordado ao pé da cama. Sua pelagem já estava grisalha, mas ele permaneceria ao lado de sua irmãzinha até o fim.

— Saghul — Tunuva disse, baixinho. — É Tunuva. Está me ouvindo?

Um leve aceno de cabeça foi a resposta.

— Anyso está morto. O forasteiro. Foi você que deu a ordem para Hidat?

Com visível dificuldade, Saghul estendeu a mão para ela, mexendo os lábios. Tunuva chegou mais perto, mas, mesmo com a audição aguçada de uma maga, não conseguia ouvir mais que uma respiração leve. Ela segurou a mão de Saghul, que parecia frágil demais para algum dia ter conseguido empunhar uma lâmina.

— Estou aqui, minha velha amiga.

Saghul dirigiu o olhar na direção de sua voz, aparentando um cansaço extremo, com os brancos dos olhos tingidos de amarelo. Tunuva acariciou sua cabeça até que ela voltasse a dormir.

****

Tunuva ficou sentada naquela cadeira a noite toda, rezando pela mulher que as liderou por tanto tempo. Ao amanhecer, quando Esbar chegou, ela foi até o local onde estava Anyso, encontrando Hidat o vigiando em silêncio.

Anyso estava na cama. O veneno manchara seus lábios, mas fora isso era como se estivesse dormindo. Tunuva se sentou ao lado dele e afastou os cachos soltos da testa.

Perdoe o que fizemos. Ela fechou os olhos cheios de lágrimas. *Perdoe o que fizemos.*

37
Leste

A uma curta distância da cidade de Mozom Alph, uma cachoeira caía sobre uma garganta isolada por paredões de rochas. Acima da enorme queda, Dumai corria por uma ponte, ainda ensopada depois de ter saído da água. O vento assobiava em seus ouvidos quando ela saltou o parapeito e mergulhou de novo, entrando nas águas profundas.

Quando criança, ela brincava na fonte termal, mas era um espaço pequeno demais para nadar. Agora Kanifa podia lhe ensinar o que aprendera fora da montanha.

A piscina natural era fria como a do Monte Ipyeda. Envolvida pela água, Dumai abriu os olhos e deixou o corpo afundar.

Bem abaixo, peixes espectrais nadavam por sobre uma escuridão profunda. Durante o Longo Sono, a maioria dos dragões sepulinos se aconchegaram em leitos de rios, ou nas proximidades de cachoeiras — preferiam água fresca e corrente —, mas uma dupla de mergulhadores humanos perturbara o dormente daquele lugar, espantando-o para outras paragens. Furtia era quem dormia naquelas profundezas abandonadas no momento, recobrando as forças depois do voo.

Dumai voltou à tona, soltando vapor pela boca. Ali perto, Kanifa estava sentado sobre uma pedra, comendo uma pera.

— Espero que a Rainha Arkoro nos receba em breve. — Dumai se juntou a ele e se enrolou em um manto. Kanifa lhe entregou um cantil com chá quente de cevada. — Enquanto esperamos por ela, essa ameaça pode estar crescendo.

— Dê tempo ao tempo. Nossa chegada foi repentina — Kanifa falou. — A chegada de Furtia deve ter sido uma surpresa e tanto.

— Os dragões não se preocupam muito com questões diplomáticas. Talvez não consiga segurá-la aqui por muito mais tempo.

Como se tivesse sido despertada pela conversa deles, Furtia se manifestou de sua morada provisória: *Precisamos começar as buscas, filha da terra.*

A rainha ainda não me convocou para uma audiência. De repente, o chá ficou com gosto de ferro. *Em breve, grandiosa. Eu prometo.*

Eu já disse. Suas coroas e seus tronos não importam.

Mais alguns dias, eu lhe imploro.

Dumai teve a certeza de que o borbulhar na água foi uma manifestação da irritação de Furtia.

— Pelo menos a Dama Nikeya não está dando muito trabalho — comentou, para se distrair.

— Por enquanto. — Kanifa olhou na direção do templo, bem lá no alto. — A essa altura, já deve estar recuperada.

— Voar claramente não está entre seus muitos talentos.

O recolhimento dela preocupava Dumai. Já tinha visto gente morrer por causa do mal da montanha.

— Você a alertou do perigo — Kanifa comentou, notando a expressão no rosto de Dumai. — Não se esqueça de quem ela é, nem do que está fazendo aqui. A Guarda Real tomou minhas armas. Você precisa permanecer sempre atenta.

Ela estendeu os dedos semiamputados.

— Se uma montanha não deu cabo de mim, não é uma cortesá que vai fazer isso.

Kanifa sorriu.

— Nisso eu acredito. — Ele a cutucou de leve. — É melhor você subir para se esquentar.

— E você?

— Vou ficar aqui mais um pouco.

Dumai assentiu. Ela se virou para começar a longa subida de volta, deixando-o a contemplar duas lontras que brincavam na água.

****

Era fim de tarde quando ela chegou ao templo, que ficava entre os patamares intermediários e inferiores da queda-d'água. Doze membros da Guarda Real a observavam enquanto subia os degraus da entrada.

Dumai se perguntou o que deviam pensar a seu respeito. Fazia séculos que uma delegação seiikinesa não fazia uma visita, e lá estava ela, com toda sua estranheza — uma ilhoa que ainda estava aprendendo a nadar, uma princesa que não vestia trajes finos. *Eu sei*, ela sentia vontade de dizer a eles. *Eu sei que não faço o menor sentido.*

Furtia os trouxera sob o manto da escuridão, guiada por sinais de fogo. Até que fossem convocados ao palácio, eles não podiam avançar além daquela cachoeira.

Dumai caminhou pelo templo. Depois que o dragão partiu, havia sido dedicado a uma das Rainhas da Primavera. Suas seguidoras usavam trajes cor-de-rosa e brancos, e seus rituais eram desconhecidos, mas Dumai achava reconfortante estar em um local de culto. O que também a fazia sentir saudade da mãe.

As lamparinas a óleo da casa de banho estavam acesas. Ela se desnudou, sentindo o rosto arder de frio e a dor instalada nos músculos. Era como voltar a se sentir como antigamente. Ela e Kanifa ainda levavam a montanha no sangue — nenhum dos dois se sentiu mal no trajeto com a dragoa. Furtia os deixara beber água de suas escamas, e voou baixo o bastante para que nenhum dos três perdesse a consciência.

Dumai sabia que esse cuidado todo não era uma regra. *O mar não deve lealdade a ninguém*, avisara o Senhor dos Rios, e era verdade. Assim como o vento e a água, um dragão não poderia ser considerado um amigo.

Mas ela ainda estava determinada a ajudar aquela dragoa. Por outro lado, não poderia se arriscar a insultar a Rainha de Sepul sem fornecer explicações sobre o que estava fazendo por lá, ou deixar de pedir sua permissão para dar início às buscas.

Era preciso haver um meio-termo entre a deferência e a diplomacia. E, se havia alguém capaz de encontrá-lo, era uma princesa que também era uma cantante-aos-deuses.

Não havia mais ninguém na banheira de imersão. Havia um prato em cada extremidade, com um sal preto fino, usado para esfregar a pele. Dumai se enxaguou antes de se sentar na beirada, levantando uma perna para alcançar o pé.

— Princesa.

Aquela voz lhe provocou um sobressalto. Nikeya estava parada à porta, com os cabelos soltos, usando uma túnica sem forro.

Você precisa permanecer sempre atenta, Kanifa lhe dissera, porém lá estava Dumai, sozinha e indefesa.

— Dama Nikeya. — Dessa vez, ela manteria a compostura. — Já está de pé de novo.

— Você estava certa sobre as dores de cabeça, mas os meus olhos não sangraram — Nikeya falou. As bochechas e o nariz ainda estavam um pouco queimados de sol por conta do voo. — Devo ser mais forte do que você esperava.

— Mas pelo jeito não o suficiente para não vomitar em cima de uma deusa.

Felizmente, Furtia pareceu não notar.

— Ora, Princesa. Ironizar as falhas de seus súditos não é digno de uma futura governante. — Nikeya deslizou a porta atrás de si para fechá-la. — Por que não elogiar o que fiz de bom, em vez disso?

Devia haver algum jeito de constranger aquela mulher, mas, assim como o pai, ela parecia inabalável.

— Agradeço o conselho — disse Dumai. — O que, exatamente, acha que devo elogiar?

— Minha sobrevivência, claro. Ninguém além dos Noziken voou com um dragão e viveu para contar a história.

— Kanifa fez a mesma coisa. E não fica pedindo elogios, como uma criança. — Dumai passou sal nos braços, tomando cuidado com as áreas queimadas pelos sol. — Imagino que tenha vindo se banhar.

— Claro. Por que mais eu viria a uma casa de banho?

Nikeya deixou a túnica cair pelos ombros. Quando se aproximou do outro lado da banheira, desnuda como suas ambições, Dumai fez uma tentativa fracassada de esconder o corpo, curvando o tronco atrás dos joelhos.

— Agora que estamos sozinhas, podemos conversar, como fizemos no templo — Nikeya falou, com um tom de leveza. — Você era mais amigável por lá. Aquele clima asfixiante da corte traz à tona o que existe de pior em todos nós, mas agora estamos longe. Vamos nos conhecer melhor.

— Já sei que está aqui para me espionar a mando de sua família. E que ameaçou pessoas que eu amo. — Dumai continuou se esfregando. — Alguma coisa que eu tenha deixado passar?

Nikeya a encarou, com as mãos na cintura. Seus cabelos eram grossos e compridos.

— Bem, eu tenho meus segredos, assim como todo mundo, mas vejamos — ela falou. — Nasci nos arredores de Nanta. Meu pai e eu somos de um clã numeroso, mas sou sua única filha ainda viva. Minha mãe morreu quando eu tinha dezessete anos. Não sei nadar muito bem, mas sou uma boa dançarina e uma excelente arqueira. Odeio o frio. Amo a primavera. Meu sonho de criança era navegar pelo Mar do Sol Dançante. — Deslizou para dentro da água. — E, acima de tudo, eu me preocupo com a população de Seiiki.

— Então talvez deveria sugerir a seu pai que passasse menos tempos dando festas e se empenhasse mais em ajudar quem vive nas províncias secas. Ouvi dizer que ele prefere mandar para o exílio quem tenta fazer isso.

Isso pareceu atrair o interesse dela.

— E você por acaso se importa com as províncias secas?

— Minha mãe nasceu em uma delas. Claro que me importo.

— Então por que não pedir a Furtia que mande chuva para lá?

— Uma dragoa não tem como pôr fim à estiagem sozinha.

— Mas você acha que meu pai poderia? — Nikeya abriu um sorriso. — Sua apreciação dos talentos dele deve ser imensa, Princesa.

— Furtia ainda não recobrou todas as forças — Dumai a lembrou. — E eu não estou em condições de lhe dar ordens.

— Nem eu a meu pai.

Nikeya afundou até as clavículas, com os cabelos pretos se espalhando ao seu redor. Contra sua própria vontade, Dumai se imaginou passando os dedos por aqueles fios.

Ela lavou o sal do corpo e limpou aquele pensamento da mente, se levantando para pegar a túnica.

— Desistiu do banho? — Nikeya falou, cruzando os braços. — Eu posso fechar os olhos.

— Estou cansada.

— Então me deixe pentear os seus cabelos antes de você dormir. Me disseram que sou boa nisso.

— Tenho vinte e oito anos. Sei pentear os meus próprios cabelos, Dama Nikeya.

— Você pode até achar isso, doce princesa, mas não se esqueça de que a conheci antes que tivesse atendentes. E sei que não saberia fazer um penteado apropriado a esta corte nem em caso de vida ou morte. Espero que não esteja planejando tentar.

A risada dela saiu suave como uma pluma, provocando um calafrio em Dumai.

— Você nunca se cansa dessas intrigas? — Dumai perguntou, amarrando a túnica com força. — De verdade. Os Kuposa nunca param?

— Um sino que para só acumula ferrugem.

— Uma fala do seu pai?

— Minha. Afinal, não sou dona do meu próprio nariz, e também uma poeta? — Nikeya se levantou da banheira e caminhou em sua direção. — Não sou sua inimiga. Pelo menos não até me dar um motivo.

— Isso soa como uma ameaça.

— Ah, é?

Dumai se manteve atenta àqueles olhos cheios de vida, que refletiam a luz das lamparinas a óleo.

— Vamos concordar em ser amigas — Nikeya falou, em um tom mais suave. — Acho que nós duas queremos o que é melhor para Seiiki.

Antes que Dumai pudesse responder, Nikeya estendeu o braço em sua direção, o que a fez se encolher. O sorriso de Nikeya se alargou ainda mais.

— Quem vê até pensa que sou uma loba. — Com uma delicadeza surpreendente, ela segurou uma mecha dos cabelos úmidos de Dumai entre os dedos, retirando uma agulha de pinheiro. — Tem certeza de que não quer que eu a penteie, Princesa?

Dumai sentia que sua própria respiração a traía. Uma correnteza morna em suas águas mais recônditas.

Filha, você perdeu o juízo?

— Eu mesma cuido disso — disse, começando a se afastar. — Espere. Você disse que eu não saberia fazer um penteado para esta corte.

— Ah, sim... um mensageiro apareceu à tarde. — Nikeya sorriu. — A Rainha Arkoro vai nos receber amanhã pela manhã.

Dumai a encarou, sem esconder a irritação.

— Você não acha que deveria ter me contado isso mais cedo?

— Eu devo ter me distraído. — Nikeya voltou à banheira. — Nós nos vemos amanhã, Princesa.

****

Nos alojamentos para hóspedes, Dumai já estava deitada. Enquanto tentava dormir, se lembrou de seu estranho sonho — da figura que falara com ela.

Na montanha, a Grã-Imperatriz começara a lhe ensinar a controlar os próprios sonhos. Quem sonhava precisava cair no sono, mas sem perder a consciência.

Dumai se virou de barriga para cima, com os calcanhares e as mãos plantados no chão. À medida que o sono a dominava, ela se concentrou nesses pontos de ancoragem, tentando flutuar, em vez de submergir sob as ondas.

Você está aí?

Lá estava a correnteza, serpenteando como fios de prata em um tecido. *Estou aqui*, a figura respondeu. Dumai percebeu uma movimentação na escuridão. *Imagino que não possamos dizer onde estamos.*

Este reino é como uma bolha, flutuando entre o mundo mortal e o celestial. Uma bolha que serve como uma ponte. Talvez, se nossa discussão se mantiver próxima demais à nossa vida real, ela se rompa, e acabaremos caindo de volta na vigília.

Parece uma ponte bem frágil. Não sei se eu pagaria o pedágio...

Dumai sorriu. *Podemos continuar testando sua força.* Seus lábios articulavam as palavras em seiikinês, mas não era esse o idioma de seu sonho. Era uma linguagem que ela nunca aprendera. *Ainda me pergunto de que parte deste vasto mundo é você. Se sente as mesmas perturbações, a mesma estranheza.*

Como assim?

Você deve ter visto. A terra tremeu, a água subterrânea borbulhou, e o sol ficou escondido por quase um ano.

Se você desconhece as causas, deve estar bem longe. Foi uma montanha de fogo que provocou tudo isso. A presença perdeu força, antes de ganhar nitidez de novo. *Sinto que nossa frágil ponte está cedendo. Não vamos falar dessas coisas. Como é possível nos encontrarmos nos nossos sonhos?*

Eu diria que os deuses permitiram, mas você afirma não ter deuses. Quem você louva, quem governa sua vida?

Um guerreiro. Dumai sentiu uma súbita cautela, mas temperada por curiosidade. *Você falou de magia. Por acaso faz feitiços?*

Sou só alguém que está sonhando. Sentindo-se afundar demais, ela se agarrou às cobertas até sua mão doer. *Esta ponte deve ter se formado por alguma razão.*

Talvez seja só para nos reconfortarmos mutuamente. Mesmo que seja só um truque da minha mente, e eu esteja falando apenas para mim, ainda assim é bom me sentir menos só na escuridão. Silêncio. *Não sei como chamar você. Pode me dizer seu nome?*

Acho que isso vai nos separar de novo.

Vamos tentar. Podemos tentar nos encontrar outra vez.

Dumai, é o meu nome. E o seu?

Eu sou...

De repente, a conexão se desfez, e Dumai despencou do sonho, sentindo tanto frio que seus dentes rangiam. Ela se aproximou do aquecedor, desejando poder conversar com a Grã-Imperatriz. Sua avó saberia como interpretar aquilo.

Foi necessária muita energia mental para manter aquele sonho, e seu corpo estava exausto de tanto nadar. Dessa vez, ela se deixou levar pelo sono.

No meio da noite, sentiu uma inquietação, pensando em um sorriso que se curvava como uma lâmina. Sua mão deslizou para a pressão que sentia entre as pernas. Sob o abraço quente e relaxante do sono, imaginou que havia outra pessoa a tocando.

Você perdeu o juízo?

Ela se sentou na cama, respirando fundo, sentindo o coração dar rodopios dentro do peito. Dessa vez, a voz em sua cabeça era a dela própria: *Está tão sedenta por um toque que deseja até o de uma caçadora?*

****

Ela escapuliu para a casa de banho antes do amanhecer para se lavar e vestir os trajes enviados pelo palácio — uma túnica branca e um casaco azul-claro, além de uma calça de seda de cintura alta em um tom de amarelo-claro. (O voo havia deixado suas roupas inutilizáveis). Dumai penteou os cabelos, alisando-o diversas vezes, franzindo a testa, insegura. Olhou para baixo e viu duas gotas de sangue no chão.

Um suspiro de puro alívio escapou de seus lábios. Era esse o motivo de seus impulsos na escuridão. Ela sempre sentia essas leves ondas de desejo no primeiro dia.

Não tinha nada a ver com Kuposa pa Nikeya.

Uma das praticantes do templo trouxe sua folha para o sangue. *Não vai mais acontecer.* Dumai a enrolou na forma de um tampão. *Não vai mais acontecer.*

Ela encarou seu reflexo. Seu pai lhe dissera para não levar uma coroa a Sepul — apenas um adereço de cabeça modesto e o Selo Pessoal dele. Ela o enfiou em uma sobrecota sem mangas, presa com um cinto prateado. A Rainha Arkoro tinha sido bem generosa ao enviar roupas adequadas a uma princesa.

Kanifa a conduziu até seu palanquim no alto da cachoeira, onde Nikeya a aguardava montada a cavalo, vestida com um belo casaco cor-de-rosa.

— Não me lembro de tê-la convidado, Dama Nikeya — Dumai falou, irritada.

— Bom dia para você também, Princesa. — Uma parte de seus cabelos estava solto; o restante, trançado e enrolado sobre o topo da cabeça. — A Rainha Arkoro convocou todos os que vieram voando com a dragoa.

— Por quê?

— Não faço ideia, mas podemos considerar isso uma bênção. Pelo que sei, você ainda não é fluente em sepulino — Nikeya comentou. — Felizmente, eu sou. Posso servir como sua intérprete.

— A Rainha Arkoro deve ter alguém para fazer isso por ela.

— E você certamente também precisa, para garantir que não provoque um desastre político para Seiiki. Por mais que tenha aprendido a nadar, Princesa, um peixe de lago não conhece o mar.

— Este peixe aqui já se cansou de seus conselhos não solicitados — Dumai avisou, antes de entrar no palanquim.

A jornada foi tortuosa a princípio. Depois de descer das montanhas baixas, Dumai foi carregada para o portão leste da cidade. Enfurnada no palanquim, só pôde ver tudo por uma pequena abertura.

Se alguém tivesse lhe dito que uma cidade podia reluzir como ouro, ela teria respondido que era um mito. Mozom Alph era celebrada por seus feitos artísticos, mas contemplar seu esplendor — construções tão intricadamente elaboradas até a última telha — já era o bastante para tirar o fôlego de qualquer um. Era um porto localizado na Baía de Kamorthi, para onde construtores, ourives e artistas se dirigiam em grandes números, ornamentando tudo o que tocavam.

Arcadas de mármore davam acesso a jardins de esculturas. Pés de damasco branco e estiracáceas ladeavam as ruas. Um relógio de estrelas monumental, desenhado por uma princesa sepulina, demarcava o antigo berço da cidade.

O palanquim se misturou a charretes, cavalos e pessoas que seguiam rumo ao caminho pelo penhasco que dava acesso ao palácio. Eles atravessaram um canal do Rio Yewuyta e passaram por um mercado costeiro à beira do Mar do Sol Dançante. Ao longe, Dumai vislumbrou a Legião da Baía, ancorada em águas profundas — uma esquadra de embarcações a vela e encouraçados, usada para fins de defesa, exploração e comércio.

Através de sua longa rede de rotas comerciais, como a Estrada da Neve, o Rainhado de Sepul se estendia até o Abismo. Era possível comprar produtos de meio mundo em seus mercados. Um punhado de mercadores seiikineses se arriscavam a fazer a perigosa travessia, oferecendo seus produtos em barcos a remo: âmbar e ouro, artigos de madeira, trabalhos em laca escura com incrustações de manto de pérola.

Dumai se atentou a isso. Quando o palanquim parou para a passagem de guardas da cidade montados a cavalo, um grupo de marujos chamou sua atenção. Suas roupas eram de um estilo que ela não reconhecia. Um deles mostrava uma tigela de prata para uma mulher sepulina, que assentiu e levou a mão à bolsa.

— Quem você acha que são esses? — Dumai perguntou a Kanifa, que seguia a cavalo ao lado de seu palanquim.

Ele olhou.

— Diria que são do outro lado do Abismo.

— Sulinos — confirmou Nikeya. — Um príncipe ersyrio veio para cá muito tempo atrás e se casou com uma Princesa do Verão. Alguns sepulinos se converteram a sua religião de luz e espelhos.

— A Rainha Arkoro permite isso? — Dumai questionou.

UM DIA DE CÉU NOTURNO – VOLUME I

— Nossos deuses não são vistos há séculos, Princesa. As pessoas precisam de algo em que acreditar.

Uma das marujas usava um medalhão em volta do pescoço, que refletia a luz do sol quando ela ria.

Mozom era a capital original de Sepul, até uma rainha dar à luz quatro filhas idênticas. Ela dividiu a península entre elas, dando a cada território o nome de uma estação, e assim Mozom se tornou a Cidade da Primavera.

Mas as quatro regiões já haviam se reunificado sob uma única Rainha de Sepul, que residia no Antigo Palácio. Branco como ossos, com telhados escalonados, o palácio se espalhava sobre um penhasco alto no lado leste da baía, com vista para a cidade e para a costa. Sua ponte principal cruzava o Rio Yewuyta no local onde desembocava no mar, formando uma queda-d'água de trezentos metros.

A construção devia estar sendo adornada havia séculos, com cada beiral suspenso e pilar sendo lindamente trabalhado em relevo, e as vigas dos telhados esculpidas nas formas de espinhas e esqueletos de animais marinhos. Uma escultura em ouro de um dragão sepulino defendia a entrada, com uma barba esvoaçante e quatro longas garras.

Dumai desceu do palanquim, ainda maravilhada com o palácio, sem encontrar nem um cantinho sem ornamentos intricados. As espinhas e os esqueletos deviam remeter ao mito fundador do Rainhado de Sepul, que contava sobre uma dragoa que perdeu um osso durante uma transformação. O osso deu origem a uma garotinha, que passou vinte anos seguindo sua criadora, se valendo de centenas de truques para chamar a atenção dela. Quando a dragoa enfim a notou, elas se apossaram juntas de Sepul e, desde então, as mulheres sempre governaram a península, em deferência à Rainha Harkanar.

Três damas da corte receberam a comitiva na entrada, ladeada pelo que Dumai logo percebeu serem chifres de dragões.

— Princesa Dumai — a mulher ao meio falou, em sepulino, fazendo uma leve mesura. — Bem-vinda... seja bem-vinda à Cidade Dourada. A Rainha Arkoro está à sua espera no Jardim de Verão.

— Estou ansiosa para conhecê-la.

A mulher ficou hesitante.

— O vento que sopra do mar está fortíssimo hoje. Precisei refazer meu cabelo diversas vezes — falou, com um riso nervoso, apontando para a cabeça. Seu penteado estava firme e perfeito, amarrado com cordões de pérolas de água doce. — Talvez também queira pentear os cabelos, Princesa, antes de ver Sua Majestade?

Nikeya encobriu o riso com uma tossida. Dumai teve que se segurar para não ceder ao desejo infantil de dar um pisão no pé dela.

O palácio era ainda mais lindo por dentro. Desenhos representando as estações — folhas outonais, flores, caquis, sempre-verdes — homenageavam a Era das Quatro Rainhas. Dragões brancos se enrolavam nos pilares. Um tributário do Yewuyta fluía pelos corredores. Dumai permitiu que uma serviçal penteasse seus cabelos e reposicionasse seu adereço de cabeça, de ouro e com o formato de um peixe saltando.

Os três seguiram a mulher até um jardim murado, onde árvores ostentavam folhas amarelas.

— Como? — Dumai questionou, surpresa. — É inverno.

— O chão é aquecido. Isso engana as árvores — a mulher respondeu, orgulhosa. — Façam a gentileza de aguardar aqui — acrescentou para Kanifa e Nikeya. — A Rainha de Sepul receberá a Princesa da Coroa de Seiiki.

Eles aguardaram sob uma árvore. Dumai prosseguiu pelo caminho aquecido, onde arbustos floridos perfumavam o ar.

A Rainha Arkoro estava sentada em um pavilhão acortinado, com vestes de tecido preto e cor de marfim presas por um cinto trabalhado em ouro ao redor da cintura fina. Pérolas embranqueciam sua coroa com galhadas altas, como as de um cervo. O rosto tinha o formato de uma folha de freixo, com maçãs largas que se afinavam até formar um queixo pontudo.

Um homem de feições marcantes estava ao seu lado, com um olhar de curiosidade contida no rosto. A julgar pela coroa mais curta, era o consorte — de pele marrom, que contrastava com a palidez da rainha, e um corpo musculoso que se diferenciava agudamente da silhueta esguia dela. Usava brincos de ouro nas orelhas e o bigode era tão bem aparado que mal chegava aos cantos da boca.

— Princesa Dumai — a rainha falou, com um tom de voz suave. — Por favor, aceite minhas desculpas por demorar tanto para recebê-la. Fui obrigada a passar muitas horas com meu Conselho de Nobres.

Dumai fez uma mesura.

— Majestade, para mim foi um prazer esperar o quanto fosse necessário. Sei que minha chegada foi inesperada. Espero o que o espírito no osso esteja forte.

— Assim permanece, e há de ser para sempre. — A Rainha Arkoro inclinou a cabeça. — Este é meu consorte, Rei Padar de Kawontay. — Ela pôs a mão delicada sobre a dele. — Você fala sepulino, então.

— Não muito bem, majestade. Peço perdão.

— Eu também não domino seu idioma. E em lacustre, como se sai?

— Escreve em lacustre melhor do que falo, mas consigo me comunicar.

— Então falaremos em lacustre.

Dumai assentiu. Ela não precisaria de Nikeya.

O Rei Padar abriu um breve sorriso.

— Por favor, Alteza, sente-se. — Dumai aceitou o convite. — Estamos curiosos para conhecê-la. Talvez queira beber alguma coisa. O chá de algas pardas é uma especialidade de Mozom Alph.

— É muita gentileza sua.

Uma serviçal trouxe uma bandeja com doces prensados em formato de conchas, e serviu um chá claro, que salgou para o Rei Padar.

— Sei que podem querer ver uma prova de que sou quem afirmo ser — disse Dumai. — Meu pai teria escrito com antecedência, mas não havia tempo.

— Recebi a carta que você entregou em mãos para minha Guarda Real. O Imperador Jorodu estava claramente relutante em explicar o propósito de sua visita, por medo de que a mensagem fosse interceptada, presumo, mas autorizou você a falar em nome dele — respondeu a Rainha Arkoro. — Ele também disse que você estaria com seu Selo Pessoal.

Dumai lhe mostrou o selo. A rainha o observou por um tempo, virando-o em seus dedos finos.

— Obrigada. — Ela devolveu o selo. — Talvez você não saiba, mas nós temos um parentesco distante.

— Eu não fazia ideia, Majestade.

— Seu avô paterno era um membro do Clã Mithara, uma linhagem fundada por um príncipe sepulino, que migrou muito tempo atrás para Seiiki. Você é bem-vinda aqui.

— Obrigada. Sei que não há visitas oficiais há muitas gerações.

— Admito que fiquei surpresa com sua aparição. Fazemos comércio, claro, mas a Casa de Noziken parecia satisfeita em manter o distanciamento, em termos gerais. Quando chegavam cartas, eram assinadas por uma autoridade de nome Kuposa pa Fotaja, o Senhor dos Rios.

— Esse Senhor dos Rios deve ser mesmo um conselheiro de confiança — comentou o Rei Padar, arqueando as sobrancelhas para enfatizar suas palavras. — Fomos informados de que, em sua jornada, também está sendo acompanhada por uma Kuposa.

Através das cortinas finas, Dumai olhou para Nikeya, que tentava puxar conversa com Kanifa.

— Sim. — Dumai limpou a garganta. — Tenho certeza de que meu pai teria mandado uma delegação antes, mas, sem nossos dragões, a travessia do Mar do Sol Dançante não se mostrava nada fácil.

Ela sentiu as mãos começarem a suar. A pouca instrução que havia recebido era destinada a ensiná-la a ser uma princesa, não uma embaixadora.

— Isso vale para nós também — a Rainha Arkoro concordou. — Mas agora seus deuses despertaram.

— Por enquanto, só uma. Furtia Tempestuosa. Se me permitem a pergunta, eles estão despertando aqui também?

— Três deles emergiram de quedas-d'água no outono — contou o Rei Padar. — Outros, quando incomodados por mergulhadores ou pescadores, decidiram não retomar o sono. Alguma coisa mudou.

— Talvez eu possa descobrir o que foi. Furtia nos deu um alerta preocupante — Dumai revelou. — Estou aqui para compartilhá-lo com a senhora, Majestade... e tomar algumas medidas, com sua permissão.

A Rainha Arkoro estreitou os olhos de leve.

— Então esse alerta inclui Sepul?

— Infelizmente sim.

Dumai contou tudo para eles, desde seu primeiro encontro com Furtia até a aparição das sinistras pedras escuras.

— Furtia disse que sente a presença delas aqui também, e deseja saber quantas são — complementou. O casal real se manteve em silêncio o tempo todo. — Ela acredita que vão trazer o caos e a destruição.

— Segundo dizem, os deuses se comunicam de forma um tanto enigmática, mas isso me parece bem claro. — A Rainha Arkoro trocou olhares com seu consorte. — A Tempestuosa sabe onde essas pedras podem estar?

— Ela não entrou em detalhes a respeito, mas as que vi em Seiiki estavam dentro de uma montanha de fogo.

Foi uma montanha de fogo que provocou tudo isso, a voz em seu sonho lhe dissera.

— Existe uma aqui que ainda entra em erupção, o Monte Yeltalay — contou o Rei Padar. — Fica a leste, no Vale Fraturado. — Ele coçou o queixo. — Os deuses que despertaram este ano também mencionaram um fogo em ascensão.

— Houve algum distúrbio recente nessa montanha? — Dumai quis saber.

— No ano passado. Não muito tempo depois, o sol escureceu, e desde então todas as estações foram estranhas, mesmo fora do palácio. Em algumas regiões, não haverá colheita. Ouvimos rumores de uma erupção fortíssima do outro lado do Abismo — ele acrescentou. — Talvez tudo isso esteja interligado.

Estou indo buscá-la, filha da terra. Temos que partir, Furtia avisou, provocando um sobressalto em Dumai. *Precisa ser agora*.

Uma expressão preocupada surgiu no rosto da Rainha Arkoro.

— Você está bem, Princesa?

— Sim — Dumai respondeu, se sentindo zonza. — Perdão. — Ela estava gelada. — Se essas pedras podem perturbar os deuses, imagino que façam mal para todos nós, Majestade. Peço sua licença para voar até o Vale Fraturado.

— Nem a Rainha de Sepul pode dizer a uma dragoa o que fazer. Furtia Tempestuosa pode ir aonde bem entender — respondeu a rainha. — Imagino que tenha uma afinidade com ela.

Dumai assentiu com um gesto lento. A Rainha Arkoro usou o polegar para girar um anel de ouro em seu dedo.

— O Vale Fraturado é um local tomado de vapores e tremores. Um mau odor se espalha das entranhas da terra — explicou. — Depois do último abalo, minha avó proibiu todos de pôr os pés lá.

— Estou disposta a encarar o perigo.

— Estou vendo. — A Rainha Arkoro a encarou. — Sua aparição aqui pode causar perturbações diplomáticas, Princesa Dumai. Da última vez que alguém da realeza seiikinesa aportou em nossas praias, ela veio com uma ambição feroz e sede de poder. Sua visita também pode gerar questionamentos por parte da Casa de Lakseng.

— Eu compreendo. É tudo muito repentino. Se preferir, posso ficar no templo enquanto Furtia conduz as buscas.

— Não vou desrespeitar o vínculo existente separando vocês duas. — Ela respirou fundo. — Você tem minha permissão para ir ao Vale Fraturado, mas enviarei dois de nossos dragões sepulinos também.

Ela parou de falar de repente. Nikeya havia entrado no pavilhão.

— Princesa, Furtia Tempestuosa está às portas do palácio — avisou.

A Rainha Arkoro observou Nikeya, com uma expressão indecifrável em seus olhos cor de âmbar.

— Você deve ser a Dama Nikeya — o Rei Padar falou, enquanto uma serviçal lhe servia mais chá. — Bem-vinda a Mozom Alph.

— Eu agradeço, ilustre rei. Há muito tempo sonho em conhecer a Cidade Dourada. — Nikeya falava sepulino com fluência. — Grande rainha, peço perdão pela interrupção. Furtia Tempestuosa está em seus portões.

A Rainha Arkoro ergueu as sobrancelhas finas.

— Mozom Alph deve estar em um estado de grande agitação — o Rei Padar comentou, bebendo seu chá.

— Acredito que esteja em polvorosa.

— Faz séculos que um dragão não sobrevoa a cidade — a Rainha Arkoro falou —, mas as pessoas deviam saber que em algum momento os deuses começariam a despertar. — Ela se levantou, com as mangas do traje roçando o chão. — Princesa Dumai, nosso tempo claramente é curto. O Rei Padar vai escoltá-los até o Vale Fraturado.

— Obrigada. — Dumai fez uma mesura. — Sou muito grata por sua hospitalidade, Majestade.

Para sua surpresa, a Rainha Arkoro se aproximou e a segurou pelos braços.

— Eu gostaria de ter uma amiga em Seiiki. Não vamos nos afastar de novo — falou, em um tom gentil. — Volte em breve, para estabelecermos uma amizade duradoura entre nossas casas. Adeus por enquanto, osso dos meus ossos.

38
Oeste

O ferro escuro chegou zunindo na direção de Wulf. Ele o desviou com sua espada e se esquivou, enquanto Regny se escondia atrás do escudo. O machado dela veio em seguida e atingiu a manga de sua roupa. Eles lutavam na borda da floresta real, a pouca distância do castelo, enquanto a neve se acumulava ao redor.

No dia anterior, ele recebera uma carta de seu pai lhe desejando uma boa viagem a Vattengard. Ele desejava visitar Langarth, mas não havia tempo. As embarcações partiriam em breve.

Usando a borda do escudo, Regny golpeou as costelas dele com força suficiente para deixá-lo sem ar.

— Acorde. — O rosto dela estava vermelho por causa do frio. — Os mentendônios não vão esperar até seu sono passar.

— Os mentendônios batem forte como você? — ele perguntou, ofegante.

— As ovelhas mordem fundo como um urso? — Ela apontou para seu machado. — Faltam os dentes para isso.

Com uma careta, ele se endireitou, e eles entraram em confronto corpo a corpo pela clareira, seguindo suas próprias pegadas. Regny

SAMANTHA SHANNON

sempre lutava para ganhar. Wulf podia até ser capaz de superá-la com uma espada, mas ela brandia o machado como se fizesse parte de seu braço.

Naqueles dias de inverno, ela se sentia melhor do que nunca. Com tinta sob os olhos e neve nos cabelos, tinha a aparência que ele sempre imaginara como sendo a dos espíritos do gelo.

Todos vinham treinando mais do que nunca. Embora a Virtandade estivesse em paz fazia um bom tempo, Bardholt nunca confiara totalmente em Heryon Vattenvarg, e sempre havia uma chance de que os nobres mentendônios enfim conseguissem organizar uma revolta contra o domínio dos hrótios. Os dois lado se encontrariam no casamento.

Regny avançou sobre ele com o escudo. Ele enganchou a bota atrás da panturrilha dela, que tropeçou para cima dele. Os dois foram ao chão coberto de neve. Regny praguejou e Wulf riu pela primeira vez em vários dias.

— Você está aprendendo. — Regny desvencilhou as próprias pernas. — Eu não disse que o frio aniquilava a cortesia?

— Pois é. — Ele levou a mão às costelas. — O mundo não é tão cordial quanto o Santo prega.

— Não mesmo. — Ela se debruçou sobre ele, roçando os cabelos molhados em seu rosto. — Mas nós somos hrótios. Não somos nada cordiais.

Eles estavam próximos o bastante para os vapores de sua respiração se fundirem em uma só nuvem. Se dando conta da situação, Wulf se afastou e ajeitou as luvas. Regny se sentou na neve.

— Por acaso eu tenho pulgas? — ela questionou. — Dentes podres? Ele franziu a testa.

— Quê?

— Toda vez que eu chego perto, você se encolhe todo. — O olhar de Regny era implacável. — Qual é o seu problema, caralho?

446

Wulf desviou o olhar.

— Eu não sei ao certo. — Ele retorceu as mãos. — Não posso expor você ao risco, Regny.

— Que bobagem — ela disse, em um tom baixo e frio. — Então não vai encostar em ninguém nunca mais... vai passar a vida toda com medo do próprio corpo?

— Se isso significar nunca mais ver ninguém ter o mesmo fim que Eydag, sim. — O ressentimento voltou a borbulhar dentro dele. — Ela era sua amiga. Você não está nem de luto? Porra, qual é o *seu* problema, Regny?

— Eydag se foi. Eu chorei por ela. Mas agora ela está em um banquete em Halgalant, na Grande Távola.

— Pare com isso. Não precisa fingir.

— Berrar e espernear não vai trazê-la de volta. Nem essa sua raiva.

Antes que Wulf pudesse abrir a boca para responder, ela segurou seu rosto entre as mãos e o beijou.

Não foi um beijo suave. Por outro lado, só se lembrava de uma ocasião em que o coração de Regny de Askrdal tinha se amolecido, na primeira vez que dormiram juntos, quando nenhum dos dois sabia o que estava fazendo. Ela foi carinhosa naquela noite, e deixou que ele a tratasse da mesma forma.

Mas agora estava cheia de determinação, da mesma forma como agia em todas as demais situações. Seu gosto era pungente e doce, como arando vermelho, e seus cabelos tinham cheiro de pão fresco e neve. Tudo isso o levou de volta a Eldyng, na noite em que ela o beijou sob o sol, pegando-o de surpresa, como de costume.

Antes que se desse conta do que estava fazendo, ele a envolveu pelo ombro com o braço e enfiou as mãos sob seus cabelos soltos para segurá-la pela nuca. Ela o acariciou na base da coluna e passou as mãos em torno de seus quadris em busca do fecho de seu cinto, com a respiração pesada. Com o polegar, ela roçou o maxilar dele e então mordeu seu lábio inferior até arrancar sangue.

Regny era proibida. Até aquele momento, Wulf não imaginava que ainda a desejasse. Qualquer um poderia surpreendê-los e denunciá-los de novo para o rei, mas ela agora estava ajoelhada sobre ele, e seus lábios entreabriam os dela. O beijo se tornou profundo a ponto de ele achar que Regny iria devorá-lo.

Ela segurou seu pulso, o que Wulf permitiu, imaginando que fosse para mostrar o caminho que sua mão deveria percorrer. Em vez disso, ela arrancou sua luva grossa, entrelaçando com força os dedos de ambos antes de enfiar a mão dele dentro de sua camisa. Ele soltou o ar com força ao sentir o calor dela sob sua palma e, por fim, conseguiu encontrar forças para interromper o beijo.

— Regny, nós concordamos — falou, com a voz rouca.

— Eu sei. — Ela o segurou pelo queixo. — Que isso sirva de lembrete que eu não tenho medo de nada. Nem de sangue, nem de guerra, nem de uma porra de uma peste… e muito menos de meninos melancólicos que não sabem se amar.

Wulf desabou sobre ela, fazendo um gesto de derrota com a cabeça. Ela o beijou mais uma vez, ficou de pé, limpou a neve da sobrecota e o deixou caído no chão.

— Vou caçar — avisou. — Vá ver a médica, depois volte aqui para continuar o treino. Thrit vai embora hoje.

— Vai embora? — Wulf perguntou, em meio a um estupor. Ela olhou para o volume em sua calça enquanto ele limpava a garganta. — Por quê?

— Pergunte você mesmo. Não sou a ama de leite dele. — Regny pegou o machado. — Ande logo. Forthard está à sua espera.

Ela se afastou na direção de seu cavalo. Wulf deitou a cabeça na neve e fechou os olhos, o coração disparado.

UM DIA DE CÉU NOTURNO – VOLUME I

Com o gosto de aço e arando vermelho nos lábios, ele caminhou sozinho até a enfermaria do castelo e bateu na porta reforçada com rebites. Uma loura na casa dos cinquenta anos atendeu, usando um sobrevestido cor de marfim sobre uma camisa de mangas pretas compridas e um cinto de couro com bolsinhas e várias argolas para carregar instrumentos.

— Doutora Forthard — Wulf disse, baixinho. — O rei me pediu para vir vê-la.

A expressão dela mudou.

— Mestre Glenn. — Ela abriu caminho. — Obrigada por ter vindo. — Ele entrou no cômodo iluminado por um fogo forte. — Aqui está Mestrie Bourn, quiropraxista que me presta assistência.

Mestrie Bourn tinha uma silhueta alta e esguia, maçãs do rosto pronunciadas, pele marrom-clara e cabelos grossos que caíam em ondas pretas sobre os ombros.

— Bom dia, Mestre Glenn — Bourn disse. — Por favor, fique à vontade. — E depois de uma pausa: — Você sofreu algum acidente?

— Como?

— Seu lábio.

Wulf levou a mão à boca e constatou que estava inchada.

— Ah, não foi nada — ele disse. — Eu estava cavalgando. Esbarrei em um galho baixo.

Os olhos cinzentos de Bourn faiscaram.

— Entendi.

Enquanto a Doutora Forthard e Mestrie Bourn calçavam luvas grossas, Wulf largou as armas no chão e se livrou da cota de malha e das camadas de lá. Quando ficou só com a roupa de baixo, Forthard o sentou em um banco forrado.

— O Rei Bardholt nos contou sobre sua doença, confidencialmente — ela contou. — Uma pessoa infectada o tocou. É isso mesmo?

— Sim.

— O que você tinha comido e bebido antes?

Wulf buscou pela memória.

— Arenque salgado com alho. Um pedaço de pão preto. Acho que só isso — contou. — Não estava com muito apetite naquele dia.

— O alho é conhecido por suas propriedades curativas — especulou Bourn. — Mas imagino que seus colegas atendentes comeram a mesma coisa, e todos os três faleceram. — Wulf confirmou com um aceno de cabeça. — Que eles encontrem descanso.

— Nos diga tudo o que viu — Forthard pediu. — Tudo o que aconteceu no barco.

Quando ele terminou o relato, as rugas na testa dela aumentaram de modo considerável.

— Pode ter sido o santo que protegeu você. Mas pode haver outra razão.

— Nesse caso, poderíamos usar a descoberta para ajudar outras pessoas — Bourn falou.

— Sim. Posso tirar um pouco de seu sangue, Mestre Glenn?

Wulf estendeu um braço.

— Qualquer coisa para deter essa doença.

— Obrigada.

Forthard usou uma ferramenta afiada para extrair sangue de seu cotovelo, em seguida examinou seus olhos e raspou sua língua. Depois o fez cuspir em um pote e urinar em outro. Enquanto Bourn limpava a ferida, Forthard consultou um gráfico que mostrava frascos de todas as cores. (Wulf imaginou que tipo de miserável mijaria lilás). Quando terminaram tudo, Bourn começou a lavar os instrumentos com vinagre.

— Nós lhe agradecemos, Mestre Glenn — Bourn falou. — Pode ir. Tome cuidado para não esbarrar em nenhum outro galho.

— Pois é, vou tentar.

Quando Wulf saiu, o sol já havia se erguido, e o cheiro de pães de massa fina no forno preenchia os corredores. Ele olhou para a torre onde estava Glorian, mas não viu nenhum rosto na janela.

Na clareira, Thrit treinava com Karlsten, enquanto Sauma estava sentada em um tronco, assando um coelho no fogo. Apesar do frio, ambos os combatentes estavam sem camisa. De forma incomum para um huscarlo, Karlsten empunhava uma espada de duas mãos oriunda do norte de Inys, mostrando toda a força de seus braços.

Thrit preferia o machado de batalha, assim como o rei, mas seu corpo ágil e flexível também o favorecia em combates pele a pele. Ele desferiu um chute forte, e Karlsten se estatelou no chão.

— Que o fogo eterno consuma você. — Ele levou a mão ao peito, com uma risadinha. — Que porra foi essa?

— O inesperado, Karl. Aprenda a esperar por isso. — Ele jogou o machado para a outra mão. — Os mentendônios podem surpreender você também.

— Duvido. — Karlsten viu Wulf, e suas feições endureceram. — Ainda está vivo, Wulf?

Thrit suspirou.

— Pelas relíquias do Santo, Karl.

— Eydag era minha irmã. Ela está morta; ele, não — esbravejou Karlsten. — Que tal me explicar isso, Thrit?

— Já chega disso, Karlsten. Só o Santo pode decidir quem vive ou quem morre — interveio Sauma. — Você precisa respeitar o julgamento dele. — Ela se levantou e sacou a espada. — Minha vez de lutar. Você vigia o fogo, Wulf?

Wulf assumiu o lugar dela no tronco. Thrit foi se sentar ao seu lado, os cabelos presos em um coque. O suor conferia um brilho a sua pele bronzeada, destacando os contornos bem definidos do peito e da cintura.

— Não dê ouvidos para ele — Thrit disse.

— Já faz anos que faço isso. — Wulf virou o espeto sobre o fogo. — Regny disse que você está indo embora.

— Pois é, vou buscar minha mãe e meus avós para os levar a Eldyng. Sauma e Karl vão comigo. — Thrit enxugou o rosto na camisa. — Bardholt me deu permissão, já que eles vivem perto do Marco Tumular. Quero que eles fiquem bem longe da doença. — Sauma desviou o golpe que Karlsten desferiu contra ela. — Com a ajuda do Santo, vou conseguir chegar antes do fim do casamento.

— Eu gostaria de poder repassar para você a proteção que o Santo me concedeu.

— Eu vou ficar bem. Mas agradeço a preocupação mesmo assim. — Thrit sacou seu odre. — O que a médica disse?

— Não muito. Me fizeram mijar em um pote.

Thrit soltou um risinho de deboche. Enquanto abria o odre, arqueou as sobrancelhas.

— Ela acordou cedo hoje.

Wulf se virou na direção para a qual Thrit olhava e notou quatro pessoas que se aproximavam vindas do castelo, lideradas por ninguém menos que a Princesa da Coroa de Inys.

Glorian caminhou até a clareira, vestindo um manto verde pesado.

— Bom dia. Desculpe incomodá-los — ela falou, em hrótio. Todos ficaram de joelhos. — Escutei o som de combates e imaginei que estivéssemos sendo atacados.

— Não, Alteza... é algo bem mais sério. Estamos nos preparando para um casamento. — Thrit deu uma piscadinha. — Uma transação perigosa.

Glorian deu risada.

— Verdade. É mais fácil escapar com vida de uma batalha. — Ela gesticulou para que ficassem de pé. — Por falar nisso, Mestre Glenn me prometeu um duelo de espadas na última vez que conversamos. Pode ser agora?

Wulf a encarou. Pelo tom de voz, era como se ele jamais pudesse tê-la encontrado sozinha e com medo no escuro, mas os olhos diziam outra coisa, assim como o leve vinco entre as sobrancelhas.

— Alteza — Sauma falou, hesitante. — Não podemos empunhar nossas lâminas contra alguém que é osso dos ossos do Santo.

— Acho que deve ser proibido — Thrit especulou.

— Eu removo a proibição. — Glorian não desviava os olhos de Wulf. — Pode me dar essa satisfação, Mestre Glenn?

Depois de um instante, ele assentiu.

— Alteza.

Thrit lhe ofereceu uma espada, que ele aceitou. Enquanto caminhava na direção de Glorian, ele olhou para as damas. Duas eram desconhecidas, mas da terceira ele se lembrava, da época de sua infância — uma jovem de baixa estatura, de pouco menos de um metro e vinte, de pele oliva e cabelos escuros e grossos.

— Acredito que já conheça Julain — Glorian falou. — Permita-me apresentar Adeliza e Lady Helisent.

Wulf abaixou a cabeça. Adeliza desviou os olhos, o rosto vermelho.

— Já faz tanto tempo, milady — ele falou para Julain Crest, que sorriu. — Fiquei sabendo de seu compromisso com Lorde Osbert Combe. Meu irmão, Roland, sempre falou muito bem dele. Eu lhe desejo muitas felicidades.

— Obrigada. Fico feliz em ver você, Wulf — Julain falou, em um tom simpático. — Os Barões de Glenn estão bem?

— Imagino que esteja mais informada do que eu. Não tive tempo de visitá-los.

— Ah, que pena.

Lady Helisent olhava feio para ele. Wulf a observou — olhos e pele de um castanho bem escuro, cachos estreitos que caíam sobre um rosto magro — e de repente se lembrou dela. O Conde Viúvo de Goldenbirch certa vez levara a filha em uma visita a Langarth.

A família dela era guardiã do sul do bosque Haith desde a época do Santo. Se havia alguém que conhecia seu passado, era Helisent.

Glorian tirou o manto, sob o qual usava uma camisa branca de linho e culotes enfiados nas botas de pele. Enquanto Sauma lhe entregava um broquel de aço, Helisent passou por Wulf e o segurou pelo cotovelo.

— Se ela sair com um arranhão que seja, você vai se arrepender, aprendiz de bruxo — Helisent falou, baixinho.

Ela o soltou e foi atrás das outras duas. Ele cerrou os dentes.

Lá se vai a bênção do Santo.

Glorian caminhou com ele até o meio da clareira. Wulf forçou um sorriso.

— Pegue leve comigo — falou, numa altura que só ela poderia ouvir.

Daquela distância curta, ele percebeu o quanto Glorian parecia cansada, mas ela retribuiu o sorriso mesmo assim.

— Vou tentar ir devagar. — Ela sacou a belíssima lâmina que ganhou do pai. — Você tem minha palavra.

Usava a mão esquerda, assim como ele. Wulf assentiu com a cabeça, e o duelo começou.

Logo no primeiro ataque, ficou claro que ela era bem melhor do que Wulf imaginava. Embora seus golpes não tivessem força, eram precisos, e tanto a postura como o trabalho com os pés eram excelentes.

Ela se movimentava mais como um huscarlo hrótio do que como um cavaleiro inysiano. Isso não era surpresa. Bardholt não confiaria a ninguém além de seus guerreiros a tarefa de instruir a filha na arte da espada.

Ao contrário de um huscarlo, uma princesa não podia dedicar todos os dias de sua vida ao combate. Não enfrentara anos de treinamento implacável nas selvas de Fellsgerd — portanto, Wulf poderia ter se esquivado quando a espada dela tocou sua cota de malha pela primeira vez. O brilho nos olhos dela fez tudo valer a pena.

— Cuidado para não cortar a garganta dele, Alteza — Karlsten falou, com um tom impávido. — Seria uma grande pena.

Glorian o olhou de relance.

— Sua preocupação com seus companheiros de falangeta é admirável — falou. — Vou tomar cuidado para não o machucar.

Karlsten se limitou a cruzar os braços. Glorian fez um movimento bem inysiano com a espada, o floreio de um cavaleiro — que fez Thrit rir de surpresa —, antes de investir contra Wulf de novo, e o aço dos dois se chocou, reluzente e afiado.

Duelar com ela lhe trouxe uma alegria inesperada. Quando lutava, Glorian voltava a ser a menina que corria com ele por entre as ameixeiras, solta, livre e cheia de animação. Na segunda vez que ela o acertou, dessa vez com o broquel, ele de fato foi pego desprevenido pelo murro de aço no ombro.

Glorian sorriu. Wulf também, e começou a reagir com um pouco mais de intensidade, para desafiá-la. Ela se mostrou à altura. Ele se esqueceu de todos ao seu redor, se concentrando nela, na dança que faziam.

Por fim, deixou que o atingisse na coxa com a lâmina, e os demais aplaudiram de um modo que Wulf sabia que era sincero. Glorian respirava fundo, soltando névoa pela boca.

— Obrigada — falou, com o rosto todo vermelho. — Já faz um bom tempo que minha mãe não me deixa lutar.

— Imagino que Sua Majestade não deve ficar sabendo do que aconteceu aqui.

— A não ser que você queira passar alguns dias na masmorra — Glorian respondeu, bem-humorada. — Não tenha medo. De mim, ela não vai ouvir nada. — Ela começou a se afastar. — Tenha um bom dia, Mestre Glenn.

— Alteza.

Sauma pegou o broquel de volta. Glorian embainhou a lâmina e se foi, acompanhada de suas damas.

— Mas o que foi isso? — Thrit perguntou em voz alta.

— Acho que sei o que foi.

Eles olharam para trás. Regny tinha saído da mata, com outro coelho pendurado no ombro. Ela se juntou aos demais na clareira e observou enquanto Glorian voltava ao castelo.

— Depois de dezesseis anos, estamos vendo Glorian Óthling dar seus primeiros passos como rainha — comentou.

****

Com a aproximação do casamento real, Glorian conseguia saborear a chegada do auge do inverno da mesma forma que os outros sentiam seu cheiro — o gosto fresco e puro de *skethra*, o ar se purificando. Ela esperava que isso removesse a poeira da frente do sol.

O tempo estava se esgotando. Assim que o Festim do Alto Inverno chegasse, começaria o ano em que ela faria dezessete anos, e cada dia a aproximaria mais de seu inevitável casamento. Ela teria que usar uma pequena algema de ouro e precisaria dividir a cama com um estranho.

Esse pensamento a sufocou enquanto ela tentava prestar atenção em sua aula de yscalino. Passara a maior parte da noite acordada, sem saber se queria se arriscar a ter outro sonho de gelar o sangue.

Em dezesseis anos, nunca sonhara a mesma coisa duas vezes. Pelo menos não até aquela figura aparecer. Ela poderia perguntar a um santário se eram visões do Santo, mas Helisent havia plantado uma semente de desconfiança em sua cabeça.

Inys havia sido construída sobre estranhezas e coisas inexplicáveis. E que certamente se esgueiravam pelas fundações do reino, como as ervas daninhas que surgiam entre as pedras dos calçamentos.

UM DIA DE CÉU NOTURNO – VOLUME I

Ela espantou aqueles pensamentos. Helisent poderia se apegar a antigas lendas nortenhas, mas a princesa, não.

Wulf e sua falangeta treinavam na floresta real todos os dias, desde o amanhecer. Ela os via de sua janela. Ao meio-dia, ele sempre ia ao Lago Blair, e Glorian pretendia se juntar a ele. Seu pai lhe dera a confiança necessária para circular pelos arredores do castelo de novo.

— Preciso de uma caminhada — disse a Adela quando a aula terminou. — Eu não demoro.

— Ah, Glorian, hoje está tão frio.

— Eu gosto do frio. — Glorian vestiu o capuz. — Tudo bem. Pode ficar aqui e se manter aquecida.

Adela aceitou de bom grado. Com os guardas a seguindo a uma curta distância, Glorian atravessou as muralhas do castelo.

Wulf estava sozinho à beira do lago. Ao ver um vulto à distância, os guardas assumiram outra postura.

— Calma — disse Glorian. O vento arrancou algumas mechas de seus cabelos de seu diadema. — É só Mestre Glenn.

Ele estava jogando pedras no lago, que produziam um ruído tremulante conforme quicavam sobre o gelo quebradiço. Ao ouvir os passos, ele se virou, levando uma das mãos a sua sax.

— Glorian — disse, largando de pronto a lâmina.

— Está assim tão ansioso por outro duelo, Wulf?

— Perdão. Eu não sabia que você caminhava por aqui.

— Bem, agora que já sabe, precisa ir embora — ela falou, mantendo uma seriedade absoluta. — Eu exijo no mínimo uma légua de distância de minha presença real em todos os momentos. — Ele piscou algumas vezes, confuso. — Estou só brincando, Wulf.

— Ah. Desculpe. — Ele a agraciou com um raro sorriso. — Thrit vive me dizendo que sou sério demais.

Glorian retribuiu o sorriso.

— Meu pai adora atirar pedras assim — comentou. — Ele me contou que os hrótios morriam de medo dos lagos congelados, por achar que espíritos malignos espreitavam sob o gelo. Obviamente, são bem menos temerosos quanto a isso hoje.

— Pois é. Nas manhãs frias e geladas, não há nada que o rei goste mais do que suar um tanto na estufa e depois nos pedir para abrir um buraco no gelo para nadar. O mais valente entre nós, como sempre.

— Sinto falta das estufas.

— Você deveria mandar construir uma aqui. — Wulf girou a pedra. — Sabe por que os lagos eram tão temidos?

— Me diga.

O olhar dele se tornou distante.

— No inverno, quando o gelo engrossa e racha, ocorre... um barulho terrível — ele contou. — É como estar debaixo d'água, ouvindo sua própria pulsação. O mesmo rugido de quando se põe um copo na orelha. — Engoliu em seco. — Acho que é a canção do ventre. Um som que conhecemos antes mesmo de respirar, de aprender o significado das palavras. Alguns acham isso lindo, mas entendo o medo dos hrótios. Acho que é por isso que começaram a imaginar a existência desses espíritos. Quando o gelo se rompe várias vezes na sequência, parece o som de alguém batendo em uma porta, pedindo para ser liberto.

Glorian olhou para o lago, apertando o manto com mais força em torno de si.

— Para acalmar os espíritos, os hrótios cantavam em resposta ao gelo — Wulf explicou. — Os pastores ainda usam essas canções para trazer os animais de volta dos pastos... mas sem os versos.

Pela primeira vez, Glorian se perguntou o que a cantiga que seu pai lhe cantava poderia significar.

O vento assobiava ao redor deles.

UM DIA DE CÉU NOTURNO – VOLUME I

— Que tal uma disputa? — Wulf lhe ofereceu a pedra. — Para ver se seu arremesso é tão forte quanto seus golpes de espada.

— Você só está me bajulando. — Glorian aceitou a pedra. — Uma luta comigo nunca vai ser justa.

— É verdade, mas você se move muito bem. Melhor do que...

Ele ficou calado.

— Melhor do que você esperava? — Glorian complementou, com um sorriso. — Eu avisei você que sabia lutar.

— É verdade.

Ela recuou o braço e lançou a pedra, que fez um belo clangor ao atingir o gelo e depois um som parecido com o trinado de um pássaro. O sorriso dos dois se alargou. Aquele barulho tinha algo que lhes alegrava.

— Aí está. Nada de espíritos. — Glorian olhou para ele. — Wulf, eu queria me desculpar pela maneira como falei com você naquela noite.

— Você parecia chateada. Está tudo bem?

Ela gostaria de poder contar a verdade. A tentação de abrir seu coração para ele — seus medos, seus ressentimentos, tudo — era quase irresistível.

— Está, sim. Que tal uma caminhada entre as árvores? — ela sugeriu. — A floresta real fica linda nesta época do ano.

Eles caminhavam pela neve espessa entre carvalhos e pinheiros, seguidos à distância pelos guardas.

— Soube que não vai ao casamento — Wulf comentou.

— A herdeira deve ficar em Inys quando a rainha se ausenta. É melhor assim — Glorian falou, com uma falsa convicção. — Seria eu que me casaria com Lorde Magnaust, sabe, antes da Princesa Idrega entrar em cena.

— É mesmo?

— Sim. — Ele franziu a testa, e Glorian complementou: — É tão estranho assim me imaginar junto de um companheiro?

— Não, de forma alguma. Eu só não sabia que as pessoas da realeza se casavam tão cedo.

459

— Normalmente, não mesmo. Minha avó já tinha mais de trinta anos. É só em momentos de necessidade, quando uma herdeira se torna mais importante.

— Ah. — Wulf olhou para ela. — Dezesseis anos ainda é cedo demais para saber se ama alguém.

— Para nós, o amor não influencia na decisão.

— Seus pais se amam. O Rei Bardholt está sempre falando da Rainha Sabran, o tempo todo.

— Sim, é verdade. Eles tiveram sorte.

Eles detiveram o passo quando um homem emergiu da floresta, o que fez o corpo de Glorian se enrijecer e seu coração disparar. Wulf levou uma mão ao machado e estendeu o outro braço para posicioná-la atrás de si.

— Está tudo bem — Glorian falou, relaxando um pouco. — É só Lorde Robart.

O Lorde Chanceler veio andando na direção deles, com os cabelos e os ombros cobertos de neve.

— Lady Glorian. — Ele fez uma mesura, com o rosto corado por causa do frio. — E Mestre Glenn, acredito eu.

Ele falava com um sotaque similar ao de Wulf, só um pouco menos gutural.

— Um bom dia, Lorde Robart — Glorian falou. Wulf a soltou. — Imagino que esteja desfrutando de um dia agradável.

Glorian não costumava falar com os conselheiros sozinha, mas Lorde Robart sempre fora gentil com ela.

— Muito. Peço desculpas por tê-la assustado — ele falou. — Gosto de fazer breves caminhadas entre as árvores. Areja a minha mente. — Ele abriu um breve sorriso. — Perdão, mas eu estava a caminho de uma reunião do Conselho das Virtudes. Não vou tomar mais de seu tempo.

Ele seguiu em frente.

— Você já conhecia Lorde Robart, então? — Glorian perguntou a Wulf. — Ele sabe quem você é.

— Sim. Ele é o suserano do meu pai. — Wulf parecia intrigado. — Essa é a segunda reunião do conselho só hoje.

— Acho que nós dois sabemos o motivo. — Glorian relanceou para trás, na direção de Lorde Robart, e falou: — Wulf, eu preciso perguntar. Há uma doença se espalhando por Hróth? — Ele ficou tenso. — Ao que parece, o meu pai ordenou que você não contasse nada.

— Não me peça para quebrar o juramento que fiz a ele, Glorian.

— Eu jamais faria isso.

Eles caminharam em silêncio por um tempo, e Glorian ficou pensativa. Se seu pai obrigara seus atendentes a manter segredo, a doença deveria ser diferente de tudo o que Hróth já tinha visto antes. Ela olhou para Wulf, que parecia incomodado.

— Helisent me contou sobre seu passado — ela disse. — Sobre o bosque Haith. — Glorian viu um músculo se mover no maxilar dele. — Nunca vi nada além de gentileza e cortesia em você, Wulf. Quero que saiba que nunca tive nenhum temor em relação a você. Quando for rainha, ninguém vai tratá-lo mal.

Eles trocaram um olhar sério e cauteloso.

— Você não teme os costumes dos pagãos, Alteza?

— Por que eu pensaria que você é um pagão? — ela o questionou. — Estou vendo o broche de um padroeiro. E um homem bom e virtuoso.

Ele pareceu relaxar um pouco.

— É muita gentileza sua — falou. — Glorian, eu peço desculpas, mas tenho obrigações a cumprir com seu pai. — Wulf deteve o passo e se virou para ela. — Acho que não vamos nos encontrar de novo antes da minha viagem a Vattengard.

— Não mesmo. — Ela se obrigou a sorrir. — Aproveite bem o casamento, Wulf. Que bons ventos o carreguem.

— Alteza.

Ele levou o punho ao peito e se afastou, com a bainha trançada do manto arrastando na neve. Glorian seguiu pela trilha, com suas botas afundando cada vez mais em uma neve fresca e intocada.

Wulf se afastara. A chance de aliviar o fardo de sua alma escapara por entre seus dedos como gelo derretido.

Ela caminhou até suas pernas começarem a cansar, na direção do velho carvalho na extremidade oeste da floresta real, onde a neve se acumulara sobre uma pilha de folhas secas. Em meio a elas, Glorian viu um bugalho, que devia ter caído tardiamente. Intrigada, usou uma de suas agulhas de osso para abri-lo, na esperança de encontrar uma abelha.

Em vez disso, o que havia lá dentro era uma minhoca de estrume.

Estava enrolada em torno da larva branca morta que estava crescendo dentro do bugalho. Glorian ficou olhando para a minhoca, que se desenrolou do cadáver e roçou em sua mão. Ela sentiu uma náusea que só havia experimentado uma vez antes. Sua respiração se acelerou. A criatura emergiu, faminta e às cegas.

Seus joelhos se chocaram contra o chão, e em seguida suas palmas. Ainda estava consciente quando seus guardas vieram correndo e gritando, logo antes que ela desmaiasse sobre a neve.

39
Leste

A viagem até o Vale Fraturado ocupou a maior parte de um dia. Furtia voou atrás do Rei Padar, que montava em um dos dragões do par com escamas que pareciam de ferro polido. Carregava um cetro de puro osso de dragão, que atraía nuvens e o distinguia como um membro da Casa de Kozol.

Eles seguiram pela costa por algum tempo. Somente quando Dumai conseguiu ver a extremidade leste da península, onde havia a divisa com o Império dos Doze Lagos, os três dragões enveredaram para o continente, usando a cobertura das nuvens.

— Está contente por ter vindo conosco, Dama Nikeya? — Dumai gritou por cima do barulho do vento.

Nikeya tossiu antes de responder. Seu nariz estava cor-de-rosa por conta de um sangramento, que ela estancara.

— Felicíssima, Princesa — ela falou, com uma risada fraca, estremecendo sob sua veste de pele de urso — Voar é muito revitalizante.

Dumai precisou se segurar para não a alfinetar de novo. Pelo menos daquela vez, ela se mostrava digna de pena.

No interior da nuvem, era difícil ver até as próprias mãos, muito menos o rainhado mais abaixo. Apenas quando sobrevoaram uma floresta de pinheiro os dragões se desvencilharam das nuvens, deixando seus ginetes gelados e ensopados. Dumai protegeu os olhos contra o sol baixo, cor de bronze.

Eu sinto o fogo em ascensão.

Quando Dumai se inclinou para tocar as escamas da dragoa, Kanifa se segurou à corda com mais força. *Eu não sinto nada, grandiosa.*

Você não é uma dragoa, filha da terra.

Mas estou vendo uma coisa. As mechas de cabelos molhados golpeavam seu rosto. *Deve ser o lugar que procuramos.*

O Monte Yeltalay se erguia em meio a uma grande concentração de nuvens, ladeado por morros e montanhas baixas. Os dragões pousaram antes de avançarem. Enquanto trocavam rugidos, Dumai desceu da sela e tapou o nariz com a manga da roupa. Havia um horrível cheiro de podridão, um fedor que ficou impregnado em seu traje por horas depois que ela viu as pedras em Seiiki.

— Aqui — Furtia sibilou, alto.

— Aqui — os dragões sepulinos concordaram em silêncio.

O Rei Padar desceu da sela com cuidado, carregando o cetro de osso em um suporte no cinto. Trocara a coroa por um elmo dourado com o brasão da Casa de Kozol. Depois de avaliar o estrago feito na sobrecota encharcada, liderou o caminho até uma passagem alta de pedra, entalhada com caracteres sepulinos e lacustres que alertavam sobre o risco de morte e envenenamento. Daquele ponto, era possível ver apenas o topo da montanha, encoberto pela neve.

— Deveria haver guardas aqui. — Ele olhou ao redor e levou a mão à adaga. — Cuidado, Princesa Dumai. Há poças de lama e de água tão quentes que arrancam a pele dos ossos.

Nikeya tossiu, ainda pálida.

— Que estimulante.

UM DIA DE CÉU NOTURNO — VOLUME I

Kanifa sacou a espada. Dumai gostaria de ter uma também, apesar de não saber contra o que poderia usá-la. Os dragões contornaram a passagem com um sobrevoo rasante.

Todas as árvores por que passavam estavam mortas. O vapor fumegava de poças borbulhantes e aberturas nas encostas, formando a cobertura branca e espessa que Dumai confundira com nuvens. Havia esculturas espalhadas pelo vale, que pareciam transpirar pelo calor, e a rocha exibia manchas que pareciam marcas de ferrugem. Os dragões desviavam do vapor, irritadiços, mantendo a cabeça baixa, tentando não tocar o chão do vale. Dumai estendeu o braço para pôr a mão em Furtia.

É só vapor, falou. *Água nenhuma pode lhe fazer mal, grandiosa.*

Essa água foi transformada pelo fogo maculado.

Eles avançaram com cuidado pelos sopés caudalosos do Monte Yeltalay. Casas apodreciam sobre estacas altas nas encostas, e as torres já haviam desmoronado, transformadas em pilhas de pedras cobertas de musgo amarelo.

Uma passarela precária avançava névoa adentro, rumo às ruínas de um povoado. O Rei Padar testou sua firmeza com o pé antes de apoiar o peso do corpo na estrutura. Dumai foi atrás.

— Isto era um posto avançado — ele contou. — Foi habitado por décadas, por pessoas interessadas em ampliar seu conhecimento sobre o mundo... alquimistas, metalurgistas, observadores dos céus. — Franziu a testa ao ver um recipiente grande de bronze, coberto de lama. — Isso é um instrumento lacustre, para medir os tremores no chão. Eles devem ter partido às pressas, para terem abandonado algo tão valioso.

Dumai examinou o objeto de longe.

— O que os atraiu para este lugar?

— Eles viram que a terra era aberta aqui, e vieram escutar seus segredos mais profundos.

465

— E sentir seu cheiro. — Kanifa observava o vapor subir. — Não sei se eu aguentaria esses odores.

— Escutar a terra parece ser uma excentricidade típica de nortenhos — Nikeya comentou, com a voz rouca. — Ouvi dizer que eles conversam com o gelo.

— Faziam isso no passado — o Rei Padar confirmou. — Hoje louvam um guerreiro.

— O senhor também parece ser um guerreiro, meu bom rei, atravessando vales perigosos acompanhado de desconhecidos.

— Eu levava outra vida antes de usar uma coroa. — Ele olhou para Dumai. — Assim como você, Princesa.

Eles seguiram avançando, caminhando à sombra dos dragões. Atrás da base de uma torre desmoronada, Dumai avistou uma caverna. Arrancando o musgo que cobria a entrada, ela viu um mural desbotado retratando um cume cuspindo fogo e pessoas elevando as mãos para as estrelas.

Um grito atraiu sua atenção. A bota de Nikeya havia afundado no chão. Ela saltou para longe das águas escaldantes, perdendo o equilíbrio.

— Nikeya — disse Dumai, correndo até ela.

— Estou bem. — Nikeya recobrou o fôlego. — Pode ficar aí mesmo.

Kanifa lhe estendeu a mão, que Nikeya agarrou, permitindo que ele a puxasse de volta para cima.

— Venham para a passarela — chamou o Rei Padar. — O Vale Fraturado é um lugar frágil. Se tivesse caído nessa poça, não restaria nada do seu corpo para enviarmos de volta para Seiiki.

Dumai deu seu cantil para Nikeya antes de ir atrás dele. Pela primeira vez, a Dama de Muitas Faces não sabia o que dizer. As mãos delas estavam trêmulas quando bebeu a água.

O sol tinha se posto, dificultando muito a travessia da névoa. Furtia ergueu a cabeça, e sua coroa brilhava como uma lua cheia; os dragões sepulinos fizeram o mesmo.

UM DIA DE CÉU NOTURNO – VOLUME I

O Rei Padar deteve o passo no local onde a passarela chegava ao fim. Quando Dumai viu o motivo de a estrutura ter cedido, deu um passo cauteloso à frente, para poder enxergar por sobre a beirada, para o ponto onde a terra havia se aberto. Furtia escancarou os dentes e arregalou os olhos.

São muitas.

Dumai olhou para a fissura. Lá dentro, havia aglomerações de pedras, que emanavam lava derretida por entre as rachaduras e estremeciam. E não eram poucas, mas centenas. O Rei Padar se ajoelhou ao seu lado, atraído pela luminosidade que vinha de baixo.

O que é isso?

Convulsões do fogo e da terra. Furtia sibilou. *Não é possível aplacá-las. O céu queimará...*

Algo se rompeu na rocha mais próxima, abrindo rachaduras em sua crosta escura.

— Princesa Dumai, volte com a Tempestuosa para Seiiki, para dar o alerta — o Rei Padar falou, sem perder o tom de tranquilidade na voz. — Preciso voar até Sua Majestade. — Ele a olhou de lado. — Infelizmente chegamos tarde demais para evitar o que quer que esteja para acontecer.

— Sim. — Dumai percebeu vagamente que estava tremendo. — Boa sorte, Rei Padar.

— Para você também.

Uma cauda cravejada de espinhos se enrolou na rocha. Quando Dumai se virou, o Rei Padar a puxou pela manga.

— Há uma alquimista lacustre, Kiprun de Brakwa — ele falou. — Kiprun deve saber o que fazer.

Um estalo e um retumbar os fizeram olhar para cima. O coração de Dumai batia com a velocidade das asas de um passarinho. Ela sabia que deveria temer qualquer som inesperado produzido por uma montanha.

Imediatamente, se viu de volta ao templo, vendo a neve deslizar pelo primeiro pico, rezando para que não atingisse o vilarejo.

Rochas desmoronavam pela encosta, trazendo-a de volta ao presente. A princípio, pensou que o Monte Yeltalay fosse entrar em erupção — até que algo se moveu em meio ao vapor, um vulto imenso que sua mente se recusava a registrar. Uma fumaça preta e malcheirosa se juntou à nuvem cinzenta.

De repente, estava diante de olhos que pareciam dois grandes braseiros, se desprendendo da lama. O medo tomou conta de seu corpo. Dumai perdeu a consciência de tudo o que não fosse si própria e a fera.

Essa é a criatura que as gerou. Saída de debaixo do manto. Furtia rugiu para a fera. *É forte demais para eu enfrentar sozinha.*

Um dos dragões sepulinos foi em socorro do rei. Ele saltou para agarrar a corda da sela e se foi. Kanifa pôs Dumai de pé e eles montaram aos tropeções em Furtia, puxando Nikeya consigo.

Atrás deles, a criatura abriu a boca. A passarela começou a queimar, e todas as pedras racharam, transformando o vale em uma fornalha, como se o próprio leito de rocha do mundo tivesse se rompido.

40
Oeste

A princípio, se pensou que ela estivesse com o mal da ovelha, causado pelos carrapatos sugadores de sangue que habitavam as Quedas. Depois, se cogitou que fosse abafadura — mas ela não estava com dor de garganta, tampouco tossia. Às vezes ficava com calor, mas em outras ocasiões sentia um frio terrível. A Doutora Forthard concluiu que era congestão invernal.

O tempo ficou estranho e sem contornos definidos. Suas damas foram proibidas de entrar em seus aposentos. Graças à passagem secreta, ela sabia por quê.

Por fim, despertou e viu seu pai na beira da cama, vestido para uma cavalgada, esfriando a testa dela com um pano molhado. O brilho avermelhado do fogo mergulhava o rosto dele nas sombras.

— Pai, você não deveria entrar aqui — ela falou.

— Eu tive congestão invernal quando criança. É uma doença que não volta.

— E se não for congestão invernal?

Sob a luz do fogo, os olhos dele pareciam mais cor de âmbar do que de avelã, como os de um gavião.

— O que mais poderia ser?

Glorian avaliou a expressão dele. Seu pai parecia mais disposto a insistir em uma mentira do que conversar sobre a tal doença.

— Não sei — ela falou.

— Então vamos confiar na médica.

Ele passou o pano de leve em suas bochechas. Depois de um tempo, devolveu-o à bacia com gelo, que uma criada levou embora.

— Glorian, sabe que dia é hoje? — ele perguntou. Ela fez que não com a cabeça, sentindo um latejar nas têmporas. — O *Convicção* parte hoje. Sua mãe e eu embarcamos ao anoitecer para o casamento real. O Conselho das Virtudes está a postos para manter o rainhado de pé, como sempre fez quando sua mãe visitou Hróth. Não há nada a temer.

— Eu vou ficar bem, pai.

— Nunca duvidei disso. — Ele acariciou seus cabelos. — O tempo sempre passa rápido demais quando estou aqui, não é?

A tristeza nos olhos dele era visível. Glorian queria muito provar que era corajosa, mas a febre a deixava fraca como uma efemérida.

— Queria que sempre estivéssemos juntos, papai — ela murmurou. — Todos nós. — Ele se aproximou para escutar melhor. — Que você nunca mais precisasse partir.

— Eu também. — As mãos calejadas dele seguraram a dela. — Mas prometo uma coisa. Um dia, quando você entregar seu trono a sua filha, quando sua mãe e eu tivermos rugas e cabelos brancos, vamos viver todos juntos em Hróth. No inverno, vamos observar as luzes do céu e, no verão, vamos rir e dançar sob o sol da meia-noite.

— De verdade?

— Você tem minha palavra.

Glorian assentiu, sentindo lágrimas brotarem nos olhos.

— Eu adoraria isso — falou. — Mais do que tudo.

— Então que esse seja seu sonho. — O sorriso dele formou vincos em volta dos olhos. — Por ora, vejo você no verão, dróterning.

Reunindo todas as suas forças, Glorian se apoiou sobre os cotovelos. Seu pai a abraçou, e ela se deixou envolver, sentindo os pelos da gola do traje que ele usava fazerem cócegas em seu pescoço.

— Eu amo você, papai.

— E eu amo você. — Ele deu um beijo em sua cabeça. — Cuide bem deste meu coração. Descanse, Glorian. Seja forte.

Ele a deitou de volta nos travesseiros e saiu. De forma inesperada, a Rainha Sabran tomou seu lugar.

— Glorian, está acordada?

Ela tentou se levantar de novo.

— Sim, minha mãe.

A Rainha Sabran se colocou a poucos passos da cama.

— Eu vim me despedir. — A coroa dela brilhava sob a luz do fogo. — Acredito que já esteja se sentindo melhor.

— Sim, obrigada.

— Ótimo. — A Rainha Sabran baixou os olhos para as mãos enluvadas. — Glorian, esta é a primeira vez que vou ficar tanto tempo longe de você. O Conselho das Virtudes tem todas as questões inysianas sob controle, mas, se precisar de mim, pode me escrever. Entregue a carta a Lorde Robart.

— Eu vou ficar bem, minha mãe. A senhora já viajou muitas vezes antes.

— Os tempos mudaram.

Ela se sentou no baú ao pé da cama e olhou para as chamas.

— Sei que fui insensível com você. Durante toda sua vida — afirmou. Glorian se limitou a ouvir. — Isso é porque me importo com você, e não o contrário. Ninguém nunca me ensinou como ser mãe, nem rainha. Só tentei fortalecer você. A coroa é implacável. Cruel. É preciso ter ferro nos ossos, como dizem os hrótios, para não esmorecer sob seu peso.

O fogo estalava.

— Eu também estou com frio. Sentindo meu sangue gelar — a Rainha Sabran confessou, com um tom de voz tão baixo que só Glorian poderia ouvir. — A mesma coisa que senti quando o Monte Temível se abriu, apesar de ter feito de tudo para esconder. Tinha sonhos que pareciam reais, como se eu estivesse acordada. Escutava uma voz no meio da noite.

— Eu também — murmurou Glorian.

— O que você viu, quando escutou essa voz?

— Acho que me lembro... de uma silhueta, como se fosse uma pessoa.

— Essa figura vai falar com você. E você nem sempre vai entender.

— E quem é, minha mãe?

Pela primeira vez, Glorian sentiu ter visto um toque de perturbação naqueles olhos verdes.

— Acredito que seja o Santo, mas ele se comunica conosco de formas misteriosas — sua mãe respondeu. — Para mim, a figura era uma mulher, que acredito ser meu eu mais elevado, a parte de mim que entrará em Halgalant. Mas às vezes era só a voz. Isso me permitia entrar em contato com o divino. Através desses sonhos, o Santo me confortou e me guiou, me lembrando de que nunca estive sozinha.

— A senhora não tem mais esses sonhos?

— Aprendi a controlá-los. Quando voltar de Vattengard, vou lhe ensinar, da melhor maneira que puder. Enquanto isso, não conte sobre esses sonhos para ninguém, Glorian. Alguns, movidos pela ignorância, pensariam que se trata de uma prova de bruxaria ou insanidade.

Uma breve batida na porta as interrompeu.

— Majestade — disse uma voz abafada —, hora de partir.

A Rainha se levantou.

— Fique bem — falou. — Florell vai ficar para ajudar você.

— Tem certeza, minha mãe? — Glorian perguntou, surpresa. — Florell é sua amiga mais próxima.

— Eu ainda posso contar com Nyrun e Liuma. Florell é quem a conhece melhor. Posso confiá-la aos cuidados dela. — O rosto da rainha voltou a ficar pálido como pedra branca. — Adeus, filha. Que o Santo, em toda sua bondade, a mantenha em segurança.

Glorian tentou encontrar as palavras que queria dizer. *Vou deixá-la orgulhosa. Estou com medo. Amo você, apesar de achar que nem ao menos metade desse amor seja recíproco. Nunca vou tratar minha filha da forma como você me tratou.*

— Adeus, minha mãe — foi o que acabou dizendo. — Eu lhe desejo uma boa viagem. Por favor, transmita meus votos de felicidade a Lorde Magnaust e a Princesa Idrega.

— Farei isso.

A Rainha Sabran se virou para sair. Glorian reuniu uma boa dose de coragem para falar:

— Eu vou ser uma boa rainha.

Sua mãe deteve o passo.

— A senhora me acha fraca — Gloria continuou, torcendo para sua voz não sair trêmula. — Sempre achou... mas eu sei de onde vêm meus ossos e meu sangue. Sou a escolhida pelo Santo, fruto de seu vinhedo infindável, o ferro da neve eterna. Sou a filha de Sabran, a Ambiciosa, e do Martelo do Norte, e vou governar este país sem medo. Meu governo vai ser lembrado durante séculos. — Ela deixou as palavras pairarem no ar por um momento antes de complementar: — Sou boa o suficiente para isso.

Por um bom tempo, a Rainha Sabran ficou em silêncio, com uma expressão indecifrável no rosto.

— Essa crença é só o primeiro passo — ela falou, bem baixinho. — Comece a forjar sua armadura, Glorian. Você vai precisar de uma.

Depois que ela saiu, Glorian se levantou pela primeira vez em vários dias e foi até a janela. A última visão que teve dos pais foi a de dois vultos cavalgando em direção às brumas.

****

O *Convicção* era branco da proa à popa, formando com suas tábuas o que parecia ser uma caixa torácica. Era o mais imponente drácar da frota inysiana, um presente de casamento de um rei para sua rainha. A embarcação rasgava as águas do Mar Cinéreo, carregando os estandartes de Inys e Hróth.

Ao contrário da maioria dos navios hrótios, o *Convicção* contava com uma cabine na proa. Lá dentro, Sabran Berethnet estava encolhida entre as peles da cama, com o frio impregnado em seu corpo como a geada na grama.

Bardholt voltou de sua caminhada pelo convés com neve nos cabelos. Sabran o observou tirar as vestes. Mesmo décadas depois da última batalha, ele mantinha o físico de um guerreiro. Despido, se deitou ao seu lado e enfiou uma mão sob as peles, encontrando a coxa. Ele sempre estava quente como carvão em brasa.

— A friagem ainda não passou, querida?

— Vai passar.

Sabran apoiou a cabeça sob o queixo dele, contornando com o dedo as antigas cicatrizes em seu peito, sempre firme e musculoso. Ele passou a mão pelos cabelos dela com uma ternura reservada apenas à família.

Bardholt se entregara por inteiro para a esposa. Ela conhecia cada um de seus pecados de guerra, os males que sofreu, os pesadelos que o deixavam encharcado de suor. Em troca, revelou tudo sobre seus dias sombrios, quando sentia uma desolação sem causa aparente.

No entanto, nunca encontrara a coragem necessária para falar sobre aqueles sonhos arrepiantes, que a afligiram por anos, até deixá-la assustada a ponto de trancafiá-los. Houve um tempo em que considerou

Bardholt um pagão, porém em certas noites ela ficava gelada como um espírito do gelo, ouvindo vozes em sua cabeça.

— A névoa ainda está forte? — ela perguntou, em hrótio.

— Mais densa do que nunca. — Ele passou um braço ao redor dela.

— Não precisa se preocupar. Saímos com tempo de sobra.

Ainda levariam mais de uma semana para chegar a Vattengard. Bardholt descrevera o lugar como uma fortaleza desolada, se impondo sobre os mentendônios do outro lado do Mar Cinéreo. Décadas depois de tomar um reino para sua família, Heryon Vattenvarg continuava faminto por mais. Magnaust era tolo e orgulhoso — uma princesa era boa demais para ele —, porém Idrega era três anos mais velha, e astuta como a avó. Se havia alguém capaz de manter os Vatten na linha, era ela.

Mais do que nunca, a Cota de Malha da Virtandade precisava se mostrar firme. O Clã Vatten precisava manter sua lealdade, e os mentendônios não podiam se rebelar. Rozaria Vetalda também sabia disso. Ela entregou a mão da pessoa de sua família que considerava mais adequada para fortalecer esses elos, e Sabran retribuiu a oferta.

Ainda precisava contar para Bardholt. Ele queria que Glorian se casasse com um hrótio — um dos herdeiros de seus amigos fiéis da época da guerra —, mas os yscalinos eram aliados de Inys havia séculos. Glorian poderia se casar Therico, Magnaust se casaria com Idrega, e a Virtandade estaria a salvo.

A notícia poderia ser dada em Vattengard. Ele ficaria decepcionado, mas ela o faria entender seu ponto de vista, como sempre fazia.

Ao seu lado, Bardholt já estava adormecendo. Seu anel de ouro com o nó do amor estava bem polido, como sempre.

— Eu disse a Glorian que poderia me escrever — ela falou, o que o fez se mexer na cama. — Caso precisasse de um conselho meu.

— Com certeza isso lhe deu um alento.

— Não só alento. Coragem — Sabran falou, bem baixinho. — Ela me disse que governaria sem medo. Que era boa o suficiente. Ela me enfrentou, da mesma forma como fiz com a Rainha Felina quando ousou subestimar minha força de vontade. Vi meus próprios olhos refletidos nos dela.

— Eu falei. Quando Glorian for coroada, Inys estará em boas mãos. — Ele a acariciou sob o seio. — E nós poderemos ficar juntos. Sem um mar entre nós.

Ela imaginou como seria tê-lo ao seu lado todos os dias, e em sua cama todas as noites. Vivendo como os outros companheiros viviam.

— Esse sonho ainda está muito distante de nós — respondeu, se virando para olhá-lo nos olhos. — Você e eu podemos até ter cabelos grisalhos, mas não podemos abandonar nossos tronos ainda.

— Não. Nós lutamos demais por isso. — Ele acariciou seu queixo. — E um pelo outro.

Bardholt baixou os lábios até os dela. Ela roçou os dedos na barba dele, e nos cabelos dourados. Mesmo tantos anos depois da noite de núpcias, o toque dele ainda a incitava. Quando o recebeu em seu corpo, murmurou seu nome como se fosse uma súplica, como sempre fazia.

Mais tarde, ele se deitou com um dos braços curvado atrás da cabeça e o outro em torno da cintura dela, com a testa suada franzida e uma expressão pensativa.

— Com o que está preocupado? — Sabran perguntou, observando o rosto dele.

Bardholt acariciou suas costas.

— Glorian. — O tom de voz dele soou reticente. — Forthard disse que ela está com congestão invernal, mas isso é algo que já vi muitas vezes. Já é a segunda vez que ela sofre um desses acessos.

Sabran fechou os olhos. Não era uma oportunidade de ouro para revelar tudo a ele. Era uma chance que chegava maculada, e tarde demais.

Em vez disso, poderia usá-la para aplacar uma antiga inquietação.

UM DIA DE CÉU NOTURNO – VOLUME I

— A Guarda Real me contou uma coisa — Sabran falou. — Antes de desmaiar, ela estava com Wulfert Glenn.

— E daí?

— Na primeira vez, também. — Ela se sentou para encará-lo. — Bard, eu sei que você se enxerga nele. Entendo por que queria que os dos brincassem juntos quando crianças, e que ser visto como amigo da princesa deu a ele segurança e legitimidade. Mas, apesar de rejeitarmos os antigos costumes, nós dois sabemos a força que eles têm nos nossos países. O Monte Temível não para de soltar fumaça. Depois do atentado contra Glorian, tenho medo do que possa acontecer caso alguém fique sabendo da proximidade entre ela e o Filho do Bosque.

— O que isso tem a ver com a doença dela?

— Alguns nortenhos dizem que um desmaio é um sinal de que uma pessoa esteve perto de um praticante de bruxaria.

— Eu também fui chamado de bruxo. De pagão, de amaldiçoado — ele a lembrou. — Até pelo meu próprio povo, uma vez. Você conseguiu enxergar além de todo esse medo injustificado, mas agora está me pedindo para levar isso a sério no caso de Wulf?

— Em sua casa, pode fazer o que bem entender. Mas ele e Glorian não são mais crianças, e os tempos mudaram. Essa amizade que incentivou é perigosa para os dois.

— E o que você sugere fazer?

— Mantê-lo distante até a poeira baixar. E encarregar um santário de constatar a virtude dele.

— E se ele não passar no teste? — Bardholt perguntou, em um tom baixo e amargurado. — O pai de Wulf me pediu para zelar por ele. Como posso colocá-lo à prova, como eu fui colocado, se a única acusação que pesa contra ele é o fato de ter nascido?

Sabran o acariciou no rosto, no lado com a cicatriz profunda.

— Pense a respeito — falou. — É só isso o que estou pedindo.

Bardholt a observou enquanto ela pegava o pente. Um leve sorriso se insinuou no canto de sua boca enquanto ela desembaraçava os cabelos, uma tarefa que normalmente cabia a Florell.

— Que foi? — Sabran perguntou, olhando-o por cima do ombro. — Que cara é essa?

— Quando eu era mais jovem e tolo, nunca imaginei que você fosse ficar ainda mais linda. — O olhar dele era penetrante. — Antes de assumir meu assento na Grande Távola, eu poderia lhe dar Yikala, assim como lhe dei o Norte.

Ela parou o que estava fazendo.

— Yikala — Sabran repetiu. — Como faria isso?

— Era um sonho do Santo, converter o Sul — Bardholt respondeu. — Vamos fazer com que Kediko Onjenyu abra mão de vez de seus antigos deuses. Que se junte à Cota de Malha da Virtandade. Todos eles. Eu sou o Martelo do Norte, e você é Sabran, a Ambiciosa. Não existe nada que seja impossível para nós.

Sabran viu aquela promessa estampada nos olhos dele. Sem dizer nada, voltou a pentear os cabelos.

Uma hora depois, ele estava em sono profundo, e o peso dos anos desaparecera de seu rosto. Sabran continuava desperta, desejando um outro tipo de intimidade, que nunca ousara revelar. Era seu amor pelo divino, pelo misterioso e terrível. Pela primeira vez em muitos anos, ela abriu a porta, adentrando além do primeiro limiar do sono.

Você está aí?

Sim, respondeu a voz que não era uma voz. *Eu estava dormindo.* Um tremor a deixou mais cautelosa. *Faz um bom tempo desde que me chamou pela última vez, minha velha amiga.*

É o medo que me traz de volta. Pela minha filha.

O silêncio recaiu, e ela pensou que a sombra se recusara a manter o contato.

Filhas, a voz falou. *Desde o momento em que se alojam em nosso ventre, elas se apossam de nós. Somos nós que as geramos, sabendo que deixariam nosso corpo, mas sua carne já foi a nossa, no início, e nunca conseguimos abrir mão delas.*

Nesse momento, Sabran teve certeza. Aquela mulher era ela — mas não em seu corpo, o corpo que conseguia sentir, o corpo que gerou uma criança e a trouxe ao mundo. Era seu eu divino, a parte dela que era também o Santo.

Agora entendo que você nunca foi uma maldição. Ela abriu os olhos de leve, observando como o sonho desperto enevoava sua respiração. *Sempre foi minha amiga, e sinto falta de seus conselhos.*

E eu sinto falta dos seus. Ela sentiu a tristeza que vinha do outro lado. *Eu gostaria que pudéssemos nos encontrar, e nos abraçar, como irmãs. Gostaria de ter a certeza de que não foi só um sonho.*

Um sonho não é menos verdadeiro do que todas as outras coisas.

Sabran pôs um vestido vermelho. Quando olhou para trás, Bardholt ainda dormia, com a mão aberta sobre o peito — seu orgulhoso rei nortenho, ainda ávido para exaltar o Santo.

Quando chegassem a Vattengard, ela rezaria pedindo orientação.

Vestindo um manto, Sabran saiu e caminhou em direção à proa. Seus súditos lhe abriram caminho. Ela viu Wulfert Glenn, que abaixou a cabeça em respeito.

Não a surpreendia o interesse que Glorian demonstrava por ele. Ele também se dividia entre dois reinos.

A névoa estava escura, sem nenhum sinal de luz do sol. Sabran manteve uma postura impecável na parte dianteira da embarcação, assim como no dia em que foi coroada. Ficou observando o vapor subir das águas escuras.

Por um instante, voltou a ser aquela Sabran, usando verde para marcar uma nova era. A multidão gritava seu nome para saudá-la, a Rainha de Inys. Nesse dia, ela riu pela primeira vez em muitos anos. Era jovem, cheia de vida e tinha o mundo aos pés.

Um vento soprou do sul. Seu corpo ficou imóvel, e então ela viu, sentindo os cabelos na nuca se arrepiarem.

****

A névoa era como fumaça, só que congelante. A chuva chegaria em breve, e viria por toda parte, não havia como escapar. Wulf retirou os cabelos molhados dos olhos enquanto amarrava um cabo de volta no lugar. Atrás dele, Vell misturava cânhamo com alcatrão, para fazer a calafetagem. Estremecia mesmo debaixo de peles, com o rosto pálido vermelho de frio.

— Acho que não vai estar muito mais quente em Vattengard — comentou. — O inverno não é uma época para se casar, não importa o que diga o Santo.

— Pois é. — Wulf largou o cabo e soprou as mãos para aquecê-las. — Eu lamento pela princesa Idrega. Uma época sombria para um casamento, especialmente com um arrivista pretensioso como Magnaust Vatten.

Passou os olhos pelo ar cinzento. Era como se as nuvens tivessem descido para o navio. Sua mão se dirigiu à pedra do sol sob a túnica, a que havia ganhado de Eydag.

— Você se casaria algum dia? — Vell quis saber.

Por reflexo, Wulf lançou um olhar para Regny, que contemplava o mar com os braços cruzados.

— Acho que não sou talhado para isso — respondeu. — E você?

— Eu morreria feliz de uma forma ou de outra. O que desejo é servir ao Rei Bardholt até a morte dele, e depois passar o resto dos meus dias no Sul, onde o clima é mais quente. Se alguém quiser compartilhar essa vida comigo, seja em amizade ou em companheirismo, muito bem, seria ótimo. Mas eu não me incomodaria de ficar sozinho também.

UM DIA DE CÉU NOTURNO – VOLUME I

— Sempre pensei que você tivesse raízes firmes em Hróth — Wulf comentou, com uma risadinha. — Em que lugar do Sul?

— Kumenga, na Lássia. Um porto no Mar de Halassa. Conheci uma mercadora de lá uma vez. Ela me contou que o vinho kumengano é como gotas de sol. Desde então, fiquei imaginando qual deve ser o gosto do sol.

— Parece uma vida boa. Eu me juntaria a você tranquilamente.

Os dois abaixaram a cabeça quando a rainha saiu da cabine. Vestida com um vermelho-vivo, ela se destacava como um prego torto em meio à tripulação. Quando passou por Wulf, lançou-lhe um olhar indecifrável.

Ao chegar à proa, mechas de seus cabelos pretos se soltaram. Wulf se perguntou quando os inysianos haviam notado que suas rainhas nasciam todas com a mesma cara. Como tinham feito para se desvencilhar das suspeitas naquela ilha, que temia as sombras de seu passado, e uma certa bruxa. Talvez fosse porque as Berethnet tivessem riquezas, muralhas altas e uma lenda que as acompanhava.

Wulf não tinha nada. Nem lenda, nem passado, nem explicações. Só um sonho vago com abelhas.

— Vell. Wulf.

Eles viraram a cabeça. O Rei Bardholt aparecera, vestido com sua pele de urso.

— Majestade — disseram os dois.

— Wulf, nós precisamos conversar.

Vell lhe lançou um olhar carregado de curiosidade. Wulf se levantou e acompanhou o rei em uma caminhada pelo convés.

— Como você está? — Bardholt perguntou.

— Feliz por estar de volta ao mar, Majestade.

— Ótimo. — Ele abriu um sorriso tenso. — Wulf, preciso que faça uma coisa por mim depois do casamento. Que volte para Inys e passe algumas semanas com os santários em Rathdun.

481

— Majestade?

Bardholt deteve o passo e o encarou. A expressão dele oscilava entre a determinação e a tristeza profunda, e foi possível ver quando engoliu em seco.

— Minha filha sofreu alguns acessos de desmaio — disse, por fim. — Soube que, nas duas ocasiões, esteve em sua companhia antes do colapso.

— Lady Glorian está bem?

— Está, sim, mas é uma coincidência muito ingrata. Isso reacendeu algumas antigas desconfianças em relação a você. — Bardholt o segurou pelo ombro. — Eu jurei que o protegeria, concedendo um lugar de honra ao meu lado. Mas, para silenciar essas línguas traiçoeiras de uma vez por todas, acho melhor pedirmos ao santários para confirmarem que você não carrega nenhuma maldição.

Wulf o encarou enquanto tentava compreender aquelas palavras.

— Está me dizendo que eu vou ser... dispensado do serviço?

— Não, não. Vai ser só por um tempo, Wulf. Você é meu atendente, fez um juramento vitalício a mim.

Ele tentou controlar a própria respiração.

— E se os santários disserem que sou um bruxo?

— Isso não vai acontecer. — Bardholt o segurou com ainda mais força. — Não precisa ter medo. Eu sei que o Santo está com você.

Ele parecia querer dizer mais coisas. Em vez disso, saiu andando, deixando Wulf com o coração disparado dentro do peito.

Todo o treinamento a que se submetera, todos aqueles anos. O amor de seus pais. Os sacrifícios que fizeram para lhe dar uma boa vida. Seu sonho de se tornar um cavaleiro. Tudo isso poderia se esvair quando pusesse os pés no Santuário de Rathdun.

Ele se segurou ao mastro para manter o equilíbrio. Roland lhe contara sobre o modo como os caçadores de bruxas agiam — os interrogatórios eram sempre armadilhas, provações para expor qualquer traço de bruxaria. Com os olhos cheios de lágrimas, Wulf observou o Rei Bardholt se juntar à Rainha Sabran.

Foi então que ouviu. Uma batida lenta e cadenciada, como remos atingindo simultaneamente a água.

No navio, todas as cabeças se viraram. Bardholt apoiou uma das mãos na amurada.

— Arqueiros — gritou. Junto com metade dos marujos, Regny sacou um arco. — Preparem-se.

— Majestade, o que vem aí? — uma voz perguntou.

— Vamos ver. — Bardholt estreitou os olhos. — Faz um bom tempo que não ouço tambores.

Não são tambores, foi o primeiro pensamento que passou pela cabeça de Wulf. Mas Bardholt devia saber do que estava falando. Afinal, já estivera na guerra.

Poderiam ser os mentendônios. Talvez até mesmo os Vatten. O casamento poderia ter sido uma forma de atrair Bardholt para o mar, onde residia a força deles. Talvez estivessem cansados de serem meros intendentes, e nem mesmo uma princesa yscalina fosse suficiente para aplacar suas ambições. Com essa possibilidade em mente, Wulf ficou observando a neblina, com a mão no cabo da sax.

O que surgiu das névoas não era uma embarcação inimiga. Não vinha pela água, mas pelo céu.

Uma ave de rapina escura, planando ao vento. *Um gavião do mar*, Wulf pensou vagamente — só que a envergadura de suas asas era maior que o comprimento do navio. Elas rasgavam as ondas. Naqueles primeiros instantes, enquanto sua mente buscava um referencial e seus sentidos se entorpeciam aos poucos, ele se recordou de tapeçarias, vitrais de santuários, livros de orações e do monstro que os rondava.

Os olhos eram como fogueiras, cada um com uma pupila preta como suas escamas. Eram ao mesmo tempo vazios e impregnados de uma vivacidade feroz. A fera sobrevoou o *Convicção*, suspensa no alto por suas temíveis asas.

E nesse momento Wulf se lembrou de que era carne. Pele revestindo músculos, que envolviam ossos, com unhas e dentes e cabelos brotando da superfície, e que tudo isso poderia ser consumido.

O wyrm — pois sem dúvida era um wyrm — não emitiu uma única palavra. Em vez disso, escancarou a boca, mostrando as fileiras de dentes (*Santo, nos salve, nos salve*), e do abismo de sua garganta emergiu uma luz.

Bardholt não se abalou. Nem a Rainha de Inys. Pode ter sido um ato de coragem; pode ter sido a paralisia desencadeada pelo medo, um susto de fechar a garganta e imobilizar os membros.

Eles não pediram misericórdia. Nem tentaram lutar ou fugir. Em vez disso, em seus últimos suspiros de vida, o rei e a rainha buscaram um ao outro. Wulf viu Bardholt entrar na frente de Sabran, como se tivesse a esperança, por menor que fosse, de salvá-la. Viu também o brilho no rosto do rei, os cabelos longos balançando ao vento, antes que o fogo devorasse os dois.

E não parou na proa. Wulf não teria tempo de escapar daquela morte vermelha, mas um instinto o fez mergulhar na direção do mastro, sua única proteção. Ele gritou quando seu manto se inflamou. A chama escarlate rugiu sobre o convés, e as faíscas beliscaram suas mãos e sua nuca, lascas de metal incandescente em sua pele.

O topo do mastro se desmanchou, e pedaços da vela se soltaram em meio ao fogo.

Tudo ficou vermelho. E branco. E preto. Os gritos dos moribundos cortavam o ar. Em todas as partes, estavam queimando, e ele conseguia sentir o cheiro dos corpos fervendo e derretendo, de gordura e de cobre, um adocicado sufocante. Em meio ao brilho forte, conseguiu ver uma cauda grossa como uma árvore, que terminava em espinhos de ferro assustadores. Essa foi a última parte da criatura que viu antes que a névoa a envolvesse.

O Inominado. Finalmente ele voltara, para executar sua vingança.

Wulf arrancou o manto, mas tudo o que tocava o incendiava de novo. De suas luvas se elevavam chamas. De suas pegadas. As lágrimas escorriam por seu rosto. Nunca tinha visto um fogo como aquele.

Por fim, se jogou sobre o convés. Protegendo as mãos com as mangas, ensandecido de dor, esfregou os olhos, com a visão borrada de lágrimas. Corpos se retorciam e emitiam seus últimos ruídos. Outros já eram apenas cascos vazios. Encontrou Vell, mas aquele não era Vell, aquela *coisa* não era Vell...

Conseguiu ouvir Regny, soltando gritos de agonia. Ela se debatia em meio a uma poça de alcatrão derramado, envolvida por suas peles em chamas. Respirando as cinzas quentes, Wulf rastejou até ela, cerrando os dentes.

O vento mudou de direção, e o dia escureceu a ponto de a única coisa a iluminar o navio ser o fogo. A criatura devia estar rodeando por ali, voltando para finalizar o trabalho. As brasas caíam como uma chuva de vidro derretido. Tudo o que tocavam se inflamava. Wulf continuou avançando, mesmo quando caíam sobre ele.

Uivos se erguiam da névoa escurecida. Os outros navios. Quase cego pela fumaça, Wulf apanhou Regny, com as mãos meladas de alcatrão. Ele a puxou para junto do peito, tossindo, e queimou com ela, como um homem de vime.

A morte viria pelo fogo ou pela água. Vinte anos parecia uma idade precoce demais para partir. Ele pensou em ficar ali no convés, para sentir sua morte até o último suspiro até que todas as sensações cessassem. Mas então se levantou.

Morrer pelo fogo era para bruxas. Que o seu último dia, a sua última escolha, fosse a sua verdade.

41

Leste

Não foi o retorno que ela esperava. Quando suas botas tocaram a neve do Monte Ipyeda pela primeira vez em mais de um ano, ela correu diretamente para a torre do sino. Mais abaixo, os pesareiros piavam em seus ninhos.

Ela sabia o que fazer.

Sabia como proteger Seiiki.

A única luz disponível era a do luar, mas ela conseguiria se orientar mesmo na escuridão total. Parou diante do sino gigante, e lá estava a inscrição no bojo, que só então ela começava a entender:

PARA CONTROLAR O FOGO QUE ASCENDE
ATÉ QUE CAIA A NOITE

Dumai enrolou uma corda em cada mão e acionou o mecanismo que ela e Kanifa mantiveram limpo e lubrificado durante anos, usando todas as suas forças. Ela soltou o peso do corpo, suspendendo o grande pêndulo de madeira para que se chocasse contra o ferro ancestral.

O Sino Rainha ressoou.

UM DIA DE CÉU NOTURNO – VOLUME I

Ela soltou as cordas. O som grave e retumbante fez estremecer todos os seus ossos, ecoando na noite escura.

Aos poucos, o ruído foi morrendo. Dumai se deixou cair sobre a neve, ouvindo o silêncio que se seguia ao eco.

Talvez não houvesse resposta. Era inverno, e na calada da noite era possível que ninguém ouvisse o chamado do sino. Ou pelo menos ninguém que estivesse vivo.

Em algum lugar mais abaixo, um segundo sino tocou. E, depois de mais um intervalo de silêncio, um terceiro respondeu — mais distante, porém alto o bastante para se sobressair em meio ao vento.

A música se espalhou pela cidade — e a cada badalada se seguia outra, mais distante. Dumai se animou. Usou todas as forças para suspender o pêndulo e batê-lo de novo contra o metal — vezes e mais vezes, até seus braços ficarem trêmulos e seus joelhos cederem.

O chamado preencheu a noite seiikinesa, da Baía de Rayonti até o oeste, em Sidupi, e ao norte, em Ginura; ao leste, em Isunka, e também até o sul, no tempestuoso cabo de Ampiki.

E então, por fim, os deuses despertaram de seu sono. Das profundezas dos rios e do fundo dos lagos; dos atracadouros, dos manguezais, eles se ergueram. Todas as estrelas pareceram se fragmentar em outras mil, e o céu escuro se iluminou de dragões.

****

E, em algum lugar, uma mulher despertou com um grito quando a figura em seu sonho se desfez em pedaços e se desmanchou em cinzas, levando consigo a conexão que as unia, deixando-a sozinha.

PARTE III
A Era de Fogo

511 EC

Wulf is on īege, ic on ōþerre.
Fæst is þæt ēglond, fenne biworpen.
[...]
Ungelīce is ūs.

— Autor desconhecido, *Wulf and Eadwacer**

---

* Versos originais, em inglês arcaico. Uma tradução para o português, a partir de uma versão em inglês moderno, seria: "Wulf está em uma ilha, eu em outra./ Essa ilha, cercada de pântanos, é segura./ [...] É diferente para nós." (N. T.)

42

Sul

Tunuva olhava para o nada, enquanto Hidat repartia seus cabelos molhados. As lamparinas a óleo bruxuleavam, afastando a escuridão sem estrelas.

Ao amanhecer, a Mãe teria uma nova representante. Tunuva sempre temera aquela noite, ciente de que não conseguiria esconder seu lamento. A tristeza fazia cada hora parecer uma longa escalada, mas ela precisava carregar sozinha esse fardo, por Esbar.

Saghul Yedanya morrera em silêncio, com o corpo emaciado e amarelado. Como guardiã da tumba, cabia a Tunuva conduzir os ritos funerários. Era um dever que executava raramente, mas, nessas ocasiões, parecia-lhe sempre um bálsamo liderar sua família na homenagem aos mortos.

Ao raiar daquele mesmo dia, ela e Esbar banharam sua velha amiga, rezando para as divindades da travessia e da morte. Quando o sol se pôs, elas colocaram Saghul para descansar ao pé da árvore, permitindo que as raízes reabsorvessem seu fogo, enquanto as irmãs e os irmãos cantavam seu luto. O ichneumon dela se deitou ali perto e morreu mais tarde naquela noite, sendo enterrado ao lado de Saghul. Tunuva plantou sabra em ambas as tumbas, regando as sementes com vinho de resina.

Saghul continuaria viva no fruto da árvore. Sua chama continuaria a guiar todas as suas filhas.

Quando Hidat terminou de penteá-la, levou um espelho para Tunuva, que olhou para as tranças intricadas sobre a cabeça, e então encarou a si mesma. Havia manchas escuras sob seus olhos.

— Obrigada, Hidat.

Era a primeira vez em horas que falava algo. Hidat pôs a mão em seu ombro.

— Você consegue superar isso, Tuva.

— Todas nós precisamos. — Tunuva baixou o espelho. — Por Ez.

— Depois de Denag, você e ela sempre foram as mais próximas de Saghul.

— Agora já nem sei mais. Mesmo depois de décadas de amizade, Saghul ainda era capaz de me pegar de surpresa.

Não houve resposta. Hidat se virou e ajeitou as argolas douradas em seus próprios cabelos.

Siyu aguardava no corredor, com o manto verde de postulante sobre os ombros. Embora tivesse provado do fruto quando estava grávida, ainda precisava ser formalmente iniciada. Seus cabelos desciam em cachos pelas costas, adornados com uma presilha de cornalina e folhas de ouro.

— Ah, Tuva — ela disse quando a abraçou. — Você está tão linda. Eu gostaria de estar assim elegante como você.

— Você sempre está, raio de sol. — Tunuva se forçou a sorrir. — Está pronta?

— Sim. — Siyu segurou suas mãos, com um brilho no olhar. — Estou tão feliz por Esbar. Ela nasceu para o manto vermelho.

Siyu parecia mesmo feliz como dizia estar. Não fazia ideia de que Anyso estava morto. Tunuva gostaria de saber onde a família dele vivia, para fazer a notícia chegar aos parentes.

UM DIA DE CÉU NOTURNO — VOLUME I

— Você está parecidíssima com ela hoje — Tunuva comentou. — Está disposta a ajudá-la em seus deveres?

— Claro que sim.

As iniciadas confirmaram por unanimidade a indicação de Esbar a Prioresa, inclusive as que estavam a serviço fora do Priorado. Gashan mandou uma mensagem curta com seu endosso. Em cinco séculos, só houvera duas rejeições a uma munguna — em uma ocasião porque ela negligenciou seu ichneumon e, na outra, porque a Prioresa escolhera a própria filha de nascimento. Esbar conquistara por seus próprios méritos o direito de governar.

Hidat apareceu com seu manto branco, trazendo um baú de madeira com incrustações em ouro.

— Para você, guardiã da tumba — falou, oferecendo o baú.

Tunuva o aceitou. Era mais leve do que parecia, mas o que continha tinha um tremendo peso para Esbar.

As três atravessaram o Priorado, se unindo à procissão que descia os degraus em direção ao Vale de Sangue. Tunuva avistou Canthe e a cumprimentou com um breve aceno de cabeça.

Saghul havia entalhado em uma tabuleta seus últimos desejos, inclusive o de que Canthe se juntasse ao Priorado. Caberia a Esbar decidir se aceitava ou não o pedido. Tunuva estava certa de que ela faria isso, pois amava e respeitava demais Saghul para agir de outra forma.

A cerimônia sempre acontecia à noite, sob os frutos que queimavam com as chamas das irmãs que se foram. Tunuva tinha apenas doze anos quando Saghul assumira o posto, mas se lembrava do quanto havia ficado admirada ao ver uma mulher se tornar uma Prioresa.

As guerreiras se posicionaram de um lado e os homens, de outro, abrindo uma passagem para Esbar. Siyu foi ficar ao lado de Yeleni, enquanto Tunuva se juntou a Denag e Apaya — ambas usando o branco das iniciadas — na base da árvore. Ela sentiu o cheiro almiscarado dos ichneumons, além do aroma das flores e dos frutos.

Quando Esbar apareceu nos degraus, tudo ficou em silêncio. Os homens e as postulantes levantaram seus lampiões, e as iniciadas acenderam suas chamas. Diversos pares de olhos refletiram as luzes bruxuleantes.

Esbar renovara sua magia ao amanhecer — era como uma divindade do fogo recém-saída da forja. Usava um traje matrimonial selinyiano, feito de tela, sem nada por baixo. Seu rosto era como o de uma estátua, mas ela tocava as mãos de todos por quem passava.

Ela se ajoelhou diante da árvore. Por ser a irmã mais antiga, Denag foi a primeira a pôr a mão sobre sua cabeça.

— Esbar du Apaya uq-Nāra, você serviu a Mãe fielmente e sem questionamentos — falou. — Agora está diante da laranjeira como muitas outras irmãs antes de você. Está ajoelhada sob seus galhos, assim como a Mãe um dia fez. Esta família agora solicita que a represente como Prioresa, para nos liderar e nos unir em desafio ao Inominado. Você aceita nosso chamado às armas?

— Eu aceito — Esbar respondeu.

Denag trouxe o colar antes usado por Saghul, que continha um precioso cabochão de âmbar da árvore. Esbar abaixou a cabeça para recebê-lo. Apaya se aproximou a seguir com a seiva.

— Esbar du Apaya uq-Nāra, eu atesto que você é fruto do meu ventre, sangue do sangue de Siyāti du Verda uq-Nāra — declarou. — Está pronta para ser a mãe de todas as filhas do Priorado?

— Estou.

Apaya a ungiu. Embora as feições no rosto dela nunca se atenuassem, naquela noite seu orgulho era visível.

Tunuva foi a última a cumprir seu papel. Ela entregou uma de suas chaves a Jontu Yedanya, que se ajoelhou diante do baú e o destrancou. Com o maior cuidado, Tunuva pegou a mais preciosa das relíquias.

Tinha um cheiro característico — um aroma antigo e inquietante, como o da carne deixada ao sol, como o do ferro e da ação do tempo.

Ressecado pela idade, estava quase tão rígido quanto a casca de uma árvore. Foi apenas graças aos cuidados meticulosos das guardiãs da tumba que a antecederam que não se tornara rígido demais para ser usado.

— Esbar du Apaya uq-Nāra, este é o manto da morte da Mãe, banhado com o sangue do Inominado — Tunuva falou, colocando-o sobre os ombros de Esbar. — Você aceita seu peso, e tudo o que representa?

— Aceito.

Na última etapa da investidura, Denag entregou a Esbar a lança de ferro chamada Mulsub. O cabo era enfeitado de ouro e prata, e a ponta era escura e polida, mantida limpa e afiada por milhares de anos.

Esbar empunhou a arma. Quando se levantou, Esbar se virou para o restante da família.

— Eu sou Esbar du Apaya uq-Nāra, Prioresa da Laranjeira. Renovo meu juramento perante a Mãe — falou. — Com humildade, assumo seu lugar. Com orgulho, protejo a laranjeira. Com amor, olho por vocês todos e me ofereço a vocês como uma mãe, uma irmã, uma guardiã e uma guerreira.

— Que ela mantenha sua lâmina afiada e seu coração repleto de fogo — todo o Priorado respondeu. — E que seu nome cause terror àquele que deve permanecer sem nome.

****

Tunuva acordou em uma cama desconhecida. Tateou ao redor com a mão, sentindo os lençóis úmidos e amarrotados.

Do lado de fora, uma cachoeira rugia. Ela observou o teto adornado da Câmara Nupcial, a última coisa que Saghul devia ter visto. Esbar não queria aquela cama — para ela, era como um esquife —, mas Tunuva a aconselhou a começar a assumir seu papel o quanto antes, caso contrário seu novo quarto se tornaria um motivo de perturbação.

Assim Esbar consumou seu matrimônio sagrado com a árvore

dormindo ali, em um leito de morte defumado com o aroma de rosas. Provavelmente foi Imsurin quem promoveu aquele pequeno conforto. Ele sabia que Esbar mantinha a antiga crença ersyria de que a rosa mantinha os sonhos intranquilos sob controle, e se certificara de que o cômodo estivesse impregnado desse cheiro quando conceberam Siyu.

Tunuva a manteve nos braços a noite toda. Nem mesmo as rosas tinham poder sobre o medo que atacava na vigília.

As celebrações prosseguiram até a madrugada. O sabor do vinho do sol persistia em sua língua. Siyu dançou e riu a noite toda, encantada com tudo. Esbar pretendia esperar mais alguns dias para contar sobre Anyso. Siyu ficaria arrasada, mas ainda manteria a esperança de que ele pudesse estar vivo.

Se soubesse a verdade, sua felicidade definharia.

A luz do sol pousou sobre o piso. Do outro lado da janela com treliça, Esbar estava nua na varanda, como sempre fazia quando acordava banhada de suor.

Tunuva saiu para se juntar a ela. Esbar observava o horizonte, com os cabelos reluzindo as gotículas da cachoeira. Ao anoitecer, os olhos dela pareciam quase pretos; à primeira luz da manhã, porém, tinham uma coloração profunda de âmbar.

— Prioresa — Esbar falou. — Isso parece um sonho.

— As rosas fizeram efeito?

— Acho que foi sua presença, mais do que as rosas. — Ela ainda usava o colar. — Hidat vai ser a munguna. Ela ainda tem muito a aprender sobre liderança, mas é forte e sensata.

— Ela vai aprender tudo o que precisa com você.

Esbar assentiu.

— Assumi o manto em um momento em que o mundo está se voltando contra nós — falou. — Quando Saghul me escolheu, eu estava certa de que era meu destino envergar o manto, mas era muito jovem e impulsiva.

UM DIA DE CÉU NOTURNO – VOLUME I

Tunuva sabia que era melhor não a tocar quando estava suada, mas chegou o mais perto que poderia.

— As dúvidas e o medo são naturais — comentou. — Você herdou um dever sagrado para com todos nós, mas estamos aqui para lhe apoiar. Nenhuma irmã do Priorado jamais fica só.

Esbar pegou sua mão e a beijou.

— Prioresa. — As duas se viraram. Apaya saiu para a varanda, carregando uma túnica no braço. — Minha ave acabou de trazer uma carta de Daraniya. Ela recebeu uma mensagem urgente da capitã do porto de Padāviya. Uma grave pestilência se espalhou por lá, vinda de Mentendon.

Vestindo-se, Esbar perguntou:

— Pestilência?

— Os relatos são desencontrados, mas se trata de uma enfermidade de natureza violenta, que causa vermelhidão nos braços e dores terríveis. Sua Majestade mandou fechar os portos, além da extremidade sul do Desfiladeiro de Harmur.

— Em nome da Mãe, o que está acontecendo? — resmungou Esbar. — O mundo enlouqueceu?

E com seu hálito e o vento de suas asas veio uma peste que envenenou todos diante dele. As pessoas adoeceram. Seu sangue esquentou, fervendo a ponto de fazê-las gritar, e se debater, e perecer nas ruas.

— A peste inflamável — Tunuva murmurou. — A maldição que o Inominado soprou sobre Yikala.

— Eu pensei na mesma coisa — comentou Apaya. — Mas creio que estamos a salvo. Duvido que uma doença das profundezas consiga se alojar em nosso sangue.

— Mas e quanto aos homens, e as crianças?

— Precisamos consultar os arquivos. Siyāti ou Soshen podem ter deixado alguma informação... Siyāti era perfumista, e as duas tinham interesse em curandeirismo e alquimia. Claramente essa peste já surgiu e desapareceu antes. Se existe uma cura ou uma forma de defesa, elas deviam saber.

— Precisamos ver essa doença com nossos próprios olhos — disse Esbar. — Para ter certeza de que é o que pensamos ser.

— Sim. Talvez seja uma boa ideia mandar Siyu — Apaya sugeriu.

— Caso ainda queira que ela saia para o mundo.

Tunuva olhou para Esbar, que ficou pensativa, remexendo no anel de ouro que recebera de Saghul quando foi escolhida como munguna. Era enfeitado com uma flor de pedra-do-sol.

— Preciso comunicar o Priorado — ela falou. — Apaya, reúna todos no Salão de Guerra.

Ela caminhou até a sombra. Tunuva olhou para Apaya, que ergueu as sobrancelhas finas.

— Se mantenha por perto, Tunuva — disse, baixinho. — Ela empunha o leme do Priorado, mas você é a vela.

****

No meio da manhã, já estavam todos reunidos. Esbar se posicionou diante dos nove pilares.

— Algum tempo atrás, uma criatura nasceu neste mundo, com fogo nos olhos, exalando o fedor do Monte Temível — contou. — Deve haver outras parecidas. Chegou o momento, irmãos e irmãs. Precisamos cumprir nosso propósito e defender o Sul.

Todos ficaram em silêncio, só escutando.

— Um pequeno contingente partirá amanhã com Apaya uq-Nãra, para avaliar melhor as ameaças que enfrentamos. O restante deve permanecer para proteger a árvore, de prontidão para qualquer pedido de socorro vindo de nossos aliados sulinos — Esbar comunicou. — Todas as postulantes e iniciadas devem treinar do nascer ao pôr do sol. Todos os homens devem incluir a confecção de flechas em sua carga de trabalho.

Irmãs, certifiquem-se de aperfeiçoar suas égides. Lembrem-se de que não são invulneráveis a chamas.

Tunuva a observou com um orgulho crescente no peito.

— Ontem, vocês me viram receber o manto de Cleolind, tingido com o sangue do Inominado. Hoje, eu lhes dou a chance de compartilharem dessa glória. Essas criaturas nascidas das rochas provavelmente são crias dos wyrms que revoaram do Monte Temível. Caso uma iniciada aniquile um wyrm, ganhará o direito de manchar seu manto branco com seu sangue. As que tiverem o manto ensanguentado passarão a ser conhecidas como Donzelas Vermelhas.

Ela falou aquela palavra inysiana com um desprezo visível, o nome que atribuíram à Mãe em Inys.

— Galian, o Impostor, veio à Lássia para fundar um priorado: uma casa para uma religião inventada por ele, da qual seria o senhor. Cleolind lhe disse que fundaria um outro tipo de priorado, e foi isso o que fez — Esbar falou, provocando risinhos de satisfação. — Ele também veio em busca de uma noiva. Uma donzela. Portanto, farei de vocês *donzelas* de outro tipo, do tipo que o faria tremer. Donzelas banhadas de sangue. Uma terceira fileira. Uma nova fileira para um novo tempo.

Os gritos de aprovação ecoaram pelo Salão de Guerra.

— Depois de cinco séculos de espera, nós somos a geração que, além de exaltar a Mãe, há de repetir seus feitos — Esbar declarou. — Preparem-se. A partir de hoje, estamos em guerra.

Tunuva caminhou ao seu lado quanto todos se dispersaram, segurando sua mão. Ela parou quando sentiu um calafrio provocado pela magia. Canthe estava à espera na entrada.

— Canthe — disse.

— Tunuva — falou Canthe, inclinando a cabeça. — Prioresa, eu não quis incomodá-la ontem à noite, mas fiquei tocada ao testemunhar tamanho respeito pela árvore, e a ascensão de sua nova protetora. Estou muito grata por estar aqui para ver isso — declarou, com um sorriso aliviado. — E por ter um lar novamente.

Esbar franziu a testa.

— Do que você está falando?

— A falecida Prioresa me disse que eu poderia ficar aqui como postulante.

— Saghul comunicou seus últimos desejos apenas para mim e para Denag. Quando ela lhe disse isso?

— Esbar. — Apaya se aproximou, parecendo irritada. — Não consegui encontrar Siyu. Onde ela está?

— Está na Bacia Lássia — respondeu Canthe.

Tunuva foi tomada por seus instintos.

— Siyu não deveria sair — Esbar falou, enrugando ainda mais a testa. — Quando foi isso, Canthe?

— Eu a vi sair pela manhã. — Canthe olhou para cada uma delas. — Estava com a ichneumon e com a bebê, vestida para viajar, então presumi que...

Esbar e Tunuva imediatamente se puseram em movimento. O instinto se transformou em preocupação. *Por favor*, Tunuva rezou enquanto elas subiam correndo as escadas. *Por favor, Mãe, que ela tenha apenas saído para caçar...*

Quando chegaram ao solário, encontraram o manto verde, cuidadosamente dobrado, e um bilhete. Esbar o abriu, e deixou que Tunuva o lesse junto com ela.

Eu sei o que vocês fizeram. Encontrei Anyso no depósito de gelo. Espero que nunca vejam alguém que amam daquela maneira.

Levei comigo Lukiri e Lalhar, e mais ninguém. Yeleni não sabia de nada desta vez.

Não criarei minha filha no lugar onde seu pai foi assassinado. Levarei Lukiri para um lugar onde eu saiba que nós estaremos seguras e seremos amadas. Não tentem me encontrar, ou contarei ao mundo todo sobre o Priorado.

— Ele não estava no depósito de gelo. Hidat e Imin o enterraram. — Esbar sacudiu a cabeça. — Eu respeito as divindades, e nunca as culpei por nossos problemas mundanos. Mas agora estou me perguntando se o Malag de Idade não está nos pregando uma peça.

— Alguém precisa ir atrás de Siyu. Ela nunca saiu da Bacia, muito menos...

— Não — interrompeu Esbar. — Da última vez, havia uma justificativa, mas, como Prioresa, não posso mandar ninguém atrás da minha filha de nascimento quando precisamos manter todas as irmãs de prontidão para a luta. — Ela largou o bilhete, parecendo exausta. — Vamos esperar que a raiva dela passe.

— Esbar, ela está com uma ichneumon. Lalhar vai atrair a atenção dos caçadores assim que ela deixar a Bacia.

— Assim ela voltará mais depressa.

— Se eu quiser segui-la, você me impediria?

Esbar a encarou.

— Você não sabe para onde ela está indo.

— Nin pode seguir seu rastro, e eu acho que sei, sim, Ez. Ela vai procurar a família de Anyso, em Carmentum — disse Tunuva. — Você não pode ir atrás dela, mas eu posso. Me deixe trazê-la de volta para casa.

Esbar se virou para a lareira.

— Eu já comuniquei minha decisão, Tuva — ela falou. — Se quiser ir, será sem a minha anuência.

Tunuva pensou a respeito. Quando respondeu, se sentiu como se estivesse partida ao meio.

— Então que seja — ela disse, antes de se retirar.

43
Oeste

Um punhado de neve se espatifou contra Glorian. Sem fôlego de tanto rir, ela juntou pó de gelo nas mãos enluvadas.

Ela se deleitava com aquele ardor na pele. Era raro nevar por tanto tempo, mesmo nas Quedas. Agora o Santo tinha mandado uma nevasca das alturas. Ele também estava celebrando o novo ano.

O Festim do Alto Inverno tinha chegado e passado. O Conselho das Virtudes organizara as celebrações habituais, mas Glorian notara que havia menos comida do que de costume. Depois do banquete, ela e suas damas fizeram um cavaleiro de neve, patinaram no lago congelado e coletaram avelãs e abrunhos na floresta real.

Tudo aquilo apaziguava seu desejo de estar em Hróth. Um dia, ela passaria a acordar sempre rodeada pelo brilho do gelo. Todas as manhãs, beberia seiva de bétulas e nadaria nas águas congelantes.

Por enquanto, desfrutaria o estágio final de sua estação favorita. Até mesmo Adela cedera à alegria da guerra de neve, rindo como se fosse explodir, com os cabelos úmidos e escurecidos por causa da água derretida. Ela jogou uma bola de neve em Helisent, mas quando saiu correndo esbarrou com tudo em Glorian. Elas foram ao chão com um berro.

UM DIA DE CÉU NOTURNO — VOLUME I

— Alteza — gritou Sir Bramel.

— Eu estou bem — disse Glorian, e estava sendo sincera.

Ela se jogou sobre um monte de neve junto com suas damas, molhada e sorridente. Deitada ali, sentiu o frio penetrar seu corpo.

Ela não sonhara nos dias anteriores. Depois da revelação de sua mãe, isso era ao mesmo tempo um conforto e um fardo. A Rainha Sabran achava que os sonhos vinham do Santo, mas parecia temê-los.

E o que significava quando o Santo parava de se manifestar?

— É melhor voltarmos lá para dentro, antes de congelarmos — Julain sugeriu, se sentando. — Ah, vejam.

Galian seguiu o olhar dela e viu um cavalo preto galopando na direção do castelo.

— Parece até que o Inominado está atrás dela — Helisent comentou.

— Qual o motivo de tanta pressa?

Os portões se abriram, dando passagem à cavaleira.

Ficaram ao ar livre até o meio-dia. Quando entraram, se aninharam perto do fogo na Câmara da Solidão. Uma criada trouxe queijo branco, figos e vinho de oxicoco quente, e elas passaram a tarde jogando damas e varetas, aquecendo os ossos.

— O que será que a Princesa Idrega vai usar? — Julain se perguntou.

— Vermelho, por causa da pera dos Vetalda?

— Amarelo — respondeu Adela, convicta. — É a cor que os yscalinos associam ao companheirismo. Foi o que mamãe usou em seu casamento.

— Isso vai trazer um pouco de alegria a Vattengard. — Helisent retirou uma vareta pintada da pilha. — Parece ser um lugar sombrio demais. Por outro lado, Lorde Magnaust também parece ser um homem terrivelmente sombrio.

Nesse momento, houve uma batida na porta. Quando os guardas abriram, Florell entrou.

Glorian nunca tinha visto a Dama Primeira da Câmara Principal com uma aparência nada menos que impecável, desde os fechos da roupa até o último fio de cabelo. Mas não era o caso naquele dia. Seus cachos pareciam desarranjados sob a rede de cabelo, e ela tinha os olhos vermelhos.

— Alteza — ela falou. — Damas, por favor, nos deem licença. Preciso conversar a sós com a princesa.

Elas saíram, e os guardas fecharam a porta.

— Está tudo bem com você hoje, Florell? — Glorian perguntou.

— Eu queria lhe dar a notícia pessoalmente. Antes que o Conselho das Virtudes a convocasse. Acho que a senhora sua mãe preferiria assim.

— O Conselho das Virtudes?

Florell se ajoelhou diante de Glorian e segurou as mãos dela. Glorian piscou algumas vezes, confusa.

— Glorian — disse Florell. — Eu tenho… uma notícia, querida. Não consigo pensar em palavras gentis para contar uma coisa dessas. — Houve um longo silêncio. — O navio de seus pais não chegou a Hróth.

— Eles foram desviados da rota? — Glorian perguntou, surpresa. O Mar Cinéreo sofria com ventos reconhecidamente implacáveis no inverno, mas seu pai só contratava os melhores capitães, velhos cães do mar que se deleitavam com uma tempestade. — Heryon Vattenvarg vai ficar ofendidíssimo.

Florell abaixou a cabeça. Quando levantou os olhos, Glorian viu que estavam marejados.

— Hoje cedo, chegou outra mensageira de Ravina Real — Florell contou. — Há vários dias, os pescadores vêm encontrando fragmentos de embarcações naufragadas no Mar Cinéreo. Entre eles encontraram inúmeras peças brancas, e uma figura de proa. Não poderiam ter vindo de nenhum navio além do *Convicção*.

— Mas… não houve nenhuma tempestade. Não há notícias de tempestades desde que o *Convicção* zarpou.

— Os fragmentos estavam enegrecidos. Queimados.

Ao ouvir isso, Glorian deu risada.

— Que absurdo. Eles teriam abandonado o navio...

— Glorian, estamos no auge do inverno — Florell falou, com grande esforço. — Mesmo no verão, o Mar Cinéreo é mortal. — Uma lágrima escorreu pelo rosto dela. — A Rainha Sabran e o Rei Bardholt...

— Não. — Glorian ficou de pé. — Não. Eram sete navios na comitiva real. Ora, não havia nenhum bote a remo no *Convicção*, Florell? Nenhum dos capitães os retirou da embarcação?

— Nenhum dos navios aportou.

— Isso não é *possível*. Está querendo que eu acredite que um único incêndio destruiu sete embarcações?

— Não sabemos o que aconteceu. — Florell mal conseguia articular as palavras. — Pode ter sido um ataque, Glorian. Os mentendônios...

— Precisamos mandar navios e mergulhadores para vasculhar o Mar Cinéreo. Podemos pagar o quanto quiserem, mas eles precisam encontrar os meus pais. — O coração dela estava quase saltando para fora do peito. — Meu pai é o Martelo do Norte. Minha mãe é Sabran, a Ambiciosa. Eles puseram um fim à Guerra dos Doze Escudos, ao Século do Descontentamento. O Santo não os deixaria morrer no mar!

Florell continuou sacudindo a cabeça.

— Nem mesmo o Santo poderia...

— Eles não se foram. Você vai ver. Meu pai está *vivo*. Ele jamais deixaria minha mãe morrer. Foi uma promessa. Ele me prometeu que iríamos viver em Hróth. — As lágrimas banhavam seu rosto. — Papai...

Algo borbulhava dentro dela. Seu autocontrole se desfez. Sentiu uma vontade repentina de destruir e arrebentar coisas, de correr e gritar, de abrir as portas e correr até suas pernas não aguentarem mais... qualquer coisa para sair daquele recinto, para não ter ouvido uma notícia dessas. Qualquer coisa no mundo.

Antes que pudesse fazer isso, Florell a puxou para junto de si, e o som que escapou de sua garganta foi tão horrendo que ela não reconheceu a própria voz. Vinha de algum lugar nos recônditos de seu ser, onde repousava sua própria essência.

— Não é verdade — ela falou, aos soluços. — Florell, diga que não é.

Florell apenas a abraçou e segurou sua cabeça. Glorian se agarrou a ela, sua âncora quente e azul em um mar furioso.

****

Ela estava na cama, sem saber como tinha ido parar lá. Florell se mantinha de vigília junto ao fogo. De tempos em tempos, Glorian a via chorando, com o rosto coberto pelas mãos, um pranto pesado, que não emitia nenhum som.

Suas portas estavam fechadas para o mundo. Isso não impediu que Glorian ouvisse os gritos agoniados de Adela. Sua mãe estivera no *Convicção* também. Assim como centenas de outras pessoas, entre elas um irmão de Julain. Todas as famílias nobres enviaram pelo menos um membro para o casamento.

E Wulf. Seu velho amigo devia estar entre os diversos mortos, ao lado do pai dela até o último instante.

Do lado de fora, à meia-luz do entardecer, a neve engrossou. Florell se levantou para pedir mais vinho, enquanto Glorian tentava pensar. Como era possível que sete navios pudessem ter se incendiado na água, e destroçados pela força de uma tempestade?

Que tipo de incêndio poderia se espalhar de um convés a outro, por léguas de distância no meio do mar?

Quando a resposta surgiu na mente de Glorian, ela falou:

— Florell, posso beber um pouco?

O cálice lhe foi entregue, e ela deu longos goles que provocaram uma queimação em seu peito. Depois se deitou de novo sobre as almofadas.

Ela se lembrou da minhoca, enrolada sobre aquela coisa morta dentro do bugalho.

Um wyrm. Foi sua própria voz que ouviu ao cair em um sono agitado. *Só um wyrm poderia provocar tanto fogo.*

****

A notícia dos sete naufrágios provocaria fissuras no Oeste e no Norte. Pelo máximo de tempo possível, deveria permanecer um segredo, guardado pelos Duques Espirituais. Eles deixaram Glorian ficar na cama por dois dias. Ela chorou até suas pálpebras incharem e sua garganta ficar dolorida.

Por fim, Florell abriu as cortinas em torno de sua cama. Glorian estava deitada, imóvel, quando sentiu uma mão fria em seus cabelos.

— Os Duques Espirituais requisitaram sua presença.

Glorian mantinha o olhar fixo no dossel da cama.

— É ele, Florell. O Inominado.

— Você não deveria dizer uma coisa dessas.

— Então como explicar todos aqueles navios queimados em pleno mar? — Antes que Florell pudesse responder, Glorian se levantou, sentindo como se seus ossos tivessem virado chumbo. — Vou falar com eles.

Foi necessário um bom tempo para que ela se vestisse. Como a verdade deveria ser mantida em segredo, Glorian não poderia usar o cinza do luto. Em vez disso, seu vestido era azul-escuro, com golas, punhos e bainha de pele de urso, apropriado para o inverno. Florell a ajudou com os fechos e prendeu seus cabelos em uma trança da virtude.

Os boatos deviam estar se espalhando por toda Inys. Em pouco tempo, as pessoas ligariam os fios soltos.

Os Duques Espirituais aguardavam na Câmara Fendida, que continha uma tapeçaria que em outros tempos retratava o Santo ao lado da

Donzela, mas que fora cortada ao meio para remover a figura da Rainha Cleolind. O Santo destruíra todas as referências a sua mulher depois da morte dela, tamanha foi sua dor por tê-la perdido — todas as estátuas e pinturas, e até mesmo os relatos escritos.

Quando Glorian entrou, os Duques Espirituais se levantaram juntos. Eram os membros mais poderosos do Conselho das Virtudes, que incluía mais pessoas. Todos eram descendentes do Séquito Sagrado, os seis amigos de confiança e atendentes do Santo, e cada um era o guardião de uma virtude.

Lorde Robart Eller, o Duque da Generosidade, estava à cabeceira da mesa. Glorian observou os demais, sentados no sentido da trajetória do sol: Lorde Damud Stillwater, Lady Brangain Crest, Lady Gladwin Fynch, Lade Edith Combe e Lorde Randroth Withy. Os dois últimos nomes foram chamados para substituir familiares — uma tia e um sobrinho, respectivamente — que estavam a bordo dos navios.

— Lady Glorian. — Lorde Robart era a imagem da compostura, com seu gibão verde. — Obrigado por se juntar a nós.

Glorian assumiu o assento em frente a ele. Em seguida, todos se sentaram também.

— Como lhe foi dito, há evidências de que a frota que se dirigia ao casamento, inclusive o *Convicção*, teve um fim trágico a caminho de Vattengard. O que aconteceu ao certo, ninguém sabe.

— Eu ordeno que descubram — Glorian falou, com a voz embargada. — Lady Gladwin, você é a Administradora dos Doze Portos e Guardiã do Mar. Portanto, precisa mandar uma expedição de busca.

Ela nunca tinha falado sozinha para todo o conselho. A pessoa mais jovem à mesa, Lade Edith, tinha dez anos a mais que Glorian, e os demais eram bem mais velhos. Se quisesse ser levada a sério, precisava manter o autocontrole.

Lady Gladwin era uma mulher miúda e elegante em todos os sentidos aos setenta e poucos. Os anos passados no mar haviam marcado seu rosto marrom.

— Alteza, pelo que conheço de embarcações, e não é pouco, não existe chance de o *Convicção* ter aguentado — ela avisou. — Mandei acender todas as torres de fogo para guiar os eventuais sobreviventes, mas, considerando o quanto aquele mar é gelado, duvido que alguém apareça.

— Meu pai é um nortenho. Ele é capaz de aguentar — Glorian murmurou. — E, mesmo que não consiga, precisamos resgatar o maior número possível de corpos. — Sua voz estremeceu de leve. — Para mandá-los em segurança para Halgalant.

— Sim, Alteza.

— Agora precisamos planejar os próximos passos — disse Lady Brangain, com uma voz fraca. — A lei afirma que, se a Rainha de Inys estiver ausente sem um motivo conhecido, deve ser considerada morta ou incapaz. Depois de um período de doze dias, a herdeira deve assumir o trono. Como a primeira evidência do desaparecimento da Rainha Sabran foi encontrada três dias atrás, nos restam nove.

Nove dias. Um tempo que não dava para nada.

— Aos dezesseis anos, você ainda não tem idade para governar. Isso abre uma possibilidade para aspirantes ao trono.

— Eu sou a herdeira de Inys — Glorian respondeu. — Só existe uma, e sempre foi assim.

Lady Brangain parecia exausta demais para responder. Seu próprio herdeiro — seu filho — também se perdera no mar.

— Infelizmente, isso nunca impediu que os aspirantes aparecessem — Lorde Damud falou. — Não podemos nos esquecer da saga de Jillian, a Sereiana. — Lady Gladwin bufou dentro de sua taça. — Também podemos nos deparar com pessoas que alegam ter o sangue dos Berethnet. Quando o rainhado souber da verdade...

Ele se conteve. Houve um silêncio tenso antes que Glorian dissesse:

— Você acha que foi o Inominado. Que as pessoas vão questionar a divindade da Casa de Berethnet.

Lorde Damud fez uma pausa prolongada antes de responder:

— Claro que não, Alteza. Mas outros podem fazer essa alegação.

— Seria prudente manter silêncio a respeito dessa conversa sobre fogo — Lady Brangain sugeriu. — Instruímos nossos oficiais nos povoados litorâneos a destruir qualquer evidência que encontrassem.

Glorian tocou o anel que seu pai lhe dera.

— Como não tenho idade para governar, quem fará isso?

— Lorde Robart é o chefe de cerimônias do Conselho das Virtudes — Lade Edith falou. Seus cabelos castanhos chegavam até a gola alta da túnica que vestia. — Você será coroada, mas, até que cumpra dezoito anos, ele será o Lorde Protetor de Inys.

Glorian olhou para Lorde Robart, que retribuiu o olhar.

Ele tinha um rosto solene — de ossos fortes e salientes, mas não emaciados. Os cabelos lisos estavam penteados para trás e levemente para a esquerda. Tinham o mesmo tom grisalho de sua barba. Ainda restavam alguns fios ruivos, que em algum momento já deviam ter sido vivos como o fogo.

Ela achava que ele devia ter ficado com cabelos brancos antes do tempo. Afinal, só era um pouco mais velho que seu pai. A pele dele tinha um aspecto amarelado de sebo, o que o parecia fazer um pouco doente, mas era um homem saudável e robusto, de olhos azuis vívidos como água corrente.

— Milorde, eu ficaria honrada em tê-lo como regente — Glorian falou —, mas certamente minha avó, por ser uma Berethnet, deveria ser convidada para assumir a posição de Lady Protetora.

— Eu não acho que a Rainha Sabran aprovaria essa ideia, Alteza — Lorde Robart respondeu, baixinho. — A senhorita acha?

UM DIA DE CÉU NOTURNO — VOLUME I

Glorian ficou em silêncio.

— Lady Marian será transportada a um castelo mais fortificado nos próximos dias — Lorde Robart comunicou, entrelaçando os dedos. — Decidi deslocar a corte para a capital antes de anunciarmos a morte de seus pais. Ascalun será mais fácil de defender em caso de tumultos. Viajaremos de navio, o que é um risco claro, porém é mais seguro do que deixá-la atravessar o país por terra.

Longe dos olhares dos demais, Glorian agarrou com força o tecido das saias. Ela navegaria pelo mesmo mar que levara seus pais.

— Você concorda, Lady Gladwin?

— Alteza, isso me incomoda profundamente, mas, considerando as demais possibilidades, concordo. Acredito que a viagem por mar representa um risco menor.

— Encarrego todos os presentes de comunicar as instruções à corte — disse Lorde Robart. — Viajamos hoje à noite para Werstuth.

44
Leste

A neve caía silenciosamente sobre o Palácio de Antuma. Acima de seus telhados, os dragões cruzavam os céus.

Da torre do sino, Dumai observava uma dupla deles. Três séculos depois de se recolherem para o sono, dois deuses circundavam a capital — um do mesmo verde lustroso que as algas, outro cinzento como gelo fresco. Ainda havia líquen e musgo incrustado em suas escamas, por terem dormido em águas profundas por tanto tempo.

À distância, poderiam ser confundidos com pipas. Ela conseguia ouvi-los, como o rugido de ondas distantes.

Caos, eles são o caos, a ruína...

... nos chamaram, recorreram a nós...

Dumai se agarrou à balaustrada. Quando os dragões se viraram para ela, com os olhos enevoados, suas têmporas doeram.

O sal, a estrela, o nascimento com a estrela...

Ela fechou os olhos com força. Era como se seu crânio fosse outro sino, e os deuses estavam falando dentro dele, uma sobreposição de vozes ressonantes. Suas unhas se cravaram na madeira apodrecida. Lentamente, as vozes foram se afastando, à medida que os dragões voltavam a atenção para outra coisa, deixando-a com o corpo todo arrepiado.

Fazia semanas desde que badalara o Sino Rainha, sem pedir orientação ou permissão à Grã-Imperatriz. Agora o céu estava apinhado de dragões — e apenas dragões. Sem feras aladas. Nada havia atacado Seiiki.

Enquanto o céu escurecia, Kanifa se juntou a ela. Embora estivesse de sobrecota, seu rosto marrom estava corado pelo frio.

— Eles não parecem irritados — ele comentou, lendo a expressão no rosto dela. — Se a grande Furtia está sentindo a presença do fogo, eles também estão.

— Osipa, uma mulher de setenta anos, quase sempre fica furiosa quando é acordada sem uma boa razão. — Dumai cruzou os braços. — O que dizer de criaturas divinas que vivem desde tempos imemoriais?

— A chuva não tem como se irritar. Nem eles. — Um vento forte agitou os cabelos dele. — Sua Majestade me pediu para encontrar você. Vamos lá?

Com uma última olhada para os dragões, Dumai voltou com ele lá para dentro.

Não muito tempo depois de os sinos despertarem todos os dragões de Seiiki, três de seus anciões apareceram no palácio. Dumai reconheceu Tukupa, a Prateada, parente de Kwiriki, cuja crina era como se o luar tivesse se derramado sobre seu corpo. O Imperador Jorodu conversou com eles a sós nas Colinas de Nirai, onde Tukupa fora vista pela última vez. A própria Rainha Nirai fora sua ginete um dia.

O Imperador Jorodu encontrara o que restou do diário dela em seus arquivos particulares. Algumas partes estavam amareladas e escurecidas, com as bordas corroídas, como se tivessem sido salvas do fogo. Dumai os pegara para ler mesmo assim.

Como eu gostaria de entender esse vínculo com os deuses — uma conexão entre o mortal e o divino, entre os céus e a terra, a Rainha Nirai escrevera.

Desperto em poder de uma estrela inquieta; sonho com a chuva, e as vozes fluem por mim como água. É de fato um mundo de estranhos prodígios.

Dumai encontrou seu pai no Pavilhão da Água, envolto em mais camadas de roupas que a maioria dos cortesãos. Os flocos de neve entravam pela varanda, e duas taças de um vinho claro fumegavam diante dele.

Duas taças. Ele tinha companhia — uma visitante miudinha, que usava um véu cinzento. Dumai deteve o passo.

— Mãe?

Unora se virou.

— Minha pipa.

Dumai conseguia ouvir a alegria na voz dela. As duas haviam se visto no templo, na noite em que ela tocara o sino, mas não haviam mais se visto desde então.

— O que está acontecendo? — Dumai perguntou, retribuindo o sorriso. — Por que veio para cá?

— Seu pai me convocou, para conduzir os ritos formais de boas-vindas aos deuses — Unora falou, fazendo um gesto para que ela se aproximasse. — Agora que estão despertos, nós, os cantantes-aos-deuses, precisamos servi-los onde quer que estejam.

Dumai se ajoelhou ao lado dela, e Unora segurou sua mão. Trazia consigo o cheiro do templo, de madeira-quedada e gengibre.

— Temos muito o que discutir — disse o Imperador Jorodu. — Dumai, eu me encontrei com Tukupa, a Prateada. Ela falou sobre esse fogo que ascendeu. — As olheiras dele eram profundas. — O que você viu em Sepul certamente é uma consequência disso. O que precisamos descobrir é a dimensão do perigo que está por vir.

— Ao que parece o fogo vem de debaixo da terra, causado por algum... desequilíbrio. Furtia não me explicou mais do que isso — Dumai falou. — Pai, alguma notícia da Rainha Arkoro?

— Não.

O silêncio se prolongou por mais um tempo. Dumai rezava para que o Rei Padar tivesse conseguido voltar a Mozom Alph.

— Eu vasculhei o acervo do templo em busca de uma explicação para o que você viu no Vale Fraturado — Unora contou. — Não encontrei nada sobre criaturas que nascem de rochas, mas descobri um registro curioso, intitulado *Histórias para Noites de Inverno*. O cantante-aos-deuses que o escreveu pedia aos visitantes que compartilhassem as histórias mais interessantes que conheciam, para registrar para a posteridade. Uma delas era uma lenda famosa do outro lado do Abismo. Séculos atrás, uma criatura alada emergiu de uma montanha de fogo no Oeste. No pouco tempo que viveu, levou a ruína e a doença a uma terra chamada Lássia, onde as pessoas o conheciam como o Inominado. Em algum momento, a criatura foi banida, porém ninguém sabe para onde. — Unora pôs um porta-pergaminho entalhado sobre a mesa. — O cantante-aos-deuses tentou reproduzir sua imagem.

Dumai o abriu e desenrolou o papel que havia lá dentro. Em meio às fileiras de caracteres, uma criatura havia sido desenhada.

— É isso o que as pessoas do Oeste mais temem. Um wyrm... uma serpente da terra. — Unora observou a filha. — Foi isso o que você viu?

Chamas se projetavam entre os dentes pontiagudos. As asas lembravam as de um morcego, porém o restante era mais como uma serpente ou um lagarto, inclusive a língua bifurcada.

— Não era vermelho — Dumai falou. — As escamas eram amareladas, como âmbar puro... mas sim. Poderiam ser até irmãos. — Ela enrolou o papel. — Se essa história vem do outro lado do Abismo, não devemos mandar um enviado para lá e descobrir como esse Inominado foi derrotado?

— Acho muito arriscado — seu pai respondeu. — Pelo que Epabo ouviu dizer em suas viagens, o rei do Norte é um conquistador que mata todos aqueles que não seguem sua fé. Não devemos nos misturar com ele.

— Além disso, existem evidências de que os dragões se recusam a atravessar o Abismo — Unora contou. — E os navios que partiram com esse fim jamais voltaram. As ondas são altas e violentas demais. Seria uma jornada condenada ao fracasso, Dumai.

— Nós temos conhecimento de sobra no Leste. Vamos usá-lo. Dumai, você disse que o Rei Padar citou uma alquimista, Kiprun de Brakwa — disse o Imperador Jorodu. — Eu já ouvi falar dela. É uma servidora da Imperatriz Magnânima.

— O que os alquimistas fazem?

— Muitos deles buscam a imortalidade, principalmente refinando metais para produzir tônicos — ele explicou, com uma expressão pensativa. — Conhecem os segredos da terra melhor que os mineradores. A alquimia é proibida aqui há muito tempo, mas existem muitos lacustres que estudam a arte áurea. Acredito que você deva seguir o conselho do Rei Padar e viajar até o Império dos Doze Lagos para consultar a Mestra Kiprun. Veja se ela sabe alguma coisa sobre essas pedras e o que significam.

— O senhor me trouxe para cá para fortalecer sua posição como governante — Dumai disse, baixinho. — Por que me mandar partir de novo?

— Porque confio em você para proteger esta ilha. Porque você tem um vínculo com Furtia, e isso é inegável. — Ele a encarou. — E porque você tocou o Sino Rainha.

Dumai olhou para os pais.

— Eu tenho o direito de fazer o chamado — ela disse. — O senhor mesmo me disse isso, pai.

— Seu sangue a protege de qualquer punição, mas não de opiniões equivocadas. — Ele soltou um suspiro. — O povo daqui não viu o que você viu em Sepul. Parece que você despertou os deuses sem nenhuma razão.

UM DIA DE CÉU NOTURNO — VOLUME I

— O senhor explicou tudo para o Conselho de Estado.

— Eles me orientaram a não informar à corte, para não disseminar o pânico. Infelizmente, isso significa que os boatos se espalharam. Epabo ouviu o que estão dizendo... que você tem sonhos e visões durante o dia, ou que deseja obter um imenso poder, e que foi por isso que tocou o Sino Rainha.

— O Senhor dos Rios pode ser o responsável por esses boatos?

— Sim.

— Mas a filha dele sabe a verdade. Ela estava comigo no Vale Fraturado.

— Você levou aquela mulher Kuposa, Dumai? — Unora a encarou. — Por quê?

— Ela não me deixou muita escolha. Eu precisava entender melhor suas ambições.

— E agora vai — o Imperador Jorodu falou, amargurado. — Ela não fez nada para desmentir os boatos.

— Mas ela *viu* a criatura, e as pedras. Deveria apoiar as minhas ações, e com todo o empenho.

— A Dama Nikeya conhece esta corte como uma aranha conhece sua teia. Pode até entender o perigo, mas também sabe que seu relato sobre um monstro alado soa inverossímil. Para ela, é melhor se manter em silêncio e deixar o falatório se espalhar. A desconfiança vai minar sua posição na corte, e estabelecer as condições para forçá-la a aceitar um regente.

— Mas, se o wyrm vier para cá, como o Senhor dos Rios vai explicar o silêncio de sua filha?

— Ele pode negar que ela tenha visto o que quer que seja. Pode alegar que foi *enganado* pela filha. Tudo depende do quanto ele realmente a valoriza. — O Imperador Jorodu franziu os lábios. — Esse é mais um motivo por que acho melhor que você viaje de novo. Sem sua presença,

517

os boatos vão perder a razão de ser. Uma nova jornada também vai servir para mostrar que você ainda conta com a graça dos deuses.

— Eu não gostaria que você fosse, minha pipa, mas o tempo está passando — disse Unora. — Mais cedo ou mais tarde, essas criaturas vão acabar em Seiiki.

— Furtia concordou em levá-la. Eu vou fazer tudo o que puder para preparar nossa gente.

— Pai, precisamos convencer os deuses a fazer os rios e lagos voltarem às províncias secas — Dumai falou. — Caso contrário, ninguém vai ter força suficiente para combater essa ameaça. A névoa sobre o sol já deve ter prejudicado a colheita.

Unora se voltou para o imperador.

— Vou tentar, Dumai — ele respondeu. — Nossos dragões podem estar exaustos demais para evocar chuvas suficientes. Não se esqueça de que eles se recolheram para dormir porque estavam enfraquecidos. Mas vou conversar de novo com Tukupa, a Prateada. Seja como for, vamos sobreviver ao que vem pela frente. No fim, a água sempre consegue aplacar o fogo.

— Majestade.

Uma serviçal apareceu na porta.

— Venho em nome do Senhor dos Rios — explicou. — Ele gostaria de dar as boas-vindas à Dama Unora com um presente.

Unora ficou tensa. Os guardas abriram caminho, e duas outras serviçais entraram e puseram um pedestal sobre a mesa. Nele havia um pesareiro, mantido de pé pela flecha que atravessava sua garganta.

— A Imperatriz Sipwo estava caçando com o tio hoje mais cedo, e viu uma dessas aves agourentas que entoam uma canção mortal — a serviçal contou. — Ela a matou, para poupar todas as mães que desejam proteger seus amados filhos. Infelizmente, não conseguiria matar todos os pesareiros da floresta.

A ponta da flecha era de prata. Domai olhou para aqueles olhos que pareciam gotas de nanquim — reluzentes, imóveis e mortos.

— Por favor, agradeça à minha consorte pelo presente — seu pai falou, em um tom de voz suave. — A Donzela Oficiante e eu somos muito gratos.

Assim que as serviçais e os guardas se retiraram, Unora acariciou o pássaro morto, passando os dedos sobre as cicatrizes em seu peito.

— Entendo que é uma ameaça, mas não o significado exato — falou.

— A mãe pesareira alimenta os filhotes com o próprio sangue — Dumai falou, se sentindo ligeiramente mal. — Certamente o Senhor dos Rios está dando um aviso para você deixar a corte, mãe. Para não sangrar demais por mim.

— Talvez. Ou talvez seja um recado mais direto. — O Imperador Jorodu observou a ave com uma expressão curiosa no rosto. — Existe a crença de que a canção de um pesareiro é capaz de provocar um aborto espontâneo ou de fazer uma mulher conceber uma criança natimorta. Eles nunca vão admitir, mas nós sabemos que os Kuposa tentaram matar Dumai antes que ela nascesse. Fotaja quer que você saiba que ele ainda tem poder suficiente para finalizar o serviço, caso não convença Dumai a recuar.

Unora tirou a mão da ave.

— Voe, minha pipa — falou, com um tom de voz dos mais estranhos. — Saia desta arapuca. Vá voando encontrar a alquimista.

****

Dumai caminhava pelas passarelas cobertas, sentindo sua raiva borbulhar como uma fonte fervilhante. Passou por diversos belos jardins e um frondoso pinheiral, e então se viu diante da Casa do Campanário, praticamente um palácio, a residência na corte dos membros mais importantes do Clã Kuposa.

— Quero falar com a Dama Nikeya — disse, curta e grossa, para os guardas, bem quando sua própria guarda pessoal a alcançava.

— Imediatamente.

— Lady Nikeya já se recolheu, Princesa...

— Não me interessa.

Dumai passou direto por eles. Os guardas conseguiram alcançá-la e lhe mostrar a porta certa, que ela abriu sem cerimônia. Nikeya estava na cama, usando uma túnica vermelha. Havia uma mesinha no chão ao seu lado.

— Alteza — ela falou, sem se deixar abalar. — Que alegria a receber em meus aposentos. Como posso ajudar?

— Seu pai e sua prima acabaram de mandar um pesareiro morto para a minha mãe.

— São parentes demais para levar em conta com tão pouca informação. Estou confusa. — Nikeya largou o pincel sobre um suporte de prata. — Tenho primas por toda Seiiki. De quem está falando?

— Da Imperatriz Sipwo — Dumai esbravejou. — Isso é mais uma ameaça, Dama de Muitas Faces?

— Não, Princesa. Só uma brincadeira.

— Eu não estou aqui para me entreter com brincadeiras.

— Mas não há nada que você possa fazer, porque eu estou sempre brincando. Não conheço outro jeito de ser. — Ela se levantou com um movimento fluido e suave. — Como lhe disse em Sepul, não tenho nenhum controle sobre meu pai.

— Mas pareceu bem satisfeita em deixá-lo me difamar por tocar o Sino Rainha.

— Ele não fez nada disso.

— Eu posso parecer ingênua, mas não sou nenhuma tola.

— Ah, é, sim, caso contrário não teria vindo correndo até meu quarto como um cavalo assustado. — Ela passou por Dumai e fechou a porta.

— Eu contei para meu pai sobre o que vimos. O que fazer com essa informação é uma decisão dele.

— A corte está infestada de boatos que dizem que sou louca. Não ouvi você defender minha sanidade em nenhum momento.

— Não acredito que seja necessário que uma simples poeta a defenda, Princesa. Não quando pode contar com o amor dos deuses. — Nikeya ergueu as sobrancelhas. — Por falar nisso, já pediu para eles darem água para o povo?

— Isso vai ser providenciado.

Nikeya a encarou com uma seriedade incomum. Àquela luz, os olhos dela pareciam mais frios, mais sinistros.

— Espero que seja verdade — falou.

Sua proximidade permitia a Dumai sentir o perfume de seus cabelos, e ver os furos em suas orelhas, algo difícil de encontrar em Seiiki. Havia uma pequena folha de salgueiro de ouro pendurada em cada lóbulo.

— Você trouxe isso de Mozom Alph? — Dumai perguntou, sem pensar no que estava fazendo.

Nikeya levou a mão a um dos brincos.

— Não — respondeu, e o brilho voltou a surgir em seus olhos. — Foi um presente.

— De um amigo da família?

— Fico lisonjeada por seu interesse na minha vida pessoal.

— Meu interesse é saber com *quem* você troca cochichos.

— Ah, mas é tanta gente. Tantas boas amizades. Mas só uma ou duas pessoas têm minha total confiança.

Nikeya se virou. Dumai a observou enquanto pegava um pente de uma caixinha e se sentava ao lado da janela.

Havia uma antiga lenda sobre uma mulher de Ampiki. Pobre e faminta, estava tentando capturar um peixe quando uma tempestade destruiu seu barco. A maioria das pessoas aceitaria essa sina, mas não ela.

Ainda não estava pronta para aceitar a morte. Ela saiu do mar como um fantasma d'água, e sua pele ficou gelada para sempre.

Nas noites tranquilas, ela podia ser encontrada andando nas águas rasas, à procura do anzol que deixara cair no momento em que se afogou. Alguém que passasse por lá no momento poderia se sentir tentado a ajudar. Ela estava sozinha, e parecia em apuros. Mas, caso alguém conseguisse chamar sua atenção — se olhasse em seus olhos, profundos como o Abismo —, seu destino estava selado.

Porque então ela perguntaria por seu anzol. Perguntaria quatro vezes, em um sussurro que era como ondas na praia. Se a pessoa não conseguisse encontrá-lo, despertaria no meio da noite com os cabelos molhados dela enrolados em seu pescoço, e se afogaria na água vertida por seu beijo.

— Eu vou à Cidade das Mil Flores procurar pela alquimista da corte lacustre — informou Dumai, com o tom mais ríspido de que era capaz. — Você vem comigo, Dama Nikeya?

— Fico comovida com o convite, Princesa.

— Imagino que eu não tenha escolha. Estou apenas a poupando do prazer de ter que me coagir a isso.

Nikeya sacudiu a cabeça e abriu um de seus sorrisos tortos. O silêncio no quarto era tamanho que Dumai conseguia ouvir cada passada do pente, um longo roçar que ia da raiz até a ponta dos cabelos.

— O que vimos em Sepul é mais importante que sinos prateados ou peixes dourados — Nikeya falou. — É uma ameaça a todos nós. Precisamos nos unir para enfrentar essas coisas, agora que os deuses voltaram. Só o que meu pai deseja é que sejamos mais próximas. E eu quero a mesma coisa, mas por outras razões.

— E que razões seriam essas?

— Talvez eu lhe conte no Império dos Doze Lagos. — Ela guardou o pente de volta na caixinha e lançou um olhar de canto de olho para Dumai. — Talvez seja melhor irmos sozinhas desta vez.

Se estão trocando olhares, ela já está perto demais.

— Kanifa também vai — informou Dumai. — Você vai ter que se conformar com a presença dele, Dama Nikeya.

Nunca se esqueça do quanto ela é perigosa.

Antes que Nikeya pudesse responder ou se aproximar ainda mais, Dumai se virou e saiu, andando com passos apressados pela neve.

Ela se dirigiu ao Pavilhão da Chuva, onde Juri lhe trouxe sua túnica de dormir e retirou os flocos de neve de seus cabelos. A movimento do pente, os pensamentos de Dumai se voltavam para Nikeya. Imaginou aquele pente em outras mãos, um hálito quente em sua orelha, lábios macios como uma flor em seu queixo.

A princípio, tentou suprimir essas imagens. Tinham sabor de solidão, de uma determinação fraca. Não podia pensar em Nikeya nesses termos — jamais, enquanto durasse sua vida.

Mais tarde, em sua cama, ela mudou de ideia. Deixou que Nikeya preenchesse a escuridão do quarto, e o sonho pareceu uma experiência real. Nikeya deitada ao seu lado, quente e macia.

Não havia mal nenhum nisso. Um sonho é inofensivo. E poderia impedi-la de dizer *Sim, posso encontrar seu anzol, claro.*

45
Sul

As chuvas de inverno caíam sobre a Lássia. Longe do Priorado, Tunuva e Ninuru seguiam para sudeste pela estrada da floresta, que atravessava colinas verdejantes e íngremes, campos e pomares e terras aradas. Ao longo de dois séculos, muitos lássios migraram para a costa ou para a capital, onde era mais fácil suporta a estiagem de verão, porém muitos permaneceram no interior, sustentados pelas Montanhas da Cabeleira Branca, que em outros tempos ostentava pesadas coroas de neve.

Pela segurança de Ninuru, elas se deslocavam apenas à noite e se mantinham longe dos povoados. Quando a estrada estava cheia de viajantes, procuravam abrigo, e Tunuva dormia, sonhando com Esbar.

Esbar virando as costas para Siyu, deixando-a em meio a lágrimas e súplicas. Esbar oferecendo o copo de bebida envenenada para Anyso. Todas as vezes, Tunuva acordava fria como pedra, querendo se livrar daquelas visões o quanto antes.

Esses sonhos eram ramificações de seu desassossego. Ela e Esbar não tinham um desentendimento tão sério havia anos. Pela primeira vez em três décadas, estavam seguindo por caminhos diferentes.

O clima também era um problema. Tunuva nunca tinha visto tanta neve tão ao sul; mesmo assim, a nevasca continuou durante vários dias. O céu ainda estava desagradavelmente escuro, e o sol parecia um olho baço e cego em meio à névoa.

Em pouco tempo, elas chegaram à estrada do açafrão. Os arbustos folhados e os vales férteis logo deram lugar a uma terra mais vermelha. No outono, aquela região assumia uma coloração purpúrea, quando os cártamos floriam, perfumando o ar com um aroma de mel e feno. No momento, eram apenas tufos verdes, desprovidos de seus preciosos fios.

Tunuva avançava rápido. Pela manhã, chegaram à Rota de Suttu, uma estrada larga que ia de Nzene ao extremo sul da Lássia. Descansaram sob uma árvore, e retomaram a jornada quando as estrelas surgiram no céu.

Ninuru havia percorrido menos de uma légua quando parou e começou a farejar o ar. Ela desceu uma encosta e atravessou um palmeiral até a margem de um lago que Tunuva conhecia, mas que tinha secado até se tornar apenas uma poça de água barrenta. Lá elas encontraram pelos de ichneumon, restos de fogueira e dois cueiros sujos. Siyu não havia se arriscado a perder tempo lavando-os para Lukiri.

Tunuva teve que suprimir um mau pressentimento. Siyu não fazia ideia dos cuidados demandados por um bebê além da amamentação, e Lukiri não se adaptara bem ao peito.

Mãe, eu suplico, me permita encontrá-las.

Ninuru voltou direto para a estrada. Durante todo o tempo, Tunuva observava o céu, esperando ver um bater de asas.

O calçamento de pedra da Rota de Suttu tornou a viagem mais fácil. No dia em que o tempo deu uma trégua, Tunuva olhou para cima, ensopada e exausta, e viu um raio de sol sobre o Rio Gedunyu. Bujato — o destino daquela estrada — ficava do lado norte da margem. Alguns quilômetros rio abaixo, o curso d'água se bifurcava pela última vez e seguia em dois longos afluentes até o mar.

Tunuva protegeu os olhos. Do outro lado do rio estavam os penhascos ocres que ladeavam o Vale dos Seletos Afortunados. Depois disso, só o que restava era a República de Carmentum, erguida à beira da extensão infindável de sal do Eria, onde o mundo conhecido se tornava desconhecido.

— Elas estão aqui? — Tunuva perguntou a sua ichneumon.

Ninuru farejou o chão.

— Estavam — ela concluiu. — O cheiro ainda está bem forte.

Pela primeira vez, precisariam se arriscar a entrar em um lugar povoado em plena luz do dia. O Vale dos Seletos Afortunados era um lugar perigoso demais para atravessarem à noite, mesmo para uma maga e uma ichneumon.

Bujato era uma pequena e movimentada vila de pescadores, construída no estilo taano. As casas eram tijolos assados ao sol, pintadas de branco, com telhados de junco. Ninuru foi alvo de infindáveis olhares curiosos. Quando uma menina corajosa se aproximou para acariciá-la, ela se controlou e permitiu. Só o que Tunuva conseguiu ver foi Siyu aos cinco anos, conhecendo pela primeira vez a filhote que ainda nem havia aberto os olhos, mas que seria sua por toda a vida.

Ninuru se afastou para matar a sede nas águas rasas, perseguida por crianças entusiasmadas. Sem perdê-la de vista, Tunuva foi até o mercado na beira do rio. Duvidava que alguém ali fosse fazer mal a Ninuru pois houvera um tempo em que os ichneumons foram sagrados para o povo Taano — mas ainda assim era preciso partir logo.

A colheita poderia ter sido escassa, mas no rio os peixes eram abundantes, e vendidos assim que retirados da água. Tunuva adquiriu o máximo de provisões que conseguiria carregar, além de tecidos novos. Sentia o desconforto em sua barriga. Depois que encontrou uma casa de conforto e fez ataduras firmes das coxas até os quadris, seguiu a fragrância de aipo vermelho até um jardim secreto, tranquilo e silencioso, onde as plantas cresciam em abundância.

UM DIA DE CÉU NOTURNO – VOLUME I

Um fruticultista estava ajoelhado sob um pessegueiro. A árvore devia ter vindo do Ersyr, que fazia comércio com o Leste. Se Siyu ainda tivesse alguma fé, teria rezado antes de seguir para Carmentum.

Perto do muro do jardim, Tunuva tirou as botas empoeiradas e lavou o rosto com a água da fonte. Enquanto cruzava o gramado, o fruticultista se virou. Usava um traje de tecido de cortiça, cujo avermelhado contrastava com a pele negra, e um diadema de folhas de cobre.

— Rico e imaculado seja o fruto da vinha — Tunuva disse em lássio.

— Que as raízes sejam fortes e íntegras. — Era uma resposta antiquíssima. — Como posso ajudá-la, viajante?

— Estou tentando encontrar uma parente. Alguma jovem passou aqui com uma criança?

— Muitas — o fruticultista falou. — Este é o único rio em muitas léguas. Mas nem todas tinham um ichneumon. — Ele olhou admirado para Ninuru, que havia espichado a cabeça sobre o muro do jardim. — Vi uma que era impetuosa como uma criança, nas Montanhas Uluma. Linda.

— Ela é mesmo. — Tunuva deu um passo à frente. — Quando essa mulher esteve aqui?

— Ontem à noite. Pelo que sei, partiu antes do amanhecer.

Siyu devia ter parado para comer e descansar. Só poderia ter roubado o dinheiro de Balag, que cuidava dos cofres. Ele ficaria irritadiço por semanas.

— Ela parecia bem? — Tunuva perguntou, temendo pela resposta. — E a criança?

— Ela parecia cansada e enfraquecida. A criança estava inquieta. — Tunuva se virou para ir embora, e o fruticultista falou: — Espere, viajante. — Ele apanhou um pêssego da árvore e estendeu para ela. — Leve a força das divindades consigo.

— Obrigada.

Ela deu uma mordida enquanto caminhava na direção de Ninuru. A polpa do pêssego era doce e a pele, suave como um beijo.

O Rio Gedunyu podia ser um amigo não muito digno de confiança. A maioria das pessoas aguardava uma balsa que fazia a travessia de hora em hora para evitar seus humores volúveis e suas correntes traiçoeiras. Tunuva não podia se dar ao luxo de esperar tanto tempo. Ela se segurou bem em Ninuru, que farejou o rio e entrou na parte rasa. Os ichneumons eram bons nadadores, mas ainda assim Tunuva encarou o rio com cautela. No inverno, era mais fundo e gelado do que o normal.

— Tunuva!

Ninuru se virou com um latido. Tunuva olhou para trás e viu Canthe de Nurtha aparecer em meio às pessoas que circulavam à beira do rio, descalça e usando um vestido de linho. Ela desceu os degraus da barranca até a areia da margem.

— Pelas artimanhas de Malag... — Tunuva se virou na sela para encará-la de frente. — Canthe, como foi que você chegou aqui?

— Denag e Hidat ficaram preocupadas por você ter vindo sozinha. Eu me ofereci para vir atrás. — Canthe veio andando pela água até Tunuva. — Vim com um ichneumon sem dona. Eu já o mandei de volta.

— Você pediu permissão a Esbar?

— A Prioresa parecia preocupada. — Canthe arqueou as sobrancelhas. — Como ainda não pertenço a nenhuma fileira, achei que ainda poderia ir e vir livremente.

— Esse tipo de suposição só causa equívocos. O Priorado é um segredo — Tunuva falou, um pouco irritada. — Pessoas de fora nunca têm permissão para sair do vale desacompanhadas. Você pode ter arruinado suas chances de se juntar a nós.

— Eu não estou mais sozinha. — Canthe chegou até Ninuru, já mergulhada até a cintura. — Tunuva, por favor. A não ser pela falecida

Prioresa, só você me recebeu bem. Quero retribuir sua bondade. — Ela se agarrou à sela. — Eu conheço Carmentum. Me deixe ser sua guia.

— Você não sabe nem por que vim.

— Eu posso imaginar — Canthe falou, em um tom mais baixo. — Siyu fugiu de casa, não foi? — Tunuva desviou o olhar. — Carmentum engole aqueles que passam por seus portões às cegas. Você não pode levar Ninuru.

Decidida a deter Siyu, Tunuva mal havia parado para pensar em como faria para encontrar uma família em uma cidade de milhares de pessoas sem sua ichneumon para seguir seu rastro. Com um ar de derrota, disse:

— Venha comigo.

Canthe subiu na sela e passou um braço em sua cintura, segurando a patilha com a outra mão. Tunuva sentiu a curvatura do quadril dela através do linho ensopado. Ninuru farejou o rio mais uma vez. Em seguida, deu um salto adiante das águas rasas e saiu nadando, apenas com o focinho fora d'água. Diversas pessoas aplaudiram. Tunuva se agarrou à pelagem dela, com os pés firmes nos apoios de corda, e torceu para ter feito a escolha certa.

****

Havia uma praia na outra margem. Enquanto Ninuru se sacudia para se secar, Tunuva ergueu a cabeça para observar os penhascos aparelhados, que projetavam suas sombras sobre a beira do rio.

Ninuru guiava a travessia do cânion, seguindo por uma trilha que demarcava o caminho mais seguro para os viajantes. Depois de um tempo, Tunuva desviou sua ichneumon da rota na direção de uma longa ribanceira, onde os paredões eram íngremes e próximos uns aos outros. Elas precisariam dormir em um lugar onde ninguém de Bujato pudesse encontrá-las, elevado a ponto de ser inacessível até para os melhores escaladores.

A luminosidade estava diminuindo. Quando se viu nas profundezas do labirinto de gargantas e ravinas avermelhadas, Ninuru escalou na direção da luz do sol, quase até o topo de um penhasco. Saltando com facilidade entre as pedras, ela encontrou uma caverna. Tunuva se deitou e ofereceu um manto a Canthe.

— Obrigada. — Canthe se embrulhou no tecido. — Fazia um bom tempo que eu não via o Vale dos Seletos Afortunados.

— Foi o lugar mais ao sul em que já estive. — Tunuva abriu uma bolsa de sela e desembrulhou um filé de cobra assado para Ninuru, que comeu com voracidade e lambeu os beiços. — Queria desbravar o vale, mas nunca tive curiosidade de conhecer Carmentum, então voltei.

— Quando foi isso?

— Ah, faz muito tempo. Eu mal tinha trinta anos.

— Carmentum era menos imponente na época. Essa Decretadora vem se esforçando para fortalecer sua república.

Tunuva sacou suas cabaças.

— Só trouxe comida para uma. Vamos ter que ser frugais daqui em diante.

— Pode ficar com seus suprimentos, Tuva. Eu sobrevivo.

— Por acaso você vive só de vento e de desejos, Canthe?

Canthe deu uma risadinha.

— Como eu lhe disse, meu espinheiro me concedeu uma longa vida. Gosto de comer para me sentir reconfortada e aquecida, mas consigo sobreviver só com água.

Encontrar água poderia ser um desafio naquele vale. Perambulando entre as duas faces rochosas, Tunuva subiu uma protuberância, onde encontrou uma poça de água de chuva, com a qual encheu as cabaças.

A essa altura o sol já assumira um tom escuro de bronze, e a temperatura no cânion caíra. Voltando à caverna, entregou a Canthe uma das cabaças e foi cuidar de Ninuru, examinando seus dentes e coxins.

Enquanto Tunuva tirava a areia de sua pelagem, Ninuru pegou no sono, ronronando.

Canthe deu um gole na água e perguntou:

— Por que Siyu fugiu?

Tunuva diminuiu o ritmo da escovação. Esbar lhe dissera para não comentar nada, mas a medida era para proteger Siyu da verdade. Não havia nenhum mal em contar a Canthe.

Ela contou a história nos mínimos detalhes, a não ser o fato de que fora Hidat quem matou Anyso, o que Siyu não sabia. Canthe escutou, sem nenhum sinal de julgamento em sua expressão.

— Precisamos encontrar Siyu — ela concluiu. — Você sabe alguma coisa sobre Anyso?

— Ele é de uma família de padeiros, e tem duas irmãs.

— Isso é um começo, mas existem muitos padeiros em Carmentum.

Tunuva assentiu, se sentindo grata por ter companhia. Ela adorava Ninuru, que estivera do seu lado durante quase toda a vida, mas os ichneumons não são muito falantes por natureza, e em geral limitam a comunicação ao mínimo necessário.

— Como conhece Carmentum? — ela perguntou a Canthe.

— Eu morei lá por muitos anos. Existem pouquíssimos lugares onde nunca estive. Até já visitei o Leste, muito tempo atrás.

— Deve exigir muita coragem, ir tão longe assim. Como é a vida do outro lado do Abismo?

— Assim como em qualquer outro lugar. Algumas coisas são diferentes; outras, iguais. — Canthe se apoiou à parede da caverna. — Os deuses deles são wyrms da água. A maioria das pessoas tem fascínio por eles.

— Wyrms. — Tunuva ponderou. — Eles são... cultuados pelas pessoas do Leste?

— Não por todas, mas pela maioria. Os de lá cospem frio e tempestades em vez de fogo, e às vezes até toleram os humanos — Canthe contou. — Mas em troca desejam obediência, assim como o Inominado. — Um gemido grave de agonia reverberou do lado de fora e invadiu a caverna, despertando Ninuru. — Que barulho assustador. Parece até que os espíritos do gelo de Hróth vieram para cá.

— Dizem que este vale é amaldiçoado por Imhul, uma das divindades do vento. — Tunuva percebeu que Canthe estava esfregando os braços. — Você comeu do fruto de uma árvore de siden. Ainda sente frio?

Canthe apertou o manto em torno do corpo.

— Quando uma mulher come o fruto de uma árvore de siden, se torna para sempre uma lamparina, e seu sangue passa a ser como óleo, enquanto o das outras pessoas é água — ela falou. — O óleo é forte. Nós até o passamos para nossos filhos. Mas, sem o fruto, não conseguimos nos manter acesas. Apagamos, e então vêm as sombras.

Mesmo enrolada no manto, ela estremeceu. Seus cabelos ainda estavam um pouco úmidos.

— Venha — Tunuva disse, baixinho. — Durma aqui do meu lado, com Ninuru. Vamos manter umas às outras aquecidas.

Canthe assentiu, com uma expressão que era uma mistura de alívio e cansaço. Ela atravessou a caverna e se sentou ao lado de Tunuva, perto o bastante para que suas coxas se tocassem, e as duas se apoiaram em Ninuru, enfiadas sob os mantos.

O vento apagou o fogo que tinham acendido.

46
Oeste

Glorian contemplou o Mar Cinéreo, com os olhos ardendo por causa da falta de sono. Seus cabelos foram soprados contra o rosto enquanto o vento sacudia seu manto.

Todas as torres de fogo estavam acesas para guiar o *Rompe-Mares*. Uma espuma cinzenta recobria as ondas. Para se distrair do que quer que pudesse estar incógnito e faminto em meio à neblina, ela imaginou sua mãe encolhida em um bote a remo e seu pai a aquecendo com sua pele de urso, com o punho erguido para acenar para o navio.

— Glorian. — Julain tocou seu cotovelo. — Chegamos.

Porto Estival tinha esse nome por causa do arenito de suas construções, de um amarelo cor de mel que aquecia o coração depois da travessia. Foi esse o efeito que teve sobre ela, assim que as viu. Eles haviam sobrevivido a um mar assombrado.

A chuva castigava as telhas vermelhas. As pessoas no atracadouro continuaram cuidando da própria vida, sem saber quem tinha acabado de chegar. Lorde Robart havia preferido pegar emprestada a modesta embarcação de um mercador.

Para não chamar atenção, os Duques Espirituais se dividiram na hora de cruzar o Porto Estival. Lorde Robart conduziu Glorian pelas ruas calçadas de pedra, ladeada pela Guarda Real. Nos meses mais quentes, a cidade ganhava vida com o cor-de-rosa dos cravos-do-mar e as portas enfeitadas com flores de um vermelho-coral — mas, no inverno, e em sua tristeza, só o que Glorian conseguia enxergar era decadência: a umidade apodrecendo a madeira, as rachaduras e os buracos que o vento salino abria nas paredes das construções.

— Rainha Sabran!

Uma mulher tinha aberto as janelas para a acenar. Ao longo da rua, as vozes, as mãos e os aplausos se elevaram.

— Majestade — gritavam para ela. — Majestade, seja bem-vinda de volta.

Glorian deteve o passo. Era apenas graças à neblina e a seu manto que alguém poderia cometer aquele equívoco. Ela e sua mãe compartilhavam das mesmas feições, mas Glorian tinha um corpo mais curvilíneo, e sua tutora de boas maneiras ainda não conseguira lhe incutir uma postura típica da realeza.

Lorde Robart fez um leve aceno de cabeça. Insegura, Glorian levantou uma das mãos, e os aplausos se transformaram em brados de boas-vindas.

Seu capuz mantinha seu rosto coberto enquanto a comitiva da corte seguia para noroeste de Porto Estival. A estrada litorânea estava coberta de neblina. Ao seu lado, Lorde Robart permanecia altivo e silencioso como um penhasco, com as mãos enluvadas segurando com força as rédeas de seu cavalo de batalha. Ele já era uma figura imponente em tempos tranquilos, mas, sobre aquela montaria de guerra, ficava quase tão alto quanto seu pai.

Ela resolveu puxar assunto. Afinal, ele governaria em seu nome por mais de um ano.

— Lorde Robart, soube que há uma seca em Inys — ela falou. — Essa chuva vai resolver a situação?

— Com certeza ajudará, Alteza. Fará os rios voltarem a fluir, pelo menos — respondeu Lorde Robart. — Mas pode não ser a solução definitiva para a seca. A situação vem piorando a cada ano.

— Você sabe a causa?

— Não. Só que a terra está mais sedenta do que de costume, apesar da chuva. A natureza deve ter seus segredos.

— É verdade. No ano passado, ouvi falar de acontecimentos estranhos no bosque Haith — Glorian comentou. — Fica na divisa de sua província, não?

— Sim, mas eu o deixei sob os cuidados do Conde Viúvo de Goldenbirch e dos Barões Glenn. — Ele levava uma espada ao seu lado. — As matas fechadas sempre são um convite à estranheza, verdadeira ou imaginada.

— Na primavera, um cavaleiro encontrou pedras suspeitas por lá. Ele voltou para dar notícias?

— Sir Landon Croft nunca foi encontrado. Em minha opinião, um trágico caso de desventura, Alteza. Ele foi procurar por lobos, e provavelmente os encontrou. Há ursos naquele bosque também.

— Você acha que foi a voracidade dos ursos que deu início aos boatos sobre a existência de uma bruxa?

— É provável. — Lorde Robart a encarou. — O que a senhorita sabe sobre a Dama do Bosque?

— Muito pouco, a não ser que há quem acredite em sua existência.

— Pois é. Quando o mundo se torna difícil, há quem busque conforto nos antigos costumes. Isso não representa perigo à sua posição, Alteza.

Já anoitecia quando chegaram a Ascalun, capital do Rainhado de Inys. O castelo tinha muralhas claras e sólidas, que se assomavam sobre um trecho profundo do Rio Limber. Sob o governo da Rainha Felina, a água fedia a cadáver. Agora estava límpida e congelada.

SAMANTHA SHANNON

Em cinco séculos, não houvera cercos inimigos ali. Ascalun permanecia intransponível.

Sua mãe crescera naquele castelo. Glorian nascera lá, assim como a maior parte das Berethnet. Os sinos ressoaram por dias, e todos se referiram a ela como a Bênção de Halgalant, pois com sua chegada todas as feridas cicatrizaram. *Eu nasci para trazer a paz*, ela pensou. *E agora estou à beira de uma guerra.*

A neve se acumulava em todas as ruas, suja e pisoteada, marcada de pegadas. A comitiva atravessou os distritos da capital, onde tochas iluminavam a noite que recaía. Tinham chegado no fim da tarde, quando a maioria dos moradores da cidade estava em casa ou em oração nos santuários.

Mesmo assim, o retorno da realeza exigia um cerimonial, mesmo quando era inesperado. Trombetas anunciaram sua aproximação. Glorian direcionou seu olhar para o castelo e se recolheu a seu local secreto dentro de si, onde não conseguia ouvir nem ver ninguém.

A cavalgada se passou como um sonho. Tochas acesas, velas nas janelas, chuva contra o rosto. As pessoas gritavam, ainda pensando que ela era a mãe, que voltava do Norte. Apenas quando atravessaram os portões do castelo Glorian voltou a respirar aliviada.

— Lady Florell, leve Sua Alteza Real para seus antigos aposentos na Torre da Rainha — Lorde Robart falou. — Ela deve estar muito cansada.

****

A Torre da Rainha — chamada por séculos de Torre do Rei, antes que se dessem conta de que esse nome se tornara sem sentido — fora feita para resistir a qualquer ataque e invasão. Suas laterais eram arredondadas e lisas, impossíveis de escalar, pois não havia nenhum apoio para os pés entre as janelas inferiores. Glorian seguiu Florell pelas centenas de degraus.

Sua alcova estava da forma como ela se lembrava. Um fogo crepitava na lareira arqueada, e um ensopado de carne de caça e crispeles quentes haviam sido deixados sobre a mesa. Helisent retirou o manto úmido de suas costas.

— Eu gostaria de tomar banho — Glorian falou, ouvindo sua voz soar distante. — Estou com frio.

Florell assentiu.

— Mariken — ela falou para sua criada mentendônia. — Faça o favor de preparar banhos quentes para todas.

— Sim, milady.

— Eu estou bem, Florell — disse Julain, com a voz um pouco trêmula. — E deveria ficar com Glorian.

— Julain. — Florell pôs as mãos em seus ombros. — Você não tem como cuidar de uma princesa, nem de uma rainha, se não cuidar de si mesma primeiro. Todas nós estamos tristes e abaladas. — Ela pegou o manto das mãos de Helisent. — Vão descansar esta noite. Mariken vai levar seu jantar.

Glorian afundou na cama e tirou as luvas. Estava cansada demais para chorar, ou para se despir, ou para fazer qualquer coisa que não fosse olhar fixamente para a vela mais próxima.

Ela se perguntou se seus pais teriam sido consumidos pelo fogo ou pelo mar.

— Querida — disse Florell. — Posso falar com toda a franqueza, como amiga de sua mãe, e sua também?

— Eu não esperaria deferência justamente de você, Florell.

— Isso é algo que deve esperar de todos nós. Em sete dias, será a Rainha de Inys.

Glorian conseguiu fazer um leve aceno de cabeça.

— O Lorde Protetor é um homem firme, de sangue sagrado e vontade férrea — Florell começou. — Ainda pode se mostrar muito útil, mas precisamos tomar cuidado nos meses que virão. As épocas de regência podem ser muito perigosas.

— Como assim?

— Um regente tem meios para alienar uma jovem rainha das decisões mais importantes sobre Inys. Isso criaria uma governante fraca, dependente e fácil de manipular. Depois do Século do Descontentamento, não podemos permitir que ninguém pense isso de você, Glorian. Lorde Robart deve tratá-la sempre como uma rainha. Deve lhe transmitir poder e fortalecê-la. Caso não faça isso, é porque deseja um tipo diferente de controle.

— Estou certa de que posso confiar em um homem que minha mãe tinha em tão alta conta.

— Sim. Só estou dizendo para permanecer atenta enquanto ele exercer a autoridade do Santo, que por direito pertence à Casa de Berethnet. — Florell se sentou ao seu lado e segurou suas mãos. — Glorian, você só tem dezesseis anos. Nada disso deveria acontecer a uma criança, mas seu povo vai se voltar a você em busca de força e coragem. E devem aprender a amar e respeitar *você*. Não outra pessoa.

— Como posso convencer as pessoas a me amarem? — Glorian questionou. — Como minha mãe fez isso?

— Você sabe como. Esteve ao lado dela por todos esses anos — Florell respondeu. — A Rainha Sabran se dedicava plenamente ao dever. Era firme, mas justa, o que significa que era respeitada, e não temida. Sua situação é outra. Você vai precisar de uma coroação, assim que possível, para se apresentar ao povo. Vai precisar de uma herdeira. Vai precisar de nobres que sejam mais leais a você do que a seu regente.

Glorian mordeu o lábio. Se Florell não estivesse segurando suas mãos, elas começariam a tremer.

— Os Duques Espirituais duvidam de mim? — perguntou. — Acham que foi o Inominado que incendiou os navios?

Pela primeira vez, ela notou que Florell envelhecera. Reparou nos fios de cabelo branco nas tranças e nas linhas de expressão que enrugavam a pele ao redor dos olhos.

— Depois do Monte Temível, eles podem ter dúvidas que não expressam em público — Florell admitiu. — Assim como seu povo.

— Você tem, Florell?

— Jamais. Sua mãe era minha amiga mais querida. Eu a vi tirar esse rainhado do limiar da ruína. A não ser que veja o Inominado com meus próprios olhos, *jamais* vou acreditar que ele voltou. O Santo fez uma promessa a Inys, e tenho fé nele. E em você.

O fogo se projetava sobre as sombras, então nada permanecia exatamente imóvel.

— Posso fazer você parecer uma rainha. Liuma me ensinou isso — disse Florell. — Mas cabe a você mostrar a Inys quem é: a filha de Sabran, a Ambiciosa, a maior rainha de nossa história, e Bardholt, o Ousado, cujo nome faz os infiéis estremecerem.

— E se eu não conseguir?

— Então vai se revelar uma rainha fraca e ineficiente, como sua avó. E as duas que vieram antes dela.

Ela é parecida demais com a minha mãe. A Rainha Sabran estava em sua alcova à luz de velas. *Eu mantive Marian longe por todos esses anos... mas Glorian tem o sangue dela também.*

— Preciso ir falar com Mariken — avisou Florell. — Descanse. Eu não demoro.

Ela se retirou. Glorian removeu as botas e se sentou em silêncio na alcova.

Mostrar a Inys quem você é.

Alguns de seus pertences já estavam lá. No baú menor, ela encontrou o espelho que sua mãe lhe dera. Um reflexo mais jovem e assustado da Rainha Sabran a encarou.

Não só o dela. Não, aquele rosto era um legado de quase cinco séculos, da corrente, da vinha infindável. Dezenove rainhas com o mesmo rosto refletido na prata fria. E em seu âmago, em seu sangue, estava seu pai — nunca visto, mas sempre presente. Durante toda sua vida, ela se definira a partir dele e de sua mãe. Vivera em suas sombras, e como uma mera sombra dos dois.

Quem seria ela sem a luz deles?

Quem era Glorian Hraustr Berethnet?

****

O restante dos doze dias passou devagar. Nesse meio-tempo, Glorian não fez nada útil. Andou em círculos com suas damas, sem dizer muita coisa. Às vezes olhava para a Torre Alva, onde os Duques Espirituais se reuniam todos os dias, e se perguntava o que estariam conversando.

Ela rezava: *Gracioso e amoroso ancestral, manda-me um sinal. Ensina-me como me redimir de meu pecado, de minha relutância em me doar. Santo que nos governa a todos, em tua virtude, ouça minha prece. Concede-me teu perdão. Cede-me tua vela na escuridão. Torna-me teu instrumento, tua criada, teu veículo. Envia-me uma palavra de Halgalant.*

Nunca havia resposta. A mulher em seus sonhos — a mensageira dele — continuava em silêncio.

No fim, Glorian fora abandonada.

****

No décimo primeiro dia, Lorde Robart a convocou. Antes de sair de sua alcova, Glorian se olhou mais uma vez no espelho. Prendeu uma mecha de cabelos atrás da orelha e tentou endurecer as feições até que formassem uma espécie de máscara impassível, como sua mãe sempre fez.

Uma futura rainha deve estar ciente de como é vista pelos outros.

Como não podia levar uma espada para uma reunião do conselho, solicitou que um casaco protetor de couro, o qual remetia a uma armadura, fosse fixado sobre seu vestido plissado. Naquela noite, ela se conduziria como uma rainha e uma guerreira, a herdeira e o fruto da união da Rainha Sabran e do Rei Bardholt.

As velas brilhavam sobre castiçais de ouro, e as janelas eram mantidas fechadas por causa do vento. Quando ela entrou, os conselheiros se levantaram.

— Lady Glorian — disse Lorde Robart. — Boa noite.

Seu coração se contraiu ao vê-lo. Ele lhe dissera para não usar seu vestido de luto até que a notícia da morte de seus pais fosse dada — mas lá estava ele, com uma sobrecota de fina lã cinza por cima de uma túnica mais leve e um manto escuro sobre os ombros. Até seu cinto e os fechos da roupa eram de prata envelhecida. Os demais usavam a mesma cor.

— Você está de cinza, Lorde Robart — Glorian comentou, surpresa.

— Como pode ver, Alteza. — Ele fez uma pausa. — Não recebeu minha mensagem?

— Isso não é evidente?

Ela ficou perplexa com a resposta ácida que deu. Lorde Robart inclinou a cabeça.

— Minhas sinceras desculpas. Eu rezei ontem à noite e senti que deveríamos começar hoje o luto. Farei uma reprimenda ao mensageiro.

Ela precisava recobrar a compostura. Impassível, ela se sentou, no que foi seguida pelos demais.

Seu vestido era de um azul escuro e forte. Nada que reluzisse, mas, em meio ao cinza dos conselheiros, devia parecer uma demonstração de insolência.

Não havia lenha na lareira. A única fonte de calor e de luz eram as velas acesas.

— Espero que me perdoe pelo frio — Lorde Robert falou. — Gosto de manter a mente alerta enquanto trabalho.

— Isso não faz diferença para mim, Lorde Robart.

— Ótimo. Eu a convoquei para informá-la de que amanhã, no início da tarde, as prováveis mortes por afogamento da Rainha Sabran de Inys e do Rei Bardholt de Hróth serão anunciadas por toda a Virtandade. Sua ascensão ao trono, claro, será programada no mesmo comunicado. Dessa forma, a Paz da Rainha permanecerá.

— Mandou vasculhar o mar? — Glorian perguntou a Lady Gladwin.

— Sim, Alteza. Enviei inclusive mergulhadores para procurar por destroços, mas pouca coisa foi encontrada.

— Sabemos o que causou os incêndios?

— Enviei questionamentos ao Administrador de Mentendon. Por ora, não existem evidências de que a frota que se dirigia ao casamento tenha sido atacada. Arma nenhuma deste lado do Abismo é capaz de obliterar sete embarcações.

— *Deste* lado?

— Bem, em teoria, no Leste poderia haver uma. Afinal, sabemos pouquíssimo do que existe por lá.

— Por que alguém do Leste iria nos atacar? — Lade Edith questionou, franzindo a testa. — Duvido que saibam até mesmo da nossa existência.

— Quando eu era jovem — interrompeu Lorde Robart —, ouvi dizer que um príncipe sulino sobreviveu à travessia do Abismo. Anos depois, um de seus criados voltou, afirmando que as pessoas do Leste tinham fascínio por criaturas dos céus. Eu diria que é uma possibilidade plausível.

— Deveríamos levar em consideração os Ersyrios também — Lady Brangain sugeriu. — Dizem que são muito avançados na alquimia.

Lade Edith, Duquese da Cortesia, não se deixou convencer.

UM DIA DE CÉU NOTURNO – VOLUME I

— Eu concordo com Edith — opinou Lady Gladwin. — Não acredito que isso tenha nada a ver com o Leste, nem com os ersyrios. Nenhum deles causou o ataque. Os mentendônios são os maiores suspeitos. O assassinato do Rei Bardholt pode ser um recado contra a ocupação pelos Vatten. Eles podem ter aproveitado o fogo do Monte Temível, já que vivem há tanto tempo à sua sombra.

— A princípio, suspeitei de Vattenvarg. Nós sabemos de sua força marítima — argumentou Lorde Damud. — Mas ele não fez nenhuma reivindicação ao trono de Hróth, que seria sua única motivação aparente. Acho que o homem está velho e acomodado demais para ir à guerra. Ele não tem nenhuma queixa que seja de conhecimento de todos.

— Então os Vatten estão conosco? — Glorian perguntou.

— Tudo indica que sim, Alteza. Caso seja *mesmo* um complô mentendônio, eles encontrarão e castigarão os culpados.

— Seja quem for o responsável, não temos escolha a não ser anunciar a morte de seus pais. — Lorde Robart entrelaçou os dedos sobre a mesa. — O Intendente de Mentendon já informou Einlek Óthling. Ele se opõe à ideia de ser coroado, mas entende a necessidade.

Não era à toa que Einlek estava hesitante. Devia temer que seu tio fosse reaparecer para tirá-lo do trono.

— Alteza, estou certo de que seus pais lhe disseram que a senhorita precisa renunciar a seu direito ao trono de Hróth, o mais indiscutível entre qualquer vivente, e declarar que a linha de sucessão está investida em Einlek Óthling e seus descendentes — Lorde Robert continuou. — Isso é necessário para assegurar a continuidade da Casa de Hraustr.

Ele chamou uma criada, que trouxe um documento para Glorian. Ela o leu em silêncio.

Eu, Glorian de Inys, a terceira de meu nome, descendente de Rei Galian, o Santo, e detentora do corpo divino da Casa de Berethnet, a Corrente a prender o Inominado, declaro e afirmo ser a única herdeira de carne e osso do Rei Bardholt de Hróth, o primeiro de seu nome, concebida com sua fiel companheira, Rainha Sabran de Inys, a sexta de seu nome.

Neste quingentésimo décimo primeiro ano da Era Comum, renuncio por vontade própria a meu direito de nascença ao Reino de Hróth, cedendo a meu primo em primeiro grau, Einlek Óthling, filho de Ólrun Hraustr de Bringard, e a seus legítimos herdeiros de carne e osso que governem o reino em caráter de perpetuidade

Desde que era criança, ela sabia que chegaria o dia em que deveria abrir mão do sonho de governar Hróth. Isso adensava ainda mais sua tristeza, porém Einlek já havia sangrado pelo país e contava com o amor e a confiança de seu pai. Ele seria um bom rei.

Um cálamo foi trazido, assim como um chifre de tinta, repleto do sangue de um bugalho. Glorian pensou na minhoca de novo.

Ela mergulhou o cálamo. Por instinto, levou a mão ao rosto, para garantir a si mesma que ainda estava na própria pele, antes de firmar a assinatura que aprendera em seu décimo segundo aniversário.

Glorian, Rayna de Inys

— Einlek Óthling não será coroado antes de receber isso, Alteza — informou Lady Brangain. — Ele aguarda sua bênção.

— Depois do anúncio, o luto terá início em Inys — Lade Edith falou, quebrando o silêncio. — Em geral, duraria seis meses. Como perdemos tanto a rainha como seu consorte, o dobro do tempo seria mais apropriado.

— Também precisamos pensar em um sepultamento simbólico, seis dias depois do anúncio — lembrou Lorde Damud. — A tumba de sua mãe está pronta no Santuário das Rainhas. Propomos que alguns de seus pertences sejam colocados lá dentro, assim como o dente que está em poder do Santuário de Rathdun.

Toda rainha cedia um dente para o ancestral santuário do norte, para o caso de seu corpo se perder. Eram relíquias sagradas, pois, mesmo depois de morto, um corpo real era a encarnação do rainhado. Precisava ser preservado, protegido, colocado em descanso eterno com o devido respeito.

Glorian fechou os olhos. Contra sua vontade, imaginou a mãe ardendo, com os cabelos se desfazendo em chamas, a pele derretendo como cera.

— Sim. Precisamos garantir que meus pais sejam levados aos portões de Halgalant — ela respondeu, com a voz tensa. — Também desejo que a cerimônia inclua o senhor meu pai. Uma de suas peles, e seu dente, devem ser colocados na tumba. Acredito que ele também cedeu um ao Santuário de Rathdun.

— Sua Majestade o arrancou pessoalmente — confirmou Lorde Randroth. — E será trazido a Ascalun.

— Muito bem. — Glorian entrelaçou os dedos sobre o colo. — A data da minha coroação está definida?

— Será definida no momento propício, Alteza — informou Lorde Robart.

— É uma questão de decoro — Lade Edith explicou, antes que Glorian pudesse perguntar. — O desaparecimento sem rastros de uma soberana é algo inédito na história inysiana. Sua mãe não pode ser declarada oficialmente morta sem as devidas evidências. Antes disso, uma coroação pode não ser considerada apropriada, ou de bom gosto, a não ser que haja um testemunho. Alguém que sobreviveu e que possa confirmar ou negar o falecimento da Rainha Sabran.

— Precisamos ser realistas, Edith. Ninguém poderia ter sobrevivido àquele mar — Lorde Robart argumentou. — Não haverá testemunhos.

Lady Brangain desviou o olhar. Ao lado dela, Lorde Damud levou as mãos à testa.

— Caso nenhuma testemunha se apresente, recomendo que esperemos pelo menos um ano além dos doze meses de luto — Lade Edith concluiu. — A essa altura, o povo já a terá aceitado como rainha, Alteza.

Glorian não conseguiu pensar em mais nada a dizer. Insistir em uma coroação a faria parecer insensível.

Eles não podem ver a Rainha Felina em mim.

— Que assim seja — falou. — Um testemunho. Ou um ano. Alguma notícia da doença que surgiu em Hróth?

Lorde Robart ergueu as sobrancelhas.

— Como sabe disso, Alteza?

Glorian o encarou, sem responder.

— Infelizmente, se espalhou — respondeu Lorde Damud. — Einlek Óthling fechou seus portos. Por enquanto, não houve surtos aqui, graças ao Santos.

Lorde Randroth fez o sinal da espada.

— Talvez seja prudente fecharmos nossos portos também — Glorian sugeriu. — Como precaução.

— Acompanharemos de perto a situação. — Lorde Robart a olhou bem nos olhos. — Se possível, eu gostaria de tratar de uma questão doméstica mais urgente, Alteza.

— E o que seria, milorde?

— É aconselhável conceber uma herdeira assim que possível.

Nas profundezas do ser de Glorian, algo extremamente frágil enfim se rompeu.

— E por quê, Lorde Robart? — ela se ouviu dizer. — Eu só tenho dezesseis anos. Por acaso vou morrer em breve?

Exclamações foram emitidas ao redor da mesa.

UM DIA DE CÉU NOTURNO – VOLUME I

— Alteza — Lade Edith falou, com um tom de voz baixíssimo. — Eu lhe suplico, nunca mencione sua própria morte.

Glorian ergueu o queixo.

— Lady Glorian — continuou Lorde Robart —, esse é o maior entre seus deveres. A melhor forma de manter a segurança de Inys.

— Normalmente, poderíamos esperar mais. — Lady Brangain a encarou com a tristeza estampada em seus olhos escuros. — Mas estamos diante de muitas ameaças. O Monte Temível, o desaparecimento de seus pais, os carmêntios, essa doença, o atentado contra sua vida, provavelmente os mentendônios também. Sem uma herdeira, estamos vulneráveis.

Glorian apertou os próprios dedos com ainda mais força. Ela e sua avó eram as únicas Berethnet ainda vivas, e Marian era fraca e pouco estimada. Lorde Robart tinha razão.

Ela precisava de um herdeiro, para fortalecer sua casa.

— Antes do desaparecimento, sua mãe deixou um noivado acertado — informou Lorde Randroth. — Seu consorte será o Príncipe Therico, da Casa de Vetalda. Ele é o terceiro filho do Donmato.

— O Príncipe Therico tem sua idade, Alteza — Lady Brangain informou —, e é muito gentil, de acordo com a Rainha Rozaria. A senhorita já o conheceu em Kárkaro, mas creio que Sua Alteza se mostrou muito tímido em sua presença.

— Theo — disse Glorian. Poderia ser pior. — Sim, eu me lembro. Ele tinha um gatinho cinzento que o seguia por toda parte.

— Exatamente, Vossa Alteza.

— E o mais importante é que ele nunca será o Rei de Yscalin. Esse dever caberá a seu irmão mais velho — explicou Lorde Robart. — O Príncipe Therico é livre para viver ao seu lado. Ele já foi convocado para vir a Ascalun.

Glorian tentou conter o tremor que surgiu em suas entranhas ao ouvir aquelas palavras, mas ele acabou escapando de suas frágeis amarras e subiu por seus braços, fazendo seus pelos se arrepiarem sob as roupas.

547

Aquelas pessoas viam seu corpo como mais um documento a ser assinado.

— Seria aconselhável pensar apenas na maternidade agora, e não se extenuar demais antes do casamento — Lorde Robart falou ainda, arrumando seus papéis. — O Conselho das Virtudes existe para a proteção do rainhado, e para a sua também. Deixe tudo conosco, Lady Glorian.

47
Norte

Em meio aos ventos cruéis do inverno de Hróth, a luz do sol desaparecia ao meio-dia. Coberto com um manto de névoa marinha, o penhasco conhecido como Hólrhorn podia ser visto a léguas de distância da costa ocidental, embora poucas embarcações navegassem por ali. Apenas gaivotas e caranguejos-de-pedra se mexiam, e mesmo eles não faziam barulho.

Mais abaixo havia uma praia de areia escura, que se estendia por quilômetros de distância. As ondas varriam a neve do litoral e recuavam com um rugido, deixando uma cobertura de espuma. A costa que lavavam se tornava um espelho em seu rastro, refletindo os penhascos desolados, as aves e um acúmulo de nuvens cinzentas — tudo tingido de um leve tom acobreado.

As rochas se elevavam da neve no chão. A maioria as chamava de as Seis Virtudes do Mar, mas os que ainda se apegavam ao passado, que cantarolavam cantigas de ninar para os lagos congelados, sabiam que atendiam por um nome bem mais antigo.

Fazia milhares de anos que estavam lá, montando guarda.

Agora assistiam ao aparecimento dos mortos.

Durante dias, apenas as rochas testemunharam a chegada dos corpos trazidos pelo mar, carbonizados e alquebrados. Apenas elas viram o par que apareceu, um agarrado ao outro, que enfim alcançou a praia para seu descanso eterno.

O sol avermelhado se pôs. Quando a escuridão veio, foi em toda sua plenitude.

E assim permaneceu até que as luzes do céu despertassem. As cores se desenharam, flutuando reluzentes nas alturas, e inflaram como velas atravessando águas claras, em tons de azul e verde. Elas se projetaram sobre os restos mortais na extensa praia e foram refletidas pelos olhos de uma jovem de cabelos castanhos. Assim como os demais cadáveres, estava queimada, com a pele e a carne arrancadas dos braços — embora o rosto permanecesse intacto, branco como gelo. Se havia sido a água ou o fogo que a matara, ninguém tinha como saber.

Ao seu lado estava o último sobrevivente.

Uma onda forte quebrou sobre suas costas. Ele tossiu a água do mar, sentindo o nariz arder. Quando abriu os olhos e viu as luzes, soube que não estava em Halgalant.

Seus dedos estavam inchados e cobertos de bolhas. O mar roubara quase todas as suas forças, mas ele foi capaz de encontrar forças para se arrastar um pouco mais, puxando a mulher morta para junto de si e arrastando-a para a praia.

A cada centímetro, suas feridas salgadas abriam-se um pouco mais. E cada uma trazia à tona a dor agoniante que o frio terrível havia entorpecido, provocando grunhidos guturais e desprovidos de lágrimas. Quando chegou a seu limite, despencou ao lado dela, da mulher que nunca o temeu. Com os lábios rachados, ele a beijou na testa. Tinha lutado muito para trazê-la para casa, e sua missão estava cumprida. Os ossos dela estavam a salvo.

Só tinha um arrependimento — nunca ter entendido por quê. Por que fora deixado sozinho no bosque.

UM DIA DE CÉU NOTURNO – VOLUME I

Ao amanhecer, as luzes haviam desaparecido, e o homem trazido pelo mar ainda estava vivo. Pensou em voltar para a água e deixar que as ondas o levassem para as profundezas dessa vez. Era melhor do que encarar o fato de que falhara com seu rei. Nas canções, não havia nada mais triste que um cavaleiro sem um senhor.

Mas seu senhor nunca o ordenara cavaleiro, e ainda havia duas pessoas que necessitavam de sua espada. No Norte, um homem sábio que sobrevivera a uma guerra; no Oeste, uma jovem rainha com a neve no sangue. Ele precisava viver, para contar a ambos tudo o que o mundo precisava saber.

O Inominado poderia não ter voltado, mas outra ameaça tinha surgido.

****

Dois dias depois, uma família de pastores do povo Bálva aportou com seu bote a remo na praia, fugindo da peste que chegara a seu pequeno assentamento. Sob a luz fraca do amanhecer, se depararam com quatrocentos e treze corpos, queimados ou afogados ou congelados — e um homem que ainda respirava.

Ele os viu chegar à distância, com os olhos ressecados pelo sal. Regny jazia úmida e fria ao seu lado. Não conseguira salvá-la do fogo, mas ela o salvaria mais uma vez. Pegou o chifre que ela levava no pescoço e levou aos lábios ensanguentados.

O som soou tão grave e fraco que só chamou a atenção de um único par de ouvidos. Um cão de caça veio correndo, latindo e lambendo seu rosto.

— Hampa, não. Aqui, garoto. — Os passos ressoaram pela areia, e então se detiveram. — Pa, tem alguém vivo!

Doze outros vieram correndo pela areia. Logo em seguida, ele se deu conta de que sua sobrevivência estava nas mãos de outras pessoas — podia deitar e dormir, podia deixar sua consciência se esvair —, e então uma pele grossa e um chapéu de pelos foram colocados sobre seu corpo, e água de um cantil de bétula foi despejada em sua garganta, e ele bebeu tão depressa que até engasgou.

Quando tentaram levar Regny, ele a puxou para si, emitindo um protesto com a voz rouca.

— Pelos ossos do Santo, deixem estar — um homem mais velho falou, em hrótio. — Ele está tomado pelo luto. — O homem se abaixou diante do sobrevivente, e seus olhos escuros se fixaram nos dele. — Garoto, por tudo o que é mais sagrado, o que aconteceu aqui?

Wulfert Glenn reuniu todas as suas forças para articular as palavras.

— Digam a Einlek Óthling — falou, com a garganta ressecada. — Digam a ele. O rei... está morto.

48
Sul

Duas estátuas monumentais guardavam a entrada do portão sul do Vale dos Seletos Afortunados. Uma era Suttu, a Sonhadora, com a lança que banhou com a luz das estrelas — Mulsub, a lança que agora era de Esbar — e a outra, Jeda, a Misericordiosa, uma amada rainha do antigo Estado Taano.

A partir do vale, foram necessários mais três dias de viagem antes de chegarem à formação montanhosa que assinalava o fim do território lássio. De tempos em tempos, passaram por alguma ruína de uma torre ou pilar de osso. Em um determinado trecho, havia pedaços de basalto nas dunas.

As magas acumulavam mais calor no corpo que as outras pessoas e, em meio a temperaturas tão elevadas, e uma atmosfera seca e estagnada, até mesmo os menores movimentos eram exaustivos. Elas descansavam em qualquer sombra que pudessem encontrar ao meio-dia, só prosseguindo quando o sol se punha. Com o passar do tempo, chegaram à Garganta Eriana, o caminho mais curto até Carmentum. Havia centenas de habitações encravadas em suas paredes internas, cavernas empilhadas umas sobre as outras, unidas por pontes de corda que subiam até onde as vistas eram capazes de alcançar.

A passagem se abria para um penhasco poeirento do outro lado das montanhas, onde árvores leiteiras robustas estendiam seus galhos para abraçar o céu. À distância, em meio à névoa ondulante que pairava sobre o horizonte, Tunuva conseguia distinguir os contornos de uma cidade.

— Nin, ainda está sentindo o cheiro delas? — perguntou.

Ninuru esperou por uma rajada de vento.

— Lalhar. — As narinas dela se dilataram. — Ela passou por aqui.

Tunuva assentiu. Seu instinto estava certo.

O sol era como uma bandeja de ouro. Quando começou a longa descida, Canthe as conduziu na direção do Mar de Halassa, que reluzia a oeste até o fim do horizonte. Ninguém o havia cruzado e voltado para contar.

Encontraram uma abertura em uma rocha, onde duas estátuas sem rosto mostravam o caminho até uma escadaria de degraus rachados que terminava em uma caverna. A luz do dia brilhava por uma brecha larga que havia mais acima, dançando em uma lagoa límpida, uma rara fonte no deserto. Ninuru abaixou a cabeça para beber dela.

— Ninuru deve ficar em segurança aqui — Canthe falou. — Ela pode encontrar víboras fantasmas para comer. — A ichneumon lambeu os beiços. — Tuva, você vai precisar deixar sua espada também. Os carmêntios não andam armados. — Tunuva tirou a lâmina do cinto.

— Como é mais discreta, você pode se arriscar a levar a lança, mas mantenha sempre longe das vistas.

— Muito bem.

Canthe se ajoelhou junto à água e lavou a poeira do pescoço, enquanto Tunuva acariciava sua ichneumon.

— Ninuru, preciso que fique aqui até eu voltar — falou.

Ninuru parou de beber a água para encará-la.

— Ichneumons não abandonam suas irmãzinhas.

— Você não pode entrar conosco na cidade, doçura.

— Eles não têm armas.

— Alguns deles têm, ainda que em segredo. — Tunuva segurou o rosto dela. — Não vamos ficar separadas por muito tempo, eu prometo. Confia em mim? — Ninuru bufou. Tunuva a beijou no focinho. — Que bom. Agora descanse, e logo voltamos com Siyu e Lukiri.

****

Agora estavam a pé. Canthe prendera os longos cabelos, expondo a nuca ao sol. Não parecia transpirar, o que deixou Tunuva intrigada. Mesmo no inverno, era uma região quente como uma fornalha.

Elas caminharam por bosques de oliveiras e damascos do deserto, na direção da muralha da cidade.

— Conhece a história de Carmentum? — Canthe perguntou, quando pararam em um poço.

— Conheço.

Canthe girava a manivela enquanto Tunuva pegava as cabaças. Nunca tinha sentido tanta sede na vida.

— Yikala não era mais a mesma depois da passagem do Inominado. Muita gente tinha perdido seus entes queridos — ela falou. — Depois que os Onjenyu indenizaram as famílias por suas perdas, um grande número de yikaleses partiu. Seguiram até onde era possível na direção sul, e se puseram a construir um novo povoado.

O balde afundou na água, e Canthe começou a puxá-lo de volta. Ela era mais forte do que parecia.

— Uma ruína ancestral serviu como fundação — Tunuva continuou. — Anos depois, os sobreviventes de Gulthaga ouviram falar dessa cidade e foram se juntar aos yikaleses, para ajudá-los a construir Carmentum. Logo muitos outros seguiriam para lá. No fim, os Onjenyu acabaram tornando a cidade independente da Lássia.

— E aqui está — Canthe falou, apanhando o balde. — Uma cidade no fim do mundo, florescendo como um porto e um refúgio e uma jovem república. A primeira deste lado do Abismo.

— Existem repúblicas no Leste?

— Talvez para além das grandes montanhas, em regiões ainda não mapeadas.

Tunuva sacudiu a cabeça.

— Nunca deixo de me surpreender com o fato de que tão pouca gente enxergue a loucura disso, e o insulto que representa para a monarquia.

— A tradição representa estabilidade, e a mudança é um risco. Os carmêntios foram muito corajosos ao escolherem a segunda opção.

As duas encheram as cabaças com água fresca e limpa antes de seguirem adiante. Tunuva dava grandes goles.

— É uma surpresa para mim você nunca ter se aventurado mais para o sul, Tuva — Canthe comentou. — Não ficou curiosa em relação à única república do mundo conhecido? Um lugar sem coroas, como o Priorado.

— Ouvi o suficiente para saciar minha curiosidade. É uma viagem bem árdua para ser feita sem um bom motivo.

— E agora você tem todos os motivos do mundo. — Canthe parou para apanhar dois damascos. — Nós fazemos coisas grandiosas e terríveis por nossas filhas.

Tunuva aceitou a fruta que ela oferecia.

Quando se aproximaram da cidade, o sol já estava baixo, com a aparência de uma romã pendurada no galho do céu.

Carmentum se equilibrava sobre um afloramento isolado, o Morro Solitário, que se erguia do chão do deserto como o ombro de algum deus enterrado, rodeado por torres de vento. Canthe pagou um pequeno pedágio para entrarem a pé, e então as duas se viram cercadas de gente. A maioria das habitações era caiada, semienterrada no chão, acompanhada de uma árvore para fazer sombra.

Sob um carvalho-do-sal, um arauto lia notícias ("Bom eleitorado, o Mestre das Feras os lembra a se juntarem a ele em uma apresentação como nenhuma outra, a três peças de prata o assento, amanhã ao meio--dia"), observado por uma multidão de carmêntios. Tunuva observou os rostos mais próximos, na esperança de encontrar Siyu.

— Precisamos encontrar uma hospedaria — disse Canthe.

Com relutância, Tunuva assentiu. Siyu não fugiria para nenhum outro lugar, e as buscas poderiam levar dias.

Chegaram a uma rua pavimentada de mais de meio quilômetro de largura, sob a sombra de arcadas de arenito, que se erguiam como as costelas de um gigante. As pessoas abriam caminho para uma mulher de manto roxo. Seus cachos estreitos estavam presos por um diadema, que derramava pérolas sobre uma testa de pele marrom e marcada por linhas de expressão.

— Essa deve ser a Decretadora — Tunuva comentou.

— Sim. Numun, fazendo sua ronda. A cada dia, ela visita um distrito para conhecer as pessoas e ouvir suas reivindicações.

Atrás dela vinha uma ruiva com roupa de seda bege, com um decote que descia em forma de triângulo até a cintura e uma silhueta de contornos suaves, enquanto Numun parecia afiada como uma faca. As sardas salpicavam seu rosto e ombros pálidos.

— Ebanth Lievelyn — Canthe falou com um sorriso. — Uma mulher interessante. Era uma meretriz na capital mentendônia até os Vatten abolirem seu modo de vida, para manter as Seis Virtudes. Mas por certo você sabe que Numun também tem outra consorte, Mezdat Taumāgan.

— Sim, isso causou um tremendo burburinho no Priorado. Mezdat deixou a Rainha Daraniya furiosa por ter abdicado de seus títulos para se tornar republicana. Ela ainda conta com uma protetora, mas a irmã que vive aqui precisa ser muito discreta.

— Podemos fazer uma visita a ela?

— É melhor não interferir em seu trabalho.

Tunuva observou a passagem das duas mulheres. Ninguém fez mesuras, mas as pessoas deram demonstrações de respeito com outros gestos.

Canthe a conduziu até uma fileira de carruagens. Enquanto combinava o pagamento, Tunuva entrou e fechou os olhos.

Carmentum não parecia terminar nunca. Quando a carruagem chegou à face sul do morro, era fim de tarde, e o ar frio da noite do deserto já havia se instalado. Ao pé da formação rochosa, Tunuva seguiu Canthe até uma escadaria estreita, sentindo o cansaço lhe pesar como uma âncora. Ao chegarem à hospedaria, ela se sentia impelida a dormir pelo mesmo tempo que o Inominado.

Lá dentro, o clima à luz de velas era fresco, com cortinas de seda oscilando sob a brisa suave. Canthe conversava em um lássio cadenciado com o responsável pelo local, que a guiou por mais alguns lances de degraus.

O quarto que ele destrancou era como uma caverna, com duas camas e uma lareira. Tunuva foi até a pequena varanda. Carmentum se revelava diante dela, desaparecendo ao fim do Morro Solitário. Não era possível ver nada além da muralha da cidade, de tão escura que era a noite sem luar.

— Vou providenciar comida para nós — Canthe falou. — Em algum lugar deve haver água e óleo para tomar um banho.

— Obrigada.

Em algum local bem mais abaixo, as lamparinas bruxuleavam e a música ressoava, acompanhada de gargalhadas. Tunuva absorveu tudo, com os sentidos em alerta. Lalhar seria um elemento-chave em sua busca. Ninguém se lembraria de uma jovem com uma bebê, mas com certeza as pessoas repariam em uma ichneumon.

Era preciso encontrá-las depressa.

O frio a fez estremecer. Ela se recolheu e fechou a porta antes de tirar as roupas. Ao lado de um ralo em formato de folhas de oliveira, encontrou toalhas, água e um jarro de óleo, e se ajoelhou para limpar a pele.

Ainda estava se secando quando Canthe voltou, trazendo uma bandeja e uma jarra.

— Perdão — ela disse, ao se virar. — Deveria ter batido antes de entrar.

Tunuva abriu um sorriso.

— Não precisava. Eu não tenho mais idade para ter vergonha do meu corpo.

Canthe retribuiu o sorriso, colocando a refeição de lado.

— Eu queria que o meu fosse forte assim — ela falou. — Já forjei armas, mas nunca consegui empunhá-las.

— Você sabe trabalhar na forja?

— Ah, sim.

— Essa é uma habilidade que poderíamos usar. E, mesmo que nunca domine a espada, poderia ser uma boa arqueira.

— Eu adoraria. Sempre achei os arqueiros muito elegantes.

Enquanto pegava a jarra, Tunuva ergueu os olhos enquanto Canthe retirava as últimas peças de roupa. Ela era magra, e a pele de todo seu corpo parecia suave.

Tunuva serviu o vinho. Pela primeira vez em anos, se perguntou o que uma desconhecida havia pensado de seu corpo, que poderia ter mudado ao longo das décadas, mas continuava firme como sempre, com músculos salientes formados por uma vida inteira de treinamento, ainda que às vezes exigisse mais tempo de descanso do que antes. Observou as mãos calejadas, e as sardas escuras que se espalhavam pelo colo.

A saliência da barriga nunca havia sumido. Era seu último lembrete de que seu corpo um dia carregara outro dentro de si.

Canthe vestiu uma túnica. Quando ela se virou, Tunuva viu um aglomerado de leves cicatrizes abaixo do umbigo, certamente provocadas por uma lâmina. Eram as únicas marcas em sua pele. Ela as cobriu com a seda e se juntou a Tunuva à mesa, com os cabelos molhados penteados sobre um dos ombros.

— Precisamos sair para procurar logo ao amanhecer. A maioria das pessoas aqui dorme ao meio-dia — ela contou, pegando uma taça de vinho. — Siyu tem algum talento que poderia usar para conseguir algum dinheiro?

Tunuva pensou em perguntar sobre as cicatrizes, mas acabou desistindo.

— A caça, claro. E ela toca flauta, mas talvez não tão bem a ponto de ganhar a vida assim — explicou Tunuva. — A mente dela é inquieta demais para se dedicar a um único interesse.

— Ela sabe manejar uma lança?

— Muito bem. Fui eu que a ensinei.

— Ótimo. Podemos começar procurando no porto. Eles sempre precisam de gente que saiba pescar com lanças. — Canthe pegou um dos garfos sobre a mesa. — Mas primeiro vamos nos alimentar.

A comida era saborosa. Pão ázimo mergulhado em azeite de oliva, feijão branco cozido com amêndoas picadas e uma linguiça apimentada curada no sal, queixo e tâmaras, tudo regado a vinho tinto seco.

— Essa chave que você usa... — Canthe comentou, dando um gole em seu cálice. — O que ela abre?

Tunuva a tocou. A chave com a cabeça em formato de flor ficava no recôncavo entre sua garganta e o esterno.

— Não sei — ela admitiu. — Saghul a entregou a mim, por ser a guardiã da tumba.

— Mas nunca revelou seu propósito?

— Não. Deve ter contado apenas para Esbar. — Tunuva partiu um pedaço de pão. — Posso perguntar o que significa esse seu anel?

Canthe olhou para a joia, tirou-o do dedo e pôs sobre a mesa entre as duas.

UM DIA DE CÉU NOTURNO — VOLUME I

— Fui casada uma vez. — Ela se ajeitou melhor, cruzando uma das pernas pálidas sobre a outra. — Muito tempo atrás.

Tunuva pegou a peça. Era um anel que cobria a articulação do dedo, com dois círculos abertos unidos no bisel. As duas mãos — uma na ponta de cada círculo — estavam dadas em sinal de amizade. Os dedos uniam o anel, e versos haviam sido entalhados no interior da joia.

— É morguês. Um feitiço de amor eterno — Canthe explicou. — Na época eu ainda acreditava nisso.

— Uma peça muito bem-feita. — Tunuva a devolveu a ela. — Com quem você se casou?

— Com alguém que já morreu há muito tempo. — Canthe recolocou o anel no dedo com um sorrisinho. — Quando vi você com Esbar pela primeira vez, senti inveja... da intimidade de vocês duas, dos risos. Ninguém me abraça há muitos anos. Acho que sou fria demais para ser tocada.

— Você vai encontrar calor e conforto entre nós. — Tunuva fez uma pausa. — Canthe, aquilo que você falou antes... que fazemos coisas grandiosas e terríveis por nossas filhas...

Canthe virou o anel no dedo.

— Sim. — Ela levou a mão à barriga. — Eu ainda penso, às vezes, quando a solidão se torna mais forte, que estou sentindo minha recém--nascida em meus braços. Acordo com essa crença tão forte que, quando me dou conta de sua falta, revivo toda a tristeza de novo.

Tunuva só conseguiu assentir com a cabeça. Havia palavras demais entaladas em sua garganta — coisas que gostaria de ter dito no passado e acabaram engolidas só pela metade.

— Eu gostaria de poder lhe dizer que a dor passa. A perda de uma criança não é uma coisa assim tão rara, mas é a menos natural de todas — Canthe falou, baixando o cálice. — Consigo ver a força de seu amor por Siyu. Talvez tenha sido por isso que vim atrás de você. Por achar que você merece uma vida mais fácil, Tunuva... por ter permanecido tão bondosa mesmo depois da crueldade que o destino lhe reservou.

Tunuva estendeu o braço para o outro lado da mesa, cobrindo a mão dela. Canthe ficou imóvel.

— Canthe, não sou eu que sinto sua dor, mas sei o quanto ela dói — Tunuva falou. — E lamento muito por isso.

Elas entrelaçaram os dedos.

— E eu sinto muito pela sua. — Canthe se forçou a sorrir. — Por favor, Tunuva, vá se deitar. Você parece exausta.

Ela saiu para a varanda. Tunuva terminou a taça de vinho, se deitou na cama e deixou seus pensamentos se voltarem para ele pela primeira vez em meses.

Do lado de fora, na escuridão, o mar lavava a costa carmêntia.

49
Sul

Por um tempo, Tunuva dormiu como se estivesse descansando sob as ondas. Quando abriu os olhos, Esbar estava deitada ao seu lado na cama, acariciando seus cabelos, mostrando um sorriso reluzente como uma alvorada. Tunuva estendeu o braço para ela com um suspiro de alívio. Esbar viera atrás ela, porque a amava, e também porque amava Siyu.

Quando seus lábios se encontraram, Tunuva ficou tensa. Em algum lugar, abelhas zumbiam. Elas vinham de Esbar e entravam por sua garganta, chegando às profundezas de seu ser. Tunuva acordou resfolegada, ofegante, toda gelada.

— Tuva?

Canthe ergueu a cabeça. O fogo estava quase apagado, permitindo que as sombras tomassem conta do quarto.

— Está tudo bem — disse Tunuva. — Foi só um sonho.

Ela se sentou e encolheu os joelhos descobertos junto ao peito.

— Quer compartilhar comigo? — Canthe perguntou, se virando de lado.

Tunuva encostou o rosto na parede. Falar sobre aquilo seria como uma traição a Esbar, mas ela queria se livrar daqueles pensamentos, trazê-los à luz.

— Ando tendo pesadelos com Esbar.

— O que acontece nesses pesadelos?

— Ela me faz mal, me machuca. — Tunuva esfregou a testa. — Não sei por que eu imaginaria uma coisa dessas. Ela jamais me deu motivos para temores e desconfianças. Isso... é um tormento para mim.

— Eu conheci uma vidente das neves uma vez. Uma mulher muito sábia de Hróth — Canthe comentou. — Ela me disse que os sonhos são as verdades que enterramos.

— Ez jamais me faria mal.

— Não de propósito. Mas ela precisa pôr o dever em primeiro lugar.

— Nosso amor pela Mãe está acima de tudo.

— Alguns amores passam perto disso. — Canthe se ajoelhou ao lado do fogo para colocar mais lenha. — Sei que as irmãs do Priorado acreditam que ninguém deve se apegar demais à carne de sua carne. Isso deve ser difícil para alguém que perdeu o filho para a Bacia Lássia.

Tunuva fechou os olhos, sentindo a lama fria na clareira de novo, a chuva na pele. O cheiro da lama. *Me deixe*, ela murmurou quando Ninuru se deitou ao seu lado. *Me deixe morrer.*

Ichneumons não deixam suas irmãzinhas morrerem.

— Você deve saber muita coisa sobre a siden. — Tunuva quis mudar de assunto. — Sabe por que o Ventre de Fogo gerou uma fera como o Inominado, mas também ilumina a laranjeira?

Canthe se recostou.

— As árvores de siden, e as magas, são os únicos veículos naturais para a magia do Ventre de Fogo. Nós permitimos uma vazão suficiente para que o fogo não se torne quente demais — ela falou. — O Inominado foi uma deformação da siden. Uma afronta à natureza, surgida quando o fogo da magia ascendeu depressa demais.

— Então nós, magas, não somos como ele.

— Não. Nós só pegamos o tanto de siden que nos é oferecido.

— Canthe passou os dedos pelas ondas úmidas de seus cabelos. — Tunuva, o que você vai fazer se Siyu não quiser voltar ao Priorado?

Tunuva desviou os olhos.

— Ela ainda é uma criança — murmurou. — Não podemos deixá-la sozinha no mundo.

— Nós vamos encontrá-la — garantiu Canthe. — Eu prometo.

Tunuva desejou poder acreditar naquilo. Canthe fazia parecer que era verdade.

****

Ao amanhecer, ela despertou com Canthe já vestida, usando sandálias de couro e um vestido de seda da cor do pôr do sol, penteando os cabelos.

— Bom dia, Tuva — ela falou. — Providenciei novos trajes para você também, para não chamarmos atenção.

— Obrigada. — Tunuva jogou os ombros para trás, para aliviar a tensão. — Você fez compras assim tão cedo?

— Depois que você dormiu. Existe um mercado noturno aqui.

— Você fala carmêntio?

— Sim, mas a maioria das pessoas daqui fala o dialeto taano do idioma lássio.

Tunuva vestiu uma túnica de linho plissado sobre uma calça leve e fixou seus protetores para os braços. Em vez de sandálias, calçou de novo as botas empoeiradas e pôs o casaco de viagem, para esconder a lança. Por fim, pegou uma peça que pensou ser de uma lã marrom macia — mas que, quando a ergueu contra a luz, se transformou em um fio de ouro em suas mãos.

— Lã marinha. — Canthe penteou os cabelos para o lado. — Achei que combinaria com você.

— Canthe, eu não posso aceitar. A lã marinha custa...

— Custa menos no litoral, e eu tenho economias. De que adianta ter riquezas se não pudermos compartilhar? — Canthe questionou. — Você foi bondosa comigo. Mais do que qualquer pessoa em um bom tempo. — Ela abriu um sorrisinho. — Em minha época, era um insulto recusar um presente, sabe?

Tunuva sorriu também.

— Obrigada.

O xale parecia delicado, mas, quando o colocou sobre os ombros, sentiu que a aqueceria muito bem quando a noite caísse. Ela o daria a Siyu quando a encontrasse. Siyu sempre gostara de coisas belas.

— Antes de sairmos, eu gostaria de mostrar uma coisa. — Canthe foi até a porta da varanda. — O nome desta hospedaria é Recanto de Edin. Sabia que é a mais cara da cidade?

Tunuva ergueu uma sobrancelha. Havia sido uma noite tranquila e confortável, mas ela vira estabelecimentos que pareciam bem mais imponentes em Carmentum. Como se estivesse lendo sua mente, Canthe falou:

— Pode acreditar em mim.

Ela estendeu a mão. E quando Tunuva saiu para a varanda, ficou sem fôlego.

O nascer do sol lançara seu brilho avermelhado sobre o deserto. Daquela altura do Morro Solitário, era possível ver além da muralha da cidade, na direção de um mar sem água — um mar feito de flores selvagens roxas, que se abriam em torno de um arco monumental de pedra clara e desgastada, da largura de uma pequena montanha.

Como uma rosa do deserto, tinha sido escavado e aberto pelo vento, com trezentos metros de altura ou mais. Do outro lado, a terra se estendia em planícies de sal de um branco puro até onde as vistas podiam alcançar.

— Ungulus — sussurrou Tunuva. — E o Eria. — Ela se agarrou à balaustrada. — Nunca pensei que fosse ver isso.

— Duvido que exista uma vista mais grandiosa em todo o mundo.

Tunuva ficou olhando até seus olhos doerem. As infindáveis planícies de sal às quais os Seletos Afortunados de alguma forma conseguiram sobreviver. Ela não era capaz de sequer imaginar o medo que Suttu, a Sonhadora, devia ter sentido naquela jornada.

— Venha — chamou Canthe. — Vamos encontrar Siyu.

****

Uma névoa fria ainda pairava no ar àquela hora do dia. Elas desceram os degraus para o burburinho matinal da cidade, onde as pessoas aguardavam junto aos poços e um templo de espelhos abria suas portas. Enquanto se dirigia ao norte com Canthe, Tunuva tentou olhar para cada rosto, mas logo se deu conta de que era impossível. Já havia milhares de carmêntios nas ruas.

— Vamos começar pela guilda dos padeiros — Canthe falou por cima da algazarra. — Não é longe daqui.

A construção tinha um teto abobadado e duas torres de vento. Tunuva aguardou do lado de fora, se sentindo grata pela companhia de Canthe. Todas as irmãs sabiam como rastrear pessoas, mas Tunuva sempre fora dada à introspecção e à imobilidade, ficando mais tranquila nas florestas e montanhas. As cidades sobrecarregavam seus sentidos.

Esbar nunca tivera esse problema. Pelo jeito, Canthe também não, já que parecia totalmente à vontade. Quando voltou, ela falou:

— Nenhum dos padeiros daqui tem um filho chamado Anyso. Vários carmêntios exercem a atividade sem fazer parte da guilda, mas os membros vendem seus produtos em uma mesma rua, o que teria tornado as coisas mais fáceis para nós. Vamos ter que procurar por lá, para ver se alguém conhece alguma família do ramo que tem um filho desaparecido. Tenho certeza de que a notícia deve ter se espalhado.

Um cheiro convidativo as recebeu na rua em questão, onde os padeiros fabricavam todo tipo de pães, tirando-os quentinhos de fornos de pedra e chapas enquanto os carmêntios faziam fila para matar a fome no desjejum. Canthe conversou primeiro com um homem musculoso, que sacudiu a cabeça ao ouvir sua descrição.

Tunuva tentou lutar contra seu medo de que aquela era uma causa perdida. Carmentum tinha uma população de centenas de milhares de pessoas, e elas estavam tentando localizar uma única família. Já haviam andado por quase toda a extensão da rua quando algo fez Canthe se deter.

Ela falou com uma padeira que usava um colar antigo do Estado de Libir, com os cachos presos no alto da cabeça por um pedaço de tecido. A mulher conversou com Canthe em carmêntio. Tinha uma expressão tensa no rosto.

— Descobri o nome deles — Canthe contou para Tunuva. — Os pais se chamam Meryet e Pabel, e têm uma padaria no distrito dos lapidários. Fica do outro lado do Jungo, perto do atracadouro.

— Tem certeza de que são eles?

— O casal tem três filhos, e um deles se chama Anyso e desapareceu na Lássia no ano passado.

— Me leve até lá.

O Jungo era um rio açodado de águas rasas e esverdeadas, sedento por chuvas que raramente caíam sobre a cidade. Elas pegaram uma ponte branca arqueada e caminharam na direção do porto. Canthe parava de tempos em tempos para pedir informações, e lhe disseram onde ficava a padaria.

A rua era sombreada pelas próprias construções. Do lado de fora da padaria, uma menina de cabelos castanhos estava encolhida em um banco, com uma bebê bem conhecida nos braços. Tunuva deteve o passo, sentindo o coração ir parar na boca.

— Com licença — Canthe falou, em lássio. A menina teve um sobressalto. — Você conhece alguém chamado Meryet, ou Pabel, que faz pães?

— Sim. Sou filha deles — a menina contou. — Foram eles que chamaram vocês aqui?

— Hazen, não é? — Canthe falou, se sentando ao lado da menina, que respondeu com um aceno tímido. — Não viemos atrás dos seus pais, e sim de alguém que pode ter pedido abrigo à sua família. O nome dela é Siyu.

Hazen as encarou com olhos escuros e injetados. Parecia ter uns treze anos.

— Vocês são o que de Siyu?

— Sou a tia dela — Tunuva falou. — Essa é minha amiga.

— Ela estava ficando na nossa casa.

— Estamos muito preocupadas com ela — Canthe continuou. — Posso perguntar por que ela procurou vocês?

— Meu irmão Anyso… ele desapareceu no norte, em Dimabu. Nós esperamos e procuramos o quanto pudemos, mas o dinheiro acabou. Siyu queria contar o que aconteceu com ele.

— E o que aconteceu?

Hazen engoliu em seco.

— Nossos pais sempre avisaram para ele não entrar na Bacia, mas ele queria ser um explorador. Ficou perdido por semanas antes de sair do outro lado, no vilarejo onde Siyu morava — contou. — Foi ela que o ajudou a se fortalecer. Durante todo o tempo que achamos que ele estivesse morto, Anyso estava com ela. E tentou voltar para casa, mas foi mordido por uma cobra no caminho. Uma cobra venenosa.

Tunuva se sentiu como se estivesse em um pesadelo. Jamais o Priorado se envolvera tanto com forasteiros.

— Siyu pediu para ficar em nossa casa. Disse que eu era tia — Hazen contou, olhando para Lukiri. — Nós cedemos para ela a cama do meu irmão.

— Onde Siyu está agora? — Tunuva perguntou, com um tom gentil.

— Nós não tínhamos espaço para a ichneumon dela. Siyu achou um lugar para ela dormir embaixo das docas, mas não dá para manter um segredo assim aqui. O Mestre das Feras deve ter ficado sabendo. Ele captura animais e os obriga a enfrentar uns aos outros. Quando os caçadores dele apareceram, Siyu tentou lutar contra eles com uma lança, mas eram muitos. Meus pais tentaram ajudar. Os caçadores levaram todo mundo embora.

Tunuva ficou tensa.

— Siyu também?

— Ouvi dizerem que ela ia para o Jardim dos Leões. Mas não sei para onde levaram os meus pais.

— Hazen, os caçadores viram você ou sua irmã? — Tunuva quis saber. — A menina fez que não com a cabeça, com os olhos cheios de lágrimas. — Muito bem. Não saia daqui. Quando voltarmos com Siyu e Lalhar, vamos levar vocês para um lugar seguro. Vocês têm mais parentes na cidade?

— Um tio. — Hazen olhou para ela. — Quanto tempo vocês vão demorar?

— Vamos voltar assim que possível. — Tunuva estendeu os braços. — Pode deixar que eu fico com Lukiri.

Hazen lhe entregou a bebê. Lukiri olhou para Tunuva e sorriu, estendendo uma mãozinha na direção de seu rosto.

— Olá, raiozinho de sol. — Tunuva a beijou de leve. — Está tudo bem. Você está a salvo.

****

— O Jardim dos Leões era um passatempo de Gulthaga — Canthe explicou, enquanto atravessavam a praça do mercado. — Colocavam guerreiros para enfrentar lobos, ursos e outras feras, como punição ou uma oportunidade para obter a glória. Inys e Yscalin costumavam ter lugares como esse também. Ouvi dizer que a Rainha Felina apreciava um bom tormento.

Tunuva a seguia, com Lukiri amarrada ao xale.

— Os carmêntios toleram a presença de um bandido violento?

— O Mestre das Feras afirma comprar os animais legalmente, mas os caçadores são todos pagos por ele. Eu mesma deveria ter pressuposto isso. — Canthe passou por um carrinho de sedas tingidas. — Você vai mesmo voltar para buscar as meninas?

— Sim.

Saghul a teria aconselhado a não se envolver ainda mais, porém a ideia de abandonar duas crianças era intolerável. Ajudá-las era o mínimo que poderia fazer, para compensá-las por tudo. Ela encontraria seus pais ou as levaria para o tio, e esse seria o fim da história.

Por favor, que esse seja mesmo o fim da história.

Sua primeira visão do Jardim dos Leões a fez deter o passo, e Lukiri piscou algumas vezes. Entalhada em pedra amarelada, com no mínimo trinta metros de altura, a estrutura colossal se destacava como um osso fraturado entre as casas baixas dos carmêntios, adornada com relevos bestiais. Devia ser uma tentativa de reproduzir o estilo das construções de Gulthaga, além de suas tradições violentas. Canthe a conduziu até a entrada, onde as pessoas mostravam fichas que lhes franqueavam a entrada.

— Não vão nos deixar passar por aqui. As fichas são numeradas.

Elas seguiram a curvatura da parede externa e desceram um lance de escadas até uma câmara subterrânea. Tunuva iluminou o caminho com sua chama, revelando uma porta pesada. Estendendo o braço, ela evocou sua chama vermelha e virou a mão em cima da tranca. O ferro caiu derretido no chão, sem deixar nenhuma marca em seus dedos.

Ela forçou a porta. Mais adiante havia uma câmara cercada por barras, por onde a luz do sol entrava através do gradeado que as cobria, e as feras ficavam trancadas em jaulas. Um olifante, com olhos tristes e infestados de larvas. Um leão do deserto. Uma ursa branca imunda, magra demais, junto com seu filhote.

Ao final da câmara, havia várias jaulas vazias de portas abertas. Tunuva reparou em um tufo de pelagem marrom caído no chão da última delas.

— Lalhar.

— A luta já deve ter começado — Canthe falou. Como que para confirmar o que dizia, aplausos ressoaram mais acima. — Precisamos nos apressar.

— Você não é uma combatente. Fique aqui com Lukiri.

Canthe assentiu. Tunuva lhe entregou a bebê e o xale, correu por uma encosta e voltou ao calor do meio-dia.

Dentro do Jardim dos Leões, um grande toldo fazia sombra às arquibancadas de pedra, que abrigavam milhares de pessoas. No campo de areia mais abaixo, Lalhar agitava a cauda. Sua pelagem estava manchada de sangue e a carne, ferida em vários lugares, com marcas de mordidas no flanco.

Três gatos-bravos esguios cercavam a ichneumon. Havia um quarto morto no chão, e os sobreviventes estavam todos feridos, mas continuavam a espreitá-la, sem parecerem se importar nem um pouco com o fato de Lalhar ser mais alta por uma cabeça e ombros inteiros. Uma jovem mais do que conhecida estava ao lado da ichneumon, com a lança em riste, pronta para o ataque.

Com sua audição aguçada, Tunuva ouviu uma voz entediada, que falava com um sotaque da Lássia:

— Hora de desistir, jovem domadora. Por mais aguerrida que seja, não vai sobreviver muito mais contra meus felinos.

Então ela conseguiu vê-lo: um homem pálido e barbado, sentado em um camarote, com um manto vermelho sobre um dos ombros, apenas um tom mais escuro que seus cabelos. O diadema de ouro polido que usava na cabeça tinha a forma de uma serpente devorando a própria cauda. Um servente mantinha uma pequena cobertura sobre sua cabeça.

Siyu estremeceu.

— Não sem minha ichneumon. — A voz dela soou trêmula. — Se nos deixar ir embora, eu não mato você.

— Minha ichneumon. Eu paguei pelo peso dela em ouro — o Mestre das Feras respondeu, com um tom de voz suave. — Você tem como me pagar isso?

Siyu girou sua lança ao redor do corpo antes de apontar para o homem soltando um grito de desafio e, apesar do medo, apesar da frustração com a jovem, Tunuva sentiu uma pontada de orgulho.

Mas a sensação logo passou quando um dos gatos-bravos avançou. Tunuva posicionou uma flecha no arco, puxou e soltou a corda com movimentos naturais e relaxados, que seus músculos sabiam de cor, e o felino foi ao chão, rugindo de dor e de fúria.

Siyu se virou. Havia marcas de garras em seu peito e seus braços, vertendo sangue, e seu ombro estava seriamente ferido.

— Tuva? — ela gritou.

Houve berros de excitação. Tunuva avançou, sacou sua lança e a arremessou com todas as forças. A ponta acertou um segundo gato-bravo na pata traseira, provocando uma lesão grave o bastante para deixá-lo mancando, mas não para matar. Ela recuperou a arma e rolou para longe, bem a tempo de impedir que o menor entre os três predadores a atacasse.

Sentiu um hálito fétido sobre o rosto quando o gato-bravo avançou sobre ela, passando por cima do cabo da lâmina, atacando seus ombros com as patas enormes, cravando fundo as garras em seus braços, com os bigodes manchados de sangue. Em qualquer outro dia, Tunuva admiraria aquela criatura.

Mas a verdade era que estava tendo um péssimo dia. Baixou o ombro e arremessou a criatura para trás, enquanto Siyu enfrentava a outra fera.

Os gritos e os aplausos irromperam entre os espectadores. A fera soltou um rosnado desafiador.

— Calma, rainha — Tunuva falou, baixinho. — Vamos ser amigas.

A felina escancarou os dentes compridos e amarelados. Estava magra de fome, ferida e torturada. Tunuva encarou aqueles olhos cor de âmbar, cercados de pelagem branca, e percebeu que a fera atacaria de novo.

A gata-brava se agachou, com os pelos eriçados, soltando um rosnado do fundo da garganta. Quando projetou a pata gigantesca, Tunuva usou a lança para desviar o golpe.

— Já chega — esbravejou para o Mestre das Feras. — Seus caçadores roubaram essa ichneumon.

— Eu me recuso a aceitar calúnias, guerreira. Adquiri essa fera de boa-fé. As pessoas a capturaram para vê-la lutar. — Ele batucou os dedos compridos no braço do assento. — Se nenhuma de vocês me compensar pelo que paguei por essa criatura rara, então...

— Eu pago.

Tunuva se virou. Canthe estava caminhando em meio ao sangue e à areia, com as saias revoando em seu encalço e Lukiri nos braços. Se aproveitando da distração, Siyu se aproximou de Tunuva.

O Mestre das Feras ergueu uma sobrancelha perfurada. Para ele, Canthe devia parecer uma carmêntia da nobreza, com suas sedas amareladas e suas joias finas.

— E você, quem é?

— Alguém que tem o que você quer — Canthe respondeu. Os gatos-bravos se afastaram dela, rosnando. — Mas desconfio que não precise de ouro, Mestre das Feras. Você deseja as riquezas e glórias que esse animal sagrado pode lhe proporcionar durante meses, e depois vai querer seus ossos.

— Ela é minha, posso fazer o que bem entender com ela. Mesmo assim, não quero máculas em minha reputação. — O Mestre das Feras se inclinou para a frente em seu camarote. — Me deixe fazer uma proposta que satisfaça a todos.

Elas nunca descobriram o que ele estava disposto a oferecer.

Tunuva foi a primeira a ouvir os gritos. Um silêncio se espalhou pelas arquibancadas. A onda de inquietação foi crescendo e retumbando como um trovão, dezenas de milhares de berros apavorados.

O Mestre das Feras se levantou. Diante dele, o Jardim dos Leões estava imóvel, a não ser pelas vozes carregadas de tensão nas arquibancadas, ressoando como um enxame de abelhas.

De repente, a cobertura se abriu em duas. A escuridão encobriu a luz do sol, e então algo aterrissou na areia, fazendo o chão tremer. Tunuva Melim ficou sem reação, pois ali estava a coisa que ela nascera para destruir, vinda do céu do deserto.

O tempo pareceu passar mais devagar naquele primeiro instante, enquanto ela observava tudo com a maior atenção possível. Sabia em seu âmago o que estava por vir, mas vê-lo com os próprios olhos era bem diferente. Tinha o mesmo formato do Inominado, com chifres e espinhos nas costas, mas a carapaça era malhada, com escamas que pareciam madeira queimada, e os membros inferiores eram idênticos às asas.

Um *wyrm*.

Seu olhar flamejante se dirigiu ao Mestre das Feras, isolado em seu camarote. Estava pálido e imóvel, e as íris cinzentas pareciam engolidas pelo branco dos olhos. A criatura empinou sobre a pernas musculosas e abriu as asas.

Quando rugiu, os gatos-bravos fizeram o mesmo, com as costas arqueadas e as orelhas encolhidas. O Mestre das Feras não teve tempo de emitir suas últimas palavras antes que a garganta do wyrm se acendesse como um carvão e o fogo jorrasse de sua boca.

Siyu arquejou de susto, assim como o público — aqueles que conseguiram, ao menos. As chamas assaram o Mestre das Feras como um filé antes de se espalharem pelas arquibancadas, incendiando cabelos e roupas. Agora havia mais sons de asas batendo, e o céu estava coalhado e convulsionado de monstros. Tunuva puxou Siyu pela mão para a câmara subterrânea.

— Lalhar, Canthe, venham comigo! — gritou.

A ichneumon ferida as seguiu, mancando.

— Tuva, as meninas — Siyu berrou. — Precisamos buscar as meninas...

— Eu sei.

Tunuva seguiu pelos túneis dos animais, arrombando jaulas por onde passava.

— Pode ir agora, rei das feras — ela falou para o leão do deserto. — Ninguém mais vai deixá-lo de joelhos.

Com um grunhido, o leão se levantou.

Siyu subiu correndo os degraus mais adiante. Elas emergiram para o sol e o tumulto — Carmentum estava em desordem total, assolada pelos wyrms. Garras capturavam pessoas e animais de rebanho, arrebatando suas presas das ruas pavimentadas. Longas caudas arrebentavam casas. O fogo vermelho explodia a cada rua, consumindo tanto os vivos como os mortos, incendiando as árvores.

O Priorado jamais esperaria uma coisa dessas. Durante cinco séculos, suas guerreiras aguardaram pelo Inominado, cientes de que estavam preparadas para derrotá-lo — um único wyrm, não centenas.

Não havia história que alertasse para aquilo.

Os gatos-bravos passaram junto com uma matilha de cães selvagens, que latiam freneticamente. Com a lança em punho, Tunuva seguia Siyu. Seus instintos lhe diziam para ficar e lutar até a morte, mas não havia como vencer aquela batalha. Era melhor sobreviver, para alertar Esbar.

Ela sentiu o cheiro de enxofre. Ao se virar, apertou com mais força o cabo da lança. Uma criatura avançava desajeitadamente pela rua mais adiante.

Claramente tinha sido uma leoa em algum momento. Alguma força aterradora a havia inflado de alguma forma — esticado sua espinha, suas garras, seu pescoço. A cabeça parecia alta demais, oscilando como a de uma serpente antes do bote. Ela se lembrou do boi selvagem, do boi atormentado que saíra de dentro da pedra no Priorado.

A fera cravou nela os olhos sem alma. Seus dentes estavam cobertos de sangue e carne. Ela correu na direção da criatura, atingindo seu corpo bem entre as patas. Atrás dela, Siyu a atingiu no flanco, enquanto Canthe correu para o outro lado, protegendo Lukiri.

A ruazinha estava em ruínas, com uma fera alada moribunda nos telhados destruídos, derrubada por um arpão.

— Não — gritou Siyu. — Dalla, Hazen...

Ela começou a remexer desesperadamente nos escombros.

— Siyu. — Tunuva a conteve. — Siyu, é tarde demais.

— Eu preciso procurar!

— Me escute. Elas podem ter saído daqui e ido atrás do tio. Espero que sim. Caso contrário, estão mortas. — Tunuva a segurou pelos cotovelos. — Preciso ir agora mesmo, para alertar a Prioresa. Venha comigo.

Siyu a encarou, com os olhos marejados.

— Foi você que o matou, Tuva?

— Não, raio de sol. Foi uma ordem de Saghul. Eu sinto muito. — Tunuva a olhou bem nos olhos. — Por favor, Siyu. Não fuja de quem você é.

Lukiri se engasgou com a fumaça e as cinzas enquanto chorava. Toda trêmula, Siyu observou Canthe a acalentar.

— A Mãe precisa de suas guerreiras — Tunuva lhe disse. — Somos as únicas capazes de impedir isso.

— Esbar não vai me perdoar.

— Esbar é a Prioresa. Ela tem essa obrigação.

— Siyu, você tem um lar — disse Canthe. — O tipo de lar que eu só encontrei depois de viajar pelo mundo todo. — Lukiri se agarrou ao vestido dela, choramingando. — Não jogue isso fora. Não escolha viver como eu.

Siyu engoliu em seco, franzindo a boca. Uma lágrima abriu um rastro em seu rosto empoeirado.

— Eu vou com vocês.

Tunuva assentiu. Voltou a segurar a mão de Siyu, que dessa vez apertou a dela.

Percorrendo os becos estreitos, elas saíram perto do atracadouro, onde a confusão era generalizada. Pessoas em frenesi lotavam as embarcações ou se jogavam nas águas rasas. Enquanto Canthe as conduzia pela praia, uma gritaria fez Tunuva deter o passo. Em meio à fumaça, à poeira e às cinzas, ela viu outra forma monstruosa, sobrevoando o Mar de Halassa.

Dessa vez, escolheu uma flecha farpada. Esticou a corda até a fera se aproximar o bastante para ser possível contar os espinhos em suas costas. Aquela nunca havia sido nada além de um wyrm, com certeza — não havia vestígios de boi ou de leoa, nada do mundo natural. Só a face do inimigo.

Ela disparou o projétil.

A flecha a acertou no olho. Seu urro de dor fez os pelos de seu braço se arrepiarem. A multidão se condensou, com os carmêntios tentando fugir aos empurrões, berrando enquanto o wyrm despencava nas ondas.

— Tuva — chamou Canthe. — Depressa. Estamos perto.

Ela as conduziu de volta para as ruas. Uma fumaça preta subia das construções, tanta que a noite caiu sobre Carmentum. Muito tempo atrás, seu povo concordara em se desfazer do leme dourado da monarquia. Agora não havia nada que o governasse além do medo.

Camelos bufavam de pavor, cavalos puxavam carruagens em chamas, corpos fumegavam nos locais onde tinham sido abatidos. Segurando Siyu com firmeza, Tunuva imaginou que tudo aquilo era um sonho febril e que as muralhas eram o limiar entre o transe e a realidade.

Siyu pegou Lukiri enquanto elas abriam caminho até os portões da cidade. Por todos os lados, havia vozes ensandecidas de medo e multidões de carmêntios. Tunuva tentava se desvencilhar deles. Tantas vidas. Tantas mortes. Estavam confinados, obstruindo a garganta de Carmentum. Ainda mancando, Lalhar latia para abrir caminho, e assim elas conseguiram sair, de volta à paisagem desolada, sem nenhum abrigo do céu aberto.

A guerra chegara.

Depois de quinhentos anos, enfim estava começando.

Elas correram. Lalhar ofegava de dor, fraca demais para carregar quem quer que fosse.

— Tuva — gritou Canthe.

Tunuva se virou, com a flecha a postos. Quando viu, ela baixou o arco, e seus braços ficaram paralisados.

O que quer que tivesse aparecido no Jardim dos Leões, o que quer que estivesse incendiando Carmentum — não era nada em comparação àquilo.

Aquela fera era a imagem escarrada do Inominado. Quatro patas, asas capazes de projetar sombras sobre toda uma cidade, uma cauda forte como um aríete de guerra e dois chifres assustadores. Como as criaturas menores, parecia feita da própria terra, com uma carapaça com aspecto de siderita. As garras e os espinhos sinistros eram de metal forjado nas profundezas do mundo.

Com um único sopro, o wyrm incinerou uma centena de carmêntios em fuga. As chamas pareciam estar saindo direto do Monte Temível, destruindo tudo o que tocavam. Tunuva evocou sua siden e envolveu as demais com uma égide.

Aquela planície se tornara um campo de caça.

Uma tempestade de fogo caiu em torno de seu escudo. Mesmo envolvida por sua magia, o calor quase a derrubou de joelhos. Ela estava no núcleo de um sol, ouvindo Siyu lutar para respirar. Assim que o fogo parou, elas seguiram em frente, enquanto o wyrm recuava lentamente, grande demais para ser ágil.

Quando as viu de novo, seus olhos se inflamaram de tal forma que Tunuva pensou que fossem soltar faíscas. Diante daquele sopro terrível, ela se agachou, para que fosse necessária menos siden para se cobrir.

Precisavam chegar à caverna onde deixaram Ninuru. Ficariam a salvo ali até o monstro se saciar de destruição.

Na terceira onda de fogo vermelho, Tunuva estremeceu pelo esforço para manter sua égide. Siyu evocou uma mais fraca com o que restava de sua magia, mas ela não era treinada para isso. A égide se tornou perigosamente frágil de um dos lados enquanto tentava proteger Lukiri do outro, com bolhas no braço direito por causa do calor. Tunuva foi obrigada a ampliar a sua.

O wyrm encobriu o sol, voando mais baixo. Sua sombra se ampliou quando pousou diante delas, com força suficiente para fazer o chão tremer e Lalhar perder o equilíbrio. Tunuva pôs duas fechas longas no arco e as atirou em seu peito, onde devia queimar seu coração.

Um projétil ricocheteou na carapaça, enquanto o outro se espatifou. Deixando o arco de lado, Tunuva alongou a lança e se imaginou no Salão de Guerra com Esbar. Diminuiu a respiração. Acalmou seu espírito.

Não tema. As palavras da Mãe ecoavam em sua mente. *Você é o próprio sol encarnado.*

Com a largura de três homens, a cauda zunia em sua direção. Ela se esquivou agachando. Um vento escaldante assobiou em seu encalço, queimando sua nuca. Fazendo pontaria, ela arremessou a lança na parte inferior do maxilar, e acertou o alvo. O wyrm rugiu de raiva, contra-atacando com outra fornalha. Mais uma vez, Tunuva se protegeu com todas as suas forças.

Quando a fumaça se dissipou, ela estava no chão, tremendo e banhada em suor. A criatura escancarou suas fileiras de dentes, cada um deles mais comprido que seu braço. O sangue escorria pelo cabo da lança.

— Morra.

Era uma voz tão grave — o retumbar de um terremoto — que ela demorou um tempo para discernir a palavra em meio à névoa que encobria sua mente. *Ersyrio. O wyrm fala ersyrio.* Os olhos do monstro eram vazios mas conscientes, cheios de um instinto cego carregado de maldade. Tunuva os encarou, exaurida. *Como ele conhece uma língua humana?*

Ela já havia esgotado metade de seu estoque de magia. Durante o treinamento, aprendera a se recuperar, mas nunca enfrentara um inimigo como aquele.

— Levante-se — Siyu falou, aos soluços. — Tuva, levante-se!

O wyrm abriu sua bocarra cavernosa. Tunuva levantou a mão para erguer mais uma égide — e estava certa de que essa seria a última que era capaz de evocar — quando um borrão de pelagem branca saltou sobre a fera.

Ninuru.

Ela cravou os dentes na asa do wyrm. Suas garras estavam totalmente expostas, e se enfiavam profundamente entre as escamas, como se tivessem sido feitas para perfurá-las. O wyrm conseguiu se desvencilhar dela, mas Ninuru logo voltou a ficar de pé, saltando na frente de Tunuva. Estava com os pelos eriçados, as presas escancaradas até as raízes e produzindo ruídos que Tunuva nunca ouvira, rosnados graves e guinchos assustadores. Não era páreo para o monstro em termos de tamanho, mas mesmo assim o encarava.

Quando ele abaixou a cabeça o suficiente, Tunuva estendeu o braço e recuperou a lâmina. Um sangue com aspecto de alcatrão escorreu do ferimento, fervilhando ao tocar o chão.

Uma carapaça espessa cobria a maior parte do corpo do wyrm, mas, quando a Mãe enfrentou o Inominado, encontrara um ponto fraco sob a asa, onde a escama dava lugar a uma carne mais tenra. Tunuva sabia que precisava acertá-lo ali, ou então no olho. Ela conseguiu reunir forças para se levantar e encarar a fera.

Isso atraiu a atenção do wyrm para ela.

Nesse momento, Lalhar avançou.

O wyrm a viu e se agachou. Siyu soltou um grito de angústia, como se os dentes do monstro a tivessem perfurado também.

— Lalhar!

A jovem ichneumon guinchou e ficou mole, pois suas costelas se arrebentaram com a força da mordida. Urrando de raiva, Ninuru atacou de novo, lançando as garras contra o wyrm, arranhando e mordendo os espinhos do rosto da fera, possuída por uma ira primitiva. Lalhar escapou de sua boca e foi ao chão.

— Lalhar! — Siyu se jogou com um grito sobre sua ichneumon. — Lalhar, não...

— Siyu, mexa-se — rugiu Tunuva.

Siyu se virou, tentando proteger Lalhar com seu corpo, bem menor que o dela. O wyrm a olhou, com os dentes pingando sangue, e abriu as mandíbulas imensas como uma caverna, pronta para engoli-la por inteiro.

Canthe entrou na frente dela.

Imediatamente, o olhar do wyrm se voltou de Siyu para Canthe, e dilatou as narinas. Canthe não demonstrou medo algum. Ergueu a mão esquerda, e um sol invernal surgiu entre seus dedos. Não, um sol, não — um orbe branco de relâmpagos, uma estrela em explosão. Era frio e ofuscante.

Não tinha nada a ver com o fogo.

Incrédula, Tunuva só observou enquanto uma fragrância tomava conta do ar, de metal e chuva e amêndoas amargas, avançando junto com os fachos de luz. Quando o brilho se tornou insuportável, o wyrm se escondeu atrás de uma asa e guinchou. Tunuva desabou no chão, sentindo seu sangue rejeitar aquele poder brutal emitido por Canthe.

Isso não é siden, foi a última coisa que passou por sua cabeça. *Existe outra magia.*

Sua siden se recolheu para as profundezas de seu ser. Ela ouviu Siyu desabar ao seu lado, Lukiri gritar e Canthe irromper em luz.

****

A fumaça subia, as cinzas caíam, e em pouco tempo o céu ficou vermelho. Os gritos ainda persistiram pela metade de um dia. Ao cair da noite, tinham chegado à extremidade sul da Garganta Eriana — duas magas a pé, uma montada em uma ichneumon e uma criança amarrada em um xale, já sem chorar.

E Carmentum era apenas o que tinha sido antes que os yikaleses a construíssem — uma ruína no fim do mundo, silenciosa e abandonada.

50

Leste

Dumai foi despertada pelo frio profundo do voo. Quando levantou a cabeça, sentiu o pescoço dolorido de uma maneira que agora lhe era familiar.

O amanhecer se derramava como um copo de ouro derretido, acentuando o contorno das nuvens mas ainda deixando a terra mais abaixo nas sombras. Aquele era o Império dos Doze Lagos, o maior país do Leste.

No momento, era um reino dividido. Os territórios ao norte do Rio Daprang haviam sido conquistados por uma numerosa tribo do povo Hüran, os Bertak, enquanto os restantes ainda pertenciam à ancestral Casa de Lakseng. O Tratado do Shim pôs fim às hostilidades, estabelecendo o domínio dos Bertak a partir da cidade de Hinitun e promovendo um intercâmbio entre herdeiros lacustres e dos Hüran para garantir a paz.

Dumai não tinha a menor intenção de se envolver com política. Estava lá para conversar com a alquimista Kiprun, para descobrir se ela sabia o que vinha atormentando as profundezas da terra e o que provocara o surgimento de um wyrm. Nesse meio-tempo, só podia torcer para que seu pai aguentasse firme na corte.

Ele conseguiu se manter firme sem você durante anos, disse a si mesma. *E pode permanecer enquanto você tenta impedir que Seiiki se desfaça em chamas.*

Ela olhou para Nikeya, pálida e trêmula agarrada a Kanifa, ainda adormecida. Por mais perigosa que fosse, ainda era humana. Uma ameaça pequena em comparação com aquela fera incandescente de Sepul.

Furtia voava em silêncio. Um ponto vermelho tingia a neve mais abaixo, que se espalhava branca e intocada até onde as vistas podiam alcançar. Embora Dumai ansiasse por voltar para sua antiga vida, não trocaria aquela visão por nada — a do mundo sobre o lombo de um dragão.

Era quase meio-dia quando a capital no sul apareceu no horizonte. No verão, os Lakseng se deslocavam para a costa, mas, por ora, a Imperatriz Magnânima governava a partir da Cidade das Mil Flores.

Um milhão de flores seria um nome mais apropriado, segundo a lenda. Na primavera, os botões se abriam em todas as ruas, nos pés de pêssego, damasco e ameixa, perfumando o ar com o aroma de doces finos.

Dumai tentava absorver tudo aquilo, uma cidade que se estendia indefinidamente. Estudara as pinturas e os relatos antes de partir de Seiiki, mas nada poderia tê-la preparado para a amplitude da via chamada de Caminho da Florada Branca, nem para a infinidade de distritos que se espalhavam ao seu redor, separados por canais congelados.

Ela viu o famoso relógio da torre movido a água, as ferrarias e as pedreiras, os fura-ventos e os navios mercantes no Rio Shim. O Arco Lunar o atravessava em seu ponto mais estreito — uma grande ponte arqueada sem suportes intermediários — e as Montanhas Lakra se erguiam à distância.

Enquanto Furtia descia, Dumai pôde ver as casas com mais nitidez. A maioria era de pedra trabalhada ou de terra compactada. *Que bom*, pensou. *Pedras não queimam.*

As pessoas começaram a chamar a atenção para a presença da dragoa.

Furtia aterrissou diante do Palácio do Lago Negro, que ainda estava sendo expandido rumo ao sul — uma cidade dentro da cidade, cujos segredos eram escondidos por enormes muralhas. Os vários telhados eram entalhados em madeira petrificada, e um globo celestial coroava seu observatório de estrelas, que, segundo diziam, era o mais alto do mundo conhecido.

Até então, a construção já durava onze anos, o que não era nenhuma surpresa. Corvos dourados adornavam o beiral de cada telhado, e sobre as portas havia uma escultura em baixo-relevo — dois dragões circundando uma lua cheia —, e as portas em si retratavam cinco constelações, com enormes protuberâncias em prata marcando a posição de cada estrela. Dumai reconheceu a Rainha Imortal e a Passagem.

Quando desmontou, as portas pretas foram abertas para permitir a saída de uma pequena comitiva. Pelas estrelas em suas túnicas, ficou claro que seus integrantes eram autoridades imperiais, ainda que alguns pareciam estar de olhos inchados e ter se vestido às pressas, como se tivessem acabado de acordar. Todos olhavam admirados para Furtia Tempestuosa.

Kanifa ajudou a sonolenta Nikeya a descer. Desamarrando a corda que os unia, Dumai se virou para os lacustres, entrelaçando três dedos de cada mão diante de si, com os polegares grudados às palmas.

— A Princesa da Coroa de Seiiki solicita sua hospitalidade — falou. — Sou Noziken pa Dumai, filha do Imperador Jorodu. — Ela desejou estar menos desalinhada por conta do voo. — Por favor, perdoem minha chegada repentina. Desejo uma audiência urgente com a Imperatriz Magnânima.

Dumai usou o dialeto da corte lacustre, que aprendera com a avó. Uma mulher alta de cabelos grossos e grisalhos deu um passo à frente, com um olhar que demonstrava tanto interesse como cautela.

— Princesa Dumai. — Ela respondeu à saudação usando todos os dedos menos os polegares, em uma menção às quatro garras da maioria

UM DIA DE CÉU NOTURNO – VOLUME I

dos dragões lacustres. — Bem-vinda ao Império dos Doze Lagos. Sou a Ministra do Cerimonial. Que honra receber visitantes de Seiiki, e nada menos que uma futura imperatriz.

— Quase nos esquecemos de vocês — um velhinho franzino falou, em um tom bem-humorado. — O que andaram fazendo durante todos esses séculos?

— Esperando que os deuses despertassem — Dumai falou, com um sorriso amargurado. — Lamento muito por não termos nos mantido mais próximos. O mar nunca é acolhedor com as embarcações, mas agora não preciso mais de navios para visitá-los. Esta é Furtia Tempestuosa.

Furtia soltou uma nuvem pelas narinas, e as autoridades fizeram outra mesura.

— E estes são meus companheiros de viagem: meu guarda pessoal, Kanifa de Ipyeda, e a Dama Nikeya, do Clã Kuposa — Dumai os apresentou. — Meu pai teria mandado um comunicado com antecedência, mas não havia tempo.

— Não é preciso se explicar, Princesa Dumai — disse a Ministra do Cerimonial. — O Rei de Sepul nos contou sobre sua vinda.

— Compreendo. — Dumai respirou aliviada. — O Rei Padar já deu o alerta sobre a ameaça, então.

— Sim. — Ela fez um gesto para que se aproximassem. — Por favor, saiam do frio. Sua Majestade Imperial, ela que é banhada pela luz do luar e das estrelas, legítima Imperatriz dos Doze Lagos, tem o prazer de lhes dar as boas-vindas a seu palácio. Infelizmente, não poderá recebê-los desta vez. A Consorte Jekhen irá vê-los assim que possível. Até então, podem descansar e se refrescar, depois de uma viagem tão longa.

Dumai assentiu. A Imperatriz Magnânima era conhecida por se valer dos talentos de sua notável consorte.

— O Rei Padar deve ter informado que desejo consultar a alquimista da corte — Dumai falou enquanto seguia a Ministra do Cerimonial.

— Diante da urgência da situação, gostaria de saber se a Mestra Kiprun poderia me receber hoje.

— O alquimista agora é chamado de Mestre Kiprun. Está ausente no momento, mas deve voltar dentro de alguns dias.

— Pois bem.

Por trás das portas com as constelações, um lance de escadas levava a um pátio que fazia até mesmo Furtia parecer pequena. Dumai caminhava ao lado dela. Pelo que seu pai e seus tutores lhe disseram, o Palácio do Lago Negro fora construído para refletir o mundo dos deuses — que eles acreditavam estar localizado no céu — com a precisão de uma superfície de água parada.

Serviçais com casacos escuros e acolchoados abriam uma trilha, lançando com pás a neve nova para o rio que fluía como veias por entre as construções, o Shim Interior. Fora isso, era um imenso espaço vazio, a não ser por uma estátua gigantesca de uma dragoa lacustre, carregando em suas costas uma figura humana que, por sua vez, segurava uma lamparina. Ela emitia um brilho sem soltar fumaça, oscilando lenta e calmamente, como uma bandeira branca.

— Porta-luz — a Ministra do Cerimonial explicou quando passaram sob a estátua. — A primeira pessoa a montar um dragão, que fundou a primeira grande civilização lacustre, em Pagamin. A luz é da Dragoa Imperial, para nos lembrar que ela está sempre presente, mesmo enquanto dorme. — Gesticulou para os guardas mais próximos. — Furtia Tempestuosa pode dormir no Lago Oculto.

Com um aceno de cabeça, Dumai pôs uma das mãos em Furtia. *Os guardas vão levá-la para a água*, ela comunicou. Furtia emitiu um leve som de aprovação. *Vou tentar encontrar aquele que conhece os segredos da terra, para impedirmos que o fogo continue em ascensão.*

Nenhum filho da terra jamais será capaz disso. Somente o céu noturno é capaz de detê-lo.

Dumai franziu a testa.

O que quer dizer com isso, grandiosa?

Com um irritadiço bufar de névoa, Furtia foi atrás dos guardas, deixando Dumai sem reação, apenas a observando.

****

Os aposentos que lhes foram oferecidos haviam pertencido ao último imperador seiikinês. Dumai conseguiu descansar durante a viagem, mas, assim que se aconchegou em uma cama, depois de um banho quente, se viu prestes a cair no sono, e desejosa de companhia.

Está aí?

Houve uma movimentação. *Sim*, veio a resposta, enquanto a figura de névoa se formava. *Pensei que tivesse desaparecido.*

Dumai se agarrou com os dedos à cama. *Entre os reinos dos sonhos e da vigília, este lugar parece flutuar sem âncora. É difícil de encontrar e deter.* Sua outra forma caminhou para a correnteza. *É um interstício; e nós, duas estrelas vagantes.*

Ela se ajoelhou ao lado da água, vendo apenas sombras onde deveria estar seu corpo.

Pare, a figura alertou, no momento em que os arredores escurecerem. *Acho que tentar atravessar vai destruir tudo. Me diga por que fala comigo.*

Eu não sei o que sou para você. Só que temos um vínculo. Dumai ficou de pé. *Coisas estranhas estão se desenrolando, creio. Há forças em movimento que não consigo entender — mas podemos nos encontrar aqui, para reconfortarmos uma à outra. Talvez seja esse o motivo do chamado a este lugar, para sermos irmãs.*

Eu gostaria disso. Houve um longo silêncio, e ela sentiu o pesar vindo do outro lado. *Perdi as pessoas que mais amo, que me orientavam. Agora não sei para onde me voltar, a não ser para você. Sua voz é o que me mantém firme.*

Assim como a sua me mantém. Dumai respirou fundo, sentindo os olhos se movimentarem rápido sob as pálpebras. A conexão já estava se perdendo. *Você deve ficar alerta. Onde quer que esteja no mundo, eu a aviso: eles estão a caminho.*

Quem está a caminho?

Uma fera das profundezas da terra. Um wyrm, Dumai contou. O interstício estremeceu, e ela voltou a se concentrar, o que fez suas têmporas doerem. *O que descobrir a respeito, vou lhe contar. Tenha cuidado, minha irmã, meu espelho. Esteja pronta.*

— Mai?

Dumai acordou sobressaltada. Kanifa estava sentado a seu lado, com o rosto iluminado por uma lamparina a óleo.

— Kan. — Ela sentiu o gosto de sal na boca. — O que foi?

— A Consorte Jekhen requisitou sua presença à meia-noite. Ao que parece, a corte lacustre desperta ao anoitecer e se recolhe para dormir quando amanhece. — Ele estendeu uma bandeja. — A mensagem veio junto com uma refeição.

— Agora sabemos por que estava tudo tão calmo quando chegamos. — Dumai esfregou os olhos, sonolenta. — Quanto tempo ainda tenho?

— Duas horas. Ela mandou roupas novas, já que as serviçais levaram as suas para lavar.

— Eu não usei a maioria.

— Foi o que falei para ela. — Enquanto Dumai puxava a bandeja para o colo, ele perguntou: — Você está bem?

Ela destampou um copo, deixando escapar o cheiro de gengibre.

— Kwiriki vem mandando sonhos bem estranhos para mim ultimamente.

— E o que é que você vê?

— Uma figura na escuridão. Ela diz que é de uma ilha.

Kanifa pensou a respeito, franzindo a testa.

— Não digo que entendo muito de sonhos, mas parece ser um reflexo seu. Uma forma para clarear seus pensamentos, conversando consigo mesma.

— Eu pensei a mesma coisa. A pessoa que preciso me tornar, misturada com a pessoa que sou. Mas ela se sente apartada de mim... como se tivesse o próprio espírito, que não é o meu. — Dumai sacudiu a cabeça. — Esqueça isso. O alquimista é o assunto mais urgente. Você pode mandar trazer Nikeya?

— Isso é sério mesmo?

— Ela tem sua utilidade. Uma futura imperatriz deve conhecer suas limitações. — Dumai lançou-lhe um olhar. — Chame-a assim que eu terminar de comer.

À luz da lamparina, ela terminou a refeição: caranguejo cozido no vapor e servido em uma casca de laranja, bolo de castanha e ameixas e pêssegos fatiados, além de um estranho vinho de mel que lhe deu dor de cabeça. Seus novos trajes eram de um azul bem escuro com bainhas em dourado, as cores do brasão seiikinês. Dumai vestiu a blusa e a saia, mais escura, que chegava a lhe cobrir o peito.

— Mandou me chamar, Princesa?

Ela olhou por cima do ombro. A Dama Nikeya estava parada à porta, com uma aparência melhor depois de tomar banho e dormir.

— Estou atendendo a seu pedido — Dumai a informou. — Pode pentear os meus cabelos.

— Kanifa tem mãos habilidosas. A que devo a honra de ter solicitadas as minhas?

— Você estava certa em Sepul. — Dumai lhe ofereceu um pente. — Faça o que achar melhor.

Com um sorriso que poderia ser de triunfo ou simplesmente satisfação, Nikeya o pegou.

— Sente-se, então.

Dumai se ajeitou em um banquinho diante de um espelho. Nikeya se posicionou de pé atrás e, segurando-a pelo queixo, inclinou a cabeça dela.

Logo ao primeiro toque, Dumai sentiu seu corpo responder. Cada dedo plantava uma semente de sensações, fazendo brotar um calor que se transformava em calafrio. Seus cabelos ainda estavam úmidos do banho, terrivelmente embaraçados depois de dias de exposição ao vento. Ela permitiu que seus olhos se fechassem ao sentir os dedos frios pairando sobre sua cabeça.

— Eu precisaria aparar um pouco — Nikeya falou. — Meu clã fabrica excelentes tesouras.

— Se pensa que vou deixar você empunhar uma lâmina tão perto do meu pescoço, pode esperar sentada.

— Me magoa saber que ainda acha que desejo lhe fazer mal, Princesa.

— Então prove o contrário. — Dumai a observou pelo espelho. — Por ora, me conte o que sabe sobre a Consorte Jekhen.

Nikeya passou ambas as mãos pelo couro cabeludo antes de repartir seus cabelos ao meio.

— Jekhen era uma órfã. Chegou ao palácio por seu próprio mérito, cativando as pessoas. — Ela falava em um tom de voz suave e tranquilizador. — Certa noite, a Princesa da Coroa ouviu uma camareira contando histórias para outras serviçais. Ela se escondeu atrás de um biombo para ouvir.

Dumai se sentiu um pouco sonolenta. O pente deslizava por seus cabelos, separando-os em camadas.

— A Princesa da Coroa era uma garota superprotegida. Nunca havia saído do palácio; nunca tinha escutado histórias tão incríveis, muito menos contadas com tamanha verve. Aquilo libertou sua mente do confinamento estrito do dever. Desse dia em diante, todas as vezes que a camareira contava uma história, a princesa ficava ouvindo de trás de um biombo. Essa camareira era Jekhen.

Dedos habilidosos deslizaram por sua nuca, delicados e ágeis, desfazendo um nó que ela nunca conseguia. Deveria ter doído. Em vez disso, sentiu apenas uma tensão agradável, que aumentava a cada toque.

— Um dia, Jekhen surpreendeu a princesa. Algumas pessoas dizem que a camareira sempre esteve ciente da presença dela. — Um puxão, e em seguida unhas compridas em seu couro cabeludo. — Falou que não havia motivo para se esconder. Sua Alteza Imperial poderia escutar à vontade... ou ela poderia ir contar histórias nos aposentos dela.

Nikeya voltou a pegar o pente. Dumai ficou imóvel enquanto ela penteava as pontas de seus cabelos, que chegavam aos ombros descobertos.

— Imagino que a Consorte Jekhen não deva gostar de menções a suas origens, por mais romântica que a história possa ser. — Nikeya ofereceu-lhe um sorriso pelo espelho. — Vamos manter isso como um segredo nosso.

— Se é um segredo, então como você sabe?

— Nosso mundo navega em um mar de segredos, Princesa. Eu me ocupo de descobrir o máximo que puder.

Depois disso, instalou-se um silêncio. Havia passos do lado de fora, e os pássaros cantavam, mas só o que Dumai conseguia ouvir era Nikeya: o farfalhar das roupas e a respiração dela. Cada passada do pente provocava um calafrio.

Quando terminou, Nikeya acariciou seu couro cabeludo mais uma vez, bem devagar, como se estivesse pegando no sono, antes de posicionar o adereço de cabeça dourado.

— Pronto.

Dumai demorou um certo tempo para voltar a si. Tinha entrado em um transe desperto.

— Obrigada — falou. — O casaco, por favor.

Nikeya estendeu a peça. Dumai colocou os braços nas mangas largas, e Nikeya alisou os ombros antes de dar a volta para amarrar os cordões compridos na cintura.

De repente, as pernas dela cederam. Dumai a segurou pelos cotovelos.

— Nikeya — disse, baixinho. — O que foi?

— Estou me sentindo um pouco fraca.

— Isso é mais um de seus joguinhos?

Nikeya deu uma risadinha.

— Demonstrar fraqueza seria uma péssima tática.

Dumai conseguia ver claramente a isca e o anzol, mas engoliu tudo como um peixe assim que sentiu Nikeya estremecer sob seu toque. Então viu que os lábios dela estavam roxos, por ter passado tanto tempo no céu. Dumai a conduziu para a cama, e teve a certeza de que seu medo era justificado ao notar que Nikeya não fez nenhum comentário malicioso.

Nikeya se aninhou sob as cobertas. Dumai levou a mão à testa dela para ver se havia sinais de suor, e verificou os dedos em busca de manchas acinzentadas. Quando colocou o polegar sob a manga do traje dela, sentiu uma pulsação bem fraca.

— Respire devagar — disse Dumai. — É o mal da montanha. — Ela pegou o copo. — Beba. É gengibre.

— Minha mãe vivia preocupadíssima comigo. — Nikeya deu um pequeno gole. — Sempre que eu pegava uma febrezinha.

— Eu nunca perguntei quem era ela.

— Nadama pa Tirfosi, a poeta.

— Conheço sua obra. É de um grande talento. — Dumai apontou com o queixo para a túnica dela. — Foi ela que lhe deu esse broche?

Nikeya o usava com frequência, perto do coração. Tinha a forma de uma amora, com delicadas folhas de ouro. Cada fruta era uma gota âmbar de sangue, de um vermelho tão escuro que parecia quase preto.

— Não — respondeu Nikeya, levando a mão ao broche. — É uma herança de meu pai. — Ela fez uma tentativa cansada de um sorriso malicioso. — É a segunda vez que pergunta sobre meus enfeites, Princesa.

Ouvi dizer que as pessoas só começam a reparar nesses detalhes triviais quando se apaixonam.

Dumai se afastou.

— Você está indo longe demais.

— Eu preciso, caso contrário não iria a lugar nenhum.

— Eu não quero que vá a lugar nenhum. — Quando viu o sorriso dela se escancarar, Dumai acrescentou, sentindo o rosto corar: — O que estou dizendo é que precisa ficar aqui nos aposentos enquanto vou falar com a Consorte Jekhen.

— Muito bem. Vou passar a noite na sua cama em vez disso, Princesa.

— Pode ficar, pois eu não vou estar nela.

****

Pouco antes da meia-noite, Dumai e Kanifa foram transportados pelo Shim Interior. A noite havia despertado o palácio, reavivado pelas conversas à luz de velas. As corujas piavam dos salgueiros à margem do rio, e peixes com lanterninhas perseguiam o barco.

Estava tudo tranquilo, mas, a qualquer momento, algo poderia descer do céu e aniquilar aquela calmaria.

O barco a remo parou diante de uma ponte. Do outro lado, nas profundezas do Palácio do Lago Negro, cortesãos estavam reunidos nas plataformas cobertas que circundavam uma lagoa, assistindo a uma ópera aquática. Os artistas cantavam e dançavam em plataformas flutuantes, fazendo movimentos graciosos com os pés secos, em passos que exigiam uma precisão absoluta.

Foi fácil encontrar a Consorte Jekhen, sozinha no pavilhão. Era uma mulher grande em todos os sentidos, da silhueta e feições à altura da coroa — uma torre delicada de prata, cravejada de pedras preciosas e pérolas de água doce.

— A princesa. Ou seria a sacerdotisa? — ela falou quando Dumai foi anunciada, falando devagar com sua voz grave. — Sente-se ao meu lado, Noziken pa Dumai. Eu dispenso formalidades.

— Obrigada, Consorte Jekhen.

Kanifa se manteve oculto nas sombras. Quando Dumai se instalou, uma serviçal lhe ofereceu uma taça.

— Vinho do gelo, do outro lado do Abismo. — A Consorte Jekhen deu um gole de sua taça. — Eu me dei conta de que sei tanto sobre as pessoas que fabricam esse vinho quanto sobre os seiikineses. Um pensamento curioso. Sempre tivemos curiosidade sobre sua ilha, que se manteve em isolamento por tanto tempo.

— Fui informada de que a última comitiva diplomática veio séculos atrás.

— Antes que os deuses dormissem. Isso criou um mito difundido entre alguns lacustres, sobre a misteriosa e distante Seiiki. Um exagero dramático, obviamente. Alguns navios e mercadores seiikineses vêm para cá, assim como alguns dos nossos vão até vocês. Pessoalmente, aprecio muito as pérolas da ilha. — Ela usava um floco de folha de prata de cada lado da boca, de modo que até o mais sutil dos sorrisos reluzisse. — Então você será a Imperatriz de Seiiki. Soube a respeito de parte de sua história através do Rei Padar.

— Ele também conversou com Mestre Kiprun?

— Sim. Nosso recluso alquimista de repente se tornou muito requisitado — a Consorte Jekhen comentou, com um tom sarcástico. — Ele está nas Montanhas Nhangto. O Rei Padar foi visitá-lo voando, mas para você não será necessário. Eu o convoquei para nos poupar do idiota que ocupa a torre dele no momento.

— Posso ter com o Mestre Kiprun, então?

— Se assim desejar. O Rei Padar se referiu bem sobre sua conduta. Em geral, eu não permitiria que uma princesa desconhecida perambulasse pelo palácio, mas já me obrigaram a receber uma. Por que não outra?

Dumai não fazia ideia de sobre quem estava falando.

— Além disso, assim como eu, e como o Rei Padar, você não foi criada para assumir o trono, então duvido que esteja aqui para nos espionar, Princesa Dumai, como eu poderia vir a desconfiar.

— Agradeço por sua confiança. — Dumai viu um dos atores fazer uma parada de mão perfeita, arrancando aplausos da plateia. — Não ficou claro para mim se os sepulinos têm uma forma de despertar todos os seus dragões.

— E quer saber se temos. — A Consorte Jekhen terminou de beber seu vinho. — A não ser por alguns mais reclusos, a maioria de nossos deuses obedece à Dragoa Imperial. Por ora, ela continua adormecida. A imperatriz e eu estamos debatendo se devemos tentar acordá-la ou apenas torcer para que ela volte por iniciativa própria, que é a postura que tem tido mais apoio. O Rei Padar fez uma defesa bastante convincente da primeira opção, mas você foi ousada ao acordar todos os seus dragões de uma vez.

— Não encontrei nenhuma outra alternativa.

— Essa criatura deve tê-la deixado muito assustada.

— Deixou, sim — Dumai confirmou. — Fui criada em uma montanha que devorava todas as minhas forças, e até mesmo minha carne. Poucas coisas são capazes de me dar medo. — Ela mostrou os dedos encurtados. — Mas o que vi em Sepul... aquilo me deixou apavorada, Consorte Jekhen.

A Consorte Jekhen observou sua mão, depois seu rosto, e seu olhar obscuro se acendeu de leve.

— Ouvi dizer que gosta de histórias — Dumai se arriscou a comentar. — Conhece a do Inominado?

— Só de passagem.

— Acho que nela há algum fundo de verdade.

— Uma única fera surgiu da primeira vez. Apenas uma — a Consorte Jekhen a lembrou —, e foi derrotada rapidamente.

— Mas esta já não é a primeira vez. E não sabemos como a criatura foi derrotada.

A Consorte Jekhen emitiu um ruído grave do fundo da garganta, que Dumai entendeu como uma concessão.

Nesse momento, um cavalo branco alto de barda emplumada veio galopando pela ponte. A mulher sobre a sela tinha as maçãs do rosto pronunciadas e pele marrom, avermelhada pelo frio. Ela desmontou e entrou a passos largos pelo pavilhão, retirando o elmo e revelando as tranças que contornavam as orelhas.

— Irebül, tenho uma convidada. De um parceiro comercial que não recebemos há séculos. — A Consorte Jekhen soltou um suspiro. — Você precisa mesmo fazer sempre essas entradas tão grandiosas?

— A rapidez era essencial — disse a recém-chegada, com um forte sotaque. Suas botas de couro estavam cobertas de neve. — Trago informações do norte. A Imperatriz Magnânima precisa ser acordada.

Dumai de repente se deu conta de quem deveria ser a outra. A princesa dos Hüran enviada para ocupar o lugar do herdeiro lacustre.

— Se preciso acordar Sua Majestade, preciso explicar *por que* ela deve deixar o conforto de sua cama, apesar do risco de doenças, e de seu estado atual — a Consorte Jekhen respondeu, com um tom gélido. — Posso ter a honra de receber uma explicação?

A Princesa Irebül bufou, soltando uma névoa de vapor.

— Como queira. Em breve todos ficarão sabendo — ela declarou, em alto e bom som, para que todos pudessem ouvir. A ópera foi interrompida. — O Rei de Hróth está morto!

Dumai ficou tensa. Ao seu redor, os murmúrios começaram a se espalhar.

— O Rei Bardholt — comentou a Consorte Jekhen, com as sobrancelhas erguidas. — Morto?

— De acordo com os Hüran do Norte — a Princesa Irebül respondeu, sem se deixar abalar. — Se o Martelo caiu, pode haver uma guerra. — Ela cruzou os braços. — E há outra questão. Notícias de lugares mais próximos. Tive companhia no trajeto de volta de Golümtan... uma presença inesperada.

— Aquela ave absurda?

— Não. Ainda melhor. — A Princesa Irebül sorriu pela primeira vez, olhando para cima. — Nayimathun das Neves Profundas.

Gritos de alegria se elevaram das passarelas. Dumai se inclinou para enxergar do pavilhão e viu uma dragoa bem maior que Furtia, com as garras cravadas na madeira do telhado e dentes de um branco reluzente.

— Pois bem, Princesa Dumai — a Consorte Jekhen falou, se mantendo impassível. — Ao que parece, o Império dos Doze Lagos pode estar prestes a fazer o mesmo que vocês.

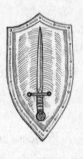

51
Oeste

Glorian estava toda de cinza, do colarinho com forro de pele aos calçados. Até mesmo o colar que usava tinha essa tonalidade, feito de prata envelhecida e nácar. Ela girava no dedo o grande anel de seu pai enquanto Florell passava óleo de alecrim atrás de suas orelhas, conferindo-lhe o cheiro do sofrimento.

— Me parece errado que Lady Marian não esteja aqui — Florell comentou.

— A Rainha Sabran não iria querê-la em seu sepultamento. — Julain lhe entregou um pente. — Ou iria?

— Não, querida, mas a Rainha Sabran se foi. — Florell tampou o óleo. — Eu nunca quis filhos, mas, se os tivesse, não suportaria a dor de não poder expressar meu luto.

Mesmo àquela altura, Glorian mal conseguia absorver aquelas palavras inacreditáveis: *a Rainha Sabran se foi*.

Helisent ajeitou o manto em seus ombros e o prendeu com um novo broche de padroado — a Espada da Verdade, que unia as Seis Virtudes. Em seguida vinha o véu de luto, incrustado com pérolas cinza, e um par de luvas de pele de ovelha. Florell trouxe um diadema de prata, forjado para sua mãe em reconhecimento a seu papel como consorte de Hróth, que foi usado para fixar o véu no lugar.

— Quer ver?

Glorian quase fez que não com a cabeça, e então se lembrou: *Uma rainha deve estar ciente de como é vista pelos outros.* Quando ela assentiu, Adela trouxe o espelho.

Lá estava ela: Glorian III, a Rainha de Inys. A vigésima monarca da Casa de Berethnet. *Onde quer que esteja no mundo, eu a aviso: eles estão a caminho.* Ela só conseguia ver os próprios olhos. *Tenha cuidado, minha irmã, meu espelho. Esteja pronta.*

Sua mãe dissera que aquele era o chamado do Santo. Pelo menos ele voltara a reconhecer sua existência, quebrando um longo silêncio — mas agora trazia um alerta.

Destruição.

— Venha — disse Florell. — Está na hora.

Glorian se deixou conduzir para fora de seus aposentos.

O céu estava escuro, pontilhado de pequenos aglomerados de estrelas. Era costume que os sepultamentos se dessem pouco antes do amanhecer, para que os mortos pudessem seguir o sol quando ascendessem à corte celestial.

Do lado de fora, no Jardim Real, o Conselho das Virtudes estava à espera — não apenas os seis Duques Espirituais, mas também os Condes Provinciais e os Cavaleiros Bacharéis, além de outros membros da corte. Todos usavam véus cinza ou toucados na cor do luto. Lorde Robart estava à frente.

— A rainha se foi — ele falou, com uma expressão indecifrável. — Vida longa à rainha.

Todos fizeram uma mesura. Entre os presentes estavam Lorde Edrick Glenn e Lorde Mansell Shore — os pais de Wulf, usando o símbolo do amieiro. A tristeza parecia ter drenado a alma dos dois, deixando seus olhos vazios.

Glorian caminhou com seus guardas até a escadaria do rio e adentrou na barca real, iluminada à luz de velas e com a cobertura vermelha habitual substituída por uma cinza. Lorde Robart se sentou ao seu lado.

Um silêncio sepulcral recaía sobre Ascalun. Enquanto a barca prosseguia por sobre as águas profundas do Limber, Glorian via centenas de pessoas em ambas as margens, com o rosto iluminado pelas tochas que fumegavam à beira do rio. Nem todos estavam de cinza, mas a maioria achou por bem usar cores escuras e cobrir a cabeça. Seguravam as velas em silêncio. O ar cheirava a sebo, alecrim e alcatrão.

Sabran fora a rainha que os guiara para longe da escuridão. Agora, eles a veriam ser conduzida para seu lar.

O Santuário das Rainhas ficava na Ilha da Rosa, onde o estreito Rio Lyttel se bifurcava antes de se juntar ao Limber, abrindo espaço para uma ilhota. Havia séculos que aquela ilha minúscula no coração da cidade era o local de descanso para rainhas e consortes, e contava com seu próprio destacamento de defesa — a Guarda da Rosa — para garantir que os restos mortais não fossem profanados, protegendo assim o lugar dos mortos em Halgalant.

Quando a barca atracou, Lorde Robart estendeu a mão para Glorian. Eles atravessaram o antiquíssimo jardim do santuário, onde cresciam árvores frutíferas e arbustos de alecrim. A geada envolvera duas maçãs pouco antes que caíssem de maduras no chão, deixando fantasmas de gelo nos caules.

Lorde Robart usava o anel de ouro com o selo de seu ancestral, o Cavaleiro da Generosidade, entalhado com a imagem de um feixe de trigo e ladeado por esmeraldas.

— O sepultamento deve ser testemunhado — ele explicou. — Trezentas pessoas da cidade receberão permissão para entrar.

— Isso é prudente, depois do que aconteceu em Drouthwick?

— Selecionei todas elas pessoalmente, Majestade.

Ele falou como se isso resolvesse a questão. Glorian manteve a boca fechada, apesar de ter franzido a testa.

Eles chegaram às portas altas de madeira do santuário, e um guarda bateu três vezes no postigo — uma entrada menor, embutida na maior. Quando a passagem se abriu, revelou um jovem vestindo uma opalanda cinza com as mangas dobradas e ajustada ao corpo por um cinto.

— Majestade. Lorde Protetor — falou. — Sejam bem-vindos. Eu presto assistência ao Arquissantário.

— Boa noite. — Lorde Robart olhou para as janelas. — Acredito que estejam prontos.

— Quase, milorde. Me permitam levá-los até o calefatório.

— Perdão, Lorde Robart — disse Florell —, mas talvez Sua Majestade queira um tempo a sós, para rezar.

Lorde Robart pareceu pensativo.

— Muito bem — concluiu. — Vocês têm um relógio de vela lá dentro?

— Sim, milorde — respondeu o assistente.

— Até o próximo prego, então.

Lorde Robart se afastou, indo na direção dos demais Duques Espirituais.

— Por gentileza, Rainha Gloriam — disse o jovem santário. — Entre.

Ele manteve o postigo aberto. Glorian entrou com o santário, que fechou a abertura e a trancou atrás de si.

A luz de velas interrompia a imobilidade gélida. A escuridão era tamanha que ela só conseguia discernir o contorno do baldaquim, sem enxergar nada do teto alto. Na extremidade do recinto havia pares de tumbas de mármore cor de creme, distribuídos a distâncias idênticas em um grande círculo, cada qual cercado de velas e acompanhado de uma rosa em um vaso. As efígies estavam todas viradas na direção da bossa.

— Volto em breve — o assistente informou. — Que a Donzela traga o bálsamo para aplacar suas perdas, Majestade.

— Obrigada.

Conforme o som dos passos dele se afastavam, Glorian passou a ouvir apenas a própria respiração. Ali era onde seu esqueleto seria colocado para repousar. Ela estava em seu próprio mausoléu.

O relógio de vela estava preso à parede, e a cera caía na direção do prego seguinte. Ela caminhou por entre as tumbas, começando por uma ancestral recente, Jillian III. Segundo os registros, tinha sido uma pessoa amarga e infeliz, que acabou sendo assassinada apenas um ano depois da coroação.

À sua esquerda estava a única tirana, a Rainha Felina. Glorian tentou não imaginar aquelas pálpebras de pedra se abrindo. Seguiu em frente, tocando cada um daqueles rostos frios. Carnelian, a Pacificadora, perdera o nariz e uma parte de sua intricada trança em uma tentativa fracassada de saquear seu túmulo. Quando Glorian chegou àquela com quem compartilhava o nome, ficou parada por um bom tempo.

Glorian, a Temida dos Cervos, não recebeu a morte sorrindo. Seus cabelos chegavam à altura do queixo, e ela levava na mão seu magnífico arco.

Seu companheiro repousava ao seu lado. Isalarico, o Benevolente, que trouxera Yscalin para a Virtandade. Ele abdicou dos antigos deuses por amor, assim como o Rei Bardholt fizera pela Rainha Sabran.

Uma outra efígie usava um toucado, e outra ainda vestia um traje que cobria o corpo até o pescoço. Mesmo assim todos os rostos, o de todas as rainhas, eram iguais, desde Sabran I, filha da Donzela e do Santo. Sempre os mesmos queixos, as mesmas maçãs do rosto pronunciadas, os mesmos lábios.

A Rainha Cleolind não estava entre elas. Seu local de descanso era uma tumba simples, no Santuário da Donzela Sagrada.

UM DIA DE CÉU NOTURNO – VOLUME I

O túmulo seguinte estava à espera de receber sua avó. O construído bem ao lado já abrigava seu consorte, o falecido Lorde Alfrick Withy. Glorian pôs a mão no peito dele, do avô de que mal conseguia se lembrar. Mais alguns passos e estava diante das duas últimas efígies, as mais recentes.

Ela ficou imóvel por um bom tempo. Por fim, passou a mão pelo último túmulo, iluminado por velas.

— Sinto sua falta, papai.

Em breve, ele estaria na Grande Távola. O Santo lhe reservaria um lugar de honra — mas, por enquanto, na hora que precederia sua ascensão, seu espírito devia estar por perto. Ele devia conseguir ouvir.

— Vou descobrir a verdade. — A voz dela soou tensa. — Vou lhe fazer justiça, papai, eu juro.

Sua mãe estava ao lado dele, com as mãos unidas em oração.

— Minha mãe, me perdoe. Gostaria que nossas últimas palavras tivessem sido mais calorosas. — Ela passou a mão em uma mecha de cabelos de mármore. — Também sinto sua falta, e também amo você. Apesar de nunca ter tido a chance de lhe dizer isso.

Uma brisa fez as velas bruxulearem. Ao se empertigar, Glorian olhou para todas elas, as Rainhas de Inys. *Eu rogo a vós todas, não me abandonais. Eu sou Glorian III. Lançai uma luz sobre meu rainhado.*

Em silêncio, ela ficou ao lado dos túmulos de seus pais. Por fim, o prego escorregou da cera e caiu em um pequeno prato.

Quando a cera chegou ao prego seguinte, as testemunhas já preenchiam a passagem circular entre os túmulos e a bossa elevada, de onde o Arquissantário presidia aos ritos. Glorian se colocou entre Lorde Robart e Julain para os cantos pelas almas dos mortos.

Um festim em uma távola, uma maravilha de se ver,
as macieiras, o rio verde, a corte onde ninguém há de envelhecer.

Um lugar de fato magnífico, longe de disputas e aversões,
nossos olhos hão de ver em Halgalant, quando se abrirem seus portões.

Não se esqueceis de nós em vossa felicidade, ó almas descarnadas,
os convivas do alegre salão, que dançam entre campinas douradas.
Embora de vós sejamos saudosos, por ora consolamos nossos corações,
ansiando pelo reencontro em Halgalant, quando se abrirem seus
portões.

— Nós nos reunimos sob Halgalant para encaminhar nossa boa Rainha Sabran a seu derradeiro descanso — falou o Arquissantário, quebrando um longo silêncio. — Sabran Berethnet, a sexta de seu nome, que governou este rainhado por quase vinte anos. Ela era nosso sol. Nossa salvadora.

Ouviu-se um choro. Era Lady Abra Marchyn, uma das atendentes de sua mãe. Florell a abraçou e acalmou.

— A Rainha Sabran pereceu no mar, no *Convicção* — continuou o Arquissantário. — Um navio que foi presente de seu devoto companheiro, Bardholt Hraustr, o primeiro de seu nome, Rei de Hróth, vitorioso na Guerra dos Doze Escudos, que redimiu seu país e o salvou do vício aceitando o Santo. Com o amor dos dois, todas as feridas foram curadas. Com sua união, a Cota de Malha da Virtandade foi agraciada com seu terceiro e mais forte elo.

Glorian tentou manter uma postura impecável. Um entorpecimento tomou conta de seu corpo, o mesmo dos primeiros dias de luto.

— É impossível expressar o quanto sua falta será sentida — afirmou o Arquissantário. — Não só por seus súditos leais, mas também por sua filha, a Rainha Glorian, que agora assume o papel de nos guiar e governar.

Um assistente se aproximou com uma caixa de madeira. O Arquissantário usou uma pinça para dela tirar um dente e o erguer.

— Um dente da boca da Rainha Sabran — anunciou. — Aqui está sua salvação, a chave com a qual ela entrará em Halgalant. Que seja colocado em seu túmulo, e que a sepultura seja lacrada para sempre.

Ele o devolveu ao relicário e trancou bem. O assistente o carregou para o túmulo, que os seis Duques Espirituais abriram. Lady Brangain pegou a caixa e a depositou em seu interior. Glorian desejou poder fazer isso pessoalmente, mas as rainhas eram proibidas de tocar restos mortais.

— Um dente da boca do Rei Bardholt. Aqui está sua alvação, a chave com a qual ele entrará em Halgalant. — O Arquissantário o ergueu. — Que seja colocado em seu túmulo, e que a sepultura seja lacrada para sempre.

As lágrimas escorriam por seu rosto. Quando o relicário foi colocado no túmulo, ela tentou conter o tremor que percorreu seu corpo.

Não era assim que deveria ter sido. Os corpos de seus pais deveriam ter sido conduzidos pelas ruas com dignidade e esplendor, escoltados por mil cavalos e cavaleiros. Só o que restava, a única prova de que algum dia eles existiram, eram dois frágeis dentes.

Quando os túmulos foram fechados, o Arquissantário leu as preces necessárias, coroas de alecrim e flores reais foram depositadas e, ao final, foram feitas as honras e os vivos deixaram os mortos em seu local de descanso.

O primeiro raio de luz surgia no horizonte. Glorian colocou o capuz e atravessou a ponte sobre o Lyttel. Voltariam ao castelo a cavalo, seguindo a Strondway — a via que acompanhava o rio, para que o sol os acompanhasse à medida que subisse. Quando a viam de perto, as pessoas que lotavam as ruas abaixavam a cabeça.

Ninguém vai me fazer mal, Glorian dizia a si mesma. *Eu sou a vinha infindável.*

Lorde Robart esperou que ela subisse na sela. Conforme montava em seu garanhão cinzento e saía cavalgando atrás dele, sua tristeza subiu até a garganta, e ela encontrou sua voz, que se projetou com vigor e clareza, de uma forma que nunca saía em suas aulas, e ela cantou com todas as forças em hrótio:

Chorai, ele se foi, o bravo guerreiro —
consagrai os ossos, consagrai os ossos!
Olhai para ele no alto dos mais elevados salões —
rufai os tambores, entoai os chifres!
Testemunhai a glória que ele deixa atrás de si!
Escrevei seu nome nas cinzas, nos muros!

Seu regente a olhou por cima do ombro. A expressão dele era calma como sempre, mas seu olhar denunciava algo parecido com uma curiosidade.

Havia muitos hrótios vivendo em Ascalun. Eles repetiram os últimos dois versos, com os punhos fechados erguidos para o céu, batendo o pé no ritmo da canção. Glorian voltou a cantar:

Correi, ele se ergue, aquele que se foi —
olhai para o sol, olhai para o sol!
Mostrai a ele o caminho das portas abertas do Santo —
trazei o navio e o recebei a bordo!
Não choreis mais pelo exultante que tombou!
Acendei todos os faróis até o alto do Hólrhorn!

Regozijai, ele se ergueu, o Rei do Norte —
seu rugido retumbou, seu rugido retumbou!
Abri os portões da corte celestial —
servi o banquete, derramai o vinho!
Deixai em pedaços os chifres de guerra dos inimigos!
Cantai à entrada de sua reluzente fortaleza!

Um sol vermelho se insinuou no horizonte. Glorian se sentiu viva e forte pela primeira vez em muitos dias.

Então sentiu algo diferente.

Seu cavalo relinchou e bufou. Por algum motivo, ela soube para onde olhar, e por isso viu primeiro.

Ele se impôs como uma sombra sobre Ascalun, em meio à aurora avermelhada — preto na carapaça, e nas asas, e nos temíveis chifres que brotavam de seu crânio. Criaturas menores voavam ao seu lado, mais flexíveis em comparação à rigidez e robustez do outro. À distância, poderia parecer até uma revoada de pássaros.

Glorian ficou imóvel, à mercê das rédeas que deixara quase soltas. Seus ouvidos zumbiam. Se não soubesse que o Inominado era vermelho, poderia achar que ele estava voando em sua direção.

Uma mulher o avistou, e por isso gritou, assim como o restante da multidão. As pessoas começaram a fugir aos empurrões diante do wyrm — pois era um wyrm, sem dúvida, sobrevoando a Strondway na direção de Glorian. Seu cavalo balançou a cabeça e empinou e, quando ela se deu conta, já tinha escorregado da sela.

Dessa vez, o impacto foi absorvido pelo ombro. Se alguém gritou por ela, o som foi abafado pelo rugido da multidão, pois os presentes ao cortejo fúnebre corriam aos milhares em um tropel, tentando fugir. Glorian rastejou até alguém a pegar e levantar pelo pulso — Helisent, que gritava com ela, mas o barulho era alto demais, o terror se espalhava como uma onda pela cidade.

As duas caíram quando o wyrm aterrissou, dividindo a rua sob seus pés. Todos os cavalos do cortejo saíram em disparada, abandonando aqueles que os montavam pela Strondway. Glorian olhou para cima, bem nos olhos de um monstro.

O fogo vermelho queimava em seu crânio, em suas narinas. Cada dente era maior que uma espada, e as presas eram como lanças de matar ursos. Ela não conseguia se mover, nem respirar, nem piscar; o olhar dele a imobilizou, como se ela fosse uma presa que já estivesse morta. *Pois era fogo, deliberadamente evocado — fogo como o que forja uma lâmina, para a matança. Em seus olhos reluziam as chamas, nem boas nem más*, a santária lia em sua mente, *mas também aquilo que constitui um wyrm, ou seja, sua malícia e sua crueldade.*

As flechas ricocheteavam em suas escamas. As lâminas atingiam seus flancos em vão. A Dama Erda se atirou na frente de Glorian, mas foi arremessada de lado com força suficiente para arrebentar uma parede.

— RAINHA DE INYS.

O céu ecoou aquela voz estentórea, que abalou seus ossos e fez reverberarem todos os telhados, deixando seu povo apavorado. Alguns gritos se interromperam, enquanto outros se tornaram mais altos. Adela deu uma única olhada no wyrm e foi ao chão com um desmaio.

Glorian sentiu suas saias se umedecerem quando o wyrm se colocou diante dela. Era preciso levantar a cabeça para encará-lo. Sentir seu hálito fervente era como se aproximar demais de uma fogueira — um calor que ressecava sua pele a ponto de suas pálpebras arranharem os olhos quando ela piscava. Helisent continuava segurando sua mão. Os dedos das duas estavam entrelaçados e as palmas, suadas.

— Para seus túmulos vazios — disse o wyrm.

Glorian tremia tanto que seus dentes se chocavam uns contra os outros. Sua mente fervia e oscilava. Foi preciso um instante para registrar que o wyrm não só falava uma língua humana — e só o fato de *falar* já era um terror monstruoso — como se expressava em hrótio. Quando viu algo cair ruidosamente no chão diante de si, ela cobriu a cabeça com um grito descontrolado, abraçada por Helisent.

Uma pilha de ossos chamuscados, entre os quais havia dois crânios rachados.

— Eles sofreram, rainhazinha — o wyrm lhe disse. — Pode ter certeza.

Helisent soltou um leve gemido. Glorian ficou olhando para um fêmur, um pedaço de costela, o crânio mais próximo. Ainda não conseguia se mover — não com sua mão entorpecida, com a dormência que a acometia do pescoço para baixo.

— O reino do meio ficará atulhado de ossos. — Uma língua vermelha surgiu entre os dentes dele. — Tudo será dizimado.

Essa reação de paralisia é um instinto de que todas as criaturas vivas compartilham. Pense nos cervos, como ficam imóveis quando farejam uma ameaça. Glorian continuava olhando para o crânio, para as órbitas vazias onde antes ficavam os olhos. *É algo que você pode superar...*

— A rainha de carne e osso não fala. — Ouviu-se um som como o de uma rocha se movendo. — O silêncio da morte já se estabeleceu?

Com o pouquíssimo controle que ainda lhe restava, Glorian estendeu a mão para o crânio e o tocou com a ponta dos dedos. Foi o formato dos zigomas que forneceu a prova definitiva.

Papai.

Ele estava com ela. Saber disso deu a Glorian a coragem para levantar a cabeça e recuperar a voz.

— Que rancor você guarda contra Inys, wyrm? — Sua voz soou aguda e rouca. — Quem é você?

Ela falou em inysiano. Os olhos dele brilharam de reconhecimento.

— O que vem depois do que veio antes — ele respondeu. — Eu reavivei a chama e transformei a morte em carne. Sou o fogo debaixo, libertado. — Suas palavras em hrótio soavam ásperas e retumbantes. — Eu sou Fýredel.

Aquela era a fera que matara seus pais.

O Monte Temível tinha voltado a parir a destruição.

O olhar do monstro se voltou para Lorde Robart, que conseguia manter seu lugar na sela e sua compostura, embora tivesse o rosto pálido e os olhos arregalados. Ao vê-lo assim, Glorian se motivou a se levantar.

Se fosse para morrer, ela morreria como seu pai deveria ter se conduzido diante daquele monstro.

— Eu sou Glorian. — Por mais que tentasse, ela não conseguia transmitir calma em seu tom de voz, mas foi capaz de elevar seu volume: — Glorian Hraustr Berethnet, Rainha de Inys e Princesa de Hróth. Meu ancestral era Galian Berethnet, o Santo de toda a Virtandade, que baniu o Inominado.

O wyrm arreganhou ainda mais suas presas.

— O que não recebeu nome veio primeiro — falou. — Mas eu tenho um nome, rainha de carne e osso. Lembre-se. — As pupilas dele se dilataram. — A de pele fria no navio. Ela era parente sua. — Glorian olhou para o outro crânio. — Ela sucumbiu à minha chama. E o mesmo acontecerá com esta terra. Nós terminaremos a dizimação, pois somos os dentes que escavam e reviram. A montanha é a forja e a artesã; e nós, suas crias de ferro. Viemos vingar o primeiro, o precursor, ele que dorme nas profundezas.

Todo guerreiro deve conhecer o medo, Glorian Grito de Guerra. Sem ele, a coragem é só uma bravata sem sentido.

— Então você confessa que derramou o sangue do Santo — Glorian disse, com a voz ainda amarrada. — Então está declarando guerra a Inys?

Fýredel — o wyrm — emitiu um ruído alto. Um arranjo complexo de escamas e músculos se moveu em seu rosto.

— Quando os dias se tornarem longos e quentes, quando o sol deixar de se pôr no Norte, nós viremos — falou.

Em ambos os lados da Strondway, os que não fugiram estavam imóveis, com os olhos fixos em Glorian. Ela se deu conta do que deviam estar pensando. Se ela morresse sem dar à luz, a vinha infindável seria extinta.

O que ela fizesse a seguir poderia definir como as pessoas veriam a Casa de Berethnet nos séculos por vir.

Comece a forjar sua armadura, Glorian. Você vai precisar de uma.

UM DIA DE CÉU NOTURNO – VOLUME I

Ela olhou mais uma vez para os restos mortais de seus pais, os ossos que os wyrms largaram ali como espólios de guerra. Em suas lembranças, seu pai ria e a abraçava. Ele nunca voltaria a rir. Nem a sorrir. Sua mãe nunca diria que a amava, nem lhe explicaria como pacificar seus sonhos.

E, onde antes havia o medo, surgiu a raiva.

— Se você... Se você ousar a voltar seu fogo contra Inys, eu farei o mesmo que meu ancestral fez com o Inominado — ela esbravejou, se forçando a erguer o queixo em desafio. — Vou expulsá-lo com a força da espada e da lança, do arco e do aço! — Estremecendo, ela fez força para conseguir respirar fundo. — Eu sou a voz, o corpo de Inys. Meu estômago é sua força; meu coração, seu escudo... Se pensa que vou me submeter a você porque sou jovem e pequena, está muito enganado.

O suor escorria por suas costas. Nunca sentira tanto medo na vida.

— Eu não estou com medo — Glorian falou.

Ao ouvir isso, o wyrm abriu as asas em toda sua extensão. De uma ponta encurvada à outra, eram da largura de dois drácares virados um para o outro. As pessoas se agitaram sob sua sombra.

— Então que seja, *Defensora*. — Ele emitiu aquela palavra em tom de zombaria. — Trate de apreciar a escuridão enquanto ela ainda existe, pois o fogo está por vir. Até lá, fique com um gostinho de nossa chama, para iluminar sua cidade no inverno. Marque minhas palavras.

A bocarra dele se abriu. Helisent passou os dois braços em torno de Glorian, que retribuiu o abraço, fechando os olhos com força.

Mas Fýredel não as matou. Em vez disso, um berro saiu de sua garganta, com a força de dez mil gritos de guerra, e seus comandados desceram para a cidade. O fogo se espalhou pelos telhados de Ascalun.

Não...

Fýredel levantou voo. O deslocamento de ar provocado por suas asas fez centenas de pessoas caírem de joelhos. Com um soluço angustiado, Glorian tentou juntar os ossos chamuscados, mas então um par de mãos

613

fortes a segurou pelos braços, e ela foi arrastada para longe da Strondway. Quase caiu ao tropeçar em uma pedra do calçamento, mas Sir Bramel Stathworth a segurou.

Um crânio escorregou de suas mãos. Mas ela continuou sendo arrastada.

— Não — Glorian gritou. Sir Bramel a pegou no colo sem deter o passo, como se ela fosse uma criança. — Me largue. Papai...

— Leve-a daqui. Pegue a Ponte Velha — Lorde Robart rugiu de cima de seu cavalo. — Arqueiros, lanceiros... comigo!

Glorian ficou imóvel como uma marionete quebrada, com a cabeça balançando. Seu corpo havia superado o medo, mas agora estava mole, desconjuntado. Os cavalos relinchavam sem parar para aqueles que o montavam. Então veio um vento escaldante — e o som de algo se arrebentando —, e uma fumaça preta, espessa e absurdamente quente tomou o ar bem no momento em que ela respirou fundo.

52
Norte

Einlek Óthling estava sentado no crânio de uma baleia, esquelético e pálido o suficiente para se misturar ao trono. Um diadema descansava sobre sua testa, e ele usava uma pele de animal que cobria a cota de malha. A espada estava deitada ao seu lado. Embora tivesse os mesmos cabelos grossos do tio, os dele eram curtos e castanhos, e os olhos grandes tinham o tom cinzento do aço.

Tinha feições agradáveis e uma voz moderada, mas ninguém ousava irritá-lo desde que passara a usar um pedaço de ferro no braço, em substituição ao que ele mesmo decepara na noite em que ele e seu tio mais jovem haviam sido feitos prisioneiros.

Einlek tinha sete anos na época. Arrancou a mão para se soltar da algema, fugir para um lugar seguro e impedir que Verthing Sanguinário o usasse contra Bardholt. Verthing logo seria derrotado. Se Bardholt era a o Martelo do Norte, Einlek era a faca. Aquele membro decepado não era o único motivo por que as pessoas o chamavam de Puro-ferro.

— Então você tem certeza.

Wulf estava apoiado em uma muleta acolchoada junto ao fogo.

Apesar de estar envolvido em peles grossas e posicionado o mais próximo possível do fogo, ainda conseguia sentir o frio matador do mar.

— Absoluta — ele falou, com a voz rouca.

Einlek levou a mão até o meio dos olhos e apertou o nariz, que entortava um pouco na ponta. Como a mãe, tinha uma grande mecha branca nos cabelos, que lhe caía sobre a testa. Wulf aguardou em silêncio.

Primeiro fora levado a uma curandeira. Tinha a sola dos pés congeladas, as mãos cobertas de bolhas e a pele descascando e corroída pelo sal. Por um tempo, ele se viu incapaz de falar. Seus lábios sangravam, e sua garganta estava queimada.

A curandeira tivera que se esforçar muito para salvar sua vida. Trêmulo e insone, ele a ouvia entoar aos sussurros canções proibidas noite adentro, pedindo aos espíritos do gelo que parassem de atormentá-lo. Aos poucos, foi conseguindo aquecer as mãos até as bolhas secarem, deixando cascas escuras no dorso de seus dedos. Ela também removera a umidade de sua pele e tratara as feridas provocadas pelo sal.

Só não conseguiu tratar as cicatrizes que o wyrm deixou em sua mente.

— Eu não estava acreditando — Einlek falou. — Mesmo quando os corpos começaram a aparecer na costa, me recusei a acreditar. Ainda temia que, assim que o meu traseiro se sentasse neste trono, ele fosse aparecer e me esganar por ousar tomar seu lugar antes da hora. — Ele piscou várias vezes. — Me diga o que aconteceu no mar. Foram os mentendônios?

Wulf tentou engolir o pó de carvão que queimava sua goela. Tinha bebido uma medida equivalente a seu peso em água doce durante a viagem, mas os dias que passou engolindo água do mar o deixaram totalmente ressecado por dentro.

— Não — disse. — Foi algo bem mais antigo.

— O Monte Temível. — Einlek apoiou sua mão mais flexível no trono. — Não. Isso é impossível.

— Não era o Inominável. Todas as histórias dizem que ele era vermelho. Esse era preto, mas eles devem ser do mesmo tipo — Wulf falou. Sua garganta doía terrivelmente. — Ele apareceu com... outros. Crias, lacaios, só o Santo sabe o quê. Dizimaram a frota com seu sopro. Todos os navios.

— Wyrms.

— Pois é.

Einlek cerrou ainda mais a mão. Seus olhos esquadrinharam o salão, como se estivessem contando coisas invisíveis.

— Como enfrentar um inimigo como esse? — falou. — Como podemos nos defender contra ele?

— Não existe nada na terra ou em Halgalant capaz de dar conta disso.

— Então, pelos dentes do Santo, como foi que você sobreviveu? — Einlek quis saber — Eu já nadei nesse mar, Wulf. E não tenho o menor orgulho em admitir que não conseguia nem respirar, e era em pleno verão. Você ficou à deriva no auge do inverno durante dias. Uma mulher do *Fortitude* foi encontrada nos escombros, congelada até os ossos. Mas você está aqui.

Chamas na carne, fumaça podre e brasas. Aquela coisa derretida que um dia havia sido Vell. Regny ardendo em seus braços. Ele se lembrava de tudo isso do *Convicção*, marcado de forma profunda em sua mente.

Por acaso, estava carregando um odre cheio de água doce. Isso o manteve vivo enquanto as ondas o arrastavam em meio à névoa enegrecida, sob a luz indiferente das estrelas.

Ele conseguira se agarrar a um mastro quebrado, e amarrar Regny à estrutura de madeira. Isso o salvara de se afogar e de perdê-la — mas só o Santo poderia dizer como sobrevivera ao frio. Havia gelo em seus cabelos, assim como presos em seus cílios. Depois da primeira noite de terrível agonia, ele perdera toda a sensibilidade da pele, e dormiu sem esperança de acordar.

— Eu escolhi o mar — ele disse, por fim. — Antes o gelo do que o fogo. Pensei que fosse simplesmente... me esvair. — Einlek assentiu com a cabeça. — Não sei por que ainda estou respirando. O Santo não quis me receber em Halgalant.

Einlek o encarou, dividido entre a pena e a inquietação. Wulf sentia o gosto de sal nos lábios.

A família o deixara continuar agarrado a Regny. Apenas quando chegara a Eldyng a retiraram de seus braços. Ela ficou no santuário até o enterro em Askrdal.

— Fui mesmo o único que sobreviveu? — Wulf perguntou.

— Ao que parece. Os outros acabaram queimados, afogados ou congelados. Mandei mergulhadores e navios fazerem buscas.

Ele fechou os olhos.

— A Peste de Ófandauth está se espalhando — contou. — O Inominado trouxe uma doença do Ventre de Fogo, uma praga que se abateu sobre o povo de Yikala. Isso deve ter voltado. O que quer que tenha atacado nosso rei, podemos ter certeza de que está a serviço do nosso inimigo. Nós vamos lutar.

— Nada é capaz de derrotá-lo, Majestade. Lâmina nenhuma pode perfurar sua carapaça.

— E hrótio nenhum tem uma morte emplumada — Einlek retrucou, com firmeza. — Você era um atendente do meu tio. Agora que ele está morto, pode ir embora de forma honrada, ou pode jurar lealdade a mim. Um filho de Hróth merece fazer parte de uma casa.

Wulf cerrou os dentes, sentindo os olhos arderem.

— Se aceitar, você vai para Ascalun — Einlek prosseguiu. — Minha prima abdicou de seu direito de nascença por mim, e por essa razão devo estender a mão a ela. Você estava no *Convicção*. Pode atestar que a Rainha Sabran está morta, o que vai conferir mais legitimidade a Glorian. Você pode ajudá-la, Wulf.

— O senhor quer me mandar de volta para o Mar Cinéreo.

— Sim.

— Majestade, eu não sei se consigo.

— Não deixe esse medo criar raízes, ou nunca mais vai conseguir se mover. — Einlek se inclinou para a frente, e as juntas de seus dedos empalideceram, agarradas ao trono. — Me escute. Glorian só tem dezesseis anos, e agora é a cabeça divina da Virtandade. Ela precisa mostrar que tem ferro nos ossos, e eu preciso deixar claro para aqueles que a cercam que Hróth vai defender sua amada princesa. Você e sua falangeta podem me ajudar a fazer isso.

Glorian sabia empunhar uma espada. Era forte. Mas Wulf também conhecia seu lado mais suave, sua necessidade de aprovação. Os nobres poderiam se aproveitar de uma jovem rainha, que ainda não havia encontrado a própria voz.

— Você pode ir para casa, mostrar para sua família que ainda está vivo. Acabar com a tristeza deles — Einlek acrescentou. — Mas, primeiro, pode jurar lealdade a mim, e depois à Rainha de Inys?

Wulf demorou um bom tempo para controlar um tremor violento — com raízes profundas e emaranhadas, nascidas de um sentimento ainda impossível de descrever. Se apoiando na muleta, ele levou um dos joelhos ao chão.

— Meu rei — murmurou —, com o Santo como testemunha, eu juro.

****

A embarcação não parecia capaz de encarar o mar; nada naquele atracadouro parecia. As ondas cinzentas quebravam contra os cascos frágeis, e as velas aparentavam estar prestes a pegar fogo. Wulf manquitolou na direção da galé, o *Corcel das Ondas*. O gosto de sal e de bile subiu à sua boca.

Um combatente hrótio não podia ter medo do mar. Mesmo assim, suas mãos suavam, e seu estômago se contraía.

— Wulf?

Ele olhou para cima, atordoado. Havia três pessoas aguardando para subir a bordo do *Corcel das Ondas*, vestindo peles pesadas. Karlsten, Thrit e Sauma — os únicos sobreviventes de sua falangeta.

Thrit foi quem o chamou. Quando Sauma o viu, ficou o encarado, boquiaberta.

— Wulf — ela murmurou.

Karlsten se virou, com o rosto contorcido de raiva, mas Wulf estava exausto demais para se importar com isso. Antes que algum deles pudesse abrir a boca, Thrit deu um passo à frente. Tinha no rosto uma expressão cautelosa, o que atingiu Wulf como um soco no estômago. A ideia de que justamente Thrit estivesse com medo dele era intolerável.

Ele ficou tenso quando Thrit o tocou no rosto. Mas, aos poucos, foi se perdendo naqueles olhos escuros e afetuosos.

— Eu precisava ter certeza. — Thrit segurou seu rosto entre as mãos. — Você voltou.

Wulf assentiu, estremecendo.

— Vell e Regny — Sauma falou. — Eles estão vivos?

— Eu tentei — Wulf murmurou. — Eu tentei.

— Não o suficiente. — Karlsten cuspiu sobre as tábuas do atracadouro. Thrit fez uma careta. — Bardholt, morto. Sabran, morta. Eydag, Vell e Regny, mortos... e o que todos têm em comum é terem se misturado com esse maldito Wulfert Glenn. — As narinas dele se dilataram. — Nosso novo rei deveria ter sido mais prudente e matado você. Ele vai ser o próximo.

— Se não calar a boca agora mesmo o próximo vai ser você, Karl, eu garanto — Thrit esbravejou.

— Você é o líder da falangeta agora? — desdenhou Karlsten. — A mando de quem?

— Já chega. Vocês dois, calados — esbravejou Sauma. — Todos nós juramos lealdade a Einlek Óthling e a Glorian. Somos os únicos que restaram. Não podemos debandar agora — ela disse, entre dentes. — Você fez mais um juramento à Casa de Hraustr, Karl. E com isso perdeu a chance de se afastar de Wulf.

— Eu fiz o juramento sem saber. — Karlsten olhou feio para os dois. — Danem-se vocês. Eu é que não vou conviver com um bruxo.

Ele saiu andando na direção da cidade.

— Karl — Sauma gritou. — Karlsten!

— Deixe estar — Wulf falou. — Existem coisas piores que um juramento quebrado.

Thrit se virou para Wulf.

— O que aconteceu? — ele perguntou. — Conte para nós, Wulf. O que aconteceu no navio?

Sauma também estava à espera de uma resposta. Wulf pensou em contar para eles, mas o cheiro de gordura derretida e fumaça voltou a fechar sua garganta.

— Não consigo. Eu vou, mas... — ele falou, com lágrimas nos olhos. — Não consigo.

Thrit assentiu.

— Conte quando estiver pronto — ele falou, baixinho. — Enquanto isso, temos um navio para pegar.

53
Sul

Tunuva observou um bico-de-lacre que voava entre as tecas gigantes da Bacia Lássia. As roupas dela cheiravam a fumaça.

O wyrm e seus seguidores ainda não tinham aparecido. O Inominado havia permanecido por muitos dias em Yikala — não só devorando seus habitantes, mas também envenenando a terra, fazendo do mundo um lugar idêntico ao Ventre de Fogo. Aquelas criaturas se refestelariam com os ossos de Carmentum.

O Priorado estaria na vanguarda da resistência. Tunuva só havia permitido uma parada para que Siyu pudesse alimentar Lukiri.

Tão ao norte, ninguém ainda devia estar sabendo a respeito de Carmentum. Para acalmar os nervos, Tunuva tirou a tampa de sua cabaça e deu um pouco de água para Canthe. Ela tossiu quando bebeu, idêntica a uma criança doente. A pele ao redor dos lábios estava acinzentada e, embora Tunuva a houvesse envolvido com todas as sobras de roupa, o corpo dela não se aquecia por nada.

O que quer que tivesse usado contra o wyrm, era a descarga de magia mais poderosa que Tunuva já sentira, a não ser pela erupção do Monte Temível. Ela não conseguira evocar sua chama nem armar uma

UM DIA DE CÉU NOTURNO – VOLUME I

égide desde então — não enquanto aquela energia gélida continuasse a emanar de Canthe.

Depois que Lukiri mamou até se sentir satisfeita, elas montaram em Ninuru. A ichneumon olhou para trás antes de voltar a se locomover pela vegetação rasteira.

Tunuva mantinha um braço ao redor de Canthe e a mão livre firme na sela. Quando a chuva começou a cair em seus ombros, acendeu uma chama alta, revelando poças d'água e galhos envergados como arcadas.

Ela não fazia ideia do que esperar do reencontro com Esbar. Seu estômago estava revirado. Quando a tarde caiu e deu lugar à escuridão maciça da noite, Tunuva sentiu um enjoo comparável apenas ao que a acometia na gravidez.

Ninuru não enxergava tão bem na escuridão, mas sabia se orientar pelo nariz e pelos ouvidos. Tunuva deixou sua chama se apagar e se debruçou sobre o lombo da ichneumon. Deve ter cochilado, pois de repente surgiram vislumbres de um cinza austero entre as árvores, e Siyu estava apoiada a suas costas. Quando o sol voltou a aparecer no horizonte, a vegetação enfim se tornou menos cerrada — e lá estava a velha figueira, e as raízes emaranhadas, e mais adiante a porta para casa.

Siyu desceu da sela com Lukiri. Mesmo na embarcação que pegaram em Imulu, ela mal havia aberto a boca.

— Ninuru, você vem comigo para falar com Esbar — Tunuva disse ao desmontar.

— Lalhar.

— Sim. Nós precisamos contar a ela. — Tunuva segurou o rosto peludo que a olhava com uma expressão de lealdade desde que tinha cinco anos de idade. — Eu jamais deixaria nada acontecer com você, querida. Você sabe disso, não?

— Sim. — Os olhos delas se mantinham firmes, cheios de confiança.
— Irmãzinhas não deixam ichneumons morrerem.

Mesmo depois de ter visto o fim de Lalhar, Ninuru ainda acreditava nisso. Tunuva a beijou no focinho.

— Pode comer e dormir o quanto quiser amanhã, e os wyrms que se danem. Você foi muito corajosa.

Ninuru expressou sua aprovação bufando. Tunuva retirou Canthe da sela, passando um braço dela por cima de seu pescoço.

Nunca tinha se sentido tão cansada na vida. O fedor e o gosto acre do wyrm persistiam sob suas unhas, entre seus dentes, nas raízes de seus cabelos. De alguma forma, conseguiu carregar Canthe pelo túnel e pelos degraus, até encontrar um dos jovens homens cuidando de um vaso de rosas.

— Irmã — ele falou, surpreso.

— Sulzi. Pode levar Canthe até o quarto dela e chamar Denag, por favor?

— O que aconteceu?

— Não sei ao certo, mas diga para Denag que não foi envenenamento.

Ele se afastou levando Canthe nos braços. Quando Siyu a alcançou, silenciosa e arrastando os pés, Imsurin apareceu no corredor. Os cabelos dele tinham ficado quase todos brancos desde sua partida.

— Siyu, me entregue Lukiri — ele falou, mantendo a calma de sempre. — Ela precisa ficar seca e aquecida.

Siyu não discutiu. Lukiri soltou um choramingo de irritação antes que Imsurin apoiasse sua nuca, aproximasse seu corpinho do coração e descesse com ela para o alojamento dos homens.

— Precisamos ir ver Esbar agora. Contar a ela o que aconteceu — Tunuva disse para Siyu. — Está pronta?

— Não, mas não tenho escolha.

Os olhos dela estavam fundos. Em questão de dias, perdera o homem que amava e a ichneumon que criara durante anos, além da família que a acolhera. Tunuva queria reconfortá-la, mas isso teria que esperar. Era melhor que ela encarasse seu castigo antes.

E haveria um castigo, com certeza. A perda de uma ichneumon era algo inenarrável.

A Câmara Nupcial estava às escuras, a não ser por duas velas e um fogo queimando baixo. Esbar quase nunca acendia a lareira no inverno. Mas naquele momento estava sentada à mesa com as chamas às suas costas, estudando um fragmento de pedra.

Tunuva a observou. Queria vê-la justamente assim, tranquila, imóvel, antes de dar as notícias cruéis que abalariam a paz. Esbar ergueu os olhos, respirando aliviada.

— Tuva — falou.

— Olá, amada.

As feições dela se atenuaram. Mas se crisparam de novo quando Siyu entrou no recinto.

— Então você se dignou a voltar a nossas fileiras, Siyu — disse, deixando de lado a pedra.

Siyu manteve a compostura.

— Tuva me encontrou em Carmentum e me pediu para voltar. Ela disse que o Priorado precisava de toda a ajuda que conseguiria reunir, e vi que isso era verdade.

— Vocês estão cheirando a fumaça. Por quê?

— Porque, neste exato momento, Carmentum está em chamas — Tunuva falou. — Queimando sob o fogo de um wyrm.

Esbar se levantou da cadeira. Tunuva observou o leque de emoções que passou pelo rosto dela.

— Me contem o que aconteceu — ela falou. — Me contem tudo.

Tunuva narrou tudo desde o começo. Falou sobre o Mestre das Feras, sobre a batalha no Jardim dos Leões.

— Você atraiu a atenção dos caçadores para aquela família — Esbar falou para Siyu, com um tom frio. — Não só isso, mas permitiu que sua ichneumon fosse capturada e usada para uma diversão sangrenta. Já cuidou dos ferimentos dela?

Siyu se encolheu um pouco.

— Quando saíamos da cidade, um wyrm de uma força inenarrável nos seguiu — Tunuva explicou. — Ninuru e Lalhar lutaram para nos proteger. Lalhar foi sobrepujada.

Esbar olhou para sua filha de nascimento. Jeda se levantou de sua esteira junto à cama, espichando as orelhas.

— Siyu — Esbar falou, com um nítido esforço. — Lalhar morreu?

— Eu sinto muito — Siyu murmurou, com os olhos brilhando de lágrimas. — Eu não sabia que existia gente assim, capaz de fazer mal a uma ichneumon. E não sabia que os wyrms estavam vindo.

— Mas saberia se estivesse com sua família quando falei sobre eles — explodiu Esbar, fazendo Siyu se encolher ainda mais. — Você saberia que existem pedras chocando por todo o Sul, e que sair sem suas irmãs era perigoso. Nesse caso, talvez não levasse com você uma bebê e sua pobre ichneumon. Ou talvez tivesse feito isso mesmo assim.

— Não — Siyu falou, com a voz trêmula. — Esbar, se eu soubesse, jamais teria levado...

— Você usou sua ichneumon como um animal de carga, para realizar sua fantasia absurda — Esbar falou, exaltada. — Lalhar não tinha escolha a não ser ir atrás. A devoção dela por você era absoluta, e seu dever era tratá-la com o respeito que merecia. Você desgraçou a linhagem de Siyāti. Pôs Lukiri em perigo, e pode ter matado a família de Anyso...

— Quem o matou foi *você* — Siyu gritou. Tunuva ficou tensa. — Tuva diz que não foi você, mas quem poderia odiá-lo tanto quanto você?

— Eu não o odiava, Siyu. Sentia medo dele — Esbar gritou em resposta. — Sentia medo do que a presença dele poderia significar, assim como Saghul. Existe um motivo por que Priorado é tão cauteloso em relação aos forasteiros, e agora você sabe qual é. Por conta de sua imprudência, sua ichneumon está morta, e você chegou pertíssimo de perder sua filha de nascimento. — As narinas dela se dilataram. — Eu não levantei um dedo contra Anyso. Foi Saghul quem ordenou a execução dele.

— E quem cumpriu a ordem?

— Alguém precisava arrumar a bagunça que você fez. Você nem poderia ter deixado que Anyso a visse, para começo de conversa — Esbar falou, com as bochechas vermelhas. — Sua imprudência foi o que o matou. — Siyu engoliu um soluço. — A irmã que cumpriu a ordem... só o que ela fez foi obedecer à Prioresa.

Siyu deixou escapar uma espécie de risada.

— Então é assim que as coisas funcionam no Priorado. Submissão cega?

— Não. Cega, não. De bom grado, por escolha própria.

— Eu não tive nenhuma escolha — Siyu falou, ressentida. — Anyso escolheu ser padeiro. Eu nunca escolhi ser uma arma.

— Siyu — disse Tunuva, sentindo a dor das duas. — Por favor, raio de sol.

Houve um breve silêncio.

— Eu só queria ter mais poder de decisão — Siyu falou.

Esbar deu um risinho de deboche.

— Ah, é mesmo, Rainha Siyu?

— Achava que nosso pessoal tinha desperdiçado séculos com um medo descabido. — Siyu reuniu toda sua coragem para fazer aquela admissão. — Mas escolhi o Priorado agora, Esbar. E entendo sua importância.

— Porque não foi capaz de acreditar enquanto não visse com os próprios olhos.

— Isso é tão terrível assim?

Esbar lhe deu as costas e cruzou os braços.

— Muito bem, agora você viu — disse. — Agora você sabe para que o Priorado se preparou durante todos esses séculos. Nós não fazíamos ideia de quando o momento chegaria, e agora estamos diante dele. Todas as irmãs estavam esperando por esse dia. Por este momento.

Tunuva ficou só ouvindo, desejando poder confortar as duas.

— Eu não cometeria a temeridade de retirar o manto de uma guerreira treinada. Precisamos de todas as espadas disponíveis — Esbar falou.

— Mas você não vai receber outro filhote até mostrar seu valor. Até lá, pode viajar a cavalo ou de camelo. Talvez deles você consiga tomar conta.

— Eu não quero outro filhote. — Siyu mal conseguia falar. — Quero Lalhar.

— Lalhar está morta. — Esbar pôs a mão em sua ichneumon. — Jeda, dê a notícia aos demais.

— Eu sinto muito, Jeda. Diga isso para todos, por favor. Eu sinto muito.

Jeda se retirou do recinto. Ninuru foi atrás, em silêncio.

— Peço desculpas a você também, Prioresa — Siyu falou, com a voz embargada. — Por abandonar a Mãe, e por colocar a laranjeira em perigo. E a você, Tuva. Coloquei você e Ninuru em perigo. E fico grata por ter aberto os meus olhos.

Tunuva acenou de leve com a cabeça.

— Eu perdoo você, Siyu.

Mas não disse: *Eu perdoei tudo desde o primeiro momento que vi seu rosto. Nada que fizer é capaz de diminuir meu amor por você.*

— Como Tuva aceita seu pedido de desculpas, eu farei o mesmo. Agora você precisa se esforçar para recuperar minha confiança — Esbar declarou. — E o que devo esperar, que desapareça no meio da noite uma terceira vez, Siyu uq-Nāra?

Siyu ergueu o queixo.

— Não, Prioresa. — Uma lágrima caiu no chão. — Eu escolhi a Mãe.

— Rezo para que ela a perdoe.

Mesmo com o queixo tremendo, Siyu manteve uma postura digna ao ser dispensada. Ela abaixou a cabeça para Esbar antes de sair. Tunuva esperou até que ela não fosse mais capaz de ouvir antes de fechar a porta.

— Não ouse me dizer que fui muito dura com ela — Esbar falou. — Você e Nin poderiam ter morrido.

— Você não vai ouvir nenhuma objeção da minha parte.

— Ótimo.

Esbar ficou olhando para a lareira. A luz do fogo sempre realçava sua beleza.

— Você foi embora — ela disse, com a voz carregada de tensão. — E justamente quando sua família mais precisava de você, Tuva.

— Você sabe por quê. Foi você que deu a Siyu meu nome e, junto com ele, uma parte do meu coração. — Tunuva deu um passo à frente. — Eu senti sua falta, Esbar.

Esbar a encarou detidamente.

— E eu senti a sua nesta... câmara assombrada. — Ela apertou a ponte do nariz. — Carmentum era só uma cidade. Podemos defender as outras. Vou mandar alguns homens atrás das irmãs, para avisá-las da ameaça. A maioria vai se encontrar com Daraniya, que pode alocá-las onde julgar melhor. E vou ter que mandar um mensageiro para Kediko.

— Kediko não vai recusar ajuda quando souber o que vem pela frente.

— Depois das ameaças veladas dele, preciso ter certeza. — A caminho da porta, Esbar deteve o passo. — Você vai me esperar?

— Sempre.

Tunuva se sentou na cadeira e examinou o que Esbar tinha deixado sobre a mesa — tabuletas e fragmentos e textos dos arquivos, inscritos a tinta em pergaminho ou entalhados em argila. Como até a menor exposição à umidade poderia arruiná-los, em geral eram mantidos em lugares frios e escuros. Compreender os vestígios do passado era quase um teste de paciência — Cleolind alternava com frequência entre o selinyiano e o yikalês antigo em um mesmo registro, e os escritos produzidos nos dois idiomas eram tão parecidos como o óleo e a água.

A maioria das peças encontradas por Esbar havia sido escrita em ersyrio arcaico por sua ancestral, Siyāti uq-Nāra, a segunda Prioresa. Também havia pergaminhos em párdico, uma língua difundida pela planície de sal junto com o selinyiano.

— Estava tentando encontrar uma cura.

Tunuva ergueu os olhos. Esbar voltara ao quarto.

— Siyāti tinha uma teoria — ela continuou. — Que a Maldição de Yikala, a primeira praga, foi causada pela siden.

— Quê?

— Ela acreditava que os afligidos eram os que tiveram a primeira exposição através de um wyrm, e não da laranjeira. Em vez de conceder suas bênçãos, a magia causava sofrimento, como ter óleo fervente circulando pelas veias.

— Ela sabia como impedir isso?

— Provavelmente. Acreditava que a árvore era capaz de extrair a siden de um corpo afligido sem transformar a pessoa em uma maga, como faz o fruto. — Esbar se inclinou de leve sobre seu ombro. — Veja aqui… ela fala de moer e encharcar as flores, da mesma forma como se produz água de rosas. E claramente discutiu a respeito com as irmãs.

Tunuva assentiu com gestos lentos, enquanto lia. Esbar abriu um pergaminho com todo o cuidado, revelando linhas escritas com todo o capricho em párdico.

— Soshen registrou essa reunião e seus desdobramentos — contou.

— Moer e hidratar as flores não surtiu efeito. Então ela propôs destilar a essência com vapor.

— Porque o vapor é a água que nasce do calor, e pode ajudar a reequilibrar o corpo.

— Exato. — Esbar apontou para um dos diagramas. — Esse é o projeto de um dos instrumentos que elas criaram, um destilador, ou lambique.

— Temos um desses?

— Sim, mas está velho e enferrujado. Os homens estão fabricando um novo a partir deste mesmo projeto. Acho que Siyāti e Soshen foram bem-sucedidas, caso contrário registrariam o fracasso ou destruiriam esses escritos. Encarreguei Denag e Imin de juntar as diferentes instruções.

— Se funcionar, você compartilharia a cura com gente de fora do Priorado?

— Com Daraniya e Kediko, sim, mas Soshen assinalou que a destilação leva tempo, e são necessárias muitas flores para extrair uma quantidade bem pequena de remédio. Não vejo como disseminar o uso em maior escala. Se alguém ouvir dizer que existe uma árvore que cura a peste, as pessoas vão vir correndo nos procurar. — Esbar se sentou no braço da cadeira. — Viu algum sinal de doença em Carmentum?

— Nenhum. As pessoas de lá têm coisas piores a temer, caso alguém tenha sobrevivido.

— Você acha que consegue desenhar as criaturas que viu?

Fazia muito tempo que Tunuva não desenhava. Aos vinte e poucos anos, ela ajudara a decorar e restaurar as pinturas nas paredes e nos pilares, e gostou de fazer um trabalho que exigia tanta atenção aos detalhes.

Depois da clareira, seu amor pela arte havia desaparecido. Certos pigmentos a faziam lembrar do incidente.

— Posso tentar — falou.

Esbar tirou uma lasca de madeira do fogo e soprou a chama, deixando só o material carbonizado, e abriu um pergaminho novo sobre a mesa. Enquanto traçava uma linha preta e fina, Tunuva visualizou o último desenho que fizera, dos olhos escuros e felizes que nunca deixavam de assombrar seus pensamentos.

Primeiro, ela deu vida ao wyrm das areias, capturando suas pernas musculosas, a forma como se portava com as asas fechadas, os espinhos na ponta da cauda. Em seguida, a leoa em forma de serpente. Ela mergulhou no trabalho, se sentindo tranquila pela primeira vez em vários dias, entretida com o ato de recriação, mas sem nunca deixar de notar a presença de Esbar, o calor do corpo dela ao seu lado.

Ela soprou a poeira dos desenhos.

— Esse é o wyrm maior — explicou, mostrando a Esbar a primeira imagem. — E esse foi o que atacou o Jardim dos Leões. Veja que tem duas pernas, e não quatro, e é menor. E, por fim, uma fusão de serpente e leoa. Acho que nasceu de uma daquelas pedras escuras.

— Como você escapou do wyrm maior?

— Canthe usou magia contra ele.

Esbar ficou tensa.

— Pensei que Canthe não tivesse magia. Que a siden dela tinha se esgotado muito tempo atrás.

— Não era siden, Esbar. Ela tem outro poder, diferente de tudo o que já vi ou senti. Ela emitiu uma luz branca e fria, como se tivesse virado uma estrela. Todos os wyrms fugiram dessa luz.

— Onde ela está?

— Com os homens. Passou a maior parte da viagem de volta inconsciente, então não tive como fazer mais perguntas.

Esbar colocou os desenhos sobre a mesa.

— Saghul me instruiu a aceitá-la como postulante — contou. — Quero respeitar esse desejo, mas o que me contou só reforça minhas dúvidas.

— Você mesma disse que precisamos de cada uma das irmãs — Tunuva a lembrou. — Depois de Carmentum, isso é mais verdadeiro do que nunca. — Esbar se levantou, e ela fez o mesmo. — Ez, acabei de ver uma república virar pó em apenas um dia. Certamente não podemos desperdiçar uma guerreira capaz de evocar tamanho poder.

— Acho que seria bem mais imprudente conceder a ela o fruto, que vai acabar por lhe dar o dobro do poder que já tem. Além disso, se essa magia tem uma influência tão destruidora sobre os wyrms, pode ser usada para nos enfraquecer também. — Esbar levantou as sobrancelhas. — Você sentiu algo quando ela usou esse poder?

— Sim — Tunuva admitiu. — Minha chama ficou fraquíssima durante a hora seguinte.

— Então você entende os riscos que preciso levar em conta. Ela pode nos ajudar a combater os wyrms, mas a que custo? — Esbar questionou, com um olhar implacável. — E se ela voltar esse poder contra nós?

— Por que ela faria isso? — Tunuva questionou. — Esbar, entendo seu temor, mas estamos falamos de uma maga que não tem mais nada neste mundo. Perdeu a árvore, a família, tudo o que tinha. Nós somos sua única chance de voltar a pertencer a algum lugar. Ela não tem motivo nenhum para nos trair.

— A família — Esbar comentou. Tunuva assentiu com a cabeça. — Vocês duas devem ter se tornado bem próximas durante essa viagem.

— Eu descobri mais coisas sobre ela — admitiu Tunuva. — Sei que é cedo demais para lhe conceder o fruto. Só acho que você deve atender ao pedido de Saghul e aceitá-la como postulante. Ela vai precisar se provar digna da árvore mesmo assim, mas permita que tenha um lugar aqui. Uma chance.

Esbar olhou para o fogo, cerrando os dentes.

— Canthe pode permanecer aqui como nossa hóspede, mas eu ainda confio nos meus instintos, Tuva — ela respondeu, por fim. — Algo me diz para não a admitir em nossas fileiras. Eu não gostei do fato de ela ter aparecido assim, do nada. E não gostei de ouvir sobre essa outra magia. Como posso transformar uma mulher em quem não confio em uma irmã?

— Se não fosse por ela, eu poderia não estar aqui...

— Então talvez você não devesse estar aqui, Tunuva Melim — explodiu Esbar. — Inclusive, se é assim tão grata a Canthe de Nurtha, por que não vai ficar no quarto dela?

Um silêncio terrível se instalou.

— Não — Tunuva respondeu, baixinho, sentindo uma pedra quente entalada na garganta. — Você nunca mais pode voltar a falar assim, Esbar.

Esbar parecia abalada pelas próprias palavras.

— Me desculpe, Tuva. Eu fiquei... — Ela passou os braços em torno do corpo com mais força. — Não. Eu não tenho nenhuma justificativa para isso.

— Então dê uma explicação. — Tunuva se aproximou dela. — Esbar, somos nós.

— Eu não venho dormindo bem. — Esbar apoiou uma das mãos sobre a mesa. — O que está acontecendo conosco, Tuva?

Tunuva não aguentou mais. Eliminou a distância entre elas e beijou Esbar com o mesmo ardor daquele primeiro dia no deserto, trinta anos antes. Uma vida toda antes. Uma eternidade.

Esbar ganhou vida em seus braços. Retribuiu o beijo com frustração e amor, sussurrando seu nome. Ofegantes, elas despiram uma à outra, e nem esperaram chegar à cama. Suas mãos tremiam de uma forma que não acontecia desde quando eram jovens e sedentas, quando a urgência da situação tornava seus gestos desajeitados.

Tunuva imprensou Esbar contra a parede. Desamarrou o cinto da túnica de brocado dela, enquanto Esbar arrancava a sua, abrindo-a na cintura, beijando ambos os seios. Inclinando a cabeça para trás, Tunuva se deliciou com aqueles lábios em sua pele ardente. Suas roupas estavam sujas e úmidas por causa da viagem na chuva, mas Esbar não se importou.

Elas derrubaram uma travessa no chão e caíram agarradas na cama. Tunuva montou em Esbar, o que as deixou frente a frente, e a olhou nos olhos. Quando se beijaram, foi com uma convicção profunda e, quanto mais fazia, mais Tunuva desejava.

Esbar passou as unhas por suas costas. Tunuva grunhiu ao sentir aquele prazer, que se espalhou diretamente para seu ventre, como uma flecha em chamas. Enquanto Esbar mordiscava sua orelha e seu queixo, Tunuva agarrou os cabelos dela, com vontade de tê-la por inteiro nas mãos, de criar uma proximidade suficiente para entranhar as fibras de suas almas. Queria fazer amor, com carinho e sem pressa, e queria ser arrebatada pela paixão — dois desejos sagrados, urgentes como a sede, e radiantes como o fruto. Embora a guerra enfim tivesse chegado, elas ainda tinham aquilo. E sempre teriam.

Ela deitou Esbar na cama e beijou as cicatrizes ondulantes em seu quadril. Esbar a envolveu com uma das pernas. Seus lábios se encontraram, quentes e cheios de urgência. Esbar suspirou um "isso" bem baixinho quando Tunuva deslizou a mão por entre suas pernas, posicionando seus dedos ali, no calor dela.

Esbar estava caudalosa como um rio. Tunuva encontrou o lugarzinho especial onde ela mais adorava ser tocada. Esbar arqueou os quadris, e Tunuva entrou mais fundo, roçando a ponta do nariz no de Esbar quando se aproximaram.

— Está tremendo?

— Acho que sim. — Esbar deu uma risadinha. — Sinta o meu coração. Está como da primeira vez. — Ela pegou a mão livre de Tunuva e levou ao peito. — Aqui, e em toda parte do meu corpo.

Tunuva a beijou no pescoço.

— Nós ainda temos muitos anos pela frente, Esbar uq-Nãra

SAMANTHA SHANNON

— murmurou. — Me deixe lembrá-la de como sei fazer as coisas bem devagar.

Esbar a segurou pela nuca.

— Nunca mais me deixe — ela respondeu, baixinho. — Você me estabiliza, minha amada.

Tunuva sacudiu a cabeça, sorrindo.

— Quem mais além de você me manteria longe das sombras?

****

Ela dormiu profundamente, sem os sonhos que a atormentavam havia meses. Seu corpo estava dolorido e pesado depois de tanto tempo viajando a pé e sobre a sela, com a mente aflita pelos vários dias sem descanso.

Só despertou uma vez, na calada da noite. Esbar, que em geral era tão quente, estava fria como um cadáver.

— Ez.

Esbar emitiu um ruído baixo pela garganta. Tunuva a cobriu até os ombros e a abraçou forte junto ao peito, fornecendo a ela todo o calor que tinha a oferecer.

Quando despertou de novo, o céu estava encoberto. Ninuru dormia ao pé da cama, e Esbar não estava mais lá. Durante um bom tempo, Tunuva permaneceu ali, preguiçosa e contente, sentindo o cheiro de rosas no travesseiro.

Seria preciso mais de uma noite para curar a ferida de sua partida, mas, mesmo quando ela e Esbar brigavam, era com amor. Elas sobreviveriam. Sempre davam um jeito, e sempre dariam.

Esbar deixara a túnica pendurada na cabeceira da cama. Esfregando os olhos, Tunuva se sentou e a vestiu. As mangas eram um pouco curtas demais.

— Querida — ela murmurou. Ninuru abriu um olho. — Quer alguma coisa?

A ichneumon levantou a cabeça e lançou para Tunuva o mesmo olhar que usava com frequência quando era filhote, com seus olhos pretos brilhando e contorcendo de leve o nariz. Tunuva deu uma risadinha.

— Tudo bem. — Ela coçou a base de sua orelha, o que a fez ichneumon ronronar. — Porque você foi muito corajosa.

Ninuru lambeu seu pulso, depois deitou a cabeça no chão e voltou a dormir. Seu corpo estava estendido como um enorme tapete de pele, forçando Tunuva a saltá-la.

Ela encontrou Esbar na fonte termal.

— Aí está você — Tunuva falou. — Pensei que já pudesse ter saído.

— Ainda não. — Esbar afundou até o pescoço. — Estou com frio. É um alívio daqueles malditos suores, pelo menos.

Tunuva entrou na água. Fazia um bom tempo que havia fervido pela última vez, mas mesmo assim se mantiveram perto da beirada. Ela foi até Esbar, que a puxou para perto e deu um beijo suave como um sussurro em sua boca.

Ajudaram uma à outra a se lavar. Esbar tocou as marcas superficiais que havia deixado, e Tunuva passou o dedo de leve no lábio inchado dela.

— Tuva, estou com medo — Esbar disse.

— Eu também. — Tunuva franziu a testa. — Quinhentos e onze anos. Todas as irmãs que vieram antes de nós, que viveram e morreram sem ver a guerra que sabiam que viria… precisamos cumprir o destino delas, além do nosso. Precisamos derrotar um mal que não conhece a voz da razão, e cabe a você nos liderar. — Esbar assentiu com a cabeça.

— Mas a Mãe derrotou o Inominado. E você agora usa o manto dela. Nasceu para ser sua sucessora.

Esbar entrelaçou os dedos das duas.

— Vou esta noite para o Ersyr, para alertar à Rainha Daraniya sobre o que vem pela frente. Os homens vão partir antes, com os suprimentos.

O que viria pela frente seria a evacuação das pessoas mais vulneráveis do Ersyr para montanhas e cavernas, minas, catacumbas e pedreiras, e a preparação do restante da população para a chuva de fogo que cairia do céu.

— Nin precisa de um tempo para se recuperar — Tunuva falou. — Vamos nos encontrar com você daqui a um dia ou dois.

— Podem ser três, se for preciso. Ela merece um bom descanso.

As duas ficaram na água por um tempo, apreciando aquele momento de paz, aquele último silêncio. Por fim, Tunuva falou:

— Prometi um pouco de creme de leite para ela. Sempre disse para vocês que os ichneumons têm um pouco de felinos.

Esbar sorriu e, por um instante, voltou a ser como sempre tinha sido.

— Eu nunca pensei que teria a sorte de confrontar nosso inimigo com um uma mulher como você ao meu lado, sabe?

— Nós sempre encaramos o mundo juntas. — Tunuva a beijou, ratificando a promessa. — Se cuide, meu amor.

****

Ela foi à cozinha buscar o creme. Só havia dois homens por lá — os demais já estavam deixando o Priorado em grupos arregimentados, vestidos para encarar o deserto, levando bolsas de sela cheias de flechas, alimentos desidratados, trajes e armaduras, entre outras provisões.

Quando Ninuru terminou de comer seu creme, Tunuva desceu para o alojamento dos homens, onde encontrou Imsurin com um casaco de viagem, cuidando das crianças menores. Lukiri dormia profundamente em seu berço.

— Imin. — Tunuva se juntou a ele. — Eu só queria lhe desejar sorte. Vou partir dois ou três dias depois de você.

— Obrigado, Tuva. — Imsurin ficou de pé. — Esbar disse que a guerra enfim chegou. Que começou em Carmentum.

UM DIA DE CÉU NOTURNO – VOLUME I

— Eu vi com meus próprios olhos.

Ele assentiu, parecendo mais exausto do que nunca.

— Por mais terrível que seja nosso inimigo, é uma honra viver para ajudar esta geração de irmãs, que vai lutar como antes fez a Mãe — falou. — Nós sempre vamos estar aqui para dar nosso apoio, como nossos ancestrais prometeram a Siyāti uq-Nāra. — Um machado de sela ersyrio estava pendurado em seu cinto, uma arma de defesa que os homens aprendiam a manipular. — Está pronta, Tuva?

— Para me entregar a meu destino? — Tunuva respondeu. — Ah, sim. Uma parte de mim preferiria que o chamado tivesse vindo antes, quando eu era mais jovem e sofria com menos dores, mas também me sinto grata por ter conhecido a paz por um tempo. De ter vivido no Priorado quando era um jardim de sonhadores, e não só uma fortaleza.

— Sim. É uma bênção preciosa.

Os dois olharam para Lukiri. Tunuva segurou a mão dele, o pai da criança que ela amava. Siyu era Esbar, mas também era Imsurin. Seu lado mais gentil vinha dele.

— Canthe está aqui? — ela perguntou, por fim.

— Sim, no quarto ao lado de onde está Siyu. Os homens mais velhos vão ficar aqui para cuidar das crianças. — Ele apertou sua mão com força. — Nos vemos em breve, Tuva. Que a Mãe olhe por você.

— E por você, Imin.

Ele se retirou. Tunuva se inclinou para dar um beijo no rosto de Lukiri antes de sair pela porta da direita.

Canthe estava em um quarto pequeno, com os ombros nus despontando das mantas pesadas colocadas sobre seu corpo. Sua cama fora arrastada para perto da lareira e seus olhos estavam fechados, remexendo-se sob as pálpebras durante o sono. Um toque de calor havia voltado a seu rosto.

Tunuva estava prestes a se retirar quando Canthe murmurou:

639

— Sabran. — Ela se mexeu, e seus olhos se abriram. — Ah. É você, Tuva?

— Canthe. — Tunuva se sentou à beira da cama. — Como está se sentindo?

— Cansada. — Ela se sentou um pouco, puxando as cobertas sobre os seios. — Há quanto tempo estou dormindo?

— Desde Carmentum. Se lembra do que aconteceu?

— Acho que sim. Da maior parte, pelo menos. — Ela olhou para as próprias mãos. — Está frio aqui?

— Não exatamente. — Tunuva pôs vinho de palha em uma taça e entregou a Canthe. — Você acabou de chamar por Sabran enquanto dormia. Imagino que não estivesse se referindo à Rainha de Inys.

— Esse nome é mais antigo do que a Casa de Berethnet. — Canthe olhou para a taça. — Sabran era minha filha. Eu lhe dei esse nome por causa da flor de sabra que cresce além de Ungulus — ela complementou, dando um gole no vinho.

— Eu escolhi para o meu filho de nascimento um nome em homenagem às estrelas — Tunuva contou, antes de se dar conta do que estava falando. — Elas estavam acesas como lamparinas a óleo na noite em que ele nasceu.

— Em Inysca, dizem que as crianças que nascem à noite são sempre sérias.

— Ah, não. Ele era muito alegre — Tunuva falou, com a mente vagando solta. — Mesmo quando era recém-nascido, estava sempre sorrindo. — Ela pegou a taça das mãos de Canthe. — Preciso partir para o Ersyr em breve. A guerra começou.

— Não será uma guerra, e sim um massacre — Canthe respondeu. — Aquela criatura parecia o Inominado, e flecha nenhuma era capaz de atingi-lo. Apenas uma espada poderia romper sua carapaça.

— Ascalun.

— Ela tem muitos nomes.

— Você sabe o que foi feito dela?

— Ninguém sabe. O que quer que Galian Berethnet tenha feito, levou esse segredo para o túmulo. — Canthe a encarou. — Você deseja saber o que eu fiz com o wyrm.

— Sim.

Canthe desviou o olhar.

— Estou revelando este segredo apenas para você, Tunuva — disse, por fim. — Espero que não tema o meu conhecimento.

— Eu não me assusto com facilidade.

— A siden é a magia das entranhas da terra, do Ventre de Fogo. Minha outra magia vem de cima.

— Vem... do céu?

— Sim, nosso mundo é um pêndulo, que se move entre duas forças iguais e opostas. A luz branca que evoquei... eu a chamo de sterren, o avesso da siden. É fria em vez de quente, e flui como água. E se fortalece com a chegada de um cometa chamado de a Estrela de Longas Madeixas.

Tunuva sentiu um calafrio na espinha. Não havia nada nos arquivos que mencionasse isso.

— Foi por isso que feriu o wyrm — ela concluiu. — E me enfraqueceu também.

— Sim. Eu evoquei a magia da luz das estrelas, da mesma forma que antes era capaz de fazer com o fogo.

— Você consegue fazer isso de novo?

— Duvido. Como pode ver, isso esgota minhas energias. Minhas reservas estão quase no limite, e não tenho como repor. Apenas o cometa é capaz de fazer isso. — Canthe parecia desolada. — Eu sinto muito, Tuva. Só tinha uma boa arma para oferecer ao Priorado, e agora a esgotei.

— Não precisa se desculpar. Depois de cinquenta anos de treinamento, eu não estava pronta para a força daquele wyrm. Você nos salvou. — Tunuva pôs a mão sobre a dela. — Estou partindo para Jrhanyam, para dar apoio à Rainha Daraniya. Existe alguma coisa que eu possa fazer por você antes de ir?

— Não, mas eu acho que posso ajudá-la. Nossa visita ao vale me fez lembrar de uma coisa — disse Canthe. — A lança que está em posse de Esbar pertenceu mesmo a Suttu, a Sonhadora?

— Pelo que sabemos, sim. Cleolind a tomou de seu pai, Selinu. Foi tudo o que ela quis da herança a que tinha direito.

— Suttu banhou sua lança com a luz das estrelas, segundo o mito. Pode ser que ela conhecesse o segredo da sterren, assim como eu. Uma arma infundida com essa magia pode provocar um grande estrago em um wyrm.

Tunuva assentiu com um gesto lento.

— É uma tentativa válida. Vou levá-la comigo.

— Espero que funcione. — Canthe ficou hesitante. — Você contou a Esbar o que me viu fazer?

— Sim.

— E ela ficou desconfiada — Canthe complementou. — Com medo de mim. — Tunuva se manteve em silêncio. — Tudo bem. É natural que a Prioresa tenha cautela, considerando a quantidade de pessoas que precisa proteger, e eu não me arrependo de ter revelado esse poder, pois serviu para salvá-la. Você é uma amiga para mim, Tuva. A primeira em muito tempo.

— E você é uma amiga para mim também. Esbar deve ser cautelosa, mas acho que com o tempo vai passar a confiar em você. — Tunuva se levantou. — Quando se sentir forte o bastante para se juntar a nós no Ersyr, os homens que ficarem aqui podem providenciar um cavalo para você.

— Eu não sei lutar, Tuva. Não teria nenhuma utilidade na batalha.

— Você poderia ajudar a guiar as pessoas para lugares seguros, mas a escolha é sua. Por ora, vou deixá-la dormir.

Ela quase tinha cruzado a soleira da porta quando Canthe falou:

— Tuva, tem mais uma coisa que você precisa saber.

— O que é?

Canthe pareceu medir as palavras, e seus olhos se tornaram duas lagoas profundas.

— Talvez eu devesse ter contado antes. Demorei algum tempo para somar as partes — falou. — Não queria alimentar suas esperanças, Tuva. Agora sinto que devo.

— Sou toda ouvidos.

— Ao longo dos anos, viajei para muito longe, mas Inysca sempre me chamava de volta, mais cedo ou mais tarde. Da última vez que voltei, vivi na província dos Lagos, ao norte do país. Existe uma floresta por lá, selvagem e escura e linda, que atravessa a ilha inteira de costa a costa. Um lugar temido sem motivo algum. As pessoas o chamam de bosque Haith, uma antiga palavra para se referir a algo profano, e segundo a lenda era habitado por uma bruxa.

Tunuva voltou à beira da cama e assentiu com a cabeça para que ela continuasse.

— Até poucos anos atrás, eu vivi em um pequeno pedaço de terra perto desse bosque, trabalhando como curandeira — Canthe contou. — A província era governada por um nobre chamado Edrick Glenn. Era um homem justo e respeitável, que nunca se envolvia em escândalos, por isso chamou minha atenção quando boatos sobre sua família começaram a se espalhar. Ouvi a respeito pela primeira vez no mercado de Wulstow. Todos sabiam que Lorde Edrick adotara os dois filhos de sua irmã, mas ao que parecia agora havia um terceiro. O nascimento nunca foi anunciado. A maioria das pessoas achava que essa criança também era adotada, e isso nada tinha de estranho. Os inysianos afirmam prezar pela generosidade, e existe forma melhor de demonstrar isso do que acolhendo um pobre órfão? Mas, depois de alguns anos, uma conversa bem menos benévola começou a circular pela cidade, alimentada por uma cozinheira que trabalhou para Lorde Edrick. Ela estava contando a todos que quisessem ouvir que esse menino, um órfão, fora abandonado no bosque Haith, e que tinha estranhos poderes. Parecia não sentir frio. Nunca ficava doente, chorava com frequência exagerada e falava uma língua pagã. As pessoas diziam que a criança tinha a marca da bruxaria.

— Ao ver que Tunuva sacudia a cabeça, Canthe acrescentou: — Uma antiga superstição. Quem pratica bruxaria, ou alguém amaldiçoado por praticantes, teria uma marca, o que facilitaria a tarefa de caçá-los.

— Por exemplo?

— Poderia ser um sinal físico, uma marca de nascença, uma cicatriz, ou então algum poder suspeito. Como disse, alguns inysianos acreditam que uma bruxa vive no bosque Haith. As pessoas não tinham nenhuma prova, então espalhavam boatos. Começaram a questionar se esse menino não seria filho dela, ou se não teria sua marca, e começaram a evitá-lo. Lorde Edrick fazia tudo o possível para protegê-lo, mas os rumores de desconfiança continuaram. Eu visitei a propriedade algum tempo depois, para discutir sobre a lei florestal com Lorde Edrick. Era um dia quente de verão, então as janelas de seu escritório estavam abertas, e tive a chance de vê-lo, o Filho do Bosque, brincando com o irmão e a irmã. Ele ainda não fazia ideia do que as pessoas andavam dizendo fora de sua casa. Enquanto eu conversava com Lorde Edrick, nós ouvimos um grito. Uma abelha-rainha tinha passado pelas crianças. O menino estava chorando de pânico, com as mãos sobre as orelhas. Lorde Edrick disse que precisava socorrê-lo, que ele não conseguiria dormir naquela noite. Seu filho mais novo sempre morreu de medo de abelhas.

O cheiro de mel, invadindo suas lembranças.

— Quando foi isso?

— Doze anos atrás.

Ele tinha no mundo o mesmo tempo que passou no ventre. Tunuva sentiu uma onda subindo por seu corpo, forte demais para ser contida por suas costelas.

— Canthe, por que está me contando essa história? — perguntou.

— Porque, quanto mais tempo passo aqui com você, mais tenho a impressão de que já a conhecia antes. Faz doze anos, mas finalmente me lembrei de onde. O Filho do Bosque não era nada parecido com Lorde Edrick. O rosto dele tinha algo do seu.

Tunuva sentiu todas as suas cicatrizes se abrirem, uma para cada vez que respirava desde aquele dia. Ela levou o punho ao ventre.

— Qual era o nome dele? — Sua voz soou áspera e embargada. — Do Filho do Bosque?

— Wulfert — disse Canthe. — O nome dele é Wulfert Glenn.

Personagens da trama

PROTAGONISTAS

Dumai de Ipyeda: Cantante-aos-deuses do Alto Templo de Kwiriki, em Seiiki. Nascida e criada no Monte Ipyeda, é filha de Unora de Afa, a Donzela Oficiante.

Esbar du Apaya uq-Nāra: Munguna, ou herdeira presumida, do Priorado da Laranjeira, indicada para suceder a Prioresa em exercício, Saghul Yedanya. Esbar é a mãe de nascimento de Siyu uq-Nāra, tem um vínculo com a ichneumon Jeda e mantém uma relação com Tunuva Melim há trinta anos.

Glorian Hraustr Berethnet (Glorian Óthling *ou* Lady Glorian): A única filha de Sabran VI de Inys e Bardholt I de Hróth, o que a torna princesa de ambos os reinos. É a herdeira do Rainhado de Inys, prima em primeiro grau de Einlek Óthling e sobrinha de Ólrun Hraustr.

Kuposa pa Nikeya (a Dama de Muitas Faces): Cortesá e nobre seiikinesa. Nikeya é a única filha e herdeira de Kuposa pa Fotaja, o Senhor dos Rios de Seiiki. Sua mãe era a poeta Nadama pa Tirfosi.

Sabran Berethnet VI (Sabran, a Ambiciosa): A décima nona Rainha de Inys e chefe da casa de Berethnet, filha de Marian III de Inys e do falecido Lorde Alfrick Withy. Sabran é a companheira do Rei Bardholt I de Hróth e mãe de Glorian.

Tunuva Melim: Uma iniciada do Priorado da Laranjeira, sociedade secreta fundada por Cleolind Onjenyu. Tunuva é a guardiã da tumba, responsável pela preservação dos restos mortais de Cleolind e pela organização dos ritos funerários do Priorado. Ela tem um vínculo com a ichneumon Ninuru e mantém uma relação afetiva com Esbar uq-Nāra há trinta anos.

Unora de Afa: Donzela Oficiante do Alto Templo de Kwiriki. É filha de Saguresi de Afa, que serviu durante um breve período como Senhor dos Rios de Seiiki, antes de ser mandado para o exílio em Muysima.

Wulfert "Wulf" Glenn (o Filho do Bosque): Filho adotivo de Lorde Edrick Glenn e Lorde Mansell Shore, os Barões Glenn de Langarth. Seus irmãos adotivos são Roland e Mara. Wulf é um órfão, que, segundo se acredita, foi abandonado no bosque Haith ainda muito criança. É um huscarlo de Bardholt I de Hróth, em uma falangeta liderada por Regny de Askrdal.

LESTE

Em Seiiki, a partícula "pa" entre o sobrenome e o nome próprio — que, segundo se acredita, tem origem no seiikinês antigo — indica que a pessoa é membro de um clã da nobreza. Esse costume caiu em desuso por volta de 620 CE. A maioria dos Hüran do Leste atende apenas pelo prenome, mas pode usar um matronímico para deixar claro relações de parentesco — por exemplo, Moldügenxi Irebül significa — Irebül [filha] de Moldügen".

Arkoro II (Rainha Arkoro): Rainha de Sepul, chefe da Casa de Kozol, e neta da última Rainha do Outono, que unificou a Península de Sepul depois da Era dos Quatro Rainhados. Segundo se acredita, Arkoro é descendente de Harkanar, uma mulher criada a partir do osso de uma dragoa.

Consorte Jekhen: Imperatriz Consorte dos Doze Lagos através do matrimônio com a Imperatriz Magnânima. Jekhen nasceu em meio à pobreza em Kanxang e, mais tarde, conseguiu um posto como camareira no Palácio do

Lago Negro. Sua habilidade como contadora de histórias atraiu a atenção da Princesa Tursin, que se apaixonou por ela.

Dama Mithara: Chefe do Clã Mithara. Foi expulsa da corte pelo Clã Kuposa e desde então decidiu ficar em sua residência, nas florestas do norte de Seiiki.

Epabo: Atendente de Jorodu IV de Seiiki. Epabo muitas vezes atua como seu espião.

Eraposi pa Imwo (Dama Imwo): Uma dama da corte de Seiiki.

Jorodu IV (Noziken pa Jorodu *ou* Imperador Jorodu): Imperador de Seiiki e filho de Manai III. É casado com Kuposa pa Sipwo e pai dos três filhos dela, dos quais apenas uma — a Princesa Suzumai — ainda está viva. Assumiu o trono aos nove anos, depois que sua mãe adoeceu, e passou boa parte de sua menoridade sob o controle de um regente, Kuposa pa Fotaja.

Juri: Uma dama da corte de Seiiki.

Kanifa de Ipyeda: Cantante-aos-deuses do Alto Templo de Kwiriki, em Seiiki, cujo principal dever é cuidar da manutenção do Sino Rainha. Ele vivia em uma província seca antes de seus pais o confiarem aos cuidados da Grã-Imperatriz.

Kiprun de Brakwa (Mestre Kiprun): Alquimista da corte da Imperatriz Magnânima dos Doze Lagos.

Kuposa pa Fotaja (Cavalheiro Kuposa): Senhor dos Rios de Seiiki e chefe do poderoso Clã Kuposa, que comanda a política seiikinesa e a corte local desde a derrota do Rei dos Campos. Foi o regente de Jorodu IV e é tio por parte de mãe da Imperatriz Sipwo, o que o torna tio-avô da Princesa Suzumai. Tem uma única filha, Nikeya.

Kuposa pa Sipwo: Imperatriz consorte de Seiiki através do matrimônio com Jorodu IV. É sobrinha de Kuposa pa Fotaja e mãe de Suzumai.

Kuposa pa Yapara (Dama Yapara): Membro do Clã Kuposa e dama da corte seiikinesa.

Manai III (Noziken pa Manai *ou* a Grã-Imperatriz): Antiga Imperatriz de Seiiki, atual Suprema Oficiante do Alto Templo de Kwiriki, localizado no

Monte Ipyeda. Depois de uma doença misteriosa, foi forçada a abdicar do trono antes que seu filho e único herdeiro, Jorodu, tivesse idade suficiente para governar. Foi casada com um membro do Clã Mithara.

Mithara pa Taporo (Dama Taporo): Membro do Clã Mithara e prima de segundo grau de Dumai.

Moldügenxi Irebül (Princesa Irebül): Princesa Guerreira da tribo Bertak. De acordo com o Tratado do Shim, a Princesa Irebül foi mandada para viver com a Imperatriz Magnânima em troca do herdeiro lacustre.

Noziken pa Suzumai (Princesa Suzumai): Única filha sobrevivente de Jorodu IV de Seiiki com sua imperatriz consorte, Kuposa pa Sipwo. No início de *Um dia de céu noturno*, a Princesa Suzumai é a herdeira presumida de Seiiki.

Padar de Kawontay: Rei consorte de Sepul através do matrimônio com a Rainha Arkoro.

Tajorin pa Osipa (Dama Osipa): Membro do Clã Tajorin. Osipa foi, e permanece sendo, uma dama da corte leal à Grã-Imperatriz de Seiiki — a única pessoa de sua comitiva que a acompanhou quando foi viver no Monte Ipyeda.

Tursin II (a Imperatriz Magnânima): Imperatriz do Império dos Doze Lagos e chefe da Casa de Lakseng. Sua cônjuge, Jekhen de Kanxang, muitas vezes atua em seu nome. Desde a derrota lacustre na Batalha de Hinitun, a Imperatriz Magnânima deixou de controlar os territórios ao norte do Rio Daprang. Como nessas terras estão localizados três dos Grandes lagos, os Hüran do Leste muitas vezes se referem a ela como Imperatriz dos Nove Lagos.

PESSOAS FALECIDAS E FIGURAS HISTÓRICAS DO LESTE

Donzela da Neve: Lendária fundadora da Casa de Noziken, cujo verdadeiro nome se perdeu ao longo da história. Depois da rejeição aos dragões pelos primeiros seiikineses, a Donzela da Neve teria caminhado pelos penhascos até Uramyesi, cantando um lamento para o mar. Encontrou um pássaro ferido e cuidou dele até que se recuperasse, e a ave se transformou em um dragão, Kwiriki, que cortou um de seus chifres e lhe deu de presente como agradecimento. Em razão de sua iridescência, o chifre entalhado ficou conhecido como Trono do Arco-Íris e a Donzela da Neve se tornou a primeira Rainha de Seiiki.

Harkanar: A primeira Rainha de Sepul, criada a partir do osso perdido de uma dragoa. Depois de procurar a dragoa por muitos anos, Harkanar enfim conseguiu chamar sua atenção, e juntas as duas fundaram o Rainhado de Sepul.

Kuposa pa Sasofima: A fundadora do Clã Kuposa, que traiu o Rei dos Campos. Sua família usou as forjas de Muysima para criar os sinos de orações espalhados por toda Seiiki.

Nirai III (Noziken pa Nirai): Uma antiga Rainha de Seiiki. Era uma talentosa ginete de dragões, cuja montaria de preferência era Tukupa, a Prateada.

Porta-luz: Mais tarde Quem Carrega a Luz, epíteto dado ao primeiro ser humano a montar um dragão na história lacustre, de quem a Casa de Lakseng afirma descender. Como há sérias divergências a respeito de sua identidade, e boatos de que se tratava de uma pessoa metamorfa, sua aparência é representada de diferentes formas ao longo do tempo. Foi também responsável pela fundação da cidade de Pagamin.

Saguresi de Afa: Antigo Governador de Afa e pai de Unora, criado como agricultor. Depois de ser aprovado nos exames necessários para se tornar um acadêmico, foi agraciado com o posto de governador por Manai III de Seiiki. Graças a seu trabalho diligente de legar a água a Afa, foi elevado à prestigiosa posição de Senhor dos Rios pelo jovem Jorodu IV. O Clã Kuposa levantou objeções, e tramou para que Saguresi fosse exilado para Muysima, sob a acusação de ter despertado um dragão.

NORTE

A maioria dos hrótios não usa sobrenomes. Como a tribo Bertak do Leste, os Hüran do Norte em geral se restringem aos prenomes e matronímicos.

Bardholt I (Bardholt Hraustr, Bardholt, o Ousado *ou* o Martelo do Norte): O primeiro Rei de Hróth. Bardholt nasceu em uma família de Bringard, sendo o segundo filho de um artesão de ossos. Depois de derrotar Verthing Sanguinário na Guerra dos Doze Escudos, Bardholt uniu seu país sob uma única coroa, fundou a Casa de Hraustr, converteu seu povo às Virtudes da Cavalaria e se casou com a Princesa Sabran de Inys, que mais tarde foi coroada como Sabran VI. Como o Clã Vatten se submeteu a sua autoridade, ele é também o Rei de Mentendon. Bardholt é pai de Glorian Hraustr Berethnet, meio-irmão mais novo de Ólrun Hraustr e tio por parte de mãe de Einlek Óthling.

Einlek Órlunsbarn Hraustr (Einlek Óthling *ou* Einlek Puro-ferro): Sobrinho de Bardholt I. Como sua prima Glorian estava comprometida com o trono de Inys, Einlek foi nomeado óthling (herdeiro) de Hróth. Ganhou o apelido de Puro-ferro após decepar a própria mão para escapar do cativeiro durante a guerra, substituindo-a por um braço de ferro quando perdeu a maior parte do membro em decorrência de uma infecção. Sua mãe é Ólrun Hraustr, a meia-irmã mais velha de Bardholt.

Eydag de Geldruth: Uma huscarla de Bardholt I. É a mais velha dos sete membros de sua falangeta.

Heryon Vattenvarg (o Rei do Mar): Um saqueador e caudilho hrótio que liderou a conquista de Mentendon depois da Inundação Invernal. Ele se submeteu à autoridade de Bardholt I e agora governa suas terras como Intendente de Mentendon. É pai de Magnaust, Brenna e Haynrick.

Issýn: Uma antiga vidente das neves de Hróth que ajudou a convencer seu povo a adotar as Virtudes da Cavalaria e se tornou santária após a conversão. Agora vive no remoto vilarejo de Ófandauth e serve como conselheira a Bardholt I.

Karlsten de Vargoy: Um huscarlo de Bardholt I, que ficou órfão durante a Guerra dos Doze Escudos.

Ólrun Hraustr (Ólrun, a Leal ao Gelo): Uma artesã e fabricante de runas hrótia que lutou ao lado do irmão, Bardholt, durante a Guerra dos Doze

Escudos. Em anos recentes, quase nunca é vista em público. É mãe de Einlek Óthling e tia por parte de pai de Glorian Hraustr Berethnet.

Regny de Askrdal: Caudilha de Askrdal e sobrinha de Skiri Passolargo, cujo assassinato deu início à Guerra dos Doze Escudos. Até atingir a maioridade, Regny está a serviço de Bardholt I de Hróth como huscarla, chefiando sua própria falangeta, composta de Eydag, Karlsten, Sauma, Thrit, Vell e Wulf.

Sauma de Vakróss: Uma huscarla de Bardholt I. É filha da Caudilha de Vakróss.

Thrit de Isborg: Um huscarlo de Bardholt I.

Vell de Mágruth: Um huscarlo de Bardholt I.

PESSOAS FALECIDAS E FIGURAS HISTÓRICAS DO NORTE

Skiri Passolargo (Skiri, a Compassiva): Antiga Caudilha de Askrdal, conhecida por sua solidariedade e tolerância. Protegeu Bardholt de Bringard e sua família da perseguição daqueles que acreditavam que eram amaldiçoados pelos espíritos do gelo. Depois de ser assassinado por Verthing de Geldruth, Hefna de Fellsgerd — sua melhor amiga — declarou guerra a Verthing, dando início à Guerra dos Doze Escudos. A única herdeira sobrevivente de Skiri é sua sobrinha Regny.

Verthing de Geldruth (Verthing Sanguinário): Um falecido caudilho de Hróth que queria tomar a rica província de Askrdal. Quando sua proposta de casamento a Skiri Passolargo foi recusada, ele a matou, fazendo eclodir a Guerra dos Doze Escudos. Bardholt de Bringard no fim o derrotou em um combate mano a mano. Mais tarde, ele foi executado.

SUL

A partícula ersyria "uq" é usada por todo o Sul para indicar o local de nascimento. "Du" é um antigo matronímico de origem selinyiana. Algumas mulheres do Priorado — em especial as descendentes de Siyāti, a segunda Prioresa — usam ambas as partículas. Por exemplo, Esbar du Apaya uq-Nāra significa "Esbar da Laranjeira, filha de Apaya".

Alanu: um irmão ungido do Priorado da Laranjeira.

Anyso de Carmentum: Um padeiro da República de Carmentum. Filho de Pabel e Meryet, tem duas irmãs, Hazen e Dalla.

Apaya du Eadaz uq-Nāra: Uma iniciada do Priorado da Laranjeira, que ocupa há muito tempo um posto na corte ersyria, protegendo a Rainha Daraniya. Ela é a mãe de nascimento de Esbar e avó materna de Siyu.

Arpa Nerafriss: Conselheira de Numun, a atual Decretadora de Carmentum.

Canthe de Nurtha: Uma recém-chegada ao Priorado da Laranjeira, vinda do Oeste.

Daraniya IV (Rainha das Rainhas): Rainha do Ersyr e chefe da Casa de Taumāgan, cuja residência principal é o Forte Real de Jrhanyam. Apaya uq-Nāra é sua guarda-costas há décadas.

Denag uq-Bardant: Uma iniciada do Priorado da Laranjeira. Tem o dom da cura, e é a responsável por supervisionar os partos no Priorado há muitos anos.

Ebanth Lievelyn (a Rosa Brava de Brygstad): Nobre mentendônia e antiga meretriz. Depois que os Vatten forçaram uma conversão em massa às Virtudes da Cavalaria e baniram sua profissão, Ebanth ajudou a organizar uma revolta malsucedida antes de fugir para a segurança de Carmentum. Mais tarde, se tornaria a consorte de uma de suas clientes — uma ambiciosa política que se tornou Numun, a Decretadora de Carmentum.

Gashan Janudin: Uma iniciada do Priorado da Laranjeira que assumiu um posto na corte lássia de Nzene para defender Kediko Onjenyu, mas aceitou um cargo de tesoureira em seu Conselho Real, o que irritou a Prioresa.

Hidat Janudin: Uma iniciada do Priorado da Laranjeira, com um vínculo com o ichneumon Dartun. É uma amiga próxima de Esbar e Tunuva.

Imsurin: Um irmão ungido do Priorado da Laranjeira. É o líder extraoficial dos homens, e pai de nascimento de Siyu uq-Nāra.

Izi Tamuten: Uma iniciada do Priorado da Laranjeira, que ensina as irmãs a como cuidar de seus ichneumons.

Jenyedi Onjenyu (Princesa Jenyedi): Filha de Kediko VIII e única herdeira do Domínio da Lássia.

Kediko VIII: Alto Governante do Domínio da Lássia e chefe da Casa de Onjenyu. Ao contrário da maioria de seus antecessores, mantém uma relação carregada de tensão com o Priorado. Sua herdeira é sua filha, a Princesa Jenyedi.

Lukiri du Siyu uq-Nāra: Filha de nascimento de Siyu uq-Nāra e Anyso de Carmentum.

Mezdat uq-Rumelabar (Mezdat Taumāgan): Filha mais velha de Daraniya VI, antiga Princesa do Ersyr, a favorita para ascender ao trono. Durante uma visita à República Serena de Carmentum, Mezdat se desiludiu com a monarquia a renunciou a seus títulos. Depois de seu retorno, ela se casou com uma política que mais tarde se tornou Numun, a Decretadora de Carmentum.

Numun de Carmentum: A Decretadora de Carmentum, eleita como líder da república. É casada com Mezdat uq-Rumelabar e Ebanth Lievelyn.

Saghul Yedanya: Prioresa da Laranjeira. Sua munguna — ou herdeira presumida — é Esbar uq-Nāra.

Siyu du Tunuva uq-Nāra: Uma postulante do Priorado da Laranjeira. Filha de nascimento de Esbar uq-Nāra com seu amigo Imsurin, apesar de ter recebido o nome de Tunuva Melin. Siyu tem um vínculo com a ichneumon Lalhar.

Sulzi: Um irmão ungido do Priorado.

Yeleni Janudin: Postulante do Priorado da Laranjeira e parceira de caçadas de Siyu uq-Nāra. Tem um vínculo com a ichneumon Farna.

PESSOAS FALECIDAS E FIGURAS HISTÓRICAS DO SUL

Cleolind Onjenyu (Princesa Cleolind, a Mãe *ou* a Donzela): Princesa do Domínio da Lássia e filha de Selinu, o Detentor do Juramento. No ano 2 AEC, Cleolind foi sorteada para ser sacrificada ao Inominado, mas resistiu e o derrotou com a ajuda de uma laranjeira e da espada encantada Ascalun. Ela renunciou a seus direitos sobre o trono da Lássia e criou o Priorado da Laranjeira para garantir que o Sul estivesse preparado para o retorno do wyrm. De acordo com a religião das Virtudes da Cavalaria, Cleolind se casou com Sir Galian Berethnet depois que ele derrotou o Inominado para salvá-la, se tornando a rainha consorte de Inys, e morreu durante o parto. Essa história é desacreditada pelos membros do Priorado, segundo os quais Cleolind morreu depois de deixar seus domínios para tratar de assuntos nunca esclarecidos.

Gedali: Alta divindade das passagens no Pomar das Divindades, a figura de maior destaque no panteão da Lássia. Sua presença costuma ser evocada durante os partos. Gestou Gedani, criadora da humanidade.

Imhul: Divindade lássia do vento.

Jeda, a Misericordiosa (Rainha Jeda): Uma rainha do antigo Estado Taano, na Lássia, que acolheu Suttu, a Sonhadora, e seu povo depois de sua longa jornada pelo Eria. Esbar uq-Nāra batizou sua ichneumon em homenagem à Rainha Jeda.

Liru Melin: Mãe de nascimento de Tunuva Melim, que morreu enquanto defendia a Casa de Taumāgan de um ataque-surpresa.

Meren: Um irmão ungido do Priorado da Laranjeira e amigo próximo de Tunuva Melin, pai de nascimento do filho dela. Foi morto no que se acredita ter sido o ataque de um gato-bravo.

Rainha Borboleta: Uma figura de caráter mítico. Era uma amada rainha consorte do Ersyr que morreu jovem, o que mergulhou o rei em um luto infinito.

Raucāta: Vidente do antigo Ersyr, que profetizou a queda de Gulthaga.

Rei Melancólico: Figura de caráter mítico, que se acredita ter sido um rei dos primórdios da Casa de Taumāgan. Ele vagou pelo deserto, seguindo uma miragem de sua mulher, a Rainha Borboleta, e morreu de sede. Os ersyrios usam sua história como um alerta sobre os perigos da cegueira do amor.

Selinu Onjenyu (Selinu, o Detentor do Juramento): Alto Governante da Lássia quando o Inominado atacou a cidade de Yikala. Depois de mandar todos os animais de rebanho disponíveis para aplacar o wyrm, organizou um sistema de sorteio de sacrifícios humanos, incluindo os próprios filhos. Quando a Princesa Cleolind, sua filha, foi a selecionada para morrer, ele honrou sua promessa e assim ganhou seu epíteto.

Siyāti du Verda uq-Nāra: Uma dama de honra ersyria de Cleolind Onjenyu, nascida em uma família de perfumistas do Vale de Wareda. Se tornou a segunda Prioresa depois que Cleolind deixou o Priorado. É uma ancestral direta de Apaya, Esbar e Siyu.

Soshen de Nzene: Uma das nove damas de honra de Cleolind Onjenyu, e pioneira no estudo da alquimia e da química. Criou o lambique, instrumento que ela e Siyāti uq-Nāra usaram para destilar um remédio para a Maldição de Yikala, a peste trazida pelo Inominado.

Suttu, a Sonhadora: A lendária fundadora da Casa de Onjenyu, que liderou os Seletos Afortunados pelo Eria — o grande deserto de sal, ainda considerado impossível de atravessar — depois de deixaram uma civilização distante chamada Selinun. A Rainha Jeda, do Estado Taano, a acolheu na Lássia. Suttu carregava uma lança de nome Mulsub, que, segundo ela, havia sido banhada na luz das estrelas.

Malag de Idade: Uma divindade lássia especialista em pregar peças.

Washtu: A alta divindade lássia do fogo. É ao mesmo tempo inimiga e amante de Abaso, a alta divindade da água. O Priorado da Laranjeira atribui uma importância especial a Washtu.

OESTE

Adeliza "Adela" afa Dáura: Uma dama de companhia de Glorian Berethnet. Filha de Liuma afa Dáura.

Annes Haster: Uma mulher dos Prados, casada com Sir Landon Croft.

Bramel Stathworth (Sir Bramel): Um cavaleiro de Inys e membro da guarda de Glorian Berethnet.

Brangain Crest (Lady Brangain): Duquesa da Justiça, chefe da nobre família Crest e descendente da Cavaleira da Justiça. É a mãe de Julain Crest.

Damud Stillwater (Lorde Damud): Duque da Coragem, chefe da nobre família Stillwater e descendente do Cavaleiro da Coragem.

Doutora Forthard: Médica Real da Casa de Berethnet.

Edith Combe (Lade Edith): Duquese da Cortesia e descendente da Cavaleira da Confraternidade.

Edrick Glenn (Lorde Edrick *ou* Barão Glenn): Barão Glenn de Langarth e pai adotivo de Roland, Mara e Wulf. É casado com Lorde Mansell. É o responsável pelo bosque Haith a norte do Wickerwath, que mantém em nome da Condessa de Deorn, que vive a uma certa distância da floresta e se reporta a Lorde Robart Eller, a principal autoridade dos Lagos.

Erda Lindley (Dama Erda): Uma cavaleira de Inys e membro da guarda de Glorian Berethnet.

Florell Glade (Lady Florell): Dama Primeira do Salão Principal de Sabran VI de Inys.

Gladwin Fynch (Lady Gladwin): Duquesa da Temperança, descendente do Cavaleiro da Temperança.

Helisent Beck (Lady Helisent): Uma dama de companhia de Glorian Berethnet. É filha de Lorde Ordan Beck, o Conde Viúvo de Goldenbirch.

Idrega Vetalda: Princesa de Yscalin e única filha do Donmato Alarico e sua companheira, Thederica Yelarigas. Irmã de Therico e neta de Rozaria III.

Julain Crest (Lady Julain): Principal dama de companhia de Glorian Berethnet e filha de Lady Brangain Crest, a Duquesa da Justiça.

Kell Bourn (Mestrie Bourn): Quiropraxista que presta assistência à Doutora Forthard.

Liuma afa Dáura: Uma dama de companhia e antiga tutora de Sabran VI de Inys, que lhe ensinou a falar yscalino. Liuma agora é a Mestra dos Trajes. Vem da pequena nobreza yscalina, filha de um cavaleiro, e é a mãe de Adeliza afa Dáura.

Magnaust Vatten (Lorde Magnaust): Filho primogênito de Heryon Vattenvarg, o Rei do Mar, o que o torna herdeiro da Intendência de Mentendon. Irmão de Brenna e Haynrick.

Mansell Shore (Lorde Mansell): Barão Glenn de Langarth, através do matrimônio com Lorde Edrick Glenn, e pai adotivo de Roland, Mara e Wulf. É o irmão mais novo da Baronesa Shore do Palacete de Caddow.

Mara Glenn: Sobrinha e filha adotiva de Lorde Edrick Glenn, nascida de sua irmã, Rosa. Mara é a filha do meio, irmã de Roland e Wulf.

Marian III (Marian, a Menor): Antiga Rainha de Inys, a terceira e última monarca do Século do Descontentamento. Filha de Jillian III e mãe de Sabran VI. Depois de sua abdicação, se recolheu para o litoral com seu companheiro, Lorde Alfrick Withy, e hoje vive no Castelo de Befrith, nos Lagos.

Mariken: Uma criada de Florell Glade.

Ordan Beck (Lorde Ordan): Conde Viúvo de Goldenbirch, responsável pelo bosque Haith ao sul do Wickerwath. Pai de Helisent, que é sua herdeira presumida. Ele se reporta a Lady Gladwin Fynch, principal autoridade dos Prados.

Randroth Withy (Lorde Randroth): Duque da Confraternidade, chefe da nobre família Withy e descendente da Cavaleira da Confraternidade.

Riksard de Sadyrr: Um cavalariço de Langarth.

Robart Eller (Lorde Robart): Duque da Generosidade, chefe da nobre família Eller e descendente do Cavaleiro da Generosidade. É o Lorde

Chanceler de Inys — chefe cerimonial do Conselho das Virtudes — e maior autoridade na província dos Lagos, além de um amigo que conta com a confiança de Sabran VI de Inys.

Roland Glenn: Sobrinho e filho adotivo de Lorde Edrick Glenn. É irmão de Mara e Wulf, além de herdeiro presumido do Baronato de Glenn.

Rozaria III: Rainha de Yscalin e chefe da Casa de Vetalda, soberana de um dos três países membros da Virtandade.

Therico "Theo" Vetalda: Príncipe de Yscalin e filho mais novo do Donmato Alarico e sua companheira, Thederica Yelarigas. Irmão de Idrega e neto de Rozaria III.

PESSOAS FALECIDAS E FIGURAS HISTÓRICAS DO OESTE

Alfrick Withy: Companheiro de Marian III e avô materno da Princesa Glorian.

Carnelian, a Pacificadora: Antiga Rainha de Inys.

Galian Berethnet (Galian, o Impostor *ou* o Santo): O primeiro Rei de Inys. Galian nasceu no vilarejo de Goldenbirch, em Inysca, e se tornou escudeiro de Edrig de Arondine. Segundo a religião das Virtudes da Cavaleira, na qual Galian baseava seu código de conduta, ele teria derrotado o Inominado na Lássia, se casado com a Princesa Cleolind, da Casa de Onjenyu, e com ela fundado a Casa de Berethnet. Cultuado na Virtandade, mas vilipendiado em muitas partes do Sul, segundo seus seguidores Galian reina em Halgalant, a corte celestial, onde espera pelos justos na Grande Távola.

Glorian Berethnet II (Glorian, a Temida dos Cervos): Antiga Rainha de Inys, cujo casamento por amor com Isalarico, o Benevolente, fez com que Yscalin se convertesse às Seis Virtudes da Cavalaria.

Isalarico Vetalda IV (Isalarico, o Benevolente *ou* Isalarico, o Traidor): Um antigo Rei de Yscalin que abandonou os antigos deuses de seu país para se casar com a impetuosa Glorian II de Inys.

Jillian Berethnet III: A décima sétima Rainha de Inys e segunda monarca do Século do Descontentamento; filha de Sabran V e mãe de Marian III. Foi morta logo depois de ser coroada.

Sabran I: Filha de Sir Galian Berethnet com sua rainha consorte.

Sabran V (a Rainha Felina): A décima sexta Rainha de Inys, e a única tirana da Casa de Berethnet, conhecida por sua crueldade e ganância. Seu governo deu início ao Século do Descontentamento. Teve uma filha, Jillian, com seu consorte yscalino, que morreu em circunstâncias suspeitas.

PERSONAGENS NÃO HUMANOS

Dartun: Ichneumon que tem um vínculo com Hidat Janudin.

Dragoa Imperial: Líder de todos os dragões lacustres, eleita por meios arcanos, que em determinado período designava os herdeiros do trono do Império dos Doze Lagos. Como a maioria dos dragões, está adormecida há séculos.

Farna: Ichneumon que tem um vínculo com Yeleni Janudin.

Furtia Tempestuosa: Dragoa do mar seiikinesa que se recolheu para dormir em um lago nas Colinas de Nirai, para que pudesse servir como conselheira para a família imperial.

Fýredel: Um dos wyrms que emergiram do Monte Temível em 509 EC. Fýredel foi visto pela primeira vez no Rainhado de Inys.

Inominado: Wyrm vermelho gigantesco, que se acredita ter sido a primeira criatura a emergir do Monte Temível. Seu confronto com Cleolind Onjenyu e Galian Berethnet na Lássia do século 2 AEC se tornou o fundamento de religiões e lendas de todo o mundo. Também chamado de "Inominável".

Jeda: Ichneumon que tem um vínculo com Esbar uq-Nãra e recebeu seu nome em homenagem a Jeda, a Misericordiosa.

Kwiriki: Segundo a crença dos seiikineses, o primeiro dragão a aceitar que um ser humano o montasse, e cultuado como uma deidade. Entalhou o

Trono do Arco-Íris a partir de seu chifre e o deu à Donzela da Neve, que o ajudou a restabelecer sua saúde depois de um ferimento, o que a tornou a primeira Rainha de Seiiki. Acredita-se que Kwiriki se foi para o mundo celestial, e que envia borboletas como suas mensageiras.

Lalhar: Ichneumon que tem um vínculo com Siyu uq-Nāra.

Nayimathun das Neves Profundas: Dragoa lacustre associada ao Lago das Neves Profundas.

Ninuru: Ichneumon branca que tem um vínculo com Tunuva Melin.

Pajati, o Branco (Pajati, o Concessor de Desejos): Dragão ancião seiikinês e guardião da Província de Afa. Antes do Longo Sono, Pajati era conhecido por ocasionalmente conceder desejos à população de Afa.

Tukupa, a Prateada: Dragoa do mar seiikinesa, que se acredita ser cria de Kwiriki.

Glossário

Abafadura: Nome inysiano para a inflamação das amídalas; também é usado de forma mais genérica para se referir a qualquer doença que cause dor de garganta.

Aclamação: Introdução formal de membros da nobreza inysiana à sociedade, em cerimônia realizada em algum momento entre seu décimo quinto e décimo sexto aniversários.

Agnome: Alcunha ou epíteto.

Anos do Poente: Termo que os seiikineses mais tarde criaram para se referirem ao período anterior à Grande Desolação. O ano de 509 EC, especificamente, é chamado de Ano do Crepúsculo.

Cantante-aos-deuses: Atribuição existente em certos templos nas montanhas de Seiiki. Entre outras atribuições, os cantantes-aos-deuses realizam rituais e preces destinados a acordar os dragões do Grande Sono.

Congestão invernal: Nome inysiano para uma doença similar à gripe.

Cúter: Um tipo de veleiro ersyrio ornamentado. A maioria é usada para navegação de cabotagem, mas também pode fazer viagem marítimas.

Desatino solar: Um distúrbio de humor comum durante os meses do sol da meia-noite, quando a noite nunca cai no Norte. O principal sintoma é a insônia, e às vezes pode provocar reações intempestivas, irritabilidade e comportamento errático.

Dróterning: Palavra que em hrótio significa *pequena rainha*.

Edin: Continente de extensão desconhecida. Suas regiões mais ao norte são divididas em Ersyr, Lássia, Mentendon, República Serena de Carmentum e Yscalin.

Erva-cessadora: Sonífero mortal. Apesar de sua toxicidade, é usada com frequência como anestésico cirúrgico em Inys.

Estado Taano: Um dos Cinco Estados da Lássia antes de sua união em um único domínio. O taano é o dialeto mais disseminado do idioma lássio, seguido de perto pelo libir.

Falangeta: Uma unidade organizacional de huscarlos (atendentes armados) a serviço do Rei de Hróth. Cada falangeta tem sete membros, para remeter ao Santo e ao Séquito Sagrado. Bardholt I tem doze falangetas, em sua maior parte liderada por parentes de seus aliados nos tempos da guerra.

Fé de Dwyn: Antiga religião originada no continente de Edin, segundo a qual existe um estado de perfeito equilíbrio entre todas as coisas. É a religião predominante no Ersyr.

Guerreiro do sal: Um saqueador hrótio.

Ichneumon: Mamífero quadrúpede nativo do continente de Edin, outrora considerado sagrado em algumas partes do Sul, em especial pelo povo Taano da Lássia. Ao longo da história, foram caçados por suas peles e seus ossos resistentes. Os ichneumons selvagens agora vivem em sua maior parte em regiões montanhosas para evitar contato com os humanos, mas alguns formaram uma aliança de longa data com o Priorado. Cada postulante cria um vínculo com um ichneumon ao lhe dar sua primeira porção de carne, o que cria no filhote um vínculo com a postulante que dura a vida toda.

Lerath: Uma árvore nativa da Planície do Norte. Tem galhos grossos e folhas pretas, e sua seiva pode ser bebida.

Madeira-quedada: Madeira que foi parar no fundo do mar. Quando isso ocorre nas águas do Leste, onde os dragões costumavam nadar, existe a chance de essa madeira queimar exalando um cheiro límpido e doce. Os vilarejos costeiros muitas vezes sobrevivem de vender madeira-quedada aos templos.

Maga: Alguém que comeu do fruto de uma árvore de siden e absorveu sua magia terrena. As magas podem evocar ou deter o fogo, além de exibir outras habilidades, como visão e audição acima da média, resistência ao frio ou uma aptidão extraordinária para a metalurgia.

Mal da ovelha: Uma doença provocada por carrapatos, comum na província das Quedas, em Inys.

Manto de pérola: Madrepérola.

Morte emplumada: A morte por velhice, em uma cama de plumas, temida pela maioria dos hrótios.

Munguna: Em uma tradução aproximada, *irmã favorecida* no dialeto yiakalês do idioma lássio antigo. Esse título é concedido à mulher que a Prioresa em exercício deseja como sua sucessora.

Opa: Veste larga e sem mangas, feita de seda ou linho, com fecho na nuca.

Opalanda: Veste usada pelos santários de Inys, em geral de tecido verde e branco. Os aprendizes de santário usam marrom.

Óthling: Herdeiro ou herdeira preferencial do trono de Hróth. Em tempos mais antigos, era o termo usado para designar quem herdaria a posição de caudilho.

Palanquim: Uma liteira fechada.

Pele a pele: Termo hrótios para um combate desarmado.

Pesareiro: Um pássaro preto seiikinês com um chamado parecido com um choramingo de bebê. Segundo a lenda, uma Imperatriz de Seiiki foi levada à loucura por seus apelos. Alguns dizem que os pesareiros são possuídos pelos espíritos de bebês natimortos, enquanto outros acham que seu canto pode provocar abortos espontâneos. Essas superstições levaram a iniciativas periódicas de caçar e extinguir a espécie ao longo da história seiikinesa.

Pomar das Divindades: O conceito de além-vida na religião politeísta dominante na região da Lássia; também funciona como um termo coletivo para seu panteão de deuses.

Povo do espelho: Forma de se referir coletivamente aos professadores, seguidores e estudiosos da Fé de Dwyn.

Sax: Uma faca de caça hrótia.

Siden: Também conhecida como magia terrena. Um poder que vem do núcleo do mundo, o Ventre de Fogo, e pode ser absorvido por quem come o fruto de uma árvore de siden.

Sterren: Também conhecida como magia sideral, trata-se de um poder misterioso trazido pela Estrela de Longas Madeixas.

Ventre de Fogo: O incandescente núcleo do mundo, e berço da *siden*. Acredita-se que o Inominado tenha sido gerado no Ventre de Fogo.

Linha do tempo

HISTÓRIA ANTIGA

Travessia de Suttu: Na lendária civilização da Antiga Selinun, uma jovem chamada Suttu declara que sonhou com uma forma de sobreviver ao Eria. Guiada por uma lança encantada de nome Mulsub, ela parte em sua jornada, levando consigo cerca de mil seguidores, os Seletos Afortunados. Eles milagrosamente sobrevivem ao terreno inóspito e árido, coberto de sal. Quando chegam ao sul da Lássia, são recebidos pela Rainha Jeda, do Estado Taano, que mais tarde os acolhe.

União da Lássia: Os Cinco Estados da Lássia são reunidos sob uma única dinastia, a casa de Onjenyu. A primeira pessoa a receber o título de Alto Governante é descendente de Suttu, a Sonhadora, e membro de uma família nobre do Estado de Libir.

A Chegada dos Hüran: Um grupo de desgarrados chega ao Império dos Doze Lagos afirmando vir de uma terra chamada Brhazat, do outro lado dos Senhores da Noite Escura. Eles se denominam o povo Hüran, e se tornam nômades no Norte; a montanha mais alta da cordilheira é nomeada em nome de seu lar perdido.

ANTES DA ERA COMUM (AEC)

2 AEC: Primeira Grande Erupção do Monte Temível. O Inominado — um wyrm vermelho — emerge do Ventre de Fogo e se instala na cidade lássia de Yikala, trazendo consigo uma terrível peste. Selinu, o Detentor do Juramento, que governa Yikala, organiza um sorteio de vidas a serem sacrificadas para saciar a fera.

Ao tomar conhecimento do sofrimento dos yikaleses, um cavaleiro inyscano, Galian Berethnet, viaja para a cidade e promete matar o Inominado. Em troca, deseja a conversão da Lássia a sua nova fé, as Virtudes da Cavalaria, e a mão de Cleolind Onjenyu em casamento.

A Princesa Cleolind derrota o Inominado com Ascalun, a lâmina encantada de Galian. Ela rejeita o pedido de casamento, renuncia a seu direito ao trono da Lássia e funda o Priorado da Laranjeira.

Nos meses seguintes à erupção, a lua muitas vezes fica azul.

1 AEC: Selinu, o Detentor do Juramento, oferece terras a um grupo de yikaleses em luto. Eles descobrem as ruínas de um povoado chamado Karana, que mais tarde se torna a República Serena de Carmentum.

A ERA COMUM (EC)

1 EC: Depois de ficar azul durante dois anos, a lua retorna a sua cor original. O Império dos Doze Lagos, o Ersyr, o Reino de Inys e Yscalin tomam uma medida de grande relevância e zeram seus calendários. Essa forma de marcar a passagem do tempo acaba se espalhando por todo o mundo.

Em Inys, Galian Berethnet funda uma nova cidade, Ascalun, e uma dinastia real, a Casa de Berethnet. Ele é coroado Rei de Inys e se casa com uma mulher que se apresenta como Cleolind Onjenyu.

4 EC: A verdadeira Cleolind Onjenyu deixa o Priorado sem maiores explicações. Sua amada amiga Siyāti tenta em vão encontrá-la.

Galian Berethnet morre, deixando sua filha pequena como Rainha de Inys.

6 EC: Uma perturbação significativa é observada no Abismo.

12 EC: Um cometa passa pelo mundo.

13 EC: O povo Hüran registra um "inverno de caos" na Planície do Norte.

248 EC: Depois de um período de grande demonstração de poder, os dragões do Leste se retiram para o Longo Sono, uma hibernação da qual só despertarão mais de duzentos anos depois.

279 EC: A Cota de Malha da Virtandade se forma, quando Isalarico IV de Yscalin se casa com Glorian II de Inys.

301 EC: Uma revolta contra a Casa de Noziken tem início nas províncias de Seiiki, liderada pelo Rei dos Campos. Uma metalurgista chamada Sasofima o mata e é recompensada com um título e um nome para seu clã, Kuposa.

370 EC: Nasce Sabran V de Inys. Sua mãe, Marian, morre logo depois do parto, o que a torna rainha em seu terceiro dia de vida.

416 EC: Nasce a Princesa Jillian — futura Jillian III de Inys —, filha de Sabran V e seu companheiro yscalino, Príncipe Alarico.

434 EC: Nasce a Princesa Marian — a futura Marian III de Inys —, filha de Jillian III e seu companheiro.

434 EC: A República Serena de Carmentum é oficialmente fundada.

459 EC: Nasce Tunuva Melim, filha de Liru Melim.

462 EC: Nasce Unora de Afa, filha de Kiywo e Saguresi.

465 EC: Nasce a Princesa Sabran — futura Sabran VI de Inys —, filha da Princesa Marian e seu companheiro, Lorde Alfrick Withy.

480 EC: Verthing de Geldruth faz uma proposta de casamento a Skiri Passolargo de Askrdal. Quando ela recusa sua proposta, ele a mata e tenta assumir o comando de seu clã. Sua amiga mais próxima, Hefna de Fellsgerd, declara guerra a Verthing, que se torna conhecido como Verthing Sanguinário.

Um conflito sangrento se espalha por Hróth, a Guerra dos Doze Escudos.

A catastrófica Inundação Invernal atinge a costa norte de Mentendon, matando milhares de pessoas e destruindo sua capital, Thisunath.

481 EC: Com seus compatriotas hrótios ocupados com a guerra, o saqueador Heryon Vattenvarg se aproveita da Inundação Invernal, que destruiu as defesas costeiras de Mentendon. Seu objetivo é se instalar no país e o tomar para si e seu clã.

Pegos de surpresa e sem aliados que saíssem em sua defesa, os mentendônios são forçados a desistir da luta e a se submeterem a Vattenvarg. Ele funda uma nova capital, Brygstad.

482 EC: Em Hróth, a guerra continua. Verthing Sanguinário reconhece a ameaça representada por Bardholt de Bringard — um jovem comandante arregimentado por Hefna de Fellsgerd — e decide forçá-lo a se render, capturando seu irmão adotivo, Hýrri, e seu sobrinho de sete anos de idade, Einlek Ólrunsbarn. Einlek decepa a própria mão para escapar, e Hýrri é assassinado.

Unora de Afa chega à corte de Antuma e engravida do Imperador de Seiiki.

483 EC: No Monte Ipyeda, Unora de Afa dá à luz sua filha, Dumai.

A Guerra dos Doze Escudos termina com a derrota e a execução de Verthing Sanguinário. Bardholt Hraustr, o Ousado, é declarado o primeiro Rei de Hróth. Sabran Berethnet lhe propõe matrimônio, e ele se converte à fé das Virtudes da Cavalaria para se casar com ela.

Em troca do casamento de sua filha Brenna com Einlek Óthling — herdeiro de Hróth —, Heryon Vattenvarg jura lealdade a Bardholt I e é nomeado Intendente de Mentendon. Ele também se converte às Virtudes da Cavalaria, unindo Mentendon à Virtandade. Os mentendônios e os hrótios são submetidos a um processo de conversão forçada.

492 EC: Tunuva Melim dá à luz um filho cujo pai é seu amigo Meren.

Aos nove meses de idade, o menino desaparece e Meren é morto. O incidente é atribuído ao ataque de um gato-bravo.

493 EC: Nasce Siyu uq-Nāra, filha de Esbar uq-Nāra e seu amigo Imsurin.

494 EC: No Festim de Início da Primavera, nasce Glorian Hraustr Berethnet, filha de Sabran VI de Inys e Bardholt I de Hróth.

509 EC: Os acontecimentos de *Um dia de céu noturno* têm início no final do outono. Glorian tem 15 anos, Dumai tem 27 e Tunuva tem 50. Wulf não sabe ao certo sua idade.

SUA OPINIÃO É MUITO IMPORTANTE

Mande um e-mail para **opiniao@vreditoras.com.br**
com o título deste livro no campo **"Assunto"**.

1ª edição, abr. 2023
FONTE Garamond 11,25/16,3pt
PAPEL Ivory Cold 65 g/m²
IMPRESSÃO Plenaprint
LOTE PLE03022023